Sire Cedric

Né en 1974, figure de proue d'une nouvelle génération d'auteurs français de thrillers, Sire Cedric construit pas à pas une œuvre originale, mariant fantastique et intrigue policière, avec un sens du rythme et une écriture redoutablement efficaces. Il a reçu le prix Masterton pour son roman *L'Enfant des cimetières*, et le prix Polar du festival de Cognac ainsi que le prix CinéCinéma Frisson pour *De fièvre et de sang*, qui met en scène la policière albinos Eva Svärta, que l'on retrouve dans *Le Premier Sang* (2012) et *La Mort en tête* (2013). Il est aussi l'auteur, aux Presses de la Cité, de *Avec tes yeux* (2015) et de *Du feu de l'Enfer*, qui a paru en 2017.
Sire Cedric vit et écrit à Toulouse.

Retrouvez toute l'actualité de l'auteur sur :
www.sire-cedric.com

DU FEU
DE L'ENFER

DU MÊME AUTEUR
CHEZ POCKET

L'Enfant des cimetières
De fièvre et de sang
Le Jeu de l'ombre
Le Premier Sang
La Mort en tête
Avec tes yeux
Du feu de l'Enfer

SIRE CEDRIC

DU FEU
DE L'ENFER

Site Internet de l'auteur :
www.sire-cedric.com

Pocket, une marque d'Univers Poche,
est un éditeur qui s'engage pour la préservation
de son environnement et qui utilise du papier fabriqué
à partir de bois provenant de forêts gérées
de manière responsable.

Le Code de la propriété intellectuelle n'autorisant, aux termes de l'article L. 122-5, 2ᵉ et 3ᵉ a), d'une part, que les « copies ou reproductions strictement réservées à l'usage privé du copiste et non destinées à une utilisation collective » et, d'autre part, que les analyses et les courtes citations dans un but d'exemple et d'illustration, « toute représentation ou reproduction intégrale ou partielle faite sans le consentement de l'auteur ou de ses ayants droit ou ayants cause est illicite » (art. L. 122-4).
Cette représentation ou reproduction, par quelque procédé que ce soit, constituerait donc une contrefaçon, sanctionnée par les articles L. 335-2 et suivants du Code de la propriété intellectuelle.

© Presses de la Cité, un département place des éditeurs, 2017
ISBN 978-2-266-28434-9
Dépôt légal : mars 2018

*Mon nom est Légion,
car nous sommes nombreux.*

Évangile de Marc, 5, 9

Prologue

Prologue

Elle avait cessé de crier et de pleurer.

À présent elle courait. Nue, terrifiée, et déjà épuisée après tout ce qu'elle avait subi. Elle courait pour sa vie, si tant est qu'elle ait encore une chance de se sortir de ce piège infernal.

Ses pieds foulaient le tapis d'aiguilles de pin. Les branches et les buissons s'accrochaient à sa peau exposée, griffant ses bras, ses cuisses, jusqu'au sang.

Elle gémissait à chaque nouvelle coupure, un bras devant le visage pour protéger ses yeux.

Plus vite.

La panique, brûlante et vertigineuse, la poussait dans sa fuite. C'était sa seule chance désormais : il lui fallait à tout prix atteindre l'enceinte de la propriété.

Ne pas s'arrêter.

La nuit était assez claire pour qu'elle puisse se repérer parmi les arbres, bien que la brume ne lui facilite pas les choses. Elle trébuchait, ses orteils heurtaient des cailloux. Elle étouffait du mieux possible ses gémissements. Il ne fallait surtout pas attirer l'attention. Surtout pas lui permettre de la retrouver.

Elle ne devait penser à rien d'autre que fuir. *Fuir.*

Se faufiler entre les pins, tant qu'il lui restait des forces.

L'homme à ses trousses, lui, n'abandonnerait pas. Il s'était peut-être même rapproché. Elle ne l'entendait pas, mais cela ne voulait rien dire, car elle n'entendait plus grand-chose, à cause des battements affolés de son cœur.

Elle évitait de se retourner pour vérifier.

Si jamais elle apercevait son masque horrible, là juste derrière elle, la frayeur lui ôterait probablement ses dernières forces. C'était tout ce qu'elle voulait éviter.

Fuir.

Elle continua de courir dans l'obscurité. Elle ressentait à peine le froid. Ses seins étaient douloureux à force de tressauter. Elle les écrasa d'une main, protégeant son visage de l'autre.

Elle dut pourtant ralentir.

Droit devant elle. En plein milieu du chemin. Quelque chose pendait aux branches d'un arbre. Pendant quelques instants, à cause de l'obscurité, elle ne comprit pas ce qu'elle avait sous les yeux.

Il n'y avait pas qu'une seule chose. Au moins deux... Non, trois.

Des silhouettes. Suspendues par les pieds. De la taille d'enfants.

Elle serra les dents pour ne pas hurler, resta quelques instants pétrifiée par la peur de ce qu'elle allait découvrir.

Pas des enfants. Par pitié.

S'approchant à pas craintifs, elle observa les silhouettes. Ce n'était, Dieu merci, pas des êtres humains.

Des chiens.

Ils étaient accrochés aux branches par des crocs de boucher. Des chiens de grande taille. L'un d'eux ressemblait à un doberman. Il y avait aussi un berger allemand. Impossible d'être sûre, car on leur avait tranché la tête. Leur sang s'était répandu sur le sol, et à présent elle sentait son contact visqueux sous ses pieds nus.

Pas le temps de tergiverser. L'affolement et le dégoût lui donnaient l'impression que la terre tanguait et cherchait à la renverser. Elle avança, luttant contre la nausée. Le doberman était partiellement dépecé. La puanteur de la chair en décomposition la prit à la gorge.

C'était un cauchemar.

Un cauchemar atroce dans lequel elle avait sombré et dont elle ne pouvait plus se sortir.

Elle n'aurait jamais dû chercher à savoir. Si seulement elle n'avait pas contacté cet homme pour obtenir des réponses. Si seulement elle n'avait pas cru ses belles paroles...

Derrière elle, des craquements s'élevèrent dans les bois. Elle dressa l'oreille.

Davantage de craquements.

Son poursuivant se rapprochait. Il se rapprochait vite.

De nouveau, la panique, intense, reprit le contrôle de son esprit et de son corps. Elle se précipita entre les chiens éventrés. Un des cadavres la frôla au passage. Elle sentit la chair humide glisser sur sa propre peau.

Elle refusa d'y penser. De se laisser paralyser maintenant.

Fuir. Vite.

Un ruisseau passait un peu plus loin, coupant sa route. Elle descendit dans l'eau froide, voulut traverser à grandes enjambées, s'affala en plein milieu.

Elle continua à quatre pattes, avalant de l'eau croupie, s'étouffant à moitié. Le ruisseau n'était heureusement pas très profond.

De l'autre côté. Dégoulinante, elle toussa et cracha, recouverte de chair de poule. Et elle reprit aussitôt sa fuite éperdue dans la brume. C'était tout ce qu'elle pouvait faire pour lui échapper. Ne pas s'arrêter de courir.

Ici, les arbres se clairsemaient.

Elle l'aperçut alors. Le mur d'enceinte. La limite du bois et de la propriété. Derrière, il y avait la route. Dès qu'elle l'aurait rejointe, elle pourrait arrêter un véhicule, trouver de l'aide. Si seulement elle était assez rapide à sortir d'ici...

Elle refréna un cri de joie et longea un massif de ronces dont les épines l'éraflèrent au passage. Des gouttelettes de sang sur sa peau. Qu'importe. Elle y était presque. Elle avait encore une chance. Elle allait se sortir de cette horreur.

Elle fonça jusqu'au mur et posa ses mains dessus pour l'escalader.

La douleur fut immédiate. Comme si des couteaux lacéraient ses paumes.

Elle mit plusieurs secondes à comprendre. Des barbelés. La façade en était couverte.

— Merde ! MERDE ! s'écria-t-elle.

Elle s'écarta vivement, abandonnant un lambeau de peau sur une pointe de fer. La douleur redoubla d'intensité. Elle s'était déchiré la paume en profondeur.

Elle pressa sa main blessée sur son ventre, sentit le sang poisseux.

Elle se recroquevilla un instant sur elle-même. Le vent fouettait son corps nu, encore humide après son passage dans le ruisseau. Elle grelottait. Elle sentit une crise de larmes revenir.

Reprends-toi. Tout de suite.

Elle se mordit les lèvres et se redressa.

Tout son corps tremblait. C'était plus fort qu'elle. La panique rendait sa respiration de plus en plus difficile.

De nouveaux craquements s'élevèrent des buissons.

Tout près, à présent.

Elle ne pouvait plus rebrousser chemin.

Mais elle ne pouvait pas non plus franchir cet obstacle.

Cesse de perdre du temps. Dépêche-toi.

Elle s'approcha de nouveau du mur. Des pierres sèches. Pourrait-elle glisser ses mains entre les barbelés ? Non. Ceux-ci étaient entremêlés sur toute la hauteur.

Elle en saisit un à pleine main. Grimaça alors que les pointes de métal crevaient sa peau. Puis elle leva la jambe. Elle chercha un interstice entre les blocs de pierre pour y glisser ses orteils. Après quelques tâtonnements, elle en trouva un.

Elle se hissa sur cinquante centimètres environ.

Les barbelés entamèrent davantage sa peau, découpant ses mains et la plante de ses pieds.

Elle poussa un cri aigu et retomba en arrière. Son dos heurta le sol. Sa chair entaillée l'élançait. Du sang suintait de ses blessures. Elle retint son souffle.

Les bruits dans les buissons s'étaient tus.

Un silence irréel baignait les bois.

Elle roula sur elle-même, fouillant la pénombre du regard.

D'abord, elle ne vit que les lignes noires des troncs dans la brume.

Puis elle le vit, *lui*.

Il se tenait immobile à une dizaine de mètres d'elle. Il était nu, lui aussi. Ses muscles tendus comme des câbles. Sa peau scintillant de gouttes d'eau, à moins que ce ne soit de la sueur.

Le plus terrifiant était son masque.

L'homme semblait avoir enfilé une tête de bouc. Cornes recourbées. Oreilles pointues. Poils épais. Une tête monstrueuse, démesurée par rapport à sa silhouette.

Elle ne comprenait pas où étaient les yeux de l'individu.

Pourtant il la contemplait, cela ne faisait aucun doute. Il respirait fort derrière le masque. Ses pectoraux se gonflaient à chaque inspiration.

Elle vit qu'il était en érection.

Elle voulut se relever. Avec trop de précipitation. Ses pieds blessés ne la portèrent pas et elle tomba.

L'homme à la tête de bouc leva sa machette et la pointa vers elle.

Poussant un cri rauque, il chargea.

Un raz-de-marée glacé, d'épouvante et d'adrénaline, la submergea. Cette fois, elle se propulsa sur ses pieds et reprit sa course. De toutes ses forces. Zigzaguant entre les pins. Bondissant au-dessus des buissons. Elle entendait l'homme qui haletait et grognait juste derrière elle. Une bête enragée. Elle entendait les sons de la machette tandis qu'il tranchait des branches de part et d'autre pour s'ouvrir un passage.

Ses poumons allaient exploser. Elle perdait du sang, et ses jambes vacillaient de plus en plus.

Elle sentit la lame de la machette la frôler. Elle poussa un cri aigu. Elle accéléra encore.

Dans son dos, l'homme rugit et essaya de l'atteindre à nouveau. À chaque fois, la lame se rapprochait dangereusement de son corps.

Portée par la terreur, elle courut plus vite.

Subitement, elle repéra le portail au milieu des arbres. L'issue de cette demeure infernale. Enfin ! Elle devait l'atteindre, l'escalader. Elle en était capable. Il *fallait* qu'elle en soit capable.

Elle fonça dans cette direction en redoublant d'efforts.

Elle y était presque quand son pied dérapa une fois de trop. Sa cheville se tordit. Elle s'écroula comme une masse au milieu des buissons.

L'homme arrivait dans son dos.

Elle se trouvait si près ! L'espoir, si proche...

Elle se redressa et se mit à quatre pattes. Il suffisait d'un instant... un tout dernier...

L'homme abattit sa machette, lui entaillant profondément le mollet.

Elle hurla. La douleur fut insoutenable, un feu dévorant sa chair. Elle sentit sa vessie se relâcher, de l'urine chaude inonder ses cuisses, et ne parvint plus du tout à contrôler son corps.

L'homme frappa de nouveau. Cette fois, la lame sectionna son pied.

La fille hurla plus fort.

L'homme continua de frapper.

La lame de la machette entailla sa chair. Elle creva les organes internes. Des jets de sang jaillirent de toutes parts, éclaboussant le corps de l'homme à la tête de bouc comme une douche écarlate.

La femme avait cessé de bouger depuis un moment déjà quand il abattit la machette sur son cou. Les vertèbres résistèrent tout d'abord. Il donna des coups furieux jusqu'à ce qu'elles cèdent.

Il se redressa alors, victorieux et fier, en brandissant la tête tranchée à bout de bras.

Autour de lui, des silhouettes apparurent, sortant de la brume.

Il y avait une vingtaine d'individus. Certains d'entre eux s'approchèrent à pas mesurés. Les autres restèrent en retrait, à l'abri des pins. Tous étaient vêtus de manière identique, robes rouges à amples capuches, et sous ces capuches brillaient les mêmes masques dorés, ne dévoilant de leurs propriétaires que les yeux avides, observant le corps mutilé de la jeune femme.

L'un des individus leva les mains et commença à applaudir. L'ensemble des silhouettes masquées l'imita peu à peu. Ils applaudirent tous, et applaudirent longtemps. Avec de plus en plus d'énergie.

L'homme au masque de bouc tourna sur lui-même pour qu'ils puissent tous admirer la tête sectionnée. Et toujours sous leurs applaudissements, il leva également son arme gluante de sang, et poussa un long cri de bête, un cri de victoire et de jouissance.

I

Ce que la nuit a laissé

1

Des coups à la porte.

Manon entrouvrit les yeux. Elle ne voulait pas se réveiller. Elle était en plein rêve, lui semblait-il. Ou peut-être pas. Elle ne se souvenait déjà plus.

Elle se tourna dans le lit. Nouveaux coups. Nerveux. Répétés. Cela, elle ne l'avait pas rêvé. C'était bien chez elle qu'on frappait.

Elle tâtonna pour attraper son téléphone et appuya sur le bouton.

L'écran s'illumina. 2 h 25 du matin.

La personne insistait.

Toc. Toc. Toc.

— C'est une blague ?

Elle fut bien forcée de quitter son lit.

Elle attrapa le peignoir posé sur la commode et l'enfila sur sa nuisette. Puis elle alluma les lumières du salon, du couloir, et se dirigea à pas groggy vers l'entrée de l'appartement.

— C'est toi, Bruno ?

Bruno était son voisin du dessus. Il logeait dans le seul autre appartement que comptait l'immeuble.

— Heu, non, fit une voix penaude. C'est Ariel. Je suis désolé de te déranger…

Manon sentit monter en elle une subite colère.

— Non mais c'est pas vrai ! Tu as vu l'heure ?

Elle déverrouilla la porte en ajoutant une succession de jurons. Son frère se tenait sur le palier, dans l'escalier en colimaçon. Il avait la tête basse, le regard cerné et gonflé comme s'il avait pleuré, et l'air désespéré. Cela faisait des semaines que Manon ne l'avait pas vu. Elle remarqua qu'il s'était laissé pousser la barbe. Peut-être pour compenser sa calvitie.

— Comment tu as pu entrer dans l'immeuble ?

Ariel haussa les épaules.

— La porte en bas était ouverte. Écoute, je sais que c'est tard, qu'on ne s'est pas reparlé depuis la dernière fois, et que tu dois encore m'en vouloir, mais j'ai *vraiment* besoin d'un coup de main. Si je pouvais passer la nuit sur ton canapé…

— Hors de question.

— Je ne sais pas vers qui d'autre me tourner.

Manon secoua vigoureusement la tête.

— Sans déconner ! Je me lève tôt, Ariel. Tu n'en as jamais rien à faire, des autres ?

— Juste cette nuit, supplia-t-il. C'est promis.

Son air de chien perdu devait se vouloir rassurant. Il était juste pathétique. Et il empestait l'alcool.

Ne te laisse pas avoir, songea Manon. *Pas cette fois.*

— J'en ai assez de tes embrouilles, répliqua-t-elle du ton le plus dur dont elle était capable. La dernière fois, tu as ramené cette pétasse, et vous avez trouvé le moyen de bousiller le lavabo de la salle de bains. Alors maintenant, désolée, mais tu rentres cuver chez ta copine.

Son frère s'approcha et se cramponna à la poignée pour ne pas tituber. Son haleine alcoolisée agressa encore davantage Manon. Au fond des yeux d'Ariel brillait une étincelle de détresse qui lui serra le cœur malgré elle.

— On s'est pris la tête, avec Anne-Sophie. C'est fini avec elle. Elle m'a mis dehors.

— Ce n'est pas la première fois, et ce ne sera pas la dernière. Achète des fleurs au premier type qui t'en propose et retourne t'excuser pour Dieu sait quelle connerie que tu as pu faire. Et fiche-moi la paix. Bonne nuit, Ariel.

Alors qu'elle tentait de refermer la porte, il la bloqua avec son pied.

— Manon...
— Je t'ai dit...
— S'il te plaît ! Tu ne comprends pas. Cette fois, c'est fini avec Anne-Sophie. Je te jure que c'est vrai. Je peux pas aller dormir chez elle. Et je peux pas non plus rentrer chez les parents.

— Encore heureux ! vociféra Manon. Avec ce que papa traverse, tu ne vas pas lui imposer tes...

Son frère ne l'écoutait pas. Il profita de ce qu'elle venait de reculer d'un pas pour pousser la porte et se glisser dans l'appartement.

— Ariel ! Putain !

Elle referma en pestant. Il était tard, elle était fatiguée, elle n'avait pas envie de se chamailler comme une enfant.

— Ariel, reprit-elle plus bas en suivant son frère dans le salon. Tu m'as entendue ? Tu ne peux pas dormir ici. Je dois te le dire comment ?

Son frère se laissa tomber sur le canapé. Il ne tenait plus debout, et l'espace d'un instant Manon craignit qu'il ne vomisse directement sur le plancher. Ce ne fut heureusement pas le cas. Il s'étendit, mains levées vers elle.

— C'est la dernière fois que je te demande un service, la supplia-t-il. Anne-Sophie a pété un plomb. Elle m'a cassé une assiette sur la tête tellement elle était énervée. Je dois encore saigner...

Il passa une main sur son crâne lisse, et examina ses doigts.

— Te fatigue pas, tu ne saignes pas, soupira Manon. Tu es juste un minable. Je te déteste, Ariel !

Elle balaya l'air d'un geste de rage. Cet imbécile était son frère. Elle ne pouvait pas le jeter dehors. Mais elle avait la sensation désagréable de revivre, encore et encore, ce qu'elle avait connu toute sa vie. Durant son adolescence, elle ne comptait pas les fois où les gendarmes avaient raccompagné Ariel à la maison. Vols à l'étalage. Bagarres de fin de soirée. Son frère avait toujours eu le don pour s'attirer des ennuis.

Parfois, Manon s'était même retrouvée mêlée à ses bêtises.

Comme ce qui s'était produit dans la grange des voisins. Il y avait si longtemps. Le souvenir était imprimé au fer rouge dans sa mémoire. Comment oublier ? Son poignet lui faisait encore mal, de temps à autre, et la cicatrice sur son bras ne s'était jamais totalement effacée.

Ils étaient enfants... et Ariel était déjà Ariel.

Elle ne voulait plus penser à la grange.

À ce qu'ils y avaient découvert.

C'était loin. Le passé.

Elle retourna à la porte pour donner un tour de clé. Depuis deux ans qu'Ariel fréquentait Anne-Sophie – qui ne valait pas mieux que lui, aux yeux de Manon –, ils ne cessaient de se déchirer. Un couple infernal. Une fois, Anne-Sophie avait essayé de poignarder Ariel, et il avait eu droit à des points de suture. Son histoire d'assiette brisée sur la tête ? Cela lui semblait tout à fait crédible. Mais Manon refusait de se laisser attendrir. La vie de son frère la déprimait, c'était tout.

— Je te promets que je ferai des efforts.

Il avait cet air décidé qu'elle lui connaissait bien. Le même air chaque fois qu'il jurait de mettre de l'ordre dans sa vie. De ne plus boire. Ou seulement de conserver un boulot plus de six mois. Ariel avait vingt-six ans. Il se comportait comme s'il en avait toujours quinze. Manon ne pouvait plus le supporter, c'était aussi simple que ça.

— Tu es vraiment un sale con. Tu as intérêt à me laisser dormir.

— Merci, merci, merci.

Toujours furieuse, Manon passa dans la cuisine prendre une bouteille d'eau minérale et retourna dans sa chambre. Elle se glissa dans ses draps. Enfin.

Déjà 2 h 40.

Elle avait un peu froid. Elle remonta les draps pour se couvrir davantage. Tout ce qu'elle souhaitait, à présent, c'était retrouver le sommeil. Elle se tordit d'un côté et de l'autre, en ruminant.

Dans le salon, elle entendait son frère qui s'agitait lui aussi, contrairement à ce qu'il lui avait promis. Elle reconnut le bruit du placard. Les bouteilles. Ariel ne devait pas se trouver suffisamment saoul. Il allait continuer à boire, jusqu'à s'écrouler comme une loque. De nouveau, elle ne put s'empêcher de le maudire. Et de se maudire *elle-même*, qui cédait tout le temps à ses caprices. Pas étonnant qu'il en profite.

Elle se tourna dans le lit.

Consulta l'heure sur son téléphone.

03 : 00

Elle avait fini tard, la veille au soir – elle était d'astreinte. Et ce matin, elle reprenait dès 8 heures.

Il lui fallait trouver le sommeil, et vite. Ou elle serait un zombie, tout à l'heure au travail.

En bas, la porte de l'immeuble grinça. Des pas dans l'escalier. Ce devait être Bruno qui rentrait, lui aussi. Les talons sur les marches firent halte un instant, puis reprirent leur progression vers le deuxième étage. Lui aussi était éméché, sans le moindre doute. Manon aurait souhaité qu'il fasse moins de bruit. Les sons avaient tendance à résonner dans l'escalier, à cause de la cour intérieure. Quant à l'isolation phonique, dans ce genre d'immeuble ancien, autant dire qu'il n'y en avait aucune. Manon glissa sa tête sous l'oreiller et râla. Quelque part dans la rue, une alarme de voiture se déclencha, et retentit pendant de longues minutes.

Il lui sembla entendre du bruit, là-haut.

Peut-être un objet qui se renversait.

Manon n'y prêta pas attention.

La fatigue eut raison d'elle et elle se rendormit enfin.

2

La sensation d'une goutte sur sa peau la réveilla.
Manon ouvrit les yeux et fixa le plafond, circonspecte. Le jour se levait. Un halo pâle filtrait par la fenêtre – elle n'avait jamais aimé fermer les volets, et préférait se réveiller avec la lumière naturelle. Pourtant, il lui sembla être encore bien tôt.
Elle fronça les sourcils.
Il y avait quelque chose d'étrange au plafond.
Elle mit un moment à comprendre pourquoi elle voyait une tache au-dessus d'elle.
Une large tache, *rouge*.
Même dans la pénombre du petit matin, la couleur de cette tache était vive.
De la peinture ?
Impossible.
Mais quelque chose s'était infiltré dans le plafond.
Un liquide qui avait la couleur du sang.
Manon se redressa sur les coudes, parfaitement réveillée à présent.
La présence de cette tache sur l'espace immaculé du plafond avait quelque chose d'obscène.

Elle formait un ovale, rouge profond, qui s'étalait comme un pétale de fleur, ou une tache menstruelle démesurée.

Une infiltration.

Mais de quoi ?

Manon alluma la lumière pour mieux l'observer.

Cela *ressemblait* à du sang.

Tout aussi improbable que cela puisse paraître.

Pourquoi du sang s'écoulerait de son plafond ?

Elle ouvrit la porte de la chambre et alluma la lumière du salon également. Vautré sur le canapé et encore tout habillé, son frère poussa un grognement de protestation.

— Hé !

— Réveille-toi, Ariel. Il se passe quelque chose de bizarre.

Son frère grommela de plus belle.

Manon, de son côté, ne perdit pas de temps et prit une des chaises, qu'elle emporta dans la chambre. Elle monta dessus. En se mettant sur la pointe des pieds et en tendant les bras, elle put effleurer le plafond humide.

Elle renifla la substance.

C'était l'odeur du sang.

Aucun doute là-dessus.

Elle la respirait chaque jour au travail.

Elle ne savait pas ce qui se passait là-haut, mais c'était inquiétant.

Descendant de la chaise, elle appela de nouveau son frère.

— Ariel. Bouge-toi.

Nouvelles protestations ensommeillées.

— Quelle heure il est ? maugréa-t-il en s'agitant sur le canapé.

— Il y a un problème. Il s'est passé quelque chose chez Bruno.

— Hein ?

Manon enfila un jean et un tee-shirt. Elle mit ensuite ses rangers, sans prendre la peine de les lacer. Elle revint dans le salon, où son frère s'était enfin assis sur le canapé et essayait d'ouvrir des yeux bouffis de sommeil et d'alcool. Il se frotta le visage.

— Tu m'as entendue ? Il s'est passé quelque chose. C'est peut-être grave.

— Mais de quoi tu parles ?

— Il y a du sang au plafond.

Ariel cessa de geindre.

— Tu veux rire ?

— Ça coule de chez Bruno. Va voir dans ma chambre.

Son frère se leva et étira son dos en gémissant.

— Merde, Manon. Tu en as sur les joues.

— Oh.

Elle se souvint du contact humide qui l'avait tirée du sommeil et s'approcha du miroir dans le couloir. En effet, quelques gouttes étaient tombées sur sa peau.

— C'est dégueu, commenta Ariel.

— Ce n'est que du sang.

— Pour toi, ouais. Sûr que c'est rien.

Elle ignora le sarcasme et s'essuya le visage. Les taches s'estompèrent un peu. Pas entièrement.

Elle alla dans la cuisine et passa une main sous le robinet pour finir de se nettoyer.

— Tu vas faire quoi ? interrogea son frère de loin, en glissant un regard dans la chambre.

— Qu'est-ce que tu crois que je vais faire ? Je vais voir ce qui se passe, bien sûr.

Elle déverrouilla la porte et gravit l'escalier jusqu'au deuxième étage. L'immeuble était petit et étroit, tout en longueur, coincé entre les autres bâtiments d'une petite rue de Montpellier. Il ne comptait que leurs deux appartements, donnant sur une cour pavée qu'elle partageait avec Bruno. Bruno avait installé une table et un barbecue, qu'elle utilisait de temps en temps. Quant à elle, elle avait apporté des jardinières de plantes aromatiques, des pots en céramique contenant des fougères et des bégonias ainsi qu'un beau citronnier.

— Bruno ?

Elle toqua à la porte de son appartement.

Aucune réponse.

Pourtant, il y avait de la lumière à l'intérieur. Elle se pencha sur le côté de l'escalier pour jeter un œil à travers la fenêtre de la cuisine. Elle tapa au carreau.

— Bruno ? Tu m'entends ? C'est Manon.

Toujours aucun mouvement à l'intérieur.

Elle se décida à tourner la poignée. À sa grande surprise, la porte s'ouvrit.

Elle pénétra dans le couloir. Parquet au sol, murs peints en blanc, décorés de posters de films. L'appartement était semblable en tous points au sien. La cuisine se trouvait sur la droite en entrant. Ensuite, il y avait le salon. Et, tout au fond, la chambre. Exactement comme chez elle.

Les lumières de chaque pièce étaient allumées.

Hormis cela, aucune signe de présence humaine.

— Bruno ?

Ariel s'était enfin décidé à la suivre. Il montait les marches d'un pas hésitant.

— Alors ? Qu'est-ce qui se passe ?

— Je n'en ai aucune idée, Ariel. Mais je n'aime pas ça.

Elle avança. Elle avait horreur de s'introduire dans l'intimité des autres, mais Bruno n'était pas un étranger. S'il était blessé, il avait peut-être besoin d'aide.

— Bruno ? appela-t-elle à nouveau. Il y a quelqu'un ?

Contrairement au sien, le salon était équipé de grands placards qui s'élevaient jusqu'au plafond. Manon remarqua que les portes de tous les compartiments étaient ouvertes, ce qui la surprit un peu. Elle vit également que le tiroir de la commode était sorti et posé sur le meuble.

Deux bouteilles de whisky vides trônaient sur la table. Un seul verre.

Manon approcha de la chambre en luttant contre un terrible pressentiment.

C'était cette pièce qui se trouvait au-dessus de sa propre chambre.

— Bruno ? Tu es là ? appela-t-elle une dernière fois.

L'odeur métallique, caractéristique du sang, arriva à ses narines. *Beaucoup de sang*. Et juste derrière, cet autre parfum, plus discret, qu'elle connaissait bien.

Elle vit l'angle du lit.

Elle fit un pas de plus.

Elle vit le bras qui dépassait.

La plaie était béante. Du poignet jusqu'au coude.

— Oh merde.

Elle ne put s'empêcher d'avancer encore. Il fallait qu'elle voie.

Elle vit.

Bruno était allongé en chien de fusil dans son lit, la tête tournée vers le plafond. Bouche ouverte. Yeux vitreux.

Mort depuis un moment déjà.

Il s'était tranché les veines des deux bras. En profondeur. Bruno ne voulait pas se louper. Il avait incisé ses deux artères sur toute leur longueur. Manon frissonna en imaginant la douleur, la lame ouvrant la chair et libérant les pulsations cardiaques. Sa vie s'était écoulée hors de lui, un fleuve rouge sans retour. Elle savait qu'il n'aurait eu aucune chance de s'en sortir, même si on l'avait découvert plus tôt.

Le sang avait imbibé les draps du lit. Et il s'était aussi répandu sur le sol, car l'un des bras de Bruno pendait dans le vide. Manon observa le parquet. Le sang avait coulé entre les lattes. Le vieil immeuble était si mal isolé qu'il n'avait fallu que quelques heures pour que le fluide écarlate atteigne le plafond de l'étage du dessous.

— Bruno, souffla-t-elle.

Dans son dos, Ariel toqua à la porte à son tour.

— Alors ? Il est là ?

— Oui. Il est là.

— Est-ce que...

— Oui, dit Manon. Il s'est suicidé. C'est fini.

Ariel bredouilla quelque chose d'inintelligible avant de se précipiter hors de l'appartement. Manon l'entendit dévaler l'escalier et aller vomir dans ses toilettes. *Ça fera un peu moins d'alcool dans ton estomac*, songea-t-elle non sans cynisme.

Elle inspira calmement. Elle n'était pas dégoûtée par ce qu'elle voyait. Elle avait l'habitude des morts. C'était son métier, son quotidien. Mais elle était toujours touchée par ceux qui partaient ainsi. Elle ne put s'empêcher de détailler le corps de Bruno comme si elle était au travail. Les sillons profonds et humides sur ses bras. La pâleur presque irréelle de sa peau, contrastant avec le sang versé. Elle ne comprenait que trop bien ce qui s'était passé. Par réflexe, elle chercha l'outil qu'il avait utilisé, et ne tarda pas à le repérer, au milieu des draps souillés. Un rasoir de barbier. Celui-là même avec lequel Bruno se rasait le crâne.

Il y avait un mot laissé en évidence sur la table de nuit.

Je n'en peux plus.
Désolé pour le sang.

Il n'y avait plus rien à faire.
Bruno avait fait son choix.
Le plus dur, désormais, serait pour sa famille.
Manon redescendit calmement chez elle. Son frère était prostré dans la cuisine.
— Merde, murmurait-il. Merde. Il est mort, bon sang.
Elle lui effleura le bras.
— C'était un type bien. Je ne comprends pas ce qui a pu se passer pour qu'il en vienne à cette décision.
Ariel hocha la tête, les yeux dans le vague.
Elle l'abandonna pour aller chercher son téléphone dans sa chambre et appela le numéro d'urgence.
— *Police secours, je vous écoute.*
— Bonjour. Je vous appelle pour signaler un décès. Quelqu'un s'est donné la mort. Son nom est Bruno Lamarque.

Tout en leur indiquant l'adresse et les circonstances de sa macabre découverte, elle vérifia l'heure.

6 h 45.

La journée allait être *très* longue.

3

— La police ne va pas tarder, annonça Manon en revenant dans la cuisine.

Ariel venait de se faire un espresso. Il avala le contenu de la tasse d'une gorgée, sans croiser le regard de sa sœur.

— Je vais te laisser gérer, si ça ne te dérange pas.

Évidemment. Le lâche.

Manon sentit sa colère envers son frère revenir. Une furieuse envie de le secouer pour qu'il grandisse enfin.

— Ariel, tu ne peux pas t'en aller tout de suite, lui expliqua-t-elle aussi posément qu'elle le pouvait. Ils voudront nous poser des questions, je sais que c'est comme ça qu'ils procèdent. Nous avons trouvé le corps tous les deux.

— Attends, grogna Ariel en ouvrant le frigo. Tu es montée toute seule. Je n'ai rien à voir avec tout ça, moi. Je n'habite même pas ici.

Il attrapa la bouteille de nectar de pêche et but de longues gorgées.

— Ne bois pas à la bouteille ! Merde ! explosa Manon. Je te l'ai dit combien de fois !

— Désolé, dit Ariel en reposant le nectar à sa place. Ne te mets pas dans cet état pour ça.

Il passa une main sur son crâne glabre. Il avait meilleure mine que cette nuit. Ce qui ne voulait pas dire grand-chose. Aux yeux de sa sœur, Ariel n'avait jamais réussi à avoir une bonne mine tout court. Elle n'arrivait à voir que ses dents abîmées par la consommation de drogue, ses paupières tombantes et son teint trop pâle, quelle que soit la saison. Pas étonnant qu'il passe rarement l'étape des entretiens d'embauche.

— Merci pour cette nuit, OK ?

— Attends au moins que les policiers soient là. S'il te plaît, Ariel.

— Je préfère pas. Sérieux. Je n'ai rien à leur dire. Je n'ai rien vu. C'est toi qui es allée voir ce type.

Manon fulmina. Son frère réussirait donc à la pousser à bout *chaque fois* qu'ils se voyaient.

— Dans quoi tu trempes, maintenant ? Que je sache quel sujet je dois oublier.

— Dans rien. T'inquiète pas.

— Tu as retrouvé du travail, alors ?

Il évitait son regard.

— Non. Mais je cherche. C'est vrai.

— Alors pourquoi la police te fait aussi peur ? insista-t-elle.

Cette fois, ce fut au tour de son frère de pousser un juron entre ses dents. Il pointa un index peu assuré vers elle.

— Et puis merde. Me fais pas la morale, OK ? La police a toujours quelque chose à te reprocher. Même si tu n'as rien fait. Tu le sais. Tu peux pas dire le contraire.

Des conneries, oui, songea-t-elle.

— Ce qui est certain, c'est que toi, tu agis comme si tu avais quelque chose à te reprocher, Ariel. Ou est-ce que tu es encore trop défoncé pour t'en rendre compte ?

Il ouvrit le robinet de l'évier, se lava les mains, s'humecta le visage.

— La psychanalyse est finie ? C'est tout de même pas de ma faute si ce con s'est suicidé, non ?

Manon se sentit bouillir.

— Tu n'as pas *honte* de dire une chose pareille ? Tu n'as pas de cœur. Merde, tu ne changeras donc jamais !

— Faut croire que non. C'est ce que m'a dit Anne-Sophie avant de m'éclater une putain d'assiette sur la tête.

— Je suis sûre qu'elle avait une bonne raison !

— Oh et puis tu m'emmerdes, Manon ! Je me casse et c'est tout !

Il quitta la cuisine d'un pas décidé. A priori, il a déjà sa veste en main qui avait fini par terre, fit le tour du canapé pour retrouver sa sacoche, elle aussi abandonnée sur le sol un peu plus loin.

— Tu te crois meilleure que les autres, hein ? Mon cœur, il n'est pas aussi bien accroché que le tien, c'est sûr ! Toi, tu passes tes journées avec des macchabées, et ça ne te fait rien du tout. S'il y a quelqu'un qui a un problème, c'est certainement pas moi, tu vois.

— Comment tu oses...

— Ton voisin est mort. C'est vraiment triste. Mais je ne le connaissais pas. Je ne veux pas me mêler de tout ça.

— Tu le connaissais très bien, Ariel ! Vous vous êtes vus des tas de fois, tu le sais très bien !

— Quand bien même. Je ne parle pas à la police.

Manon abandonna.

Son frère ne changerait jamais. Son frère était simplement le pire des connards du monde.

— Ariel...

— Quoi ? maugréa-t-il.

— C'était le dernier coup de main que je donne. De ma vie. Tu me dégoûtes. Ne remets plus *jamais* les pieds chez moi. C'est compris ?

— Ça risque pas, t'en fais pas, lâcha-t-il en regagnant la porte. Toutes tes affaires sentent le formol.

Manon resta debout dans la cuisine, tremblante de rage. Elle sentait monter des larmes. Elle s'interdit de craquer. Ce n'était pas la première fois qu'une telle scène se produisait. Mais cette fois, elle se le jurait, ce serait la toute dernière.

Elle caressa machinalement la vieille cicatrice qui marquait son bras d'une petite virgule blanche. Quand elle était énervée, cette cicatrice avait tendance à gonfler et à l'élancer.

Elle entendit la porte claquer, en bas.

Elle se dirigea vers la machine pour se faire un café. Un double.

4

Son frère était parti depuis moins de dix minutes quand l'interphone sonna. C'était la police. Manon leur confirma que c'était elle qui avait signalé le décès, et leur indiqua que le corps se trouvait au deuxième étage. Ils la remercièrent et lui demandèrent de patienter, ils ne tarderaient pas à venir s'entretenir avec elle. Elle en profita pour se faire un deuxième café et s'installa à la table de la cuisine pour le boire, méditant sur ce qui devait se passer à l'étage supérieur. Elle entendait vaguement les policiers qui communiquaient par téléphone au sujet d'identité judiciaire, de médecin légiste, de photos à prendre, d'OPJ à prévenir. Manon n'avait jamais été aussi près d'une scène de suicide, même si toute cette procédure lui était familière. La procédure... et le reste ensuite. *Ce à quoi même les flics les plus endurcis ne souhaitent pas assister.*

Elle jeta un regard à l'horloge. 7 h 00. L'heure à laquelle elle comptait se lever. Elle avait donc un peu de temps devant elle, à condition que les policiers fassent vite. Elle espérait pouvoir prendre une douche avant d'aller au travail.

Heureusement, elle ne tarda pas à entendre de nouvelles allées et venues dans l'escalier. Davantage de policiers. Davantage de discussions au sujet du médecin, de la lettre d'adieu laissée en évidence, de l'alcool qui avait vraisemblablement été consommé en abondance par le défunt.

— Mademoiselle Virgo ?
— Vous pouvez entrer. C'est ouvert.

Deux policiers pénétrèrent dans l'appartement.

— Je suis le capitaine Franck Raynal, police judiciaire, se présenta le premier. Je vous remercie de nous avoir prévenus. Nous avons quelques questions à vous poser. Maintenant, si cela ne vous dérange pas, ou plus tard, au commissariat.

Manon le trouva tout de suite séduisant. C'était lui le chef. Cela sautait aux yeux. Dans sa façon de se tenir, la force tranquille qu'il dégageait, et la manière discrète avec laquelle il appuyait chacun de ses mots. Manon lui donna une petite quarantaine. Il avait un visage carré aux puissants maxillaires, avec des cheveux courts tirant sur le blond et des yeux bleu très pâle, presque gris. L'air de rien, il observait chaque recoin de la pièce.

Derrière lui, le deuxième policier referma soigneusement la porte. Il était plus petit, la peau mate et des traits suggérant des racines au Maghreb. Beaucoup plus jeune aussi, à peine vingt-cinq ans, supposa Manon. Costume froissé, un peu trop grand pour lui, brassard rouge affichant les lettres POLICE. Il portait une petite moustache et un duvet de barbe, sans doute pour se donner plus de virilité. Si c'était le cas, c'était plutôt raté.

— Bonjour, mademoiselle, dit-il à son tour, d'une voix aussi juvénile et peu assurée que son apparence. Lieutenant Sélim Achour.

Autant son collègue rayonnait de confiance en soi, autant ce policier-là semblait mal à son aise. Manon se fit la réflexion que vu sa jeunesse, c'était peut-être le premier cadavre auquel il était confronté dans le cadre de son métier. Ce qui expliquerait son expression gênée. Malgré elle, cela la fit sourire.

— Vous avez parlé d'une tache sur votre plafond, commença Raynal, qui ne souhaitait visiblement pas perdre de temps. On peut la voir ?

— Dans ma chambre. Suivez-moi.

Elle leur fit traverser l'appartement. L'infiltration avait continué. Les draps de son lit étaient criblés de petites gouttes rouges.

— Oh, merde, fit Achour.

— Je suis sincèrement désolé, dit le capitaine Raynal. Ce doit être un choc pour vous.

Manon haussa les épaules.

— Vous savez, je suis thanatopractrice. Je vois beaucoup plus choquant tous les jours.

Les policiers échangèrent un regard de surprise.

— C'est vrai que ce n'est pas un métier habituel, dit Raynal.

— Vous embaumez les gens, c'est ça ? s'étonna Achour.

— On n'emploie plus ce terme. Il s'agit de soins de conservation. Mais oui, c'est mon travail.

Le jeune officier se racla la gorge.

— Il en faut bien, dit-il.

Sans doute une tentative pour être poli.

Manon le dévisagea, sans oser lui faire remarquer à quel point cette putain de phrase la mettait hors d'elle, chaque fois qu'elle l'entendait. Et on la lui ressortait systématiquement. Elle dégoulinait de condescendance et de bêtise. *S'occuper des macchabées, c'est dégueulasse, mais il faut des gens pour le faire, hein. Espèce de tocard, tu as tout faux.* Le capitaine dut sentir l'irritation de la jeune femme, car il posa une main sur l'épaule de son collègue pour l'empêcher de s'enliser davantage.

— Vous faites un métier noble et essentiel, mademoiselle, reprit-il en lui souriant. En ce qui concerne votre voisin, ce qui est arrivé est dramatique. Un de mes hommes est en train de joindre sa famille. Vous les connaissez ?

— Je crois que ses parents habitent à Nîmes, dit Manon sans regarder l'autre policier. Je ne les ai croisés qu'une fois ou deux.

— Bien. Alors ils pourront venir assez vite. M. Lamarque a laissé une lettre...

— Je l'ai vue. Juste deux lignes griffonnées sur un bout de papier.

— C'est vrai, concéda Raynal. Mais c'est souvent tout ce qu'on trouve. Quoi qu'il en soit, nous attendons le médecin légiste. Vu votre métier, je pense que vous connaissez la suite de la procédure ?

Manon y avait déjà réfléchi. Le médecin n'allait pas tarder à inspecter le corps. Si la thèse du suicide était retenue – comme elle l'était le plus souvent dans les cas de ce genre –, il n'y aurait pas grand-chose à faire de plus. Les pompes funèbres discuteraient avec la famille de Bruno des modalités de leurs services, elles assureraient le transport et le stockage de la dépouille. Si ses proches le souhaitaient, il était même probable que le corps de Bruno soit confié aux soins d'une entreprise de thanatopraxie. Rien ne les y obligeait, mais les pompes funèbres le conseillaient toujours, quand elles ne l'incluaient pas automatiquement dans leurs contrats. C'était le moment où Manon intervenait. Elle ralentissait le processus du temps sur la chair inanimée. Elle rendait les morts présentables pour que les vivants puissent faire leur deuil.

Le capitaine la regarda dans les yeux.

— Donc, nous avons besoin de savoir deux ou trois petites choses pour le procès-verbal, comme vous vous en doutez.

— Je vous écoute.

— Vous vivez seule ici ?

— Oui.

— Quand vous avez découvert M. Lamarque, ce matin, vous étiez seule aussi ?

Manon hésita une fraction de seconde.

Voilà. Je dis quoi, maintenant ?

— Oui, il n'y avait que moi. J'ai vu le sang au plafond, j'ai décidé d'aller voir.

— Vous connaissiez bien M. Lamarque ?

— Cela fait trois ans que j'habite ici. On se croisait presque tous les jours. Il travaille... enfin, *travaillait* à la pizzeria qui se trouve au bout de la rue. D'ailleurs, il était de service hier soir. Il est rentré tard, aux alentours de 3 heures du matin.

Le lieutenant Achour notait ses réponses sur une planchette où étaient fixées de grandes feuilles. Pendant ce temps, son chef parcourait des yeux l'appartement de Manon. Il se tourna de nouveau vers la jeune femme.

— Donc vous l'avez vu rentrer ?

— Je l'ai seulement entendu. L'immeuble n'est pas très bien insonorisé.

— Les vieilles bâtisses de Montpellier, renchérit le policier. J'en sais quelque chose. Je viens de prendre une location près de la place de la Comédie. J'entends tout ce que font mes voisins, jour et nuit. L'un d'entre eux est amateur de heavy metal. Je sais maintenant pourquoi on surnomme ça la musique de l'enfer.

Manon ne put s'empêcher de sourire.

— J'imagine.

— Bref, vous ne pouvez donc pas affirmer que M. Lamarque était seul, cette nuit ?

— Non. Je ne peux pas être catégorique sur ce point.

— À votre connaissance, il recevait souvent des amis, tard le soir ?

— Chez lui, pas tant que ça. Mais il sortait beaucoup. Avec son métier, il connaissait beaucoup de monde.

Le policier parut satisfait.

— Et si je devais vous demander un autre avis, très personnel... Auriez-vous imaginé qu'il puisse en venir à un acte aussi dramatique ?

— Oh, non, bien sûr. Mais...

Il y avait un *mais*. Manon y avait repensé en les attendant. En fait, cela n'avait pas arrêté de tourner dans sa tête.

Elle devait leur dire la vérité. Vérité que la famille de Bruno confirmerait de toute manière assez vite.

— Une fois, on en a discuté. Il m'a avoué qu'il avait déjà fait une tentative de suicide. C'était il y a quatre ou cinq ans, je crois, à la suite d'une rupture sentimentale. Mais pas de cette manière. Je veux dire, il avait essayé d'en finir avec des cachets et de l'alcool.

— Classique, dit Raynal.

— Il est possible qu'il ait beaucoup bu avant de passer à l'acte, cette fois aussi, ajouta son jeune collègue qui continuait de tout noter méthodiquement.

— Le plus souvent, les hommes qui décident de mettre un terme à leur vie le font plutôt par pendaison ou par arme à feu, fit remarquer Raynal.

Manon hocha la tête.

— Je le sais. Je les vois passer. C'est moi qui remets leur visage en état.

De nouveau, un flottement. Elle sentit Achour plutôt mal à l'aise. Raynal, lui, eut un sourire désabusé.

— On vit dans une drôle d'époque, mademoiselle. Les gens sont tous au bout du rouleau. Même chez les flics, ce genre de drame arrive de plus en plus souvent. On est démuni face à ça...

Il jeta un dernier coup d'œil au plafond, au lit défait de Manon, avant de se retourner.

— Je crois que ça suffit. Nous n'allons pas vous ennuyer davantage. Sélim, tu as ce qu'il te faut ?

Le lieutenant Achour rangea son stylo dans la poche de sa chemise.

— Tout noté, chef. Ça colle au reste des constatations. Pour moi, c'est bien un suicide.

— C'est ce qu'on dirait, oui. Nous n'avons plus qu'à rejoindre les autres et attendre le médecin. Ce sera lui qui aura le dernier mot, de toute manière, sur la suite des événements.

Raynal s'arrêta pourtant devant la porte de la cuisine. Il observa d'un air curieux la table, et les deux tasses de café posées dessus.

— Juste une question, mademoiselle.
— Oui ?
— Ce n'est peut-être rien, mais...
Il tendit l'index.
— ... ces deux tasses, là. Elles sont de ce matin, non ?
— Eh bien, oui, commença Manon avant de comprendre où cela menait.
Elle se mordit la langue.
Qu'est-ce que le flic va s'imaginer, maintenant ?
— Vous nous avez dit que vous étiez seule, ce matin, non ?
— En fait...
Manon hésita, cherchant un mensonge, une esquive. Trop risqué. Elle refusa de s'embrouiller encore plus.
— Non. Enfin, c'est vrai. Il y avait mon frère.
Le lieutenant Achour souleva la feuille sur sa tablette et relut ses notes.
— J'ai noté que vous étiez seule.
— Je me suis peut-être mélangé les pinceaux, se défendit Manon aussi naturellement qu'elle le pouvait. Je suis montée toute seule voir ce qui se passait.
— Mais votre frère était présent ?
— Oui, admit-elle.
— Il s'appelle comment ?
— Ariel. Ariel Virgo. Il a dormi sur mon canapé. Il s'était disputé avec sa copine. Mais il devait partir très tôt. Un rendez-vous urgent.
— Pour son travail ?
— Non, mon frère...
Il fallait décidément qu'elle réfléchisse à ce qu'elle disait. Les paroles d'Ariel lui revenaient. *La police a toujours quelque chose à te reprocher. Même si tu n'as rien fait.* Elle ne voulait pas entrer dans ce jeu-là.

— Mon frère n'a pas de travail actuellement. Il était agent de sécurité ces derniers temps, il travaillait chez Securitas...

Jusqu'à ce qu'un contrôleur le trouve endormi à son poste à 3 heures du matin, alors qu'il était payé pour surveiller les locaux d'une compagnie d'assurances en travaux.

— ... mais il a perdu son emploi il y a un peu plus d'un mois, je crois. Nous ne sommes plus vraiment très proches.

Le policier la jaugea du regard, comme s'il cherchait à lire dans ses pensées. Il lui sourit.

— Très bien, alors. De toute façon, au vu des circonstances, cela n'est guère important.

En partant, il se retourna toutefois et lui dit, à voix basse :

— La prochaine fois, ne perdez pas votre calme comme ça, mademoiselle. Nous sommes à votre service.

Il lui tendit une petite carte tricolore.

— Et tant que j'y suis, si vous avez le moindre problème avec les assurances pour faire nettoyer cette tache de sang, n'hésitez pas à me contacter. C'est mon numéro personnel. Je me chargerai de leur expliquer la situation, et accessoirement leurs devoirs légaux. Ça aide toujours.

Il ponctua d'un clin d'œil.

Manon lui sourit. Quelque peu gênée.

Elle l'observa remonter l'escalier en espérant qu'il ne se rendait pas compte qu'elle lui lorgnait les fesses.

Ensuite elle tourna dans la cuisine pendant une minute, maudissant Ariel de l'avoir placée dans une telle situation. De quoi avait-elle eu l'air ? Cela n'aurait probablement aucune conséquence, mais une culpabilité idiote ne voulait pas la quitter.

Par la fenêtre, elle vit passer un groupe de policiers qui se rendaient à l'étage. Avec eux, elle crut reconnaître un médecin qu'elle avait déjà croisé dans les laboratoires de pompes funèbres. Le légiste tant attendu, très certainement.

Son regard tomba sur la photo d'elle et son frère, maintenue sur la porte du frigo par un aimant. L'image datait de leurs vacances sur la côte espagnole, trois ans auparavant. Ils semblaient tellement plus jeunes, tous les deux.

Elle décrocha la photo du frigo et murmura :

— Espèce de connard.

Puis elle la déchira en petits morceaux.

C'était puéril, mais ça faisait du bien.

La pendule indiquait déjà 7 h 45.

Elle *était* en retard.

5

Ariel finit sa cigarette et écrasa le mégot sur le trottoir.

Il jura entre ses dents, ressassant les paroles de sa sœur. Comment pouvait-elle le traiter de cette manière ? Il n'était pas insensible comme elle. Ce n'était pas sa faute si, *lui*, la mort le mettait terriblement mal à l'aise !

En outre, il avait menti. La mort de Bruno le peinait énormément. Chaque fois qu'il l'avait croisé, chez sa sœur ou à la pizzeria où il travaillait, ce type avait été le plus gentil du monde. Il ne méritait pas de finir comme ça, de façon aussi bête.

Ariel ne voyait aucune raison de s'épancher devant Manon, c'est tout.

D'autre part, il n'y pouvait plus rien. C'était la stricte vérité. Le drame était arrivé, impossible de revenir en arrière. Ariel préférait ne pas y être associé. C'était son droit.

Il tripota nerveusement son téléphone et décida d'appeler Nicolas. Son meilleur ami. Son complice de tous les coups. Nicolas était la seule personne qui ne l'avait jamais laissé tomber.

Il ne décrocha pas. Sans doute pas encore réveillé. Ariel s'adressa donc à son répondeur :

— Nico, c'est Ariel. Tu peux me rappeler s'il plaît ? Je suis un peu en galère, là, avec Anne-Sophie. Je me demandais si je pouvais passer te voir dans la journée. Je te donnerai un coup de main au garage, si ça te dit.

Il espérait que le message était assez clair. Et pas trop désespéré. Officiellement, le garage de son ami n'ouvrait pas le lundi. Ce jour-là, Nicolas Majax le réservait à son autre business. Toujours dans les voitures, cela dit. Le travail ne manquait pas dans cette branche. Remplacement de pare-brise, de carrosserie. Et, surtout, maquillage des numéros d'identification des véhicules. Nicolas n'avait pas son pareil pour les tours de passe-passe. Cela rapportait bien. C'était, après tout, la seule chose qui avait réellement de l'importance.

Perdu dans ses pensées, Ariel remonta la rue jusqu'au boulevard. Le feu pour les piétons était rouge, mais le trafic stagnait dans les deux sens. Ariel s'engagea sans hésiter entre les véhicules pour traverser.

On le klaxonna. Il se retourna, brandissant un doigt d'honneur à l'intention de l'automobiliste, et son regard croisa celui d'une jeune femme qui se frayait elle aussi un chemin au milieu des voitures immobilisées. Cheveux noirs tressés. Maquillage charbonneux. La fille était mince, habillée tout de noir. *Mignonne*, songea Ariel.

Il n'y prêta pas davantage attention.

Son esprit était assez préoccupé comme ça.

Quelques rues plus loin, il arriva sur l'esplanade. Le vent frais lui apportait les odeurs de la terre et des plantes, mêlées à celles du café et du chocolat que dégustaient les personnes installées aux tables de bistrot. Des silhouettes de joggeurs parcouraient les sentiers entre les pelouses.

Ariel passa devant les grandes marches du palais des congrès, où flânaient des groupes de lycéens, puis devant des bancs déserts, un peu plus loin. Il longea la clôture verte qui marquait la limite du chemin et ne tarda pas à repérer les personnes qu'il cherchait.

Trois adolescents en jogging Lacoste et Adidas le saluèrent d'un signe de tête avant de lui ouvrir la barrière.

Le passage en pente surplombait le trafic en contrebas, ainsi que la voie de chemin de fer un peu plus loin. Un garçon était assis sur une marche de béton, entouré de verdure. Il portait un maillot du PSG et un épais bonnet noir affichant haut et fort les mots *FUCK THE POLICE*. Il lui tapa dans la main.

— Salut, mon pote.

— Chouette bonnet, dit Ariel en s'asseyant à ses côtés.

— Dieu est dans l'accessoire. Qu'est-ce qui te ferait plaisir ?

Ariel posa sa main sur le muret. Il avait placé un billet de cinquante euros en dessous.

— La même que la dernière fois.

— Ça roule.

D'un mouvement fluide, le garçon avait récupéré le billet et placé dans la main d'Ariel un petit pochon d'herbe.

— La meilleure du marché.

— C'est pour ça que je reviens, dit Ariel en se redressant. Merci, vieux.

— Toujours là pour toi, mon pote.

Ariel remonta l'allée vers les trois gosses qui faisaient office de portiers de la petite entreprise. Comme précédemment, ils s'écartèrent pour libérer le passage.

Il la vit de nouveau.

La femme aux tresses et aux yeux charbonneux se tenait de l'autre côté de l'esplanade, bras croisés sur sa robe noire moulante.

Ariel fronça les sourcils.

Que faisait-elle là ?

Des nuées translucides de pollen tombaient des arbres et flottaient dans les airs autour d'elle.

Elle semblait attendre, impassible.

Était-ce lui qu'elle fixait ainsi ?

Qui d'autre ?

Mais non. C'était ridicule. Cette femme n'avait aucune raison de le surveiller. Elle devait simplement attendre quelqu'un.

Ariel jeta un regard à droite et à gauche. Pas de flics en vue, ni d'un côté ni de l'autre. Il traversa les pelouses, non sans un certain malaise. Il n'avait pas assez dormi. Ses pensées étaient loin d'être claires. Il se demanda s'il n'était pas victime d'une crise de paranoïa. Cela lui était déjà arrivé après avoir trop fumé d'herbe.

Sauf qu'il n'avait pas fumé hier soir. Il avait simplement bu. En trop grande quantité, certainement, mais l'alcool ne l'avait encore jamais rendu parano.

Il se faufila entre les tentes du marché, tout en se forçant à réfléchir.

Qui était cette femme ?

Même si elle le suivait, il ne s'agissait pas d'un flic. Ceux-là, il savait les reconnaître de loin.

Il se demanda s'il n'avait pas déjà vu cette personne quelque part. Une silhouette telle que la sienne, cela ne s'oubliait pas. Dans ce cas, où l'aurait-il croisée ? Quand ?

Il fouilla dans sa mémoire. Il ne voyait toujours pas.

À moins que...

Son inquiétude monta un peu plus.

Il se retourna et chercha la femme des yeux. Il fallait qu'il soit sûr...

Elle n'était plus là.

Ariel observa les passants. Il vit des adolescents qui chahutaient en se hâtant vers la passerelle du lycée tout proche. Il vit aussi plusieurs personnes qui promenaient leurs chiens d'un pas pressé.

Nulle part il ne vit la femme habillée de noir.

Elle devait être repartie.

À moins qu'il ne l'ait imaginée.

Tu fais une crise de parano. Voilà ce qui se passe. Rien d'autre.

Ce n'est pas étonnant après ce qui s'est passé tout à l'heure. Tu n'es pas de bois, mon vieux.

Malgré lui, Ariel se remémora l'écœurante tache rouge au plafond. Le pauvre Bruno, mort tout seul, les veines ouvertes, au terme d'une nuit de déprime de trop.

Il s'en voulut de ressasser ces images. C'était morbide. Et cela n'avait aucun rapport avec lui.

N'est-ce pas ?

Il reprit son chemin d'un pas fébrile et traversa la place de la Comédie, passant de nouveau entre des tables de bistrot qui commençaient à se remplir. Sur sa gauche, la cloche du tramway retentit, signalant l'approche de la rame.

Il se retourna.

La femme se trouvait sur la place, elle aussi.

Elle marchait dans sa direction. Sans se presser.

À présent, elle souriait.

Un sourire de reptile. Mauvais. Et c'était *lui* qu'elle suivait de son regard trop maquillé.

Cette fois, Ariel sentit un froid glacé descendre le long de sa colonne vertébrale.

Il cessa de réfléchir. Il s'élança et courut aussi vite qu'il le pouvait.

Il passa devant le tramway qui fit sonner sa cloche comme une bordée de jurons.

Il continua de courir, bousculant les piétons et changeant de rue à chaque intersection.

Il ne s'arrêta qu'une fois à l'entrée du parking où se trouvait sa voiture. Là seulement, il s'autorisa une halte, plié en deux, les mains sur les genoux. Sa respiration sifflait. Ses poumons le brûlaient.

La femme ne l'avait pas suivi.

Du moins Ariel l'espérait-il.

Le cœur toujours emballé, il ne s'attarda pas et disparut dans le parking souterrain.

6

— Tu l'as laissé filer.
L'homme avait parlé tout bas. Son timbre était naturellement grave, il ressentait rarement le besoin de hausser le ton.
— Il y avait trop de monde, lui dit-elle.
— Peut-être bien.
Il s'approcha d'elle, les mains dans les poches. Il était parfaitement calme. Son expression ne trahissait rien du feu noir et indomptable qui crépitait en lui. Cependant, sous sa chemise bien repassée et son bronzage impeccable, la bête n'était jamais loin. Invisible, mais toujours à fleur de peau.
— Viens.
Ils marchèrent le long de la rue. Une dizaine de mètres plus loin, ils pénétrèrent dans une ruelle en cul-de-sac où étaient entreposés des containers à ordures. Les bacs leur servirent d'écran, les mettant à l'abri des regards des passants.
La jeune femme ouvrit son miroir de poche et vérifia le mascara sous ses yeux en amande. Le maquillage n'avait pas bougé. Tel qu'elle l'aimait.

— Ils vont conclure à un suicide ? demanda-t-elle en rangeant son miroir dans son sac.

— Tu le sais très bien, Nyx. Nous avons fait le nécessaire.

— J'ai fait, précisa-t-elle avec une fierté glacée.

— Oui. *Tu* as fait.

Elle émit un petit clappement de langue.

— Alors ?

— Nous devons le retrouver. C'est impératif.

— Nous aurions pu le faire hier soir, fit-elle remarquer. Et tout serait réglé maintenant.

L'homme serra les poings. Ses biceps se gonflèrent, tendant le tissu de sa chemise.

— Ce n'était pas le bon appartement.

— Non. Mais nous avions le temps de nous occuper de l'autre aussi.

Elle le gratifia d'un regard appuyé.

— Si tu n'avais pas paniqué comme une chochotte, nous l'aurions déjà récupéré.

— Ne joue pas à ça, la prévint-il d'une voix lente, dénuée d'émotion.

Elle aimait jouer, au contraire. Elle aimait le pousser. Elle en retirait un plaisir sadique.

— Pourquoi ? insista-t-elle, un sourire au coin des lèvres. Tu n'aimes pas que ta virilité en prenne un coup ? Mais c'est vrai. J'oubliais que tu as besoin d'une tête de bouc pour bander.

La main de l'homme jaillit sans qu'elle la voie venir.

Il la saisit à la gorge et la plaqua contre le mur comme une simple marionnette. L'arrière de sa tête heurta les pierres. Elle poussa un gémissement étranglé.

— Baphomet... hoqueta-t-elle, traversée par un spasme.

Il avait suffi d'un instant pour que le visage de l'homme change. Son regard n'était plus un masque de calme trompeur, mais celui d'un homme habité par une folie fiévreuse. Une bête excitée par l'odeur du sang.

La jeune femme suffoquait. La poigne de fer autour de sa gorge l'empêchait à la fois de respirer et de bouger.

— Baphomet... répéta-t-elle d'un timbre voilé. Lâche... moi...

Il serra, faisant craquer ses vertèbres. Il approcha son visage du sien. Ses lèvres effleurèrent son oreille sertie de petites pierres noires.

— Tu me céderas, Nyx, chuchota-t-il. Je te baiserai. Tu sais que ça arrivera. Tu en as toujours eu envie.

Elle sourit autant qu'elle le pouvait, en dépit de la douleur et du manque d'oxygène.

— Tu... peux... rêver...

Il grogna et serra davantage. Les yeux de la jeune femme se révulsèrent. Des étincelles traversèrent sa vision. Pourtant elle ne cessait de sourire.

— Tu tiens... tant que ça... à te donner... en spectacle... ?

Chaque syllabe était une torture. Elle ne tiendrait pas beaucoup plus longtemps avant de s'évanouir purement et simplement. Et il le savait très bien.

Pourtant il attendit encore quelques instants, les traits enflammés par la colère, avant d'accepter de relâcher sa prise autour de son cou.

Elle tituba et s'appuya au mur, pliée en deux, secouée par une quinte de toux rauque.

L'homme baissa les yeux vers elle. Son regard était de nouveau calme. Indéchiffrable.

— Tu n'es qu'une petite pute, Nyx, susurra-t-il.

La jeune femme se massa le cou. La main de l'homme avait imprimé une marque sur sa peau. Elle toussa encore, jusqu'à ce que sa toux se transforme en rire.

— Tu n'auras rien par la flatterie, non plus.

7

La musique de Portishead à fond dans le Kangoo, Manon était prisonnière du trafic.

Elle *détestait* être en retard.

Cela signifiait des ennuis, les réflexions des pompes funèbres et le désarroi des familles.

Malheureusement, ce matin, tout était contre elle. Il y avait des travaux à un carrefour, et elle perdit un temps précieux dans les embouteillages. Elle patienta autant qu'elle put, s'énerva, chercha à emprunter un autre itinéraire en passant par les petites rues, pour finir plus bloquée encore dans un quartier qu'elle ne connaissait pas.

Elle monta le son de la musique.

Seule cette énergie parvenait à la calmer.

Cette ligne de basse, martelée, saturée, hypnotique. Qui faisait vibrer chacun de ses os.

Le funérarium se trouvait en périphérie de la commune, près de l'entrée de l'autoroute. Manon poussa un soupir de soulagement en se garant enfin à l'arrière du bâtiment en briques. Elle coupa la musique. La porte du garage était fermée, elle allait devoir demander qu'on lui ouvre afin de transporter son matériel. Elle se hâta vers l'accueil du magasin.

— Bonjour, Louise. Je viens pour un soin de conservation. Le défunt s'appelle Pascal Hernandez.

La fille derrière le bureau baissa ses lunettes sur l'arête de son nez, surprise.

— Bonjour, Manon. Mais... quelqu'un s'occupe déjà du soin de M. Hernandez.

— C'est une blague ?

— Il est arrivé il y a un quart d'heure. Tu n'étais pas là. Quelqu'un de chez nous a dû l'appeler...

Manon leva les yeux au ciel. Ce n'était *vraiment* pas sa journée.

— Qui ? demanda-t-elle, en se doutant déjà de la réponse.

— Michael. Je pensais qu'il avait vu avec toi et que tu étais au courant.

Arrivé il y a un quart d'heure. Manon n'avait que vingt minutes de retard. Le salaud l'avait volontairement grillée.

— Ce n'est pas grave, murmura-t-elle d'un ton blasé.

Ça l'était, bien sûr. Ce salopard de Michael Pietra lui faisait le coup aussi souvent qu'il en avait l'occasion. Il soignait ses contacts avec le personnel des principales pompes funèbres de la région. Il leur payait des verres, les invitait à voir les matchs de foot chez lui, des trucs de mecs. Et ses « amis » le prévenaient ensuite discrètement pour qu'il rapplique sur des soins qui ne lui étaient pas destinés.

En d'autres termes, il volait purement et simplement du travail à ses collègues.

— Je peux... ?

— Tu sais où est le labo, lui dit Louise. Fais comme chez toi.

Laissant la conseillère funéraire se replonger dans son roman, Manon se dirigea vers la salle technique située à l'arrière du bâtiment.

— Michael !

Murs carrelés. Vapeurs de formol. Le laboratoire était empli du bourdonnement familier de la pompe qui injectait la solution colorée dans le corps allongé sur la table d'autopsie. Michael Pietra releva la tête. Il portait une blouse verte, des gants en latex, et une charlotte sur ses cheveux grisonnants. Au premier coup d'œil, Manon constata qu'il avait déjà bien avancé son travail sur le défunt.

Pietra prit un air de surprise factice.

— Tu n'as pas été prévenue ? Ils m'ont appelé pour le soin, finalement.

— *Finalement ?* ragea Manon. Ne te fous pas de moi. C'est la troisième fois cette année que tu me fais ce coup-là, Michael. Je viens de me taper plus d'une demi-heure dans les embouteillages pour rien !

Pietra cessa de jouer la comédie et se fendit d'un sourire narquois. Manon haïssait cet individu. Il était réputé pour bâcler le travail sans le moindre état d'âme, et n'hésitait pas à tirer dans les pattes de ses collègues dès qu'il pouvait en récolter le moindre profit. On racontait qu'il était capable d'expédier un soin de conservation en vingt minutes top chrono, alors qu'il fallait près d'une heure et demie pour le réaliser correctement. Depuis, elle ne pouvait plus penser à lui que comme Monsieur Vingt Minutes.

— Écoute, ergota-t-il d'un ton lénifiant, un copain m'a averti qu'un soin attendait, c'est tout. Il pensait que personne n'allait venir. Je ne savais pas...

— Tu viens de me dire que tu croyais qu'on m'avait prévenue.

— Bref, j'étais libre, j'ai pris le soin. Tu ne peux pas me reprocher de faire mon boulot. La prochaine fois, je veillerai à ce qu'on t'appelle pour t'éviter le déplacement. C'est promis.

Le salaud ne se démontait jamais. À croire qu'il était incapable de la moindre honte, du moindre remords. Manon chercha son souffle. Sur l'évier, elle repéra le pacemaker qu'il avait extrait de la poitrine du « client ». Une prime facile à ajouter au prix de la prestation. Cela la rendit encore plus furieuse. Mais elle préféra en rester là. Tout ce qui lui venait, c'étaient des insultes. Elle ne pouvait rien faire, de toute façon. Elle se contenta de tourner les talons et de claquer la porte derrière elle.

Elle travaillait dans le funéraire depuis cinq ans. Dieu sait qu'elle adorait ce métier, même si la plupart des gens ne comprenaient pas cette vocation. Pourtant, elle avait du mal à supporter ces petits arrangements aussi mesquins que décomplexés en interne. Chaque fois qu'un incident similaire se produisait, elle se sentait profondément humiliée.

Elle salua Louise d'un geste du menton.

— À la prochaine, dit celle-ci sans lever les yeux de son livre.

— Ouais, ouais.

Elle avait gaspillé un temps précieux. Maintenant, il lui fallait rappeler le secrétariat en espérant qu'ils auraient une autre demande d'intervention sous le coude. Mais il y avait de fortes chances que tous les soins soient déjà attribués. Dans ce cas, c'est la matinée entière qu'elle avait perdue.

En revenant sur le parking, elle croisa Hind, qui fumait une cigarette, assise sur le capot d'un corbillard flambant neuf. Hind travaillait pour la même boîte que Manon. La quarantaine bien entamée, elle paraissait dix ans de moins. Une grande gueule, tout en exubérance et en sensualité. Autrement dit, son exact opposé. Manon l'aimait beaucoup. Ce n'était pas son genre de faire des mauvais coups par-derrière. Quand Hind avait un problème avec un collègue, elle réglait les choses face à face. Un chauffeur en avait fait les frais, le mois dernier. Il s'était permis de lui peloter les fesses. Hind lui avait brisé le nez d'un coup de valise.

— Tu en fais une tête.
— Michael m'a doublée.
— Ah, oui.

Hind expulsa un filet de fumée du coin de ses lèvres roses et pulpeuses. Ses longs cheveux frisés retombaient de part et d'autre de ses épaules, encadrant un décolleté suggestif. Manon se planta à ses côtés, les épaules basses. Pour sa part, elle s'habillait toujours très sobrement. Tunique, jean, bottes hautes. Maquillage discret. Jamais la moindre extravagance. Hind, au contraire, refusait de laisser son métier être un obstacle à sa féminité. On pouvait dire que cela sautait aux yeux.

Elle décroisa ses jambes gainées de nylon et se leva, réajustant son étroite jupe noire.

— J'ai vu l'autre andouille rappliquer ventre à terre, tout à l'heure. Je me demandais à qui il avait piqué le boulot.

Manon grimaça.

— Il y a assez de morts pour tout le monde, pourtant !

Hind gloussa. De petites rides se dessinèrent au coin de ses yeux.

— Tu m'étonnes. Moi, je viens de finir une reconstruction faciale. Un vieux qui s'est fait sauter le caisson d'un coup de fusil. Ça m'a pris toute la nuit, mais je suis fière du résultat. On jurerait que le type est mort paisiblement dans son sommeil.

— J'en suis sûre. C'est toi la plus douée, Hind.

— J'ai l'expérience, c'est tout.

La thanatopractrice jeta sa cigarette et l'écrasa du bout de son escarpin.

— Quand tu auras fait ça pendant plus de vingt ans, comme moi, tu te débrouilleras aussi bien. Ou même mieux. Si tu n'as pas arrêté ce métier de fou d'ici là, bien sûr.

— Cela ne risque pas. J'aime ce que je fais.

— Je le sais. Tu es une belle âme, Manon. Il suffirait que tu t'affirmes un peu plus. Arrête de te faire marcher sur les pieds par tous ces cons.

— Chacun a sa personnalité, éluda-t-elle d'un ton gêné. Et les cons seront toujours les plus nombreux.

Hind leva un index désapprobateur.

— Tu te cherches des excuses, mon chou. En attendant, je sais ce que je peux faire pour toi. Laetitia vient de m'appeler pour un soin à domicile. Ce n'est pas la porte à côté, mais c'est un travail facile. Si tu n'as rien contre un peu de route, je te cède ma place avec plaisir.

Manon haussa les sourcils. *Ça*, personne ne l'avait encore jamais fait pour elle.

— Sérieux ?

— Je bosse depuis 2 heures du matin, je suis sur les rotules. J'ai besoin de me reposer un peu. Au moins, ça t'évitera d'attendre plusieurs plombes qu'on te propose quelque chose. Qu'en dis-tu ?

Hind était décidément une fille formidable.

— Merci. Je te revaudrai ça, lui assura Manon.

— Mais j'espère bien ! Les mecs nous emmerdent assez, avec leur solidarité masculine à la noix. Autant se serrer les coudes entre filles quand on peut !

Manon sourit pour la première fois de la journée.

En fin de compte, peut-être que tout n'irait pas si mal que ça, aujourd'hui.

8

Pour la troisième fois, Ariel appela Nicolas.
Pour la troisième fois, il tomba sur le répondeur de son ami.
— Merde, qu'est-ce que tu fous, mon vieux ? Nico, décroche. J'ai besoin de te parler.

Il était installé au volant de sa voiture, sur le parking de l'immeuble où habitait Anne-Sophie. Il observa son téléphone, espérant que Nicolas lèverait le nez de ses moteurs et finirait par consulter sa messagerie.

Dans l'immédiat, il ne pouvait pas faire grand-chose de plus. Il entrouvrit la fenêtre et savoura le joint qu'il venait de rouler. La saveur de l'herbe était douce et crémeuse, elle emplissait sa gorge juste comme il l'aimait. Son petit dealer préféré ne lui avait pas menti sur la qualité. La brume familière envahissait son esprit, apportant le léger étourdissement qu'il recherchait.

Quand il se sentit assez calme, il se décida à sortir de la voiture.

Des mamans promenaient des poussettes sur les allées bétonnées. Il les salua et pénétra dans l'immeuble. Le hall empestait la pisse et les ordures déposées à même le sol. Ariel ignora l'ascenseur, qui était en panne plus souvent qu'il ne fonctionnait, et qui risquait de se bloquer entre deux étages. Il emprunta l'escalier.

Troisième étage. Ariel tapa nerveusement sur l'interrupteur jusqu'à ce que la lumière jaillisse. Il se dirigeait vers l'appartement d'Anne-Sophie quand la porte du voisin s'ouvrit brusquement. Le bonhomme était un Camerounais, une vraie montagne, ses bras gonflés aux stéroïdes affichant des tatouages de pharaons et de croix ansées. Ses yeux chassieux semblaient perpétuellement rougis par la consommation de cannabis. Il lui jeta un regard inquisiteur.

— Bonjour... dit Ariel.

Il n'avait jamais réussi à retenir son nom.

Le type claqua la porte sans avoir prononcé le moindre mot.

— OK. Ça, c'est fait...

Dans cet immeuble, plus rien ne surprenait Ariel.

Il gonfla la poitrine et frappa chez Anne-Sophie.

Maintenant qu'il était revenu, il ne pouvait s'empêcher de nourrir un dernier espoir naïf. Anne-Sophie avait peut-être réfléchi depuis la veille. Elle pouvait encore lui pardonner...

Elle lui ouvrit. Maussade. Des poches sous les yeux. Ses longs cheveux étaient dénoués et emmêlés. Ariel vit qu'elle portait encore le débardeur et le pantalon de sport avec lesquels elle dormait. La gueule de bois de la jeune femme semblait pire que la sienne.

— Je t'ai dit que je ne voulais plus te voir.

— S'il te plaît... Si tu me laissais...

— Me parle pas, le coupa-t-elle en levant une main devant elle. Je me fous de tes excuses.

Elle tourna les talons et alla s'asseoir sur le canapé.

— Tes affaires sont là-bas. Je les ai mises dans des cartons.

— Écoute-moi juste une seconde, supplia Ariel en pénétrant dans l'appartement, la tête basse. Tu sais qu'on a toujours eu des hauts et des bas, tous les deux. Cela ne signifie pas que...

— Tu ramasses tes affaires, compris ? Et ensuite tu te tires de chez moi une fois pour toutes.

La discussion commençait mal.

— Je sais que j'ai déconné, d'accord ? C'est entièrement de ma faute. Mais je vais changer. Je te le jure.

Anne-Sophie secoua la tête. Elle entortilla une mèche de cheveux autour de son index.

— Arrête tes conneries, Ariel. Ce n'est pas la première fois que tu me trompes. Si je te pardonne encore, tu sais très bien que ça recommencera. De la même manière. T'es qu'un connard, tu n'as pas de cœur.

Ariel se mordit la lèvre. Décidément, tout le monde était unanime sur ce point.

— Tu m'en veux toujours...

— Je t'en veux à mort, putain ! Tout ce dont j'ai envie, c'est que tu dégages de ma vie une fois pour toutes. Je suis assez claire ?

Il abandonna.

— Plutôt, oui. Je suis désolé.

— Tu peux l'être. Et tant que j'y suis, il faudra que tu expliques à tes petits copains que tu ne squattes plus ici. Parce qu'ils se sont pointés à 1 heure du mat'. Non mais, franchement ! Je peux te dire que je les ai bien reçus !

— Quoi ? De qui tu parles ?

Anne-Sophie tortilla ses cheveux de plus belle.

— Un type et une fille. Jamais vus avant, et de toute façon, c'est plus mes affaires. Ils te cherchaient. Dans le genre bien flippant, tous les deux.

Il se remémora l'inconnue qui le suivait tout à l'heure. Les longues tresses noires. Les yeux charbonneux.

— À quoi ressemblait la fille ?
— Une espèce de gothique. On aurait dit Mercredi Addams en mince.

Ariel déglutit. Sa gorge était douloureusement sèche.

— Je ne connais pas ces gens.
— Eux, en tout cas, ils savent qui tu es, ricana Anne-Sophie. Mais je leur ai expliqué que tu n'habites plus ici, et qu'ils n'ont pas intérêt à remettre les pieds dans cette résidence s'ils ne veulent pas d'ennuis.

— Ils n'ont pas dit ce qu'ils voulaient ?
— Mais enfin, qu'est-ce que j'en ai à foutre, Ariel ? Je les ai envoyés te chercher chez ta sœur, vos trafics ne me regardent pas. Ensuite, le voisin a ouvert sa porte, tu sais comment il est. Je peux te dire que les deux tarés n'ont pas insisté.

Je les ai envoyés te chercher chez ta sœur.

Ariel sentit qu'il transpirait. Il passa les mains dans sa barbe pour se donner une contenance. Mais son cœur battait trop vite.

Anne-Sophie cessa de jouer avec ses cheveux et le toisa.

— Pourquoi tu fais cette tête ? Ils sont pas venus te voir ?
— Non. Et je t'ai dit que je les connais pas...

— De toute façon, je me suis trompée, ajouta-t-elle. Je m'en suis rendu compte après leur départ.
— Comment ça ?
— L'appartement de ta sœur. Je leur ai donné la bonne adresse, mais je leur ai dit que c'était celui du haut. J'étais trop bourrée. Je sais pas pourquoi j'avais ça en tête. En réfléchissant, après coup, je me suis souvenue que Manon habite celui du bas. C'est bien celui du bas, le sien, non ?

Ariel hocha lentement la tête.

Il ressentait un poids dans sa poitrine.

— C'est celui du bas, répéta-t-il pour lui-même. Putain…

Il se tourna vers les cartons empilés au fond de la pièce.

— Je peux utiliser tes toilettes ? Ensuite, je te débarrasse de mes affaires.
— Tu fais ce que tu veux. Tant que tu ne me demandes pas de t'aider.

Ariel se dirigea en grommelant vers les affaires entassées contre le mur. Anne-Sophie avait fourré ses vêtements en vrac dans les cartons. Cela ne le dérangeait pas, il n'avait aucun attachement pour ces vieilles fringues.

Sauf pour une chose.

Il se pencha et prit la valise noire, posée sur un des cartons.

Il l'emporta dans la salle de bains.

Il transpirait à grosses gouttes, à présent.

Après avoir verrouillé la porte, il posa la valise sur le lavabo et pressa les deux boutons en même temps. Clac. Clac.

À l'intérieur, des plis de soie rouge. Une robe, brodée de fins motifs dorés. Et une cape, dans le même tissu, avec une large capuche.

Il écarta les plis du vêtement pour en sortir le masque. Sans pouvoir réprimer un frisson, il passa son pouce sur la surface dorée.

Le masque représentait un visage ovale surmonté de deux petites cornes discrètes. Des yeux plissés, aux fentes légèrement de biais. Nez fin et droit. Seule la bouche brillait par son absence. Des petits diamants, disposés sur le front et les joues, accrochaient la lumière et scintillaient de mille feux.

Ariel le contempla longuement.

9

Le Kangoo avalait les kilomètres. Dans les enceintes vrombissantes, la musique de Chelsea Wolfe avait pris le relais. Paysage et musique se déroulaient ensemble, aussi réguliers l'un que l'autre. Les collines ondulaient au gré des vagues de distorsion, le soleil bas accompagnait la voix doucereuse.

Manon conduisait toujours en musique.

La route, il valait mieux l'aimer, dans ce métier. Tous les jours. Quel que soit le temps. Il fallait parcourir des dizaines de kilomètres, d'un funérarium à l'autre, vers la morgue d'un CHU, ou directement au domicile des défunts.

Cela ne dérangeait pas la jeune femme. Bien au contraire.

Elle appréciait ces moments de solitude.

Elle filait à vive allure sur l'étroite route départementale bordée de platanes. Tout autour, des vignes. Dans le lointain, sur les hauteurs, tournoyaient les pales infatigables des éoliennes.

Par deux fois, elle passa devant des propriétés à l'abandon. Elle en voyait beaucoup dans la région. Des châteaux viticoles qui avaient cessé leur activité et qui demeuraient vides. Ou des maisons, encore plus délabrées, les toits effondrés depuis longtemps. Au fond d'elle, Manon était un peu triste de voir ces squelettes immobiles, en retrait parmi les pins. Mais, en dehors des grandes villes, la région se désertifiait.

Après une demi-heure de trajet, elle entra dans le village. Minuscule mais animé, semblait-il, à en juger par la terrasse du bar PMU, déjà pleine de types en chemises à carreaux. Plusieurs tracteurs stationnaient le long de la rue, moteurs pétaradants.

Le GPS lui indiqua qu'elle avait atteint sa destination.

Elle coupa la musique.

Le silence revint d'un coup. Nauséeux, comme le retour à la terre ferme après un voyage au gré des flots.

Elle mit son sac en bandoulière et récupéra son matériel à l'arrière de l'utilitaire.

Elle avait beau être petite et mince, elle tira les deux énormes valises sans difficulté. Le portail n'était pas fermé. Manon pénétra dans la propriété et sonna à la porte.

Un homme bedonnant aux cheveux en bataille lui ouvrit. Il la dévisagea avec des yeux soucieux.

— Bonjour, dit Manon. Je viens pour les soins funéraires de Mme Martin.

— Pardon ?

— La défunte, Mme Catherine Martin ? C'est bien ici ? Je viens m'occuper de son corps.

Il afficha un air circonspect.

— Ah, oui. Je suis son fils. Entrez donc. Je suis désolé, je croyais que ce serait un homme qui viendrait pour ça...

— Non, c'est juste moi, dit Manon.

Elle avait l'habitude de ce genre d'accueil maladroit. Les gens ne s'attendaient jamais à voir une femme. Elle ne portait pas d'uniforme particulier, elle ne correspondait pas à l'image qu'on pouvait se faire de sa fonction. Mais de toute manière, la plupart des gens n'avaient qu'une notion très vague de ce qu'elle venait faire chez eux, sur le corps de leur parent décédé. Elle n'était qu'une intervenante parmi d'autres, dans une période douloureuse de leur existence. Ils la voyaient à peine. Et dès qu'elle était partie, on l'oubliait définitivement. Cela lui convenait très bien.

— La chambre est au bout du couloir, lui indiqua-t-il en la devançant.

Elle le suivit en traînant ses valises.

Il fit une pause devant la porte.

— Puisque vous êtes là, je voulais savoir quand aurait lieu la cérémonie, afin de prévenir le reste de la famille. Ma sœur habite à l'étranger, vous voyez.

Manon sourit poliment. Elle était habituée à cette confusion, également.

— Pour ce genre d'information, je suis désolée, mais il faut vous renseigner auprès des pompes funèbres. Moi, je fais partie d'une boîte qui sous-traite. Je m'occupe uniquement du soin de conservation.

— Ah ? D'accord.

L'homme n'insista pas. Il était clair que toutes ces subtilités lui échappaient, et qu'il s'en moquait un peu. Il était comme la plupart des gens que croisait Manon dans son travail. Simplement accablé, dépassé par les événements, les yeux un peu gonflés. Il se résolut enfin à ouvrir la porte de la chambre et alluma la lumière.

— Voilà.

La personne reposait sur le lit, recouverte d'un drap.

D'un regard, Manon repéra une commode, où elle pourrait installer son matériel. La pièce était encombrée de meubles massifs, mais se révélait suffisamment vaste pour y travailler sans étouffer.

— Vous avez déjà préparé les vêtements qu'elle portera ? demanda-t-elle.

— Ils sont posés sur la chaise, là-bas. Les chaussures sont juste en dessous. Et sur la coiffeuse, je vous ai laissé ce collier et ces boucles d'oreilles qu'elle aimait beaucoup.

— Parfait. Je les lui mettrai. Avez-vous des préférences pour le maquillage ?

L'homme hésita. Perdu.

— Je... je ne sais pas trop. Quelque chose de discret...

— Bien sûr, le rassura Manon. J'ai tout ce qu'il faut avec moi. En revanche, si vous aviez une photo pas trop ancienne, cela m'aiderait à la maquiller comme elle en avait l'habitude. Il me faudrait également une bassine d'eau tiède.

— Oui. Bien sûr. Je vous apporte ça tout de suite...

Il revint d'abord avec un seau d'eau, puis un petit cadre numérique affichant un portrait. Manon prit le cadre et le plaça sur la coiffeuse à côté du collier.

— Merci beaucoup. À présent je vais me mettre au travail. J'en aurai pour au moins une heure. Peut-être plus. J'ai besoin de ne pas être dérangée.

L'homme hocha la tête, les yeux ailleurs.

— Aucun problème.

Il referma derrière lui.

Manon attendit quelques instants auprès de la porte. Puis elle donna un tour de clé.

Elle préférait éviter qu'un membre de la famille fasse irruption sans prévenir. C'était tout bête, mais le spectacle risquait bien de les traumatiser.

Elle pouvait commencer.

L'odeur familière de la mort avait déjà pris possession de la pièce. Manon ouvrit ses valises et installa son matériel. Scalpels, pinces, crochets, ciseaux, sparadrap, coton. Elle brancha la pompe à injection au secteur.

Ensuite, elle ôta délicatement le drap du visage de la défunte.

La vieille dame paraissait sereine.

Manon caressa les cheveux blancs.

— On va y aller, ma grande. Tout va bien se passer.

Elle n'était pas croyante. Elle n'était même pas superstitieuse. Elle doutait que les morts puissent l'entendre, de là où ils se trouvaient. Pourtant elle leur témoignait le plus grand respect. C'était essentiel pour elle. La première fois qu'elle avait vu un corps sans vie était un de ses souvenirs les plus désagréables, un de ceux qu'elle aurait souhaité pouvoir effacer une fois pour toutes de son esprit. Elle avait été démunie, impuissante. Même si elle évitait de trop y penser, elle savait que cette expérience désastreuse avait motivé, en grande partie, sa décision de s'occuper des défunts. Sa vie avait un sens ainsi. Aider, du mieux qu'elle le pouvait, à embellir les disparus. Pour que leurs proches, tous ceux qui les avaient chéris, puissent supporter l'inévitable au revoir et faire leur deuil en paix.

Elle avait aimé ce travail dès le premier jour.

Cinq ans après, elle l'aimait tout autant. Si ce n'est plus.

Elle mit ses gants et enfila la charlotte pour maintenir ses cheveux attachés en queue-de-cheval. Elle ne portait que rarement la blouse, le tablier en plastique et tout le reste de l'équipement – elle les conservait dans son sac, pour les cas où les corps étaient trop abîmés et commençaient à se dégrader.

Ce n'était pas le cas de celui-ci.

Tout d'abord, elle passa une éponge humide sur la silhouette inerte, avec précaution et attention.

Elle aimait se concentrer sur ces gestes quotidiens. Apaisants. Dosage de l'eau et de la solution de formol dans le bocal à injection. Incision au creux de la clavicule. Introduction du crochet dans la chair pour récupérer l'artère. Pré-ligatures de part et d'autre. Elle clampa la partie supérieure pour éviter que le liquide ne ressorte. Puis elle inséra délicatement la canule d'injection dans la veine. Une question de dextérité autant que d'habitude.

Quand elle alluma le moteur de la pompe, un vrombissement régulier s'éleva. La solution commença à circuler dans les veines de Mme Martin. Attentive, Manon vérifia que les mains de la défunte se comportaient bien. Elle les massa doucement. La circulation artérielle ne semblait pas être bouchée. La chair affaissée se gonflait à vue d'œil. Les extrémités des doigts, bleuies par la mort, reprenaient peu à peu leur couleur naturelle.

Tout se passait au mieux.

Un soin facile. Le résultat serait très beau, elle en était sûre.

Mme Martin, où qu'elle soit à présent, aurait apprécié.

10

La petite entreprise de Nicolas Majax avait deux visages.

Au premier abord, la façade officielle, que tout le monde voyait. Celle d'un garage de quartier tout ce qu'il y avait de plus banal. On y proposait un service de qualité, même si les délais étaient un peu longs, au dire de certains clients.

Et puis il y avait l'autre spécialité de l'entreprise. Réservée à une clientèle toute différente.

C'était là le principal domaine d'expertise de Majax. Celui où il exerçait ses talents d'illusionniste.

Sa méthode était classique, mais parfaitement rodée. En guise de baguette magique, il utilisait un outil de diagnostic piraté qui se branchait directement sur le logiciel constructeur des voitures. Et le tour était joué. Un claquement de doigts, il effaçait l'historique du véhicule. Un souffle sur le kilométrage, celui-ci était modifié à sa guise. La magie du tout numérique.

Pour le reste, en revanche, la bonne vieille huile de coude était toujours de mise. Car il fallait remplacer les vitres marquées, ré-identifier les numéros du moteur, du châssis. Limer et refrapper chaque élément prenait du temps et nécessitait un travail minutieux. Nicolas Majax n'était pas un tire-au-flanc.

Ariel admirait son ami pour cela. Nuit et jour, les mains dans la graisse.

Il reconnut sa BMW, stationnée le long des platanes. Nicolas était bien au travail, derrière le portail fermé de l'établissement.

Ariel se gara derrière la voiture.

Portière claquée, il inspira profondément. Il était à peu près certain de ne pas avoir été suivi. Il s'en voulait d'être aussi parano, mais c'était plus fort que lui. Ce que lui avait raconté Anne-Sophie le préoccupait.

Il fallait qu'il en parle à Nicolas.

Lui saurait quoi faire.

Mains dans les poches, Ariel ne se dirigea pas vers l'entrée du garage, mais emprunta la petite ruelle qui contournait le bâtiment.

Car les deux visages de l'entreprise avaient, fort logiquement, leurs deux accès distincts.

Celui du fond ne payait pas de mine, mais offrait l'avantage de la discrétion. On n'y accédait qu'à pied, par la ruelle. La porte était munie d'un boîtier. Ariel tapa le code. Le voyant passa au vert.

L'entrée des artistes.

Il pénétra dans la partie arrière du garage.

Sa première surprise fut de trouver les lieux plongés dans l'obscurité.

— Nico ? cria-t-il. C'est moi, Ariel.

Il se dirigea vers l'interrupteur. Les néons clignotèrent, avant de jeter leur lumière froide sur le hangar. Quatre véhicules attendaient là. Il les parcourut du regard. Un pare-brise à remplacer. Une carrosserie salement enfoncée. Les capots des deux autres étaient restés ouverts, leurs moteurs posés un peu plus loin à même le sol.

Ces voitures étaient réglo.

Il n'en manquait qu'une.

La Laguna récupérée samedi soir.

Ariel aurait pensé la retrouver ici. Et pour cause : c'était lui qui l'avait volée. Son premier coup. Nicolas avait insisté pour qu'il le fasse. Cela faisait un moment qu'il souhaitait lui apprendre le « métier ». Ariel n'avait pas su dire non. Il s'était déjà défilé trop souvent, il n'avait plus d'excuse. Guidé par son ami, il s'était servi de la baguette magique pour neutraliser l'antidémarrage et avait reprogrammé une clé vierge. Trois minutes, montre en main. Un vol sans effraction, simple comme bonjour.

Il avait ensuite conduit le véhicule jusqu'ici. Il ne faisait pas le malin, sur le moment. On n'était jamais à l'abri d'un contrôle de police. Mais tout s'était déroulé sans accroc. Il fallait bien oser, un jour ou l'autre. Il ne tenait pas à passer pour un dégonflé aux yeux de Nicolas.

— Nico ? Tu es là ?

Il avança vers les pans de rideau en plastique rigide qui partageaient l'arrière-boutique et le garage, et se faufila dans l'ouverture.

Il pressa le deuxième interrupteur.

Une nouvelle portion de néons s'illumina, par saccades interminables. Enfin la lumière fit apparaître davantage de véhicules en cours de réparation. Des piles de pneus. Les bombonnes luisantes des compresseurs. L'escalier métallique menant au bureau de la comptabilité.

Personne à l'étage.

Personne dans le hangar.

Nicolas ne pouvait pas être parti bien loin. Sa BMW était encore dehors.

Mais qu'était devenue la Laguna ? Ariel ne la voyait pas ici non plus.

Il contourna un Scénic jaune moutarde, enjamba un récupérateur de liquide de refroidissement et se dirigea vers la partie avant du hangar.

À cet endroit, le bâtiment faisait un coude.

On arrivait à la partie officielle. La seule du garage où étaient admis les clients.

Il n'y avait que trois autres véhicules garés à cet endroit. Dont un perché sur le pont élévateur. Aucune de ces voitures ne ressemblait à la Laguna.

Celle sur le pont ?

Ariel la distinguait mal dans la pénombre.

On aurait dit qu'il y avait quelque chose accroché devant.

L'interrupteur était un peu plus loin, au niveau de l'accueil.

En s'en approchant, il se cogna à l'angle d'un enrouleur.

Il jura dans sa barbe.

Il tendit la main vers l'interrupteur.

Un premier flash traversa le hall

(Des jambes qui pendaient.)

suivi de plusieurs autres, en clignotements de plus en plus rapides

(Du sang sur le béton. Rouge et luisant.)

le temps que la lumière se stabilise une fois pour toutes.

Pleins feux sur le pont.

Ariel resta figé.

Incapable de détacher ses yeux du corps suspendu dans le vide, les pieds à un mètre du sol.

Nicolas.

Accroché au pare-chocs.

Ariel le voyait, il ne le voyait que trop bien, pourtant son esprit refusait d'intégrer ce qu'il avait sous les yeux. C'était Nicolas. C'était son ami.

Il était mort.

Sa bouche tordue et l'expression déchirante de ses traits trahissaient l'intensité de la douleur qu'on lui avait infligée. Il suffisait de voir ses bras, retenus de part et d'autre, pour comprendre pourquoi. Ses poignets étaient perforés, les os transpercés par d'énormes vis aux têtes boulonnées.

11

Ariel lutta contre la nausée. Mains devant la bouche. Son estomac se contracta, pris de spasmes. Un long cri silencieux résonna dans sa tête.

On avait *crucifié* Nicolas.

Et avant cela, on l'avait torturé. Cela ne faisait pas de doute. Son visage, penché sur le côté, était gonflé d'hématomes violacés. Sa chemise ouverte laissait apparaître des lacérations béantes.

Ariel voulut s'écarter du sang, s'adosser au mur, il ne fit que se cogner à nouveau, et cette fois renversa une caisse d'outils. Des clés s'éparpillèrent en tintant sur le béton.

Calme-toi.

Il observa les flaques rouges. Le sang de son ami avait ruisselé partout. Son odeur métallique se mêlait à celle de la graisse et de l'essence, mais Ariel ne percevait plus qu'elle, à présent. *L'odeur de la mort.*

Calme-toi, se répéta-t-il. *Tout de suite.*

Il n'y parvenait pas. Tout se mélangeait dans sa tête. On avait assassiné Nicolas. Son meilleur ami avait été cloué à un putain de pare-chocs.

Qui était capable d'une chose pareille ? Quel genre de malade décidait de massacrer quelqu'un comme ça ? Ce n'était pas un règlement de comptes. C'était de la perversion.

Il s'écarta davantage. Le souffle court.

POURQUOI ?

Il le savait bien. Il refusait de l'admettre, mais au fond de lui il n'y avait pas de doute.

C'était à cause de la Laguna qu'ils avaient volée. Il ne pouvait pas en être autrement.

Il jeta à nouveau un œil autour de lui. La voiture avait bien disparu du garage. Alors, c'était évident.

Ses propriétaires étaient revenus la chercher.

Ils avaient retrouvé Majax. Dieu sait comment, ils étaient remontés jusqu'à lui. Deux jours leur avaient suffi. Et ils lui avaient fait payer. À leur façon.

Ariel ne voyait pas d'autre explication.

Il pressa l'interrupteur. La pénombre retomba, effaçant l'image atroce de Nicolas suspendu dans le vide.

Pendant de longues secondes, il resta prostré, dos au mur, paralysé par la panique. Dans son esprit, les pensées se télescopaient avec violence.

La femme en noir.

Elle était d'abord passée le chercher chez Anne-Sophie, d'où il venait de partir.

Puis elle l'avait suivi, quand il était sorti de chez Manon.

(Ils te cherchaient. Je les ai envoyés te chercher chez ta sœur.)

Ariel se mordit les lèvres. *Ils.* La femme n'était pas seule. Il y avait un homme avec elle. Plus il y réfléchissait, et plus les événements qui s'étaient enchaînés depuis ce matin s'additionnaient avec une logique implacable et terrifiante.

D'abord, le suicide du voisin...

Bruno. Avec sa barbe et son crâne rasé, il lui ressemblait. Cela ne lui avait pas paru important jusqu'à présent, mais il ne pouvait pas dire le contraire.

(*JE LES AI ENVOYÉS TE CHERCHER CHEZ TA SŒUR.*)

Ils étaient peut-être venus, en fin de compte. L'homme et la femme qui voulaient tant le retrouver.

Anne-Sophie leur avait indiqué le mauvais appartement.

Ils l'avaient peut-être confondu avec Bruno.

Après tout, c'était *lui* qui avait volé cette maudite voiture.

Il se gratta la barbe. Il allait la raser, et vite.

Tu délires. Ça va trop loin.

Peut-être. *Ou peut-être pas.* Des gens capables de torturer quelqu'un ainsi pouvaient aussi trancher les veines d'un autre type dans la même nuit. Ce n'était pas improbable du tout.

La peur brutale, viscérale, ne voulait pas le quitter. La transpiration voilait son front, lui brûlant les yeux.

Il s'essuya les paupières et inspira profondément.

Il trouverait une solution.

Mais d'abord, il fallait quitter cet endroit sans laisser de traces.

Il se préoccuperait ensuite de savoir si la femme aux tresses noires était encore à sa recherche. Et si c'était le cas, alors...

Des voix s'élevèrent à l'extérieur, interrompant ses pensées.

Ariel se tourna vers le portail. Il n'y avait pas de fenêtre. Aucune raison qu'on l'aperçoive. Plusieurs personnes marchaient le long de la devanture du garage. Le bruit de leurs pas se rapprocha.

Le portail fut secoué. On essayait de l'ouvrir.

Fort heureusement, sans la clé, on ne pouvait le faire que de l'intérieur.

On frappa alors. Des coups puissants.

— *Il y a quelqu'un ? C'est la police !*

Il ne manquait plus que ça.

Son estomac s'emplit de papillons.

Tu attends quoi ? Dépêche-toi de te tirer d'ici.

Il battit en retraite vers l'arrière du garage, aussi silencieusement que possible.

Au passage, il s'assura d'éteindre toutes les lumières.

Il agissait par pur réflexe. Comme chaque fois qu'il s'était trouvé dans des situations périlleuses. Toujours s'en remettre à son instinct de survie.

Les choses ne peuvent pas être pires, OK ?

Respirer. Réfléchir.

Il suffit de mettre les voiles. S'ils te retrouvent ensuite, tu n'auras qu'à nier que tu te trouvais là.

Comme d'habitude.

Il parvint à se calmer. D'accord. Le tout était de ne pas se faire pincer comme un débutant sur les lieux du meurtre.

Tout va bien se passer.

Contournant les véhicules, il avança à tâtons vers la porte du fond.

Il allait composer le code quand on frappa à cette issue également.

— *Police ! Ouvrez !*

Ariel jura tout bas.

Cette fois, il était prisonnier.

Réfléchis.
Les policiers se trouvaient des deux côtés du garage. Les deux seules sorties que comportait le bâtiment.
Et lui, il était au centre. Pris en sandwich.
L'étage.
Il ne lui restait que cette option. Il se dirigea vers l'escalier et gravit les marches de métal en essayant de ne pas faire trop de bruit. Il se réfugia dans le bureau.
Il entendit de nouveaux coups sur la porte de derrière.
Ils n'allaient pas tarder à la défoncer.
Ariel leva les yeux vers le Velux. Celui-ci était situé au milieu de la petite pièce, à deux mètres cinquante de hauteur environ.
Sans perdre de temps, il tira le bureau pour le placer en dessous, écarta l'ordinateur et monta sur la planche de bois.
En se mettant sur la pointe des pieds, il pouvait effleurer la fenêtre. Pas aussi facile à ouvrir qu'il l'espérait. Il était trop bas, il n'avait pas assez de prise. Il ramassa alors le clavier de l'ordinateur et s'en servit pour atteindre la poignée. Il poussa, força. Le Velux s'entrouvrit enfin.
En bas, deux coups puissants retentirent, accompagnés d'un craquement.
La porte était tombée.
La police investissait le garage.
Submergé par l'adrénaline, Ariel s'accroupit à moitié et se propulsa vers le plafond. Il agrippa le rebord de la fenêtre. Ne lui restait plus qu'à se hisser. Il se balança, un peu maladroitement.
Il passa un coude sur le toit.
Puis l'autre.

La vitre du Velux le gênait. Elle limitait ses mouvements et lui écrasait le dos.

— Putain ! geignit-il en agitant ses jambes dans le vide.

En bas, des hommes criaient des ordres qu'il ne comprenait pas. Ils avaient allumé la lumière. Plus que quelques instants et ils allaient monter l'escalier.

Il acheva de se contorsionner, se cogna contre la vitre, s'écorcha le ventre sur les rivets des tuiles.

Il referma le Velux et roula sur le toit en gémissant.

Pas le temps de reprendre sa respiration. Il rampa aussi vite que possible vers le bord.

De là, il apercevait la voiture de police stationnée dans l'avenue, devant la façade du garage. Il resta à plat ventre, espérant que les flics, *eux*, ne lèveraient pas les yeux. Il entendit le portail qui coulissait, actionné de l'intérieur, puis les exclamations des agents qui découvraient le cadavre de Nicolas.

Ils sont sans doute déjà dans le bureau.

Ils ne vont pas tarder à s'intéresser au Velux.

Arrivé tout au bout du toit, il ne fut malheureusement pas à la fin de ses déconvenues.

Un espace de plusieurs mètres le séparait de l'autre bâtiment. Bien trop pour se risquer à sauter d'un toit à l'autre, comme il l'avait espéré.

Il se retourna.

Les policiers n'avaient pas soulevé le Velux.

Pas encore.

Il repartit à quatre pattes, cassant des tuiles dans sa précipitation et s'entaillant les paumes des mains. Un vacarme d'enfer. De l'autre côté du toit, la façade tombait à pic. Elle donnait sur un parking, entouré de platanes et de lignes électriques et téléphoniques reliées aux bâtiments.

Les branches des arbres étaient trop loin pour s'y rattraper.

Restait le pylône des câbles électriques. Il était plus près.

Pas assez.

Il risquait de s'électrocuter s'il touchait à ces câbles. Dans le cas où il ne chutait pas directement de douze mètres pour aller se fendre le crâne sur le trottoir.

Derrière lui, le Velux s'entrouvrit.

— C'est pas vrai, souffla-t-il.

Il se tourna à nouveau vers le pylône.

S'il parvenait à descendre un peu, *juste assez*, il éviterait les câbles.

C'était faisable.

Il repéra la gouttière collée le long du mur et se laissa glisser au bord du toit sans hésiter.

Il eut juste le temps de voir la tête d'un policier émerger du Velux.

Plus vite.

Ses pieds trouvèrent un appui sur la gouttière. Il descendit sans regarder, l'estomac comprimé par la hauteur. Les rivets sur le mur étaient assez larges et lui permettaient de s'accrocher.

Il descendit jusqu'à ce qu'il entende la gouttière grincer.

Elle n'allait pas tarder à céder sous son poids. Il y eut une brusque secousse. Un rivet se brisa net.

Vertige. Sous lui, encore huit ou neuf bons mètres de vide. Mais le pylône était tout près. *Facile.* Ariel prit une grande inspiration. Et bondit. Il s'agrippa au pylône de toutes ses forces.

Il avait réussi.
Putain, il l'avait fait.
Ne restait qu'à descendre sans tomber.
Cela ne lui prit que quelques secondes.
Une fois en bas, il jeta des regards de tous côtés.
Aucun policier en vue.
Il détala vers sa voiture.

II

Quand bien mal acquis...

II

Quand bien mal acquis...

12

D'incision minutieuse en asepsie attentionnée, le travail sur Mme Martin progressait à son rythme, régulier et contemplatif.

Cette concentration lui faisait du bien.

Elle acheva de pousser le coton au fond de la gorge, prenant soin de bien emplir la cavité nasale, et tira sur les extrémités de la ficelle passée dans la mâchoire. La bouche se referma doucement, naturellement.

La défunte reprenait une apparence satisfaisante. Les coques rigides sous ses paupières reproduisaient l'illusion des globes oculaires. Si ce n'était la pâleur, on aurait pu croire cette personne endormie.

Ensuite, Manon passa du temps à maquiller chaque suture, jusqu'à ce qu'elles soient indécelables à l'œil nu.

La thanatopractrice sourit. Fière de son travail.

Sur la commode, son téléphone se mit à vibrer.

Elle s'interrompit pour voir s'il s'agissait du bureau.

Absolument pas.

Ce n'était que son frère. Ariel avait décidé de lui pourrir la vie jusqu'au bout.

Elle fit comme si de rien n'était et récupéra les vêtements pour rhabiller Mme Martin. Un ensemble sobre et élégant. Parfait.

Quelques instants plus tard, nouvelle vibration.

Ariel avait laissé un message sur le répondeur.

Très bien. Elle décida qu'elle l'effacerait sans l'écouter, tout à l'heure. Elle était sérieuse, quand elle avait annoncé à Ariel qu'elle ne voulait plus rien avoir à faire avec lui. Il était sorti de sa vie. Cela faisait sans doute d'elle un monstre sans cœur, mais elle avait assez donné.

Elle ne put toutefois s'empêcher de ruminer.

Elle se plongea de nouveau dans la succession de ses gestes, rodés, méthodiques, attentifs. Faire glisser les sous-vêtements le long des jambes inertes. Puis la jupe. Boutonner. Lisser les plis avec délicatesse. Le chemisier de la défunte avait un col haut, il dissimulait parfaitement l'incision au creux du cou.

Son téléphone recommença à vibrer.

Manon leva les yeux. Comme elle le craignait, c'était le nom de son frère qui s'affichait encore sur l'écran.

Ariel la persécuterait donc jusque dans son travail ? Dans sa seule véritable bulle d'intimité ?

Elle continua l'habillage.

Au troisième appel, elle éteignit le portable.

Elle ne se laisserait pas envahir. Ni maintenant, ni jamais. Ils n'avaient plus quinze ans.

Au moins, elle put finir le soin en prenant son temps, sans risque d'être dérangée. Elle s'appliqua sur la manucure, avec un vernis neutre puisqu'on ne lui avait pas donné d'indication à ce sujet. Pour le maquillage et la coiffure, elle s'inspira de la photo dans le cadre numérique. Un peu de poudre pour éviter la brillance, du rose sur les pommettes, un léger rouge à lèvres.

Elle redonna peu à peu des couleurs à la personne allongée devant elle.

Elle arrangea ses cheveux.

Mme Martin était prête. Belle et apaisée. Parfaitement présentable à la famille.

Ainsi s'achevait l'intervention de Manon. Elle n'avait plus qu'à ranger ses affaires dans les valises, à présent alourdies par les bidons contenant les déchets organiques. Elle plaça ses gants avec les scalpels jetables dans la boîte qui leur était dévolue, et la verrouilla avec soin.

En guise d'au revoir, elle effleura le front de la défunte du bout des doigts.

— Bon voyage, murmura-t-elle.

Elle quitta la chambre. M. Martin la raccompagna jusqu'à la porte et lui serra vigoureusement la main sur le seuil.

— Merci, dit-il.

— Bon courage à vous et à vos proches, monsieur.

Elle regagna son véhicule et rangea les valises dans le coffre. Elle entreposa soigneusement les bidons de déchets dans les bacs prévus à cet effet, vérifia qu'ils ne risquaient pas de bouger pendant le trajet. Tout était en ordre.

Elle attendit d'être installée au volant pour rallumer son téléphone.

Comme elle le redoutait, il y avait plusieurs appels en absence. Des messages sur le répondeur. Tous de son frère.

Elle maugréa. Non, elle ne souhaitait pas savoir quelle bêtise Ariel avait commise, dans quels nouveaux problèmes il s'était fourré, que ce soit avec Anne-Sophie ou une autre.

Le premier message était bref.

— *Manon ? Allô ? Manon, c'est Ariel. S'il te plaît, rappelle-moi.*

Fin du message.

Elle l'effaça et passa au suivant.

— *Manon*, insistait Ariel, *rappelle-moi quand tu as ce message. Bruno ne s'est pas suicidé. Je suis en danger. Je t'en supplie, rappelle-moi.*

Fin du message.

Manon resta interdite.

Qu'est-ce que c'était que ces histoires, maintenant ?

Encore une lubie de son frère. Des absurdités. La porte ouverte à Dieu sait quels nouveaux ennuis.

Elle effaça le message en s'interdisant de lui accorder le moindre crédit.

Le suivant commença.

— *Manon, qu'est-ce que tu fous ! C'est grave. Je te le jure. Il faut que tu me rappelles…*

— Certainement pas. Ça suffit.

Elle pressa la touche pour effacer le message sans même attendre de l'avoir écouté en entier.

Elle ne voulait pas savoir ce qu'il manigançait. Cela ne la concernait pas.

Il avait laissé deux autres messages.

Elle les supprima sans les écouter.

Elle ne se ferait pas avoir une fois de plus.

Fulminant, elle démarra et alluma la stéréo.

Un rythme puissant, martial et corrosif s'échappa des enceintes. Chelsea Wolfe. *Carrion Flowers*.

Voilà ce dont elle avait besoin. Elle monta le son jusqu'à sentir le flux et le reflux de la musique dans ses os. La distorsion délicieuse du son effaça les parasites dans ses pensées. En grande partie, en tout cas.

Elle reprit la route.

13

— Attention au sang.
— J'ai vu.
Le capitaine Franck Raynal passa entre ses collègues médusés et s'approcha. La victime était accrochée au pont élévateur, les pieds pendant dans le vide. Cheveux mi-longs, barbe d'une semaine, les bras écartés. Un Christ au rabais.
— On va s'amuser pour le décrocher, murmura le policier.
— C'est le propriétaire du garage ? fit une voix de femme.
Le commandant Anick Combe, sa supérieure directe, se plaça à ses côtés. Jean serré et chemisier gris. Cheveux courts à la coupe approximative qui aurait mieux convenu à un garçon. Dernière arrivée sur les lieux, elle affichait une mine perplexe.
Raynal se tourna vers elle et acquiesça.
— Nicolas Majax. Un petit trafiquant de voitures. Déjà fiché, mais sans envergure. On a retrouvé le nécessaire pour maquiller les voitures dans l'arrière-boutique. Un peu de coke dans son bureau, aussi. Tout est sous scellés.

Observant de nouveau le crucifié, il poursuivit :

— Son bourreau, plus probablement *ses* bourreaux, lui ont vissé les poignets directement dans le pare-chocs. Sans doute de son vivant. Pour moi, ils l'ont d'abord torturé au niveau du sol. Ça explique la quantité de sang à cet endroit. Ensuite, ils ont fait relever le pont.

— Et c'est son propre poids qui lui a été fatal, déduisit Combe. Il a dû mettre du temps à mourir.

— *Old school,* ajouta le policier.

— Quelqu'un lui en voulait sérieusement, pour en arriver là...

Le commandant Combe était songeuse. À côté d'elle, Raynal conservait un air grave, attentif. Son regard magnétique analysait chaque coin de la scène de crime.

— Tu penses à une histoire de drogue ? demanda-t-il. Ou juste un règlement de comptes ?

— Ce qui est sûr, Franck, c'est que ça ne ressemble à rien que j'aie jamais vu. Habituellement, les bandes de la région règlent leurs problèmes à coups de calibre. Pas comme ça...

Elle fronça les sourcils.

— Et comment on a été prévenus, d'ailleurs ?

— Appel anonyme, l'informa Raynal. Une fille qui assurait qu'il y avait eu un accident mortel à l'intérieur du garage.

— Un accident, répéta Combe avec un sourire amer. On peut remonter jusqu'à cette déclarante ?

Raynal se gratta la tempe.

— Téléphone à carte. Ça ne nous mènera pas loin. Mais ça colle au type de fréquentations du bonhomme.

C'est peut-être un rival qui a décidé d'éliminer la concurrence.

— Peut-être, soupira sa supérieure.

Derrière eux, le lieutenant Achour se passa une main sur le visage et fit un bruit de déglutition.

Raynal se retourna.

— Sélim ? Tu tiens le coup, mon vieux ?

— Pas vraiment. C'est encore nouveau pour moi, tout ça...

— Pour moi aussi, lui assura le capitaine. Ne t'en fais pas.

C'était la vérité. Pour le jeune homme, il s'agissait de la toute première année sur le terrain, mais Raynal, de son côté, venait d'être muté dans le Sud. Cela ne faisait que quelques mois que son transfert tant attendu lui avait été accordé, et qu'il habitait à Montpellier. Il avait également été promu capitaine. Un grade dont il rêvait depuis longtemps. Toutefois, il n'était pas encore habitué à endosser toutes les responsabilités que cela impliquait.

Il fit quelques pas avec le lieutenant pour s'écarter des autres policiers. Il observait le garage, l'escalier qui menait au bureau. Alignées sur un établi, dans des sacs transparents, les diverses pièces à conviction que ses collègues avaient prélevées. Il y avait les sachets de cocaïne, ainsi que la fameuse borne pour reprogrammer les logiciels des véhicules. Dans le neuf-trois, où il travaillait auparavant, il avait souvent vu des outils de ce genre, venus directement de Bulgarie.

— C'est notre première affaire de meurtre à tous les deux, confia-t-il. Je suis aussi impressionné que toi.

— Eh bien, y a pas à dire, tu gères mieux que moi. Et tu as dû en voir, à Paris.

Raynal fit la moue.

— C'était violent, c'est certain. Quand on tapait une équipe de braqueurs de fourgons, en face les petits cons étaient mieux armés que nous. Mais ça restait du classique, si je peux me permettre.

Il jeta un regard en arrière, vers la silhouette aux bras en croix.

— Je n'ai jamais rien vu de tel, moi non plus, Sélim. On a torturé ce type avec une sacrée inventivité.

— La crucifixion, dit Achour. Ça doit avoir un sens pour ceux qui ont fait ça.

— Dans l'Antiquité, c'était le châtiment réservé aux voleurs, fit remarquer Raynal.

— Tu crois que c'est ça ? Ils ont voulu faire un exemple ? Mais à destination de qui ?

Le capitaine enfonça les mains dans ses poches.

— Sincèrement, je n'en ai aucune idée. Le tout est de ne négliger aucune piste. Nos amis de la scientifique ont du pain sur la planche. On verra ce que leurs analyses nous apprennent.

14

À 16 h 30, Manon acheva son troisième soin de la journée. Elle se trouvait dans un petit funérarium à Saint-Jean-de-Védas, dans une salle de préparation tout en chrome et carrelage bleu clair. Avec les douches incorporées aux tables et tout l'équipement dernier cri à disposition, le confort de travail était appréciable.

Elle finit de ranger les boîtes de maquillage dans les compartiments de ses valises, puis elle se tourna une dernière fois vers la personne allongée sur la table d'autopsie.

La morte était resplendissante.

— Au revoir, lui dit-elle tout bas.

Avant de quitter le bâtiment, elle consulta ses messages sur son téléphone.

Ariel l'avait encore rappelée.

L'animal était têtu.

— D'accord. Si tu veux jouer à ça...

Elle fit défiler le menu et bloqua le numéro de son frère. Aux grands maux les grands remèdes, disait-on. Il l'avait bien cherché.

À présent, il ne risquait plus de l'importuner.

Elle passa l'appel de routine au bureau.

— Laetitia, c'est Manon. J'ai fini le soin de Mme Sonatine. Tu as autre chose pour moi ?

— *Pas pour l'instant, désolée,* l'informa la secrétaire. *Mais s'il y a quelque chose, je te rappelle en priorité, si tu veux.*

— S'il te plaît, oui. Entre-temps, je rentre chez moi, OK ?

— *Ça roule.*

Manon en profita pour faire un crochet par le local technique et se débarrassa des bidons de matières organiques qui s'entassaient dans son véhicule.

Le plus long fut de refaire le trajet dans les embouteillages jusqu'à son domicile. La circulation à Montpellier était un réel problème, quel que soit le moment de la journée. Elle arriva chez elle près d'une heure plus tard et fut soulagée quand elle se gara dans son petit box privé. *Enfin.* Le portail mécanique se referma. Elle souffla.

Un répit avant son prochain déplacement, même si ce n'était qu'une demi-heure, ne lui ferait pas de mal.

Comme elle le faisait chaque jour, elle ouvrit le coffre et vérifia son équipement pour l'intervention suivante. La mort n'avait pas d'heure. On pouvait l'appeler n'importe quand, et elle devait être disponible si elle ne voulait pas perdre le client.

Elle constata qu'elle était à court de formol.

Tandis qu'elle se tournait vers l'armoire où elle entreposait ses stocks, un détail lui sauta aux yeux.

Elle s'approcha, front plissé.

La porte de l'armoire n'était pas bien refermée.

C'était un défaut qu'elle connaissait bien. Le meuble était un modèle de premier prix, abîmé après plusieurs déménagements. Lorsqu'on le refermait, il fallait désormais donner une pression supplémentaire. Sinon, la porte restait de travers.

Comme maintenant.

Elle tira vers le haut. La porte se remit en place.

C'était tout simple.

Manon n'oubliait jamais ce geste.

Elle avait refermé cette armoire hier soir, quand elle avait préparé ses affaires pour ce matin. Elle en était certaine.

Inquiète, elle ouvrit la porte en grand et observa les cartons et les bidons entreposés sur les étagères.

On les avait ouverts. *Tous*. Les paquets de coton étaient déchirés. Les stocks d'instruments avaient été déballés. Même les pots de Make Up Forever avaient été dévissés et renversés.

— Qu'est-ce que c'est que ce délire ?

Quelqu'un était entré dans son garage et avait fouillé dans ses affaires.

Elle referma les pots de maquillage et passa en revue ses cartons. Rien ne semblait avoir été dérobé. C'était déjà ça.

Mais alors, pourquoi ?

Abandonnant l'armoire telle quelle, elle ouvrit la petite porte donnant sur l'escalier.

Le portail électrique du garage était fermé à son arrivée. Si quelqu'un était descendu ici, il venait forcément de l'intérieur de l'immeuble.

Elle gravit les marches, émergea dans la cour, et alla au bout du couloir pour vérifier la porte.

Ouverte.

Voilà l'explication. Cette satanée porte devait être restée ouverte toute la journée. N'importe qui avait pu entrer dans le bâtiment. Encore heureux qu'on n'ait pas piqué les chaises ou la table dans la cour. Cela s'était déjà produit par le passé.

Elle donna un tour de verrou.

Cette nuit aussi, se rappela-t-elle. Son frère avait pu monter jusqu'à son appartement parce que la porte de l'immeuble était ouverte.

Cela ne la rassura pas.

De retour dans la cour, elle hésita à emprunter l'escalier. Elle observa l'étroite spirale de marches menant à son étage, puis à celui de Bruno.

Avait-elle entendu un bruit ?

Elle tendit l'oreille. Se pouvait-il que la famille de son voisin soit encore dans l'immeuble ?

— Il y a quelqu'un ?

Silence.

Bien sûr que non. Il n'y a plus personne. Les parents de Bruno sont venus ce matin pour discuter avec la police et faire rapatrier le corps de leur fils à la morgue. Ils sont repartis depuis longtemps.

Ils avaient oublié de fermer derrière eux.

Elle ne pouvait pas les en blâmer.

Sauf que cela n'expliquait pas l'intrusion dans son garage. Tous ses cartons ouverts. Comme si... on avait cherché quelque chose parmi ses affaires ?

Manon n'aimait pas ça.

Elle monta vers son appartement.

Elle ne se considérait pas comme une petite nature, encore moins comme une trouillarde. Elle était en contact avec des cadavres à longueur de journée, certains ayant subi des accidents graves, ou ayant été retrouvés dans un état de putréfaction déjà bien entamé. Cela ne lui avait jamais donné le moindre frisson d'appréhension.

Pourtant, cette situation, cette incertitude, était une torture pour ses nerfs.

Sur son palier, comme elle le craignait, une nouvelle surprise l'attendait.

Sa porte était entrouverte.

15

Cette fois, Manon sentit son cœur taper un peu plus fort, un peu trop vite dans sa poitrine.

Elle se retourna, observa la cour en contrebas, puis l'escalier qui montait au deuxième étage.

— Hé ho ! appela-t-elle de nouveau. Il y a quelqu'un ?

Toujours aucun bruit. Que les pulsations de son propre pouls à ses tempes.

Elle se répéta qu'elle était seule dans l'immeuble. *Ne panique pas.*

Elle poussa la porte et se tint sur le seuil, aux aguets.

La personne qui avait visité son garage était montée ici, et avait pénétré chez elle en son absence.

Cela, au moins, ne faisait pas de doute. Les tiroirs de tous ses meubles étaient ouverts.

— Bon sang, c'est pas vrai, chuchota-t-elle tout en avançant dans le couloir.

Elle jeta un regard ébahi à la cuisine. Les portes des placards ouvertes. Les boîtes sur les étagères fouillées et renversées. On avait même sorti les produits d'entretien de leur place sous l'évier.

Dans le salon, même spectacle. Contenu du placard jeté sur le sol. Ses livres et ses bandes dessinées éparpillés au pied de la bibliothèque.

Quant à la chambre...

Manon pénétra dans la pièce. Ses vêtements étaient répandus, mais on ne s'était pas contenté de vider son armoire. Une partie des affaires étaient déchirées. Le matelas était éventré. Jusqu'aux coussins, également crevés, leur rembourrage synthétique évoquant des serpents cotonneux sur le plancher.

Un fou était entré chez elle.

Il avait tout saccagé.

Un cri de frustration et de colère s'échappa de ses lèvres.

— Merde ! Non mais sérieusement, merde !

Levant les yeux, elle regarda la tache de sang au plafond. Celle-ci avait viré au brun-noir.

C'était la seule chose qui était restée en l'état dans sa chambre.

Manon retourna dans le salon. Elle contempla les boîtes à chaussures ouvertes. Les coussins du canapé retirés. Elle se sentait blessée. Dans son intimité. D'une certaine manière, son appartement avait été violé.

Mais pourquoi ? se répéta-t-elle.

Elle croisa les bras et frissonna.

Malgré elle, elle se rappela le message que lui avait laissé Ariel.

Bruno ne s'est pas suicidé.

C'étaient ses mots. Une accusation d'une extrême gravité.

Elle essaya d'y réfléchir le plus rationnellement possible.

Bruno ne s'est pas suicidé.

Un meurtre, alors ? Était-ce possible ? Non et non. Elle ne pouvait s'empêcher de trouver l'idée ridicule. La mort de Bruno *était* un suicide. Des actes désespérés de ce genre, elle en voyait assez pour ne pas avoir de doute.

Il n'y avait personne avec lui, martela-t-elle en pensée. *Il a bu. Il était déprimé. C'est justement parce qu'il était seul que personne n'a pu l'empêcher de passer à l'acte.*

Et pourquoi ? Quelles raisons profondes avaient bien pu pousser le jeune homme à ce geste désespéré ?

Cela, elle ne le saurait probablement jamais. Bruno était parti, c'était tout. Comme les trois mille personnes qui décédaient chaque année dans la commune. Elle se répéta qu'elle n'y pouvait rien.

Ariel est en pleine crise de paranoïa.

Elle observa ses meubles aux tiroirs ouverts. Elle poussa un coussin éventré du pied.

Et ça ? C'est de la paranoïa ?

Elle essaya de se souvenir de l'appartement de Bruno tel qu'elle l'avait vu, quand elle y était entrée ce matin. Les placards du salon étaient ouverts, elle ne pouvait le nier. Cela l'avait même étonnée, sur le moment. Ensuite, elle n'y avait plus pensé.

Avait-on fouillé l'appartement de son voisin ?

Même si c'était de manière plus discrète qu'on n'avait fouillé le sien ?

Elle revint dans la cuisine. Scruta les produits ménagers éparpillés.

Elle était à peu près certaine que, tout comme dans le garage, rien n'avait été dérobé ici. Il ne s'était agi que d'une fouille minutieuse. Qui avait dégénéré en crise de rage.

Plongée dans ses réflexions, Manon sortit de son appartement et monta les marches jusqu'au deuxième étage. Elle essaya d'ouvrir la porte de Bruno. Fermée à clé.

Elle regarda par la vitre, comme elle l'avait fait ce matin.

À présent, les lumières étaient éteintes dans l'appartement.

Elle tenta de pousser la fenêtre pour l'ouvrir. Impossible.

Qu'est-ce que tu es en train de faire ? Tu n'essaies tout de même pas d'entrer par effraction chez ton voisin ?

Elle déglutit. Non. Bien sûr que non. Elle voulait seulement en avoir le cœur net. Vérifier…

Tu n'as rien à vérifier. C'est à la police de s'occuper de ça.

Pas à toi.

La voix de la raison.

Manon savait que c'était la seule chose à faire.

Tête basse, elle redescendit chez elle. Elle n'était pas entièrement convaincue. Mais tout ce qu'elle pouvait faire, pour le moment, c'était appeler la police.

Alors qu'elle pénétrait dans son salon, la sonnerie de son téléphone la devança.

Elle ouvrit son sac pour récupérer l'appareil, et vit que c'était Laetitia qui la rappelait.

— Oui, allô, dit-elle en prenant l'appel.

— *On vient d'avoir un appel pour le CHU. Toujours partante pour un soin ?*

— Ah… Oui…

Cela avait été plus rapide que prévu. Manon contempla le chantier de son appartement, songeuse. Le mal était fait. Elle avait vingt-quatre heures pour porter plainte.

— Un soin facile ?

— *Suicide. Il y aura de la restauration à faire. Tu peux compter deux heures de travail.*

Cette fois, elle se figea.

La question lui sauta immédiatement aux lèvres.

— Quel genre de suicide ?

— *Un type qui s'est tranché les veines. Le médecin n'a pas fait traîner. Le décès date de ce matin. Le nom est Bruno Lamarque.*

Manon sentit le sol se dérober sous ses pieds.

Tu ne peux pas faire ça.

Elle hésita, divisée en son for intérieur.

— *Si tu ne le veux pas, je le passe sans problème à Hind*, lui indiqua la secrétaire. *À toi de me dire.*

— Non, non, je le prends, finit-elle par annoncer. Où dois-je faire le soin ?

— *Il t'attend au frigo à Lapeyronie.*

— Tu peux dire aux garçons de le sortir. Je serai là-bas dans vingt minutes, annonça Manon, la tête bourdonnante.

Quand elle raccrocha, elle tremblait.

16

Après le départ de Manon, plusieurs minutes s'écoulèrent sans que rien ne bouge dans l'immeuble.

Puis la clé tourna, et la porte du deuxième étage s'ouvrit.

L'homme s'avança sur le palier. Il scruta la cour déserte, ses sens aux aguets.

Elle ne revenait pas.

Très bien.

Il referma soigneusement derrière lui et descendit les marches de l'escalier en colimaçon.

Il serrait les poings. Il respirait fort. Son souffle rauque résonnait dans l'espace exigu.

Cette petite pute avait failli le surprendre. Heureusement, il l'avait entendue juste à temps.

Elle ne s'était doutée de rien.

Il n'était pas du genre à se laisser surprendre. Non, non, non. Personne ne le démasquerait jamais. Il était trop malin pour ça. Il était bien trop puissant.

Submergé par une pulsion irrépressible, il balança un coup de pied rageur dans une jardinière. Le pot éclata et se renversa. La terre se répandit sur le béton de la cour.

Il n'arrivait pas à maîtriser ses nerfs, il en avait conscience. Il n'y était jamais parvenu. Sous le masque de sa chair, la bête demeurait indomptable. Une puissance divine en cage.

Quand il portait l'autre masque, celui de bouc, quand la peur de sa victime arrivait à ses narines comme un parfum âcre et affolant, cette puissance était décuplée. Il devenait qui il était vraiment. Libre de jouir sans entraves. De céder à ses désirs véritables.

Il remonta le couloir. Sur le mur se trouvaient deux boîtes aux lettres. *Manon Virgo. Bruno Lamarque.*

Il sortit un couteau tactique de sa poche et d'une simple pression fit sauter les loquets des deux boîtes.

C'était le dernier endroit à vérifier.

Il avait peu de chances d'y trouver ce qu'il cherchait, mais il ne pouvait rien négliger.

La boîte de Lamarque était pleine de publicités.

Il les laissa s'éparpiller sur le sol.

Dans la boîte de Virgo se trouvaient les mêmes prospectus. Ainsi que, perdue au milieu des papiers glacés colorés, une lettre provenant d'un centre d'analyses.

Pas là non plus.

Il froissa l'enveloppe et la jeta par terre avec le reste.

Ses maxillaires se contractèrent de part et d'autre de sa mâchoire.

Manon Virgo.

Il songea à sa silhouette encore juvénile, son petit visage triangulaire, son cou blanc et fragile. Il imagina ses mains se refermant sur ce cou, ses pouces enfoncés au creux de la gorge. Il se fantasma en train de serrer, lentement. Jusqu'à ce que les yeux de la petite pute se révulsent et que de la bave fasse de la mousse aux coins de sa bouche.

Il sentit qu'il avait un début d'érection.

Il sourit.

Il ne pouvait pas.

Pas encore.

D'abord il fallait qu'il retrouve ce qu'il cherchait.

Pas seulement pour lui.

Pour toute la confrérie.

Ensuite, il se ferait plaisir.

17

— Et voilà, annonça l'agent d'amphithéâtre en refermant la chambre froide. Il est tout à toi !
— Merci, dit Manon en observant le corps allongé sur la table en inox.

Elle attendit d'être seule et s'approcha de Bruno, non sans une certaine appréhension. Tout autour d'elle, la salle était blanche, carrelage et porcelaine. Un écrin immaculé où brillaient des tuyaux flexibles et des tables, dans l'odeur piquante du formol.

Le corps du garçon était blanchâtre lui aussi, à cause de la perte massive de sang. Le bracelet d'identification indiquait sobrement son nom et son prénom. *Lamarque Bruno.* Une sentence sans appel.

Ainsi, elle y était.

Elle contempla la dépouille de celui qui avait été son voisin, son ami. Un corps maigre et nu. De longues plaies noirâtres partageant ses bras de bas en haut. Comme chaque personne qui lui était présentée, Bruno semblait l'attendre. Tout ne dépendait plus que d'elle, désormais.

— Mon grand, alors c'est toi et moi, finalement.

Elle caressa son visage barbu. Ses mains crissèrent contre les minuscules cheveux qui avaient commencé à repousser sur son crâne.

Elle ne s'était jamais autant dépêchée pour aller au travail. Elle voulait voir Bruno de ses propres yeux. Elle en avait besoin. Pour comprendre. Ou seulement pour accepter, elle aussi, comme les familles avaient besoin de le faire.

Mais, à présent qu'elle se tenait face à lui, dans le cocon de la morgue, avec le ronronnement des chambres froides amplifié par le carrelage, elle se sentait seulement perturbée.

Elle se força à exécuter les premiers gestes mécaniques, familiers. Enfiler les gants, emprisonner ses cheveux dans la charlotte. Cette fois, elle préféra mettre la blouse et le masque.

Elle déboucha le bidon d'Arthyl 24 et remplit consciencieusement le bac de solution orangée.

La demande de thanatopraxie avait été rapide, vu les circonstances, mais n'avait rien d'inhabituel pour autant. Il suffisait d'un médecin choisissant de ne pas faire de zèle inutile. D'un procureur qui n'insistait pas. Et de la famille, bien sûr, qui avait besoin de faire son deuil le plus sereinement et le plus rapidement possible.

Manon referma le bidon de formol et s'écarta des vapeurs toxiques qui lui piquaient déjà les yeux.

Bruno ne s'est pas suicidé.

Malgré elle, les paroles de son frère ne voulaient pas la quitter.

Elles tournaient en elle. Vicieuses. Déstabilisantes.
Pas suicidé.

Une autopsie aurait permis d'apporter des éléments de réponse. Mais cela, seul le médecin aurait pu le demander, s'il avait eu le moindre doute sur l'origine de la mort. Il n'en avait pas eu.

En réalité, c'était ce qui se passait le plus souvent. L'examen du corps suffisait, dans neuf cas sur dix, à tirer les conclusions et délivrer le permis d'inhumer. Manon était bien placée pour le savoir. Elle avait l'habitude de faire des soins sur des personnes ayant mis fin à leurs jours. Les autopsies étaient rarement pratiquées. Que ce soit sur les adolescents pendus, ou les vieillards qui se faisaient sauter la tête après la mort de leur compagne. Le mois dernier, une mère célibataire qui venait de perdre son emploi s'était enfoncé un tournevis dans le ventre, saignant à mort dans son appartement alors que son fils de trois ans se trouvait dans la chambre juste à côté. Il n'y avait pas eu d'enquête. La femme avait laissé une lettre qui expliquait tout. La cause de la mort était évidente pour tout le monde. C'était même passé dans le journal.

La situation était la même.

Un suicide.

Manon souleva les bras de Bruno pour les inspecter. Les plaies étaient vilaines. Les artères incisées dans leur longueur sur une vingtaine de centimètres.

C'est pour ça que je suis venue ? songea-t-elle avec amertume. *Pour me prouver qu'il est bien mort de sa propre main ? Pour pouvoir l'accepter, au fond de moi ?*

Elle repositionna doucement les bras de Bruno. Les blessures confirmaient la thèse du suicide, tel qu'elle en avait déjà vu des tas, il n'y avait pas de doute. Elle devrait ligaturer ces veines pour éviter que la solution ne ressorte. De plus, il lui faudrait faire l'injection en passant par plusieurs artères successives pour irriguer l'ensemble du corps. Ce serait plus long. Plus délicat.

Elle humecta une éponge de produit antiseptique et commença à nettoyer le corps. Mais cette fois, avec une attention redoublée.

Elle décela des contusions autour du cou et sur les clavicules de Bruno.

Elle les observa attentivement.

Les contusions étaient légères. À peine visibles à l'œil nu.

Elle ne souhaitait pas se laisser envahir par les divagations de son frère. Ces bleus ne prouvaient rien du tout. Une strangulation aurait laissé plus de traces.

Sur les jambes, elle releva d'autres marques. Légères, elles aussi. Bruno avait pu se les faire en se cognant à une table.

À moins qu'elles n'aient été causées par les mains de quelqu'un.

Alors qu'elle passait l'éponge sur les mollets, Manon essaya de réfléchir rationnellement. De telles traces sur la peau pouvaient être provoquées par des tas de choses. Pourquoi pas une relation sexuelle agitée. Une séance sur des machines à la salle de gym. N'importe quel choc au cours de sa journée au travail.

Ou quelqu'un qui tenait les chevilles de Bruno, insistait la petite voix dans sa tête. *Pendant qu'il se vidait de son sang...*

Manon resta immobile un long moment, l'éponge posée dans le bac, tiraillée par ses émotions.

Personne ne croira ça.

Toi-même tu ne le crois pas.

Avoue.

Elle ne savait plus que penser. Son jugement était faussé parce que Bruno avait été son ami. Elle se remémora qu'il avait déjà tenté de mettre fin à ses jours, certes, mais la situation n'avait rien à voir. La manière de s'y prendre n'avait rien à voir non plus. Tout cela la plongeait dans une vive perplexité. Elle avait beau y réfléchir, elle ne parvenait à se souvenir de Bruno que comme d'un jeune homme souriant, débrouillard, capable de toujours tout relativiser, fût-ce à l'aide de quelques verres de bière. Rien dans sa vie, rien dans sa personnalité, ne justifiait un tel geste.

Alors pourquoi avait-elle sa dépouille sous les yeux ?

Le corps de Bruno présentait toutes les preuves qu'il s'était suicidé. Impossible de le nier. Elle avait maquillé des ecchymoses sur des défunts des tas de fois, et ne s'était jamais posé de questions.

Le médecin et les flics avaient vu ces mêmes traces, et n'avaient pas jugé nécessaire de demander une autopsie.

Quelle autorité avait-elle pour juger de la cause du décès ?

Aucune. On la payait pour faire le soin de conservation. Si elle refusait, un autre prendrait le travail dans la minute. Peut-être Michael Pietra. Il rappliquerait avec joie, oui, pour expédier sa tâche en moins de deux. Elle savait que pour refermer la bouche des morts il utilisait de la Super Glue et n'hésitait pas à s'en vanter.

Imaginer les mains de ce sale type posées sur le corps si vulnérable de son ami la révulsa.

— Je n'ai pas le choix, hein ?

Elle prit le scalpel, et le contempla.

— Je suis désolée, Bruno, dit-elle au vide. Mais je vais te soigner comme tu le mérites. Je te le promets.

Elle se mit au travail.

Elle se concentra sur la procédure. La succession de gestes. Techniques. Rassurants. Protecteurs.

Elle œuvra pendant plus de deux heures sans faire de pause. Avec le plus grand soin. Elle injecta les deux carotides, puis les deux artères radiales. Elle ponctionna organe après organe. Elle referma les bras de Bruno, restaura sa chair abîmée avec de la cire et la maquilla jusqu'à ce qu'on ne distingue plus les terribles lésions.

Après avoir achevé le travail sur l'abdomen, elle s'occupa de sa tête. Elle lui referma délicatement la bouche. Elle rasa et créma le crâne de Bruno. Elle lui tailla la barbe et lima ses ongles.

Quand elle eut fini, épuisée mais heureuse, le garçon était de nouveau tel qu'elle se souvenait de lui.

Plus beau encore.

Il reposait sur la table en inox, dans son costume en lin. Aussi serein que s'il venait de s'allonger après une longue et agréable journée.

Manon se pencha et déposa un baiser sur son front.

— Au revoir, Bruno. Cette fois, c'est la dernière.

Elle sentit des larmes perler au coin de ses yeux.

Elle ôta ses gants et s'essuya les joues.

Quand elle fut sortie du laboratoire, elle regagna sa voiture d'une démarche raide.

La nuit était tombée.

Les ténèbres s'épaississaient, malgré l'éclairage public.

Un vent léger parcourait le parking du CHU, faisant bruisser les branches des arbres, comme si des présences invisibles s'y tapissaient.

Manon s'installa dans le Kangoo.

Elle resta immobile pendant de longues minutes.

Une guerre dans ses pensées.

Elle prit son téléphone et rappela Ariel.

18

23 h 30.
En contrebas de l'avenue, l'étroite bande de pelouse était plongée dans le noir. Le cours du Lez tout proche émettait un clapotis régulier.

Manon contemplait sans y penser un immeuble surmonté d'une coupole. Elle avait mis un certain temps à comprendre que les mouvements sur la façade étaient des silhouettes humaines occupées à l'escalader. Leurs petites lumières frontales éclairaient par intermittence des zones de briques et faisaient étinceler les bombes au bout de leurs bras. Des adolescents en train de taguer.

Elle se tourna vers son frère. Celui-ci était installé sur le siège passager. Il s'était rasé la barbe dans la soirée, et ses joues de nouveau imberbes lui donnaient un air juvénile malgré ses vingt-six ans. Il avait également enfilé un bonnet qui tombait jusqu'à ses yeux injectés. Puériles tentatives de déguisement.

Ariel parlait, d'une voix hachée, et elle écoutait son récit sans l'interrompre. Il lui racontait l'assassinat de Nicolas Majax. Il lui décrivait ces gens qui, selon lui, le recherchaient à présent. Sans doute pour lui faire subir le même sort.

Une femme aux tresses noires.

Malgré elle, Manon se demanda si elle avait pu croiser une personne correspondant à cette description. Mais non. Bien sûr que non. Elle ne connaissait que trop bien son frère. Ce qu'elle entendait, pour l'instant, n'était que des élucubrations sans queue ni tête.

— Tu imagines réellement que ces gens ont tué Bruno ?

Le visage d'Ariel se plissa, comme s'il essayait de retenir des larmes.

— Ce n'était pas lui qu'ils voulaient tuer, c'était moi. Ils l'ont pris pour moi. Anne-Sophie s'est trompée d'appartement, et du coup ils se sont gourés de type. Mais ils vont revenir. Ils vont forcément revenir. Je ne sais pas quoi faire, Manon !

Ça, elle l'avait compris.

— Ce que je pense, c'est que tu aurais dû rester sur place et expliquer à la police que tu n'y étais pour rien. Tu n'en serais pas là.

— C'est ça, ricana-t-il. Et les flics m'auraient cru !

— Je n'en sais rien, mais c'est la seule chose sensée à faire. Il faut aller les voir maintenant. Tous les deux.

Il balaya l'air devant lui d'un geste excédé.

— Ne dis pas n'importe quoi !

Manon était très sérieuse.

— On a saccagé mon appartement, Ariel. Pour autant que je sache, c'est peut-être une coïncidence. Non, c'est *très certainement* une coïncidence. Mais tu es en train de porter des accusations très graves. Tu vas venir avec moi au commissariat. Tu leur expliqueras ton histoire. S'il y a un lien, la police le fera.

Ariel éclata d'un rire nerveux.

— Hors de question, tu entends ? J'ai déjà eu assez de problèmes avec les flics. Là, avec un peu de chance, ils ne regarderont pas de mon côté.

Manon lutta pour conserver son calme.

— Tu es toujours aussi nul, Ariel. Sauf que cette fois, on n'en est plus au stade du petit vol à l'étalage. Tu me parles de meurtres !

— Arrête de me faire la morale ! s'emporta-t-il.

— Ce n'est pas ce que je suis en train de faire, putain !

Elle lui balança un coup de poing dans la cuisse, et Ariel poussa un cri.

— Mais qu'est-ce qui te prend ?

— J'essaie de te réveiller ! tempêta-t-elle. Et puis d'abord, ils te veulent quoi, ces types ?

— C'est à cause des activités de Nico, bredouilla Ariel en se massant la cuisse.

— Quelles activités exactement ?

— Tu sais, son garage... Les voitures...

Manon perdit le peu de patience qui lui restait.

— Écoute-moi bien, maintenant. Si je t'ai rappelé et que je suis venue te retrouver, c'est parce que tu me fais peur, Ariel. Ce que tu racontes est dingue. Tu as intérêt à me dire ce que Nicolas et toi avez trafiqué, et tout de suite, sinon démerde-toi tout seul. Moi, je vais à la police te dénoncer.

— Tu n'oserais pas.

— Je te jure que si, le menaça-t-elle. J'ai vu le corps de Bruno. Rien n'indique qu'il ait été tué, comme tu le prétends. Mais si jamais tu as raison, alors c'est toi le responsable. Tu as intérêt à m'expliquer. Que s'est-il passé avec Nicolas ? Une histoire de drogue ? C'est ça ?

Il secoua nerveusement la tête.

— Mais non, non. Je te l'ai dit, c'est à cause des voitures. On en a volé une samedi soir. Une Laguna.

— À qui ?

— Pas aux bonnes personnes, apparemment, marmonna Ariel.

— Je ne plaisante pas. QUI ?

— Je n'en ai aucune idée ! C'est vrai ! Tout ce que je sais, c'est que ce sont des pervers.

Voilà autre chose. Manon soupira.

— Qu'est-ce que tu racontes ?

— Ces gens... ils sont tout un groupe. Tous pétés de fric. Ils se réunissent de temps en temps, pour des soirées spéciales.

— Des soirées spéciales ? ironisa Manon. Des orgies, tu veux dire ?

— Oui, évidemment. Des partouzes. Tu vois le genre... Des hommes d'affaires pleins de thunes. Des prostituées de vingt ans prêtes à tous les scénarios. Leurs réunions sont du genre très, très discrètes, dans des lieux isolés. Une sorte de club sadomaso, quoi.

Un club sadomaso. Manon avait déjà entendu ce genre d'histoires sordides. Comme tout le monde.

— Ce sont des légendes urbaines, déclara-t-elle. Sincèrement, je doute que les hommes politiques passent leurs week-ends à ligoter et torturer des gamines.

Ariel eut un sourire blasé.

— Hommes politiques, banquiers, moi ça ne m'étonnerait pas. Quand tu as de l'argent et du pouvoir, quand tu peux assouvir tous tes fantasmes, tu finis par te lasser de tout. Il te faut des expériences plus extrêmes. Plus dépravées. Ces gens utilisent des propriétés à l'abandon, il y en a partout dans la région, c'est pratique pour eux. Ils les occupent le temps d'une nuit pour leurs petits jeux de rôles. Et voilà. Ni vu, ni connu.

Manon se prit la tête dans les mains.

— C'est du délire. Tu dis n'importe quoi !

— Je te jure que ces soirées existent.

— Tu veux me dire que tu y as assisté ?

Ariel réprima une grimace.

— Assisté, certainement pas, non. Mais j'ai aperçu ces gens, et je peux t'assurer qu'ils sont nombreux. Nico avait repéré un domaine qu'ils utilisent pour leurs réunions, un vrai petit château. Depuis des semaines, il gardait un œil dessus. Quand il y a eu du mouvement là-bas, samedi soir, on a décidé d'y aller tous les deux.

Manon essayait de s'imaginer la scène.

— Donc vous y êtes allés pour voler une voiture à ces gens ?

— Ils roulent dans des berlines récentes, tout est électronique, facile à piquer quand tu as le matériel. On s'était dit qu'ils ne déclareraient pas le vol, parce que ça les obligerait à expliquer où ils se trouvaient à ce moment-là...

— Admettons. Et tu as vu les propriétaires ?

— Non. Il faisait nuit. J'étais concentré sur la voiture. Je ne me suis approché que quand tout le monde était entré dans le bâtiment...

— Parce que c'est toi qui l'as volée, en plus ?

— C'était la première fois que je faisais ça, se défendit Ariel. Nico a insisté. Je ne pouvais pas me défiler.

— Évidemment ! répliqua sa sœur. Si on te mettait un pistolet dans la main et qu'on te demandait de tuer quelqu'un, je suppose que tu le ferais aussi, n'est-ce pas ?

— Ça n'a rien à voir.

— C'est exactement la même chose, Ariel. Et tu le sais très bien. Une étape mène à la suivante. Mais on n'en est plus là. Tu as volé une voiture à ces gens...

— Ouais, grommela-t-il. Et c'est comme ça, je ne peux pas revenir en arrière. Je l'ai ramenée au garage de Nicolas. Il avait prévu de la maquiller aujourd'hui.

— Et selon toi, les propriétaires ont réussi à retrouver Nicolas, et l'ont assassiné ?

— Pour le punir, dit Ariel.

— Tu t'entends ? Tu ne trouves pas ça extrême ?

Il gigota sur le siège.

— Tu dois me croire. Ces gens *sont* extrêmes. Ils l'ont vraiment fait. Ils sont remontés jusqu'à lui. La Laguna n'était plus dans le garage. Ils sont repartis avec. Mais avant, ils ont réglé son compte à Nico.

— Je ne comprends pas. Sérieusement, Ariel, tout cela me semble absurde. Et quand bien même, si tout ce que tu me racontes est vrai... tes pervers ont récupéré leur voiture, non ? Ils n'ont plus de raison de te chercher, ni de venir saccager mon appartement !

Ariel observa un silence gêné.

— Il y a une chose qu'ils n'ont pas récupérée.

— Quelle chose ?

— Il vaut mieux que je te montre...

19

Ariel sortit et ouvrit le coffre de sa voiture, garée juste à côté. Quelques instants plus tard, il revint dans le Kangoo avec une valise noire de grande marque.

— Qu'est-ce que c'est, encore ? fit sa sœur, sa nervosité grandissant.

— C'était à l'arrière de la Laguna. Je l'ai gardée parce que je pensais que son contenu devait valoir quelque chose...

Il pressa sur les boutons et ouvrit la valise.

Manon observa les vêtements à l'intérieur.

— Un déguisement ?
— Si on veut.

Ariel déplia la robe. De la soie rouge, scintillante. Les broderies dorées étaient particulièrement fines. Manon reconnut les symboles alchimiques du feu et de la terre, ainsi que des lettres qu'elle supposa être du grec.

Puis il sortit délicatement le masque.

— C'est ce qu'ils portent pendant leurs soirées.
— Montre-moi.

Manon prit le masque dans ses mains et l'observa, incrédule. Un visage sans expression, recouvrant la tête comme un casque. Un menton pointu, des yeux plissés et malicieux. Mais pas de bouche. Des diamants scintillant sur les joues et le front. Sur le dessus, de toutes petites cornes. Manon se sentit mal à l'aise sans savoir pourquoi.

— Alors, il s'agit toujours d'une légende urbaine ?
— D'accord, dit Manon. C'est assez flippant.
— C'est ce costume qu'ils veulent récupérer. Ils ont repris leur voiture, mais il leur manque la valise. S'ils sont revenus chez toi et qu'ils ont tout fouillé, c'est qu'ils la cherchaient.

Manon jouait avec le masque, fascinée par l'éclat des diamants. Quelque chose continuait de la troubler. Était-ce l'absence de bouche ? Non, ce n'était pas que ça. Les fentes des yeux. De biais. Le masque avait un air profondément *mauvais*.

— Tu penses que ça a tant de valeur que ça ? interrogea-t-elle.

Ariel haussa les épaules.

— Certainement, oui. Ça ressemble à de l'or. Je ne sais pas pour les pierres, mais un masque tel que celui-ci doit valoir une fortune. Ensuite, cela fait partie de leur cérémonial. Ça a forcément une énorme valeur pour *eux*.
— Ils portent tous un costume comme ça ?
— J'en suis sûr. Tu te souviens de *Eyes Wide Shut*. Ils ont créé un club de ce genre.
— Ouais, fit Manon. Je vois ce que tu veux dire.

Le film mettait en scène une société secrète. Des partouzes entre gens costumés. Les riches, arrogants, au-dessus des lois, qui s'amusaient à leur manière. Exactement ce que lui avait raconté Ariel. *Beaucoup d'argent. Besoin d'expériences de plus en plus extrêmes.*

Des théories du complot. De la fiction.

— Le club des masques, dit-elle en regardant scintiller la surface du visage doré. Génial.

Elle le reposa dans la valise. Dès l'instant où elle lâcha l'objet, elle se sentit mieux.

Elle se frotta machinalement les mains.

— Cela ne change rien à ce que je pense, Ariel. On doit aller au commissariat et parler à la police. On va leur remettre cette valise. Ils sauront quoi faire. S'il y a un danger, ils nous protégeront.

Ariel tira nerveusement sur les bords de son bonnet.

— Tu n'écoutes rien, hein ? Tu connais l'efficacité de la police. Ils ne sont même pas capables de serrer les petits dealers de seconde zone. Alors, nous protéger de tueurs organisés ? Tu rigoles ?

— Ariel...

— Ces gens sont invisibles. On ne peut pas savoir qui ils sont. J'ai vu cette femme qui me suivait, mais ils pourraient envoyer n'importe qui. Et puis, la majorité d'entre eux sont sûrement haut placés. Le genre de types intouchables.

— Tu es complètement parano.

Ariel saisit les mains de sa sœur. Son visage était traversé par une intense détresse.

— J'ai peur, Manon. Je suis peut-être parano, mais tu n'as pas vu ce qu'ils ont fait à Nicolas. Je ne veux pas subir ça...

— Et moi j'ai toujours du mal à te croire, lâcha-t-elle. Je suis désolée, Ariel.

— Tu ne vas pas m'aider ?

Elle le dévisagea. L'estomac retourné. Depuis qu'ils étaient enfants, elle n'avait cessé de l'aider. Elle n'en pouvait plus. C'était pire à chaque fois. Mais que pouvait-elle faire ? Si elle ne prenait pas tout en main, cette histoire lui retomberait dessus. Et peut-être même sur leurs parents. Elle ne pouvait pas laisser ce genre de choses se produire.

— Je peux te prendre un billet d'avion pour la Laponie, suggéra-t-elle avec aigreur. Comme ça, tu ne remets plus *jamais* les pieds ici. Tout le monde est content.

— Je ne plaisante pas !

— Moi non plus.

Il se rembrunit.

— Tout ce que je demande, moi, c'est leur rendre leurs foutues affaires. Et qu'ils renoncent à me faire la peau !

Manon effleura ses tempes du bout de ses doigts. Elle avait besoin de réfléchir.

— Tu es sûr que ce ne sont pas les propriétaires du château dans lequel a eu lieu leur soirée ?

— Sûr et certain. Nico s'était renseigné à ce sujet. Techniquement, l'endroit appartient à une famille anglaise qui ne s'en occupe plus depuis des lustres. C'est une ancienne propriété viticole, sur les Causses, au milieu de nulle part. Le domaine est en vente depuis des années, mais vu son état ils ne risquent pas de s'en débarrasser de sitôt.

Rien d'étonnant à cela. Manon songea à toutes les propriétés en ruine qu'elle apercevait en allant travailler. Elle était peut-être passée devant celle-là. Peut-être même avait-elle déjà croisé ces individus. Cette pensée la fit frissonner.

— C'est loin ?

— Une demi-heure de route, peut-être un peu plus. Pourquoi ?

— Parce qu'on va y retourner, décida-t-elle. Et on va leur rendre leur déguisement. Qu'est-ce que tu en dis ?

Le ton d'Ariel se durcit.

— Tu crois qu'ils reviendront là-bas ?

— Tu m'as dit qu'ils utilisent cet endroit pour leurs parties fines. Ils doivent avoir un œil dessus. Surtout s'ils sont aussi bien organisés que tu le dis.

— Certainement.

— Donc, on n'a qu'à y déposer cette valise qui compte tant à leurs yeux. On la laisse bien en évidence. Et on espère qu'ils en resteront là...

Ariel se massa le cou.

— Ça me va.

— Ensuite, tu m'accompagnes à la police, reprit-elle d'un ton inflexible. On ne leur parle pas de la valise, mais on porte plainte. Tu me le dois.

Ariel hésita, avant de hocher la tête, à contrecœur.

— Tu me promets que tu viendras avec moi ? Plus de faux bond ?

— Je te le promets, concéda-t-il du bout des lèvres.

Manon consulta l'heure sur le tableau de bord. Le regard glacé. Déterminée à en finir au plus vite.

— Dans ce cas, on y va. Mon Dieu, Ariel, je te déteste. Je te déteste vraiment.

20

Ils n'avaient rencontré aucun véhicule depuis des kilomètres.

À croire qu'ils étaient seuls sur la route.

Manon suivait la D17 vers Saint-Mathieu-de-Tréviers, comme le lui avait indiqué Ariel. Entre les villages, il n'y avait pas le moindre éclairage. Ni même de bande réfléchissante sur le bitume. La route serpentait entre les vignes et les roches. Heureusement que ses phares étaient puissants.

Son frère glissa un joint entre ses lèvres et fit claquer son briquet. Manon lui jeta un regard torve.

— Pardon ? Non mais, fais donc comme chez toi !
— Désolé. Ça te dérange que je fume ?

Elle faillit répondre oui, puis se ravisa.

— Tu le feras de toute manière, non ? abandonna-t-elle en baissant sa vitre.

Ariel lui adressa un sourire. Il ôta son bonnet et passa une main sur son crâne.

— Merci. Ça m'aide à réfléchir.
— Je ne savais pas que tu en étais capable.

La route montait en lacet, de plus en plus étroite à mesure qu'ils approchaient des plateaux. Ils croisèrent enfin d'autres véhicules. Deux d'un coup. Puis de nouveau le désert, les ténèbres. Manon serrait le volant. Les yeux braqués droit sur la route. Ses nerfs à fleur de peau.

— Tu devrais te décoincer un peu, hasarda Ariel. Je sais bien ce que tu penses de moi, et de ma vie, mais tu es la personne la plus sauvage que je connaisse. Ce n'est pas forcément mieux.

Il souffla de la fumée. L'odeur forte et grasse de l'herbe emplissait l'habitacle, malgré la fenêtre ouverte.

— Je ne suis pas du tout sauvage, se défendit Manon.

— Parce que tu as des amis ?
— Bruno en était un, grinça-t-elle.
— Ouais. C'est ce que je disais.
— Tu as raison, répliqua-t-elle. Tu n'as pas de conseils à me donner en matière de fréquentations.

Ariel ignora le sarcasme et tira de nouveau sur son joint grésillant.

— Tu as eu des nouvelles des parents, dernièrement ?

Manon déglutit. C'était un sujet qu'elle n'aimait pas aborder avec son frère. Son père et lui étaient brouillés depuis plusieurs années. Et, même si Ariel devait s'imaginer le contraire, tout était entièrement sa faute.

— Ne t'avise pas de les mêler encore une fois à tes problèmes, menaça-t-elle. C'est déjà bien assez que tu m'entraînes, *moi*, dans tes emmerdes.

— Ce n'était pas mon intention. Je voulais savoir comment ils vont, c'est tout. La santé de papa...

— Il tient le coup sans se plaindre.

— Il continue la chimio ?
Elle hocha la tête.
— Oui. Il vient juste de finir sa quatrième cure. Ces foutus polypes reviennent à chaque fois. Ça le fatigue énormément, tu t'en doutes, mais on peut dire qu'il va bien. J'irai les voir le week-end prochain.
— OK, dit Ariel. Je suis vraiment désolé pour tout ça. Est-ce que tu pourras, je sais pas, lui donner mon bonjour ?
— Appelle-le, toi. Le temps a passé, après tout.
Son frère se ferma d'un coup.
— Je le contacterai quand je pourrai lui rembourser ce que je lui dois, dit-il entre ses dents. Je ne pourrai pas le regarder en face avant, d'accord ?
Elle comprenait sa situation. Même s'il lui était très pénible de se trouver en plein milieu des hostilités familiales. Quatre ans auparavant, Ariel avait poussé leur père à emprunter une somme colossale pour investir dans une société collaborative, une vaste usine à gaz sur Internet. Sauf que son partenaire d'affaires s'était avéré être un escroc. Celui-ci était, depuis, en exil quelque part en Chine. Autant dire que personne ne reverrait les fortunes qu'il s'était mises dans les poches. Cette histoire avait ruiné leurs parents, qui devaient continuer de payer le prêt chaque mois. Ariel leur avait promis de les rembourser, sans jamais pouvoir le faire. Et leur père et lui avaient fini par en venir aux mains, un soir de réveillon trop arrosé des deux côtés.
— Tu sais, ajouta-t-elle, c'est toujours ton père. Je suis sûre que ça lui ferait plaisir de t'entendre. Tant que tu ne le saoules pas avec tes problèmes.
Ariel se contenta de fumer sans répondre.

Au bout de quelques minutes, il déclara :

— Je n'ai pas souvent été à la hauteur. Tu crois que je m'en fous, mais ce n'est pas vrai. Je suis sincèrement désolé pour tous les ennuis que j'ai causés aux parents. Et pour tout ce que je t'ai fait subir à toi. Tu as toujours été là pour moi. Et tu l'es encore. Même quand je ne le mérite pas...

Manon grogna, préférant ne rien ajouter. La route suivait un flanc de montagne. Heureusement qu'il n'y avait pas de brouillard.

— On fait la paix ?

Il lui tendit le joint. Manon eut un rictus nerveux.

— Même pas en rêve, Ariel. Je conduis.

— Comme tu veux, déclara-t-il avant de le porter de nouveau à ses lèvres et de tirer une bouffée.

De son côté, Manon alluma la stéréo. Savages. Les enceintes diffusèrent un rock froid et énergique. Exactement ce dont elle avait besoin.

— Tu écoutes des trucs bizarres, plaisanta son frère.

— C'est ma voiture. Je choisis la musique.

— Je n'ai pas dit que je n'aimais pas.

Elle esquissa un sourire.

Pendant le reste du trajet, ils ne dirent plus grand-chose. Ariel se contenta de lui donner la direction quand il fallait bifurquer, et elle de conduire, concentrée sur la route qui parcourait les Causses, bercée par la mélodie lancinante de la musique.

Ils roulaient depuis quarante minutes et avaient traversé le dernier village plusieurs kilomètres auparavant quand les phares illuminèrent un panneau qui indiquait : *Lieu-dit Delpierre*.

— C'est là. Prends à droite.

— Pas trop tôt.

Sans le panneau pour signaler l'entrée du chemin, elle ne l'aurait jamais remarqué. Elle s'engagea sur une étroite piste de terre. Les phares ne dévoilaient pas grand-chose du paysage, mais elle devina des entassements de rochers au milieu desquels se dressaient quelques arbres. Le Kangoo cahotait. Manon se tendait chaque fois qu'un caillou cognait le bas de caisse.

— Ce chemin va bousiller mes suspensions ! C'est encore loin ?

— Un kilomètre, à peu près.

— Personne ne risquait de déranger leur petite fête, c'est sûr.

— Je te l'ai dit. Ils peuvent être tranquilles, personne ne se doute jamais de rien.

Le terrain monta pendant quelques centaines de mètres, puis la piste traversa un champ d'oliviers. Les cahots empirèrent, malgré la faible allure à laquelle elle avançait.

— Tu vas devoir t'arrêter là, l'informa Ariel.

Ils arrivaient devant un pont qui enjambait un ruisseau. Et, en effet, une chaîne se dressait en travers du passage. Une énorme pancarte annonçait : *PROPRIÉTÉ PRIVÉE – PASSAGE INTERDIT – CHASSE GARDÉE*. De l'autre côté, un deuxième panneau indiquait que la propriété était à vendre.

Manon s'arrêta et coupa la musique.

— Il y a un cadenas sur la chaîne, poursuivit Ariel. On doit finir à pied. Tu n'as qu'à reculer, là, sur la gauche. Gare-toi derrière les arbres.

— Pourquoi ?

— Pour que personne ne voie la voiture. C'est là qu'on s'était garés, avec Nico.

Manon doutait que quiconque passe par là, à une heure pareille, et encore plus qu'on s'intéresse à sa voiture, mais elle n'était plus à un caprice près de la part de son frère. Elle se rangea derrière les arbres.

Elle éteignit les phares.

Les ténèbres les engloutirent.

Ariel caressa la valise sur ses genoux.

— On y va ?

— On n'a pas fait tout ce chemin pour rien, répliqua sa sœur en sortant du Kangoo. Allez.

Leurs yeux s'habituèrent assez vite à l'obscurité. Le ciel était dégagé, et une énorme lune gibbeuse jetait assez de lumière pour se repérer. Un vent léger faisait bruire les feuilles des oliviers et soulevait des odeurs de terre et de poussière.

Ils enjambèrent la chaîne et franchirent le pont. Le chemin continuait vers une bâtisse imposante, située au bout d'une allée de pins. Le chant des grillons montait par intermittence, de tous côtés, s'arrêtait parfois à leur passage et reprenait quelques instants après.

En plein jour, la propriété devait être très belle.

Mais en cet instant, dans le monde bleu sombre de la nuit, Manon avait l'impression de pénétrer dans un endroit irréel, hors du temps et interdit. Elle avait du mal à croire elle-même à ce qu'elle était en train de faire. Quelque part au fond d'elle, elle ressentait une certaine excitation secrète et ambiguë à ce sujet.

Leur approche était rythmée par les crissements de leurs semelles sur le sol caillouteux. Ariel serrait la valise contre lui.

— Arrête de flipper comme ça, murmura-t-elle.

— Il y a de quoi.

— Nous sommes seuls. Tu le vois bien.

— Je n'ai jamais aimé le noir.
— Tu n'es pas croyable.
À présent, ils étaient tout proches du bâtiment. La lune faisait luire ses murs de pierres. C'était une maison de maître, un petit château, comme l'avait expliqué Ariel. Manon distinguait deux étages, des tours à pignon de part et d'autre. La façade formait un U, avec un grand escalier au milieu.
— Leurs voitures étaient garées là, dit Ariel alors qu'ils traversaient une vaste cour. Il y en avait au moins une vingtaine.
Ils approchèrent de l'escalier. L'entrée se trouvait au premier étage, où s'étendait également une grande terrasse. De larges fenêtres s'ouvraient tout le long de la façade, leurs vitres en grande partie brisées.
— Où on met la valise ? demanda Ariel.
— Dans l'entrée. On ne peut pas la laisser à l'extérieur.
— D'accord.
Manon prit son téléphone et activa la torche pour mieux voir où elle posait les pieds. L'escalier était en marbre, ornementé de pots vides de part et d'autre. Tout en montant les marches d'un pas hésitant, elle éclaira les larges rampes. Elle remarqua de petits visages bouffis, sculptés dans le marbre, qui semblaient les suivre de leurs regards minéraux.
— Samedi, ils avaient mis des bougies le long de l'escalier, et aussi à l'intérieur, précisa Ariel. Elles éclairaient tout le domaine, ça en jetait.
Manon essaya de s'imaginer la scène. Malgré les circonstances, et toutes les horreurs que lui avait racontées son frère, sa curiosité continuait d'être piquée, un peu plus à chaque pas.

Au premier étage, ils hésitèrent de nouveau. Manon éclaira la porte, une sorte de grande verrière dont la moitié des carreaux étaient brisés.

— Tu crois que c'est fermé ?

— Ce serait difficile, dit Ariel en s'avançant.

Il passa une main dans l'orifice d'un des carreaux. Avec précaution, il tourna les verrous depuis l'intérieur.

La porte s'ouvrit sans problème.

— Et voilà. On est chez eux.

— Le club des masques, songea Manon à voix haute.

— Tu l'aimes bien, ce nom, hein ? Je dois dire que ça leur va bien.

Manon se tourna pour contempler le domaine. La lune dessinait l'horizon haché des plateaux, et elle distinguait sans mal les champs d'oliviers tout autour, en ombres chinoises. Au-dessus, le ciel était empli de tant d'étoiles qu'il semblait saupoudré de poussière scintillante.

— Qu'est-ce que tu attends ? la pressa son frère. Éclaire le chemin.

— Oui, oui.

Elle le suivit à l'intérieur.

21

La salle était vaste, dépourvue de mobilier, avec un sol carrelé d'un damier noir et blanc. Le papier peint, décollé par l'humidité, avait dû être doré du temps de son faste, imprimé de fleurs de lys blanches. Au fond, un grand escalier menait à l'étage.

L'odeur de moisissure imprégnée dans ces vieux murs en ruine prenait à la gorge.

Manon dirigea sa torche sur les côtés : les doubles portes de l'entrée avaient été retirées, dégageant l'espace sur les autres pièces de cet étage.

— Où vas-tu ? s'inquiéta Ariel en voyant sa sœur avancer vers la deuxième salle.

— Je suis curieuse.

Elle éclaira au mieux l'enfilade de pièces. On pouvait en deviner au moins trois. Il y avait une table dans la première, ainsi qu'une cheminée massive en marbre. Au sol, toujours des carreaux en damier.

— Ils ont fait le ménage, observa Ariel.

Manon vit ce qu'il voulait dire. Contre les murs du fond s'alignaient d'énormes sacs-poubelle remplis de déchets. Elle s'en approcha et découvrit des seaux encore pleins d'eau trouble. Balais, éponges, gants en plastique. Elle pressa un des sacs du pied. Des bruits de verre s'élevèrent.

— Les restes de leur petite soirée, murmura-t-elle pour elle-même.

Derrière elle, les pas de son frère produisirent d'autres infimes craquements de verre brisé. Manon baissa le faisceau de lumière : des petits éclats se mirent à scintiller. Elle remarqua qu'il y avait aussi des bouteilles de champagne vides, un peu plus loin, et ce qui ressemblait à plusieurs préservatifs usagés.

— Ils n'ont pas fini de tout nettoyer, fit remarquer Ariel.

— Cela veut dire qu'ils vont revenir. Tu es rassuré ? Ils trouveront leurs affaires.

— Ouais.

Ariel posa la valise sur la table.

— Tu crois qu'ils vont arrêter de me poursuivre ?

— Il faut l'espérer, dit Manon en promenant le faisceau de lumière sur les murs.

— Qu'est-ce que tu fais ?

— Je jette juste un œil. Ne t'inquiète pas.

C'était plus fort qu'elle. L'envie d'en voir plus, pendant quelques instants encore. Elle s'imaginait sans mal le petit groupe de gens masqués se retrouvant ici. Ils avaient dansé dans cette salle de bal improvisée, s'y étaient enivrés, comme en témoignaient tous ces cadavres de bouteilles. Ils s'étaient certainement adonnés à toutes sortes de folies et plaisirs. Tout ce qui lui manquait dans sa vie. Mais elle ravala bien vite cette réflexion. Ce serait donner raison à son frère.

Elle s'immobilisa face à un mur sur lequel on avait peint une grande fresque aussi naïve qu'insolite.

Un sifflement s'échappa d'entre ses dents.

— Ariel, viens voir ça.

Le dessin occupait tout le mur. Il représentait un personnage sans tête, les bras et les jambes écartés. Un crâne humain lui cachait le sexe. En l'examinant de plus près, Manon vit que le personnage tenait un cœur enflammé dans la main droite, une épée dans la main gauche.

— Qu'est-ce que c'est que ça ? fit son frère en la rejoignant. Tu crois que ce sont eux qui l'ont fait ?

— À moins que d'autres squatteurs aient occupé l'endroit.

— Ça ne risque pas. Qui viendrait s'enterrer ici ? Attends...

Il alluma la torche de son téléphone à son tour. À deux, ils purent distinguer la fresque dans son ensemble.

Le personnage sans tête, en plus du crâne au niveau du sexe, avait une sorte de svastika sur le ventre. Peut-être une évocation stylisée de ses intestins, formant une spirale aux angles durs ? Quoi qu'il en soit, le dessin était perturbant.

Un autre se trouvait à l'autre bout du mur.

Là, on avait représenté trois silhouettes à quatre pattes, écorchées et décapitées. Des chiens, sans le moindre doute. Leurs têtes tranchées étaient dessinées au-dessus, comme tournant autour d'un point fixe, une roue macabre de crocs et d'yeux fous.

— Carrément glauque, commenta Ariel. Mais ça colle avec le reste. Ces gens sont des allumés.

— Tu as une idée de ce que ça représente ?

— On dirait le dessin de Léonard de Vinci. Tu sais, le bonhomme dans le cercle.

— L'homme de Vitruve, acquiesça Manon.

Cette peinture sur le mur l'intriguait. S'il s'agissait d'une reproduction tordue de l'œuvre de Vinci, que voulaient dire ces chiens sans tête ?

— Ce ne sont pas que des libertins. Ça ressemble à une secte, leur truc.

— C'est bien ce que je pense, grommela Ariel. En tout cas, ça suffit. J'en ai assez vu. Je ne veux pas savoir qui sont ces types.

— Tu as raison. On s'en va.

Elle promena une dernière fois sa torche sur les murs de la pièce, sans découvrir autre chose. Au plafond, un lustre en fer forgé soutenait un cercle de bougies rouges fondues. De nouvelles images de débauche traversèrent l'imagination de Manon. Les masques. Les bougies. Le champagne. L'imagerie satanique. Des soirées très spéciales, oui.

Puis elle aperçut les grands rouleaux de plastique posés contre le mur du fond, et sa curiosité se changea en réelle inquiétude.

Elle s'approcha avec prudence.

Il y avait une grande arcade à cet endroit. Un escalier en colimaçon descendait vers le rez-de-chaussée.

— Tu fais quoi, encore ? s'impatienta son frère.

— J'essaie de comprendre un truc. Ces dérouleurs... Ce ne sont pas des poubelles...

— Des bâches de chantier, dit Ariel. Et alors ?

C'était ça. Le rouleau était flambant neuf. On l'avait apporté ici très récemment.

Pour quoi faire ?

Manon s'approcha de l'escalier. En bas, elle supposait que la disposition des pièces devait être la même.

L'odeur de moisissure s'élevait de l'escalier. Lourde et piquante. Plus forte encore à cet endroit, semblait-il.

Manon fronça le nez, tout en illuminant les marches. Impossible de voir quoi que ce soit à cause de la courbe de l'escalier.

Elle se sentit mal à l'aise, sans parvenir à comprendre pourquoi. Comme si son inconscient avait perçu un détail qui lui échappait...

La voix d'Ariel la ramena brusquement à la réalité :

— Manon ! Éteins ta lampe !

— Quoi ?

— Éteins, je te dis !

Elle effleura l'icône sur son téléphone.

L'obscurité s'installa de nouveau.

Dehors, au bout de l'allée, des lumières étaient apparues.

Manon se hâta d'aller retrouver son frère dans l'entrée.

— Voiture, dit-il simplement.

Les lumières approchaient à vive allure du château.

— On se tire ! lança Manon en voulant se précipiter à l'extérieur.

Son frère referma sa main sur son poignet.

— Trop tard. Ils vont nous voir si on sort par là.

Il avait raison. Les phares débouchaient déjà dans la cour, les éblouissant.

Ils reculèrent à l'abri du mur.

22

Il y avait deux voitures.

Elles se garèrent dans la cour du château. Les lumières puissantes de leurs phares transperçaient les vitres, dessinant des faisceaux blancs à travers les pièces.

— Il ne faut pas qu'ils nous trouvent, chuchota Ariel.

Il longea le mur, en essayant de rester dans les zones d'ombre, ce qui était quasiment impossible. Il tourna la tête vers l'escalier, au fond de la pièce.

— En haut ?

— Pour être pris au piège ? répondit Manon en le dépassant. On doit sortir d'ici, oui ! Et vite !

Ils se faufilèrent dans la deuxième salle, où ils avaient déposé la valise. Les éclats de verre crissèrent de nouveau sous leurs chaussures. Ariel étouffa des jurons.

Dehors, les portières claquèrent.

— Ils sont venus finir le ménage.

— Il doit bien y avoir une issue de l'autre côté, chuchota Manon en se dirigeant vers la troisième salle.

Ici aussi, les lumières des phares passaient par les fenêtres, révélant le dessin du personnage sans tête sur le mur. Manon et Ariel avançaient courbés. Impossible de quitter les lieux par la terrasse. Ils se feraient repérer aussitôt.

— L'autre escalier, indiqua Manon. On tente le rez-de-chaussée.

Elle descendit la première. Après quelques marches, elle se retrouva dans les ténèbres. Elle continua en tâtonnant contre le mur pour se guider.

Ariel la suivait, une main posée sur son épaule.

— Attention à ne pas te casser la gueule, chuchota-t-il.

— C'est bon. Il y a une porte en bas.

Elle la poussa, priant pour que le passage ne soit pas condamné.

La porte grinça en s'ouvrant.

— Vite ! la pressa Ariel.

Manon hésita. D'un coup, l'odeur qui s'échappait de cette pièce agressait ses sinus. Et elle la reconnaissait...

— Qu'est-ce que tu fais ? Avance !

— Ariel... je ne sais pas...

Trop tard. Il la poussa à l'intérieur et referma la porte derrière eux.

Dans le noir total.

L'odeur était entêtante, presque palpable. Ce n'était pas celle de la moisissure, comme Manon l'avait cru tout à l'heure.

C'était l'odeur âcre de la décomposition.

— Ariel, ne bouge pas, supplia-t-elle. On a besoin de lumière.

Ils rallumèrent en même temps leurs torches. Leurs téléphones jetèrent un éclairage mouvant sur les murs de pierres autour d'eux.

À leurs pieds, le sol était recouvert de bâches de chantier luisantes.

Manon éclaira les flaques rouge sombre sur le plastique. De longues traînées à moitié coagulées traversaient la pièce.

— Putain, c'est ce que je crois ? hoqueta son frère.
— Oui. Du sang.

Ariel colla son oreille à la porte. Il vit la clé dans la serrure et s'empressa de verrouiller.

— Ils sont là-haut, je les entends. On n'a pas beaucoup de temps...

Manon avança d'un pas hésitant, évitant de marcher dans les flaques gluantes.

Ils devaient trouver une sortie. *Tout de suite.*

Cette nouvelle pièce, une sorte de vestibule, ne comportait malheureusement pas d'ouverture sur l'extérieur. Seulement des alcôves encombrées de bougies fondues.

Ils se précipitèrent vers la pièce suivante.

Au seuil de celle-ci, la puanteur était si forte qu'elle faillit les étouffer. Le bourdonnement frénétique des mouches dérangées pendant leur festin leur parvint.

Manon sentit la panique l'envahir.

Ariel, lui, refoula un bruyant haut-le-cœur et écrasa une main devant sa bouche.

Ils braquèrent les faisceaux de leurs torches devant eux.

Un corps inerte reposait dans une mare de sang.

Un chien.

L'animal n'avait plus de tête.

— Putain de malades, balbutia Ariel en continuant malgré tout sa progression. C'est encore plus dément que ce que je pensais…

Manon le suivit. Elle ne pouvait s'empêcher de repenser au dessin sur le mur. À la représentation des chiens décapités…

Et, un peu plus loin dans la vaste salle, comme elle le craignait, pendaient les dépouilles de deux autres bêtes. Elles étaient attachées au plafond par les pattes arrière. De grands chiens, partiellement dépecés. Et décapités.

Leur sang s'était écoulé sur les épaisses bâches de plastique.

Manon orienta le rayon de lumière vers une table en bois installée au centre de la pièce.

Elles étaient posées là. Les têtes des trois bergers allemands, recouvertes de petits vers blancs qui se tortillaient entre les poils. Le bruit des mouches devenait insupportable.

— C'est pas vrai, souffla Ariel, au bord de la nausée. Dis-moi que c'est juste un cauchemar…

— J'aimerais bien, murmura Manon en avançant avec hésitation.

À côté des têtes des chiens, elle vit ce qui ressemblait à un affreux masque en latex, aplati et fripé.

— Qu'est-ce que c'est que ce truc ?

— On dirait une tête de poupée gonflable.

Ariel avait raison. Il s'agissait bien du visage d'une poupée, avec d'immenses yeux bleus disproportionnés occupant la moitié de l'espace, un trou obscène et circulaire en guise de bouche, et des couettes rouges de cheveux synthétiques.

Que cette chose immonde ait été portée en guise de masque ou non, Manon vit qu'elle était à présent maculée de sang.

Elle n'eut pas le temps d'approfondir la question.

Derrière eux, des pas lourds et précipités résonnèrent dans l'escalier.

— Ça y est, dit Ariel entre ses dents. Ils arrivent.

Quelqu'un essaya d'ouvrir la porte. La poignée s'abaissa et remonta frénétiquement, actionnée par une rage grandissante.

Un cri guttural retentit dans la cage de l'escalier.

Manon tourna sur elle-même, examinant les murs de la pièce. Il y avait bien eu des fenêtres, mais elles étaient à présent condamnées par des briques.

De violentes secousses firent trembler la porte.

L'individu tentait de la défoncer à coups de pied.

— On ne s'arrête pas ! s'écria Ariel en se dirigeant vers la pièce suivante.

Dans celle-ci, ils découvrirent une large baie vitrée.

Enfin, songea Manon.

Cette sortie donnait sur l'arrière du château, comme elle l'avait espéré.

Elle se précipita et actionna fébrilement la poignée.

La porte de la baie était verrouillée.

Dans leurs dos, les coups avaient cessé. Ils entendirent le claquement des talons tandis que l'individu remontait l'escalier à toute allure.

— Ils vont faire le tour, s'affola Ariel. Pousse-toi !

Tandis que Manon s'écartait, il s'élança et donna un coup de pied dans la baie. Le bois craqua. Plusieurs vitres se brisèrent. *Pas assez fort.* Ariel recula, frappa de nouveau.

L'encadrement céda. Le reste des vitres vola en éclats.

Au point où ils en étaient, cela ne servait plus à rien de prendre des précautions.

Ariel donna de nouveaux coups de pied pour dégager le passage.

Dehors, la voie semblait libre.

— Tout droit ! cria Manon. Les oliviers !

Ils enjambèrent les restes brisés de la fenêtre et se mirent à courir vers le couvert des arbres.

23

Manon n'avait jamais couru aussi vite.

Suivant de près Ariel, elle sprintait au milieu des arbres, fouettée de toutes parts par les branches et les feuilles, espérant que l'obscurité serait suffisante pour les protéger.

Elle entendait leurs poursuivants, non loin, juste dans leur dos. Il devait y avoir au moins trois personnes. Peut-être davantage.

De nouveau, un long cri éraillé, de rage et de frustration, s'éleva du château.

Manon pria pour ne jamais savoir à qui ces cris de dément appartenaient.

— Plus vite ! la pressa Ariel. Par là !

Elle suivait son frère à l'aveuglette, déboussolée. Ariel paraissait savoir où il allait, se frayant un chemin au milieu des arbres et des herbes sèches. Elle espérait qu'il saurait retrouver leur véhicule.

Un moteur rugit devant le château. Puis un deuxième.

Des phares transpercèrent les champs d'oliviers. Les rayons de lumière commencèrent à se déplacer, tout doucement, cherchant à les repérer parmi les arbres. Devant eux, les ombres et les hachures de lumière se mélangeaient, compliquant leur fuite. Fort heureusement, les hommes qui les poursuivaient ne savaient pas encore dans quelle direction orienter leurs recherches. Il fallait profiter de ce maigre avantage tant qu'ils le pouvaient.

— On y est presque, haleta Ariel. Tiens bon !

Manon ne disait rien, elle n'avait pas assez de souffle pour ça. Ses chevilles se tordaient sur les cailloux. Elle continuait pourtant de courir, aussi vite qu'elle le pouvait.

Ils atteignirent un fossé dans lequel ils descendirent à la hâte, se frayant un passage dans de hautes herbes, jusqu'au cours du ruisseau.

— La voiture est de l'autre côté ! Le plus dur est fait !

Elle espérait qu'il ne se trompait pas car elle-même était totalement perdue. Elle traversa l'eau glacée en gémissant. Ses chaussures s'enfonçaient dans la vase visqueuse, et elle faillit glisser à plusieurs reprises. Ensuite, il lui fallut remonter la pente au milieu des ronces. Ses gémissements se changèrent en cris quand les épines déchirèrent la peau de ses bras.

Une fois au sommet, elle constata avec un extrême soulagement qu'ils étaient bien revenus près du pont. Le Kangoo les attendait où elle l'avait garé, à l'abri des arbres.

Plus qu'un dernier sprint.

Ils s'engouffrèrent dans le véhicule.

— Sur le chemin ! s'écria Ariel. Il y en a un !

Manon s'empressa de démarrer et alluma les phares.

La lumière épingla l'individu alors qu'il enjambait la chaîne du pont.

D'après son costume et sa silhouette, il s'agissait d'un homme. Mais il était masqué.

Manon reconnut, non sans dégoût, le masque de poupée gonflable qui se trouvait auprès des têtes coupées des chiens. Le latex luisait, maculé de sang. Les couettes rouges dansaient sur les épaules de l'individu.

Il tenait un fusil à la main.

— Qu'est-ce que tu attends ? paniqua Ariel. On dégage !

Manon écrasa l'accélérateur tandis que l'individu se campait en plein milieu du passage et braquait le fusil sur eux. Il y eut une étincelle dans le canon et un terrible bruit de tonnerre. Manon cria, par réflexe, et se recroquevilla derrière le volant. Heureusement, le tir n'avait pas atteint le véhicule.

Elle fonça sur l'homme masqué.

Au dernier moment, il se jeta sur le côté pour ne pas être percuté.

Le Kangoo s'éloigna en dérapant le long du chemin de terre.

Dans le rétroviseur, Manon vit l'individu se relever.

Un nouveau coup de tonnerre déchira la nuit.

— Nom de Dieu, continuait de gémir Ariel en se passant les mains sur le visage. Nom de Dieu... J'y crois pas...

Mâchoire serrée, mains crispées sur le volant, Manon s'efforçait de retrouver son souffle, et accessoirement de ne pas sortir de la route. La voiture se déportait sans cesse, de droite à gauche, mordant sur le talus. Les cahots étaient si violents qu'ils décollaient tous deux de leurs sièges. Mais il était hors de question de ralentir.

— Est-ce qu'ils nous suivent ?

Ariel passa la tête par sa fenêtre et scruta la nuit derrière eux.
— Je ne crois pas...
Il agrippa la poignée pour rester en place.
— ... mais ne t'arrête surtout pas.
— Je n'en ai pas l'intention.
À chaque nouvelle seconde qui passait, elle s'attendait à voir surgir des phares dans son rétroviseur. Ce n'était pas le cas. *Pour combien de temps encore ?*
Elle regagna enfin la route départementale.
Elle continua de foncer sur les lacets à flanc de colline.
Son cœur ne voulait pas ralentir. Un tambour douloureux dans ses tempes.
Le premier village se trouvait à plusieurs kilomètres. Les plus longs de sa vie.
— Des phares, derrière nous, avertit Ariel alors qu'ils dépassaient le panneau de l'agglomération.
Elle les avait vus.
Un véhicule les suivait à vive allure.
Elle s'engouffra dans la rue principale sans ralentir. Il n'y avait pas âme qui vive dans le village. Les volets de toutes les maisons étaient fermés. Des véhicules stationnaient le long des trottoirs.
Le feu de signalisation, à l'unique carrefour du village, passa au rouge.
Manon le grilla sans hésiter et bifurqua dans une petite rue. Elle se gara derrière un tracteur et éteignit ses phares.
Tout son corps tremblait. Elle n'aurait pas pu conduire plus longtemps de cette manière.
Ariel, à côté d'elle, avait croisé les bras et ne disait rien. Il était livide.

Trente secondes plus tard, la voiture qui les suivait arriva à son tour et s'arrêta au feu. La lumière ne tarda pas à passer au vert. Le véhicule redémarra. Il ne roulait pas très vite. Il s'agissait peut-être de leurs poursuivants. Ou bien Manon paniquait pour rien et il ne s'agissait que d'un simple habitant du coin qui rentrait chez lui.

Quoi qu'il en soit, la voiture était passée.

C'était tout ce qui comptait.

— Putain... dit Ariel.

Manon bascula la tête en arrière et poussa un soupir douloureux. Les battements de son cœur se calmèrent enfin. Le nœud dans son ventre restait. Dur comme la pierre.

— Dans quoi on a mis les pieds, Ariel ?

Son frère tritura nerveusement son bonnet avant de le remettre sur son crâne.

— C'est bien pire que ce que je croyais. Jamais je n'aurais imaginé...

Il n'acheva pas sa phrase et resta prostré dans la pénombre, encore choqué par ce qu'ils venaient de vivre.

Manon se força à réfléchir le plus posément possible.

Elle fouilla dans son sac pour prendre son porte-feuille. Elle avait gardé la carte du policier. *Franck Raynal. Capitaine de police judiciaire.*

— Tu tiens vraiment à prévenir la police ? grogna Ariel.

— Mais bien sûr ! Tu as vu comme moi ce que ces gens ont fait !

— Oui, et ensuite ? Tu imagines que les flics vont s'en occuper ?

Manon lui décocha un regard acéré.

— Ils vont perquisitionner le domaine.
— Sans aucune preuve ? Simplement sur la base de ton témoignage ?
— Ils ouvriront une enquête, dit Manon, avec de moins en moins de conviction.
— Pour des chiens morts ? ricana son frère. Je suis d'accord, c'est dégueulasse et inhumain. Mais tu crois que les flics en auront quelque chose à faire ? Ils sont déjà plus que débordés avec les problèmes de drogue et de grand banditisme de la région.

Non. Elle refusait de l'écouter. Elle devait faire quelque chose. Elle tapa le numéro de Raynal et colla son téléphone à son oreille.

La première sonnerie retentit. Ariel chassa de la main une fumée imaginaire.

Manon se mordilla les lèvres. Deuxième sonnerie.

— Ces gens auront tout le temps d'effacer les traces de leur présence, insista Ariel. Ce sera notre parole contre du vent. Tu es prête pour ça, Manon ?

Troisième sonnerie.

— Tu vas leur expliquer que j'ai volé une voiture ? Que je suis lié au meurtre de Nicolas ?

Manon baissa le téléphone et, d'un doigt tremblant, mit fin à l'appel. Des émotions violentes et contradictoires la traversaient, sans qu'elle sache comment réagir.

— Merde, Ariel, pourquoi tu fais ça ?
— Parce que tu es en train de réveiller un capitaine de police à 1 heure du matin ! Tu penses qu'il va te croire ? Sérieusement ? Pour tes beaux yeux, sans doute ? On a pénétré dans une propriété privée. C'est la garde à vue qui nous attend, et rien d'autre !
— Mais ce sont des criminels...

— Ouais. Justement. Je veux rester en vie.

Elle se prit la tête dans les mains.

— Nom de Dieu, Ariel, tu me rends dingue !

— Écoute, on leur a rendu leurs affaires. On n'a pas vu leurs visages, on n'est pas un danger pour eux. S'il y a une chance qu'ils m'oublient, je ne veux pas la laisser passer.

Oublier ?

Qu'un homme leur avait tiré dessus ?

Impossible.

Son téléphone se mit à vibrer. Manon fit un bond sur son siège.

— Putain de merde, grogna Ariel.

C'était le commandant Raynal qui la rappelait.

— Désolée, Ariel. Je dois lui en parler.

III

Implications

III

Implications

24

À cette heure de la nuit, les rues de la ville étaient quasi désertes. Manon retrouva son quartier non sans soulagement. À côté d'elle, Ariel demeurait prostré.

— Il est là, annonça-t-elle. Comme il l'a promis.

Le policier les attendait devant l'entrée de l'immeuble. Il était adossé à son véhicule, mains dans les poches, le visage à demi dissimulé par les ombres.

Elle roula jusqu'à lui et baissa la vitre.

— Capitaine, merci d'être venu. Ce que je vous ai raconté doit vous sembler démentiel…

Le policier fit un signe de tête. Depuis que Manon l'avait croisé, près de vingt heures plus tôt, sa barbe avait poussé, et assombrissait à présent ses traits. Son regard bleu, très clair, se découpait dans la pénombre.

— Allez vous garer, déclara-t-il. Nous allons discuter de tout ça.

Il les suivit le long de la rue, jusqu'au petit garage privatif. Manon attendit que le portail électrique se soulève, puis s'empressa de faire entrer le Kangoo à l'intérieur. Franck Raynal pénétra à son tour dans le garage.

Pendant que Manon et son frère sortaient du véhicule, le policier observa l'armoire, et toutes les boîtes de produits à l'intérieur. Il se courba également vers des cartons posés sur le sol. Les bandes de scotch qui les fermaient avaient été tranchées pour ouvrir chacun d'eux.

— Tout a été méticuleusement déballé, commenta Manon en actionnant le portail pour le refermer. Même les pots de maquillage ont été dévissés.

— Je vois ça.

Raynal se redressa ensuite et scruta Ariel de la tête aux pieds. Le jeune homme recula imperceptiblement.

— Et vous, monsieur ? Vous êtes ?

— Ariel Virgo, dit-il en ôtant son bonnet. Je suis son frère.

— C'est donc vous qui étiez présent chez Manon, ce matin ?

Ariel hésita. Tendu comme un arc.

— Oui, monsieur. C'était moi.

Manon, elle, songea que le policier venait de l'appeler par son prénom. Tout au fond d'elle, elle se sentit encore plus déstabilisée qu'elle ne l'avait été jusque-là.

Peut-être Raynal s'en rendit-il compte. Il lui sourit poliment.

— Ne vous inquiétez pas. Je vous l'ai dit ce matin. Je suis là pour vous aider.

— Vous me croyez, alors ?

Il désigna l'armoire de l'index.

— Pour ce qui est de l'intrusion chez vous, en tout cas, vous avez dit vrai. Quelqu'un a bien fouillé dans vos affaires.

— Et attendez de voir l'appartement !

— Dans ce cas, allons-y.

Manon passa la première, suivie d'Ariel, toujours aussi crispé. Raynal monta les marches derrière eux. Le son de leurs pas se répercuta dans le silence nocturne.

— Voilà le carnage, indiqua-t-elle en les faisant entrer dans son appartement.

Elle alluma toutes les lumières. Ariel resta prudemment dans la cuisine tandis que le policier arpentait chaque pièce sans rien dire. Le carnage, comme l'avait qualifié Manon, était manifeste. En revoyant son matelas déchiré et ses sous-vêtements éparpillés sur le sol, elle ressentit d'ailleurs la même sensation de viol que celle éprouvée durant l'après-midi. Elle qui s'était toujours sentie en sécurité chez elle. Elle découvrait qu'il ne s'agissait que d'une illusion. Personne ne pouvait empêcher qu'on pénètre dans son intimité. Elle songea à ces individus mystérieux. *Ces gens avaient pour passe-temps de décapiter des chiens et de s'affubler de masques de poupées gonflables.* Malgré elle, Manon frissonna. De dégoût autant que d'angoisse.

— Donc, selon vous, intervint Raynal, ces personnes cherchaient une valise...

Manon se mordit les lèvres et essaya de conserver une expression naturelle.

— C'est ce que je crois. Elles ne l'ont pas trouvée chez Bruno, alors elles sont revenues la chercher chez moi.

Quand elle avait eu le policier au téléphone, elle lui avait fait part de ses suppositions. Elle lui avait décrit leur aventure dans le château de Delpierre aussi honnêtement que possible. Elle n'avait omis qu'un seul détail, de taille certes, mais trop embarrassant. La découverte du corps de Majax par son frère Ariel, et sa présence dans le garage quand la police y avait débarqué. C'était une scène de crime, après tout. Une montagne de problèmes supplémentaires. Ariel et elle avaient convenu de ne pas en parler à Raynal.

Elle espérait que ce n'était pas une nouvelle grossière erreur de jugement de leur part.

Ariel prit heureusement la parole.

— Cette valise était dans une voiture, monsieur. Dans le garage de Nicolas. Une Laguna…

— Volée, compléta le policier.

— Oui. Nico l'avait tapée samedi soir. Il m'a donné la valise dimanche. Je sais très bien que je n'aurais jamais dû la prendre…

— Et ces gens auraient tué non seulement Nicolas Majax, mais, toujours selon votre théorie, le voisin du dessus, Bruno Lamarque.

— Oui, dit Ariel. J'en suis persuadé.

— Vous savez, être persuadé de quelque chose et avoir des preuves, c'est un peu différent, lui répondit le policier.

Manon entoura une mèche de ses cheveux autour de son doigt. Bien sûr, elle savait à quel point ce qu'ils avançaient était incroyable. C'était pourtant la vérité. Sa plus grande crainte, à présent, était que ce policier lui annonce qu'il ne les croyait pas. Qu'il tourne les talons et les abandonne à leur sort.

— Qu'en pensez-vous, alors ? lui demanda-t-elle.

Raynal se pinça l'arête du nez. Il souffla par les narines.

— Premièrement, il y a une chose que je ne comprends pas dans votre récit. Pour quelle raison Majax vous a-t-il donné cette valise, monsieur Virgo ? Surtout si vous saviez qu'il s'agissait d'un objet volé ?

Ariel hésita, à court d'arguments.

Manon s'empressa de prendre sa défense.

— Une dette, inventa-t-elle sans réfléchir. Ariel lui avait prêté de l'argent il y a un moment déjà. Mais c'est une histoire personnelle. Elle n'a aucun rapport avec ce qui se passe.

— Vraiment ? fit le policier.

Son regard, presque gris sous l'éclairage du salon, continuait de la désarmer. Elle l'affronta, espérant que son trouble n'était pas trop évident.

— C'est vrai. Nicolas a proposé de donner cette valise à Ariel en guise de compensation. Le contenu semblait avoir de la valeur. Et mon frère, qui est un imbécile, a accepté cette forme de dédommagement.

Raynal parut amusé. Bien sûr, il n'était pas dupe.

— Une autre chose m'intrigue, puisque nous en sommes au stade des confidences. Vous ne m'avez pas expliqué comment vous pouvez être au courant de la mort de votre ami. La nouvelle de son assassinat n'a pas encore été rendue publique.

Il les regarda à tour de rôle, avant d'ajouter :

— Et je suis bien placé pour le savoir, voyez-vous. Je suis chargé de l'enquête.

Un silence embarrassé s'installa pendant de longs instants.

— Je venais rendre visite à Nico, expliqua Ariel d'un ton précautionneux, cherchant ses mots à mesure qu'il déroulait le mensonge. J'ai vu des policiers autour du garage. J'ai interrogé un type qui était là. Il m'a expliqué que le propriétaire avait été assassiné. J'ai tout de suite fait le lien avec la voiture. Et puis avec la valise…

— Vous avez un sens de la déduction poussé.
— Je savais que Nico l'avait volée, d'accord ? Il m'avait parlé de ces gens. Des pervers…
— Des partouzeurs adeptes des lieux abandonnés, oui, se moqua le policier. Ou, comme les a surnommés votre sœur, le *club des masques*.
— Ils l'ont tué, poursuivit Ariel. Vous devez me croire. J'avoue, j'ai paniqué. Mais… après ce qu'on a vu dans ce château, je peux vous jurer que c'était justifié ! Ces types sont de vrais malades. Ils ne font pas que s'envoyer en l'air, lors de leur soirées. Ils torturent des animaux !
— C'est l'histoire que vous m'avez racontée, en tout cas.
— Vous ne nous croyez pas ? s'inquiéta de nouveau Manon.
— Je n'ai pas dit ça.
— Vous allez enquêter alors ?
— Bien sûr que je vais enquêter. Je ne peux écarter aucune piste concernant cet homicide. Ces *deux* homicides, si on suit votre raisonnement jusqu'au bout. Il n'empêche que vos accusations ne reposent pas sur grand-chose. Vous en avez conscience ?

Il laissa flotter son regard sur les placards de la cuisine, et se pencha machinalement pour ramasser une bouteille de lessive renversée.

— Tout ce que je souhaite, c'est éviter les problèmes, dit Ariel. Je n'avais en ma possession que cette foutue valise. Maintenant ces gens l'ont récupérée. Ils n'ont pas de raison de revenir me demander des comptes, n'est-ce pas ?

Le policier se redressa. Son expression était inflexible.

— Ça, je l'espère pour vous.

— Et c'est tout ?

— Loin s'en faut. N'oubliez pas que vous êtes témoin dans une affaire de meurtre, monsieur Virgo.

Ariel déglutit péniblement.

— Oui. Je sais.

— Ravi de vous l'entendre dire. Voilà ce que nous allons faire. Je vous attends demain à l'hôtel de police. 14 heures. Je prendrai votre déposition en bonne et due forme.

— Mais je n'y suis pour rien !

— Dans ce cas, vous n'avez rien à craindre. Ce ne sera qu'une formalité.

Ariel ne releva pas. Décomposé.

Raynal se tourna ensuite vers Manon et plongea de nouveau son regard dans le sien.

— Écoutez bien. Ma présence ici n'a rien d'officiel. Si je suis venu vous voir, c'est uniquement de ma propre initiative. J'aurais dû transférer votre appel au commissariat, c'était à l'équipe de nuit de décider si cela valait la peine de passer pour constater les dégâts.

— Pourquoi ne l'avez-vous pas fait, alors ? murmura Manon.

— Parce qu'ils ne se seraient jamais déplacés. Votre histoire est abracadabrante.

Il parut réfléchir, avant d'ajouter :

— Cela ne signifie pas qu'elle n'est pas inquiétante. Elle l'est. Mais nous devons procéder par ordre.

Pour commencer, nous allons nous occuper de ce qui s'est passé dans votre appartement. Et mettre noir sur blanc vos doutes quant à la mort de Bruno Lamarque. Je m'occupe de rédiger les procès-verbaux. Manon, vous n'aurez qu'à accompagner votre frère, demain, et je vous les ferai signer à ce moment-là. J'antidaterai les documents, nous dirons que vous êtes venue ce soir et que j'ai pris votre plainte.

— C'est... légal, de faire ça ? s'étonna-t-elle.

Le policier laissa un sourire monter au coin de ses lèvres.

— Ça le sera avec votre signature et la mienne dessus. Plus sérieusement, il reste ce que vous m'avez raconté au sujet de vos aventures sur les Causses. Ce serait à la gendarmerie locale d'aller jeter un œil, mais d'une part ils ne risquent pas de faire quoi que ce soit durant la nuit, et d'autre part, même en imaginant qu'ils coopèrent, ils ne pourraient rien faire de concret. On n'a pas le droit de pénétrer sur une propriété privée sans une commission rogatoire adéquate. Et là, sincèrement, je suis désolé, même avec toute la bonne volonté du monde, votre récit ne suffit pas à en demander une.

Derrière lui, Ariel lança un regard noir en direction de sa sœur. *Je te l'avais bien dit.*

— Alors vous n'allez envoyer personne sur place ? fit Manon, un pincement douloureux traversant sa poitrine. Ces gens n'ont rien à craindre ?

Raynal leva les mains.

— Ce n'est pas la question. Comprenez qu'il y a une grande différence entre ce qu'on voit dans les films et ce que les policiers ont le droit de faire dans la réalité.

Il fit une pause. Ariel contemplait ses pieds. Manon, elle, ne quittait pas le policier des yeux.

— D'accord, dit-il. J'irai moi-même sur place, tout à l'heure.

— Vraiment ? s'étonna la jeune femme.

— Vous avez ma parole. Je vous tiendrai au courant de ce que j'y aurai trouvé, et de ce qu'on pourra faire.

— Merci beaucoup.

Manon se sentit, enfin, rassurée. Ils avaient un allié. Quelqu'un qui, contrairement à eux, avait un vrai pouvoir.

Il la fixa de nouveau. Et de nouveau elle ne sut où se mettre.

— Je ferais mieux de vous laisser, dit-il.

— Oui, bien sûr.

Elle le raccompagna en bas en le remerciant encore. Tout près de lui, alors qu'ils descendaient l'escalier, elle respira son parfum.

— Pour l'instant, pensez surtout à bien fermer ces portes, lui conseilla-t-il.

Il se tourna vers elle, plongeant son regard couleur acier dans le sien.

— Et ne restez pas seule, le temps qu'on tire cette histoire au clair.

Manon hocha la tête. Elle se sentit rougir.

— Ne vous inquiétez pas. Ariel va dormir ici. Il n'a pas d'autre endroit où aller, de toute manière...

Elle voulut lever la main pour lui dire au revoir.

Elle effleura celle du policier sans l'avoir prévu. Un frisson parcourut sa nuque.

— Désolée, murmura-t-elle.

— Pas de quoi.

Il leva la main et, à son tour, effleura ses doigts. Le cœur de Manon se mit à battre très vite, tout à coup. Le policier s'écarta lentement. Ses yeux toujours rivés aux siens.

— Je dois y aller, murmura-t-il.

— Bien sûr, balbutia Manon. Je... enfin... merci encore, capitaine.

— S'il vous plaît, appelez-moi Franck.

Il ponctua sa phrase d'un sourire qui acheva de la désarmer.

La porte close, Manon s'y adossa et conserva son regard dans le vague pendant un long moment.

25

Le reste de la nuit fut une longue attente, désagréable et étouffante, comme Manon n'en avait jamais connu.

D'abord, Ariel l'aida à ranger l'appartement. Remettre à sa place le contenu de tous les tiroirs leur prit du temps mais, mis à part le matelas éventré qu'il faudrait remplacer, il y avait finalement peu de dégâts. C'était déjà ça.

En revanche, quand Manon vit son frère prendre la bouteille de Lagavulin pour se servir un verre, elle sentit ses nerfs sur le point de craquer.

— Tu me donnes ça tout de suite, lui intima-t-elle en lui arrachant le whisky des mains.

— Mais... Manon...

Elle emporta l'alcool dans sa chambre, avant de revenir débarrasser le placard de toutes les bouteilles qu'il contenait. Elle les rangea sous le lit, où son frère ne pourrait aller les prendre.

— Désolée, Ariel, il n'y a pas de *mais* ! Si ces gens décident de revenir, je te veux assez sobre pour me protéger.

Son frère se passa une main nerveuse sur le visage. Il transpirait. D'anxiété, ou peut-être de manque. Elle n'en avait strictement rien à faire. Tout ce qui leur arrivait était sa faute à lui.

— Je peux me rouler un pétard, au moins ?
— Tu as déjà fumé bien plus que tu ne le devrais.

Il la fixa avec des yeux larmoyants.

Manon lâcha un juron.

— Bon sang, Ariel. Fais comme tu veux, après tout. Je ne suis pas un tyran.
— Juste un, assura-t-il. Sinon je vais devenir dingue.

Tandis qu'il sortait le pochon d'herbe et commençait à rouler son joint, Manon se posta à la fenêtre. Elle contempla la cour plongée dans la pénombre. Un vent léger faisait osciller les feuilles des bégonias et des fougères.

L'air était doux, prémices de l'été.

Pourtant la jeune femme frissonnait. Ses bras se couvrirent de chair de poule, et elle les croisa devant sa poitrine. Elle ne cessait de penser à ces carcasses de chiens mutilés et décapités qu'elle avait vues dans le château.

Devenir dingue ? C'était bien ce qu'elle ressentait en cet instant. La porte de la folie était ouverte, ils avaient bel et bien eu un aperçu de ce qui se trouvait derrière son seuil.

Qu'allait-il se passer ensuite ?

Ils avaient rendu leurs affaires à ces gens mystérieux. Cela suffisait-il ? Le club des masques allait-il accepter de les oublier ? Ou bien était-ce déjà trop tard ? Un homme masqué attendait-il, juste là, quelque part dans les ombres, le moment de revenir s'en prendre à eux ? S'il s'introduisait dans l'immeuble, que pourrait-elle faire pour se défendre ?

Tant de questions la traversaient. Tant d'inquiétudes insoutenables. Manon n'était pas seule, certes, mais cela ne changeait pas grand-chose. Elle doutait du secours que pourrait lui apporter son frère. Les *autres* étaient nombreux. Des dizaines, selon Ariel. Rien qu'au château, ils étaient quatre.

Dont celui qui portait ce foutu masque de poupée.

Ce souvenir, plus que tout autre peut-être, s'était imprimé dans son esprit et refusait de la quitter.

Un corps d'homme. Une tête caricaturale de femme en plastique, aux yeux démesurés.

Un fusil braqué devant lui.

Des pervers, selon l'expression d'Ariel. Pour elle, c'était plus que ça. Elle en était persuadée. Il ne s'agissait pas d'un simple club échangiste.

Une secte.

Les histoires qui pullulaient sur Internet lui revinrent avec une douloureuse acuité. Tous ces récits absurdes de cultes sataniques mêlés d'accusations de pédophilie, de meurtres rituels et autres mutilations de bétail. Elle n'avait jamais accordé la moindre attention à ces tissus de bêtises. Ou alors uniquement pour s'en amuser, comme tout le monde le faisait. Ces histoires n'étaient destinées qu'à nuire à des hommes politiques, ou à se faire peur autour du feu, lors de soirées camping bien arrosées.

C'est ce qu'elle s'était toujours dit.

Mais à présent...

Après ce qu'elle avait vu...

Elle n'en pouvait plus de tourner en rond. Elle décida d'apporter son ordinateur sur la table de la cuisine.

Elle alluma la machine.

Restait à savoir quoi chercher.

Elle se souvint du dessin sur le mur. Celui-ci avait peut-être une signification. C'était mince, comme piste, mais elle brûlait de comprendre.

Ses doigts glissèrent sur les touches du clavier.

Personnage sans tête.

Le moteur de recherche afficha une liste de pages sur la légende de *Sleepy Hollow*. Certainement pas ce qui l'intéressait.

Elle essaya d'autres mots-clés. *Homme de Vitruve sans tête.* Les images défilèrent, lui permettant de découvrir l'existence d'une étonnante sculpture de femme de Vitruve sans tête. L'œuvre avait été réalisée par un artiste contemporain italien. Bras et jambes écartés, cette statue n'était pas sans évoquer le dessin sur le mur du château.

— Ariel, tu as vu ça ?

— Ouais, souffla-t-il dans son dos. Dans l'idée, c'est très proche de ce qu'on a vu. Mais c'était plutôt un homme, non ? Avec une sorte d'épée dans la main.

— Et une flamme dans l'autre, se souvint Manon.

Pendant qu'elle pianotait sur les touches, Ariel lui tendit le joint.

— Toujours pas ?

— Toujours pas.

Elle avait besoin de toutes ses capacités mentales.

En matière de divinités décapitées, le moteur de recherche ne lui proposait que des résultats liés à la mythologie égyptienne. Elle en explora certains. Des sites de musées, des extraits de thèses. Elle parcourut brièvement des histoires de dieux sans tête, ou plus exactement de dieux masqués par la « tête qui cache », à en croire le Livre des morts des anciens Égyptiens.

Elle passa de page en page, un peu au hasard, sans trouver quoi que ce soit d'intéressant.

Pour l'instant, elle ne voyait aucun rapport entre la mythologie et leurs mésaventures.

Elle n'en trouverait peut-être aucun. Elle perdait probablement son temps. Mais c'était plus fort qu'elle, et elle n'avait pas mieux à faire. Elle n'imaginait pas réussir à dormir cette nuit, malgré son état d'extrême fatigue. Son corps n'était plus qu'une boule de nerfs.

D'ailleurs, dès qu'un son résonnait dans la nuit, elle levait les yeux, et elle voyait qu'Ariel se figeait lui aussi, aux aguets. Ensemble, en silence, ils cherchaient à isoler le moindre bruit suspect. Le claquement d'une poubelle au coin de la rue. Les bruits de talons de personnes qui passaient en courant et en riant. Une bouteille brisée sur le trottoir. Des chiens qui aboyaient soudain avec rage. Une voiture qui accélérait, musique électronique à fond, avant de faire crisser ses pneus dans le lointain. Frère et sœur restaient immobiles, à l'écoute.

— C'est super, finit-elle par lâcher, après de longues secondes à retenir sa respiration. Maintenant je suis aussi parano que toi.

— Espérons qu'on s'en fait pour rien, ajouta Ariel en recrachant un filet de fumée.

Il revint se tenir derrière elle. L'odeur de l'herbe l'auréolait, grasse et sucrée. Pas si désagréable, s'avoua Manon.

— Toujours rien d'intéressant ?

— Malheureusement, non. Mais au moins, j'ai appris le mot *acéphale*. Ça me fera penser à toi.

— Pourquoi ?

— Parce que ça veut dire *qui n'a pas de tête*.

Il grogna et lui donna une petite tape dans le dos.

Manon continuait de parcourir les listes de pages, sans grande conviction, quand tout à coup elle s'arrêta sur une illustration.

— Tu as vu ça ?

Le dessin était naïf, presque celui d'un enfant. Une sorte de bonhomme sans tête, bras et jambes écartés.

Il tenait une dague dans une main, et ce qui ressemblait à un cœur enflammé dans l'autre. Son sexe était masqué par une tête de mort.

Ariel acquiesça gravement.

— Ouais. C'est le même dessin.

Elle cliqua sur le lien de l'image.

— C'est l'œuvre d'un dénommé André Masson. Elle figurait en couverture d'une revue de Georges Bataille datée de 1937.

— Bataille ?

— Un écrivain français. *Pornographe, philosophe et poète*, selon ce site. Attends, il y a de nombreuses pages à ce sujet...

Elle ouvrit plusieurs fenêtres, passant de l'une à l'autre à la recherche de la biographie la plus claire.

— Bataille avait fondé une revue qui eut une courte durée de vie, mais aussi une société secrète. Cette société s'appelait justement *Acéphale*. Divers artistes et philosophes de l'époque en faisaient partie.

Elle consulta la page Wikipédia consacrée à la revue.

— En gros, la société Acéphale ressemblait à une religion de la mort. Je cite les mots de Bataille : *Il est temps d'abandonner le monde des civilisés et sa lumière. Il est trop tard pour tenir à être raisonnable et instruit – ce qui a mené à une vie sans attrait.*

Secrètement ou non, il est nécessaire de devenir tout autres ou de cesser d'être.

— Quel programme, renchérit Ariel.

Manon surfa sur une dizaine d'autres sites avec la plus grande attention. On y citait la philosophie de Nietzsche, le règne de la liberté absolue, la joie devant la mort et des réunions nocturnes au pied d'un arbre fendu par la foudre, où se seraient tenus des simulacres de sabbats de sorcières.

— Selon la légende, les membres d'Acéphale pratiquaient des sacrifices d'animaux lors de leurs réunions, précisa-t-elle.

— Putain d'illuminés, grinça Ariel. Ne me dis pas qu'ils ont aussi fait des sacrifices humains ?

— Ils en avaient bien l'intention, confirma Manon en survolant les textes affichés à l'écran. Officiellement, en tout cas, ils ne seraient jamais allés jusqu'au bout de leur fantasme. Et leur société n'a pas existé très longtemps, de toute manière.

Ariel se gratta nerveusement la tempe.

— Alors quoi ? Tu crois qu'il peut y avoir un lien entre cette vieille secte et le club des masques ?

C'était une très bonne question. Et en vérité, Manon n'en avait aucune idée. Ces individus avaient bien reproduit le dessin de la divinité sans tête, et ils sacrifiaient des animaux eux aussi. Mais cela ne constituait pas assez d'éléments pour en tirer une conclusion. De nouveau, elle ne put s'empêcher de songer aux théories complotistes. Elle se rendit compte à quel point il était facile d'inventer le pire à partir de simples miettes, si on avait un peu d'imagination...

Elle poursuivit pourtant ses lectures, fascinée malgré elle par ce qu'elle découvrait.

26

Alors que le soleil lançait ses premiers rayons pâles entre les montagnes, Raynal observait la façade du château.

Celui-ci était bien moins imposant à la lumière du jour. Il ressemblait à ce qu'il était vraiment : une ruine oubliée de ses propriétaires. Des corbeaux volaient en cercle autour des pignons. Ils devaient nicher dans les parties effondrées du toit, avec quantité de rongeurs et d'insectes. Un abri de choix.

Le policier se dirigea vers l'escalier.

Il n'avait aucun droit de se trouver ici, bien sûr. D'autant plus qu'il était déjà, officiellement, en service, et n'avait prévenu personne de son absence.

Mais il préférait vérifier par lui-même.

Il avait toujours été ainsi. Impulsif.

Il n'avait de confiance qu'en sa propre personne. Cela lui avait déjà valu des ennuis, par le passé. Ses anciens supérieurs, avec qui il avait été en conflit permanent, ne s'étaient pas privés de le lui faire payer à leur manière. Ils étaient la raison pour laquelle sa mutation avait été retardée si longtemps.

Mais Paris, le neuf-trois et ses frustrations quotidiennes étaient bien loin, à présent. Une autre vie.

Désormais, il recommençait tout de zéro. Il avait gagné sa nouvelle place. Au soleil.

Il gravit les marches de marbre. Ses mains effleurèrent les visages joufflus taillés sur la rampe massive. À l'origine, ces sculptures devaient être des sortes de porte-bonheur. Elles n'avaient plus rien d'amical depuis longtemps. Leurs bouches jadis gourmandes, tavelées par les intempéries, semblaient maintenant édentées, et leurs yeux sans pupille suivaient le policier d'un air malicieux.

Arrivé sur la terrasse du château, Raynal ne résista pas à l'envie de se retourner, comme Manon l'avait fait durant la nuit. Et lui put observer les plantations d'oliviers qui s'étendaient de part et d'autre de la propriété. Un peu plus loin, il y avait des champs à l'abandon, et ensuite de gros blocs de roches grises et ocre à perte de vue, le long des collines paresseuses.

Il distinguait des chemins de bergers sur les hauteurs.

Aucune véritable route à proximité.

L'endroit était isolé. Un secret bien gardé. Jusqu'à aujourd'hui.

Raynal leva les yeux vers le disque rond et blanc du soleil en train de monter dans le ciel pur.

Une nouvelle journée, oui.

De nouveaux défis.

Il songea à son équipe, qui devait se demander où il était.

Il jouait un jeu dangereux.

Il le savait.

Mais il aimait le frisson que cela lui procurait, il ne pouvait pas le nier.

Il se dirigea vers la porte vitrée et passa une main dans le carreau cassé pour l'ouvrir.

Il y était.

Dans l'espace dallé de blanc et de noir. Au fond, un escalier menait à l'étage. Partout ailleurs, la déréliction était totale.

Raynal se déplaça lentement de pièce en pièce, observant avec minutie la succession de salles en ruine. La lumière du matin traversait les baies de rayons blancs et tranchants comme des couteaux. Dans chacun de ces rayons dansaient des myriades de particules en suspension. Les murs donnaient l'impression de peler tant les tapisseries étaient boursouflées et décollées par leur propre pourrissement. Même les marbres des cheminées, exposés aux intempéries depuis trop longtemps, étaient souillés et piquetés de taches sombres.

L'odeur qui régnait ici était écœurante. Moisissure, humidité, crasse.

Et eau de Javel. Cette odeur-là flottait par-dessus toutes les autres.

Dans la troisième salle, une autre odeur encore.

Celle, entêtante, de la peinture fraîche.

Le policier s'arrêta face au mur où s'était trouvé le dessin de l'homme sans tête. Celui-ci avait été recouvert hâtivement à la bombe noire. La peinture était encore humide.

Cette preuve du récit de Manon Virgo, si cela avait pu en constituer une, n'existait plus.

Ce n'était pas tout. Il n'y avait plus aucune trace des seaux, balais, sacs-poubelle, ni des derniers cadavres de verres et de bouteilles.

Le ménage avait été achevé. Vite, mais bien.

Raynal se dirigea ensuite vers l'alcôve et descendit les marches avec précaution. Sa respiration se répercutait contre les murs. Lourde et régulière. Attentive.

En bas, le sol de tomettes était nu. Les bâches avaient été retirées. Il n'y avait plus de sang nulle part.

Raynal traversa les deux premières salles, désertes à présent, et fit quelques pas dans celle où se trouvait la table.

Là aussi, on s'était débarrassé des immondices.

Les cadavres de chiens avaient été emportés.

L'odeur de Javel persistait, beaucoup plus concentrée à cet endroit. Ceux qui avaient effectué le nettoyage n'avaient pas lésiné sur les moyens. Il pouvait être assuré qu'on ne retrouverait plus la moindre trace incriminante.

Rien qui puisse justifier une enquête.

Poursuivant son inspection des lieux, Raynal arriva devant la baie vitrée qu'Ariel et Manon avaient défoncée pour s'enfuir.

Les montants de bois luisaient, encore humides de détergent.

On avait astiqué jusqu'au moindre recoin.

Ou presque. Il restait un morceau de plastique froissé, coincé dans l'angle.

Un bout de bâche.

Ce qui ne prouvait rien du tout.

Du bout de sa chaussure, Raynal écarta le plastique ainsi que les fragments de porte effondrés les uns sur les autres.

Il gratta les décombres entassés dans l'angle.

Dégageant enfin un petit objet brillant.

— Tiens donc, murmura-t-il. On dirait que vous n'êtes pas si infaillibles que ça, les gars.

Il s'accroupit et ramassa l'objet.

Un pendentif en argent. Il était constitué de trois têtes de chiens grimaçants, gueules ouvertes et crocs dénudés. Les trois têtes étaient placées autour d'une flamme noire, formant une spirale de haine et de fureur.

Le policier le retourna. Le soleil fit étinceler les profils dentés.

Au revers, des mots gravés.

DU FEU DE L'ENFER

27

Manon dormit très peu. Au petit jour, elle plongea dans le sommeil pour seulement quelques minutes. Elle fit son vieux cauchemar.

En réalité, ce cauchemar était un souvenir de son enfance. Un épisode de sa vie qu'elle conservait bien enfoui au fond de son esprit, mais qui remontait, de temps à autre, quand elle baissait un peu trop sa garde.

Elle n'avait jamais réussi à l'effacer. Malgré tous ses efforts.

(Ce visage-là.)

Leurs parents venaient de s'installer au pied du pic Saint-Loup, entre des espaces de garrigue et des prés où se trouvaient de beaux chevaux aux crinières blanches. Au fond du jardin se dressait la façade aux pierres disjointes d'une grange à l'abandon. Une vraie ruine. L'immense noyer qui poussait devant n'arrangeait pas les choses : certaines de ses branches frôlaient la façade et achèveraient de la démolir, si personne ne s'en occupait à temps.

Cette année-là, Ariel et Manon avaient respectivement huit et neuf ans. Ils avaient reçu l'interdiction formelle d'escalader cet arbre. Leurs parents étaient très clairs sur ce point. Trop dangereux. La punition serait implacable s'ils désobéissaient.

Et bien sûr, le premier jour où ils furent seuls à la maison, Ariel s'empressa de courir au pied du noyer et observa ses branches avec un regard fasciné.

Manon l'avait suivi, se frayant un chemin dans les hautes herbes du jardin, jusqu'à la façade de la grange.

— Tu sais qu'on a pas le droit de jouer ici, lui avait-elle rappelé.

— Mais les parents sont pas là, avait répondu Ariel avec une mine réjouie. Personne le saura.

(Notre secret.)

Plongée dans le sommeil, Manon s'agita.

Elle se tordit dans ses draps, poussa des gémissements.

Elle n'aimait pas se souvenir de ce qui s'était passé ce jour-là.

(Ce qu'on a trouvé dans cette grange.)

Le rêve se déroulait, elle était impuissante à arrêter son cours, tout comme elle s'était sentie impuissante ce jour-là, debout au pied du noyer, tandis que son frère grimpait agilement aux branches. Il riait comme il l'avait toujours fait quand il commettait une grosse bêtise.

— Ariel !

Il rampait déjà entre les rameaux chargés de feuilles, en équilibre à près de quatre mètres du sol.

— Tu fais le guet ?

— Hors de question ! Ariel ! Reviens tout de suite !

Manon se sentait très mal à l'aise. Elle avait un an et demi de plus que son frère. Une éternité. Pour tout le monde – et pour elle-même avant tout –, elle était responsable de lui. Depuis aussi longtemps qu'elle pouvait s'en souvenir.

— S'il te plaît, Ariel...

Il n'écoutait rien. À mesure qu'il avançait à quatre pattes, la branche pliait et se balançait, les feuilles bruissant contre le mur de la grange.

L'unique fenêtre n'était pas très loin. Elle n'avait plus de vitres. Une invitation impossible à ignorer pour Ariel.

— Arrête ! cria Manon.

Son frère lui répondit d'un gloussement. Il atteignit la fenêtre et bondit dans l'ouverture.

— C'est pas vrai !

Elle attendit quelques instants en se rongeant les ongles, ne sachant que faire.

Puis elle entendit un bruit de fracas.

Un long hurlement aigu s'éleva. La voix de son frère. La transperçant.

— Ariel !

Le cri continua, avant de s'arrêter net.

Manon cessa de réfléchir et escalada le noyer à son tour. Elle était agile. Et les énormes branches facilitaient l'ascension.

Elle avança sur la branche qui frôlait la façade. Au travers de la fenêtre, elle ne distinguait pas grand-chose à l'intérieur, à part des murs de pierres grises et des grains de poussière qui tourbillonnaient dans la lumière.

— Ariel ? répéta-t-elle.

Silence.

Elle se jeta à l'intérieur.

Elle se reçut sur des planches humides couvertes de saleté.

À genoux, maintenant, ses jambes un peu écorchées. Mains sur le plancher. La poussière âcre la fit tousser.

L'étage de la grange était désert. Des rayons obliques de lumière tombaient du plafond effondré. Tout au bout, il y avait un escalier.

— Ariel ? Où es-tu ?

Toujours aucune réponse.

(Cette silhouette boursoufflée.)

Manon s'agita davantage dans son lit.

Ses yeux étaient révulsés. Sa bouche tordue par une grimace. Elle peinait à aspirer de l'air. Elle restait prisonnière du rêve, du passé. L'odeur suffocante de la poussière et de la putréfaction remontait dans ses narines. Elle toussa de nouveau.

(Son bras entaillé se couvrant de sang.)

— Ariel ? répéta la fillette.

Elle avança vers l'escalier, chacun de ses pas émettant des craquements secs.

Il y avait un trou, devant elle.

Elle comprit ce qui s'était produit. Son frère avait marché sur une planche pourrie. Il était passé à travers.

Elle l'aperçut, prostré au bas des marches.

— Mais qu'est-ce qui se passe ?

Il gémissait, le regard fixe, incapable d'exprimer la moindre parole.

Manon décida de s'engager sur les marches fissurées.

Grossière erreur.

L'escalier émit une succession de craquements, parut se plier sur lui-même et céda, tout entier, sous son poids.

Manon cria, tandis que les planches l'absorbaient, l'avalaient au milieu de leurs échardes dans un tourbillon de poussière et la précipitaient trois mètres plus bas.

Elle atterrit sur le flanc. Sol de terre battue. Pluie de débris. Son poignet se brisa sous le choc, et un long clou pénétra dans son bras, faisant jaillir du sang. La douleur irradia dans tout son corps.

L'instant suivant, alors que le nuage de poussière s'éclaircissait autour d'elle et que ses yeux s'habituaient à la pénombre, elle vit ce que son frère fixait avec tant de terreur.

Un homme.

Pendu à une corde, en plein milieu de la grange.

Son visage était gonflé et rougeâtre, tirant sur le noir, comme une tomate de Crimée trop gorgée de soleil qui se serait fendue sous la poussée de sa propre pulpe. Sa langue, boursouflée, débordait de sa bouche.

À la place des yeux, le cadavre n'avait plus que des gouffres suintants où se devinait le blanc de l'os.

Pourtant, les orbites frémissaient. La langue aussi frémissait. De minuscules grouillements. *Les vers.*

Manon gémit, de terreur, de dégoût, de douleur. Son bras blessé perdait du sang. Son poignet était un foyer de souffrance. Elle parvint à ramper jusqu'à son frère, tout aussi muette que lui.

Sans pouvoir détacher les yeux du pendu.

C'était la première personne morte qu'elle voyait de sa vie.

Jamais elle ne pourrait oublier une image d'une telle violence.

Des émotions qu'elle ne comprenait pas la traversaient. Le chagrin en faisait partie. Pour une raison qui la dépassait, elle pensa à la famille de cet homme. À la douleur qu'ils auraient à le voir ainsi. Personne ne méritait d'être aussi défiguré, avili. Alors pourquoi ne pouvait-elle s'empêcher de regarder ? Et de se sentir si coupable à cette idée ? Chaque détail se gravait sournoisement dans sa mémoire. Les traits bouffis de putréfaction. Les membres ballants. Le pantalon souillé, le corps s'étant peu à peu vidé sur le sol.

Elle prit peu à peu conscience de l'odeur qui flottait autour de cet homme, et qui emplissait la grange. C'était ce relent aigre qui la faisait tousser depuis qu'elle était entrée, pas la poussière. La puanteur presque physique envahissait ses sinus.

(Ce grouillement sous la peau.)

Son frère lui agrippa soudain le bras, la faisant gémir de douleur. Il la fixa d'un regard paniqué. Un regard d'enfant perdu.

— On rentre à la maison, supplia-t-il. On dira rien à personne.

— Ne sois pas bête !

— S'il te plaît. Il ne faut pas que les parents apprennent qu'on était ici. Ils vont se mettre en colère ! Ils nous en voudront toute notre vie !

Manon sentit les larmes lui monter aux yeux.

— Je me suis cassé quelque chose, Ariel ! Merde, tu vois pas que je suis blessée !

— Tu leur diras que tu es tombée de l'arbre. On n'est pas obligés de parler de ça. Ce sera notre secret. Je t'en prie, Manon…

Elle grelotta. Elle toussa. Elle ne pouvait toujours pas s'arracher à la contemplation du mort. Une grande personne. Elle n'était qu'une fillette. Elle ne pouvait rien faire pour lui. Plus personne ne le pouvait.

Elle songea à ses parents. À ce qu'ils allaient penser d'eux, en effet, s'ils apprenaient qu'ils avaient désobéi. Qu'ils avaient assisté à un tel spectacle. Ils ne les regarderaient plus jamais pareil. Ils ne les aimeraient plus autant.

(Pas obligés de parler de ça...)

Au travers de ses larmes, elle continuait de fixer cette tête affreuse. Cette bouche pleine d'asticots qui semblait mâcher sa propre langue.

Manon... soufflaient ces lèvres grouillantes, à sa seule attention, comme si le cadavre n'avait attendu que cette enfant pour être découvert. Pour changer sa vie à jamais. *Ne me laisse pas ainsi...* suppliait le pendu.

(Il ne faut pas que les parents apprennent qu'on était ici...)

C'en était trop. Elle capitula.

— Promis.
— Vraiment ?
— On en parle à personne.
— Notre secret, dit Ariel.
— Notre secret, dit Manon.

(Assez.)

Elle avait fait ce rêve des centaines de fois.

Le passé était le passé. Elle ne le changerait jamais.

Elle voulait se réveiller maintenant. Oublier à nouveau. Prétendre qu'elle avait oublié.

Mais quelque chose avait changé, dans la grange.

Quelque chose *arrivait*.

Un bourdonnement lointain.

Qui grandissait.

Manon le sentit dans sa poitrine. Tout au fond d'elle. Cette palpitation qui montait en elle.

La culpabilité ? Encore, après toutes ces années ?

Le rêve changea brusquement.

Quand Manon leva les yeux vers le pendu, ce n'était plus le cadavre de l'homme qu'Ariel et elle avaient découvert, mais la carcasse humide et luisante d'un chien à qui on avait arraché toute la peau. L'animal, sans doute un berger allemand, était accroché à un croc de boucher, tête en bas, des liquides visqueux s'écoulant encore de sa gueule et gouttant sur le sol.

La carcasse écorchée s'agita faiblement.

Manon comprit avec horreur que la pauvre bête était encore en vie.

Elle se tourna vers son frère, pour lui demander si lui aussi voyait ce qu'elle voyait.

(On ne dira rien à personne.)

Ce n'était plus Ariel, à côté d'elle.

À sa place se trouvait un homme adulte, vêtu de rouge, dont le visage était dissimulé par un masque doré.

Manon poussa un cri de surprise et s'écarta aussi vite que possible de lui.

L'homme se redressa, dans un froissement de tissus. Il dégageait une odeur lourde et aigre, de sang coagulé et d'excréments.

Il sortit un long couteau de sa robe écarlate.

Puis il s'avança vers elle.

— Non, non, hoqueta Manon, le cœur au bord des lèvres.

Elle reculait, sur ses fesses et ses mains, refusant de lui tourner le dos, ses pieds dérapant sur le sol de la grange.

— Je vous en supplie…

Pour toute réponse, l'homme se contenta de lever son index à l'emplacement de sa bouche inexistante.

Chut, semblait-il lui dire tout en s'approchant lentement d'elle, à moitié courbé, sa lame dressée au-dessus de la fillette sans défense.

(Notre secret, Manon.)

Dans les ouvertures des yeux du masque, les pupilles noires comme la nuit la dévoraient d'un appétit sans limites.

(NOTRE SECRET.)

Manon se réveilla. Dans son lit, enfin. Dans la lumière vive du jour qui l'aveuglait.

— Putain ! Merde !

Elle se recroquevilla, haletant. Elle avait tellement transpiré que les draps adhéraient à sa peau.

Quand elle fut un peu calmée, elle se mit de nouveau sur le dos et fixa le plafond.

Au-dessus d'elle, la tache rouge la narguait en silence.

28

Entre les vapeurs d'essence et la rumeur incessante des moteurs, pénétrer dans l'agglomération montpelliéraine revenait à parcourir un lent chemin de croix, pare-chocs contre pare-chocs, ponctué par les harangues hystériques des klaxons, et les volées d'injures lancées d'une voiture à l'autre. Place Saint-Denis, deux hommes aussi rougeauds l'un que l'autre étaient sortis de leurs véhicules et se criaient dessus, poitrine gonflée, gesticulants, prêts à se sauter à la gorge. Raynal les contourna comme il put, faillit érafler un tramway à l'arrêt, et klaxonna à son tour pour passer ses nerfs.

Pas de temps à perdre.

Il était beaucoup plus en retard qu'il ne l'avait pensé.

Quand il atteignit enfin la barrière de l'hôtel de police, l'horloge sur le tableau de bord indiquait 10 h 05.

— Bordel de merde.

Des policiers discutaient sur les marches. Le lieutenant Achour était parmi eux. Raynal lui fit un signe de la main tout en allant garer sa voiture sur la seule place libre du parking. Alors que les officiers retournaient dans leurs bureaux, Achour marcha vers lui.

— Tu étais passé où ?

— Un imprévu à gérer, dit Raynal en récupérant sa sacoche et en claquant la portière. J'ai manqué le débrief du matin ?

Le jeune lieutenant eut un rire nerveux.

— Et comment. On a fini il y a une heure. Anick t'attend dans son bureau pour t'en parler. Je te préviens, elle est pas très jouasse.

— Quelle est la mauvaise nouvelle ?

— On nous retire l'homicide du garagiste.

Raynal s'étonna.

— Qui hérite du bébé ?

— Les Stups.

— C'est quoi ces conneries ? Majax n'était pas un dealer.

Achour écarta les mains.

— Ne me demande pas à moi. Le procureur en a décidé autrement, et c'est la seule version qu'on aura. Il a appelé Anick pour lui annoncer qu'on était dessaisis de l'enquête au profit du groupe des Stups.

Ils se dirigèrent vers les marches du bâtiment vitré.

— Plutôt bizarre, lâcha Raynal.

— Tu m'étonnes. D'après ce que j'ai cru comprendre, ce n'est pas la première fois que ça arrive, en plus.

Le front de Raynal se plissa imperceptiblement.

— Première fois que quoi arrive, Sélim ?

— Tu sais bien. Qu'une affaire qui sort un peu trop de l'ordinaire nous soit retirée. Un coup de fil, le dossier finit au placard. Vite fait, bien fait.

— Tu as entendu souvent ce genre d'histoire ?

— Trop de fois, en tout cas. Et franchement, ça me déçoit, parce que cet homicide était ma première vraie enquête. J'aurais aimé pouvoir m'y frotter un peu plus...

Raynal se contenta d'acquiescer et garda ses réflexions pour lui. Ils montèrent à l'étage, jusqu'au bureau du commandant Combe. Il frappa à la porte.

— Ah, tout de même ! s'exclama la policière en quittant son fauteuil. Sélim t'a expliqué ?

— Dans les grandes lignes. Pourquoi les Stups sont-ils saisis à notre place ?

Combe lissa son chemisier. Elle peinait à dissimuler son dépit.

— C'est à cause des résultats du labo.

— La cocaïne retrouvée sur place ?

Elle hocha la tête.

— Le profil chimique du produit était déjà dans la base. Cette cocaïne vient du même lot que celle saisie il y a quelques mois dans le quartier des Marels.

L'opération datait d'avant l'arrivée de Raynal, mais tout le monde avait entendu parler de ce fameux coup de filet. Interception d'un go fast en provenance d'Espagne. Il y avait eu des coups de feu, beaucoup de tôle froissée. Deux officiers avaient été sérieusement blessés durant l'opération.

— Majax a acheté sa came au même fournisseur, déduisit Raynal. Et alors ?

— Et alors, cette coke n'a pas seulement le même profil que celle des Marels. Elle n'était pas encore coupée. Pure à 90 %.

— Merde.

Pour le coup, l'argument était imparable.

— Majax aurait fait partie du réseau, ajouta Raynal. De plus en plus curieux.

— Surtout d'après ce qu'on a réuni comme informations sur lui, intervint Achour. Ce n'était qu'une petite frappe qui passait tout son temps sur ses voitures. Par quel miracle serait-il resté sous le radar jusqu'ici ?

— Bonne question, sourit Raynal.

— C'est ce que j'ai demandé à ce cher procureur, reprit Combe. Je vous épargne le remontage de bretelles auquel j'ai eu droit. En clair, il m'a conseillé de m'occuper de mes affaires, et de ne surtout pas m'aviser de dépasser du rang. Alors voilà. On arrête tout là où on en est, point barre. Sans poser la moindre question sur le fonctionnement de la chaîne hiérarchique.

— Je vois le tableau.

Raynal se tourna vers la pile de dossiers posée sur le bureau.

— C'est toute la procédure qu'on a réunie ?

— Oui. Je dois l'apporter au commissaire Lapagesse à midi.

— Avant cela, je peux te l'emprunter ? Ce ne sera pas long.

Anick Combe haussa les sourcils.

— Pour quoi faire ?

— Des copies, pour mon usage personnel. On ne sait jamais.

— Tu sais qu'on n'a pas le droit. Mais ce n'est pas moi qui vais t'en empêcher. Juste une question, ça te servira à quoi ?

Le capitaine prit un air sardonique. Ses yeux se rétrécirent.

— Disons que j'aime bien prendre des précautions.

Sa supérieure éclata d'un rire clair.

— Un homme selon mon cœur ! On m'a dit que tu n'as pas toujours employé des méthodes très catholiques, en Seine-Saint-Denis.

— N'écoute pas les jaloux, ils ne comprennent pas la moitié de ce qui se passe sous leurs yeux, répliqua-t-il en s'approchant des dossiers. Je te ramène tout ça avant midi.

Quand il ressortit du bureau, Achour l'aida à transporter les piles de chemises et de pochettes transparentes.

— Tu vas copier tout ça ? demanda le jeune homme tout en marchant à ses côtés le long du couloir.

— Pourquoi pas ?

Achour ricana.

— Parce que cet homicide n'est plus notre affaire. Et on ne manque pas de travail !

— Appelle ça de la maniaquerie, si tu veux. Mais si j'ai appris une chose dans ma carrière, c'est qu'il vaut mieux conserver un coup d'avance. Surtout quand le jeu n'est pas clairement défini.

— Parce que pour toi, c'est un jeu ? fit le jeune homme. Intéressant.

Raynal ne releva pas. Ils pénétrèrent dans son bureau, déposèrent les dossiers sur la table, puis Raynal alla refermer la porte et se retourna vers Achour.

— Tu sais, j'ai commencé à la financière. J'aimais creuser les pistes qui avaient échappé à tout le monde. Je suis bon pour ça.

— Pourquoi tu as fini aux braquages, alors ? lui demanda le lieutenant en observant l'imposant tableau de liège où étaient punaisés des dizaines de documents, photos de scènes de crime et avis de recherche, le tout soigneusement aligné.

Raynal esquissa un sourire. Nostalgie et amertume.

— Parce que j'étais trop bon. Dès que je commençais à remonter une affaire qui dépassait, disons, le million d'euros, je recevais un coup de fil, comme c'est arrivé à Anick tout à l'heure. Un proc' imbu de lui-même m'annonçait que je faisais du très bon travail, mais que le dossier sur lequel je m'étais engagé dépassait mes compétences de simple trou du cul.

— Et on te retirait l'affaire ?

— Exactement. Un autre service était saisi. Personne n'entendait plus jamais parler de l'histoire.

Raynal contempla ses ongles pendant quelques instants. Ceux-ci étaient d'une propreté irréprochable, mais rongés jusqu'au sang. Il fourra les mains dans ses poches et poursuivit :

— Ces dossiers concernaient des politiques qui tapent dans la caisse depuis des années, en toute impunité. Encore aujourd'hui, ces types font partie du gouvernement. Blancs comme neige, comme tu peux t'en douter. Ils se permettent même de donner des leçons de morale à tout le monde. Et pourquoi pas ? Il y a une certaine forme d'humour dans l'exercice.

Achour lui fit un clin d'œil.

— Les choses ne sont pas très différentes, ici. En tout cas, si on croit les légendes. C'est ce dont je te parlais tout à l'heure. Dès qu'une affaire commence à déranger quelqu'un de haut placé, l'enquête est arrêtée net. Il paraît qu'on n'y peut rien.

— Je sais, marmonna Raynal. Certaines personnes sont intouchables. L'accepter prend du temps.

— Alors quoi ? Selon toi, les résultats du labo auraient pu être falsifiés ? Pour que l'affaire nous soit retirée ?

Raynal regarda par la fenêtre.

— Oser dire une telle chose, Sélim, ce serait porter une accusation très grave envers nos collègues. Tu t'en rends compte ?

— Pourtant, c'est bien ce que tu penses, répondit Achour sur le ton d'une affirmation plus que d'une question. Ne tourne pas autour du pot. On nous a clairement ordonné de lâcher cette affaire, Franck. Si tu joues à ce jeu-là...

Le jeune homme désigna les chemises posées sur le bureau.

— ... c'est que tu considères que le proc' ou les Stups ne sont pas francs du collier.

— Possible, finit par admettre Raynal. Mais, jusqu'à preuve du contraire, rien de tout cela n'est fondé.

— Si tu veux mon avis, tu ne vas pas tarder à être fixé. Parce que si ces histoires ne sont pas que des légendes, tu risques de te faire sérieusement taper dessus, mon vieux.

— Vrai, dit Raynal.

Il passa de l'autre côté de son bureau, avant de poursuivre sur un ton différent. Plus sérieux.

— Pour l'instant, comme tu le vois, personne ne m'a encore tapé dessus. Je vais faire les choses comme j'aime les faire.

— C'est toi le chef, acquiesça le jeune homme.

— Tout à fait, rétorqua Raynal avec un rictus féroce. Et je compte bien abuser de ce privilège puisque j'en ai les moyens. Tu as dit que tu voulais te frotter à de grandes affaires, n'est-ce pas ?

— Oui, bien sûr.

— As-tu de l'ambition, Sélim ?

Le lieutenant caressa machinalement son duvet de barbe.

— Eh bien... Je crois bien, oui.

— Alors on va bien s'entendre, conclut Raynal en ouvrant une chemise de procès-verbaux. Je te promets qu'on va s'amuser.

29

La valise était ouverte.

Son contenu répandu à côté sur la table en tek.

Depuis de longues minutes déjà, l'homme aux cheveux argentés réfléchissait en silence.

Il se trouvait sur la vaste terrasse de sa demeure. Il y avait du marbre sous les semelles de ses Gucci et un jardin fleuri, parfaitement entretenu, partout où portait son regard. Les silhouettes de ses pins adorés se dressaient dans le fond, bordant la luxueuse propriété d'une véritable petite forêt. En ce moment même, les jardiniers s'affairaient de l'autre côté de la maison. L'homme les entendait sans les voir, mais l'odeur du terreau et du gazon fraîchement coupé parvenait jusqu'à lui.

Habituellement, à cette heure-ci, il aimait se promener dans cette partie des jardins et observer le fruit de sa réussite, un café à la main, avant de partir s'occuper des affaires.

Mais ce matin, ses pensées restaient concentrées sur la valise.

Perdue et puis retrouvée.

Un peu plus tôt, il l'avait déposée sur cette table et en avait sorti tout ce qu'elle contenait. La cape, la robe, le masque.

Ces objets n'avaient aucune valeur à ses yeux.

Il avait retourné la valise, l'avait secouée en tous sens. Il avait soigneusement vérifié le moindre compartiment intérieur.

Mais non.

Ce qu'il cherchait n'y était plus.

Et à présent une colère sourde grandissait en lui, sous son costume hors de prix. Des ombres mouvantes passaient derrière ses yeux, tels des nuages se rassemblant dans un ciel orageux.

Dans son dos, quelqu'un s'éclaircit la gorge.

L'homme se retourna et aperçut Nyx, devant la baie du salon. Sur son haut noir échancré, la jeune femme portait une broche en or incrustée de petites pierres qui accrochaient les rayons du soleil. Il lui avait offert ce bijou en forme de croissant de lune trois ans auparavant, se souvint-il. Pour son rite de passage.

Elle attendit qu'il lui fasse un signe de tête avant de l'approcher. Le fard appuyé autour de ses yeux en amande ne parvenait pas à dissimuler son air anxieux. Sa bouche était méticuleusement maquillée couleur lie-de-vin. Elle avait attaché sa longue chevelure en un chignon strict et luisant comme de l'ébène. Elle savait qu'il la préférait ainsi.

— Alors ? demanda-t-elle d'une petite voix.

— Tu penses que je vais te féliciter ?

Nyx baissa la tête, les joues enflammées. Toute la soumission dont elle était capable allait à cet homme, lui seul. Pour tous les autres, elle n'avait plus en elle que fureur et perversion à offrir. Mais, chaque fois qu'elle se retrouvait face à lui, elle redevenait la petite enfant docile. Elle était sa plus belle réussite.

— La boîte n'est pas dans la valise ?

— Non. C'est une situation fâcheuse.

L'euphémisme était délibéré. Il dévisagea la jeune femme avant d'ajouter :

— Ces idiots doivent encore l'avoir en leur possession.

— Ils n'ont pas compris ce qu'ils ont entre les mains, murmura Nyx.

— Pour l'instant.

Il s'approcha de la table et replaça les vêtements de soie rouge ainsi que le masque dans la valise.

— Nous n'avons encore jamais connu ce genre de problème, poursuivit-il. Il convient de le résoudre au plus vite.

— Que puis-je faire ? demanda la jeune femme.

Il se perdit de nouveau dans la contemplation de l'horizon, les pins parasols et les montagnes.

— S'il doit y avoir d'autres écarts pour assurer l'anonymat à la confrérie... alors, qu'il en soit ainsi. Tu me comprends ?

— Parfaitement.

— Regarde-moi.

Elle leva timidement la tête et l'homme plongea son regard dans le sien.

— Nyx. Puis-je compter sur toi, ou préfères-tu que je laisse Baphomet s'en charger tout seul ?

Le rouge sur les joues de la jeune femme s'effaça, remplacé par une brusque pâleur.

— Baphomet est fou.

Un sourire vicieux.

— Tu crois que je l'ignore ?
— Tu ne peux pas lui faire confiance. Il est impulsif. Il est dangereux.
— Et toi, tu ne l'es pas, Nyx ?
— Moi, je ferai tout ce que tu me demandes.
— Très juste. C'est pour cela que tu es ma préférée.

Le bourdonnement de la débroussailleuse se rapprocha. À l'angle de la maison, les silhouettes des jardiniers apparurent. L'homme aux cheveux argentés baissa la voix.

— Ce que j'ai réussi à créer ici n'a pas de limites. C'est un rêve devenu réalité, à force de volonté. Un jour, ce rêve sera à toi. Mais il faut le mériter à ton tour. La faiblesse n'a pas de place dans notre Paradis. C'est une longue route. Semée de sacrifices.

La jeune femme acquiesca en silence.

Il prit une longue inspiration.

— Bien. Je veux que tu récupères ce qui m'appartient. Emploie tous les moyens que tu juges nécessaires.

Nyx garda la tête basse.

— Tu as compris l'importance de tout cela, n'est-ce pas ?

— Oui, Hadès, finit-elle par répliquer, les yeux brillants. Cette fois, je te promets que tu seras fier de moi.

30

À 14 heures, Manon et Ariel furent reçus dans le bureau du capitaine Raynal, où régnait une sobriété spartiate. Nul poster ni affiche de cinéma, contrairement aux bureaux de ses collègues, qui exposaient sur chaque mur les silhouettes colorées de super-héros ou les peintures de guerre de groupes de metal. Ici, il n'y avait qu'un grand panneau de liège, occupant un pan entier de la pièce. Documents de travail. Coupures de presse. Et, surtout, une multitude de photos de scènes de crime. Le tout imprimé sur des feuilles A4 positionnées côte à côte.

Un accro au travail, songea Manon.

Cet affichage méticuleux lui jetait au visage tout le chaos et la violence de la société. Gros plans sur des corps ensanglantés. Plaies par balle. Mutilations à l'arme blanche. Déclarations de disparition d'enfant. Ici, une vieille dame semblait avoir été percutée par un véhicule, le Sacré-Cœur en toile de fond. Là, des symboles fourchus, un alphabet cunéiforme peut-être, qui semblaient avoir été taillés à même la peau du ventre de quelqu'un. Au-delà de l'horreur, pourtant, l'ensemble suggérait aussi une curieuse logique interne. Comme une langue secrète, indéchiffrable pour le commun des mortels. Ou un tableau abstrait. Oui, c'était précisément ça. Cela lui rappela les œuvres de la collection Peggy Guggenheim qu'elle avait visitée quelques années auparavant à Venise. Ce collage monstrueux n'aurait pas dépareillé dans la galerie de la célèbre collectionneuse, entre un Klee et un Pollock.

Le policier parla peu. L'air distant. Manon se demanda s'il n'évitait pas de la regarder, ce qui la perturba, surtout après la manière dont ils s'étaient quittés la nuit passée. Elle *voulait* qu'il la regarde, elle avait *besoin* de son attention, de son sourire appuyé et rassurant. Il se posta simplement à la fenêtre du bureau et attendit tandis qu'ils relisaient puis signaient tour à tour les procès-verbaux de leurs dépositions.

— Il y a un problème ? finit-elle par demander.

Raynal passa une main dans ses cheveux blonds. Ses maxillaires se contractèrent.

— Je dois être franc avec vous. Mener cette enquête sera un peu plus compliqué que je ne l'aurais imaginé.

— C'est-à-dire ?

Il hésita.

— Je vous épargnerai les détails de notre cuisine interne. Les choix de procédures sont parfois difficiles à comprendre, même pour nous. Mais pour résumer la situation, ma hiérarchie ne prend pas votre affaire au sérieux. Officiellement, je ne suis même pas censé m'occuper de vous.

— Vous êtes en train de me dire qu'il n'y aura pas d'enquête ?

— Il y a moi, dit Raynal.

Au regard désespéré que lui lança la jeune femme, il répliqua par un clin d'œil complice.

— Pas de panique. Je suis habitué à travailler seul.
— Et au sujet de la mort de Bruno ? Vous n'allez rien faire ?
— La cérémonie est prévue pour demain matin. Je n'ai pas encore assez d'éléments pour demander une opposition à la crémation.
— Attendez un peu ! s'insurgea Ariel. Comment se fait-il que nos témoignages ne suffisent pas à déclencher une enquête ? Je vous ai bien donné le signalement de cette fille !

Le policier se renfrogna.

— Ce n'est malheureusement pas la question, monsieur Virgo. Je ne décide pas des priorités, des effectifs, et des services à qui on confie chaque dossier. Dans votre cas, aucun de mes collègues ne vous apportera la moindre aide. Vous devez me faire confiance. Que vous le vouliez ou non, je suis votre seul allié.
— Et cela suffira ? rétorqua Ariel.
— Si cela ne dépendait que de moi, ce serait bien assez. Le tout est de faire avancer une chose à la fois.

Manon hocha la tête. Elle comprenait mieux la situation. Ariel, lui, préféra se murer dans le silence.

Raynal la fixa alors – enfin –, et elle retrouva dans ses yeux l'éclat qu'elle avait aperçu, cette nuit, alors qu'ils se séparaient en bas de chez elle. Elle eut un sourire timide. Il le lui rendit.

Il tapota ensuite du bout des doigts sur son bureau.

— Pour commencer, j'ai besoin d'indices matériels. C'est très important. Comme je vous l'ai expliqué tout à l'heure, les lieux ont été nettoyés. On peut oublier toute idée de perquise. Le bon côté des choses, c'est que vous avez rendu à ces gens ce qui leur avait été dérobé. On peut espérer qu'ils vous laisseront tranquilles. Mais la contrepartie, c'est que vous n'avez plus la moindre preuve qui nous permettrait de les identifier.

Il désigna les feuillets du procès-verbal.

— Ariel, la description de cette femme qui vous suivait, hier matin, est déjà quelque chose. Mais cela ne suffit pas, loin s'en faut.

— Autrement dit, la police ne sert à rien, ne put s'empêcher de lancer le jeune homme d'un ton acerbe.

— Ariel ! tonna sa sœur.

Raynal ne sembla pas se vexer.

— Laissez, il n'a pas entièrement tort. Si vous voulez m'aider à monter un dossier qui tienne la route, il faut surtout m'apporter du concret. Quelque chose qui me permette d'avancer.

— Par exemple ?

— N'importe quoi que vous auriez vu, ou entendu. Un détail qui sorte de l'ordinaire.

Ariel conserva le silence.

— Cherchez bien. Vous ne vous souvenez pas d'un numéro d'immatriculation, même d'une seule partie ? Du modèle des voitures ?

— Il y avait un break, intervint Manon.

— Quelle marque ?

— Je n'ai pas eu le temps de la reconnaître. Mais c'était une voiture grise, ça c'est sûr.

Raynal nota l'information, avant de relever les yeux vers Ariel.

— Et vous ? Vous n'avez rien vu de plus ?

— Moi non, mais... commença le jeune homme avant de se refermer tout à coup et de fixer ses chaussures.

Le policier posa ses deux mains à plat sur le bureau.

— Vous, non. Mais... ?

Ariel se frotta la bouche. Manon se tourna vers lui à son tour.

— Ariel ? Il y a quelque chose dont tu ne nous as pas parlé ?

— Non, non, dit-il, de mauvaise grâce.

— Ariel...

— Bon, d'accord ! Si on doit chercher la petite bête...

Il se tourna vers le policier et cette fois soutint son regard.

— Écoutez, il y a bien un type qui pourrait avoir des infos. Il a vu les voitures, ça j'en suis sûr. C'est lui qui rencardait Nicolas sur les allées et venues de ces gens. Je ne vous en ai pas parlé jusque-là parce que je ne pensais pas que ça pouvait avoir la moindre importance.

— Je vous écoute.

— Il s'appelle Chili. Florian Chili. Ce n'est pas un de mes amis, OK ? Je connais à peine ce gars. Il n'était même pas présent samedi, je vous le jure. Tout ce que je sais, c'est qu'il a vu passer plusieurs fois les membres du club, et qu'il en a parlé à Nico. L'idée de tirer une de leurs voitures, elle venait de lui.

— Cette personne pourrait les identifier ? Ou même seulement témoigner de leur existence ?

— Témoigner ?

Ariel le gratifia d'une mimique narquoise.

— Pas la peine de rêver. Ne le prenez pas mal, mais Chili ne peut pas blairer les flics.

— Sans blague ?

— Écoutez, Chili, c'est un de ces types qui zonent sur la place de la Comédie, le week-end. Ceux à qui vos collègues cassent régulièrement la gueule avant de les coffrer pour vagabondage ou je ne sais quoi.

— Mais encore ? dit le policier, son calme nullement entamé par les provocations du jeune homme.

— Eh bien, c'est aussi le genre de personne capable de relever des plaques d'immatriculation avec le plus grand soin, si jamais il pense que l'information lui servira un jour ou l'autre.

— Voilà qui est intéressant.

Raynal nota le nom sur son bloc-notes.

— Florian Chili, vous avez dit ?

— Comme le pays. Moi je l'appelle le Balafré. Vous comprendrez pourquoi quand vous le verrez. Il habite à la Maison des arts. J'ai oublié le nom du bled, c'est du côté de Saint-Mathieu-de-Tréviers. Mais je ne vous garantis rien.

— Ne vous inquiétez pas. Cela me donne un endroit où commencer. C'est déjà une très bonne chose.

Quand il braqua les yeux vers elle, Manon le fixa avec toute l'intensité dont elle était capable. Raynal lui renvoya un sourire protecteur. Elle remarqua que les pommettes du policier se coloraient légèrement, et cela lui donna un frisson idiot.

Il se leva. Leurs regards restèrent rivés l'un à l'autre, sans qu'ils prononcent un mot pendant quelques instants.

Ariel toussa.

— Je vous gêne, ou quoi ?

Manon ne releva pas. Elle se reprit du mieux qu'elle put, et demanda au policier :

— Et maintenant ? Que comptez-vous faire exactement ?

— Mon métier, dit Raynal.

Sans la quitter de son regard acier pénétrant, il ajouta :

— Et peut-être un peu plus. Vous devez me faire confiance. En ce qui vous concerne, tous les deux, je ne vous demande qu'une seule chose.

— Laquelle ?

— Vous ne jouez plus les explorateurs. Vous ne prenez plus le moindre risque inutile. On ne sait pas qui on a en face. Si vous avez du neuf, quoi que ce soit, vous m'appelez. C'est compris ?

— Compris, promit Manon.

Il lui tendit la main. Manon la serra, sentant la poigne du policier la tenir un instant de plus que nécessaire. Quand il la lâcha, elle fit doucement glisser ses doigts sur les siens.

Ariel, lui, était déjà sorti.

31

Dans le hall d'accueil où des gens patientaient sur les sièges par dizaines, ils croisèrent le lieutenant à la petite moustache que Manon avait vu chez elle en compagnie de Raynal. Sélim Achour lui adressa un signe de tête, et elle le salua en retour avant de suivre son frère en direction de la sortie.

Elle sentit son regard dans son dos.

Quand elle se retourna, juste avant de franchir les portes, elle constata qu'elle ne se trompait pas. Le jeune policier s'était bien arrêté et l'observait en silence, un dossier sous le bras.

Elle s'empressa de sortir sur le parking.

Ariel marchait déjà vers le Kangoo. Elle courut après lui. Elle se retenait depuis plusieurs minutes et il était temps de laisser éclater sa colère.

— Pourquoi tu ne m'avais pas parlé de ce type ?

— Parce que je n'y pensais pas, répliqua-t-il, mains en avant comme pour repousser un assaut invisible. C'est bon, maintenant ! Et de toute façon, c'est quoi, tout ce cirque avec l'autre flic ? Vous vous faites les yeux doux, ou quoi ?

— N'essaie pas de changer de sujet ! Tu savais que ton pote avait vu ces gens !
— C'est pas mon pote. Et je te jure que ça ne m'est revenu qu'au cours de la discussion. Je n'ai croisé Chili qu'une fois ou deux. Un mec craignos. Je peux te garantir que ton beau gosse va être bien reçu s'il s'avise de se pointer chez lui !
— On dirait que ça t'amuse.
— Pas plus qu'un autre, ricana-t-il. Je ne supporte pas les keufs, OK ? Et je suis désolé, mais ça ne risque pas de changer, maintenant que je sais comment ils s'occupent d'une affaire de meurtre !

Manon en avait assez de ses sous-entendus.
— Est-ce qu'il y a autre chose que tu me caches, Ariel ?
— Bien sûr que non.
— Arrête-toi et regarde-moi dans les yeux.

Ariel s'immobilisa. Poings posés sur les hanches, il la défia du regard.
— Ça te va ? Tu ne vas pas recommencer avec tes reproches, hein ?
— Et comment ! Tout ce qui se passe est de ta faute, Ariel. Depuis qu'on est gosses. Tu m'entraînes dans tes conneries, j'essaie de t'en sortir comme je peux, et à la fin c'est moi qui souffre.

Elle se mordilla la lèvre, avant de poursuivre :
— Tu te souviens de la grange, à Saint-Gély ? Le jour où je me suis cassé le poignet...

Il grommela dans sa barbe.
— Pourquoi tu me reparles de ça ?
— Parce que j'en ai rêvé, cette nuit. Cela faisait longtemps que ça ne m'était pas arrivé. Ça fait remonter des choses...

— J'imagine bien. Mais je ne vois pas le rapport.
— Le rapport ? C'est toujours la même histoire, Ariel ! Tu ne comprends donc pas ?

Elle s'adossa au Kangoo. Maintenant qu'elle avait ouvert la porte à ses émotions, elle se rendit compte qu'elle avait sur le cœur plus qu'elle ne l'aurait cru.

Les souvenirs... La découverte de l'homme pendu dans la grange, comme si c'était hier... Cette impression irréelle qu'il murmurait son nom, alors que les vers grouillaient dans sa bouche en putréfaction... Une sensation idiote, enfantine, qui l'avait hantée si souvent dans ses cauchemars.

Leur secret. Un secret bien plus lourd, bien plus sournois qu'elle n'avait jamais voulu se l'avouer. Mais elle avait accepté d'écouter son frère. Parce qu'il n'avait que huit ans, qu'elle l'aimait, qu'elle voulait lui éviter les ennuis. Parce qu'elle-même n'assumait pas ce qu'ils avaient vu, et se sentait très mal à l'aise à l'idée de se confier à qui que ce soit. Elle avait décidé de prétendre que rien de tout cela n'était arrivé. Elle avait menti à ses parents, elle avait menti au médecin qui avait examiné son bras. Jamais aucun mensonge ne lui avait autant pesé sur le cœur.

— On a raconté à tout le monde l'histoire que tu souhaitais, lui rappela-t-elle.
— Que tu étais montée à l'arbre et que tu étais tombée sur une planche, acquiesça Ariel. C'était une bonne explication. La preuve, personne ne l'a mise en doute.

Elle frotta machinalement son poignet. En plus de son entaille sévère, sa chute avait fracturé l'os à deux endroits. Elle avait dû porter un plâtre pendant plus d'un mois. Ses parents avaient été furieux qu'elle leur désobéisse, bien sûr. Elle qui avait toujours eu toute leur confiance.

Deux jours plus tard, des policiers avaient envahi la maison du voisin. On avait enfin retrouvé l'homme pendu dans la grange. Il s'agissait du propriétaire des lieux, tout juste sorti de l'hôpital où on le soignait pour dépression, et où il était censé revenir une fois par semaine voir son médecin. Cela faisait déjà sept jours qu'il s'était donné la mort, et que son corps attendait d'être découvert par des yeux innocents...

Manon s'arracha aux images du passé.

— C'était il y a dix-huit ans. Tu n'as jamais eu envie d'en parler à quelqu'un ?

Son frère fit la moue.

— Bien sûr que non. Toi, oui ?

Elle haussa les épaules.

— Je ne sais pas, Ariel. Parfois je n'y pense plus du tout. Parfois... je me demande si nous aurions été différents, tous les deux, si on n'avait pas vécu ça. Et si on ne l'avait pas gardé pour nous. C'était peut-être la plus grosse bêtise qu'on ait jamais faite.

— Je crois que tu te poses trop de questions. Ce type était déjà mort. On n'aurait eu que des ennuis.

— Ce type avait une famille. Notre silence était lâche et inhumain. Ça ne t'a jamais effleuré ? Il a continué de pourrir pendant deux jours avant que la police ne le trouve.

— Qu'est-ce que tu veux que je te dise ? Vu l'état dans lequel il était, ça n'aurait pas changé grand-chose. Mais c'est vrai que je ne suis pas un spécialiste des macchabées comme toi.

— Bon sang, tu es impossible !

— Et cette discussion ne mène nulle part, acheva-t-il.

Elle abandonna et s'installa dans le véhicule.

— Comme tu veux. De toute manière, je dois travailler. Tu as besoin que je te dépose quelque part ?

Ariel considéra la question, son regard se promenant sur le Kangoo à la peinture violette, le caducée, avec en dessous la mention *Thanatopracteur*.

— Non, ça ira. Je peux encore dormir chez toi cette nuit ?

— Bien sûr.

— Merci.

Il s'en alla sans autre forme d'au revoir.

Cela valait mieux.

Ariel remonta la rue d'un pas pressé, sans cesser de grommeler.

— Toujours de ma faute, hein. Putain, j'y peux rien, moi !

S'éloigner de l'hôtel de police lui permit de mieux respirer.

C'était un début.

Il avait toujours peur. Comme il avait rarement eu peur dans sa vie. Peur de ces individus masqués qui resteraient une menace. Peur des pentes sans cesse plus glissantes qu'empruntait son existence, et qu'il avait renoncé à essayer de remonter. Mais au moins, il n'était plus entouré par cette meute de flics dont il avait tellement horreur.

Dans l'immédiat, il avait surtout envie d'une bière, de réfléchir, et de se mettre quelque chose dans l'estomac. Il avait été incapable d'avaler quoi que ce soit avant de venir.

Il se mit donc en quête d'un endroit où manger.

Il ne vit pas la jeune femme brune qui l'observait depuis l'autre côté de la rue. Un homme en costume se tenait à côté d'elle.

Ils patientèrent quelques instants. Après quoi l'homme et la femme commencèrent à le suivre.

32

— Entre, Sélim, dit Raynal en se levant de son bureau.

Le jeune policier s'assura de bien refermer la porte derrière lui. Raynal remarqua son air préoccupé.

— Un problème ?

— J'ai croisé les Virgo dans le couloir. Tu les as fait venir alors qu'on nous a retiré l'enquête...

— Tu es observateur, ironisa le capitaine.

— Je ne plaisante pas, Franck. Les libertés que tu prends avec les ordres ne passeront pas longtemps inaperçues.

— Et je vais me faire taper dessus. Je sais.

— Tu es bien sûr de ce que tu fais ?

Raynal referma son carnet de notes.

— Je te l'ai dit. Je suis bon pour creuser des pistes. Et toi ? Tu as pu apprendre où en sont les Stups en ce qui concerne l'affaire ?

Achour plongea les mains dans ses poches, épaules basses.

— On dirait qu'il n'y a plus d'affaire tout court. Tout le monde est débordé, personne n'est foutu de me dire qui s'occupe du dossier. Ou même si quelqu'un s'en occupe. J'en ai parlé à plusieurs gars avec qui je m'entends bien. Figure-toi que chacun est persuadé que quelqu'un d'autre planche dessus. Au final, tout le monde s'en balance, cela ne rentre pas dans les objectifs.

Raynal se fendit d'un sourire sauvage.

— Qu'est-ce que je t'avais dit ?

— Je sais, concéda le jeune lieutenant. D'ailleurs, Anick m'a répété de ne pas faire de vagues. Le proc' Salomon est venu la voir. Il voulait savoir qui, à part elle, pouvait avoir eu accès à la procédure.

— Elle sait pourquoi ?

— Non. Elle m'a juste dit qu'il était insistant, limite agressif. Mais elle m'a assuré qu'elle n'a pas parlé de tes copies personnelles.

— Tu vois, il n'y a pas de problème.

— Tu es vraiment un sacré numéro.

Raynal ne releva pas. Achour, de son côté, se planta devant le mur de photos et d'avis de recherche. La curiosité l'emportant, il finit par désigner le panneau de liège et demanda :

— Dis, Franck, ça fait longtemps que j'ai envie de te poser la question. C'est quoi, tout ça ? Je ne reconnais pas nos dossiers, et la moitié ne sont pas du coin. Tes anciennes affaires ?

— Des homicides non élucidés, répondit Raynal. Et qui ne le seront sans doute jamais, par manque de preuves. J'aime les avoir devant les yeux chaque jour. Cela me fait rester à ma place, et relativiser l'état du monde dans lequel on vit.

— Ouais. Eh bien, moi, ça m'empêcherait surtout de dormir.

De la lassitude ternit le visage de Raynal.

— C'est un peu l'idée, Sélim.
— Je peux te poser une autre question ?
— Bien sûr. Je t'écoute.
Achour chercha ses mots durant quelques instants.
— Tu craques sur elle, hein ?
— De qui tu parles ? fit Raynal en changeant imperceptiblement de ton.
— Allez, arrête de te foutre de moi, on est entre mecs. Tout ce dans quoi tu te lances, là... C'est juste pour la petite Virgo. Je n'ai pas dit que je ne te comprends pas. Elle est très jolie.

Pour la première fois, Raynal parut pris de court.

Et pour la première fois également depuis qu'ils se connaissaient, Achour devina la vulnérabilité chez son supérieur.

33

Perché sur un tabouret, Ariel avalait en silence son sandwich au poulet. Il l'aidait à descendre avec une bouteille de Goudale fraîche.

En plein après-midi, la sandwicherie était déserte. Il n'y avait que lui, installé au fond de la salle, sous la climatisation qui crachotait par intermittence. Derrière le comptoir, le serveur, un grand roux au visage moucheté d'acné, arborait des traits si juvéniles qu'il paraissait à peine majeur. Il portait un polo de rugby et suivait un match à la télé.

Le son était trop fort – et Ariel détestait le rugby à peu près autant qu'il détestait les flics –, mais vu les circonstances cela lui importait peu. Depuis sa table, il pouvait observer les piétons et les voitures qui passaient dans la rue. Il réfléchit à ce qu'il allait faire, à présent. Le problème, c'est qu'il avait trop peu dormi pour avoir les idées claires. Ce qui ne s'arrangea pas avec près d'un litre de bière dans l'estomac.

Il se félicita néanmoins d'avoir pensé à jouer la carte de la Maison des arts.

Il n'avait pas prévenu Raynal de ce qu'il trouverait là-bas. Le flic devrait s'en rendre compte par lui-même. Ariel lui souhaitait bien du courage, notamment avec Chili. Et cette pensée lui arracha un sourire en coin. Il songea qu'il avait un mauvais fond, mais c'était plus fort que lui. Il n'avait jamais réussi à changer.

Manon avait raison quand elle lui faisait la morale, et c'était ce qui l'irritait le plus, au bout du compte. Il n'avait pas besoin qu'on lui rappelle sans cesse sa propre médiocrité.

Absorbé dans ses réflexions, il porta la bouteille à sa bouche et avala le fond de Goudale. Une sorte de baume au cœur. Restait à passer aux toilettes pour s'alléger un peu avant de repartir. Il jeta un regard circulaire dans la petite salle.

— Excusez-moi, vous avez des W-C ?
— Pas ici, lança le garçon derrière le comptoir.

Du pouce, il désigna la porte du fond, sans quitter la télé des yeux.

— La cour de derrière. C'est au bout du couloir.
— Merci.

Ariel franchit la porte et, comme le serveur le lui avait indiqué, traversa la cour intérieure. Il pénétra dans un couloir étroit qui puait l'urine. Certains clients étaient sans doute trop feignants pour marcher jusqu'aux toilettes, situées tout au fond.

Dans l'immédiat, Ariel était seul. Il poussa une première porte qui donnait sur un petit réduit aux murs tagués pourvu d'un lavabo et d'un dérouleur de serviettes en papier vide. La deuxième porte, celle de l'unique W-C, était entrebâillée. La place libre.

— Eh bien, murmura-t-il en entrant dans les toilettes, heureusement que je dois juste pisser !

Les murs étaient recouverts d'inscriptions obscènes, et la propreté inexistante. L'odeur qui régnait ici le révulsa. Ariel ne voulait même pas penser au contenu gluant qu'il devinait au fond de la cuvette. Il n'en avait pas pour longtemps. Il ferma la porte – qui n'avait d'ailleurs même plus de loquet –, et se soulagea aussi vite que possible tout en évitant de s'approcher du bord de faïence.

À présent, il ne lui restait plus qu'à récupérer sa voiture et à rentrer chez sa sœur.

Il n'avait pas d'autre point de chute, se dit-il en remontant sa braguette. Et tant que cette affaire ne se serait pas tassée, il devait s'avouer que ça l'arrangeait.

Il ne jugea pas utile de tirer la chasse, vu que les personnes avant lui n'en avaient pas pris la peine. Il était probable que le mécanisme ne fonctionnait pas.

Il poussa la porte des toilettes.

Il se trouva nez à nez avec la femme aux yeux charbonneux.

— Oh, putain, eut-il seulement le temps de dire avant qu'elle le pousse en arrière.

Il perdit l'équilibre, se cogna au bloc du W-C et l'arrière de son crâne heurta le mur carrelé. Une douleur vive éclata dans sa tête.

Ariel sentit une vague de pure panique l'envahir.

Il se redressa, cogna ses tibias contre la cuvette, et tenta de garder son équilibre, avec l'intention de se jeter sur la femme si elle faisait mine de l'attaquer. Mais celle-ci s'effaça pour céder la place à un homme vêtu d'un costume gris, qui entra avec lui dans les toilettes. L'homme avait à peu près l'âge d'Ariel. Son crâne était rasé de près et ses yeux intensément bleus.

— Attendez ! s'affola Ariel. Je vous ai rendu vos affaires !

Sans lui laisser le temps de bouger, l'homme lui saisit la gorge d'une main et le plaqua contre le mur. Ses omoplates s'écrasèrent douloureusement. Sa tête cogna de nouveau. Cette fois, Ariel vit des étincelles traverser son champ visuel.

Il appela au secours.

L'homme lui empoigna le bras et le tordit. Ariel tomba à genoux pour ne pas avoir l'os brisé. À présent, la douleur l'empêchait de crier, de se défendre, de simplement réfléchir. Elle tétanisait toute sa colonne vertébrale. Il fut poussé en avant. Sa joue s'écrasa contre le siège des toilettes.

La femme s'approcha. De sa position tordue, Ariel distinguait surtout ses collants et ses bottines en cuir à talons.

— Tu t'es mis dans de beaux draps, petit voleur.

Ariel hoqueta.

— Mais... Je vous ai...

L'homme accentua la pression. Ariel glissa à plat ventre, cloué sur le sol poisseux, son bras tendu derrière lui au bord de la rupture.

La femme s'accroupit à côté de lui. Elle parla sans élever la voix.

— D'abord tu nous voles. Ensuite tu viens fourrer ton sale petit nez dans des affaires qui ne te concernent pas. Et voilà qu'en plus tu cours en parler à la police ? Tout cela est très ennuyeux. Pour nous, mais encore plus pour toi.

Ariel émit un son aigu. Son épaule semblait sur le point d'exploser de l'intérieur.

— Je n'ai rien dit. Je vous le jure. Sur ma vie.

— Ta vie, parlons-en.
— Par pitié, implora Ariel. Je n'aurais jamais dû...
La femme caressa doucement sa joue. Puis son pouce et son index se rejoignirent, et elle pinça. Cette nouvelle douleur amena des larmes dans les yeux d'Ariel.
— Ce qui va arriver est cruel, susurra-t-elle. Mais il faut bien que quelqu'un t'apprenne le respect.
Elle se redressa et fit un geste de la tête. Alors l'homme en costume relâcha sa prise sur le bras d'Ariel, lui permettant enfin de se relever. Un soulagement de courte durée. L'instant suivant, sa main toujours serrée sur le cou d'Ariel, l'homme le força à se remettre à genoux, face aux toilettes, puis il le fit se pencher.
— Non, sanglota Ariel tandis que sa tête était plongée dans la cuvette nauséabonde.
Son front pénétra dans l'eau mêlée d'urine et des substances visqueuses laissées par d'autres personnes avant lui. Il retint comme il put sa respiration quand sa tête tout entière fut immergée.
— Tu vois ce qui se passe quand on provoque plus fort que soi ? commenta la jeune femme avec une joie évidente.
L'homme ressortit la tête ruisselante d'Ariel, qui s'empressa de reprendre sa respiration. Mais il fut aussitôt replongé sous la surface, son front écrasé contre le fond en faïence. Il agita les pieds. Ses poumons réclamaient désespérément de l'air. Il sentait l'eau putride commencer à filtrer sous sa langue.
— Allez, ça suffit.
Son bourreau souleva Ariel et le laissa s'écrouler aux pieds de la femme. Ariel vomit sur le sol, de

longs traits de bile spasmodiques, toussa bruyamment, vomit encore. La puanteur s'était installée dans sa gorge et ses narines. Mais la panique était bien plus forte que le dégoût. Il ne voulait pas finir comme ça.

— Ne me tuez pas, hoqueta-t-il quand il parvint enfin à respirer sans s'étouffer. Par pitié. Vous avez récupéré vos affaires.

— Pas exactement. D'où la discussion que nous avons à l'instant.

— Mais... si... Votre voiture... votre valise...

— Tu ne nous as pas rendu la boîte.

— La... quoi ?

— La boîte, répéta-t-elle comme s'il était demeuré. Tu ne vois pas de quoi je parle ?

— Mais... non... non ! Je vous le jure !

— Quel dommage.

Ariel se sentit de nouveau soulevé par la poigne d'acier.

— Attendez, implora-t-il.

L'homme, qui n'avait toujours pas prononcé le moindre mot, n'attendit rien du tout. D'un coup de pied derrière les genoux, il força Ariel à s'agenouiller de nouveau et lui replongea la tête dans les toilettes d'un mouvement brusque. Choc de son crâne contre la faïence. Violent haut-le-cœur. La main serrée en étau sur sa nuque interdisait tout mouvement de défense. Cette fois, Ariel ne put retenir sa respiration assez longtemps. Il avala un filet d'eau épaisse. Brûlure dans sa gorge. Feu intense dans ses poumons, qui se contractaient en vain.

Juste avant qu'il perde connaissance, Ariel fut ramené à l'air libre, dégoulinant et pantelant. L'homme le tint par le cou tandis qu'il vomissait une deuxième fois de la bile brûlante et était secoué par une quinte de toux.

— Dans la valise, poursuivit la femme sans se préoccuper de son état, il y avait une boîte. Plus précisément, un cube bleu. Où est-il passé ?

Ariel ne comprenait pas un mot de ce qu'elle lui disait. Il n'avait pas touché au contenu de leur foutue valise. Il toussa encore, cracha un reste de bile acide, cligna frénétiquement des yeux pour évacuer les gouttes d'eau nauséabonde qui coulaient sur sa peau.

— Je vous jure que je ne sais pas, articula-t-il avec difficulté. Je vous ai ramené la valise telle qu'elle était.

— Très bien.

Elle ouvrit son sac et en sortit un couteau de survie effilé au pommeau saillant, qu'elle plaça devant le visage d'Ariel. La lame était noire et courte, semi-crantée. Elle s'approcha de son cou avec une lenteur calculée. La pointe pressa contre la veine jugulaire. Ariel ferma les yeux, tout son corps agité de tremblements.

— Pitié. Je ferai ce que vous voulez.

— Vraiment ?

— Mais bien sûr ! Laissez-moi et… dites-moi ce que vous voulez… tout ce que vous voulez…

La femme fit tourner la lame sur elle-même. La pointe perça à peine la peau, faisant jaillir une goutte de sang.

— Nous allons voir ça. À terre !

L'homme lui fit de nouveau ployer les genoux et le força à s'allonger à plat ventre. De son autre main, il saisit le poignet d'Ariel et le maintint immobile tandis que la femme approchait le couteau.

— Non, non, sanglota-t-il.

— Tu as joué les voleurs. Tu ne peux t'en prendre qu'à toi-même.

La lame survola sa main. Ariel essaya de la retirer, mais l'homme lui maintenait fermement le poignet collé au sol. Sa main bien à plat sur les carreaux. Ses doigts exposés...

— Par pitié...

La femme dirigea le couteau vers le petit doigt. Elle positionna la lame sur l'articulation de la première phalange. Ariel comprenait parfaitement ce qui allait se passer. Il ne pourrait rien empêcher. Les larmes brouillèrent sa vue.

Il cessa de réfléchir quand la femme pressa le couteau vers le sol. Son doigt fut sectionné net du reste de sa main.

Il poussa un hurlement.

La souffrance consuma sa main comme s'il l'avait plongée au cœur d'un brasier, et il fut saisi de vertige. Son sang coulait de la blessure en abondance. Il se mélangeait à l'eau répandue sur le carrelage.

— Voilà pour commencer. Ça ne fait pas trop mal, j'espère ?

— Par pitié, geignit Ariel. Ça suffit...

— Je crains que non. Tu as voulu jouer au petit voyeur. Pour ça aussi, tu ne peux t'en prendre qu'à toi-même.

— Non, non, non. Pas ça.

— Cela mérite un œil. Tu le comprends, n'est-ce pas ?

— Ce n'était pas mon idée, sanglota-t-il. Ce n'était pas ma faute.

— Ah bon ?

— C'était ma sœur.

La jeune femme le dévisagea avec un plaisir obscène.

— Tiens donc.

— C'est vrai, dit Ariel. C'est elle qui a voulu revenir au château. C'est de sa faute à elle. Oh, mon Dieu, je ne veux pas mourir !

Une pause. Qui lui sembla durer une éternité.

La femme murmura :

— D'accord.

Ariel hoqueta.

— D'accord, quoi ?

Elle se redressa et désigna Ariel de la pointe de son couteau.

— Je te crève un œil maintenant... ou alors, je crève les deux yeux de ta sœur.

— Quoi ?

— C'est à toi de décider. Qu'en penses-tu ? Deux yeux pour un seul. Cela te semble honnête ?

— Je ne peux pas décider de ça !

— Alors tant pis pour toi. Debout.

L'homme aida Ariel à se relever, et conserva sa main sur sa nuque. Cette fois, la femme approcha la lame de son œil droit.

— Attendez ! ATTENDEZ !

— Oui ?

— Ma sœur, lâcha-t-il en étouffant un sanglot. Elle est plus forte que moi.

— Je n'en doute pas. Toi, tu es pitoyable.

Ariel se remit à sangloter. Pitoyable, oui. Il ne le savait que trop bien.

— Tu as vingt-quatre heures, lui annonça la femme.

— Pour... quoi faire ?

— Pour me rendre le cube qui se trouvait dans la valise. C'est simple.

— À quoi... il ressemble ?

— En bois, peinture bleue laquée. Des points plus sombres sur chaque face. C'est un objet précieux. On ne peut pas le confondre.

— D'accord, d'accord.

— Tu viendras le déposer au château de Delpierre, puisque tu sais déjà comment y aller. Demain soir. Si jamais tu essayes de te défiler, je ne me contenterai pas de crever les yeux de ta sœur. À toi, je te couperai les couilles, puisque visiblement elles ne te sont d'aucune utilité.

Ariel hocha la tête en tremblant. Sa main continuait de saigner tandis qu'il essayait de comprimer la plaie avec la paume de son autre main. La douleur ne fit qu'empirer.

— Même chose si tu t'avises de parler à la police, si tu dis un seul mot à *qui que ce soit*. Je te tranche la queue et j'attends que tu te vides de ton sang. Crois-moi, ça prend un certain temps. J'ai déjà pu le constater.

Il grelotta. La femme essuya la lame de son couteau avant de le replier et de le ranger dans son sac.

— Tu m'as bien comprise ?

— Oui, oui.

— Je veux te l'entendre dire.

— Je vous ai bien comprise.

— Tu vas faire ce que je te demande ?

— Cube bleu. Vous l'aurez demain soir. Je vous le jure.

— Très bien.

— Vous allez... faire du mal à ma sœur ?

— Tu penses que je n'en suis pas capable ? répliqua-t-elle avec un rictus sadique.

Ariel n'osa rien répondre. Il ne put que regarder tandis que la femme se penchait et ramassait son doigt sectionné. Elle le jeta dans la cuvette des toilettes, puis tira la chasse.

Finalement, celle-ci fonctionnait très bien.

IV

Le témoin

34

Les bureaux sentaient le formol, le café et le parfum industriel aromatisé au bonbon. Un curieux mélange d'odeurs, que Manon appréciait malgré tout. Elle le trouvait rassurant.

— Bonjour, Hind, dit-elle en poussant la porte de la petite cuisine qui faisait office d'espace de repos.

Installée à la table, sa collègue sirotait une boisson énergétique avec une paille. Elle avait attaché la masse de ses cheveux en un chignon impétueux.

— Salut, toi.

— Laetitia m'a dit qu'il n'y a aucun soin de planifié pour l'instant. On dirait que la journée va être calme.

— Pire que ça, souffla Hind en s'étirant. J'ai fait un domicile à 8 heures, et depuis que je suis revenue ici j'attends comme une truffe que quelque chose se passe. Il faut croire que les gens ont décidé de ne pas mourir aujourd'hui.

— Et quand cela va reprendre, on ne saura plus où donner de la tête...

— Comme d'habitude ! gloussa sa collègue. Mais pour une fois, je ne me plains pas trop. J'en profite pour me reposer pour ce soir...

Manon piocha une dosette de café dans le grand bocal en verre et la glissa dans la fente de la machine. Le Ristretto se mit à couler dans la petite tasse. *Hind et sa vie épanouie*, songea la jeune fille avec un certain pincement au cœur.

— Il est comment ? ne put-elle s'empêcher de demander en la regardant de biais.

Sa collègue pouffa comme une lycéenne.

— Je n'en ai aucune idée ! Je sais qu'il est jeune, tout juste vingt-cinq ans. On a discuté sur un site de rencontres. Ce soir, on se voit pour la première fois. Mais je te raconterai, si tu veux.

— Coquine, se moqua Manon.

Pourtant, tout au fond d'elle, elle ne pouvait s'empêcher de se sentir triste. Elle enviait Hind. Toujours si sûre d'elle. Toujours insouciante et intrépide. Dévorant la vie et les hommes à pleines dents. Alors qu'elle... *elle*...

Son changement d'attitude ne passa pas inaperçu.

— Alors toi, mon chou, tu n'es pas dans ton assiette.

— Ce n'est rien.

— Tu rigoles ? Tu es encore plus pâle que d'habitude.

Son café à la main, Manon tira une chaise et s'installa à son tour à la table.

— Je suis pâle d'habitude ?

— Mais non, répliqua Hind en lui donnant une tape amicale sur l'épaule. Tu es jeune, tu es mince, et en toute sincérité tu es à croquer. J'ai le droit d'être jalouse et de te chambrer un peu, non ?

Manon entoura son café de ses deux mains sans répondre, le regard ailleurs.

— Allez, raconte-moi ce qui te tracasse. Ce n'est pas bon de garder ses soucis pour soi.

Lui raconter ? Tellement de choses s'étaient passées en seulement une journée !

— Mon frère m'a dit que je n'avais pas d'amis, finit-elle par murmurer. Ça m'a énervée quand il l'a fait, mais le problème c'est qu'il a raison. Ma vie sociale est un désastre. Et je ne parle même pas de ma vie amoureuse.

— Il ne tient qu'à toi de changer tout ça. Ce n'est pas si compliqué, tu sais.

Hind jeta sa cannette vide dans le panier, avant d'ajouter :

— Et si on se faisait une virée ensemble, un de ces soirs ?

— Si tu veux, oui, dit Manon.

Elle laissa son regard flotter vers le panneau Velleda, où le règlement intérieur cohabitait avec les demandes de congés, les numéros de téléphone de toute l'équipe, les prises de rendez-vous pour l'entretien des véhicules, les publicités pour les nouveaux produits et même quelques articles de journaux concernant des événements dans le monde du funéraire. Par association d'idées, elle pensa au bureau de Franck Raynal et à son mur couvert de documents d'enquêtes. Elle se demanda ce qu'il faisait en cet instant. Elle avait tellement envie qu'il l'appelle. Ce qui était ridicule. Elle se sentit rougir.

— C'est vrai, je suis préoccupée par certaines choses, dit-elle en s'efforçant de chasser le policier de son esprit. Depuis hier, je ne sais plus trop où j'en suis. J'ai embaumé un ami. Cela m'a plus atteinte que je le croyais.

— Je suis désolée. De quoi est-il mort ?
— Suicide. Enfin...
Manon resta le regard dans le vide.
— Enfin quoi ?
— Je ne sais même pas par quoi commencer, Hind...
Elle se tourna vers sa collègue.
— Dis-moi, toi qui t'es occupée de beaucoup plus de corps que moi... Dans ta carrière, tu n'as jamais été confrontée à des situations vraiment bizarres ?

Hind ajusta le décolleté de sa chemise, pour dissimuler le haut de son soutien-gorge.
— Chaque jour, oui ! Pas plus tard que ce week-end, figure-toi que j'ai eu une femme décédée en plein milieu du mariage de son fils. Cette idiote, ne me demande pas pourquoi, a voulu manger une crêpe dans sa voiture, juste avant d'aller à l'église. Elle s'est étouffée et elle est morte, enfermée à l'intérieur de son propre véhicule. J'ai bien dit à cause d'une *crêpe*.

Manon prit une gorgée de café.
— Non. Je parlais plutôt de décès dont la cause t'aurait semblé suspecte. Tu ne t'es jamais demandé si, parmi tous les gens qui passent entre nos mains, il est possible que certains aient été assassinés ? Et que personne ne s'en soit aperçu ?
— Sincèrement ? J'évite de trop me poser ce genre de question. Décider si un décès est naturel ou non ne relève pas de nos compétences. C'est le travail de la police. Moi, je me contente de faire le mien.
— C'est ce que j'ai toujours pensé, dit Manon. Mais cette fois, ça me touche de près. Et j'ai des doutes sur le fonctionnement de la police.

— Ce sont des êtres humains. Comme partout, il y a des bons et il y a des incompétents. Enfin, sans doute beaucoup plus d'incompétents que de bons...

Du bout de ses faux ongles pailletés, Hind tapa en rythme sur la nappe de la table. Elle reprit :

— Tu sais quoi ? Tu viens de m'y faire penser ! L'an dernier, j'ai vu une mort plutôt incroyable.

— Quel genre ?

— Accident de voiture. Le véhicule est sorti de la route en haut d'une falaise. Il a traversé la glissière de sécurité, à croire que la conductrice voulait se suicider. Que ce soit le cas ou non, celle-ci ne s'est pas loupée. La voiture a fait une chute de plusieurs dizaines de mètres dans le vide, et a atterri en plein sur une machine agricole. Un sacré concours de circonstances, tu ne trouves pas ?

— Et comment ! Je suppose qu'elle était en puzzle ?

— Encore pire, si c'est possible. Elle avait carrément eu la tête tranchée ! Et bien sûr, tu ajoutes à ça l'autopsie ! Tu sais comment c'est, on dirait que les légistes font exprès de tout massacrer pour qu'on ne puisse plus rien faire derrière...

Manon voyait très bien de quoi elle parlait. Elle-même avait horreur de ça. Il était très difficile de rendre une dépouille présentable quand elle avait été méticuleusement découpée. Organes regroupés dans des sacs. Crevées dans les bras, le dos, les jambes. Bloc lingual retiré. Impossible d'injecter du liquide d'embaumement sans qu'il ressorte de partout.

Et tu as réussi le soin sur ça ?

— Plus ou moins. Les carotides étaient irrécupérables, j'ai fait comme j'ai pu avec ce qu'il en restait.

J'y ai quand même passé plus de quatre heures, et le résultat n'était pas si mal en fin de compte. La mère de la défunte voulait à tout prix une présentation cercueil ouvert. Elle était sous médocs, une vraie hystérique.

— Habituellement, c'est l'inverse, non ?

— Va savoir ce que son toubib lui avait prescrit ! En tout cas, les effets secondaires étaient violents, la pauvre dame hallucinait. Elle racontait à tout le monde que sa fille n'avait pas eu d'accident, mais que le diable était venu la mettre en pièces.

Manon croisa les mains sous son menton. Intriguée.

— Le diable ? Rien que ça ?

— Comme je te le dis. La fille travaillait pour une agence immobilière à Puéchabon. Il se trouve qu'un de leurs biens avait été dégradé peu de temps avant, par un groupe de satanistes. Des petits cons qui avaient tagué les murs ou je ne sais quoi.

Légère tension. Manon se mordilla le coin de la lèvre. Et si… ?

— Tu sais ce qu'ils avaient laissé comme inscriptions ? demanda-t-elle d'un ton anxieux.

— Des dessins sataniques, que veux-tu qu'ils aient laissé d'autre ? Je n'y connais pas grand-chose en messes noires. Mais attends ! Le plus étrange, dans cette histoire, c'est que le médecin avait retrouvé des poils sur le corps de la défunte. Après analyse, c'étaient des poils de bouc.

— De bouc ?

— Tu a bien entendu. Personne n'a compris d'où ils pouvaient bien venir. L'enquête de la police n'est pas allée très loin. Les dégradations se sont produites dans un hameau désert, à l'écart des habitations. Mais pour cette dame, le diable en personne a été invoqué.

— Et a décapité sa fille...
— Exactement.
La jeune femme déglutit.
— À tout hasard, demanda-t-elle, as-tu gardé les coordonnées de cette personne ?
Sa collègue eut un rire triste.
— Je note chaque soin que je fais. Malheureusement, la femme dont je te parle s'est suicidée quelques jours plus tard. Ce n'est pas moi qui me suis occupée d'elle, mais d'après ce que je sais, on a finalement inhumé la mère et la fille le même jour.
— C'est une histoire horrible.
— Tu voulais une anecdote bizarre !
Manon croisa les bras. Elle se sentait de plus en plus oppressée.
— Et tu ne pouvais pas trouver mieux. Je crois qu'il se passe de drôles de choses dans la région, Hind. Ça se produit sous nos yeux, et pourtant personne ne voit rien. Même la police ne voit rien.
— Tu ne vas pas me dire que tu crois au diable ?
Elle y réfléchit sérieusement l'espace de quelques instants.
— Pas au diable en tant que divinité, finit-elle par déclarer. Mais je crois que certains êtres humains peuvent être le diable, oui.

35

16 heures, au milieu de nulle part. Les montagnes à l'horizon étendaient leurs courbes vertes sous un ciel qui s'emplissait peu à peu de nuages plombés. Franck Raynal ne put s'empêcher d'y voir un présage sinistre. Cependant, s'il doutait de lui, il n'en laissait rien paraître.

En vérité, il était là où il aimait être.

Sur le terrain. Seul. Libre de ses mouvements et de ses pensées.

Il longea prudemment la clôture, observant les arbres qui dissimulaient la fameuse « Maison des arts » dont lui avait parlé Ariel Virgo.

Située à la sortie du village, derrière des champs et des rangées de grands arbres, en retrait de toutes les autres habitations. Difficile de soupçonner son existence depuis la route départementale.

Il ne s'agissait pas d'une maison, d'ailleurs, mais d'un ensemble de bâtiments, sur lequel Raynal avait eu du mal à réunir des informations précises. La parcelle appartenait à la SNCF, mais la société ferroviaire n'utilisait plus ces locaux depuis des décennies. Personne ne semblait vouloir se pencher sur leur existence.

Du coup, aucune procédure n'était lancée pour évacuer la vingtaine de personnes qui y avaient élu domicile, et leurs invités plus ou moins réguliers.

Il atteignit l'entrée : des grilles rouillées, au-dessus desquelles un vieux panneau indiquait *SNCF* en lettres brunes. Derrière, il découvrit un vaste champ devenu terrain vague à force d'y entasser des détritus divers tels que des pneus, des carcasses de matériel électroménager hors d'usage ou des canapés et autres matelas éventrés.

— De plus en plus charmant, murmura le policier en avançant parmi les tas de ferraille et de bouteilles brisées.

De l'autre côté de cette décharge à ciel ouvert se trouvait le squat baptisé Maison des arts par ses habitants. Trois bâtisses de deux étages, reliées les unes aux autres pour former un U. Les murs étaient intégralement couverts de tags multicolores. Sur la droite, du linge séchait sur des fils entre les arbres. Un drapeau anarchiste pendait sur la façade de gauche. Le balconnet du premier étage était entièrement grillagé.

Le policier observa les véhicules garés un peu en retrait. La grande majorité d'entre eux étaient des carcasses sur cales, hors d'état de marche, mais Raynal repéra au moins deux voitures parfaitement entretenues. Plaques d'immatriculation récentes. Leurs propriétaires ne résidaient certainement pas ici.

Des clients.

Il s'était renseigné sur les filles et les garçons qui habitaient dans la Maison. Sur le petit commerce qu'ils y pratiquaient.

Si on en croyait l'expression populaire, c'était le plus ancien du monde.

Une musique électronique s'échappait de l'étage. Derrière les boucles hypnotiques, Raynal distingua également des gémissements. Qui allaient en accélérant. Au moins un client était présent là-haut, en pleine action, et près d'en avoir pour son argent.

Alors qu'il arrivait au pied du premier bâtiment, des chiens se mirent à aboyer et cinq ou six d'entre eux émergèrent et accoururent vers lui comme des fous. Cette fois, Raynal s'immobilisa, entouré par les animaux surexcités.

— Vos gueules ! cria une voix aiguë.

Une fille d'environ seize, dix-sept ans, en treillis et débardeur vert camouflage, apparut à la porte. Elle avait les côtés du crâne rasés, plusieurs piercings disposés le long des oreilles et des tatouages colorés sur l'intégralité de ses bras.

Les chiens continuaient d'aboyer avec férocité, crocs dénudés, encerclant le policier.

— Putain, ça suffit ! Vos gueules ! répéta la fille en tapant dans ses mains.

Un garçon sortit derrière elle. Il n'était guère plus âgé que sa camarade, jugea Raynal, mais semblait être majeur. Il avait la peau noire et des dreadlocks compactes. Son torse nu et maigre exposait des piercings à ses deux tétons et des abdominaux comme sculptés dans de l'ébène.

— Couchés ! cria-t-il à son tour.

Les chiens s'écartèrent un peu. Mais sans cesser de grogner en sourdine, le poil hérissé, prêts à l'attaque.

Raynal leva une main, autant à l'intention des animaux que de leurs maîtres, et recommença à avancer.

— On peut t'aider ? lui demanda le garçon.

— Je suis venu voir quelqu'un.

— Tout le monde vient voir quelqu'un, railla la fille tatouée. Toi, t'es pas un habitué.

— Ce doit être parce que je suis de la police.

Les visages du garçon et de la fille changèrent d'expression. Surprise et inquiétude. Ce qui était plutôt bon signe.

Au balcon, derrière le grillage, Raynal repéra les silhouettes curieuses de deux autres filles tout aussi tatouées. L'une d'elles avait la poitrine nue. La musique s'arrêta.

— Chili, lança-t-il. Est-ce qu'il est là ?

Le jeune homme croisa les bras sur sa poitrine, et le policier vit le couteau de chasse ostentatoirement passé dans sa ceinture.

— Pourquoi tu le cherches ?

— Est-ce qu'il est là ? répéta Raynal. Je veux le voir. Cela ne regarde que lui et moi.

Une porte s'ouvrit, un peu plus loin. Un autre garçon d'une vingtaine d'années, cheveux longs jusqu'aux fesses, tee-shirt de Motörhead délavé, s'accouda au montant de la porte. Il joignit son pouce et son index entre ses lèvres et siffla. Les chiens s'éparpillèrent aussitôt parmi les carcasses de la décharge.

— Tu le connais, Chili, toi ? lança le nouveau venu à Raynal.

Le visage du garçon était partagé en deux par une grande cicatrice blanche.

Raynal ne put réprimer un rictus sauvage.

— Maintenant, oui.

Il marcha calmement vers le Balafré.

— Il faut qu'on parle, tous les deux.

Le jeune homme recula d'un pas prudent à l'intérieur du bâtiment.

— J'ai pas dit que c'était moi. Et puis je t'emmerde. Les flics n'ont rien à faire ici, t'es pas au courant ?
— Au courant de quoi ?
Comme Raynal se s'arrêtait pas, il sortit un pied-de-biche de derrière la porte. Il le brandit d'un geste menaçant vers le policier.
— Bouge pas. Tu comprends ce que je dis ?
— Pas vraiment, répondit Raynal sans ralentir. Je crois qu'il va falloir que tu m'expliques un peu mieux.
— Ça va être vite vu !
Le garçon se jeta sur lui. Raynal le laissa approcher, avant de pivoter au tout dernier moment. Il évita le pied-de-biche, qui frôla de peu son épaule, et dans le même mouvement donna un coup de pied dans le genou de son agresseur. Florian Chili s'écroula avec un cri aigu.
— Putain de bâtard !
Les aboiements reprirent de plus belle, et tout se précipita. Raynal évalua la situation d'un coup d'œil expert. Les chiens rappliquaient en meute, mais ils n'étaient pas encore un problème, du bruit et de l'agitation pour rien. Derrière lui, en revanche, il vit que l'autre garçon se précipitait, couteau dégainé, pour prêter main-forte à son ami. Chili, de son côté, s'était déjà redressé. Il prit son élan, cherchant de nouveau à frapper Raynal avec le pied-de-biche.
Le policier ne se posa pas de question superflue et fonça sur lui, devançant l'attaque. Il percuta Chili de plein fouet, l'empêchant d'abattre son arme. Coup de poing précis dans le foie. La douleur plia le jeune homme en deux. Alors Raynal le contourna, empoigna le pied-de-biche à deux mains et le ramena contre la gorge de l'imbécile d'un seul et même mouvement

fluide. Chili hoqueta, et s'immobilisa pour ne pas être étranglé davantage. Le tout avant que le garçon aux dreadlocks ait eu le temps d'arriver jusqu'à eux.

— Lâche-le tout de suite ! beugla-t-il en agitant son couteau de chasse.

Tout autour d'eux, les chiens hurlaient et faisaient claquer leurs mâchoires dans un concert infernal et hystérique. D'autres personnes sortirent du bâtiment, des garçons et des filles, la plupart très jeunes. L'un d'entre eux tenait une matraque. Raynal en aperçut d'autres au balcon, derrière le grillage, leurs regards anxieux braqués sur lui.

— On va discuter à l'intérieur, expliqua-t-il à l'oreille de Chili. Dis à ta petite famille de nous lâcher et à tes cons de chiens de la fermer.

— Je t'emmerde. Lâche-moi, enculé !

Raynal ramena la barre contre lui pour accentuer la pression sur sa glotte et couper court aux injures. Ensuite il poussa son otage suffoquant, un pas après l'autre, en direction de la porte. Quand ils furent dans l'entrebâillement, il propulsa le garçon à l'intérieur. Chili tomba sur les fesses dans un couloir encombré de bouteilles vides, qui roulèrent en s'entrechoquant de tous côtés.

— T'es mort, connard ! vociféra celui qui tenait le couteau, ses tremblements de rage agitant ses dreadlocks sur ses épaules. T'es putain de mort ! On va te faire la peau !

Le policier pointa le pied-de-biche vers lui.

— Arrête de dire des conneries que tu pourrais regretter. Je reste cinq minutes et je vous fous la paix.

Il jeta le pied-de-biche et referma la porte, étouffant les aboiements furieux des chiens.

36

Porte fermée, le couloir était plongé dans la pénombre. Raynal avança en bousculant les bouteilles vides. Chili avait essayé de ramper un peu plus loin. Il poussa un grognement de colère et saisit une bouteille pour se défendre. Le policier la lui fit lâcher d'un coup de pied dans la main.

— Espèce de facho ! glapit le garçon en se massant le poignet.

Raynal l'attrapa par la gorge et le colla contre un mur.

— On peut dire que la discussion ne commence pas dans les meilleures conditions.

— T'es chez nous, ici, martela le jeune homme balafré. Si t'es vraiment flic, tu sais qu'on a un accord !

Raynal pencha la tête sur le côté et souffla par les narines.

— Un accord ? Avec qui ?

— T'es pas au courant ? Merde, les filles se font passer dessus de temps en temps par un uniforme ou deux, et en échange personne vient nous faire chier. C'est comme ça depuis toujours. T'as pas le droit de débarquer comme ça ! On est protégés, OK ? Il y a même un avocat qu'on peut appeler si quelqu'un essaie de nous déloger.

— Je vois.

Il le relâcha. Le garçon se tint courbé devant lui, les cheveux devant le visage, contenant mal sa colère. Au-dehors, les chiens continuaient d'aboyer comme des fous furieux.

— On peut peut-être s'arranger, non ? Tu n'as qu'à monter à l'étage. Tu te choisis la fille que tu veux. Ensuite, tu te casses de chez nous et tu refous plus les pieds ici. T'en penses quoi ?

— Que je ne suis pas venu pour ça, répliqua Raynal. Et personnellement ta proposition me dégoûte. Je devrais te coffrer juste pour ça.

Le garçon cracha par terre.

— Et moi, tu veux que je porte plainte pour violence policière ? Il y a quinze témoins pour jurer que tu m'as agressé. Alors arrête un peu ton bluff, d'accord ?

— Très bien. On discute d'homme à homme.

— De quoi ?

— De ton ami garagiste, Nicolas Majax, en premier lieu.

Le garçon ne cilla pas. Il souffla, faisant voler ses cheveux.

— Je ne vois pas de qui tu parles, finit-il par déclarer.

— Tu lui as fait découvrir des soirées un peu particulières, insista Raynal en le transperçant du regard. Des réunions qui ont eu lieu à Delpierre. Ce n'est pas loin d'ici. Les voitures passent sur cette route pour y aller. Ça te rafraîchit la mémoire ?

— Peut-être que je lui en ai parlé, ouais. Même que je lui ai conseillé de pas mettre son nez dans les affaires de ces types. Mais Majax a jamais compris que dalle. Il finira par s'en mordre les doigts.

Ça, c'était déjà fait, mais le garçon n'était pas encore au courant du décès de son ami.

— Ce n'est pas la version que j'ai eue, poursuivit Raynal.

— Ah ouais ? Et qu'est-ce qu'on t'a raconté, pour voir ?

— Que c'est toi qui l'as encouragé à voler une de leurs voitures. Il est passé à l'acte samedi dernier. Une Laguna. Ça te parle ?

Le garçon renifla bruyamment.

— En quoi ça me concerne ? Tout ce que j'ai fait, c'est le rencarder sur les petites sauteries qui ont lieu dans le coin, c'est vrai. C'est pas un crime.

— Qu'est-ce que tu peux m'en dire, de ces sauteries ?

— Écoute, le flic. Je sais pas ce que tu cherches, mais avec ces gens-là, c'est que des emmerdes que tu vas trouver.

— C'est drôle, on n'arrête pas de me le répéter.

— Je plaisante pas. Vaut mieux pas se frotter à eux de trop près. C'est des putain de malades, avec assez de thune pour être intouchables.

— Tu sais qui ils sont, alors ?

— Bien sûr que non. Mais j'ai vu ce qu'ils font.

Le policier tourna la tête avant de répondre. Au bout du couloir, derrière une porte ouverte, plusieurs autres squatteurs attendaient en silence, leurs regards braqués sur lui, ne perdant pas une miette de leur échange. Il s'approcha du garçon.

— On peut discuter dans un endroit un peu plus privé ? Sans que tout le monde nous entende ?

— Y a rien de privé à la Maison des arts. Ça s'appelle un collectif, tu piges ?

Raynal l'empoigna de nouveau par le col de son tee-shirt.

— Dans le cas présent, tout ce que je vois, c'est un débile qui ne comprend pas avec quoi il joue, dit-il tout bas. Et ma patience est en train d'atteindre ses limites.

— Putain, d'accord, grinça le garçon en se dégageant. Viens avec moi. Ici, on nous entendra pas.

Il donna des coups de pied dans les bouteilles, qui s'éparpillèrent en s'entrechoquant les unes contre les autres, et le conduisit dans une pièce où stagnait une odeur de cannabis et de tabac froid. Dans un coin trônait un canapé en piteux état, jonché de cendriers pleins à ras bord. Il y avait du linge partout sur le sol et des inscriptions multicolores sur les murs.

— Accouche, dit le policier en refermant la porte sur laquelle on avait peint une faucille et un marteau. Qu'est-ce que tu sais sur ces types ?

Chili passa une main dans ses longs cheveux pour les ramener en arrière. Dans son regard s'alluma un éclat que Raynal connaissait bien.

— Je suis pas une balance, OK ? Mais s'il y a un truc que je sais, c'est que ce genre de tuyau, ça coûte. Et pas qu'un peu.

Le policier n'en attendait pas moins de lui. Et son hypocrisie le fit sourire malgré lui. Ce garçon n'avait jamais balancé personne contre rémunération ? Vraiment ?

Il sortit le billet de deux cents euros qu'il avait préparé dans ce but, et l'agita devant les yeux de son interlocuteur.

— C'est ça que tu veux ?
— Oh putain, dit Chili. Tu rigoles pas, toi.
— Ravi que tu le comprennes enfin.

Le garçon s'approcha pour s'emparer du billet, mais le policier ramena son bras.

— Crache d'abord ce que tu sais. Je déciderai si tu l'as mérité.

Un éclat au fond de l'œil. Méfiance. Avidité.

— OK, c'est simple. Dans la région, il y a des soirées secrètes qui ont lieu dans des propriétés abandonnées. Ça a toujours été le cas. On avait même suspecté des hommes politiques d'y participer, il y a des années. Les médias ont raconté que c'était du pipeau, mais je peux te dire que ces soirées SM, elles avaient bien lieu. Les types venaient de Toulouse, et même de Paris.

Raynal soupira et froissa le billet dans sa main.

— Désolé, j'ai cru que tu savais quelque chose d'utile.

— Attends un peu ! Ces soirées ont cessé pendant un moment, le temps que tout se tasse, mais elles ont recommencé. Elles ont même pris une autre tournure. Carrément satanique.

— Satanique, hein ?

— Je te le jure. Ces barges, ils ne font pas que s'envoyer en l'air. Ça ne suffit plus à satisfaire leurs fantasmes. Maintenant, ils se déguisent. Des capes, des masques. Ils se croient au cinéma, les mecs. Je les ai entendus discuter du Paradis et des flammes infernales comme si c'était réel.

— Les feux de l'Enfer ? releva le policier.
— Ouais ! C'est exactement le terme qu'ils ont employé. Les feux de l'Enfer qui ne devaient pas s'éteindre. Tu sais ce que c'est, alors ?

Raynal demeura impassible.

— Disons que ce n'est pas la première fois que j'entends cette expression, éluda-t-il. Qu'est-ce que ça veut dire, selon toi ?

— Qu'est-ce que tu veux que j'en sache ? grogna Chili. Ce qui est sûr, c'est qu'ils sont à fond dans leur délire. Tu veux entendre un truc dingue ? Ils se sont mis à ramener des animaux à leurs soirées. Tu vois le tableau ?

— Pas vraiment. Continue.

— J'ai pas assisté en détail à ce qu'ils font, et je veux même pas l'imaginer. C'est carrément dégueulasse. Mais j'ai entendu les pauvres bêtes hurler à la mort.

Il changea de ton.

— Des chiens, putain. C'est des chiens à qui ils font… je sais même pas quoi ! Enfin, j'ai ma petite idée. Ils les torturent. Et puis ils les butent. J'ai vu l'un d'entre eux se promener avec une tête de dogue coupée, encore pleine de sang !

— Tu as été témoin de ça ?

Avec mes propres yeux. D'ailleurs, la personne qui trimballait la tête du chien, elle était pas habillée comme les autres. C'était une fille avec un masque à gaz sur la tête.

— Un masque à gaz ?

— Je te jure que j'invente rien. Super flippant, le masque qui laisse rien voir du visage. Je sais que c'était une fille qui le portait, parce qu'à part ce masque, elle était complètement à poil.

Le policier plissa les yeux.

— Et ensuite ?

— C'est tout ce que j'ai pu voir. La fille au masque à gaz, c'était la seule qui se promenait comme ça. Les autres, ils avaient un masque doré, tous le même. Ils gardent leurs habits de carnaval du début à la fin. Même quand ils baisent ! Tu comprends pourquoi je peux pas te dire qui ils sont ?

Chili tendit la main vers le billet.

Le policier retira la sienne sans le lui donner.

— Quoi ? s'emporta le garçon aux cheveux longs. Ce que je t'ai dit, ça vaut largement ton biffeton.

— Tu ne m'as pas parlé des voitures.

— Ouais ?

— Les plaques d'immatriculation de ces gens. Tu les as observées plus d'une fois, d'après ce que tu me racontes. Et il paraît que tu les as notées.

— Je les ai pas notées, mec.

— Ce n'est pas ce que je me suis laissé dire.

— Je les ai pas *notées*. Je dis pas que je les connais pas. Tu saisis la nuance ?

Le garçon posa le bout de son index sur sa tempe. Son rictus de satisfaction fit se tordre sa cicatrice.

— J'ai pas eu besoin d'écrire quoi que ce soit, parce que j'oublie jamais rien. Je suis sans doute qu'un loser pour toi, mais ma tête marche comme un putain d'ordinateur. Ce que je vois une fois, ça reste là. Gravé.

— Tu veux me faire croire que tu as pu mémoriser les plaques ? Toutes ?

— Et les modèles des voitures qui vont avec. Ça a une sacrée importance, comme info, non ?

— Plus que tu ne le crois. Je suis content de voir que je ne suis pas venu pour rien.

Raynal lui tendit le billet. Chili s'empressa de le fourrer dans la poche de son jean.

— Maintenant, je vais avoir besoin de ces numéros.

— Tout ce que tu veux, mon pote. Mais tu comprends que ce sera plus cher.

— Je m'en doute, acquiesça Raynal. Mais tu accepteras de me les donner, et de témoigner noir sur blanc de ce que tu as vu ?

— Si tu y mets le prix, bien sûr.

— Et si je ne le fais pas ?

Un rire sec.

— Je suis sûr que quelqu'un d'autre sera intéressé. Qui sait, l'info ira peut-être au plus offrant ?

— Écoute-moi, espèce de débile. Tu ferais mieux d'éviter de te vanter de ce que tu sais. N'en parle à personne, tu entends ce que je te dis ?

— Et pourquoi donc ? fanfaronna le garçon en se vautrant sur le canapé. Tu crois que j'ai peur ? Des flammes de l'Enfer, hein ?

— Tu devrais, dit le policier d'une voix glacée.

37

Finalement, il n'y eut qu'un seul décès de tout l'après-midi. Un vieillard percuté par une voiture. La conductrice ne l'avait pas vu traverser au passage pour piétons.

Le soin était pour Hind, qui fut heureuse de s'occuper enfin.

— On se prend ce verre quand tu veux, rappela-t-elle à Manon, tout en rassemblant ses affaires. Même ce soir, si tu es partante.

— Aujourd'hui ? Ce sera un peu compliqué, répliqua la jeune femme. Mais demain, je ne travaille pas.

— Alors demain soir ! C'est parfait, je ne serai pas d'astreinte non plus. On sort, et je t'apprendrai à draguer. Qu'en penses-tu ?

Manon sourit.

— Que ça me va très bien.

— Alors à demain ! conclut sa collègue en claquant la portière de son utilitaire.

De son côté, Manon retourna dans la cuisine pour se faire un autre café, l'esprit occupé. Elle s'installa à la table, son téléphone devant elle. Du bout de l'index, machinalement, elle fit tourner l'appareil sur lui-même.

Le temps passait trop lentement. Travailler lui aurait changé les idées.

Au lieu de ça, l'attente lui donnait l'impression de tourner en rond dans sa tête, exactement comme ce téléphone tournait sur la table.

Elle constata qu'elle pensait toujours à Raynal.

Franck.

C'était plus fort qu'elle. Elle ne parvenait pas à le chasser de ses pensées. Son regard acier. Son parfum. Le contact trop bref de ses mains sur les siennes, quand ils s'étaient quittés.

Elle stoppa le mouvement du téléphone et fit défiler les numéros.

Celui du policier était là. Juste sous son doigt.

Et si elle l'appelait ?

Sous quel prétexte ?

Il devait être en plein travail. En train d'identifier des criminels. De les arrêter, peut-être. Elle risquait de le déranger plus qu'autre chose.

— Hind, murmura-t-elle pour elle-même, tu n'imagines pas à quel point j'ai besoin de tes conseils tout de suite...

Elle finit par changer d'idée et ouvrit l'application Google du téléphone.

L'anecdote que lui avait racontée sa collègue l'intriguait. Un accident de voiture. Conductrice décapitée. C'était une sacrée histoire. Pourtant, sur le Net, elle ne trouva guère que deux ou trois sites d'info qui relayaient le fait divers. Rien sur le suicide de la mère de cette pauvre fille. Ni aucune allusion à une hypothétique messe noire qui se serait tenue dans une propriété inhabitée de la région.

Étrange, tout de même, qu'il y ait aussi peu de traces d'une telle affaire.

Manon réfléchit au récit de Hind. Une réunion nocturne. Des inscriptions sataniques. Des poils de bouc.

Un sacrifice animal ?

Manon repensa aux chiens décapités qu'elle avait découverts dans le sous-sol du château.

Un rituel ?
Mais lequel ? Par qui ?

Elle tapa une série de mots-clés et lança une nouvelle recherche, à tout hasard.

Les résultats défilèrent sur le petit écran.

Manon fut surprise de trouver autant d'articles concernant du bétail mutilé. Le phénomène se produisait un peu partout en France, et ce n'était pas, semblait-il, une nouveauté. Son attention se porta tout d'abord sur un fait divers qui s'était produit non loin, à Perpignan, où un promeneur avait trouvé des chiens égorgés sur un terrain vague. L'article évoquait des actes de zoophilie sur ces bêtes. Il datait de trois ans déjà, et avait été publié par le journal *L'Indépendant*. Une affaire du même genre était arrivée à Agde, il y avait deux ans de cela. D'autres chiens. L'un d'eux entièrement dépecé, cette fois. Les articles, sobres et succincts, relataient surtout l'impuissance de la justice face à ces actes sordides, même si des plaintes pour maltraitance et actes de cruauté envers animaux avaient été déposées dans chacun des cas.

Manon effleura le lien suivant. L'écran du téléphone afficha un nouvel article.

Une messe noire sur les Causses de Puéchabon ? titrait le papier.

C'était bien l'endroit dont lui avait parlé Hind.
Les faits dataient du début de l'an passé.
Jusque-là, tout collait.

Savènes, un hameau à l'abandon, semblable à celui de Montcalmès, et situé à quelques kilomètres à l'est de Puéchabon. Ce matin, deux randonneurs ont découvert un spectacle digne d'un film d'horreur : des dépouilles de chiens atrocement mutilées. Il s'agit de deux bergers allemands et d'un boxer bringé. Les trois bêtes ont été éviscérées et décapitées. Tout un décorum occulte, bougies et symboles peints sur les murs, a également été retrouvé sur le site, et semble témoigner d'un cérémonial satanique. Ce n'est pas la première fois que la région est touchée par des actes de vandalisme, le plus souvent attribués à des adolescents alcoolisés. Mais cette cruauté envers des animaux est un fait nouveau, qui a de quoi inquiéter les autorités locales. Qui a commis de telles atrocités ? Dans quel but ? Les oreilles des chiens, qui auraient pu être tatouées ou pourvues de puces d'identification, n'ont pas été retrouvées. Par conséquent, impossible de déterminer d'où viennent ces animaux. Une plainte contre X a été déposée...

Manon resta un moment à ruminer, ses doigts tapotant sur la table.

Il se passait des choses terribles sous les yeux de tout le monde. Elle l'avait dit à Hind et elle en était plus que jamais persuadée.

Qui a commis de telles atrocités ? demandait le journaliste.

Elle aimerait bien le savoir ! Si seulement elle disposait du moindre début d'indice pour comprendre ce qui se passait !

Elle fit défiler le texte sur l'écran. En bas de page figurait le nom de son auteur : Maxime Lachaud. C'était un lien cliquable qui permettait de lui envoyer un e-mail.

Elle effleura le lien.

L'application de courrier électronique s'ouvrit.

Manon hésita. Il lui fallait se jeter à l'eau. Si elle ne le faisait pas maintenant, elle risquait de se dégonfler.

Elle tapa du bout de l'index, lettre après lettre :

Cher Monsieur Lachaud, j'aimerais m'entretenir avec vous de l'article que vous avez écrit sur la messe noire au hameau de Savènes. En effet, je dispose d'informations qui pourraient vous inspirer un nouvel article, ou peut-être une enquête. Je vous laisse mon numéro de téléphone, n'hésitez pas à m'appeler dès que possible...

Elle relut son mail.

De l'inconscience, sans le moindre doute. Elle ne savait même pas à qui elle écrivait en réalité.

Mais non. C'était un contact avec quelqu'un qui était allé sur le terrain. Quelqu'un qui avait peut-être des informations utiles.

Elle appuya sur *Envoyer*.

Soudain, un bruit de verre brisé la fit sursauter.

Intriguée, elle se leva et se dirigea vers la porte.

— Joseph ?

Le couloir était silencieux.

Elle fit quelques pas vers le bureau de son patron, et essaya machinalement la poignée. La porte était bien verrouillée. Joseph Mattei, le propriétaire de la société de thanatopraxie, n'était pas censé passer aujourd'hui.

Un nouveau bruit.

Quelque chose venait de rouler par terre.

Cela ne provenait pas d'ici, mais du hangar, juste derrière.

— Laetitia ! appela Manon, de moins en moins sûre d'elle. C'est toi ? Laetitia ?

Pas de réponse. De toute manière, que ferait la secrétaire dans cette partie du bâtiment ?

Hind, alors ? Tout aussi improbable. Il était encore trop tôt pour qu'elle soit revenue de son soin.

Manon avança jusqu'à la porte au bout du couloir. Le hangar servait à la fois de garage aux voitures de fonction et d'entrepôt pour le matériel. Elle mise à part, ou Hind, personne n'avait à s'y trouver en ce moment.

— Il y a quelqu'un ? cria-t-elle.

Toujours pas de réponse.

— Laetitia ? Hind ?

Le bruit reprit.

Il y avait bien quelqu'un dans le hangar.

— Qui est là ? Vous m'entendez ?

Manon se fit violence pour dépasser sa peur. Elle posa sa main sur la poignée.

Elle devait vérifier par elle-même.

Elle actionna la poignée.

À sa grande surprise, la porte ne s'ouvrit pas.

Elle abaissa et remonta la poignée plusieurs fois.

La porte était verrouillée de l'autre côté.

À cet instant, Manon perçut les sons de talons qui claquaient sur le béton du hangar, et son cœur se mit à battre beaucoup plus vite.

Elle recula. Les yeux braqués sur la porte. Elle n'avait rien à portée de main pour se défendre.

Le claquement des talons s'approcha.

La clé tourna dans la serrure.

Manon colla son dos au mur.

La porte s'ouvrit sur la silhouette menue de Laetitia, qui la regarda avec un air surpris.

— Manon ? Qu'est-ce qui se passe ? Je t'ai entendue appeler et... pourquoi cette porte était-elle fermée ?

Manon souffla. Elle tremblait. L'espace d'un instant, elle avait tellement paniqué qu'une crampe nouait les muscles de son ventre.

— On m'avait enfermée. Quelqu'un est entré dans le hangar...

— Ce n'est pas possible. Il n'y a personne, à part toi et moi.

— Il y avait quelqu'un, il y a deux minutes à peine, assura Manon.

La secrétaire suivit son regard. Le long du mur, un tas de verre brisé. Il s'agissait d'un bocal à injection qui était tombé de l'étagère et qui avait éclaté en heurtant le béton.

— Oh, mince.

De son côté, Manon s'approcha de son Kangoo.

Elle aurait juré avoir laissé son véhicule fermé.

Pourtant les deux portes du coffre étaient ouvertes, à présent.

La crampe dans ses muscles ne la quittait pas. Des frissons glacés descendaient le long de sa nuque.

C'étaient eux.

Ces gens étaient venus sur son lieu de travail.

Pourquoi ?

L'intimider ?

— Tu crois qu'on t'a piqué quelque chose ? demanda la secrétaire.

Manon se mordit la lèvre. Laetitia ne pouvait pas comprendre.

Pas plus qu'elle-même ne pouvait lui expliquer la situation.

— J'espère que non, se contenta-t-elle de répondre.

Au premier coup d'œil, tout semblait en ordre dans l'utilitaire. À un détail près. Une bouteille de Dispray manquait, son casier était vide. Mais Manon repéra le récipient en plastique à l'autre bout du hangar, contre le mur. C'était très probablement ce qu'elle avait entendu rouler.

Avant d'aller le récupérer, cependant, elle ouvrit sa portière et jeta un œil dans l'habitacle.

Elle fixa son fauteuil, sans trop savoir comment réagir.

On avait planté deux bistouris dans l'appui-tête en cuir. Les manches en inox semblaient jaillir du siège.

Un avertissement ?

Manon demeura interdite.

Ils lui montraient qu'ils pouvaient la trouver.

Qu'ils la surveillaient.

À la place du passager, le carton de scalpels qu'ils avaient pris dans la boîte à gants. Le reste des lames et des manches répandu sur le siège. C'était de là que provenaient les deux bistouris enfoncés dans le fauteuil.

Ils auraient pu les planter... *n'importe où* sur elle. Était-ce là leur message ?

Manon déglutit difficilement.

— Il y a un problème ? demanda Laetitia.

Elle referma sa portière.
— Non, Laetitia. Tout va bien. Je vais nettoyer. Désormais, il faudra bien vérifier que la porte du garage reste fermée, d'accord ?
— Crois-moi, je ne vais pas oublier ! répliqua la secrétaire en repartant vers son bureau. On n'est plus en sécurité nulle part !
Tu ne sais pas à quel point tu as raison.
Une fois seule, Manon sortit son téléphone et tenta de joindre Franck.
Le mobile du policier sonna sans qu'il ne décroche.

38

Vingt-quatre heures.
Il fallait qu'il la trouve.
C'était une question de vie ou de mort, et cette seule idée faisait remonter des larmes acides d'humiliation, de souffrance, de panique pure et simple.
Ariel n'avait pas d'autre solution.
À quatre pattes dans la salle de bains, une main fouillant en aveugle sous le meuble, le jeune homme respirait fort, par saccades, tout en se concentrant de son mieux. Il piocha un ancien paquet de Demak'Up couvert de poussière et l'envoya voler derrière lui avant de poursuivre son exploration.
Sa main bandée, repliée contre lui, lui faisait un mal de chien en dépit des comprimés qu'on lui avait donnés à l'hôpital. Un passage éclair aux urgences qui lui avait valu quatre points de suture et son lot de questions embarrassantes. Il avait fait ce qu'il faisait depuis toujours. Il avait menti, inventant un accident avec une scie circulaire dans son garage, s'entêtant dans son histoire même quand l'équipe médiale lui avait fait remarquer que la blessure ne ressemblait pas *du tout* à celle provoquée par une scie de ce genre.

Il s'en moquait. Il demandait seulement à être soigné et qu'on lui fiche la paix. Les infirmières n'avaient pas insisté. Elles l'avaient libéré une demi-heure plus tard, avec des regards blasés mais sans lui demander de comptes.

Vingt-quatre heures, songea-t-il de nouveau. Il avait déjà perdu assez de temps !

Sous le meuble, sa main longea un tuyau gluant de saleté. Il essaya de passer ses doigts partout où il le pouvait.

Leur cube n'était pas là.

Leur putain de cube n'était NULLE PART.

Il avait tout vérifié. Maintenant, il paniquait, l'esprit embrouillé par les médicaments. Il regarda le chantier qu'il venait de créer dans la salle de bains d'Anne-Sophie. Dans la précipitation, il avait répandu le contenu de plusieurs trousses de toilette débordant de tubes et flacons. Pourquoi les filles conservaient-elles tant de ces choses ? À présent, crayons, boîtes de médicaments, de cotons-tiges et d'échantillons divers jonchaient le sol.

Il était revenu ici bille en tête, sans prévenir son ex-petite amie, sans même penser aux conséquences, sans penser à rien du tout. Tout ce qu'il savait, c'est qu'il avait ouvert la valise ici, hier matin. Dans cette salle de bains. Le fameux cube avait très bien pu tomber à ce moment-là. C'était l'explication la plus évidente. Il s'était bêtement persuadé qu'il allait le retrouver sous un meuble, et que cet enfer prendrait fin.

Il s'était trompé.

Et maintenant la panique le gagnait tout entier.

Il se redressa et se cogna au lavabo. La douleur fusa dans sa main blessée.

— Merde ! Merde et merde !

Il retourna dans le salon tout en soufflant et jurant. Et si Anne-Sophie était tombée dessus, entre-temps ? Il commença à ouvrir les tiroirs où elle rangeait ses affaires. Il sortit des porte-clés, des pièces de monnaie, des stylos, des piles, des limes à ongles, des chargeurs de téléphone. Les objets tombaient au sol à mesure qu'il fouillait le contenu des placards, avec un sentiment de désespoir grandissant. Pourtant, si Anne-Sophie avait trouvé le cube, elle l'aurait forcément fourré dans un de ces tiroirs, avec le reste du fatras qu'elle gardait là sans aucune raison.

Il tira le dernier un peu trop fort. Le tiroir sortit en entier de son rangement et la poignée se brisa dans sa main.

Le tiroir s'écrasa par terre. Son contenu se répandit à ses pieds.

Au même instant, la porte de l'appartement s'ouvrit. Ariel fit volte-face.

— Anne-So...

Sur le pas de la porte, la jeune femme poussa un cri aigu et lâcha son sac qui s'écrasa à son tour sur le lino. Son téléphone s'en échappa. Anne-Sophie avait blêmi, sans qu'Ariel sache si c'était dû à la peur ou à la colère. Son regard allait de son visage à sa main bandée où il manquait de toute évidence un doigt, puis à son visage de nouveau.

— Comment tu es entré ?

— J'ai crocheté la serrure, avoua-t-il. Comme tu as l'habitude de ne fermer que celle du haut... Mais elle n'est pas abîmée.

— Espèce de malade ! hurla la jeune femme. Qu'est-ce qui ne va pas chez toi ?

Ariel leva les mains.

— Je sais, je sais. Je ne voulais pas t'embêter avec ça...

— Qu'est-ce que tu as fichu avec mes affaires ?

Elle fit plusieurs pas et observa les tiroirs ouverts, leur contenu éparpillé sur le sol.

— Tu étais en train de me voler des trucs ?

— Pas du tout.

— Sors d'ici tout de suite !

— Attends... J'ai perdu un objet. Un cube en bois de couleur bleue. Il n'est pas à moi. Je dois...

— DEHORS ! hurla-t-elle. SORS DE CHEZ MOI !

— Anne-Sophie... Écoute-moi, s'il te plaît...

Elle continua de pousser de grands cris.

— Dégage ! Barre-toi de chez moi, tu entends ? Espèce de détraqué !

— Tu ne comprends pas. C'est très important...

Elle ramassa son téléphone et fit courir ses doigts sur la surface de verre.

— J'appelle la police !

— Surtout pas.

— C'est ce qu'on va voir ! Effraction et tentative de vol !

— Je t'en supplie...

— ALORS DÉGAGE ! hurla-t-elle en agitant son téléphone. TOUT DE SUITE !

Ariel s'empressa de sortir. Ses pensées s'embrouillaient.

— N'appelle pas les flics. Tu n'entendras plus parler de moi, je te le jure.

Dans le couloir, la porte du voisin s'ouvrit. Le Camerounais aux bras stéroïdés sortit, une matraque souple à la main.

— Un problème ?
— Mon ex s'est introduit par effraction chez moi. Ce connard fouillait dans mes affaires !
— Ce n'est pas ça du tout ! se récria Ariel.
— Je te revois dans cet immeuble, je te jure que j'appelle les flics ! continua de vociférer la jeune femme.

Le voisin plissa ses yeux injectés. Il eut un rictus qui froissa son visage comme un masque de cuir.

— Tu as compris ce que t'a dit la dame ?

Il brandit sa matraque en direction d'Ariel comme s'il allait le frapper.

Ariel se replia contre l'ascenseur et appuya nerveusement sur le bouton. La cabine n'arrivait pas. L'homme marchait vers lui, son arme levée au-dessus de sa tête. Ariel ne chercha pas à discuter et fonça vers la porte de l'escalier. Les cris d'Anne-Sophie s'entendaient jusqu'à l'étage en dessous. Elle hurlait en boucle qu'il avait fracturé sa serrure, qu'il était fou et dangereux. Il descendit les marches à toute vitesse et jaillit sur le parking de la barre d'immeubles.

Enfermé dans sa voiture, plié en deux, il se mit à grelotter.

Il n'en pouvait plus.

Il ne savait plus que faire.

Mais les mots de la fille aux cheveux noirs résonnaient dans sa tête. D'une terrifiante clarté.

Je ne me contenterai pas de crever les yeux de ta sœur...

À toi, je te couperai les couilles...

Sa blessure semblait s'être ouverte. Des gouttes de sang apparaissaient sur le bandage. Il appuya avec son autre main. La sensation était toujours aussi douloureuse.

... visiblement elles ne te sont d'aucune utilité.

— Concentre-toi, se morigéna-t-il en se tapant sur la cuisse. Ariel, putain, cesse de paniquer !

Plus facile à dire qu'à faire.

Il était tellement persuadé qu'il retrouverait ce cube, que tout serait fini !

Le cube n'était pas là.

Pas plus qu'il n'était dans sa voiture. Ariel avait déjà minutieusement cherché.

C'est qu'il était tombé de la valise à un autre moment.

Ariel songea à ce qu'il avait fait de la valise après être parti d'ici. Le seul autre endroit où il l'avait ouverte, c'était...

Dans le véhicule de sa sœur.

Subitement, il retrouva son souffle. Un espoir. *Peut-être.*

Pourquoi n'y avait-il pas pensé avant ?

Il revoyait très bien la scène. Il avait montré le masque et la tenue rouge à Manon. Elle avait sorti les affaires pour les regarder. Il faisait nuit. Et si le cube avait glissé dans les replis de velours ? Il aurait très bien pu rouler sous le siège.

— Le Kangoo, murmura Ariel.

C'était son seul espoir.

Il ne pouvait pas prévenir sa sœur, ses agresseurs lui avaient dérobé son téléphone.

Il devait aller chez elle et attendre qu'elle rentre.

Il vérifia l'heure sur son tableau de bord.

19 : 00

Le temps filait à une vitesse terrifiante.

39

En dehors des horaires de bureau, il y avait beaucoup moins de monde dans les couloirs de la PJ. Sélim Achour était un des rares officiers de jour encore derrière son ordinateur.

Il avait fini d'enregistrer ses procès-verbaux dans le système informatique, et profitait du calme pour une recherche un peu plus personnelle : sur son écran défilait une liste d'animaux. Leurs noms étaient accompagnés de toutes leurs caractéristiques telles que leurs tatouages et puces, ainsi que les informations sur leurs vaccins.

Mais ces détails n'étaient pas ce qui l'intéressait le plus chez ces bêtes. *Leur disponibilité, oui.*

Il repéra un berger belge malinois et nota sa référence avec un grand sourire de satisfaction. Il se félicita d'avoir pensé à ce refuge. Et à demander qu'on aspire tous leurs dossiers. Ni vu, ni connu.

Il fut interrompu dans sa recherche par un appel de Raynal, qui n'était pas repassé par les bureaux de l'après-midi. Avant de répondre, il s'empressa de fermer tous les documents ouverts sur son écran.

Franck voulait savoir quelle équipe s'occupait du squat de la Maison des arts. Après quelques recherches,

Achour trouva les noms de trois policiers qui y faisaient régulièrement des inspections de routine.

— *Des inspections, hein,* ricana le capitaine au bout du fil. *Une jolie façon d'appeler des parties de jambes en l'air. Ce sont des pourris, Sélim. Ils ont de la chance que ce ne soit pas mon genre de dénoncer mes collègues.*

— Je vois. Tu as quand même pu avoir des infos ?

— *Oui. Le tuyau de Virgo tient la route. On va devoir convoquer le dénommé Florian Chili. Ou le ramener de force s'il refuse. Il détient les infos dont on a besoin pour y voir plus clair.*

— On organise ça quand ?

— *Demain matin à la première heure. Je ne veux pas qu'il lui prenne l'idée de nous fausser compagnie entre-temps.*

Achour savait qu'il devrait l'accompagner, cette fois pas moyen de s'y soustraire.

Il espérait que tout cela n'irait pas trop loin.

Mais, bien malgré lui, il était pris dans cette affaire. Il s'était lancé, il ne pouvait pas abandonner avant que tout soit réglé. Définitivement.

Tu ne faibliras pas.

Il éteignait son poste de travail quand la porte de l'accueil pivota. Le commandant Robert Landis, un grand gaillard filiforme qui dirigeait un des groupes des Stupéfiants, remonta le couloir vers son bureau situé de l'autre côté du bâtiment.

— Robert ? appela Achour en se levant. Tu as du nouveau sur l'enquête dont je t'ai parlé ?

Son collègue s'arrêta. Son visage en lame de couteau était creusé par la fatigue. Par réflexe, il se massa le cou tout en grommelant.

— Ton histoire de garagiste ? Oui, j'ai interrogé le procureur sur ce qui s'était passé.

— Et ?

— Salomon m'a dit qu'il ne faisait que suivre la procédure, suite au retour d'analyse. Il a été assez évasif sur le sujet. Je le connais bien, c'est une tête de mule, mais en général il assume ses décisions. Je ne l'ai jamais vu tourner autour du pot comme ça. Surtout que, concrètement, personne ne s'occupe plus du dossier.

Achour le dévisagea.

— Mais toi ? Tu en penses quoi ?

— C'est très simple. Pour moi, l'ordre de vous retirer l'affaire ne vient pas de lui directement. Quelqu'un d'autre a interféré.

L'agent des Stups leva l'index vers le plafond.

— Le proc' est comme nous. On a tous quelqu'un au-dessus de nous, et on n'a que le droit de s'écraser et de faire ce qu'on nous dit de faire.

— Et tu trouves ça normal ? ne put s'empêcher de demander le jeune lieutenant avec un sourire en coin.

Le commandant Landis jeta des regards de côté pour s'assurer qu'ils étaient bien seuls. Il baissa la voix.

— Écoute, Sélim. Mon avis n'a aucune importance. On attend encore la plupart des résultats du labo, et pour tout te dire, je ne sais même pas si les examens sont vraiment en cours. La seule et unique étude qu'ils ont faite, c'est celle de l'échantillon de coke. Tu vois ce que je veux dire ?

— Que c'était la seule analyse dont Salomon avait besoin pour nous enlever l'affaire...

— Voilà, dit Landis. Cela dit, je ne suis pas tout à fait exact. On a aussi eu la téléphonie du bonhomme.

J'ai demandé à un gars de l'éplucher, par acquit de conscience. Il semble y avoir un numéro qui revient sans cesse ces jours-ci. Ariel Virgo, ça te dit quelque chose ?

Achour conserva une expression parfaitement neutre.

— Tu crois que cette personne serait impliquée ?

— Je n'en sais rien. Mais si on finit par avoir les mains libres sur cette affaire, il faudra auditionner cet individu à un moment ou à un autre.

— Tu auras besoin d'un coup de main ?

Une hésitation. Le grand gaillard se pencha vers lui.

— On n'est pas dans le même groupe, Sélim, qu'est-ce qui te prend ? C'est ton capitaine, Raynal, qui t'a mis ça en tête ? Ce type est un loup solitaire, à ce qu'on dit... Vous ne seriez pas en train de nous griller l'enquête, hein ?

— Pourquoi on ferait ça ?

Son collègue le défia du regard.

— Ouais. Ça n'aurait aucun sens, hein ?

Il balaya ses accusations d'un revers de main.

— Désolé, Sélim. Trop de pression ces temps-ci, je ne voulais pas être désagréable. Bonne soirée.

— Pas de mal. Bonne soirée, Robert.

Achour attendit que son collègue ait remonté le couloir et disparu dans l'autre aile du bâtiment. Il s'installa de nouveau dans son fauteuil.

— Bien...

Il sortit son deuxième téléphone de sa poche et effleura une icône. On décrocha à la première sonnerie.

— *Sélim ?* fit une voix de femme au bout du fil.

— On va avoir un problème, dit-il en jetant des regards aux bureaux vides autour de lui. Il faut trouver une solution au plus vite.

40

Quand Manon ouvrit le portail de son garage, elle découvrit son frère, la main droite recouverte d'un épais bandage, assis dans un angle de la pièce. Ariel avait le teint presque gris, et les traits durcis, comme s'il avait vieilli de plusieurs années d'un coup.

— Mon Dieu, qu'est-ce qui s'est passé ?

— Gare d'abord la voiture et ferme le garage, se contenta de dire Ariel d'une voix éteinte.

Alors que le portail coulissait doucement, elle sortit du Kangoo et s'approcha de son frère. Elle remarqua que des gouttes de sang avaient filtré à travers le tissu du bandage.

— Qu'est-ce qui t'est arrivé ?

Ariel écarta sa main blessée pour éviter qu'elle l'examine de trop près.

— Ce n'est pas le plus important, souffla-t-il.

Manon ne le voyait pas du tout de cet œil.

— Tu plaisantes ? Ce sont eux qui t'ont fait ça, n'est-ce pas ? Il faut en parler à Franck !

— Surtout pas ! Pas de police !

— Il peut nous aider. C'est le seul...

— *Personne* ne peut nous aider ! s'emporta Ariel. Écoute-moi un instant, s'il te plaît. On ne sait même pas combien ils sont ! Ils n'ont jamais été inquiétés et je suis prêt à parier qu'ils n'auront jamais le moindre problème. On ne peut en parler à personne. Tu veux voir ce qu'ils m'ont fait ? D'accord, regarde bien.

Il se résolut à lui montrer sa main bandée. Manon l'observa avec un certain choc, remarquant l'absence de l'auriculaire.

— C'est monstrueux. Tu as mal ?

— Encore un peu. Je me suis fait agresser dans le centre-ville. En plein après-midi. Ils ont été très clairs. Si on parle aux flics, ils vont nous tuer, tu comprends ?

Manon sentit le vertige l'envahir.

— Ils sont aussi venus à mon travail, Ariel. Ils ont pénétré dans le garage...

— Et ils ne t'ont rien fait ? s'étonna-t-il.

— À moi, non. Mais ils ont planté des scalpels dans le fauteuil du Kangoo. Sans doute un avertissement.

— Certainement, dit son frère sans la regarder en face.

— Mais je ne comprends pas ! Qu'est-ce qu'ils cherchent ?

— Un cube.

— Quoi ?

Ariel soupesa chacune de ses paroles.

— Ce qu'ils cherchent, c'est un putain de cube bleu. Une sorte de boîte précieuse, avec des points dessus, si j'ai bien compris. C'est tout ce que cette salope m'a dit, et sincèrement je ne vois pas de quoi elle voulait parler. Selon elle, ce truc se trouvait dans leur valise. Sauf qu'il n'y était plus quand on la leur a rendue.

— Et ils veulent que tu le retrouves ?

— Je dois le leur rapporter demain soir. Si je n'en suis pas capable...

Son regard se fit suppliant.

— Il faut qu'on le retrouve. Ce machin a dû tomber de la valise, je ne vois pas d'autre explication.

Il désigna le véhicule mauve derrière sa sœur.

— Et le dernier endroit où on a déballé les affaires qui s'y trouvaient, c'était dans ta voiture, hier soir.

Manon souffla. Elle n'en pouvait plus. Il fallait que cette folie cesse au plus vite.

— Compris. On va chercher partout. Si leur cube est dans le Kangoo, on le trouvera.

Ils cessèrent de parler et se mirent au travail. Ils inspectèrent dans les rainures, les portières, sous chaque siège. Manon décrocha les éléments des fauteuils, au cas où. Ne trouvant toujours rien, elle fit également un tour à l'arrière. Elle ôta chaque bac de rangement, enleva ses produits l'un après l'autre avant de les remettre à leur place.

Ils y passèrent une demi-heure avant de déclarer forfait.

Le précieux cube n'était pas là.

41

— Ne te mets pas dans cet état, Ariel.

Manon s'était assise sur la marche de la porte. Ariel, de son côté, piétinait autour du Kangoo, muré dans le silence. Pour la centième fois, il ouvrit la portière du passager et se pencha pour inspecter sous les sièges.

— Arrête, reprit-elle. Tu vois bien que ça ne sert à rien. On a déjà regardé partout.

— Ce truc doit bien être *quelque part* ! souffla-t-il en palpant l'habitacle de sa main valide.

Il s'adossa contre le mur. Il transpirait à grosses gouttes, pâle comme un linge. Voir son frère ainsi anéanti fendait le cœur de Manon. Cependant, elle n'oubliait pas que toute cette histoire était sa faute. Uniquement la sienne.

— Réfléchissons, d'accord ?

— Je n'ai fait que ça toute la journée !

— Mais tu es certain que c'est le *seul* endroit où leur bibelot aurait pu tomber ? Tu avais bien ouvert cette valise avant de monter dans ma voiture.

— Je n'avais pas tout déballé comme on l'a fait. Avant ça, le seul autre endroit où j'avais sorti le masque, c'était chez Anne-Sophie. Mais leur foutu cube n'est pas là-bas non plus.

— Et avant ? insista Manon.

— Avant quoi ?

Elle leva calmement les mains.

— Cette valise, tu savais ce qu'il y avait dedans avant de la ramener chez Anne-Sophie, non ?

— Oui, bien sûr.

— Donc tu l'avais ouverte ailleurs ?

— C'est vrai, grommela-t-il. Chez Nico.

— Dans son garage ?

— Son appartement. À Saint-Jean-de-Védas.

Il se concentra pendant de longues secondes, avant de poursuivre.

— J'avais conduit la Laguna directement au garage. Je n'ai touché à rien en attendant Nico. C'est lui qui a trouvé la valise dans le coffre. Il l'a prise avec lui.

— Et ?

— Et on est allés chez lui.

— Il ne l'a pas ouverte avant ? Au garage ?

Nouvelle pause. Ariel secoua la tête.

— Je ne crois pas. Il voulait d'abord rentrer. On est donc partis chez lui pour fêter ça. C'est là-bas qu'il a vérifié le contenu de la valise. Il a été plutôt déçu. Il s'attendait à des bijoux, style une montre à la con qui aurait valu le prix d'une voiture. Mais non. Il n'y avait que le déguisement que tu as vu. Je lui ai dit que, moi, je voulais bien la récupérer. Je pensais que s'il y avait de l'or dans le masque, je pourrais en tirer quelque chose...

— Tu m'as déjà raconté tout ça. Je te demande où vous l'avez ouverte. Comment. Tout ce que tu peux te rappeler.

— Qu'est-ce que tu veux que je te dise ? On était dans son salon. Si quelque chose en était tombé, on l'aurait bien vu.

— Où ça, dans son salon ? Sur une table ? Sur un canapé ?

— Une table basse. Il y a deux canapés chez lui. On était assis l'un en face de l'autre, de chaque côté de la table.

Elle essaya d'imaginer la scène.

— Vous étiez ivres et défoncés, est-ce que je me trompe ?

— Ouais, concéda Ariel. En tout cas, moi, je l'étais, c'est certain.

— Donc, vous n'auriez pas forcément remarqué si un objet était tombé sous la table ou entre les coussins d'un canapé.

Il hésita. Puis déclara :

— Tu as sans doute raison. Et puis de toute manière, je ne me souviens plus de l'avoir vu ouvrir cette valise. Peut-être même que j'étais aux chiottes. Je le revois juste assis sur le canapé, la valise posée sur la table devant lui, et ces machins rouges dedans...

Il balaya le vide d'un mouvement de la main.

— Il ne me reste plus qu'à aller voir là-bas.

— Ne dis pas n'importe quoi. Tu ne peux pas entrer dans son appartement comme ça. Il doit être sous scellés.

— Tu paries ? rétorqua Ariel. Il n'y a rien de plus facile. Personne n'en saura rien. Si jamais le cube y est encore, on le récupère, et on en aura enfin fini avec ce cauchemar.

— Dans ce cas, je viens avec toi.

Il s'agita. De toute évidence mal à l'aise à cette idée.

— Attends un peu. Tu ne comptes pas appeler ton copain flic, hein ?

— Pourquoi pas ? Il nous a dit de ne rien tenter seuls.

Ariel lui montra sa main bandée.

— À cause de ça, putain ! Je ne tiens pas à ce que ces dingues reviennent pour me couper autre chose !

Une bouffée d'irritation monta en elle.

— Tu n'apprendras jamais, hein ? Et moi, là-dedans ? Si j'étais en danger ? Tu ne te préoccuperas toujours que de ta petite gueule ?

Ariel détourna le regard.

— Je ne veux pas entrer dans cette discussion. On n'a pas beaucoup de temps. Tu veux m'aider ou non ?

— Bien sûr que oui, grogna Manon.

— Cette fois, on y va avec ma voiture, lui dit alors Ariel. La tienne est trop voyante.

— Si tu veux.

Elle se leva.

— Mais on ne peut pas y aller tout de suite. On attend qu'il fasse nuit. Tu me promets de ne pas faire n'importe quoi ? Je peux compter sur toi ?

— Promis, dit Ariel entre ses dents.

42

Les chiens aboyaient au loin.
Passablement éméché, Florian Chili gloussa dans sa barbe.

— Papa vous rapporte de quoi manger, les enfants. Juste un peu de patience.

Il ne voyait pas encore la clôture de la Maison. En fait, la nuit était si noire qu'il ne voyait rien du tout à plus d'un mètre. Il marchait sans se presser au bord de la route, en essayant de ne pas trop tituber. Son sac à dos était chargé de beaux steaks pour les animaux, et de deux bouteilles de scotch pour lui.

Il avait passé plus de temps que prévu au village car, sur un coup de tête, il avait décidé de s'offrir un repas au restau de bourges, sur la place de la mairie. Les habitués lui avaient jeté des regards mauvais, mais il s'en balançait totalement. Il les emmerdait, tous ces sales cons ! Il n'avait pas tous les jours autant de fric à dépenser, il avait bien le droit d'en profiter. Il était comme ça. L'argent lui avait toujours brûlé les doigts. Il s'était offert le vin le plus cher proposé à la carte. Cent balles la bouteille. Il ignorait si ce bourgogne valait un tel prix, mais il s'était régalé, il ne pouvait pas dire le contraire.

La marche pour rentrer à la Maison lui permettait de digérer tranquillement. Il se laissait porter par la douce sensation d'ivresse. Même dans le noir, il se repérait au bas-côté, pas de problème.

Un instant, des phares jaillirent devant lui et le noyèrent dans leur clarté aveuglante.

Un tocard qui roulait pied au plancher, comme ils le faisaient tous dans la région.

La voiture passa en trombe. Le déplacement d'air secoua Chili, qui, par réflexe, leva un doigt d'honneur peu convaincu. Déjà, le véhicule avait disparu dans son dos, aspirant avec lui son aura de lumière, et les ténèbres reprirent leurs droits, sous le ciel pailleté d'étoiles.

À présent, la plupart des chiens s'étaient tus. Seul l'un d'entre eux continuait d'aboyer et de hurler à la mort.

— Tout doux, tout doux, chantonna-t-il avant de cracher au hasard sur le côté. J'arrive.

Les animaux étaient rarement aussi excités. Ils allaient être fous quand ils verraient ce qu'il leur rapportait !

Il atteignit enfin la clôture. Les lampions multicolores et les fenêtres illuminées de la Maison des arts brillaient derrière les arbres. Une odeur de barbecue mal éteint flottait dans l'air.

Bizarrement, le portail était ouvert en grand.

— Eh ben merde, s'étonna-t-il.

Il franchit les grilles et avança plus vite entre les carcasses de matériel, maintenant qu'il y voyait un peu mieux.

Les aboiements du chien cessèrent net.
— Louna ? Rocky ? Papa est là !
Aucun de ses chiens n'accourut pour le retrouver. Que se passait-il donc ?
Chili contourna une haute pile de pneus.
Il trébucha sur quelque chose en travers du chemin, et s'étala gauchement par terre.
— Bordel ! cria-t-il.
La masse étendue contre laquelle il avait buté était un corps humain. Il aperçut des rangers. Un pantalon de treillis. Il distingua subitement des dreadlocks, une peau noire.
— Martin ? C'est toi ?
Il toucha son ami. Une substance visqueuse coula sur ses mains, et il les retira aussitôt. Son estomac se contracta. Il se sentit défaillir.
— Putain, murmura-t-il tandis que l'horrible évidence le traversait. Putain, putain.
Il se redressa à genoux. Il ne rêvait pas, c'était du sang. Il empoigna cependant Martin et le secoua, se répétant qu'il devait se tromper. Ses sens étaient perturbés par l'alcool. Martin ne pouvait *pas* être mort, comme ça, sans raison. Mais Martin ne réagissait pas. Martin se vidait de son sang sur lui, en abondance. Chili eut envie de hurler.
— Les gars ! beugla-t-il. Par ici ! Jean-Pascal ! Fabrice !
Sa voix s'éteignit dans sa gorge quand il prit conscience du silence qui persistait autour de lui. Les chiens ne s'étaient toujours pas manifestés. Aucun son ne provenait de la Maison. Ce n'était pas normal. Ce n'était pas *possible*.

Et puis soudain ils furent là, autour de lui. Une vive lumière l'aveugla. Tout s'accéléra pour de bon. Sa main en visière, yeux plissés, Chili distingua d'abord la silhouette allongée de Rocky, son dogue préféré, couvert de sang, à seulement un mètre de lui. Il put également apercevoir le corps de Martin, à présent éclairé par le faisceau de la torche. Le jeune homme avait été éventré de part en part. Ses intestins jaillissaient de son tee-shirt.

— Nom de Dieu ! glapit-il en reculant, les mains vainement brandies devant lui pour se protéger les yeux.

Il trébucha de nouveau sur un objet dur et tomba sur ses fesses.

La personne qui tenait la torche s'approchait. Elle n'était pas seule. Plusieurs autres individus marchaient vers lui, arrivant par la droite et par la gauche. La lumière braquée avec insistance sur son visage empêchait Chili de distinguer leurs traits, mais il pouvait voir des couteaux dans leurs mains. Il aurait juré que leurs lames étaient rouges de sang.

D'un brusque haussement d'épaules, il se débarrassa de son sac à dos et détala aussi vite qu'il en était capable.

Il zigzagua entre les entassements d'ordures. Il connaissait son terrain par cœur. Il était encore assez lucide pour comprendre que s'il courait assez vite, s'il était assez malin, il était encore possible de semer ces individus.

Ceux-ci se lancèrent à ses trousses, dans le silence des chasseurs habitués à traquer leur proie. À présent, c'étaient plusieurs rayons de torches qui traçaient des ballets hachés dans le terrain vague.

Il savait par où passer.

Il lui fallait seulement courir vite. Plus vite.
— Bâtards, cracha-t-il.
Il y était presque quand il glissa sur un sac-poubelle. Sa cheville se tordit. Il se cogna contre une carcasse de frigo. Mais il n'abandonna pas. La panique le maintenait en mouvement. Il continua de fuir.

Un rayon de torche se posa sur lui au moment où il plongeait sous les arbres.

Juste à cet endroit, il y avait une ouverture dans la clôture. Il rampa sous le grillage. Son cuir chevelu fut griffé par les barbelés, puis ses épaules, son dos. Il continua d'avancer avec frénésie, coudes et genoux dans la terre sèche. Quelques instants plus tard, il était passé. Il sentit la toile de son pantalon qui se déchirait au passage. *Aucune importance*. Il ne se laisserait pas piéger comme un lapin.

La route. L'obscurité à nouveau. Il galopa en direction du village. Désormais, chacun de ses pas envoyait des chocs violents dans ses genoux. Le souffle commença à lui manquer.

Il ne lâchait rien.

Des phares apparurent au loin.

Une voiture arrivait face à lui, moteur grondant.
— Au secours ! cria-t-il en faisant de grands signes.
Le véhicule ne ralentit pas.
— Connard ! hurla-t-il. Arrête-toi, allez !
La voiture klaxonna et passa en trombe, le frôlant.
— Putain de connard !
Il ne perdit pas de temps à geindre et continua de courir.

Il lui fallait revenir au village. Trouver de l'aide.

La lumière de la torche fut de nouveau sur lui.

Il ne se retourna pas.

L'entrée du village était encore à cinq cents mètres.
La détonation claqua dans le silence nocturne.
La douleur explosa dans son épaule. Il tituba, tandis que sa manche s'imbibait de sang.
À la deuxième détonation, il se sentit frappé dans le dos, comme poussé par un formidable coup de poing, et le goût de son sang remonta dans sa gorge.
Pendant quelques instants, il perdit toute notion de l'espace. Le sol et le ciel tournoyèrent autour de lui. Ses jambes le lâchèrent d'un coup. Ses genoux s'écrasèrent sur le goudron. Il supposa qu'il glissait, roulait comme un poids mort dans le fossé. Il se débattit en gémissant au milieu des buissons. Il finit couché sur le dos, face au ciel étoilé. Incapable de bouger. Chaque inspiration plus douloureuse que la précédente.
Les talons de ses poursuivants claquèrent sur la route alors qu'ils le rejoignaient.
Le rayon de la torche fut de nouveau braqué sur lui.
Chili toussa. Puis cracha un filet de sang épais. Il le sentit qui s'écoulait sur son menton. Ses poumons étaient pleins de lave en fusion. La douleur devint insupportable.
Trois, quatre silhouettes s'approchèrent. Elles se tinrent au-dessus de lui.
— Par pitié...
Il vit que les individus portaient tous un masque doré. Identique. Sans bouche.
— Je ne dirai rien... à personne... Je vous en prie... Ne me tuez pas...
Une des personnes descendit dans le fossé. Elle avait les cheveux attachés en tresses qui pendaient de part et d'autre de son masque d'or. Il repensa à la femme au masque à gaz qu'il avait aperçue, une

fois, tenant une tête de chien tranchée. Il était persuadé qu'il s'agissait de la même. Et il sut qu'il n'avait plus aucune chance.

La femme leva une Maglite au-dessus de son épaule, l'éblouissant à nouveau.

— Sale pute... Connasse...
— Même mourant, tu parles trop, Chili. C'est usant.
— Pitié, pleura-t-il. Ça fait si mal...

Dans sa main droite, elle tenait un couteau de survie. Lame courte, incassable.

— Oh, non. *Ça*, ça va faire mal. Regarde.

Elle lui enfonça la lame dans le ventre.

Chili poussa un gémissement.

La femme retira la lame, parut réfléchir, et la plongea de nouveau, jusqu'à la garde.

Chili gémit de plus belle et vomit de longs traits de sang.

Elle fit tourner le couteau dans la plaie, observant les yeux du garçon qui papillotaient sous ses paupières, et les rigoles écarlates qui suintaient d'entre ses lèvres. L'odeur métallique du sang satura l'air.

D'un geste lent, la femme fit ressortir la lame. Le regard fixe. Pupilles dilatées.

Puis elle poignarda encore, plus profond dans les organes palpitants. Le sang ruissela sur son poignet.

La tête du jeune homme dodelina sur ses épaules.

Cette fois la femme maintint la lame au chaud dans son corps, observant le visage du garçon avec un intérêt fasciné.

Puis, satisfaite, elle posa un pied sur sa poitrine et retira lentement son arme humide.

V

Escalade

43

Avant de quitter la voiture, Manon sortit deux paires de gants en plastique de son sac.

— Tu mets ça, ordonna-t-elle à son frère. Tu ne touches à rien sans avoir tes mains couvertes, compris ?

Ariel lui jeta un regard de biais.

— Parce que tu te promènes avec ça tout le temps sur toi ?

— J'en ai besoin pour bosser. Sans compter que, si quelqu'un se blesse dans la rue et que je me retrouve à lui porter secours pour faire pression sur une plaie par exemple, je ne tiens pas à attraper le sida. Et merde, je ne sais même pas pourquoi je suis en train de me justifier ! Enfile-les, c'est tout !

Il souffla, mais saisit tout de même les gants qu'elle lui tendait. Ceux-ci étaient étroits pour ses doigts. Il les passa pourtant du mieux qu'il put, luttant avec la main droite, en raison de son bandage. Il fit claquer le plastique et darda un regard noir sur sa sœur.

— Voilà. Heureuse ?

— Aux anges, maugréa-t-elle.

— Alors on y va, OK ? Et s'il te plaît, arrête de stresser. Les voisins sont un peu lourdingues, mais à cette heure-ci, aucun risque qu'ils s'intéressent à ce qui se passe hors de chez eux.

Elle grimaça. Elle espérait qu'il ne se trompait pas. De son côté, elle ne savait que penser de la situation, elle ne savait plus *du tout* que penser de ce qu'ils étaient en train de faire, et des ennuis que tout cela risquait encore de leur attirer. Quoi qu'il en soit, il était trop tard pour reculer, à présent. Elle suivit sans un mot son frère dans la rue déserte.

— C'est cet immeuble, dit Ariel en s'approchant d'un porche.

La porte était massive, recouverte de graffitis multicolores, comme le reste des murs de l'immeuble. Sur le côté, des interphones, eux aussi maculés de peinture, à tel point qu'on ne lisait plus les noms.

Ariel posa la main sur la poignée et essaya de pousser. La porte résista.

— Tu n'as pas la clé ? chuchota sa sœur.
— Pas besoin. C'est une porte de merde. Regarde…

Il prit un peu de recul et donna un coup de pied. La porte s'ouvrit d'un coup, avec un grand fracas, amplifié par l'espace clos de la cour intérieure.

— Super pour la discrétion, rumina Manon.
— T'inquiète. Je t'ai dit que ce sont des tocards égoïstes.

Ils se faufilèrent dans l'escalier. L'immeuble comptait quatre étages, et abritait six appartements en tout. De chacun d'entre eux s'élevaient des bruits variés, de télévision, de musique, de discussions animées. Au deuxième, un couple était en train de s'engueuler. Ariel ne s'était pas trompé. Le bruit de la porte n'avait inquiété personne.

— Tu vois ? On sera tranquilles. En plus, son appart est tout en haut...

Manon ne dit rien, mais elle ne partageait pas l'optimisme de son frère. Si la dispute au deuxième dégénérait et si quelqu'un appelait la police, que se passerait-il ? Heureusement, ils étaient arrivés au dernier étage. Elle s'efforça de chasser ses angoisses. Il leur suffisait de faire vite.

Au milieu du couloir, sous un lustre en fer forgé, la porte était barrée d'une bande rouge et blanc portant la mention *POLICE JUDICIAIRE – SCELLÉ – NE PAS OUVRIR.*

— Et maintenant ? dit-elle tout bas. On fait comment ?

— La porte du balcon ne ferme pas, annonça Ariel.

— Je ne vois pas le rapport.

— Bouge pas. Je m'en occupe.

Ariel ouvrit la fenêtre située au bout du couloir. Il jeta un rapide coup d'œil en contrebas, avant d'ajouter :

— C'est bon.

Et sans la moindre hésitation, il passa une jambe à l'extérieur.

— Attends. Tu fais quoi au juste ?

— Je passe sur son balcon, comme je viens de te le dire. C'est facile.

— Mais on est au quatrième étage...

Joignant le geste à la parole, il se laissa glisser jusqu'à ce que ses pieds effleurent la corniche.

— T'inquiète. Je gère.

Manon ne put que le regarder, médusée, tandis qu'il avançait le long du mur, quinze mètres au-dessus de la rue, accroché à la seule force de ses bras.

— Espèce de malade, susurra-t-elle, stupéfaite.

Mais, en même temps, elle ne put s'empêcher de se demander si, elle, serait capable d'en faire autant. Si sa vie était en danger...

De nouveau, elle écarta ces idées stupides. Ce n'était vraiment pas le moment.

Son frère atteignit le balcon. Il enjamba le rebord et lui fit un signe.

Elle patienta quelques instants supplémentaires. Le bruit des verrous ne tarda pas à se faire entendre, et Ariel ouvrit la porte de l'appartement, faisant sauter les scellés dans un petit craquement de gomme arrachée.

— Ne compte pas sur moi pour te féliciter de quoi que ce soit, dit-elle en passant sous la bande de plastique.

Une fois à l'intérieur, elle verrouilla de nouveau. Ariel ferma tous les rideaux, puis ils allumèrent les lampes. Manon put découvrir l'intérieur de l'appartement : parquet en bois, tapis de salon à poils longs aux couleurs bariolées, étagères pleines de bric-à-brac, Blu-ray, maquettes de voitures, livres cornés. Au centre de la pièce, une table basse en plastique blanc, entre un canapé violet et un autre de couleur bleue se faisant face. Un peu plus loin, des manettes de jeu vidéo étaient posées devant la télé. Une odeur tenace de tabac froid régnait ici, mais à la surprise de Manon tout n'était pas sale, ou même encombré de piles de linge, comme elle s'y était attendue. À croire que certains hommes savaient entretenir leur appartement.

— Nicolas avait une copine ? demanda-t-elle.

— Il s'envoyait plein de meufs, mais pas de régulière. Pourquoi cette question ?

— Rien. Une simple réflexion.

Ariel, de son côté, se dirigea directement vers la deuxième pièce, qui s'avéra être la cuisine.

— Qu'est-ce que tu fais ?
— Je vérifie juste un truc.

Elle le vit ouvrir les placards et passer une main au fond.

— Dommage. Nico gardait tout son stock de beuh dans une boîte. Les flics se sont servis. Je m'y attendais, mais au cas où...

— Tu n'es pas possible, s'irrita Manon. Ils ne se sont pas *servis*, ils ont pris des pièces à conviction.

— Ouais. Je me doute qu'ils appellent ça comme ça. En tout cas, on y est. C'était là...

Il désigna la table.

— Nico a ouvert la valise à cet endroit. Si quelque chose en est tombé, cela devrait encore être dans la pièce, non ?

— On va le savoir assez vite, dit Manon en s'accroupissant pour inspecter le dessous de la table. Déjà, ce n'est pas là.

— Les canapés ?

Ils ôtèrent un par un les coussins. Pas de trace du cube mystérieux non plus. Mais ils venaient d'arriver, il était encore trop tôt pour s'avouer vaincus. Ils décidèrent de déplacer les canapés pour dégager l'espace. Puis ils inspectèrent le dessous de chaque meuble.

À la fin, Ariel poussa un grognement de frustration.

— On a encore fait ça pour rien. Fait chier !

Il se laissa tomber sur l'un des canapés et se prit la tête dans les mains.

— Je n'ai plus qu'une journée...

— Attention à ne pas laisser de trace, l'avertit Manon.

Contrairement à lui, elle refusait de baisser les bras aussi facilement. Elle le laissa donc dans son coin et entreprit d'explorer le contenu des étagères et des tiroirs de la pièce. Là encore sans rien trouver. Qu'à cela ne tienne. Il restait d'autres pièces à fouiller. Son énergie semblait d'ailleurs avoir redonné un peu de courage à son frère. Il se leva et annonça :

— Tu as raison. Je vais ratisser la cuisine.
— Quand même ! Moi, je m'occupe de la chambre.

Elle poussa la porte. Lit défait. Coussins par terre. Les placards étaient ouverts, signe que la police avait déjà tout fouillé de fond en comble.

Un bruit dans la rue la fit tressaillir.

Des pas.

Elle s'approcha de la fenêtre et jeta un coup d'œil par les rideaux.

Des badauds, tout simplement.

Ne sois pas parano.
Concentre-toi plutôt.

Son regard flotta de nouveau vers le lit. Les tables de nuit, de part et d'autre. Les tiroirs entrouverts. Un carton de mouchoirs en papier posé sur le parquet. Si le cube avait fini dans cette pièce, où pourrait-il se trouver maintenant ?

Au fond d'elle, la jeune femme éprouva une curieuse sensation. Comme un mélange d'anxiété et néanmoins d'une certaine... *excitation* ? Quelque chose de proche, en tout cas. Pas si éloigné de ce qu'elle ressentait face aux personnes décédées qu'elle voyait chaque jour. La *responsabilité* de prendre la bonne décision. Son regard devait être acéré. Son jugement direct, efficace. Elle avait beau être terrifiée par la situation qu'elle traversait, une partie d'elle-même, une zone folle de son esprit, voulait se *prouver* qu'elle était capable de faire face.

Elle croisa les bras et réfléchit.

Après le départ de son frère, Nicolas Majax avait peut-être trouvé l'objet. Elle s'imagina une boîte précieuse. D'aspect luxueux, donc. Majax avait peut-être pensé qu'elle avait de la valeur. Et dans ce cas, il aurait pu la récupérer avant de donner la valise à Ariel. Ce dernier était ivre. Il n'en aurait rien vu.

Était-ce si irréaliste d'imaginer que Majax avait voulu garder ce petit bonus pour lui ?

Non. Pas du tout. Plus elle y pensait, plus cela se tenait.

Restait à comprendre ce qu'il en avait fait, *ensuite*.

Elle vérifia sous le lit, puis examina le contenu des tables de nuit. Celles-ci renfermaient des préservatifs, des boules Quies, des papiers froissés, des allumettes, des cigarettes vidées de leur tabac, quelques pièces de monnaie. Rien qui ressemble, de près ou de loin, à un quelconque cube bleu.

Ariel se planta à la porte.

— Bon, elle n'est pas dans la cuisine. Et de ton côté ?

— Je cherche toujours une illumination, dit-elle en dépliant une des feuilles.

Un message, écrit au feutre. Une écriture féminine tout en rondeurs.

Je te laisse dormir, tu sais que je suis attendue par mes petits monstres. Mais on remet ça quand tu veux, mon fougueux barbare. Merci encore pour le petit cadeau original. Tu sais que j'adore les casse-tête ! On verra si j'arrive à résoudre celui-ci avant qu'on se revoie ! Appelle-moi. Je t'embrasse.
Libertinement,
Christina.

Manon sentit son cœur accélérer.

Un petit cadeau original ? Un casse-tête ?

— Christina, murmura-t-elle. Tu connais ce nom ?

— Qui ? Non, pas du tout.

Elle fronça les sourcils. Elle relut le mot. Elle ne tenait pas à s'emballer pour rien. Pourtant, il lui semblait que tout s'emboîtait avec une parfaite logique.

— Ariel, tout à l'heure, tu as dit que Nico avait des aventures. Tu sais avec qui ?

Son frère s'approcha. Il renifla.

— Non. Ça changeait tout le temps. Des tas de filles...

— Et samedi soir ? insista-t-elle. Il était seul ? Ou bien il y avait une fille avec lui ?

— Non, non. On n'était que tous les deux.

— Quelqu'un devait passer le voir dans la nuit ?

Ariel se gratta la tête. Les cernes sous ses yeux parurent encore plus noirs et creusés.

— Je ne sais pas. Peut-être.

— Peut-être ? Oui, ou non ?

— Je ne me souviens pas ! s'écria-t-il, avant de baisser de nouveau la voix. Écoute, c'était plus de 2 heures du matin, on avait picolé. Je suis rentré, j'étais cuit. Nico, par contre, il tenait bien le coup. Pas le genre couche-tôt. Il n'est pas du tout impossible qu'après mon départ, une nana ait débarqué ici pour passer le reste de la nuit avec lui, ouais.

Manon agita la feuille de papier.

— C'est ce qui a dû arriver. Il faut qu'on sache qui est cette Christina. Parce qu'à mon avis, il t'a donné la valise et son contenu, mais le cube qui s'y trouvait, c'est à cette fille qu'il l'a refilé. Ce doit être une boîte à secrets, un genre de casse-tête chinois. Tu ne penses pas que ça se tient ?

Ariel tira nerveusement sur ses gants. Dans le droit, son bandage avait recommencé à saigner. De petites taches rouges prisonnières du latex.

— Je suis d'accord, concéda-t-il. Cette fille lui a écrit de l'appeler, non ? Elle n'a pas laissé son numéro quelque part ?

Manon examina tous les papiers, l'un après l'autre.

— Pas dans ce que je vois ici. Le numéro doit être dans le téléphone de Nico.

— Qui est chez les flics, lui rappela Ariel, acide.

— Ça peut s'arranger. Je n'ai qu'à demander à Franck s'il pourrait...

— Surtout pas !

Elle dévisagea son frère avec lassitude.

— Et comment penses-tu retrouver cette personne, sans ça ?

Ariel ferma un œil à demi.

— J'ai bien une idée. Nico s'était déjà retrouvé dans le collimateur des flics, et il avait dû se débarrasser de plusieurs téléphones pour éviter les ennuis. Du coup, il écrivait aussi ses numéros de téléphone sur papier. Le truc à l'ancienne.

— Tu es sûr de ça ?

— Certain. Quand on lui donnait une carte de visite, la première chose qu'il faisait, c'était de tout recopier dans des cahiers.

— Qu'il rangeait où ?

Haussement d'épaules. Une ombre noire passa dans le regard d'Ariel.

— Pas ici. Tous ses papiers sont dans son bureau. Au garage.

Manon soupira.

— Bien sûr. Ce serait trop facile, hein ?

Elle consulta son téléphone. 1 heure du matin passée. Le fait qu'ils aient pénétré dans cet appartement était déjà grave en soi. Mais le garage de Nicolas était une scène de crime. Il se pouvait même qu'il soit surveillé par un gardien.

— Tu crois qu'on pourrait y entrer ? demanda-t-elle malgré tout.

— Si les flics n'ont pas changé le code de la porte de derrière, c'est sans problème, lui assura son frère.

— Sachant qu'ils ont dû emporter toute la paperasse…

— La comptabilité, les agendas, sans doute. Mais Nico utilisait les catalogues de ses fournisseurs comme bloc-notes, il y a des blancs partout. Je doute que les flics aient poussé leur inspection jusque-là.

Manon prit une grande inspiration.

— Très bien. Dans ce cas, on y va. On n'a rien à perdre. Ça nous prendra la nuit s'il le faut, mais on va retrouver cette Christina et en finir avec cette histoire.

— Et si on se trompe encore ? murmura Ariel. Si le cadeau dont elle parle n'est pas du tout l'objet qu'on recherche ?

Manon réfléchit encore. Un casse-tête. Une boîte puzzle en bois précieux. Elle écouta son cœur. Elle n'avait aucun doute.

— Ça l'est forcément, Ariel. Et quoi qu'il en soit, il n'y a qu'une manière d'être fixés. On n'a pas un instant de plus à perdre.

44

Les véhicules repartirent les uns après les autres.
Leurs phares s'éloignèrent, peu à peu absorbés par l'obscurité. La campagne redevint une bulle d'encre. Le chant enthousiaste des grillons reprit.
Nyx resta seule.
Face à la dépouille humaine pendue devant elle, elle respirait l'odeur du sang. Elle s'en délectait, du plus profond d'elle-même, comme si son corps tout entier, jusqu'à la moindre de ses cellules, communiait avec cette destruction méthodique de l'autre, fruit jouissif de sa volonté, de sa supériorité intellectuelle. Elle voulait figer ce moment pour s'en souvenir tel qu'il était. Pour pouvoir le raconter à Hadès, un peu plus tard, pendant qu'il lui caresserait les cheveux, et qu'elle se sentirait la femme la plus puissante de l'univers.
Le garçon était mort depuis un certain temps maintenant. Les autres l'avaient aidée à l'accrocher là, mais c'était Nyx, et elle seule, qui avait travaillé sur lui. Avec plusieurs lames différentes. Pendant de longues minutes. Elle aimait ça. Elle l'aimait plus qu'elle ne l'aurait dû. C'était ainsi. Comme Hadès

le leur enseignait. Ses désirs étaient rois. Ses désirs soumis à sa volonté.

Le sang s'écoulait lentement, en une grande flaque à ses pieds, et elle se délectait du bruit des gouttes qui frappaient le sol par intermittence.

À présent, il ne restait plus qu'un ultime détail à apporter à son œuvre.

Elle leva le scalpel qu'elle avait dérobé dans le véhicule de la petite thanato, et l'enfonça dans le ventre du garçon pendu. La peau céda avec un bruit de membrane humide. Elle poussa lentement. La lame disparut dans la chaleur ruisselante des entrailles. Puis le manche en inox. Un cadeau pour les policiers qui ne tarderaient pas à envahir l'endroit.

Elle était sûre qu'ils adoreraient cette attention.

Manon Virgo était devenue un problème trop encombrant. Désormais, elle ferait partie de la solution. Et tout rentrerait dans l'ordre. Hadès avait tout préparé.

Des pas foulant la terre approchèrent dans son dos.

Elle se tourna vers l'homme. Massif. Il la dépassait d'une tête. Ses pupilles étincelaient dans la pénombre. Deux épingles froides.

— Qu'en penses-tu ? dit-elle sur un ton volontairement sensuel.

Elle vit l'ombre qu'elle aimait tant troubler les yeux de Baphomet. Le désir. La frustration. La violence aveugle, qui ne demandait qu'à éclater pour tout consumer.

— Que tu es bandante quand tu as du sang sur tes lèvres de sainte nitouche, murmura-t-il.

Il tendit la main vers le visage de la jeune femme, qui lui écarta le bras d'un coup sec.

— Dans tes rêves.

Baphomet éclata de rire. Elle posa alors son index sur le coin de sa bouche et sentit, en effet, le liquide visqueux sur sa peau.

— Merde.

Elle sortit une lingette de son sac et essuya consciencieusement les gouttes de sang.

L'homme l'observa, sans se départir de son sourire si particulier. Désir et colère.

— Tout est prêt, dit-il avec une impatience brûlante.

45

Le code n'avait pas été changé.
Aussitôt qu'Ariel eut pressé les touches – du bout de ses doigts toujours gainés de latex –, le voyant passa au vert et un *clac* discret retentit.
— Sésame... plaisanta-t-il.
Manon n'était pas dupe. Son frère transpirait de nervosité. Tout comme elle, du reste.
Ils arrachèrent les scellés et s'empressèrent de pénétrer dans le garage.
La porte en se refermant fit un bruit tonitruant, qui les glaça l'un comme l'autre.
Ils n'eurent pas besoin de parler. Ils savaient tous deux qu'il leur fallait faire vite, avec autant de discrétion que possible. Ils avaient préparé des lampes torches, qu'ils allumèrent pour se repérer dans le noir.
Leurs faisceaux tracèrent des lignes de lumière dans le hangar, se croisant et s'écartant de manière saccadée.
L'air était empli des odeurs lourdes de la graisse et de l'huile. *Et du sang*. Manon distinguait très bien son parfum métallique et piquant, parmi toutes les autres odeurs.

Ne pas y penser.
Ne pas faire de bruit.

Elle suivait soigneusement son frère, marchant dans ses pas, alors qu'il progressait avec méthode entre les véhicules. Il lui indiquait à chaque fois, d'un geste, les objets en travers de leur chemin pour qu'elle puisse les éviter.

Devant le rideau en plastique qui séparait les deux parties du hangar, ils coupèrent leurs lumières un instant, épièrent non sans anxiété les lieux plongés dans l'obscurité, et finalement reprirent leur lente progression vers l'escalier. Lorsqu'ils le gravirent, leurs pas sur les marches de métal résonnèrent dans tout le garage. Manon retenait sa respiration, préoccupée à l'idée qu'on les entende de l'extérieur. Pourtant, au fond d'elle, elle ressentait toujours cette énergie coupable et intense, cette résolution nouvelle qui la poussait vers l'avant, un peu plus à chaque instant.

À l'étage, Ariel entra le premier dans le bureau, et elle le suivit en avançant à pas de loup. Les rayons de leurs torches se promenèrent quelques instants le long des murs, éclairant des calendriers où étaient accrochés des Post-it, des photos de voitures, des placards. Il y avait une table au centre de la pièce. Manon déduisit que l'ordinateur qui devait s'y trouver avait été emporté par la police. Ne restaient que le clavier et la souris posés au milieu de papiers en vrac.

— Les flics... commença-t-elle.

Elle tressaillit, surprise par le son de sa propre voix dans le silence épais. Puis elle se reprit et parla tout bas.

— Les flics ont dû emporter des tas de choses.

Ariel s'accroupit et examina un placard en métal vidé de son contenu.

— Les livres de comptes ne sont plus là, en tout cas. Ils ont tout pris sans distinction, les agendas, les facturiers. Du coup, je ne sais pas trop...

Il parcourut le reste de la pièce du rayon de sa lampe, et poussa un cri de soulagement.

— Si ! Ils les ont laissés !

Il se précipita vers une chaise reléguée contre le mur et la repoussa. Par terre, des piles de documentation publicitaire, que les agents de police avaient de toute évidence écartée de leur recherche. Il ouvrit les brochures l'une après l'autre, et se redressa en brandissant le catalogue Audi le plus récent.

— C'est ça ? interrogea Manon.

— C'est ça, jubila Ariel. Je te l'avais dit !

Elle s'approcha pour lui apporter un supplément d'éclairage pendant que son frère feuilletait le catalogue. Elle put constater qu'en effet les parties blanches de chaque page étaient pleines de notes et de petits dessins griffonnés au stylo.

— Laisse-moi regarder, dit-elle. Tu vas trop vite.

Ils approchèrent deux chaises et prirent place côte à côte à la table. Ariel déposa le catalogue devant lui et recommença à tourner les pages. Comme il l'avait dit, de nombreux numéros de téléphone figuraient dans les marges. Certains étaient accompagnés de noms clairement identifiés. D'autres en revanche ne comportaient que des initiales, ou même parfois des croquis enfantins. Le stylo avait pressé le papier glacé, l'avait perforé à certains endroits.

Les dernières pages du catalogue étaient vierges, destinées à la prise de notes. Plusieurs numéros y étaient griffonnés de la même manière nerveuse, certains raturés, d'autres écrits de biais. Aucune Christina parmi eux. Cependant, le tout dernier comportait l'initiale *C*, entourée plusieurs fois. À côté figurait un dessin obscène parfaitement explicite : un sexe masculin en érection d'où sortaient de grands jets de semence. Encore en dessous, la lettre *L*, elle aussi entourée.

— *C* pour Christina, murmura Ariel.

— Et *L* comme libertine, si on se fie au mot qu'elle lui a laissé, ajouta Manon.

— C'est ça. C'est *forcément* ça. Ou je me fais moine.

— Ça ne te ferait pas de mal.

Il lui donna une tape sur l'épaule. Malgré la gravité de la situation, Manon ne put s'empêcher de sourire. Un sentiment d'euphorie l'emplissait. Ils avaient réussi. Enfin.

— On sort d'ici et on l'appelle tout de suite, décida-t-elle.

— Et comment !

Ils se levèrent et dirigèrent leurs lampes vers la porte du bureau.

À cet instant, un claquement métallique retentit dans le garage.

Ils se figèrent d'un coup.

— Qu'est-ce que c'est que ça ? murmura Manon.

— La porte par laquelle on est entrés...

Un autre claquement. Sans équivoque. C'était bien la porte qui se refermait.

Des pas.

— Éteins ! fit Ariel en se jetant au sol.

Manon coupa aussitôt sa torche et imita son frère en s'aplatissant.

Ils rampèrent le long du mur.

En bas, deux rayons de lumière apparurent et balayèrent le hangar, comme eux-mêmes l'avaient fait un peu plus tôt.
— Il y a quelqu'un ? fit une voix d'homme.
— Police ! annonça une seconde voix. Identifiez-vous tout de suite !

46

Les faisceaux des torches arrivèrent en bas des marches.

Manon restait collée au sol. Sans bouger. Sans même respirer.

À côté d'elle, Ariel restait immobile lui aussi. Elle vit son regard qui luisait dans l'ombre.

— Sortez ! cria un des policiers.

Les pas se rapprochèrent. Il y eut une série de chocs métalliques. Des matraques contre les carrosseries des voitures.

— On sait que vous êtes là ! Montrez-vous !

Le rayon d'une des lampes se promena brièvement au plafond du hangar, avant d'être braqué vers le bureau.

L'autre torche, en revanche, s'éloignait en dansant vers l'avant du garage.

— Ils savent que dalle, chuchota Ariel. C'est juste une patrouille. Ils ont vu que les scellés étaient enlevés…

Cela ne rassura pas Manon pour autant. Son cœur tapait tellement fort dans sa poitrine qu'elle avait l'impression que le monde entier l'entendait.

Pourtant, son frère avait raison. Les flics avaient cessé de crier et se contentaient à présent de vérifier que tout était en ordre, une ronde de routine. Une des deux torches disparut. Celui qui la tenait devait se trouver à l'avant du garage, là où avait été tué Majax.

Le deuxième homme, en revanche, restait au pied des marches. Sa lumière toujours braquée sur le bureau. Le faisceau passait à travers les fenêtres, avec une lenteur insupportable.

Casse-toi ! hurla intérieurement Manon. *Laisse-nous tranquilles.*

Des pas retentirent sur les marches de métal.

Le policier montait inspecter le bureau.

Plus que quelques instants et il allait les découvrir.

Prise de panique, Manon se déplaça vers le fond de la pièce, dans l'angle le plus éloigné possible de la porte. Elle essaya de se glisser derrière l'armoire. Pas assez d'espace. Elle jura en silence.

Les pas du policier s'approchèrent.

Il était arrivé à l'étage. Sa torche traversa le bureau.

Manon se recroquevilla derrière le meuble métallique. Genoux repliés devant elle. Incapable de se dissimuler davantage.

Elle vit que son frère, lui, faisait tout l'inverse. Accroupi au ras du sol, il longeait le mur et se rapprochait tout doucement de la porte.

Manon ne put retenir un gémissement.

Aussitôt, le faisceau l'épingla. L'éblouissant.

L'homme poussa un cri d'alerte.

Ariel se jeta sur lui.

Le policier fut trop surpris, ou trop effrayé lui aussi, pour réagir à temps. Ariel lui assena un coup de Maglite dans les côtes.

Manon vit l'homme lever sa matraque et essayer de frapper son frère, sans parvenir à le toucher. Il y eut un instant de confusion, tandis que le policier appelait son collègue et cherchait à empoigner Ariel. Mais Ariel le repoussa, l'éjectant d'un coup de pied de l'encadrement de la porte. L'homme bascula en criant de plus belle et tomba à la renverse dans l'escalier.

Toute la scène ne dura qu'une fraction de seconde. Le policier roula sur les marches dans une succession de sons métalliques. Sa torche rebondit à sa suite, éclairant tour à tour le plafond, les murs, la silhouette d'Ariel, statufié en haut de l'escalier. Quand l'homme s'écrasa enfin en bas, il y eut un grand silence. Comme si le temps se figeait. Pourtant Manon sentait chaque pulsation de son cœur, tandis que son frère lui hurlait « VITE ! » et se jetait dans l'escalier.

Elle cessa alors de réfléchir et s'élança à son tour. Elle dévala les marches dans le noir en priant pour ne pas trébucher. Son frère se faufilait déjà entre les voitures, en direction du rideau de plastique.

Quand elle fut au pied de l'escalier, où gisait l'homme en uniforme, elle entendit celui-ci geindre dans la pénombre.

— Dépêche-toi ! lui cria Ariel.

Manon ne demandait que ça.

Mais devant elle le policier se redressait déjà.

Il allait reprendre ses esprits. Il allait dégainer son arme...

Manon se jeta sur lui et lui balança un violent coup de Maglite, à l'arrière du crâne.

L'homme gémit et retomba sur ses coudes et genoux.

Incapable de se contrôler, de former la moindre pensée cohérente, Manon poussa un hurlement de rage hystérique et lui donna un nouveau coup, de toutes ses forces. Le manche rigide de la Maglite heurta la tempe de l'homme à terre, tout comme une véritable matraque l'aurait fait.

Il y eut un bruit de craquement, net, atroce.

L'homme s'effondra face contre terre. Inerte.

L'autre torche traversa la salle et effleura l'épaule de Manon. Le deuxième flic accourait.

— On ne bouge plus ! Police !

— Grouille-toi, merde ! beugla Ariel.

Manon, livide, le rejoignit derrière les véhicules, sa Maglite serrée dans une main tremblante. Ils franchirent ensemble le rideau de plastique.

— Arrêtez-vous ! vociférait le policier sur leurs talons. Stop !

Un moteur se trouvait en travers du chemin. Manon l'avait vu, pourtant elle le heurta du pied en passant. Le choc fut violent. La douleur la plia subitement en deux.

Elle sentit la main de son frère qui prenait la sienne et l'entraînait vers l'avant.

Un coup de feu retentit derrière eux. Explosion d'une vitre, ou d'un pare-brise, elle ne savait pas.

Son frère ne lâchait pas sa main, l'empêchant de ralentir. Ils atteignirent la porte. Derrière eux, la torche les cherchait entre les voitures, son rayon dévié et répercuté en tous sens par les chromes et les vitres.

Porte ouverte. Dans la ruelle.

Ils détalèrent vers le parking.

47

Elle n'arrivait pas à parler.

Une boule dure et amère restait coincée dans sa gorge.

Tête tournée vers sa vitre ouverte, Manon respirait trop vite également. Presque de l'hyperventilation. Son cœur ne voulait pas ralentir la cadence de ses battements.

Elle éprouvait une horreur profonde et tenace pour ce qu'elle avait fait dans le garage. Cet homme était à genoux. Probablement déjà blessé par sa chute dans l'escalier. Et pourtant, elle lui avait donné deux coups. En plein crâne. Elle s'était *acharnée*, il n'y avait pas d'autre mot pour décrire ce qu'elle avait fait. Même si cela n'avait duré que deux ou trois secondes en tout, elle le savait très bien. Elle pouvait encore revivre chacun des coups de la Maglite sur le crâne du policier. Elle avait entendu l'os craquer. À cause d'elle, les jours de cet homme étaient peut-être en danger.

Et pourtant. Tout autant qu'elle s'en voulait, elle ne pouvait s'empêcher de se sentir *fière*, pour une raison incompréhensible et dangereuse. C'était peut-être ce qui la préoccupait le plus.

— Ne prends pas les choses comme ça, murmura son frère en réponse à son mutisme. Tu as fait ce qu'il fallait. Tu as assuré, Manon.

Il essaya de lui toucher l'épaule. Elle se débattit pour qu'il la laisse tranquille. Ariel soupira et ouvrit sa vitre à son tour. Il inspira l'air nocturne. Cela faisait plusieurs minutes déjà qu'il avait garé la voiture en périphérie de la ville, non loin du Lez. Il avait choisi un parking peu éclairé, situé entre un rond-point et une petite avenue, ce qui lui laissait deux voies possibles pour fuir, en cas de besoin. Encore que cette éventualité soit peu probable. Personne ne les avait vus repartir du garage. Ariel n'avait emprunté que des petites allées désertes, sans caméras de surveillance. Il avait roulé en respectant le code de la route et les limitations de vitesse. Les forces de l'ordre n'avaient aucune raison de s'intéresser à son véhicule. *Pour l'instant.*

— J'ai frappé un pauvre homme à terre, répliqua Manon après un long silence. Rien d'héroïque là-dedans, à part qu'on aurait pu se prendre une balle perdue !

Elle inspira profondément. Peu à peu, elle se reprenait. Ses idées redevenaient claires. Un tout petit peu.

— Tu crois que ces policiers pourront nous identifier ?

— Aucun risque, lui assura Ariel. Tout s'est passé trop vite. En plus, ils ne nous avaient jamais vus. Ils n'ont aucun moyen de nous reconnaître, ou même de nous soupçonner...

Il s'interrompit, les traits tordus. Il posa sa main blessée sur le volant. Le sang avait continué de filtrer à travers le bandage, le maculant d'une grande zone humide et rouge.

— Il faut que je vérifie tes points, lui dit Manon. Tu en as peut-être fait sauter un.

— Plus tard...

Il reprit le cahier Audi et arracha la page où était inscrit le numéro.

— D'abord, Christina. C'est le plus urgent.

Un regard à l'horloge sur le tableau de bord. Manon eut un rictus.

— En plein milieu de la nuit ? Tu es sûr ?

— Il nous faut cette boîte, s'entêta Ariel. On peut pas attendre demain.

— Comme tu veux.

Elle lui tendit le téléphone. Ariel tapa le numéro sur le clavier et activa le haut-parleur.

La mystérieuse Christina devait avoir éteint son mobile pour la nuit, car ils tombèrent directement sur la messagerie :

— *Bonjour. Vous êtes bien sur le répondeur du...*

— Et merde, se lamenta-t-il. Cette conne n'a même pas personnalisé son message d'accueil. Cela aurait été trop simple d'avoir son nom de famille !

Il attendit le bip, et prit un ton aimable.

— Bonsoir, Christina. Je m'excuse tout d'abord d'appeler à une heure pareille. Je suis un ami de Nicolas Majax. J'ai besoin de vous parler de toute urgence. Pouvez-vous me rappeler à ce numéro dès que vous avez ce message ? Quelle que soit l'heure, ce ne sera pas un problème. Merci.

Jurant de plus belle aussitôt qu'il eut raccroché, il rendit le téléphone à sa sœur.

— C'est mort pour cette nuit. Il faut espérer qu'elle se lèvera tôt.

— Et avec l'annuaire inversé ? proposa Manon. On trouvera peut-être qui est cette personne, et où elle habite. Cela nous ferait gagner du temps.

Joignant le geste à la parole, elle effleura l'icône du moteur de recherche et indiqua le numéro de téléphone. La réponse ne fut pas celle qu'elle espérait.

— Liste rouge non communicable, lut-elle, avec une moue de dépit. Au moins, la ville indiquée est bien Montpellier.

Ariel eut un rire nerveux.

— On est bien avancés !

— Inutile d'être cynique. Je ne vois pas ce qu'on pourrait faire de plus pour le moment. Il ne reste plus qu'à rentrer. À la maison, je pourrai nettoyer ta blessure et changer le pansement, j'ai tout ce qu'il faut pour ça. Et je ne dirais pas non à quelques heures de sommeil.

— Chez toi ? Tu te sens en sécurité ?

— Tant que ces gens auront besoin de récupérer leur cube, on peut supposer qu'ils nous laisseront tranquilles, lui rappela-t-elle.

Et quand ils n'auront plus besoin de nous, poursuivit la voix de son esprit, *que se passera-t-il alors ?*

Un problème à la fois.

Ariel abandonna. Malgré son impatience, la fatigue plombait ses traits.

— J'espère que tu as raison. De toute manière, je compte bien rappeler cette nana tout à l'heure. Je la harcèlerai toute la journée s'il le faut.

— Et moi, je vais prévenir Franck. Il pourra peut-être obtenir l'identité et les coordonnées de cette femme avant qu'on arrive à la joindre.

Il grogna.

— Manon, je t'ai déjà dit...

Elle ne voulait pas le savoir. Cette fois, elle serait inflexible.

— Je me contrefiche de ce que tu penses. La situation est trop grave. Franck est la seule personne qui puisse nous aider. Ce n'est pas négociable.

Ariel ne répondit pas. Il se contenta de masser sa main blessée, tandis que les ombres noyaient peu à peu son visage.

48

Il était plus de 3 heures du matin quand le téléphone de Raynal se mit à vibrer sur la table de nuit.

Le policier ne dormait pas, bien que ses paupières soient closes. Son pouls ralenti à l'extrême. Une sorte de méditation profonde qui lui permettait de récupérer en une paire d'heures autant que certaines personnes le faisaient en une nuit entière de sommeil.

Sans se presser, il tendit la main pour attraper son mobile.

— Allô ?

— *Franck ? C'est Manon... J'ai besoin de ton aide...*

L'image de la jeune femme flotta dans son esprit. Son visage timide aux traits doux. Ses yeux en amande. Son corps mince, si fragile...

Il l'écouta, tandis qu'elle lui parlait de menaces, de son frère agressé, d'une femme nommée Christina qu'ils cherchaient à identifier.

Il respirait en silence. S'efforçant de chasser ses pensées dangereuses, et n'y parvenant pas.

— Je comprends, murmura-t-il. Ne panique pas.

Sa situation était complexe. Il avait déjà abusé des libertés que lui permettait son grade. S'il attirait davantage l'attention sur ses allées et venues, ses collègues des Stups, si ce n'était le commissaire en personne, finiraient par lui tomber sur le râble, comme l'avait très bien dit Achour.

Pourtant il devait réagir.

Il s'était déjà engagé dans cette direction de son plein gré.

Il n'était plus à un risque près.

— Tu es chez toi ?
— *Oui.*
— J'arrive.

La fraîcheur qui régnait dans la cour de l'immeuble était la bienvenue.

Ils restèrent assis sur les marches de l'escalier, profitant de la brise agréable qui passait entre eux. Le courant d'air faisait bruisser les feuilles, leur apportant des parfums de fleurs et d'herbes aromatiques. Quelque part sur les toits, un chat fit entendre un miaulement enroué.

— Ton frère ne veut pas me parler ? Ce serait bien que je voie sa blessure.

La jeune femme tripota ses cheveux.

— Je lui ai dit. Mais il ne préfère pas. Il s'est enfermé pour prendre un bain. Il tient à être seul pendant un moment...

— Il ne m'aime pas à ce point, hein ?

— Pas uniquement toi. Les flics en général.

Il hocha la tête. Son profil anguleux se découpait dans la pénombre. Même assis, il se tenait droit comme une statue de marbre. L'air tout aussi inaltérable.

Leurs cuisses se frôlèrent.

Manon s'écarta d'abord. Puis laissa sa peau entrer en contact avec la jambe du policier. Lui ne bougea pas. Il la contemplait, la happait tout entière de ses grands yeux clairs.

— Pourquoi n'a-t-il pas porté plainte pour son agression ?

Elle s'agita. Légers frôlements de leurs jambes.

— Ils lui ont promis de le tuer s'il en parlait. Il est terrifié.

— Je ne peux pas le blâmer. Est-ce qu'il pourrait identifier ceux qui s'en sont pris à lui ?

— Je crois. Au moins la fille. C'était la deuxième fois qu'il la voyait.

Le policier ne la quittait pas du regard.

— Est-ce que tu veux bien m'expliquer ce que vous avez fabriqué cette nuit ? Que je sache à quoi m'en tenir ?

Elle lui fit le récit de leurs allées et venues nocturnes. La visite de l'appartement de Majax, puis du garage, pour retrouver le cahier de notes. Elle préféra omettre l'incident avec la patrouille, et ce qu'elle avait fait à cet homme à terre, encore bien trop perturbée par ce que cela évoquait chez elle. Enfin, elle lui donna le numéro qu'ils avaient trouvé.

— C'est tout ce qu'on a. Un prénom et ce numéro. Il faut qu'on sache qui est cette personne. En espérant que l'objet qu'ils veulent est bien chez elle...

— Je vais demander une réquisition aux télécoms, lui assura le policier. Ça nous donnera le nom et l'adresse. Mais j'ai besoin d'un peu de temps. Vu les circonstances, si je continue d'agir hors des clous...

Il fit un geste vague.

— ... Disons que je préfère le faire discrètement.

Une fraction de seconde, son regard descendit vers la bouche entrouverte de Manon. Elle s'humecta machinalement les lèvres.

Ils posèrent leurs mains en même temps entre eux, sur les marches. Leurs doigts s'effleurèrent.

— Sinon, tu auras des problèmes ? demanda-t-elle, perdue dans son regard couleur acier.

Il se pencha vers elle.

— J'ai déjà des problèmes, dit-il.

Leurs lèvres se rejoignirent. Un contact plus brusque que prévu. Leurs langues, humides et chaudes, pressées, se cherchèrent. La main du policier effleura sa cuisse, puis remonta sous sa tunique. Manon cessa de réfléchir. Elle le prit dans ses bras, se colla contre son torse musclé, l'embrassant avec une urgence subite.

Le monde parut tanguer tandis que la bouche de Franck dévorait la sienne, impérieuse et formidablement douce. Sa peau embaumait un parfum musqué et viril qui lui fit tourner la tête. Il agrippa ses hanches d'une poigne puissante, la fit passer à califourchon sur lui. Manon gémit, sentant son érection pousser contre ses cuisses, et appuya son bassin plus fort, par mouvements lents, leurs lèvres refusant de se décoller, respirant l'un dans la bouche de l'autre, goûtant les arômes de leurs salives mêlées, du parfum subtil que leur excitation grandissante laissait sur leur peau.

Une vibration s'éleva de la chemise du policier.

Ils continuèrent de s'embrasser durant quelques instants encore, l'un comme l'autre incapables de s'arracher à l'étreinte de plus en plus pressante. Les larges mains du policier tenaient ses fesses, la faisant s'appuyer par vagues contre lui.

La vibration s'obstina.

Il fut contraint de s'arrêter, sortit son téléphone de sa poche.

— Désolé. C'est ma chef qui m'appelle.

Il leva le téléphone.

— Oui, Anick ? dit-il d'une voix basse et rugueuse.

Manon, haletante, resta assise sur lui, rivée à son corps, son bassin collé contre le sien. Elle posa sa joue contre son torse, entendit le cœur qui tapait, un tambour de guerre.

— Où ça ? demanda le policier à son interlocutrice.

Un soupir. Un pli dur au coin de ses lèvres. Contre l'oreille de Manon, la cadence du cœur accéléra encore un peu.

— C'est exact. Je devais le convoquer en tant que témoin.

Il écouta de nouveau. Puis conclut simplement :

— Je me mets en route. Merci de m'avoir prévenu.

Il baissa le regard vers Manon et, du bout des doigts, ôta une mèche de cheveux de devant son visage.

— Du travail ? murmura-t-elle.

— Une urgence. Je suis désolé.

Leurs bouches humides s'effleurèrent puis se pressèrent de nouveau l'une contre l'autre. Leurs langues se nouèrent et se caressèrent, comme si elles cherchaient à fusionner.

— Je dois y aller, dit-il en s'écartant, à regret.

Elle hocha la tête.

— Tu me tiendras au courant ?
— Bien sûr. Je t'appelle dès que je le peux.
Il se leva.
— Si c'est bien ce que je crois, ajouta-t-il, je risque d'être très occupé au cours des prochaines heures...

49

Le sang tachait la route.

Comme de la peinture rouge renversée sur le bitume.

Dans la lumière des projecteurs, la police scientifique était déjà à pied d'œuvre. Des hommes et des femmes en combinaison blanche, accroupis de part et d'autre de la route, déposaient des chevalets jaunes et déroulaient des bandes rouge et blanc partout où les flaques de sang s'étaient répandues.

— C'est bien pire que ce que je croyais, fit remarquer le lieutenant Achour.

— À quoi tu t'attendais ? lui demanda Raynal tout en montrant sa carte tricolore pour qu'on les laisse passer.

Lèvres pincées, le jeune policier ne répondit pas. Ils se faufilèrent entre les bandes du périmètre et les diverses équipes qui s'affairaient en tous sens. Des bâches de plastique avaient été étendues sur le sol pour permettre le passage sans contaminer la scène. On s'y croisait non sans mal.

Un peu plus loin, ils aperçurent le commandant Combe qui discutait avec un technicien de scène de crime. Franck la salua de la main.

— Où est le corps ?
— Les corps, Franck. Il y a trois personnes assassinées, plus une dizaine de chiens.

La voix de leur supérieure trahissait un malaise difficile à contenir. Les gyrophares coloraient son visage en bleu par intermittence. Elle abandonna le technicien à ses prélèvements et fit signe à Raynal et Achour de la suivre vers la clôture.

— Je vous fais le topo, mais vous n'êtes pas là officiellement, ni l'un ni l'autre, d'accord ? La patrouille m'a appelée parce que je suis d'astreinte. Pour l'instant le procureur n'a encore saisi aucun service.

— Reçu cinq sur cinq, dit Raynal.

— Tu connais déjà les lieux, poursuivit-elle en remontant le chemin bâché. Il y a seize marginaux au total qui vivent dans ce trou. En début de soirée, ils ont tous été drogués. On ne sait pas encore avec quelle substance, ni comment elle leur a été administrée, mais c'est du lourd. Ça les a assommés pendant plusieurs heures. Les premiers à s'être réveillés nous ont appelés. Ils étaient affolés, crise d'hystérie collective. On les a expédiés au CHU pour les placer sous surveillance médicale et faire les analyses. J'ai envoyé une partie de l'équipe garder un œil sur eux. Selon ces paumés, ce serait un groupe rival de néonazis qui les aurait attaqués avec des armes chimiques.

— Sans rire.

— Pour ma part, plus rien ne m'étonnerait à ce stade. Vous êtes prêts à voir la chose la plus dégueulasse de votre vie ?

Ils atteignirent la grille d'entrée de la Maison des arts. À présent décorée d'une œuvre très personnelle.

— Oh, putain ! s'exclama Achour.

Raynal, lui, se contenta de serrer les poings. Son regard se rétrécit, dur comme de la pierre. Ses narines se dilatèrent sous l'odeur des viscères répandus, dont la puanteur quasi palpable emplissait les lieux.

Un corps humain était accroché au portail, à deux mètres du sol.

Deux puissants projecteurs, placés de part et d'autre, mettaient en lumière chaque détail de l'horreur qu'on lui avait fait subir.

Le garçon était embroché sur les pointes de la grille. Les bras écartés de part et d'autre, en une ligne horizontale. La tête penchée en avant. Ses longs cheveux englués de sang retombaient devant son visage, masquant en partie ses traits.

L'image était frappante. Une nouvelle parodie de Christ.

À un détail macabre près. Il n'y avait que la moitié supérieure du garçon. Son torse s'arrêtait au niveau des hanches. Une grande partie de ses entrailles s'était déversée sur le sol. L'intestin, encore raccordé à son torse, s'était déroulé dans une épaisse flaque de sang, tel un tuyau gris et rose gluant de sécrétions.

Deux techniciens travaillaient là, avec des gestes précis et une coordination parfaite. Le premier plaçait des marqueurs jaunes à côté des viscères tandis que son collègue prenait des photos en gros plan.

— Où est le reste du corps ? demanda Raynal.

— On l'a trouvé dans le fossé, au bord de la route, indiqua Combe avec un mouvement du menton. Celui ou plutôt ceux qui ont fait ça l'ont coupé en deux là-bas. Puis ils ont ramené le thorax ici. Ils l'ont empalé sur les flèches du portail. Ça vous rappelle quelque chose ?

Achour était blême.

— Le garagiste. Une autre crucifixion, le même message.

— Un cran au-dessus en termes de boucherie, jugea Raynal. Là, ça dépasse l'entendement.

Il s'approcha du corps.

— Je peux ?

— Faites juste attention où vous marchez, l'avertit l'homme accroupi à côté de l'intestin.

De son index ganté de latex, le policier écarta les cheveux du mort. Un visage émacié. Partagé par une grande cicatrice blanche. L'identité de la victime ne faisait pas de doute.

— Florian Chili. J'ai parlé à ce type cet après-midi.

— Je sais. Et cela va te causer de sérieux ennuis, murmura Combe. Le procureur est déjà sur des charbons ardents.

— Dans ce cas, pas de raison que cela figure dans ton PV.

— Pourquoi ne suis-je pas étonnée ? fit sa supérieure en réprimant un sourire. Quoi qu'il en soit, tu as ma parole.

Il souleva davantage la mèche de cheveux, dévoilant les yeux entièrement injectés du cadavre. Celui-ci semblait le dévisager depuis l'au-delà.

Ce regard fixe était contre nature. Il ne clignerait plus jamais. Et pour cause…

— Ils lui ont découpé les paupières, expliqua le technicien qui tenait l'appareil photo. Un travail plutôt chirurgical. On les a retrouvées par terre avec une partie des organes. Ils lui ont aussi arraché la langue.

Son collègue désigna une valise déjà pleine de sachets en plastique sous scellés. Raynal devina le muscle rouge et poisseux dans l'un d'entre eux.

— Avec quoi ils ont fait ça ? Un rasoir ?

— À première vue, plusieurs lames, de tailles différentes. On en a retrouvé une dans le ventre du bonhomme.

Raynal se frotta machinalement le nez du revers du poignet. L'odeur méphitique des tripes mêlées d'excréments commençait à lui donner le tournis.

— Dans son ventre ?

L'homme désigna un des sachets sous scellés. Un objet chromé de la taille d'un stylo, terminé par une lame triangulaire. Raynal serra les dents. Ses maxillaires papillonnèrent sous sa peau.

— Un bistouri d'autopsie à lame de 40, précisa le technicien. Il était entièrement enfoncé dans l'estomac de la victime, pour Dieu sait quelle raison. On n'est pas sur du simple scalpel, là, seuls les professionnels peuvent acheter ce genre d'équipement. Ce sera peut-être une piste.

— Peut-être, dit Raynal.

Il jeta un coup d'œil à Achour. Son collègue ne disait rien. Il avait le teint livide et le regard fuyant.

— Tu ne nous fais pas de malaise, hein, Sélim ?

— J'essaie. Cette odeur est à gerber.

— De toute façon, on en a assez vu. Anick, tu nous as parlé de trois victimes. Où sont les deux autres ?

— À côté de la maison, dit Combe. Venez. Et rassurez-vous, vous avez vu le pire.

S'éloigner du corps coupé en deux leur permit de respirer à nouveau. Ils suivirent le chemin bâché qui serpentait dans le terrain vague, entre les piles de pneus et les carcasses rouillées. Dès qu'ils sortaient d'une zone illuminée, l'obscurité se jetait sur eux, faisant glisser des masques de ténèbres sur leurs visages, avant de les révéler à nouveau en pleine lumière, traits tirés et regards durs.

Le projecteur suivant était disposé auprès d'un corps recroquevillé en chien de fusil en travers du chemin. Un jeune homme. Noir. Svelte. Dreadlocks. Celui-là même qui avait accueilli Raynal durant l'après-midi.

À présent, le ventre du garçon était ouvert de part en part. Ses tripes débordaient en un magma rouge luisant où s'agitaient des mouches.

— Comme vous pouvez le constater, ils n'ont pas perdu de temps avec lui, fit remarquer la policière. Ce n'était pas leur cible principale. Il a eu droit à une exécution plus classique, si vous m'autorisez l'expression. On suppose que le sédatif n'avait pas agi assez rapidement sur lui. La troisième victime se trouve dans le couloir de la maison. Même état, à peu de chose près. Et enfin, là-bas, vous avez ce qu'il reste de leurs chiens. Les agresseurs ne se sont pas posé de questions. Les bêtes y sont toutes passées. Crânes et pattes brisés. Égorgées jusqu'à l'os. Ils ne leur ont laissé aucune chance.

Elle indiqua une grande bâche sur laquelle on avait installé les dépouilles d'une dizaine d'animaux. Leur sang maculait le plastique d'une pellicule épaisse.

— Le légiste va devoir se cogner leur autopsie aussi. Une belle galère.

Raynal les observa sans rien dire, le corps tendu comme un arc. Il finit par faire un signe à Combe et Achour, et s'éloigna, les laissant à leur discussion.

Sa tête bourdonnait. L'odeur omniprésente du sang le mettait dans un état proche de la transe.

Il se dirigea à pas mesurés vers le bâtiment. La curiosité le dévorait. Il avait également besoin de quelques instants de solitude, pour conserver le contrôle de ses émotions.

Dans le couloir dont avait parlé Combe se trouvait le troisième corps. Encore un garçon. Gorge tranchée d'une oreille à l'autre comme seule une lame tactique pouvait le faire. Une exécution quasi militaire, oui. Rapide et brutale. Le jeune imbécile avait bataillé contre l'endormissement. Il avait essayé de ramper jusqu'ici pour se défendre avec une machette. L'arme gisait un peu plus loin. Un chevalet jaune à côté. Les flashs des appareils l'immortalisaient sous toutes ses coutures. Puis une femme portant la tenue blanche de la police scientifique récupéra la machette et la plaça dans un sac en papier.

Quand elle vit Raynal, la technicienne afficha un sourire radieux. Son nom était Céline Menting. Jolie, caractère bien trempé. Sa frange teinte en rose dépassait de sa charlotte, apportant une tache de couleur incongrue dans le contexte. Le policier avait passé une semaine de formation dans les Landes avec elle, quelques années auparavant. Il était ravi de la retrouver ici. Au moins une personne de confiance.

— Joli couteau, dit-il avec un sourire en coin.

— Oui, tu as vu ? On n'a rien à envier au neuf-trois, finalement.

— C'est ce que je constate. Des prises intéressantes ?

— On ne le saura qu'après analyse. Et je peux te dire qu'on a de quoi faire...

La jeune femme déposa la machette dans une valise déjà remplie de sachets. Il y avait de la drogue, des armes, des liasses de billets.

— En tout cas, poursuivit-elle, j'ai noté un truc qui me chiffonne un peu. Le garçon que tu vois là, il tenait encore un téléphone mobile serré dans la main. Plutôt étrange, si on considère qu'il était en train de se faire ouvrir la gorge.

— Il essayait peut-être d'appeler les secours ?

— C'est une hypothèse. L'historique des appels nous renseignera. J'ai trouvé un deuxième téléphone dans sa poche. Ça ne veut peut-être rien dire, mais ça m'intrigue. Il faudra faire parler ces appareils en priorité. C'est facile et rapide.

Raynal acquiesça. Puis il parla plus bas.

— C'est toi qui t'occupes de toutes les saisies ?

— Tout à fait. Je me chargerai des analyses des lames, c'est ma spécialité. En ce qui concerne les téléphones, par contre, ce n'est pas du ressort du labo. Il faudra qu'un OPJ s'occupe de fouiller la mémoire des appareils et de faire les réquisitions auprès des opérateurs concernés.

Raynal se tourna légèrement pour ne pas être entendu des autres officiers qui allaient et venaient.

— Je peux m'en charger, si tu me les passes maintenant. On gagnera du temps.

Le front de la policière se plissa.

— Niveau protocole, ce ne serait pas très réglo. Aucun groupe n'a encore été saisi de l'affaire.

Sourire. Regard un peu plus charmeur.

— Raison de plus. Je ne prends le boulot de personne. Je ne sais pas si tu es au courant, mais Anick et moi avons commencé une enquête, hier. Le garagiste de Saint-Jean-de-Védas...

— Oui, les collègues étaient sur les lieux, ils m'ont raconté. Une autre crucifixion. La similitude crève les yeux.

— Le proc' a sorti un prétexte bidon pour étouffer l'affaire. Je te parie que, ce soir encore, quelqu'un de chez toi va identifier de la poudre déjà fichée, ou fournir quelque autre excuse facile qui renverra le bébé de service en service. Le type qui a fini empalé sur le portail avait des infos importantes dans le cadre de cette affaire. Il s'est fait dégommer pour ça. Sa téléphonie aidera certainement à y voir plus clair. Mais je préférerais m'en occuper moi-même pour être sûr que ce soit fait, si tu vois ce que je veux dire...

Un petit gloussement échappa à Menting.

— Pour résumer, tu as été écarté d'un gros coup et tu ne le digères pas. C'est étrange, je ne te voyais pas comme ça.

— C'est mal ?

— Sincèrement ? J'en ferais autant.

— Cela signifie que je peux embarquer les téléphones ?

Elle jeta un regard de biais à ses collègues, accroupis auprès du garçon égorgé. Aucun d'entre eux n'était à portée de voix.

— Laisse-moi d'abord faire mes recherches ADN et empreintes dessus. Ça ne me prendra pas plus d'une heure. Ensuite, ils sont à toi. Mais ça te coûtera un dîner.

Un sourire complice se dessina au coin des lèvres du policier.

— Je te laisse choisir le soir, Céline. Et dans ce cas, je te demande un autre service. Dès que tu auras les résultats de tes analyses sur les armes utilisées, communique-les-moi en premier. Évidemment, ce ne sera pas officiel.

— Évidemment. Je suis trop bonne, hein ? Considère que c'est fait.

Puis elle ajouta d'un air satisfait :

— C'est moi qui choisirai le restau, bien sûr.

50

Impossible de fermer l'œil.
Pas après ça...
Manon se retournait dans son lit. Les sens à fleur de peau.

La chaleur du corps de Franck contre le sien restait présente, imprimée sur elle, partout où il l'avait touchée. Sa bouche pressée contre la sienne. Ses mains tenant ses fesses, les écrasant entre ses doigts.

Dans ses bras, elle s'était sentie si fragile, et la plus forte du monde.

Elle s'agita. Le désir, coupable, faisait bouillir le sang dans ses veines.

Une seule chose tempérait son émoi. L'inquiétait un peu.

Elle ne lui avait pas raconté tout ce qui s'était produit au garage. Elle avait soigneusement omis de parler de l'homme à terre.

Ce policier qu'elle avait frappé. Deux fois.

Elle entendait encore le craquement de l'os de son crâne sous l'impact de la Maglite.

Elle aurait *dû* en parler à Franck. Avant qu'il ne le découvre par lui-même.

Elle se surprit à caresser son bras, où sa vieille cicatrice l'élançait un peu, tout à coup. Cette virgule, estompée, qui ne la quitterait pourtant jamais. Comme une marque au fer rouge de sa lâcheté.

Ce soir encore, elle n'avait rien osé dire au policier.

Pourquoi ?

Parce qu'elle avait honte ? Qu'elle redoutait ce que Franck pourrait penser d'elle alors ?

Oui.

Mais pas que ça.

Elle serra son oreiller contre elle. Inutile de se mentir. Ce qui la dérangeait tant, c'est qu'elle avait *aimé* cet instant, au plus profond d'elle, tout autant qu'elle en avait eu honte. L'adrénaline l'avait emplie comme jamais auparavant dans sa vie.

Et continuait de l'emplir. D'agiter son cœur de palpitations. Les baisers passionnés échangés avec Franck n'étaient pas les seuls responsables de son état de nervosité.

Elle ne comprenait pas ce que cela signifiait. Mais elle avait assez de recul sur elle-même pour se douter que ce n'était pas une bonne chose. Loin de là.

Elle chercha à se calmer, se répétant qu'ils allaient trouver la boîte précieuse aujourd'hui. Ils iraient chez cette Christina, qui que ce soit, et ils lui reprendraient l'objet. Ils n'avaient tout simplement pas le choix. Et ensuite...

Ensuite ?

Pouvaient-ils s'imaginer que les membres de ce club, ou de ce culte, les laisseraient tranquilles ?

Ariel était peut-être assez naïf pour l'espérer.

Quant à elle...

Qu'était-elle prête à faire pour se protéger ? Pour sauver son frère, encore une fois, de sa propre bêtise ? Elle songea à ce qu'elle savait de ces individus. Hormis qu'ils se retrouvaient pour des orgies immondes et ne reculaient pas devant le meurtre ? Rien. Elle ne savait toujours rien du tout. Ni leurs intentions, ni leur fonctionnement. Encore moins leurs identités, bien évidemment. Ils n'étaient que des ombres, du vent. Comment se défendre, face à du vent ?

Elle rumina, remuant sous les draps.

Franck.

C'était bien lui son seul espoir.

Maintenant plus que jamais.

Il lui avait promis qu'il obtiendrait les coordonnées de la personne à partir du numéro de téléphone. Elle savait qu'il tiendrait parole. Franck était ce genre d'homme. Son genre d'homme.

Le premier qu'elle rencontrait depuis longtemps.

Elle aurait tellement eu envie qu'il revienne.

De nouveau, elle songea à son regard, à chaque courbe de son visage, à ses bras puissants l'attirant contre lui, et à combien cela lui ferait du bien qu'il soit là. Avec elle. Tout contre elle.

Franck était habitué aux coups, aux menaces, à la violence. Le feu et le sang faisaient partie de son quotidien. Elle voulait qu'il lui caresse les cheveux doucement, tendrement. Elle voulait sentir son souffle contre sa peau, et le sceau brûlant de ses lèvres sur les siennes.

Elle voulait qu'il la serre plus fort.

Qu'il ne la laisse pas repartir. Plus jamais sans défense.

Le moteur de la machine à café se mit en marche, dans la cuisine, la tirant en douceur de sa rêverie. Elle avait somnolé, finalement. Son corps était couvert d'une pellicule de sueur coupable et moite.

Elle s'assit au bord du lit, essayant de ne pas lever les yeux vers la tache de sang au plafond, toujours présente tel un présage inquiétant. La lumière tiède du matin baignait la chambre. À peine plus que l'aube. Trop peu de sommeil. Manon ne se sentait pas reposée du tout, mais c'était tout le répit auquel elle aurait droit aujourd'hui.

Sa cicatrice avait cessé de l'élancer. C'était déjà ça.

Quelque peu anxieuse, elle consulta ses messages sur son téléphone.

Aucun de Franck.

Elle espérait qu'il ne tarderait pas à reprendre contact.

Elle avait besoin de l'entendre.

Elle avait besoin de le voir.

Un immense besoin.

51

Une douche et plusieurs cafés plus tard, les cheveux remontés en chignon dont s'échappaient des mèches folles, elle ne se sentait pas vraiment mieux.

Ariel, guère plus frais qu'elle, s'était vautré sur le canapé face à la télévision en sourdine, et fumait un joint. C'était sa manière à lui de se calmer les nerfs et d'oublier la douleur dans sa main. Manon renonça à lui faire la moindre réflexion, elle lui avait déjà donné la dose maximale de paracétamol et n'avait rien de mieux à lui proposer. Au moins, le bandage ne semblait pas avoir saigné de la nuit. C'était une bonne nouvelle. Elle avait besoin de bonnes nouvelles.

Elle s'installa à la table de la cuisine, devant son ordinateur portable. Elle réfléchit en silence.

Au cas où, elle commença par vérifier sur le Facebook de Nicolas Majax si une éventuelle Christina n'y apparaissait pas. Mais bien sûr personne de ce nom ne figurait dans ses contacts ni dans les fils de commentaires.

Ensuite elle interrogea Google au sujet des casse-tête en forme de cube. Autant se faire une idée plus précise de ce qu'ils cherchaient. Les réponses s'affichèrent.

Tout d'abord, d'innombrables références à un vieux film d'horreur du nom de *Hellraiser*, dont elle avait vaguement entendu parler sans jamais s'y intéresser, mais qui semblait être considéré comme une œuvre culte, à en juger par le nombre de sites y faisant allusion. Il y était question d'une boîte-puzzle infernale offrant les plaisirs les plus extrêmes à celui qui l'ouvrirait. Guère ce qu'elle cherchait dans l'immédiat. Elle affina la recherche et découvrit de nombreuses variantes de ces objets, des cubes ou des étoiles de tailles diverses, dont l'ouverture constituait un habile casse-tête, exactement comme ces meubles à secrets en bois précieux qu'elle avait déjà pu admirer chez des antiquaires. À l'instar des meubles, les boîtes-puzzles étaient des jeux autant que des coffres. La bonne combinaison de pressions et de glissements des diverses parties permettait l'ouverture de compartiments dissimulés à l'intérieur. Parfois même, plusieurs compartiments pouvaient se trouver dans une seule boîte, chacun possédant sa propre combinaison.

Ce genre d'objet demeurait artisanal, une curiosité. Il pouvait avoir une certaine valeur, mais cela n'expliquait pas l'acharnement du club des masques à le retrouver.

Ce qu'il renfermait, alors. C'était forcément son contenu – quoi que ce puisse être – qui revêtait une si grande importance aux yeux de ces gens.

Quant à imaginer de quoi il pouvait s'agir exactement... Dans ce domaine, toutes les spéculations étaient permises. Manon songea qu'il pouvait y avoir un lien avec leurs rituels. Un ingrédient secret pour pimenter leurs orgies, peut-être ? Ou bien une relique particulière ?

Plongée dans ses méditations, elle sursauta quand son frère s'écria :

— Regarde ça ! C'est pas vrai ! Ils sont à la Maison des arts !

Il monta le volume de la télé. BFMTV. À l'écran, les blouses blanches de la police scientifique derrière le périmètre de scène de crime. Des carcasses de voitures, un drapeau anarchiste accroché à un mur. Et des sacs mortuaires sur des brancards, cadrés de loin, à travers des branches d'arbres, l'image crasseuse évoquant un film porno amateur ou les photos pixellisées des magazines à scandale. D'un coup, Manon se sentit proche de la nausée.

— *... Ce matin à l'aube, trois jeunes marginaux, dont un mineur, ont été retrouvés morts dans une maison squattée, à proximité de Montpellier dans l'Hérault. Les trois personnes ont été tuées de multiples coups de couteau, et au moins l'une d'elles aurait été victime d'actes de barbarie, selon ce que nous a confié une source judiciaire. La piste d'une rivalité entre bandes de marginaux et d'un trafic de drogue international a été évoquée par le procureur de la République. Une information vient d'être ouverte pour homicides...*

— C'est la bande de Chili, murmura Ariel. Ils l'ont eu. Ces putain de malades s'en sont pris à lui...

Il replia ses genoux et les serra contre lui.

Manon garda le silence. Il n'y avait rien à dire. *Victime d'actes de barbarie.* La situation empirait. Tout devenait incontrôlable.

Elle envoya un texto à Raynal pour savoir s'il était joignable.

Il ne répondit pas. Bien sûr. Il devait être sur le terrain. Il l'avait prévenue. Elle se sentit terriblement seule. Terriblement fragile.

Si elle espérait le moindre réconfort de la part de son frère, c'était peine perdue. Ariel se contentait de geindre, scotché à l'écran et aux horreurs qui y défilaient. Au bout d'un moment, il se leva et alla s'appuyer à la fenêtre surplombant la cour intérieure, les yeux plus cernés que jamais.

— Ils butent toutes les personnes qui pourraient remonter jusqu'à eux. On n'a aucune chance...

— Arrête, tu veux ? On n'est pas encore morts, lui lança-t-elle, autant pour le rassurer que pour se redonner du courage.

— Pour l'instant, c'est certain, grinça Ariel. Mais ce soir ? Si on est incapables de leur rendre leur foutue boîte, c'est ce qui va nous arriver aussi. Rien ne les arrête, tu le vois bien !

Manon n'avait pas besoin qu'on le lui rappelle. À la télé, les mêmes images continuaient de passer en boucle. Les sacs qu'elle ne connaissait que trop bien. Les blouses blanches et les bandes de scène de crime. Et cette expression qui revenait sans cesse : « actes de barbarie ».

Ils essayèrent de rappeler le numéro de la dénommée Christina. Les premières fois, ils tombèrent directement sur la messagerie. Mais, un peu après 9 heures, il y eut enfin une sonnerie.

— Elle a rallumé son téléphone ! s'écria Ariel en mettant le haut-parleur.

Deuxième sonnerie.

— Décroche, murmura-t-il entre ses dents. Allez...

Quelqu'un prit enfin l'appel.

— *Allô ?*
Une voix de femme.
— Christina ?
— *Qui est à l'appareil ?*
— Je m'appelle Ariel. Ariel Virgo. Je vous ai laissé un message cette nuit. Je suis un ami de Nicolas. J'ai besoin de vous voir au plus vite.

Il y eut un bruit de porte qui se refermait. La femme au bout du fil parla à voix basse :

— *Certainement pas. Je suis au travail et je n'ai pas de temps à perdre avec vos histoires. J'ai appris ce qui est arrivé à Nico. Je ne le connaissais pas tant que ça. Je ne le connaissais pas du tout, en fait ! Alors je vous demande de me laisser tranquille.*

— S'il vous plaît, ne raccrochez pas, la supplia Ariel, se penchant au-dessus du téléphone. Il vous a offert quelque chose samedi soir. Un casse-tête. Il s'agit bien d'un cube bleu en bois ?

Un silence. La voix de la femme se fit chuchotement, à peine audible.

— *Nom d'un chien, mais qui vous a parlé de ça ?*
— J'ai lu le mot que vous avez laissé à Nico. Écoutez...
— *C'est vous qui allez écouter. Je me moque de savoir qui vous êtes, ou dans quel trafic Nicolas était impliqué, d'accord ? Ce ne sont pas mes problèmes. Surtout, ne me rappelez plus !*

— Madame, cet objet ne lui appartenait pas. Je dois à tout prix le récupérer. Il faut que vous me donniez votre...

La femme avait raccroché.
— Et merde !
Il composa de nouveau le numéro.

Cette fois, il y eut une unique sonnerie avant que la personne refuse l'appel.

— Fait chier !

Ariel essaya encore de rappeler, allant et venant dans la cuisine.

— Maintenant je tombe directement sur la messagerie ! C'est pas vrai !

— Ne te fatigue pas, lui dit Manon. Tout ce que tu as gagné, c'est qu'elle a éteint son téléphone. Ou alors, elle a bloqué mon numéro pour ne plus recevoir d'appel, ce qui revient au même.

Son frère se planta de nouveau à la fenêtre. Il chercha nerveusement une cigarette dans son paquet.

— Alors, on fait quoi ? Si elle ne rappelle pas, on n'a aucun moyen de savoir qui elle est !

— Bien sûr que si. Tu n'avais pas à ruer dans les brancards comme ça. Franck va interroger les télécoms. Il m'a dit que ça prendrait un peu de temps, mais il aura les coordonnées de cette personne. On n'aura qu'à aller la voir.

Ariel fit jaillir une flamme de son briquet. Il inspira, et la cigarette grésilla.

— Tu crois que ton flic va tout résoudre, hein ? dit-il en soufflant la fumée du bout des lèvres. Tu es à ce point sous son charme ?

Elle dissimula un rictus coupable.

— Il peut nous aider, Ariel. C'est le seul qui puisse faire quelque chose. Je t'interdis de douter de lui.

À cet instant, le téléphone se mit à vibrer et à sonner sur la table.

— Décroche ! s'écria Ariel. Qu'est-ce que tu attends ?

— Calme-toi, tu veux ? Ce n'est pas elle. C'est un autre numéro. Et il n'est pas dans mon répertoire…

52

— Allô ?
— *Bonjour. Manon Virgo ?*
Une voix d'homme. Manon hésita.
— C'est moi, oui. Et vous êtes ?
— *Maxime Lachaud, correspondant pour L'Indépendant. Vous m'avez envoyé un e-mail, hier, vous me demandiez de vous contacter. J'espère que je ne vous dérange pas ?*

Il lui fallut un instant pour se souvenir de son message. Mais bien sûr ! Il s'agissait du journaliste qui avait parlé de la messe noire, et des cadavres de chiens retrouvés sur les Causses, l'année précédente. L'adrénaline remonta d'un coup dans son sang.

— Mais pas du tout, monsieur Lachaud. Au contraire, merci de me rappeler !

Tandis que son frère lui jetait des regards interrogateurs, elle fit les cent pas dans le salon pour essayer de se calmer, devant la télévision où, son coupé, les images mal cadrées de la Maison des arts continuaient de défiler.

— Je voulais savoir si, quand vous avez écrit votre article sur ce qui est arrivé, dans ce hameau...

— *Savènes.*

— Voilà, Savènes. Êtes-vous allé sur place ? Les dégradations que vous avez évoquées, les avez-vous vues ?

— *Malheureusement, oui. J'habite juste à côté. Je me trouvais sur les lieux presque par hasard, le matin après les faits. J'ai eu droit au scoop, si on peut appeler ça ainsi. Ces pauvres chiens...*

Il s'exprimait avec un accent chantant du Sud assez prononcé, et un léger cheveu sur la langue peut-être.

— Ces chiens, reprit Manon, vous avez écrit dans votre article qu'ils étaient décapités, n'est-ce pas ?

— *Tous les trois, en effet. Je vous avoue que j'aurais préféré ne pas voir ça. C'est un fait divers monstrueux, pourquoi vous y intéressez-vous ?*

— Pour tout vous dire, je me demande si ce qui s'est produit cette nuit-là n'a pas un lien avec le décès d'une jeune femme. On l'a retrouvée décapitée quelques jours après...

— *L'accident de voiture de Mlle Leclercq, oui. Une histoire doublement tragique. Sa pauvre mère était si accablée de chagrin qu'elle en a perdu la raison...*

— J'ai entendu dire qu'elle s'est donné la mort ?

— *C'est ça. Elle s'est pendue chez elle, une grosse surprise pour tout le monde. Mme Leclercq n'a pas pu supporter le décès de sa fille unique, elle était devenue délirante. Elle ne parlait plus que du diable. Elle le voyait partout.*

Manon hésita. Puis se lança.

— Ce que je vais vous dire risque de vous paraître fou, monsieur Lachaud, mais... à un moment ou à un autre, ne vous êtes-vous pas demandé s'il pouvait y avoir un fond de vérité dans tout ce qu'elle vous a raconté ? J'ai cru comprendre qu'on a retrouvé des poils de bouc sur le corps de sa fille, le saviez-vous ? S'il y a bien eu une sorte de rituel satanique à Savènes en présence d'animaux, cela pourrait indiquer que cette personne s'y trouvait, non ? Pouvez-vous imaginer les conséquences que tout cela aurait, si on découvrait que l'accident de voiture n'en était pas un ?

Il y eut une brève hésitation. Puis Lachaud lui répondit :

— *Vous semblez être déjà bien au fait de toute cette histoire. Ce que je peux vous dire, c'est qu'il y a eu certaines bizarreries autour de l'incident à Savènes, c'est indéniable. Les forces de l'ordre n'ont pas cherché à faire de zèle. J'ai trouvé ça plutôt intrigant. Si vous voulez mon avis, les faits ont été minimisés pour qu'il n'y ait pas de vagues.*

— C'est exactement ce que je pense ! renchérit-elle. Il faut que vous sachiez une chose, ce n'était pas un cas unique. Le même type de réunion nocturne s'est produit, pas plus tard que ce week-end, dans une autre propriété à l'abandon, toujours ici dans l'Hérault. On y a tué des chiens de manière identique. Je suis prête à parier ce que vous voulez qu'il s'agit des mêmes individus. Ils continuent leurs soirées sans que personne s'en rende compte…

Elle attendit la réaction de son interlocuteur, mais celui-ci resta silencieux quelques instants. Enfin, il s'éclaircit la gorge, et poursuivit en soupesant chacun de ses mots :

— *Avez-vous la moindre preuve de ce que vous avancez ?*

— Je suis allée sur place. J'ai vu les animaux décapités. Et j'ai vu un dessin très étrange, que ces gens ont peint sur un mur. C'était une représentation d'un dieu sans tête. Je vous jure que c'est la vérité.

— *Je ne mets pas votre parole en doute, mademoiselle. Cela dit, je ne pense pas que le téléphone soit le meilleur moyen pour parler de tout ça. On peut peut-être se voir pour en discuter ? J'ai moi-même beaucoup réfléchi à toute cette histoire. Tout n'était pas dans mon article.*

— Dans ce cas, je serais ravie de vous rencontrer, bien sûr. Où habitez-vous ?

— *Saint-Guilhem-le-Désert. On peut se donner rendez-vous directement à Savènes, c'est tout près. Vous comprendrez plus facilement si vous voyez les lieux de vos propres yeux.*

Manon sentit une vague d'enthousiasme l'inonder. Elle avait une piste, enfin !

— Je me trouve à Montpellier pour l'instant, il me faut le temps de faire la route, mais je peux vous retrouver en fin de matinée.

— *Très bien. Je peux me libérer après 11 heures, si vous le souhaitez.*

— Ce sera très bien.

— *Alors à tout à l'heure. Appelez-moi quand vous approchez de Puéchabon.*

Elle raccrocha, trépignant d'excitation à présent. Elle s'efforça toutefois de ne pas s'emballer.

— Ariel, je crois qu'on avance !

Son frère la toisa avec méfiance.

— C'était qui, ça ?

— Un journaliste avec qui il faut que je parle. Il veut me montrer un des endroits où a eu lieu une de leurs orgies, l'an dernier. De toute manière, tu viens avec moi !

Ariel se crispa. Il jeta le mégot de sa cigarette dans un pot de fleurs et massa instinctivement sa main bandée.

— Dans notre situation ? Tu as vu de quoi ces types sont capables ? Ils ont massacré trois personnes cette nuit !

— C'est vrai, dit Manon en soutenant son regard. Peut-être que je deviens aussi inconsciente que toi ?

— Tu n'es pas drôle.

— Ce n'était pas de l'humour.

Elle n'en démordrait pas. C'était maintenant ou jamais. Dans sa poitrine, elle sentait une bulle de feu, un élan irrépressible.

— J'en ai assez de jouer la victime tout le temps, tu comprends, Ariel ? Ces gens savent où je travaille. Ils m'ont montré qu'ils peuvent m'atteindre quand ils le souhaitent. Et toi ! Non mais regarde-toi ! Ils t'ont agressé en toute impunité, et tu agis comme si c'était une fatalité ! Tu préfères attendre que ces fous viennent nous achever ? C'est ça ?

Un silence. Son frère renifla. Visiblement déstabilisé par son aplomb.

— Tu es différente, murmura-t-il. Tu as vraiment *l'air* différente.

— Je veux simplement me défendre. Mais on ne peut rien contre eux tant qu'on ignore contre qui on se bat.

— Et tu t'imagines que ce journaliste t'aidera à le découvrir ?

— Je ne peux pas le savoir tant que je n'ai pas discuté avec cet homme, conclut-elle, inflexible.

De nouveau, Ariel hésita, pris de court. Il passa une main sur son crâne glabre luisant de sueur, puis fouilla dans son paquet de cigarettes.

— D'accord. Mais cela ne change rien au fait qu'on doit récupérer ce cube. Ton flic a intérêt à être digne de ta confiance, je te le dis. Parce qu'il faut trouver cette Christina avant la fin de la journée.

— Je suis sûre qu'il obtiendra tous les renseignements dont on a besoin, martela-t-elle. On sera de retour en début d'après-midi, on pourra s'occuper du casse-tête sans problème. D'ici là, s'aérer ne peut nous faire que du bien. Si on reste enfermés ici, on va se ronger les sangs et tourner en rond. Tu n'es pas d'accord ?

Il glissa une cigarette entre ses lèvres.

— Quoi que je dise, tu ne changeras pas d'avis, hein ?

53

Visages fatigués. Chemises froissées. L'électricité dans l'air était palpable. Le bruissement des conversations emplissait les bureaux et les couloirs de l'hôtel de police. Des mots se distinguaient de temps à autre. *Boucherie. Incompréhensible. Drogués.*

Une grande partie des effectifs avait passé la nuit entière sur la scène du triple homicide à la Maison des arts. Au labo, deux équipes travaillaient d'arrache-pied aux premières analyses. Le procureur avait décidé de saisir la brigade des Stupéfiants, ce qui n'était pas une surprise. Tous les éléments suggéraient que ce massacre était lié au meurtre du garagiste. Parmi les différentes drogues retrouvées sur place, on avait déjà pu identifier le profil de la cocaïne : origine identique à celle retrouvée chez Majax.

L'équipe de Landis, cette fois, était clairement saisie de l'enquête. Quatre cadavres en tout. Autant dire que les choses devenaient sensibles.

Le groupe venait de s'enfermer en salle de réunion, toutes autres affaires cessantes. Débriefing de crise. Le procureur Salomon était venu en personne superviser les opérations.

Franck Raynal, lui, restait hors du coup. Pour tout le monde, il n'avait aucune implication dans l'affaire, ni son mot à dire la concernant. Il patienta le temps que le couloir se vide, et s'approcha nonchalamment de la porte. Personne en vue pour le surprendre. Une épaule contre le mur, mains dans les poches, il écouta.

De l'autre côté de la cloison, Landis se lançait dans un topo détaillé et évoquait les trois victimes, leurs chiens abattus, ainsi que les éléments dont ils disposaient pour le moment. Entre autres, que le reste des jeunes squatteurs étaient tous positifs au Rohypnol, communément appelé la drogue du viol. Le produit avait été retrouvé dans leur sang en quantité alarmante. Le CHU avait même prévenu qu'une des jeunes filles était en état d'overdose. Son pronostic vital demeurait engagé malgré un lavage d'estomac.

L'hypothèse d'une lutte de territoire entre bandes rivales fut évoquée. Celle d'un règlement de comptes lié à la drogue également. Mais, si c'était le cas, personne n'y comprenait rien. Pourquoi un réseau de narcos espagnols aurait-il fait affaire avec ces jeunes, des cas sociaux sans envergure ni contacts dans le milieu ? Cela ne tenait pas debout une seconde, malgré l'insistance du procureur à creuser dans cette direction. Le garagiste assassiné la veille était une de leurs connaissances, ce fait au moins était établi. Pour le reste, avant le résultat des analyses, les pistes étaient ténues et les spéculations de pures vues de l'esprit.

C'était tout ce que Raynal souhaitait savoir.

Il se décolla du mur et s'éloigna sans se presser.

Quand il rejoignit l'autre aile du bâtiment, il trouva le lieutenant Achour qui patientait devant son bureau, une chemise cartonnée à la main. Il le salua d'un geste du menton.

— Tu as pu te reposer un peu, Sélim ?

— Tu plaisantes, j'espère ?

Achour brandit le dossier.

— On a reçu le retour de tes réquisitions chez Bouygues Telecom et Free. Je t'ai tout imprimé, ça fait une soixantaine de pages, quand même. Je suis surpris de la rapidité avec laquelle ça a été traité.

— Les équipes de nuit, commenta Raynal en ouvrant son bureau. Ils ont moins de travail, ils sont toujours plus réactifs. Qu'est-ce que ça donne ?

— Je ne suis pas sûr que tu apprécies, hésita son collègue.

— À ce point ?

Le garçon lui tendit les documents, que Raynal parcourut d'un œil expert. Historiques complets. Tout ce dont il pouvait avoir besoin se trouvait dans ces pages.

— Le cadavre dans le couloir de la maison s'appelait Jean-Pascal Molus, précisa Achour. Le téléphone retrouvé dans sa poche était le sien. Quant à celui qu'il avait à la main...

— Ariel Virgo, lut Raynal. Putain de merde.

— Je ne te le fais pas dire.

Raynal jeta les feuilles sur le bureau.

— C'est le frère de Manon. Comment son téléphone a-t-il pu atterrir sur une scène de crime ?

— Une *deuxième* scène de crime, lui rappela Achour.

Il avait l'air gêné. Il poursuivit en se tordant les mains :

— Pour l'instant, Landis n'est pas encore au courant de sa visite au garage de Majax, mais on va bien devoir verser ces documents au dossier. Je te rappelle que tu as fait les réquisitions au nom de son groupe...

— Je le sais bien, fit Raynal en regardant par la fenêtre.

Il avait emprunté le matricule d'un lieutenant de l'équipe de Landis, à charge de revanche. Ainsi, toute la paperasse était en règle. Les réquisitions qu'il avait établies entraient dans le cadre de l'enquête, leur permettant de les utiliser en toute légalité si nécessaire.

— Le téléphone est géolocalisé, poursuivit Achour. Robert va forcément vérifier les allées et venues de Virgo. Hier, il m'a déjà dit qu'il l'avait dans le collimateur. Sincèrement, à moins d'avoir un alibi en béton armé, ce dont je doute, ce pauvre type est cuit...

Raynal se leva.

— Pour l'instant, Landis est en débriefing. On peut attendre avant de lui communiquer la téléphonie.

— Tu es sûr de toi ?

— Tu vois une autre solution ?

Achour haussa les épaules.

— Cette histoire est un sac de nœuds, Franck. Je me demande dans quoi on a mis les pieds...

— Pour moi, c'est très clair, au contraire. On a affaire à des gens qui se débarrassent de toute personne capable de remonter jusqu'à eux. Ils essaient de nous balader avec une fausse piste.

— T'en es si sûr que ça ? Je te rappelle que Virgo n'est pas exactement un enfant de chœur. Il a déjà été épinglé pour deal de stupéfiants, même si c'étaient des faits mineurs. Et n'oublions pas qu'il connaissait toutes les victimes. Avec le coup d'éclat de cette nuit, ce sera difficile de le défendre si des preuves irréfutables attestent sa présence sur les lieux des meurtres.

La presse va se déchaîner. Tout le monde va vouloir un coupable, et le plus vite possible.

— Pratique, non ? siffla Raynal entre ses dents. Le parfait bouc émissaire.

Il feuilleta les historiques téléphoniques et sortit la dernière page. Une unique fiche d'abonné transmise par Free Mobile.

— Je n'ai pas compris ce que cette réquisition faisait là, remarqua Achour. C'est le numéro d'une certaine Christina Batista. Une des filles du squat ?

Raynal lut l'adresse avant de ranger la feuille dans le tiroir de son bureau.

— Non, c'est autre chose, dont j'avais besoin. Mais ça reste entre nous. Ce numéro ne fait pas partie des saisies, il ne figurera nulle part.

Le lieutenant Achour lissa sa petite moustache d'un geste nerveux.

— On fait quoi, alors ?

— On garde l'esprit ouvert, lui dit Raynal. Tu en es capable, Sélim ?

VI

Les chiens de l'Enfer

54

Quand Manon stoppa le Kangoo, elle se demanda où pouvait bien se trouver le prétendu hameau. Elle n'apercevait qu'une clôture qui traversait les champs comme une vilaine balafre rouillée, et un terrain qui montait en pente raide vers deux ou trois bâtisses éparses. Même de loin, on voyait qu'elles étaient à moitié effondrées.

— Alors c'est juste ça ?
— Il faut croire, dit Ariel en ouvrant sa portière. Question isolement, c'est pas mal.
— Comme à Delpierre...

Un endroit où le club des masques ne risquait pas d'être dérangé, acheva-t-elle en pensée. Mais elle garda ses réflexions pour elle et rejoignit son frère hors du véhicule.

L'air sentait la poussière. La chaleur montait, le soleil tapait déjà doucement sur leur peau, mais un léger vent soulevait leurs vêtements. Manon écarta ses cheveux qui volaient devant son visage et les attacha en queue-de-cheval.

Sur le sentier, une piste de terre et de cailloux, pas de signe du moindre automobiliste. Partout, le regard glissait sur les terrains en pente, de la verdure et des façades rocheuses, sous un grand ciel bleu.

— C'est à vendre, fit remarquer Ariel en désignant un panneau orange et blanc. Tu n'as pas envie d'une maison de vacances ?

Manon eut un sourire nerveux. Qui aurait envie d'acheter de telles ruines, perdues au milieu de nulle part ?

Elle s'avança, ses bottes écrasant des mottes poudreuses.

Une chaîne fermée par un cadenas interdisait l'accès des lieux.

Ils l'enjambèrent et remontèrent le chemin où proliféraient les orties. Les deux premières constructions qu'ils dépassèrent étaient effondrées. Ils poursuivirent leur route vers la troisième. Contrairement à la propriété qu'ils avaient visitée deux nuits auparavant, celle-ci n'avait rien d'un château. C'était une ancienne ferme, d'un seul bloc et sans étage, prolongée d'une grange. La grange elle aussi était partiellement démolie, un tas de pierres grises où poussaient des buissons. L'autre édifice tenait encore debout, mais ses murs couverts de mousse ne semblaient plus si solides.

— Je rentre pas là-dedans, prévint Ariel. Je ne tiens pas à me recevoir ce qui reste du toit sur la tête.

Sur ce point, Manon était bien d'accord avec lui. Elle marcha le long de la façade, observant par les ouvertures. La plupart des volets étaient soit fendus, soit absents. L'intérieur paraissait vide. Quelques bouteilles de bière ou d'eau minérale abandonnées dans un coin, des paquets de chips éventrés. Le vent, en s'infiltrant à l'intérieur, poussait des hululements.

Manon chercha les inscriptions sur la façade.

Elle fut déçue.

Il y avait en effet de la peinture sur un mur, deux zones grossièrement recouvertes de noir. On avait bombé les pierres.

Pour *dissimuler* ce qui avait été peint auparavant.

Manon se demanda ce qui avait bien pu y figurer.

Elle se souvint de la voix de Hind, quand elle lui avait raconté son histoire.

Des dessins sataniques, que veux-tu qu'ils aient laissé d'autre ?

Ariel, qui avait fait le tour, l'appela soudain.

— Tu devrais venir voir ça !

Elle s'empressa de le rejoindre à l'angle de la maison.

Et resta bouche bée.

Derrière le bâtiment, le terrain déclinait en pente douce, le long d'une large propriété herbeuse, entre les autres fermes en ruine du hameau. Au milieu se dressaient des gradins de pierre, disposés en trois arcs de cercle successifs.

Elle ne rêvait pas, ils avaient sous les yeux un théâtre gallo-romain. La scène, tout en bas du terrain, était située juste à côté d'un petit ruisseau qui coupait les champs en deux. Elle n'était constituée que d'une simple dalle fissurée, sur laquelle on avait également versé de la peinture. *Pour recouvrir quel symbole ?* ne put-elle s'empêcher de se demander.

Elle contempla le paysage tandis que son imagination travaillait. Elle voyait très bien cet endroit envahi par ces gens en habits rouges, visages dissimulés par leurs masques dorés.

Une pensée en entraînant une autre, elle frissonna.

Et si ce n'était pas un dessin que la peinture couvrait, sur cette scène ?

Si c'était du sang répandu ?

Dans son sac, son téléphone émit un carillon. Elle s'empressa de vérifier.

C'était un message de Franck. Enfin.

Le texte était succinct.

Christina Batista. 12 impasse des Frênes. Je suis bloqué au travail, je t'appelle tout à l'heure. Je t'embrasse.

— Tu as intérêt, murmura-t-elle.

Son frère revint vers elle.

— Ton flic ?

— Oui, dit-elle avec un grand sourire. Je t'avais dit qu'il aurait l'info, non ?

Ariel grogna.

— Il a trouvé qui est cette Christina ?

Elle lui montra le texto.

— Il t'embrasse ?

— Il a l'info. Le reste ne te regarde pas.

— Ouais, maugréa Ariel en la toisant. Sauf que maintenant on est bloqués ici !

— On ne devrait pas en avoir pour très longtemps.

À cet instant, un bruit de moteur s'éleva derrière eux.

— Ce doit être le journaliste...

— J'espère, grommela Ariel en observant le SUV qui se garait à côté de leur véhicule.

55

On toqua à la porte. Raynal reposa son téléphone. Achour se leva et alla ouvrir.

— Céline, entre !

Menting pénétra dans le bureau en les saluant tous deux de la main. Elle affichait une mine marquée de cernes, après une longue nuit de travail. Mais ce n'était pas la seule raison de son air sinistre.

— Désolée d'être la personne qui apporte la mauvaise nouvelle, les amis.

— Que se passe-t-il ? s'inquiéta Achour.

Du bout des doigts, la scientifique repeigna machinalement sa frange rose.

— Je ne vais pas tourner autour du pot. Landis a voulu savoir où en était la téléphonie et s'est rendu compte qu'elle avait déjà été envoyée. Par ricochet, ça m'est retombé dessus. J'ai dû lui dire que je t'avais passé les appareils, Franck.

— Je suis désolé, Céline.

— Pas de quoi, on savait tous les deux que ce qu'on faisait n'était pas très réglo. Mais pour le coup, tout le monde est à cran après cette boucherie...

Elle croisa les bras.

— Bref, Landis tient à vous voir tous les deux, quand il aura fini sa réunion. Vous allez vous faire sacrément remonter les bretelles, vous aussi.
— Très bien, soupira Achour. On l'a bien cherché.
— Et les analyses ? voulut savoir Raynal.
Menting hésita.
— Elles sont en cours. L'endroit est fréquenté par de nombreux clients, dans ce contexte il est difficile de déterminer combien de personnes se trouvaient là. En tout cas, le bistouri retrouvé dans le corps du crucifié est bien le modèle conçu pour la dissection et les autopsies. Notre chance, c'est que c'est la boîte Isofroid qui le distribue en exclusivité, sous sa marque Dodge. J'ai fait une demande de réquisition auprès d'eux pour obtenir la liste de leurs clients. Bien sûr, un petit malin peut toujours dénicher ce genre d'articles sur Internet, mais vu la spécificité du modèle, je pense que ça vaut le coup de chercher dans cette direction.
— Tu ne chercheras pas longtemps, ne t'en fais pas, souffla Raynal.
— Pourquoi tu dis ça ?
— Parce que dans cette liste de clients, tu vas tomber sur une petite entreprise de thanatopraxie. Et que j'aimerais éviter à des innocents d'être accusés.
Il ramassa sa veste sur le dossier de la chaise.
— Sélim, je crois que tu vas voir ton ami Landis tout seul.
— Tu déconnes, là ? s'exclama le jeune policier.
— Je n'ai jamais été aussi sérieux.
— Attends un peu, Franck, intervint Menting. Qu'est-ce que tu comptes faire, au juste ?

Il ajusta sa veste, prit le holster contenant son arme de service et le rangea dans sa sacoche.

— Mettre les Virgo à l'abri avant qu'il ne soit trop tard. Et vous pouvez le dire à Landis, si jamais il s'en souciait...

56

L'homme, vêtu d'un austère costume noir, enjamba la chaîne et remonta le chemin dans leur direction.
— Maxime Lachaud, s'annonça-t-il avec un accent chantant. Bienvenue à Savènes !

Manon et Ariel se présentèrent à leur tour, tandis que le journaliste leur serrait vigoureusement la main. Son apparence était singulière. Il portait de petites lunettes rondes qui lui donnaient l'air de sortir d'un autre temps. Impression que renforçait sa coiffure, cheveux attachés en arrière, rasés à blanc sur les tempes. Manon songea à un musicien des années quatre-vingt.

— Merci d'accepter de nous parler, monsieur Lachaud.

— C'est la moindre des choses. Il y a certains sujets que je préfère éviter d'évoquer sur les lignes téléphoniques. Je ne vous cache pas que, depuis l'an dernier, j'ai souvent pensé à cette histoire. Naïvement, je croyais que ces horreurs s'étaient arrêtées. Vous avez piqué ma curiosité.

Manon le dévisagea.

— Parce que vous connaissez d'autres endroits où ce genre d'événements s'est produit ?

— Au moins un autre, dit-il. Des faits semblables.

Il fit un geste du menton en direction des vestiges.

— Suivez-moi. Curieux, ce théâtre, n'est-ce pas ?

Ils lui emboîtèrent le pas sans hésiter et descendirent la pente vers les gradins. Vus de près, ceux-ci étaient encore plus étonnants. De véritables sièges en pierre, alignés de manière semi-circulaire au milieu du champ. En bas, le clapotis du ruisseau parvenait jusqu'à eux, mêlé au bruit du vent dans les branches des arbres.

Manon consulta son téléphone et remarqua que, de ce côté de la colline, elle ne captait plus de réseau. Si Franck l'appelait maintenant, il ne parviendrait pas à la joindre.

— C'est un site archéologique ? demanda Ariel.

Le journaliste s'illumina. Il monta sur un des gradins, les surplombant d'une tête.

— Certainement pas. Figurez-vous qu'il ne s'agit pas d'une construction gallo-romaine d'origine. Tout est faux !

— Sans blague ?

— Une drôle de lubie des anciens habitants du hameau, n'est-ce pas ? Ils ont bâti cette réplique de théâtre antique il y a un siècle et demi. Notre région est riche en curiosités de ce genre. La plupart sont méconnues du grand public, mais font le bonheur des explorateurs de lieux insolites.

Il s'exprimait d'une voix fluette et maniérée. Alors que Manon et Ariel observaient les autres bâtisses, il poursuivit :

— Jusqu'à la Seconde Guerre mondiale, il y avait encore deux familles qui vivaient ici. Les derniers habitants sont partis dans les années soixante-dix.

Depuis, Savènes est resté à l'abandon, comme vous pouvez le voir. Les maisons ne tiennent plus debout, et je ne vous parle même pas de l'état de ce théâtre. Mais l'endroit continue d'être visité par les touristes. Ce sont justement des vacanciers qui ont découvert ces pauvres chiens, l'été dernier...

— Ici ? À l'extérieur ?

— Oui. À la vue de tous.

Lachaud désigna la scène fissurée en contrebas.

— Les bêtes étaient là-bas. Éviscérées et pendues à des piques, juste devant le ruisseau. Les têtes avaient été déposées devant, sur la dalle de la scène. Il y avait des tas de détritus sur le site, des bouteilles d'alcool, des restes de feux de camp. Et puis bien sûr, la façade de la ferme, derrière nous, avait été taguée. C'est curieux, d'ailleurs. Quelqu'un a recouvert les dessins à la bombe.

— Vous vous souvenez de ce qu'ils représentaient ? interrogea Manon.

— Oh, oui. Il n'y en avait que deux, mais très évocateurs. Le premier était un homme sans tête. En mythologie, cela s'appelle un acéphale.

— Comme celui de la revue de Georges Bataille ?

— Vous êtes bien informée, mademoiselle ! Le dessin sur le mur était une variante de ce motif. Un homme aux bras écartés, avec un crâne humain à la place du sexe. Une flamme dans une main, une épée dans l'autre. Quant au deuxième dessin...

— Des chiens décapités ? le devança Manon. Les têtes formant une roue ? C'est bien ça ?

Sourire. Lachaud regarda son interlocutrice avec une curiosité non dissimulée.

— En fait, vous n'avez pas besoin de moi. Vous savez déjà tout !

— J'aimerais bien, mais c'est loin d'être le cas. Nous avons simplement découvert ces mêmes dessins, mon frère et moi.

— Et si vous commenciez par m'expliquer ce que vous avez vu au juste, avant que nous revenions à ce qui s'est passé ici ?

Manon n'y voyait pas d'objection. Elle lui décrivit leur voyage au château de Delpierre, et la divinité acéphale peinte sur le mur. Elle lui parla également des chiens décapités, et enfin du masque de poupée gonflable souillé de sang.

Elle préféra ne pas révéler qu'elle avait vu un homme *porter* ce masque, encore moins que celui-ci leur avait tiré dessus. Son récit était déjà assez stupéfiant comme ça. Maxime Lachaud buvait ses paroles, fasciné par ce qu'il entendait.

— Un policier est au courant de tout ça, précisa-t-elle pour conclure. Il est allé sur place hier matin. Tout a été nettoyé. Nous n'avons aucune preuve de ce que nous avons vu.

— Incroyable, murmura le journaliste. C'est la même chose, tous les détails correspondent. Un an après, ils sont toujours actifs…

— Ils ? intervint Ariel. Vous avez une idée de qui a pu faire ça ?

Le journaliste remonta ses lunettes de l'index.

— Non, bien sûr. Mais j'ai beaucoup réfléchi à ce qu'ils ont fait aux chiens. J'ai pu retrouver un autre incident similaire qui s'est déroulé du côté des grottes de Cabrespine. Des promeneurs avaient découvert un souterrain jonché de bougies fondues. Les parois étaient aspergées de sang, une telle quantité que tout le monde a pensé qu'on avait assassiné quelqu'un à cet endroit. La gendarmerie a ouvert une enquête qui n'est pas allée bien loin. Les analyses ont révélé qu'il ne s'agissait pas de sang humain.

— Du sang de chien, donc ?

— Tout à fait. Ils ont aussi trouvé des poils, et un morceau de peau. Pour être précis, ce sang et ces poils provenaient de trois animaux distincts. Vous voyez où je veux en venir ? Trois chiens à Cabrespine. Trois chiens dans votre histoire. Et trois chiens ici. À chaque fois la même chose. Trois chiens décapités.

— Et cela a un sens, d'après vous ?

Lachaud fit un geste vague.

— Mademoiselle, si vous voulez mon avis, rien n'a plus le moindre sens dès lors qu'on est confronté à ce genre de comportement. Cela étant dit, un détail m'a beaucoup fait réfléchir. Sur la scène, là-bas, où on a bombé la dalle en noir, ces individus avaient écrit un mot. *STYX*. Vous savez ce qu'est le Styx, n'est-ce pas ?

— Le fleuve qui mène aux Enfers ?

— Précisément. Dans la mythologie grecque, les âmes des morts devaient passer cette rivière pour accéder au royaume d'Hadès, autrement dit les Enfers. Ce passage était gardé par un chien à trois têtes nommé Cerbère.

— Le chien de l'Enfer, grinça Ariel, guère convaincu. Vous ne poussez pas les spéculations un peu loin ?

Son incrédulité fit sourire le journaliste.

— Je vous fais simplement part de mes recoupements. Pensez ce que vous voulez, mais une telle cruauté sur des animaux, et ce soin de toujours répéter les mêmes détails, cela ne me semble pas anodin du tout. Je précise que Cerbère a déjà été utilisé comme symbole par divers groupes occultes. Au dix-huitième siècle en Angleterre, notamment, il avait été récupéré par une société secrète très particulière, qui mêlait satanisme et débauche sexuelle. On l'appelait le Hellfire Club.

Manon fouilla dans sa mémoire. Le nom lui était inconnu.

— Le quoi ?

— Jamais entendu parler de ça, moi non plus, ajouta son frère.

— Cela ne m'étonne guère, avoua Lachaud. Pourtant, l'histoire est fascinante. Pour vous résumer les choses en quelques mots, le Hellfire Club, ou le club du Feu de l'Enfer, si vous préférez, avait été créé par un politicien anglais assez influent à l'époque, sir Francis Dashwood. Un excentrique, obsédé sexuel, qui se piquait de défier les normes sociales et religieuses en vigueur. Vous l'aurez compris, son club était une manière d'organiser des soirées de débauche, où toute idée de morale était bannie. Ses membres pouvaient s'adonner à leurs penchants les plus vils. Torture, sadisme...

— Je vois, dit Manon.

— Un club SM, quoi, ironisa Ariel.

Le journaliste leur adressa un clin d'œil complice.

— Bien plus inquiétant que ça, si je puis dire. Le Hellfire Club avait pour ambition d'être la société la plus blasphématrice jamais imaginée. Comme devise, Dashwood avait repris la phrase de Rabelais, « Fais ce que voudras ». Si on en croit la légende, les orgies qu'il organisait dégénéraient en véritables messes sataniques.

Son ton était de plus en plus passionné. L'homme commença à agiter les mains tout en parlant.

— Les membres du Hellfire Club se réunissaient dans le château de Dashwood, situé dans le Buckinghamshire, à l'ouest de Londres. Dashwood avait fait creuser un réseau de galeries et de pièces, qu'il avait aménagées spécialement pour les besoins du club. J'ajoute qu'un cours d'eau souterrain passait au milieu de ces couloirs. Dashwood l'avait baptisé rivière Styx. Vous me suivez ?

Il désigna la scène maculée de peinture noire.

— Styx. Comme ce qui avait été écrit sur cette dalle. On peut imaginer que dans le cas présent, cela désignait le ruisseau que nous avons là-bas. Mais l'idée est la même. Un rite de passage. Non pas vers la vie, mais au contraire vers le monde de l'Enfer.

— Et vous pensez que les chiens décapités seraient… une manière de représenter Cerbère ? murmura Manon.

— C'est la question que je me pose depuis un an. Comme je vous l'ai dit, Cerbère était un symbole très utilisé au sein du Hellfire Club. Certains membres portaient son effigie sous forme de médaillon. En menant des recherches, je suis même tombé sur des récits qui faisaient référence à des cérémonies supposées du club. Dans l'une d'entre elles, Cerbère devait être vaincu, de manière métaphorique, pour dépasser la porte de la vie et avoir accès au temple intérieur, autrement dit l'illumination et le plaisir absolu.

Manon essayait d'intégrer tout ce qu'elle entendait. Cela lui semblait vertigineux.

— Donc, selon vous, quelqu'un a ressuscité ce club ? C'est bien ça, votre théorie ?

Le visage de Lachaud s'assombrit.

— Je n'ai aucune preuve de ce que j'avance, bien sûr. Il ne s'agit que de réflexions personnelles. Mais on peut supposer que les gens qui ont commis ces actes sur ces animaux se sont inspirés du club de Dashwood. Ils ne seraient pas les premiers, il y a eu déjà plusieurs Hellfire Clubs après celui de Dashwood. Et prenez le dieu acéphale ! Avant que Bataille ne s'empare du symbole, on le trouvait lui aussi au sein du Hellfire Club, voyez-vous. Il portait le nom grec Akephalos.

— Le club des masques, dit Manon. Décidément, j'avais raison de les appeler ainsi.

— Un nom qui me semble effectivement très approprié. Vous savez, lors des soirées au château de Dashwood, tout le monde était toujours masqué et costumé.

— Pour ne pas être reconnu ?

— Entre autres, oui. Les membres du club étaient des personnalités politiques et religieuses, issues de l'aristocratie et de la grande bourgeoisie. Des gens très influents. Parmi eux se trouvaient des écrivains très connus en leur temps, comme Paul Whitehead ou Horace Walpole, mais aussi le fils de l'archevêque de Canterbury, et le maire de Londres, John Wilkes. On raconte que même Benjamin Franklin a été des leurs ! Le fait de porter un masque permettait à tout ce beau monde de s'adonner à la débauche et au crime sans craindre d'être reconnu. Car le sang coulait lors de ces soirées. Pas qu'un peu. Et pas seulement celui d'animaux, si vous voyez ce que je veux dire…

— Des meurtres ? fit Manon. À ce point ?
— Vous vous foutez de nous, lâcha Ariel.
Le journaliste pointa l'index vers lui.
— Vous pourrez vérifier toutes ces histoires, je n'invente rien. Il y a eu des rumeurs d'assassinats commis lors des orgies du Hellfire Club. Je ne parle pas d'accidents, entendons-nous bien, mais de mises en scène sadiques s'achevant par la mort. Les victimes étaient des prostituées que les membres du club déguisaient en nonnes masquées. Elles étaient violées et battues jusqu'à ce que mort s'ensuive. Voilà le genre de jeux auxquels ces débauchés s'adonnaient...

Ariel trépigna, massant par réflexe son bandage.
— Putain, je n'aime pas ça. Je n'aime pas ça du tout.
— Ariel, supplia Manon. Calme-toi.
— Désolé. C'est juste que le temps passe... et ces histoires de clubs sataniques... Merde, on est dedans jusqu'au cou, Manon !

Maxime Lachaud les regarda avec le plus grand sérieux.
— Vous êtes si impliqués que ça dans cette histoire ?

57

— Je n'aime pas qu'on se foute de ma gueule, Sélim !

Landis était fou de rage. Son odeur d'eau de Cologne, sans doute destinée à masquer sa transpiration après une nuit sur le terrain, saturait l'air du bureau.

— Le procureur est déchaîné, je n'ai jamais vu ça en dix-huit ans de maison ! Comme si je pouvais faire des miracles avec cette affaire pourrie !

— J'imagine, balbutia le jeune policier sans parvenir à soutenir son regard.

C'était tout ce qu'il avait trouvé à répondre. Son pouls battait à toute allure.

— Alors pourquoi vous avez décidé de la jouer perso ? vociféra Landis en tapant du poing sur la table pour ponctuer chacune de ses phrases. Ça vous amuse, ton petit chef et toi, de me foutre dans la merde ? Bande de connards !

Yeux baissés, Achour encaissa les insultes sans réagir. Heureusement, ils n'étaient que tous les deux dans le bureau. Il tritura ses manches, chercha une défense. N'en trouva pas d'assez convaincante.

— Ce n'est pas ce que tu crois, Robert. Je te jure.
— Vraiment ? Et Ariel Virgo ? Ce nom ne te dit toujours rien ?
— Eh bien...

Il baissa les yeux vers la table. Landis y avait étalé les relevés des téléphones mobiles. Difficile de louvoyer, dans ces conditions.

— Quand je t'ai posé la question, pourquoi ne m'as-tu pas dit que tu le connaissais ? C'est un témoin clé dans cette affaire !
— J'ai juste croisé ce type une fois ou deux. Tu sais que Franck et moi avions été appelés pour...

Le commandant l'interrompit.

— Je ne veux pas entendre tes salades ! C'est de la rétention d'information ! Et ne t'avise pas de défendre Raynal ! Quand je pense que ce type n'a même pas les couilles de venir s'expliquer en face !

Son expression changea. Ce n'était plus de la colère qui animait son visage en lame de couteau, mais de la haine. Il frappa encore une fois sur le bureau, faisant voler les feuilles qui s'y trouvaient, et se redressa, glacial.

— Je n'ai jamais pu supporter ce connard. À peine arrivé, il se la joue cow-boy solitaire, comme il le faisait dans le neuf-trois. Tu crois que je ne connais pas sa réputation ? Mais chez nous, on ne fait pas ami-ami avec les criminels. On bosse en équipe, on les envoie derrière les barreaux. Pigé ? Tu vas me donner tous les éléments et tous les contacts que vous avez pu collecter sur cette affaire. Je dis bien *tout*. Je les veux sur mon bureau avant midi. Et peut-être, j'ai bien dit *peut-être*, que je n'en référerai pas à l'inspection générale.

Achour se fit tout petit sur sa chaise.

— Bien sûr, Robert.

— Ensuite, je veux savoir ce qu'il magouille avec cette fille.

— Quoi ?

— Manon Virgo. Et ne fais pas cette tête-là, Sélim. Tu crois qu'on ne m'a pas fait le topo ? Elle travaille dans le funéraire, non ?

Inutile de batailler.

— Elle est thanato, oui. Mais...

— Je suppose que Céline t'a parlé du scalpel retrouvé sur la scène de crime ?

Le jeune policier gigota.

— Je sais, oui. Un scalpel médical.

— Exactement. Comme ceux que cette fille utilise dans le cadre de son travail.

— Ce n'est pas une preuve pour autant...

— Tu en veux une autre ? Cette nuit, deux individus se sont introduits dans le garage de notre première victime. Ils sont tombés sur la patrouille qui effectuait sa ronde, et les ont agressés. Ils se sont acharnés sur un des agents, Sélim.

Achour écarquilla les yeux.

— Oh, merde.

— Notre homme est à l'hôpital avec une belle fracture du crâne. Il n'a fait qu'entrevoir ses agresseurs, mais il est catégorique sur le fait qu'il y avait un garçon et une fille. C'est la fille qui lui a démoli le crâne à coups de matraque. Tu commences à percuter ?

Face au silence du garçon, Landis prit place dans son fauteuil et plaça ses mains en triangle devant sa bouche.

— Écoute-moi bien. J'ai été confronté à suffisamment d'affaires de ce genre pour connaître la musique. Notre métier est très simple. Il consiste à additionner les preuves. Un plus un, tu peux l'aborder et le tourner comme tu veux, au final ça fait toujours deux.

Il se pencha de nouveau vers le jeune policier et poursuivit plus calmement :

— Maintenant, tu dois prendre une décision, et je ne peux pas le faire pour toi. Tu peux continuer de couvrir ton grand ami Raynal, ou bien tu peux nous aider à coincer les Virgo avant que le nombre de morts ne continue de croître. Qu'en penses-tu, Sélim ?

58

Manon jeta un regard nerveux à son téléphone. Toujours pas de réseau.

Elle le rangea dans sa poche avant de répondre à la question de Maxime Lachaud :

— C'est vrai, nous avons croisé ces individus. Nous ne savons pas qui ils sont, mais vous avez raison sur un point. Ils n'ont rien à envier aux membres du Hellfire Club dont vous parlez. Ces gens sont tout aussi dangereux. Et ils ne reculent devant rien...

Le vent autour d'eux augmenta, empli du parfum de thym des buissons environnants, mais chassant aussi un peu de la chaleur du soleil. Manon frotta ses bras pour dissiper un frisson.

— L'accident de voiture, dans lequel une femme a été décapitée, poursuivit-elle. Au téléphone, vous m'aviez dit en savoir plus...

Lachaud tapa du bout du pied contre un gradin.

— Oui. La petite Leclercq. Elle s'appelait Caroline. Une fille bien, jolie, gentille comme un cœur. Encore aujourd'hui, son décès est un mystère pour moi. Je me suis répété que certains accidents sont insolites. Ils se produisent quand on s'y attend le moins. Mais...

— Mais ça ressemble à ce qu'ils font avec les chiens, acheva Manon. C'est même exactement la même chose !

Il hocha la tête, avant d'observer le ciel bleu où tournoyaient des corneilles.

— J'avoue que ce détail est troublant. Le plus ironique, dans cette histoire, c'est que cette personne travaillait pour l'agence immobilière qui gère le hameau.

Manon se souvint que Hind lui en avait parlé.

— Alors elle venait souvent ici ?

— Difficile à dire. La propriété est en vente, mais je doute que les acheteurs se pressent au portillon. J'avais vu Caroline le jour où on a trouvé les chiens. Elle était là uniquement pour constater les dégâts. Elle qui avait toujours milité contre la maltraitance animale ! Voir ces pauvres bêtes... ça l'avait mise dans tous ses états, croyez-moi. Enfin, qui n'aurait pas été bouleversé, devant un tel spectacle ?

— Elle est morte combien de temps après ? voulut savoir Manon.

Lachaud réfléchit. Les cris des corneilles se répercutèrent autour d'eux.

— Deux jours. Sa voiture a traversé une glissière de sécurité. Une chute de quarante mètres en bas de la montagne. Elle a fini empalée sur un engin agricole.

— Mais la mère de cette fille était persuadée qu'on l'avait assassinée. Elle en parlait à tout le monde...

Le journaliste leva l'index.

— Pas exactement dans ces termes. Mme Leclercq était persuadée que le *diable* était venu chercher sa fille. C'est un peu plus compliqué à avaler, comme accusation, vous en conviendrez. J'avais essayé de discuter avec elle, je vous assure que ce qu'elle racontait n'avait ni queue ni tête.

— Elle pensait que quelqu'un avait tué sa fille, insista Manon. C'est une accusation très grave. Et malgré ça, aucune enquête n'a été ouverte ?

La question flotta quelques instants. Lachaud se pinça machinalement les lèvres, songeur.

— Selon elle, la cérémonie occulte qui s'était déroulée ici avait invoqué le prince des ténèbres. C'est lui qui aurait emporté sa fille, puisque celle-ci avait eu le malheur de se trouver sur les lieux.

— Lors de l'examen post mortem, les médecins ont trouvé des poils de bouc sur son corps, rappela Manon. C'est tout de même bizarre, non ?

— Je ne vous dirai pas le contraire. Personne n'a pu expliquer d'où ces poils pouvaient bien provenir, ce qui est très troublant. Mais si vous pensez qu'ils venaient d'ici, croyez-moi, c'est peu probable. Tout ce qu'on a trouvé sur le site, ce sont les trois chiens. Aucun autre animal.

Manon restait pourtant accrochée à son idée. Tout cela devait être lié.

— Délirante ou pas, la mère est morte à son tour, continua-t-elle.

— Elle s'est pendue juste après, oui. En raison de son état mental, personne ne s'est posé de question.

— Bien sûr. Comme pour mon voisin. Personne ne se pose jamais de questions !

— Votre voisin ? Que s'est-il passé ?

À côté d'elle, son frère lui lança un regard de mise en garde. Ils n'étaient pas censés raconter leur vie. Manon hésita un peu.

— Des gens meurent sans raison, monsieur Lachaud. Cela dure sans doute depuis un moment, des années peut-être, et personne ne se rend compte de rien. Peut-être que Mlle Leclercq avait découvert quelque chose. Je ne sais pas, peut-être avait-elle reconnu un des membres de ce club, quand elle est venue ici ? Ou peut-être avait-elle seulement posé des questions gênantes à la mauvaise personne ?

— Possible, admit le journaliste.

— Et peut-être que sa mère elle aussi, au bout du compte, avait croisé cette personne. Ou ces personnes. Ils sont nombreux, il ne faut pas l'oublier.

Lachaud la regarda fixement.

— Peut-être bien, dit-il au bout de quelques secondes.

— Mlle Leclercq et sa mère ne sont pas les seules à être décédées après avoir croisé le chemin de ces individus. Mon voisin s'est suicidé il y a deux jours, dans des circonstances tout aussi suspectes. Et un ami de mon frère a été assassiné sur son lieu de travail. On l'a cloué à un pare-chocs de voiture.

— J'ai entendu l'info. L'AFP parlait d'une affaire de drogue. Comme ce matin. Le massacre dans ce squat...

— Ce sont *eux*. Et la drogue n'a rien à voir là-dedans, c'est un écran de fumée pour détourner l'attention de la police ! Toutes ces personnes ont été tuées parce qu'elles auraient pu divulguer des informations sur le club. Je suis sûre que des gens haut placés sont impliqués. Des gens qui ont le bras long, capables d'interférer dans le cours de la justice pour effacer leurs traces.

— Comme au temps du Hellfire, acquiesça le journaliste. Politique et débauche...

— Voulez-vous nous aider à creuser cette histoire ? C'est un sujet en or pour un journaliste, non ?

Un peu de buée envahit les lunettes de Lachaud.

— Vous voulez savoir la vérité ? Je crois que cela fait un an que je n'attendais que ça. Vous pouvez compter sur mon aide.

Manon se fendit d'un grand sourire. Le vent souffla de nouveau et cette fois, tous trois croisèrent les bras sous la fraîcheur soudaine.

— On ferait mieux d'y aller, dit Ariel.

Manon acquiesça. Ils devaient rendre visite à Christina Batista, et la journée avançait déjà. Plus de temps à perdre ici.

Alors qu'ils dépassaient la ferme et redescendaient vers leurs véhicules, Manon observa une dernière fois les maisons effondrées au milieu des champs cailloux. Ruines et isolement. Il lui tardait de reprendre la route.

Elle s'arrêta pourtant au niveau du panneau orange, traversée par une idée subite.

— Une dernière chose…

— Oui ?

— C'est bien de cette agence immobilière que vous parliez ?

Elle lut le nom écrit en grosses lettres blanches :

— Titanium Immobilier. Caroline Leclercq travaillait pour eux ?

— C'est ça, confirma le journaliste. Ils ont ouvert plusieurs bureaux dans la région. Vous ne connaissez pas cette chaîne ?

— Je ne crois pas, dit Manon.

Mais elle n'en était plus tout à fait sûre.

— Titanium…

Ce nom lui disait quelque chose.

Elle se demanda où elle l'avait entendu, sans parvenir à s'en souvenir.

Ils venaient de claquer leurs portières et le SUV du journaliste disparaissait sur le chemin dans un nuage de poussière ocre, quand le téléphone de Manon retrouva le réseau et émit une série de carillons nerveux. Plusieurs appels en absence. Tous de Franck Raynal.

Cela ne la rassura pas.

Elle effleura l'icône d'appel.

Le policier décrocha à la première sonnerie.

— *Manon ?*

— Franck ! Désolée, mon téléphone ne captait plus.

— *Tu es avec ton frère en ce moment ?*

— Eh bien, oui…

— *Où êtes-vous ?*

Elle n'avait encore jamais entendu cette tension dans la voix du policier.

— Pas loin de Saint-Guilhem-le-Désert, pourquoi ?

— *Vous avez un problème. Tous les deux. Et on n'a pas beaucoup de temps.*

59

Dans l'ombre du bureau, son visage de porcelaine baigné par la lumière froide de l'écran, Nyx relut l'e-mail qu'elle venait de recevoir. Le message n'était pas ce à quoi elle s'attendait. Pas si vite, en tout cas. Mais elle avait lancé elle-même cet engrenage, elle ne pouvait plus revenir en arrière. À présent, elle devait prévenir Hadès.
Elle se leva, cherchant déjà les mots qu'elle emploierait. La porte s'ouvrit à cet instant. Hadès pénétra dans la pièce, comme s'il avait lu dans ses pensées. Ce qui n'aurait pas étonné la jeune femme outre mesure. Hadès avait ce genre de pouvoir, elle en était certaine. Il avait ouvert bien assez de portes de l'esprit pour cela.
Il n'y avait aucun moyen de tricher avec cet homme. Jamais la moindre chance de se défiler.
— Les nouvelles ? demanda-t-il.
Sa voix était sereine, électrique. À l'image de son apparence. Un homme et un dieu dans le même corps. Un guide et un destructeur. Les stores baissés l'éclairaient de bandes alternées de jour et de ténèbres, faisant luire sa chevelure argentée, plongeant dans

l'ombre son regard profond, pour mieux mettre en lumière le pli assuré de sa bouche. Une force sauvage émanait de lui sans qu'il ait besoin d'en faire étalage. Sans cet homme, Nyx n'était rien. Sa vie n'aurait pas de sens.

Elle hésita. Il fallait qu'elle se lance.

— Ça y est. La police a identifié les preuves que nous avons laissées à son intention.

Alors qu'Hadès avançait imperceptiblement vers elle, l'ombre et la lumière glissèrent sur lui. Ses yeux furent illuminés. Ils la crucifiaient.

— N'est-ce pas un peu trop tôt ? Les Virgo ne nous ont pas encore rendu la boîte.

Nyx lissa sa jupe, les yeux baissés. Elle avait l'impression d'être une adolescente prise en faute.

— Ils le feront aujourd'hui. Je suis sûre d'avoir assez effrayé le frère pour ça.

Hadès se pencha sur elle et caressa sa joue d'une main chaude et lisse. Un frisson électrique traversa la jeune femme. Elle avait envie d'embrasser cette main tout autant qu'elle en avait peur. Et ce mélange d'émotions était délicieux et insupportable à la fois.

— Ensuite, ils seront livrés à la police avec davantage de preuves accablantes, poursuivit-elle d'une voix un peu plus enrouée. Le nécessaire sera fait de l'intérieur. Ces deux témoins réduits au silence, l'enquête n'ira nulle part.

— Je n'en doute pas... murmura Hadès.

Sa main redescendit tout doucement. Elle sentit le bout de ses doigts effleurer son cou, et caresser sa clavicule, que son décolleté laissait apparente. Sa peau se couvrit aussitôt de chair de poule.

— ... mais nous avons besoin de remettre la main sur cette boîte, ajouta-t-il.

Nyx frémit. Des étincelles naissaient dans sa chair. Un crépitement de petites étoiles qui suivaient le parcours des doigts d'Hadès. Elle ferma à demi les yeux, ne sachant plus quoi dire.

Quand Hadès s'écarta, elle souleva de nouveau ses paupières et ne put s'empêcher de gémir sous le manque soudain.

Elle le vit saisir un objet argenté sur le bureau. Son coupe-papier.

La jeune femme comprit ce qui allait se passer en une fraction de seconde. Elle n'eut pas le temps de se protéger. Sans un mot, Hadès avait déplié le bras d'un ample mouvement. La lame atteignit Nyx à la pommette droite. Jaillissement de douleur.

Nyx se plia en deux, éclaboussant le parquet de gouttelettes rouges. Elle se cogna au bureau et dut lutter pour ne pas tomber. Elle savait qu'elle ne devait rien dire. Ne *surtout* pas parler. Elle baissa les yeux tandis qu'Hadès s'approchait d'elle.

— À genoux.

Elle s'exécuta servilement et fixa le sol. Son sang continuait de s'écouler de sa joue entaillée, il suivait l'ovale de son visage jusqu'à son menton avant de tomber sur le parquet.

Hadès la désigna de la pointe du coupe-papier.

— Tu es ma préférée parmi tous mes enfants, Nyx. Pourquoi me déçois-tu ainsi ?

La jeune femme tressaillit. La souffrance physique n'était rien. La honte qu'elle éprouvait en cet instant était pire que tout.

— Tu as commencé quelque chose d'ambitieux, mais sans t'assurer le contrôle des conséquences, poursuivit l'homme sur un ton doucereux. Tu vois ce que tu gagnes ?

Elle s'empressa de hocher la tête. Le mouvement attisa la sensation de brûlure dans sa joue blessée et envoya de nouvelles gouttes rouges sur le sol.

Défigurée. Elle sentit des larmes inonder ses yeux malgré elle. Son visage dont elle était si fière risquait d'être enlaidi à jamais. Une colère folle grandit en elle. De la colère envers elle-même. Hadès avait raison. Elle ne pouvait s'en prendre qu'à elle-même.

Il reposa soigneusement la lame sur le bureau puis il s'approcha d'elle à nouveau. D'une pression du bout des doigts, il lui fit pencher la tête en arrière, et elle s'exécuta, retenant sa respiration.

— Tu vas retrouver la boîte, Nyx ?
— Oui...
— Aujourd'hui ?
— Je ne te décevrai plus. Je te le jure.

L'homme aux cheveux argentés sourit. Puis il se baissa au-dessus d'elle. Lèvres jointes, il laissa s'échapper un long et épais filet de salive. Nyx frissonna sous la sensation de feu dans sa pommette. Elle sentit la salive dégouliner avec son propre sang et s'inviter entre ses lèvres. Elle ferma les yeux. La douleur avait beau la tenailler, elle ne sentait que le plaisir d'être touchée par lui. Une partie de lui. C'est tout ce dont elle avait besoin.

— Je te fais confiance, chuchota-t-il.

Il recula. Les ombres du store le happèrent de nouveau dans leur grille.

— Merci, Hadès, murmura Nyx.

Yeux braqués sur le plancher souillé de son propre sang, elle ne pensait plus qu'à une chose.
Les Virgo.
C'étaient eux les fautifs.
C'était à eux de payer pour ce qui lui arrivait en cet instant.
Elle y veillerait.

60

Suspects.
Tandis qu'ils marchaient dans les étroites rues pavées du centre-ville, Manon n'arrivait toujours pas à croire ce que le policier lui avait dit.

Son frère et elle étaient innocents. Ils étaient des *victimes*. Mais comment expliquer cela à la justice sans la moindre preuve ? Qu'avaient-ils exactement comme éléments de défense ? D'anciennes sociétés secrètes sulfureuses. De vagues dessins sur des murs. Des faits divers de tortures sur animaux. Ils n'avaient *rien*. Elle le savait très bien.

Et Ariel le savait également.

— C'est pas une bonne idée, grommela-t-il en la suivant à contrecœur.

— Il nous attend. On n'a pas le choix.

— On a toujours le choix. Et parlant de ça, on devrait plutôt aller récupérer leur foutue boîte à secrets, au lieu de perdre davantage de temps ici...

Il s'interrompit, suivant du regard une voiture de police qui tournait à l'angle de la rue. Ils poursuivirent en direction de la cathédrale et descendirent l'escalier vers le parvis. Il y avait des travaux un peu plus loin. Le bruit des marteaux-piqueurs emplissait la rue.

— On voit Franck d'abord. Ensuite on va chercher leur cube tous ensemble.

— Je répète que c'est pas une bonne idée.

Elle lui empoigna la main et le força à rester près d'elle, louvoyant entre des adolescents assis sur les marches et la rambarde de pierre.

— Tu ne t'es pas demandé ce que ces gens feront, une fois qu'ils auront récupéré ce qu'ils veulent ?

— Ce sera forcément mieux que ce qu'ils nous feront si on ne la leur ramène pas ! Tu espères quoi ? Que ton beau gosse nous mettra à l'abri ?

Le ton d'Ariel était acide. Manon sentit son exaspération monter d'un cran.

— C'est exactement ce qu'il va faire, oui. Lui seul en est capable.

— C'est un flic, merde ! Tu sais qu'on ne peut pas faire confiance à ces types ! Ils te disent ce que tu veux entendre. Et ils se retournent toujours contre toi, parce qu'à la fin c'est leur seul intérêt. Ouvre un peu les yeux !

Manon refusait de l'écouter. Alors qu'ils traversaient les travaux, le vacarme des machines et les vapeurs nauséabondes du goudron en fusion les enveloppèrent. Elle pressa le pas et coupa par un petit square pour s'en éloigner au plus vite.

— Franck va nous protéger, martela-t-elle. J'en suis sûre.

— Qu'a-t-il fait pour nous aider, jusqu'ici ? Je veux dire, de manière concrète ? Vas-y, je suis tout ouïe !

— Ça suffit. T'es trop chiant !

Encore une avenue à traverser, et ils furent enfin devant les grilles du jardin des plantes, où le policier leur avait donné rendez-vous.

Cela faisait des années que Manon n'y avait pas mis les pieds, mais rien n'avait changé. Un premier escalier les mena sur la vaste place de l'entrée, bordée de grands et beaux arbres qui donnaient à l'endroit une atmosphère de sérénité. Quelques personnes étaient installées sur les murets de pierres, lisant ou pianotant sur leurs tablettes. Plusieurs chats se prélassaient également sur le sol de terre battue. Un peu plus loin, sur les chemins des jardins, disposés en niveaux aérés, des promeneurs allaient et venaient en discutant, entourés d'enfants qui jouaient à se courir après, montant et descendant les petits escaliers.

Gravissant de nouveau une volée de marches, Manon et Ariel s'engagèrent dans la première allée fraîche et verte, où se trouvait l'impressionnant arbre aux vœux, les creux de son tronc emplis de papiers froissés déposés par les visiteurs. De part et d'autre, des sentiers parallèles, embaumant l'air de parfums de terre et d'essences multiples. De l'ombre partout. Des troncs, des feuilles, des fleurs, des bassins. Comme dans les souvenirs de la jeune femme, le plan des lieux était tortueux, un labyrinthe miniature où il faisait bon se balader. Ils croisèrent des familles, des couples qui s'embrassaient, des photographes amateurs, accroupis devant les massifs et absorbés par l'élaboration de leurs clichés.

Manon doubla tous ces gens sans leur accorder un regard, anxieuse à l'idée de retrouver Raynal.

Ariel, en revanche, se retournait en tous sens. Il observait chaque passage, scrutait attentivement le mur d'enceinte, qui devenait paroi grillagée tout au fond des jardins et laissait entrevoir le parking d'une résidence aux volets fermés. Une nuée de pigeons s'envola à leur approche dans de grands claquements d'ailes. Manon lui prit de nouveau la main pour le forcer à avancer à son rythme.

— Allez. On visitera un autre jour.

— Je ne plaisante pas, souffla-t-il à son oreille. Il y a une voiture de police qui stationne de l'autre côté du grillage. Tu la vois ?

Elle refusa de l'écouter. De toute manière, ils étaient arrivés, Manon aperçut Franck et son collègue Achour. Les deux hommes se tenaient non loin du bassin aux nénuphars, à côté d'un banc de pierre entourant un arbre énorme. Derrière eux, des adolescentes prenaient des selfies devant une mini-forêt de bambous fins et verts. Raynal leur fit signe, et Manon pressa le pas pour le rejoindre. Elle se sentit subitement gauche, ne sachant si elle devait s'approcher, lui serrer la main, lui faire la bise. Elle aurait voulu se jeter dans ses bras. Au lieu de cela, elle lui adressa un sourire timide.

Son frère, quant à lui, ne fit pas de manières. Il se campa face à Raynal, poitrine gonflée.

— Vous comptez réellement nous aider ? attaqua-t-il sans préambule.

Raynal lui renvoya un regard fatigué. Une nuée de moucherons passa entre eux, rendant l'air flou l'espace d'un instant.

— Pourquoi croyez-vous que je vous ai prévenus ? dit-il à voix basse pour ne pas attirer l'attention des promeneurs. Le temps presse. Je présume que vous savez ce qui s'est passé à la Maison des arts ?

— Évidemment qu'on a vu ça, maugréa Ariel sans se démonter. À la télé, ils parlaient d'actes de barbarie.

— Parce qu'il n'y a pas d'autre terme.
Le policier renifla. Son sourire était dur.
— Ils ont fait trois victimes, mais c'est pour votre ami Chili qu'ils étaient venus. Ils se sont acharnés sur lui d'une manière que je ne peux même pas décrire. Ils avaient compris qu'il pouvait nous faire remonter jusqu'à eux.
— Et vous n'avez rien fait pour le protéger, répliqua Ariel, acerbe.
— Ariel ! fit Manon. Arrête !
— Il a raison, concéda Raynal. Je n'étais malheureusement pas sur place.
— Alors que vous saviez parfaitement qu'il était en danger ! poursuivit le jeune homme. Si ces personnes sont mortes, c'est uniquement à cause de vous ! Comme d'habitude !
Raynal ne changea pas d'expression.
— J'ai sous-estimé leur folie, je le reconnais.
Du chahut s'éleva dans leur dos. Un instant plus tard, des enfants débouchèrent de l'allée des bambous, courant vers le plan d'eau en criant. Raynal attendit qu'ils se soient éloignés avant de reprendre :
— Il ne reste plus que vous deux. Le problème, c'est que vous êtes aussi devenus les principaux suspects dans cette affaire.
Ariel se gratta nerveusement la gorge.
— Ça n'a pas de sens et vous le savez très bien. Nous n'avons rien à voir avec ces meurtres. C'est même moi qui vous ai parlé de Chili !
— Justement, intervint le deuxième policier, qui était resté silencieux jusqu'à cet instant.
Ariel se tourna vers lui et le dévisagea.
— Qu'est-ce que vous insinuez, vous ?

Achour s'approcha. Il déclara d'un ton accusateur :
— Vous connaissiez aussi bien Majax que Chili, et vous êtes le seul dans ce cas. Sans oublier que votre téléphone a été retrouvé sur la scène de crime. Je suis désolé d'avoir à vous le rappeler, monsieur Virgo, mais les preuves matérielles s'accumulent contre vous. Ce n'est pas avec votre attitude que vous vous attirerez la bienveillance de la justice !

Ariel s'empourpra.
— De quelle justice vous me parlez ? Vous essayez de m'intimider ? Mon téléphone a été volé hier. J'ai été agressé. Et ça, je peux très bien le prouver !

Il leva sa main bandée.
— Vous voyez le doigt qui manque, là ? Ces fumiers me l'ont coupé. Vous imaginez que je pourrais inventer un truc pareil ? En plus, il faudrait que je sois con au point d'oublier mon propre téléphone sur le lieu d'un massacre ? Non mais, sérieusement ?

Achour ne se départit pas de son air sceptique, mais n'insista pas. Après un bref silence, pendant lequel les discussions d'un groupe autour du bassin voletèrent jusqu'à eux, Raynal reprit la parole.

— Il y a l'autre problème dont je t'ai parlé, Manon. Les meurtriers de Chili ont laissé un scalpel sur la scène de crime. Un bistouri de dissection distribué par Isofroid.

Ce fut au tour de la jeune femme de faire une grimace.

— Tous nos outils viennent de chez eux. Bien sûr, que ça doit être un des miens ! Ils l'ont volé à mon travail, hier. Je t'ai raconté ce qui s'est passé... L'effraction dans le garage...

— Quelqu'un peut attester cette soi-disant effraction ? demanda Achour.

Elle regarda le jeune policier.

— Il n'y a pas vraiment eu effraction. Ils ont pénétré dans le garage de ma boîte hier après-midi, mais je ne peux pas prouver ce que j'avance. À part moi, il n'y avait que la secrétaire, Laetitia. Je sais qu'elle n'a rien vu. C'est moi qui l'ai prévenue parce que j'avais entendu du bruit.

— On ira recueillir son témoignage, répliqua Raynal.

Des claquements d'ailes retentirent de nouveau, tandis qu'une dizaine de pigeons s'envolaient en toute hâte. Ariel s'agita.

— Sérieusement, ce n'est pas des flics, là-bas ?

Raynal tourna la tête dans la direction qu'il indiquait. Deux hommes venaient d'ouvrir un portail et entraient dans le jardin. Le vent dans les branches fit pleuvoir des grains de pollen au-dessus des grilles vertes.

— Il n'y a pas de raison…
— Ils ont des oreillettes, insista Ariel.

À son tour, Manon chercha à distinguer leurs visages. Trop loin. Elle ne pouvait dire avec certitude si ces hommes les regardaient. Ils restaient immobiles devant les grilles. Ce qui était certain, c'est qu'ils semblaient bel et bien en faction.

Beaucoup plus près d'eux, deux autres individus étaient apparus devant les grandes serres vitrées et s'adressaient aux promeneurs. À leurs signes, Manon comprit qu'ils leur demandaient de regagner la sortie.

Une détresse insoutenable vrilla son cœur.

— Ariel, je crois que tu as raison…

Elle pivota, observant les allées autour d'eux. Des sous-bois verts et denses. Et là-bas. Derrière les bambous. Un homme qui parlait dans sa manche, son oreillette visible même à cette distance. Il n'y avait plus de doute possible.

— Ils sont en train de bloquer toutes les issues ! ragea Ariel. Putain, je le savais !

Manon se tourna vers Raynal. Elle refusait de croire qu'elle avait été trahie. Toutefois, les faits étaient là. L'évidence douloureuse.

— Vous êtes venus nous arrêter ? C'est ça, alors ?

— Bien sûr que non... commença le policier.

Pourtant, il se rembrunit. Il se retourna vers son collègue.

— Sélim ?

Achour eut un rire nerveux. Une goutte de sueur scintilla au coin de sa moustache.

— À quoi tu t'attendais, Franck ? On ne peut pas saboter le travail des collègues. Si ces deux-là sont innocents, c'est leur seule manière de le prouver. Tu le sais très bien.

— Espèce d'enfoiré ! s'exclama Ariel en repoussant le policier du plat de la main.

D'un geste rapide et parfaitement maîtrisé, Achour attrapa le bras d'Ariel et le tordit. Ariel poussa un cri de douleur, tenta de se dégager, mais Achour avait déjà accroché une menotte à son poignet. Il lui tordit davantage le bras.

— On ne bouge plus, Virgo !

— Pauvre connard ! lui cria le jeune homme en posant un genou à terre. Ne fais pas ça ! Tu ne comprends rien !

De part et d'autre des allées, les agents se précipitèrent dans leur direction.

61

Il lui fallut deux secondes en tout et pour tout.

La première pour voir tous ces policiers qui accouraient, convergeant de tous les côtés, sommant les promeneurs de s'écarter.

Une autre, effroyable seconde, pour croiser le regard pâle de Franck Raynal. Lui aussi observait le déploiement de ses collègues et semblait jauger la situation, ses muscles tendus sous sa chemise, sa pomme d'Adam remontant dans sa gorge.

Manon ressentit un mélange d'émotions intenses. Du désespoir et de la colère, indissociables, la submergeant. C'était une trahison. Ariel avait raison depuis le début. Et elle avait foncé tête baissée dans le piège.

— Manon, fit Raynal en se tournant vers elle. Tu dois...

Elle recula pour éviter sa main. Et cessa de penser tout à fait. Poussant un cri strident, elle se précipita sur le jeune flic qui maintenait Ariel à terre.

— Lâchez-le tout de suite !

— Du calme ! beugla Achour en levant la main.

Il la frappa à la clavicule. Fort. Manon eut un instant de vertige, un bref éblouissement, puis hurla de plus belle, s'accrocha au policier et le secoua.

Ariel en profita pour se dégager.

— Vous... commença Achour en essayant de l'agripper de nouveau.

Ariel ne lui en laissa pas le temps. Il avait déjà pris son élan et lui balança un coup de tête en plein visage. Le nez d'Achour émit un craquement sec, du sang gicla en cascade sur son menton. Le policier, ébahi, dégaina son arme.

— Sélim, bon sang ! tonna Raynal en saisissant le poignet de son collègue.

Il le força à lever le bras vers le ciel.

Le coup de feu partit.

La détonation eut deux effets. Elle fit s'envoler des dizaines de pigeons, et déclencha un mouvement de panique général dans les sentiers des jardins. Des cris d'affolement s'élevèrent. Les derniers badauds s'éparpillèrent en tous sens pour se mettre à couvert.

— Ariel ! cria Manon en se précipitant à la suite de son frère.

— Par là ! Suis-moi !

Ils enjambèrent un muret et traversèrent la végétation pour s'échapper par une autre allée avant que les forces de police ne les interceptent. Ils passèrent de niveau en niveau, se mêlant finalement à un groupe de touristes effrayés. Une poussette vide fut renversée dans la précipitation. Tout le monde se mit à courir en désordre, et ils firent de même, se dirigeant au hasard dans le labyrinthe, courbés en deux chaque fois qu'ils pouvaient passer derrière un mur pour éviter de se faire repérer. Ils furent obligés de changer de cap plusieurs fois, car les hommes aux brassards rouges de la police étaient partout.

— Il faut rejoindre le mur d'enceinte, lança Ariel. Il y a des endroits où il est assez bas, on pourra l'escalader.

Encore fallait-il pouvoir y accéder sans attirer l'attention. Alors qu'ils s'approchaient de la périphérie des jardins, ils constatèrent que le chemin était bloqué par les forces de l'ordre.

— Ils sont là ! s'écria l'un des officiers en faction derrière les grilles. Équipe trois ! Dans votre direction !

Manon et Ariel firent demi-tour, bousculant des passants affolés qui cherchaient à comprendre ce qui arrivait.

— Par là ! cria Ariel en se faufilant entre des buissons.

Ils se frayèrent un passage au milieu des plantes et des énormes troncs d'arbres, remontèrent plusieurs volées de marches, coupèrent de nouveau en pataugeant dans un plan d'eau vaseux.

Ils débouchèrent à découvert dans un angle des jardins labyrinthiques.

Seul un policier se trouvait là, montant la garde devant un petit portail vert. Derrière, un parking et une grille plus haute, mais rien d'infranchissable.

— Vous ! brailla l'agent. On ne bouge plus !

Il s'élança vers eux, son SIG-Sauer braqué à bout de bras.

— Allez ! À plat ventre par terre ! Tous les deux !

Alors que Manon hésitait, Ariel fonça droit sur lui. Le policier tira une fois en l'air. Ariel ne ralentit pas. Avec l'élan, il parvint à bousculer l'homme d'un grand coup d'épaule. Le flic vociféra de plus belle, et essaya de lui donner un coup de crosse, sans parvenir à toucher le fuyard, ni même à l'agripper au passage.

Manon s'élança à son tour, cherchant à contourner le policier.

Malheureusement, elle était moins agile que son frère.

L'homme fit volte-face, dégaina sa matraque, et la frappa au passage. Touchée à la cuisse, la douleur plus forte que sa volonté, Manon chuta en poussant un cri strident.

— Ariel !

Son frère enjamba le portail et continua de courir dans le parking.

— *Ariel !* hurla-t-elle.

Le policier lui saisit le bras sans ménagement et le plia jusqu'à lui faire mal, la maintenant à plat ventre sur le chemin. Il lui passa des menottes et les verrouilla.

— Ta gueule ! Et bouge plus ! Bouge plus, je te dis !

Manon gémit, écrasée par le poids du flic. Du coin de l'œil, elle aperçut Ariel qui escaladait la grille extérieure sans jeter un regard en arrière. Elle le maudit. Le lâche. Le menteur. Il la laissait tomber. *Encore.*

Le policier la fit se retourner. Son visage rond et crevassé d'anciens problèmes d'acné. Il pressa sa matraque sur la gorge de Manon, lui bloquant la respiration.

— Tu t'avises de te rebeller et...

Il ne vit pas venir l'ombre au-dessus de lui.

La silhouette jaillit dans son dos et un poing s'abattit sur l'arrière de son crâne.

L'homme s'effondra sur Manon comme une masse.

Elle n'en revenait pas.

Franck Raynal. Il se tenait là, les traits figés en un masque de détermination farouche. Il se retourna un bref instant, pour s'assurer qu'aucun témoin n'assistait à la scène, puis il se pencha, souleva son collègue inanimé d'une poigne solide et l'écarta de Manon pour qu'elle puisse se redresser.

— Retourne-toi. Vite.

Il glissa une clé dans les menottes et les ôta de ses poignets.

— Voilà, dit-il. Dépêche-toi de filer. Jette ton téléphone. Ils vont le localiser.

Manon avait du mal à reprendre son souffle. Elle dévisagea le policier avec un regard perdu.

— Et ensuite ?

Il la saisit par le cou, approcha son visage du sien d'un geste brusque et écrasa sa bouche contre la sienne. Manon sentit un vertige irrépressible l'envahir.

— Mets-toi à l'abri, dit-il quand leurs lèvres se séparèrent. Surtout pas chez toi. Appelle-moi ce soir, j'irai te chercher. Maintenant tire-toi d'ici avant qu'on ne nous voie !

Sans attendre sa réaction, il repartit sur le chemin entre les massifs. Manon le vit courir vers deux hommes qui surgissaient du labyrinthe.

— Je les ai vus partir sous les arbres ! leur cria-t-il tout en leur indiquant la direction opposée. Suivez-moi !

Manon réprima un sourire idiot.

La voie était libre. Elle se précipita vers le portail.

62

Au moins, les petites rues ne grouillaient pas de flics.

Pas encore.

Manon ne parvenait plus à réfléchir. Son cœur refusait de ralentir et son pouls martelait ses tempes. Elle avait rejoint son frère au coin de la rue, et à présent elle le suivait d'un pas nerveux sur les pavés du centre-ville, au milieu des passants et des cyclistes. Ils bifurquaient au hasard, aussi souvent que possible, jetant des regards inquiets derrière leur épaule. À plusieurs reprises, ils firent volte-face et repartirent dans une autre direction afin de contourner une voiture de patrouille en stationnement. Pour dissimuler le bracelet de métal qui emprisonnait son poignet gauche, Ariel portait sa veste sur son bras plié. C'était un piètre et inconfortable stratagème, mais qui au moins lui évitait d'attirer l'attention.

— C'est dégagé par ici, annonça-t-il en remontant la rue du Faubourg-du-Courreau. On va pouvoir récupérer ta voiture. Ensuite, on s'occupe de m'enlever ces foutues menottes.

Il avait parlé trop vite. Alors qu'ils s'approchaient du cours Gambetta, non loin de l'endroit où était garé le Kangoo, une voiture de police arriva face à eux. Manon sentit la panique revenir.

Son frère ne lui laissa pas le temps de se trahir. Il l'entraîna dans une ruelle en contresens. Une façade était en travaux. Ils en profitèrent pour se cacher derrière la bâche de l'échafaudage.

Le véhicule sérigraphié continua son chemin sans ralentir.

— C'est bon, murmura Ariel au bout de quelques instants.

Sauf que rien n'était bon du tout. Manon lui donna un violent coup de poing sur l'épaule.

— Tu veux rire ? Espèce de lâche ! Tout va de pire en pire ! s'écria-t-elle, et elle lui assena un autre coup tout aussi fort.

— Arrête ça, merde !

Elle lui lança un regard assassin. *Arrêter ?* Hors de question. Sa colère, intense, étouffante, ne diminuait pas. Elle avait besoin de la laisser sortir.

— Je me démène depuis le début pour toi ! s'exclama-t-elle en continuant de le frapper. J'ai toujours été là pour toi ! Regarde dans quelle galère on se trouve par ta faute !

— Manon…

Ses poings s'écrasèrent contre ses côtes, contre sa poitrine. Ariel recula d'un pas, bras levés, dans un cliquettement de menottes. Un groupe de piétons les dépassa, sans s'intéresser le moins du monde à leur dispute.

— Des psychopathes mettent notre vie en danger, la police nous traque comme des criminels ! Et toi ? Tu es toujours prêt à me sacrifier pour sauver tes fesses ! Tu ne changeras jamais !

— Je...

— Je n'en peux plus d'être mêlée à tes histoires ! Je n'en peux plus de me sacrifier pour toi alors que tu ne penses qu'à ta petite gueule !

Il lui saisit les poignets pour qu'elle cesse ses coups.

— Dis pas n'importe quoi ! Je savais très bien que tu t'en sortirais.

La mauvaise foi de son frère lui donnait des envies de meurtre. Il avait dépassé les limites. Il n'y aurait plus de retour possible. Elle se débattit en tous sens pour libérer ses poignets et le gifla.

— Espèce de crétin ! Si Franck n'avait pas débarqué pour m'aider, je ne m'en serais jamais tirée, ça c'est sûr !

Ariel passa une main sur son visage couvert de sueur. Ses joues étaient déjà bleues de barbe naissante.

— Que veux-tu que je te dise ? On est là tous les deux, non ? C'est le principal !

Après un instant d'hésitation, son ton aussi se teinta d'exaspération :

— Et puis, je suis désolé, Manon, mais ton *Franck*, c'est bien à cause de lui qu'on a failli être pris. Ce rendez-vous... un piège pour nous envoyer au trou, oui !

— À cause de son collègue, rectifia-t-elle. Tu le sais très bien. Franck n'a fait que nous sortir de ce piège. Il a assommé un de ses collègues. Il risque sa carrière pour nous, je ne sais pas si tu t'en rends compte !

— Arrête de l'appeler par son prénom ! Ça me rend dingue !

Qu'est-ce qui te dérange ? C'est son nom, il s'appelle Franck. *Franck.* Tu n'aimes pas ? Moi oui. J'aime beaucoup même. Franck, Franck, Franck !

Ariel abandonna. Il se contenta de s'éloigner à grands pas. Manon se tut, comprenant à quel point elle était puérile. Mais elle refusait de le laisser inverser les rôles aussi facilement. Ce n'était pas à elle de se sentir coupable de quoi que ce soit.

Elle courut après lui.

— Ariel, tu n'espères tout de même pas...

Il stoppa net et lui prit le bras.

— Silence. On change de plan.

Il avait parlé d'un ton ferme. Elle comprit aussitôt pourquoi.

Devant eux, un véhicule de police, gyrophare allumé, bloquait la rue où elle s'était garée.

Des agents en sortirent et se déployèrent autour de son utilitaire. L'un d'eux indiqua aux piétons de circuler. L'autre essayait d'ouvrir une portière. Le dernier était déjà en communication au téléphone.

— C'est pas vrai, murmura Manon.

— Malheureusement, si. On peut oublier ta voiture une fois pour toutes.

Ils repartirent en sens inverse, se fondant au sein de la foule hétéroclite du quartier. Manon crut qu'elle devenait folle.

— On ne peut pas continuer comme ça !

— On va s'en sortir, répliqua Ariel. Je ne sais pas encore comment, mais je t'assure qu'on va trouver une solution, d'accord ?

Il vérifia que la veste couvrait toujours sa main. En dessous, les menottes s'entrechoquaient l'une contre l'autre, produisant un tintement métallique.

— Mais d'abord, il faut que je me débarrasse de ces trucs. Je ne peux pas me promener comme ça.

— Et tu sais comment faire ?

— Rien de plus simple. En les coupant. On a juste besoin d'un coupe-boulon.

— Un quoi ?

— Un coupe-boulon. C'est une grosse pince coupante. On achète ça en quincaillerie. Il y en a une pas loin, justement.

Manon soupira.

— Je suppose que si tu dis ça avec autant de naturel, c'est que tu as déjà eu l'occasion de faire ce genre de chose ?

— Sur moi, ce sera la première fois. Mais je l'ai vu faire, oui...

Ils marchèrent plusieurs minutes avant de s'arrêter sous les arbres qui bordaient l'allée. Personne ne faisait attention à eux. Pas de voiture de police en vue.

Ariel désigna la devanture du magasin de l'autre côté de la rue.

— Tu vas l'acheter. Je ne peux pas y aller avec les menottes.

— Un coupe-boulon, hein ?

— C'est ça. Ensuite il faudra trouver un point de chute. On a besoin d'élaborer un plan...

Manon prit un air résolu.

— Pour l'un comme pour l'autre, j'ai déjà mon idée, Ariel.

63

Quand le pack de froid enveloppé dans de la gaze fut appliqué sur son visage, Achour poussa un grognement de douleur.

— Fais gaffe, merde !
— Pas de panique, ton nez ne semble pas être cassé, lui indiqua le médecin qui lui tenait la tête. Tu vas garder cette compresse bien collée sur ta peau pendant dix minutes, le froid va diminuer l'inflammation. Il faut quand même que tu passes une radio, mais on peut dire que tu as eu de la chance.
— On ne doit pas avoir la même définition de la chance, grommela le jeune policier en se levant du fourgon où il était assis.

Le long de l'enceinte du jardin des plantes, il ne restait plus qu'une poignée d'agents. Une partie des effectifs quadrillait encore le quartier, tout en sachant qu'il y avait peu d'espoir de retrouver les fugitifs. Les autres étaient déjà repartis pour l'hôtel de police.

Le commandant Landis attendait que le médecin en ait fini avec Achour. Pâle comme un linge, mâchoires crispées, il contenait difficilement sa rage.

— Bien joué, tous les deux ! explosa-t-il quand le jeune homme revint enfin vers eux. Vous avez conscience que le procureur va me défoncer la gueule, maintenant ?

Franck Raynal s'adossa au mur et croisa les bras, faisant gonfler ses biceps sous sa chemise.

— Tu n'avais qu'à me tenir au courant de ton opération, Robert. Ça aurait été la moindre des choses, tu ne trouves pas ?

— Toi, ne commence surtout pas ce petit jeu ! s'emporta Landis en le pointant de l'index. Qu'est-ce qui cloche dans ta tête ? Tu débarques, et tu fonces droit dans les emmerdes en toute connaissance de cause ! Crois-moi, tu vas récolter ce que tu sèmes !

Raynal braqua son regard dans le sien, nullement impressionné par ses menaces.

— Je ne vois pas de quoi tu parles. Je n'ai strictement rien à me reprocher. Au contraire. Je comptais ramener les deux suspects à la PJ. De leur plein gré.

— Tu allais faire ça, hein ?

— Exactement. Ton petit déploiement de forces a tout fait foirer en beauté. Je te rappelle que c'est toi qui t'es permis de lancer une opération sans me tenir informé. Le procureur va adorer, je n'en doute pas une seconde. Sans oublier…

Il fit un geste en direction d'Achour, qui baissait les yeux, sa compresse glacée collée au visage.

— … ta subite folie des grandeurs, et la manière dont tu as fait pression sur un gars de *mon* groupe. Ne t'inquiète donc pas, Robert, mon rapport sera très complet. Je n'omettrai aucun détail.

Landis balança un coup de pied contre le mur.

— Nom de Dieu, mais pour qui tu te prends ? Tu as l'habitude de bien te foutre de la gueule de tes collègues, hein ? Parce qu'on a un autre problème qu'il va bien falloir éclaircir. Un de mes hommes tenait la fille. Il l'avait menottée. Et quelqu'un l'a agressé par-derrière.

— Son frère, tu veux dire. Qu'est-ce que j'y peux ?

— Arrête de mentir. Son frère était en train de se tirer en escaladant le mur. C'est une autre personne qui a mis Ludo au tapis. Quelqu'un qui avait une clé pour les menottes. Tu me suis ?

— C'est une accusation supplémentaire à ajouter à ton dossier ?

— Tout à fait ! Je sais parfaitement que c'était toi !

Raynal leva les yeux au ciel.

— Pour ma part, je n'ai rien vu du tout. Je peux le mentionner dans mon rapport, si tu le souhaites. Après tout, ce ne sera que la deuxième victime de ton opération. C'est déjà à cause de toi si mon collègue a failli se faire péter le nez.

Achour se faisait tout petit. Landis foudroya Raynal du regard, comme s'il essayait de l'étrangler par la pensée.

— Espèce de...

À cet instant, un des hommes des Stups les rejoignit.

— Chef ? Tu as un moment ? On a localisé le véhicule de la suspecte.

Un soupçon de soulagement revint sur le visage de Landis. Il réajusta sa veste, s'éclaircit la gorge.

— Voilà qui est parfait. Conduisez cette voiture au labo. On va la passer au peigne fin comme il se doit. Si elle a transporté de la drogue, il y aura des traces.

Raynal laissa échapper un rire sarcastique.

— Tu gobes cette histoire de règlement de comptes entre dealers ?

— Je fais ce que le procureur attend de moi, figure-toi. J'ai des ordres stricts.

— Ça crève les yeux, en effet.

— Assez ! C'est mon groupe qui s'occupe de cette affaire, tu n'as strictement rien à faire ici. J'en parlerai à qui de droit, tu peux en être sûr. Prépare-toi à être convoqué avant ce soir pour répondre de tes actes !

Landis tourna les talons. Tout en s'éloignant d'un pas raide vers les membres de son équipe, il ajouta encore, d'un ton lourd de menace :

— Je vais m'occuper de ton cas, Franck, c'est moi qui te le dis !

— Compte là-dessus, ricana Raynal dans sa barbe. Pauvre débile.

Il se tourna alors vers Achour. Le garçon n'en menait pas large.

— Je te faisais confiance.

Le jeune policier réajusta le sachet réfrigéré sur son nez.

— Arrête tes salades, Franck. Tu sais très bien que les apparences sont trompeuses.

— Qu'est-ce que tu insinues par là ?

— Que Robert n'est pas un mauvais bougre. Il essaie juste de sauver ses fesses. Tu ferais pareil à sa place, si tu avais toute la hiérarchie sur le dos.

— J'en doute.

— Si tu le dis, soupira Achour. De toute manière, je ne suis plus aussi convaincu de l'innocence des Virgo, après ce qui s'est passé. Et…

Il hésita. Puis se lança.

— Et puis enfin, tu es en train de tout foutre en l'air. J'aurais préféré prendre des pincettes pour te l'annoncer, mais ça ne peut pas durer comme ça. Tu ne fais rien dans les clous. Comme si rien n'avait d'importance à tes yeux... Tu te crois malin, mais au stade où on en est, il est impossible que cela ne te retombe pas dessus. Tu fonces droit dans un mur !

Raynal planta son regard dans le sien.

— Je vois surtout que Landis t'a bien retourné la cervelle. Ce qu'il t'a poussé à faire, ça, oui, c'est illégal. Bravo.

Achour tiqua. Mais Raynal n'avait pas fini.

— Sache que ce pauvre type n'a rien contre nous. Bien au contraire. S'il commence à se plaindre en haut lieu, c'est lui qu'ils vont sacquer. C'est comme ça que les choses se passent, et il le sait très bien. Mais je ne vois même pas pourquoi je t'explique ça, ce n'est pas le fond du problème...

Il fit un geste de lassitude et s'éloigna à son tour.

— Franck... appela Achour dans son dos. Ce que je veux dire...

— Je ne veux plus t'entendre, lança-t-il sans se retourner. Ni travailler avec toi.

Le ton était sans appel. Le jeune policier regarda son chef s'en aller, le pack souple de froid pressé sur son visage.

Sélim Achour sentit la frustration monter en lui.

Cela faisait un moment qu'il luttait pour la contenir.

La rage, elle, était là depuis bien plus longtemps.

64

Alors que le soleil de l'après-midi tapait dur sur les baies vitrées de l'hôtel de police, les couloirs s'étaient vidés. Des sonneries de téléphones et les bruits de discussions animées s'élevaient des bureaux, où tout le monde était à son poste.

Parfait.

Il voulait éviter de se faire remarquer.

Son plan ne tenait qu'à un fil, certes. Il n'avait jamais pris autant de risques.

Mais la situation n'avait déjà que trop duré. Il fallait y mettre un terme. Avant que quelqu'un ne remonte jusqu'à Hadès et que, cette fois, l'influence du groupe ne suffise plus à étouffer les preuves accumulées.

Cela n'arriverait pas. Il y veillerait.

La bête ferait ce qu'il faudrait.

Il ne manquait plus que les toutes dernières pièces du puzzle.

S'assurant qu'il ne croiserait personne, il poussa la porte du bureau. La pièce, déserte, embaumait le musc. La lumière filtrait par le store baissé. Il ne put s'empêcher d'observer le mur de liège couvert de photos, de rapports de disparitions et de coupures de presse. Une méthodique cartographie de souffrance et de cruauté. *La victoire éclatante du mal et des ténèbres.*

Personne ne voyait jamais au-delà des apparences, du premier degré. Tout ça parce que l'être humain était limité par sa tête, son tout petit cerveau qui l'enfermait dans les évidences. Les évidences n'étaient jamais qu'un masque sur un autre masque. C'était tragique à constater. Et à mourir de rire quand on savait.

Et lui ?

Au milieu de tout ça, c'était lui qui tirait vraiment les ficelles. Lui qui détenait le seul pouvoir qui compte.

Un sourire cruel se dessina au coin de sa bouche.

Se détournant des images de mort, il ouvrit le tiroir et sortit la feuille des télécoms concernant l'abonnée Christina Batista.

L'adresse y figurait, ainsi que toutes les informations dont ils auraient besoin.

Il avait hésité à le faire plus tôt. Mais le moment était venu. L'avalanche des événements le poussait à agir plus vite. À prendre davantage de risques qu'il l'avait imaginé. Qu'importe. Il savait très bien ce qu'il faisait. Le jeu n'en était que plus grisant.

Il plia soigneusement la feuille de papier avant de la glisser dans sa poche.

Puis il sortit du bureau comme il y était entré.

Invisible.

Insoupçonné.

VII

Batista

65

La petite mâchoire du coupe-boulon se glissa dans l'interstice entre son poignet et le bracelet de la menotte.

— Maintenant, appuie fort, dit Ariel. D'un coup, sans relâcher.

Manon s'exécuta, ramenant les deux bras recouverts de plastique rouge l'un vers l'autre. Elle força, la pince concentrant toute la pression sur le morceau de métal. Trois secondes suffirent. Il y eut un brusque *clac !* tandis que la menotte était coupée net.

— Et voilà ! jubila son frère en se massant le poignet. Une première chose de faite !

Loin de partager son enthousiasme, Manon se contenta de reposer la pince sur la table, et se tourna vers leur hôte.

— Je ne sais comment te remercier de nous avoir accueillis chez toi, Hind...

Sa collègue siffla entre ses dents et reposa son mug de thé au jasmin.

— Pas de quoi. Moi qui croyais avoir tout vu, j'avoue que vous m'en bouchez un coin, tous les deux, avec vos histoires...

Quoi qu'elle en dise, Hind semblait parfaitement maîtriser la situation, dans ses talons hauts et sa jupe à motifs de roses rouges sur fond noir laissant apparaître le galbe de ses cuisses. Son expression était plus amusée qu'effrayée.

Elle décroisa les jambes et se leva pour se diriger vers le miroir mural. Une fois devant, elle vérifia son maquillage.

— Quand je t'ai parlé de passer la soirée ensemble, je nous voyais plutôt aller au restaurant entre copines et nous faire offrir des verres par de beaux et jeunes inconnus...

Au moins, son humour fit sourire Manon. Elle en avait besoin.

— Tu ne peux pas rester avec nous, alors ?

Hind se retourna et souffla.

— Pas cet après-midi, non. J'ai trois soins prévus au CHU. Le bon côté des choses, c'est que les trois corps se trouvent dans le même frigo, je ne perdrai pas de temps en déplacement. Si tout se passe bien, je devrais être libre vers 21 heures. Je vous rejoindrai ici.

Ariel leva sa main bandée.

— De notre côté, on ne peut pas rester chez toi toute la journée. On doit voir quelqu'un...

— J'ai bien compris. Mais êtes-vous certains que ce soit raisonnable ? Avec les flics qui vous recherchent ?

— Nous devons mettre la main sur l'objet qui appartient à ces gens. Si les flics nous attrapent avant, on est foutus, c'est aussi simple que ça.

— Vu sous cet angle...

La thanatopractrice se gratta la tempe.

— D'après vous, retrouver ce cube, cette boîte à secrets, comme vous me l'avez dit, suffira à vous sortir de tous les problèmes dans lesquels vous vous êtes mis ?

Manon arpentait la pièce, observant l'un après l'autre les tableaux que Hind y avait accrochés : des portraits de Bouddha principalement, une sorte de grand lézard vert en mosaïque et une toile représentant une jument en train de s'abreuver à un ruisseau. Ces peintures se mariaient très bien avec les bambous en pots disposés devant la fenêtre.

— On le saura quand on le trouvera, finit-elle par déclarer. Comme tu t'en doutes, on va avoir besoin de toute l'aide possible...

Sa collègue lui caressa l'épaule en souriant.

— Ne t'inquiète pas pour ça, mon chou. Je vais partir avec le corbillard. Je vous laisse les clés de mon Audi, elle est garée en sous-sol. Vous n'avez qu'à emprunter l'ascenseur pour y descendre directement, mais n'oubliez pas le passe magnétique pour la porte du parking. Essayez juste de ne pas vous faire pincer avec ma voiture, ça m'évitera des problèmes. Et bien sûr, si vous avez besoin du téléphone, il est à côté de la box, dans le meuble télé.

— Merci encore, dit Manon. Juste une dernière chose, est-ce que je peux utiliser ton ordinateur ? J'ai l'adresse où nous devons nous rendre, mais je ne sais pas où c'est.

Hind prit sa veste sur le canapé ainsi que son sac à main.

— Bien sûr. L'ordinateur est dans la chambre d'amis. Le code au démarrage, c'est *love is all*, en un seul mot.

— Comme la chanson ?

— C'est ma préférée. Vous pensez pouvoir vous débrouiller avec ça ?

Manon croisa son regard avec une expression résignée.

— Je crois qu'on n'a pas le choix.

66

Une plage de sable blanc. La mer en dégradés de turquoise. Au premier plan, un verre de mojito et un haut de bikini rouge déposé sur une chaise longue. Toute la philosophie de Hind semblait résumée en une seule image, sur l'écran de login de son ordinateur.

Concentrée, Manon tapa le mot de passe que sa collègue lui avait donné. Le bureau s'afficha.

— Alors ? grogna son frère depuis le seuil de la pièce.

— Laisse-moi le temps d'ouvrir l'application !

Ariel s'approcha alors qu'elle cliquait sur le raccourci de Google Maps. Le plan de la ville s'afficha. Manon entra l'adresse fournie par Franck.

La carte se décala vers le nord-ouest et zooma sur un quartier résidentiel.

Ariel se pencha vers l'écran.

— C'est quelle maison ?

— Celle-là. Au bout de l'impasse. On y arrive par l'avenue du Père-Soulas. Je passe en vue aérienne...

Le quartier se matérialisa et les volumes apparurent, verdure omniprésente, murs de séparation entre les habitations. Celle de Christina Batista était située tout au bout de la rue. Tour autour, des jardins, des piscines.

— Les arbres isolent le jardin des autres maisons, constata Ariel. Ça, c'est bien.

— Pourquoi dis-tu ça ?

— Parce qu'en plein après-midi, avec un peu de chance, il n'y aura personne. Je n'aurai qu'à passer par-derrière pour éviter qu'on me voie. Je casserai une vitre s'il le faut, mais je t'assure que je vais entrer dans cette baraque et la fouiller de fond en comble. Je ne repartirai qu'avec leur putain de casse-tête ou quoi que ce soit.

Manon n'aimait pas le ton désabusé de son frère, ni cette profonde anxiété qui refusait de la quitter. Tout ce qu'elle voulait, c'était sortir de cet enfer sans se retrouver derrière les barreaux, encore moins sur une table d'autopsie, abandonnée aux soins de ses confrères.

— C'est risqué, Ariel.

— Tu vois une autre solution ? Attendre que toute la famille soit à la maison pour les prendre en otage, peut-être ?

— Ne dis pas de bêtises.

Cela lui coûtait de l'admettre mais, non, elle n'avait rien de mieux à proposer. Au point où ils en étaient, ils devaient aller jusqu'au bout.

— Il nous faut ce cube, murmura-t-elle.

— Et comment ! Ce soir, je la ramène à ces tarés, comme ils me l'ont demandé.

Un ricanement fatigué s'échappa des lèvres de Manon. Et après ? Elle doutait que les opérations se concluent aussi facilement que ces gens l'avaient promis.

— Dès qu'ils auront récupéré leur machin, ils pourront nous éliminer sans scrupule. Tu penses à ce qu'ils ont fait subir à tes amis, Majax, Chili ? Très peu pour moi !

— Tu n'en sais rien. On peut s'en sortir. On *va* s'en sortir !

— Et toi, tu as décidé de jouer à l'imbécile jusqu'à quand, Ariel ? Réfléchis un peu ! Ils se débarrassent de tous ceux qui se sont mis sur leur chemin. Si nous sommes encore en vie, aussi bien toi que moi, c'est parce qu'ils ont besoin de nous.

Ses pensées se précipitaient.

— Voilà ce que je propose. On va ramener l'objet à la police, en échange de leur protection.

Le regard d'Ariel se chargea d'exaspération.

— Après ce qui s'est passé au jardin des plantes ? Tu es dingue !

— Une méprise...

— Tu veux rire ! Ils n'ont qu'une idée, tout nous mettre sur le dos.

— Pas si on leur apporte une preuve concrète de notre histoire, martela Manon. Avec ça, ils seront bien obligés de nous écouter.

Ariel jura à mi-voix et se mit à faire les cent pas dans la pièce.

— Tu rêves, ma vieille. D'abord, on n'a aucune idée de ce que peut contenir cette boîte...

— Quoi que ça puisse être, répliqua-t-elle, c'est d'une valeur inestimable pour le club. Sinon ils ne s'acharneraient pas ainsi. Tu ne penses pas ?

— Peut-être, mais ensuite ? Tu comptes prouver quoi, avec ça ? Que tu possèdes un objet lié à cette série de meurtres ? Je t'assure que ce n'est pas la meilleure manière de nous innocenter ! Pour les flics, on sera d'autant plus impliqués !

— Tu as quelque chose de mieux à proposer ? Fuir le pays, peut-être ? Tu as envie de te cacher comme un terroriste ?

Ariel stoppa net ses allées et venues dans l'appartement. Poings serrés.

— Et si on en discutait une fois qu'on l'aura récupéré, au lieu de perdre du temps à se chamailler ?

Bien sûr. La rancœur que Manon essayait tant bien que mal de contenir finit par jaillir.

— Comme ça, tu auras l'occasion de me lâcher de nouveau dès que les choses partent en vrille. Peut-être que la prochaine fois j'y resterai pour de bon, c'est ça ?

La bouche d'Ariel se tordit.

— Tu ne vas pas recommencer avec ça, merde !

— Si, puisque je ne peux pas te faire confiance ! Tu me l'as bien montré tout à l'heure, pour la millième fois. Tu seras *toujours* prêt à me sacrifier pour sauver tes misérables fesses. C'est l'histoire de notre vie, Ariel. Alors que moi, je me suis toujours démenée pour toi. Pour te sortir de tes problèmes !

Le ressentiment, tout au fond d'elle, étranglait sa voix. Son frère encaissa, avant de répondre :

— Je m'excuse encore pour le jardin. Je suis sincère, Manon. Sur le moment, je n'ai pas réfléchi à ce que je faisais, et c'était minable... Mais que veux-tu que je te dise ? J'irai le leur rendre tout seul. Ne t'inquiète pas pour ça...

En sueur, le regard fuyant, il était pitoyable. Un imbécile. Il ne comprenait rien. Il n'apprendrait jamais.

C'était leur excursion dans la grange de Saint-Gély, encore et encore.

Et elle ? Elle risquait de se casser bien plus qu'un poignet, cette fois.

Pourquoi tout reposait-il encore et toujours sur ses épaules alors qu'elle n'avait rien demandé ?

— Ils t'ont donné rendez-vous pour leur rendre leur cube ?

— Ce soir, oui.

— Où ?

Ariel grimaça.

— Delpierre...

Évidemment. Une propriété isolée, loin de tout. Le parfait guet-apens. Manon se prit la tête entre les mains.

— Et tu imagines qu'ils vont te recevoir avec des fleurs, c'est ça ?

— Merde, Manon ! s'exclama son frère avec un geste de capitulation. Trouve une meilleure solution, si tu es si intelligente !

Il sortit son paquet de cigarettes de sa poche. Il n'en restait qu'une. Il l'alluma nerveusement.

Manon ne se fatigua pas à lui faire une remarque. Elle se tourna vers l'écran de l'ordinateur et essaya de réfléchir.

Delpierre...

Son index glissa sur le pavé tactile. Elle ouvrit une fenêtre Google, inscrivit *Château Delpierre Hérault* et appuya sur *Entrée*.

La moisson fut maigre. Des noms de famille. Des châteaux qui n'avaient aucun rapport avec la propriété à l'abandon. Elle dut parcourir la section images pour trouver quelques photos correspondant au lieu en question.

Elle cliqua sur la meilleure d'entre elles. La photo accompagnait l'annonce de vente.

Delpierre, Hérault. Prix NC. En exclusivité. Maison de maître à rénover. À 30 minutes de Montpellier, dominant les Causses, nous vous proposons cette belle demeure du XVIIe et son terrain de 4 hectares...

Manon demeura silencieuse en observant les coordonnées du vendeur.

Titanium Immobilier.

Elle se rappela enfin où elle avait lu le nom de cette agence.

Le panneau se trouvait à Delpierre. Elle l'avait vu lorsqu'ils étaient arrivés de nuit sur les lieux.

— Qu'est-ce que c'est ? interrogea Ariel en expulsant la fumée du coin des lèvres.

— Le château est mis en vente par cette agence, Titanium. C'est la même qui gère le hameau de Savènes. Je n'avais pas fait le lien, mais c'était la même affiche. Et le même type de chaîne pour interdire l'accès aux véhicules, d'ailleurs.

— C'est une boîte du coin. Ils doivent en gérer, des ruines, non ?

Manon resta dubitative.

— Je ne crois pas aux coïncidences. Quand ces types ont débarqué et nous ont poursuivis, l'autre soir, ils étaient entrés avec leurs voitures à l'intérieur de la propriété.

— Tu penses qu'ils avaient la clé du cadenas ?

— Tu vois une autre explication ?

Ariel haussa les épaules et tira longuement sur sa cigarette. Le papier grésilla.

— Imaginons que ce soit le cas. Ils ont fait un double des clés. Ça nous avance à quoi ?

— Ça, je ne sais pas encore, avoua Manon. Mais j'aimerais bien savoir comment ils ont eu accès à cette clé. Je suis sûre que ce n'est pas un hasard. Attends un instant...

Elle se connecta à sa boîte de messagerie.
Création d'un nouveau message.
Destinataire : *Maxime Lachaud.*
Sujet : *Besoin de renseignements.*
Elle tapa consciencieusement :

Cher monsieur, les choses se sont précipitées depuis notre rencontre de ce matin. Pourriez-vous vérifier une information pour moi, comme vous l'avez proposé ? Je dois savoir si les autres lieux utilisés pour les soirées du club des masques sont gérés par l'agence Titanium. En effet, j'ai découvert que c'est le cas pour Savènes et Delpierre.

Elle réfléchit quelques instants avant d'ajouter :

Ces propriétés sont toutes deux fermées par des chaînes. Je pense que le club possède les clés des cadenas. Quelqu'un chez Titanium est-il chargé de l'entretien de ces biens ? Ils jouissent peut-être d'une complicité interne.

J'espère que vous pourrez obtenir ces renseignements au plus vite. SVP, envoyez-les-moi ainsi qu'au capitaine de police Franck Raynal, que je mets en copie de ce mail.

Merci beaucoup pour votre temps,
Manon V.

Elle cliqua pour envoyer le message, puis replia l'écran de l'ordinateur.

— Tu penses sincèrement que ça nous avancera à quelque chose ? demanda Ariel après avoir expulsé un filet de fumée.

À ce stade, elle ne pensait plus rien.

Elle avait besoin d'agir. Pour oublier cette angoisse qui nouait chaque muscle de son corps jusqu'à lui donner la nausée.

— Une fois qu'on aura leur cube, dit-elle en se levant, on décidera de ce qu'on fait. Ça te va ?

— Et comment ! Assez perdu de temps, je prends le volant !

67

Déjà 16 heures.
Il était en retard. Encore.
Nyx bouillonnait intérieurement.
À côté d'elle, l'homme au crâne glabre, qui avait pris le nom de Moloch dans leur petit groupe très spécial, buvait sa deuxième pinte de bière blanche d'un air impassible.
Ils s'étaient installés au fond d'une brasserie. Le vacarme des assiettes s'entrechoquant, des discussions animées et des passages incessants des serveurs tapait déjà sur les nerfs de la jeune femme. Rien de tout cela ne dérangeait Moloch, mais Nyx ignorait ce qui *pouvait* perturber cet homme. Son détachement était total, quelles que soient les circonstances. Toujours en costume, avec sa peau parfaitement lisse sans la moindre ride, et le très léger trait de crayon sous ses yeux, presque indiscernable, il évoquait pour elle un personnage directement sorti d'une bande dessinée. Les filles, jeunes et moins jeunes, se retournaient toutes sur lui. Sans que lui, en retour, ne réponde jamais à leurs sollicitations.

Et pour cause...

Personne ne pouvait se douter que l'appétit de Moloch en la matière était aussi intense qu'exclusif. Il n'y avait que les petits garçons qui l'intéressaient. Une soif dangereuse, inavouable, que le groupe lui avait pourtant permis d'assouvir en se débarrassant des chaînes de la culpabilité. Hadès lui avait offert de transcender ses déviances, d'en faire une force. Une élévation de l'âme et des sens. Peut-être était-ce à cela que Moloch songeait en lui-même, la raison de son air éternellement distant ? Peut-être revivait-il dans son esprit, à longueur de journée, ces instants d'accélération, le frisson des hurlements juvéniles et l'odeur affolante du sang répandu ?

L'idée fit sourire Nyx. C'étaient bien, en effet, les rares fois où elle avait vu cet homme s'animer, *vraiment* s'animer, comme si son corps tout entier se métamorphosait et que les yeux de quelqu'un d'autre se glissaient derrière les siens, assombrissant leur couleur. Ce moment précis où il revêtait son masque et où il empoignait un couteau à dépecer. Où il devenait enfin sa propre bête intérieure, sous les regards et les acclamations de ses frères et sœurs.

Mais c'était le cas de chacun d'entre eux. Ils avaient, tous et toutes, deux visages. Deux vies parallèles. Parfois elle finissait par se demander laquelle de ces existences était la vraie.

Sa situation personnelle était une exception, elle devait le reconnaître.

De par son statut dans le groupe. Son lien avec Hadès...

Moloch finit par lever les yeux de son verre et réajusta sa chemise italienne impeccable.

— Tu crois que tu auras une cicatrice ?

Nyx tressaillit et, par réflexe, porta une main au pansement sur sa pommette. Bien sûr que cette plaie laisserait une cicatrice. Hadès l'avait fait en connaissance de cause. Pour lui apprendre la leçon...

— On n'est pas ici pour faire la causette, d'accord ?

Moloch hocha la tête, son visage toujours aussi dépourvu d'émotion, et avala une autre gorgée de bière. Nyx se félicita qu'il sache rester à sa place. Il se contentait d'agir sans discuter. Tout comme il l'avait fait hier, quand elle avait eu besoin de ses bras pour s'occuper de Virgo.

C'était ainsi qu'elle aimait les hommes. Dangereux mais soumis.

Tous sauf Hadès.

Hadès...

Elle chassa ses pensées. L'humiliation qu'il lui avait infligée la faisait toujours frémir tout au fond d'elle.

Ses ruminations cessèrent toutefois, quand celui qu'ils attendaient poussa enfin les portes de la brasserie.

Baphomet traversa la salle sans se presser et prit place à leur table, souriant de toutes ses dents, comme si tout ceci n'était qu'une partie de plaisir.

— Tu as une heure de retard.

L'homme posa ses coudes sur la table et se contenta de saluer Moloch d'un hochement de tête. Rayonnant d'arrogance. Son parfum trop musqué agressa les narines de Nyx.

— Nous ne sommes toujours pas mariés, ma petite. Encore que ça peut s'arranger, si tu en as envie. Tu veux que j'en parle à ton père ?

Ella balaya le vide devant elle d'un geste excédé.

— Est-ce que tu as pu obtenir des informations, oui ou non ?

— Tu en doutais ?

Il posa une feuille sur la table. Nyx se pencha. Un relevé d'identité opérateur, provenant de la société Free.

— Christina Batista ?

— Tu as toutes ses coordonnées sur le document. Et si tu veux en savoir plus, elle est mère célibataire, deux enfants. Employée dans une onglerie. Ça te va ?

Nyx dévisagea son interlocuteur : sa mâchoire carrée. Sa peau hâlée. Ses cheveux soigneusement peignés en arrière. Sa chemise de marque, grise à liséré rouge, qui ondulait imperceptiblement à chaque mouvement de ses muscles puissants.

— Et selon toi, la boîte est chez elle ?

— C'est une probabilité. Il faut vérifier, comme tu t'en doutes.

— Ne t'en fais pas, ce sera fait très vite, souffla Nyx avec un sourire malveillant.

Baphomet ricana.

— En plein jour ? C'est un quartier résidentiel. Il peut y avoir des témoins.

Il faudrait pourtant faire avec. L'enjeu était trop important, pour elle comme pour le groupe. Elle prit la feuille et la froissa.

— J'ai toujours dit qu'au fond tu n'es qu'un lâche, Baphomet. Sans ton masque et une victime sans défense trouvée pour toi par les autres, tu n'as pas de couilles, n'est-ce pas ?

— Ce qui est sûr, c'est que je n'ai pas de pansement sur le visage, moi. J'imagine que ça doit être dur à vivre.

La jeune femme se leva, livide. Ses tresses dansèrent sur ses épaules.
— Assez perdu de temps. On y va.
Sans un mot, Moloch reposa son verre et quitta à son tour sa chaise pour la suivre à l'extérieur.

68

— Tout se passera bien, déclara Ariel. Tu verras.
Manon préféra ne pas répondre. L'impasse, une allée arborée assez étroite, zigzaguait entre les façades crépies, les murs de pierres et les portails verts et bleus. Il y avait des véhicules alignés tout le long des murs, mais on ne pouvait guère apercevoir les maisons, qui disparaissaient derrière les feuilles des frênes, des figuiers et des magnolias.
Tout au bout, un espace circulaire au bitume défoncé permettait de faire demi-tour. Ariel y arrêta la voiture quelques instants, les yeux braqués sur le portail du dernier pavillon.
— C'est là.
Manon colla son front contre la vitre. Difficile de déterminer s'il y avait quelqu'un, la maison n'étant pas visible derrière le portail et le mur recouvert de lierre. Tout au plus distinguait-elle l'étage. Un balcon, des portes-fenêtres, des rideaux aux couleurs de l'arc-en-ciel.
— J'y vais, décida Ariel.
Laissant le moteur tourner, il quitta la voiture et alla sonner.

Manon attendit en observant les fenêtres de l'étage. Aucune réaction de ce côté.

Ariel écrasa de nouveau son pouce contre le bouton.

Il attendit encore un peu. Puis revint vers le véhicule avec un sourire de conspirateur.

— Il n'y a personne. Donc on fait comme on a dit.

Comme toi, tu l'as dit, songea Manon. Toutefois, elle garda le silence. Cela ne servait à rien de se disputer maintenant.

Son frère passa la marche arrière et manœuvra pour faire demi-tour.

— Je vais me garer un peu plus loin et on revient à pied. Mieux vaut ne pas attirer l'attention.

Manon acquiesça, lèvres pincées. C'était la décision la plus sage qu'ait prise son frère depuis un certain temps.

Tandis qu'ils remontaient le chemin en sens inverse, elle observa attentivement les fenêtres des autres habitations au travers des feuillages. Elle ne voyait pas à l'intérieur mais elle se doutait que, de là-haut, les voisins étaient parfaitement en mesure de les apercevoir. Il faudrait être discret. La police pouvait encore débarquer à n'importe quel moment.

Revenant dans l'avenue du Père-Soulas, Ariel repéra un emplacement de parking libre, s'y gara et coupa le moteur. Il semblait calme et sûr de lui, mais son regard étincelant trahissait un état de trépidation que Manon n'aimait pas.

— Prête ?

Elle se contenta d'ouvrir sa portière.

— Tu as décidé de ne plus me parler ?

— J'essaie surtout de réfléchir à ce qu'on fait, finit-elle par maugréer. Et à ce qu'on va faire après, puisque tu en es incapable.

— Ouais, eh ben on verra ça *après*, justement. Dans l'immédiat, on a encore un peu de temps avant la sortie des bureaux, mais il ne faut pas traîner.

Ils bifurquèrent devant une résidence et s'engagèrent dans l'impasse déserte, quittant la circulation de l'avenue. Leurs talons résonnaient sur le bitume inégal. Le vent faisait bruisser les branches des frênes.

— N'importe qui peut nous voir, fit remarquer Manon en scrutant les maisons qu'ils croisaient.

— Essayons d'avoir l'air naturel, alors.

— Imbécile.

De nouveau face au portail vert. BATISTA écrit sur la boîte aux lettres. Manon avait la gorge sèche. Elle était à l'affût du moindre bruit ou mouvement dans la rue. Mais le silence n'était troublé que par les roucoulements des colombes perchées sur les arbres et les câbles électriques. Une vague odeur de barbecue flottait autour d'eux.

Pas de caméra d'entrée. C'était déjà ça.

Sans la moindre hésitation, Ariel se jeta sur le mur. Il agrippa le haut du portail d'une main experte et, profitant du contact avec le crépi épais sous la semelle de ses chaussures, il se hissa d'un simple élan du bassin. Un mouvement de balancier, un coude passé par-dessus le portail, il bascula au sommet et disparut de l'autre côté sans avoir émis le moindre son.

Bien malgré elle, Manon se sentit admirative devant l'agilité de son frère. Elle lança un regard en arrière. L'impasse était toujours déserte. Si personne ne se postait à une fenêtre à cet instant, tout pouvait encore bien se passer.

Le claquement tapageur du verrou la fit sursauter. Le portail s'entrouvrit.

— Dépêche-toi, entre !

Elle se faufila dans l'ouverture, après quoi Ariel referma le loquet.

Ils y étaient donc. *Pour de bon.* Ils avancèrent le long d'une allée de dalles grises, observant le jardin autour d'eux : entre les figuiers et les érables rouges se dressait un portique d'où pendaient deux balançoires. Plusieurs ballons disséminés sur la pelouse. Un dinosaure gonflable bleu. Il y avait aussi une large table en plastique, ainsi qu'une tente Quechua renversée dans un coin, contre un massif de roses et de pétunias. La maison se trouvait en retrait. Façade beige, un étage. Un escalier extérieur permettait d'accéder directement au balcon. Au rez-de-chaussée, en revanche, toutes les fenêtres étaient protégées par des barreaux.

Ils contournèrent la bâtisse à pas de loup. Comme Ariel l'avait espéré, il n'y avait aucun vis-à-vis. L'arrière du jardin était envahi d'arbres et de massifs de bégonias multicolores. La pelouse s'achevait par des étendoirs chargés de linge, encore des balles et des ballons, et un grand mur couvert de lierre.

Les fenêtres, ici aussi, possédaient des barreaux verticaux, interdisant toute effraction.

Manon leva les yeux. À l'étage, un autre petit balcon. Et là, heureusement pour eux, ne se trouvait qu'une simple porte vitrée.

Ariel s'approcha d'un grand frêne qui s'élevait tout près de la façade.

— C'est parfait. Il suffit de passer sur le balcon, et le tour est joué.

Manon ne dit rien. Mais alors qu'elle contemplait l'arbre aux branches épaisses devant cette façade, une partie d'elle-même fut projetée des années en arrière.

Au fond de leur jardin, devant la grange du voisin...
Un autre arbre, une autre façade...
Les souvenirs de ce jour-là lui revinrent, avec une désagréable précision. L'escalade, le tronc rugueux râpant ses genoux d'enfant... L'odeur âcre de la grange dans ses sinus... La douleur irradiant dans son poignet cassé... Et bien sûr la découverte du corps flottant dans le vide, entre ciel et terre, ce visage cramoisi, boursouflé par la putréfaction et grouillant d'asticots, qui semblait n'attendre qu'eux...

Le malaise la prit. Ils n'en avaient parlé à personne. *À personne.* Elle devait s'avouer à quel point ce secret lui avait pesé. À quel point elle s'était sentie coupable toute sa vie. N'avait-elle pas toujours cherché à se racheter de cette lâcheté d'enfant ? À se punir elle-même pour ce drame dont elle n'était même pas responsable ?

Elle avait vingt-sept ans désormais. Et le goût de vieille poussière restait présent dans sa gorge.

— Tu fais le guet, lui dit son frère. Je ne devrais pas en avoir pour longtemps.

Bien sûr, songea-t-elle. Comme ce jour-là. Comme toujours.

— Ariel, c'est une mauvaise idée...

Peine perdue. Il était déjà en train de grimper aux solides branches du frêne. Et Manon dut faire de son mieux pour se ressaisir. Elle se dit qu'ils n'étaient plus des enfants.

Ariel passa sur le balcon sans la moindre difficulté. Il se baissa. Manon le perdit de vue.

Un instant plus tard, elle entendit un choc. Puis un deuxième, accompagné du bruit caractéristique du verre brisé.

Elle distingua la vitre de la porte qui se fracturait, s'effondrait sur elle-même. Des colombes effrayées s'envolèrent des toits. Un chien se mit à aboyer dans une maison voisine.

— Bon sang, Ariel...

Elle entendit le bruit de ses pas faisant crisser le verre répandu. Au moins, il était entré.

Elle s'accroupit dans l'herbe, à l'abri de l'arbre, entourée des odeurs entêtantes des fleurs.

Pourvu que son frère fasse vite !

Elle ne pouvait qu'attendre.

C'était, finalement, pire que d'être confronté à ces gens. Cette incertitude sournoise qui la rongeait de l'intérieur. Des émotions de plus en plus violentes l'emplissaient, et elle ne savait plus que faire pour les domestiquer.

Elle tourna dans sa tête tout ce qu'elle avait découvert sur le club des masques. Un club infernal qui semblait célébrer le dieu acéphale tout autant que Cerbère, le chien du Styx.

Elle repensa à leurs réunions à Savènes. À Delpierre. Aux dessins sur les murs.

Elle arracha une poignée d'herbe, ses pensées tournant à plein régime.

Ces gens s'étaient réunis dans deux propriétés gérées par la même agence.

Titanium.

Y en avait-il d'autres ? Des lieux tels que ceux-là, mis en vente par cette même boîte, et dont le club possédait les clés ?

Comment pouvaient-ils posséder les clés de ces propriétés ?

Cette question ne voulait pas la lâcher. Elle songea que Mlle Leclercq, la personne décédée l'année précédente, travaillait pour Titanium Immobilier. Lachaud leur avait bien expliqué qu'elle était présente sur les lieux, en même temps que lui. Elle était venue constater les dégâts avec la gendarmerie.

Cette femme avait été exécutée.

Pourquoi ?

Avait-elle démasqué un des membres du club ? Ou peut-être plusieurs, qu'elle aurait pu identifier ?

Si c'était bien la raison de sa mort, où Mlle Leclercq aurait-elle rencontré ces gens ? Dans le cadre d'une visite de bien immobilier ? Des acheteurs potentiels, pour une propriété en ruine que proposait l'agence ?

Manon souffla dans sa main, éparpillant les brins de gazon devant elle. Elle sentait qu'elle effleurait quelque chose d'important, sans parvenir à mettre le doigt dessus.

C'était comme si son esprit lui hurlait qu'elle avait la solution sous son nez et qu'il lui suffisait d'ouvrir les yeux. De les ouvrir tout de suite.

Or, elle n'arrivait toujours pas à assembler les pièces du puzzle entre elles.

La frustration qui en résultait était une vraie torture.

Quand un bruit de moteur se rapprocha du portail, elle s'arracha à ses réflexions et releva les yeux vers le balcon. Elle ignorait depuis combien de temps Ariel était entré. Dix minutes ? Ou déjà vingt ? Elle pria pour qu'il ressorte au plus vite.

Avant qu'ils aient de vrais ennuis.

D'autant plus que le bruit de moteur ne cessait pas.

Quelqu'un qui se gare dans l'impasse ?

Non. Le véhicule semblait attendre. Moteur en marche.

Un claquement métallique résonna dans tout le quartier. Quelqu'un ouvrait le portail.

Manon sentit son sang se glacer dans ses veines.

Courbée en deux, elle longea le bord de la maison, protégée par les massifs de bégonias, et risqua un œil au travers des fleurs.

Une femme achevait de pousser le portail. Ensuite elle fixa le loquet contre le mur pour le maintenir ouvert en grand. Occupée à la manœuvre, elle ne regardait pas dans sa direction. Manon, de là où elle se tenait, ne voyait de cette femme que sa jupe à motifs en zigzags, et ses cheveux noirs aux pointes dégradées en blond.

Il devait s'agir de Christina Batista.

La femme regagna sa voiture pour la rentrer dans l'allée.

Manon se jeta en arrière et courut au pied de l'arbre.

— Ariel ! appela-t-elle.

Aucune réponse.

Son frère ne l'entendait pas.

Elle ne pouvait pas crier plus fort.

— Ariel ! Il y a du monde qui arrive ! Bouge-toi !

N'y tenant plus, elle revint se tapir derrière les fleurs pour observer la femme.

La voiture était garée dans l'allée, à présent. Les portières ouvertes. Batista refermait le portail.

Deux enfants, un petit garçon et une fillette, sortirent du véhicule en chahutant.

Manon sentit la panique l'envahir.

Elle ne pouvait pas rester là. Pas un instant de plus.

Elle recula vers le frêne.

Elle n'essaya même plus d'appeler son frère. Cela ne servirait à rien.

Depuis l'autre côté du jardin, elle entendit la femme qui expliquait aux enfants qu'ils pouvaient jouer dehors.

Ils allaient débarquer ici d'un instant à l'autre.

Et alors, ils tomberaient nez à nez avec elle...

Sans réfléchir, Manon empoigna les branches les plus basses de l'arbre.

Elle l'escalada aussi vite qu'elle le put. Ce qui fut étonnamment facile.

Comme ce jour-là, quand elle avait neuf ans, se dit-elle avec une amère fatalité.

Elle longea une branche, se jeta sur le balcon et s'aplatit derrière la balustrade au moment où les enfants débouchaient dans le jardin.

Elle rampa à l'intérieur, au milieu du verre brisé.

69

Rien ne se passa bien. Forcément.

D'abord, Manon se coupa avec les débris de verre. Elle étouffa un gémissement. Des goutelettes de sang perlèrent sur son avant-bras. La porte-fenêtre par laquelle elle venait d'entrer donnait sur une petite pièce qui semblait servir à la fois de buanderie, de bureau et de salle de jeux. Un ordinateur posé sur une table jouxtait un étendoir et une planche à repasser, des poupées Barbie, des véhicules en plastique. Il y avait du linge en vrac, éparpillé partout sur le lino. Manon déduisit que ces tas de vêtements étaient le résultat de la fouille effrénée d'Ariel.

Elle attrapa une serviette afin d'éponger le sang sur ses entailles. Ensuite elle entrouvrit la porte, avec autant de discrétion que possible. Elle vit un couloir. L'escalier se trouvait au bout, et des sons lui parvenaient d'en bas. Portes de placards. Sacs froissés. Christina Batista devait ranger des courses dans la cuisine.

Avec un peu de chance, elle ne monterait pas tout de suite à l'étage.

Manon tourna la tête. Elle aperçut plusieurs portes de ce côté, dont une seule était entrouverte. Ariel se cachait derrière, plaqué contre le mur, le visage blême.

— Tu as trouvé ? chuchota-t-elle à travers le couloir.

— Viens par ici, lui répondit-il tout aussi bas.

Elle se déplaça sur la pointe des pieds. Arrivée dans la chambre, elle constata qu'Ariel avait tout mis sens dessus dessous. Placards ouverts. Tiroirs sortis des meubles. Vêtements jetés sur le sol. Il y avait aussi un coffre en osier, son contenu – des magazines féminins, pour la plupart – répandu en vrac à côté.

— Tu aurais pu être plus discret !

— M'emmerde pas, OK ? Leur truc n'est pas ici.

Il désigna des bacs de rangement en plastique posés contre le mur, et ajouta en baissant la voix :

— J'y ai presque cru quand j'ai trouvé ces coffres sous le lit... mais ils ne contiennent que des putain de sex toys ! Des menottes et des godes, mais rien qui ressemble à un cube bleu...

Luttant pour conserver son calme, Manon revint à la porte et risqua un regard dans le couloir. Les bruits continuaient de s'élever depuis la cuisine. Bouteilles s'entrechoquant. Eau qui coulait dans l'évier.

— Donc elle l'a mise dans une autre pièce, susurra-t-elle. Il faut continuer...

Son frère la rejoignit sur le seuil.

— Elle est seule, au moins ? dit-il tout près de son oreille.

— Non. Il y a deux enfants avec elle. Ils sont dans le jardin.

— Et merde. Il ne manquerait plus qu'ils viennent ici...

— Tu as visité tout l'étage ?

— Sauf la pièce du fond.
— Alors on y va. Vite.
Ils remontèrent le couloir sur la pointe des pieds, ce qui n'empêcha pas le parquet de craquer à chacun de leurs pas.
Ariel baissa tout doucement la poignée.
Manon retint son souffle.
La porte s'ouvrit sur une salle de bains aux murs violet et gris.
— Ça m'étonnerait qu'on la trouve ici !
— Moins fort ! fit Manon.
Elle se retourna, tous ses sens en alerte.
Les sons de sacs et de bouteilles s'entrechoquant dans la cuisine avaient cessé.
Remplacés par le bruit de talons sur le carrelage.
Puis sur les marches de l'escalier.
— Il faut se cacher, fit Ariel.
Sauf qu'ils n'avaient plus le temps de se mettre à l'abri. Ils ne pouvaient reculer la confrontation plus longtemps.
Batista apparut en haut des marches. C'était une femme jeune, petite, plutôt menue et très maquillée. Elle eut un sursaut en découvrant ces deux intrus au milieu de son couloir.
— Qui êtes-vous ? s'exclama-t-elle en pâlissant à vue d'œil. Il n'y a rien à voler...
— Christina, intervint Manon. Ce n'est pas ce que vous croyez. Nous sommes venus récupérer un objet. Le casse-tête que vous a offert Nicolas Majax...
Elle avança vers elle, mains levées pour qu'elle voie bien qu'elle n'avait pas d'arme.
La jeune femme recula d'un pas, sans les quitter des yeux.

— Ne me faites pas de mal... par pitié... Mes enfants sont en bas...

— Je sais, ajouta Manon en agitant les bras. Tout ce que nous voulons...

La jeune femme n'écoutait pas un seul mot de ce qu'elle lui disait. Elle se retourna et fonça dans l'escalier.

Manon se précipita derrière elle, asphyxiée par une montée d'adrénaline. *Pas de scandale. Pas maintenant.* La police les recherchait déjà comme des criminels. Il ne fallait *surtout pas* que cette femme alerte tout le quartier.

— Attendez !

Batista atteignit le bas de l'escalier mais, dans sa précipitation, un de ses talons glissa sur le carrelage. Elle se tordit la cheville, poussa un cri strident et tomba à genoux.

Manon dévala les marches après elle, manquant de peu, elle aussi, de s'étaler.

— Christina ! Arrêtez ! Écoutez-moi !

La femme se redressa, dérapant sur ses coudes et genoux, en direction de la porte d'entrée.

Manon se jeta sur elle, referma ses bras autour de ses hanches et la plaqua au sol. Elle ne pouvait plus parler, elle ne pouvait qu'émettre des ahanements rageurs, tout en essayant d'immobiliser cette personne affolée qui se débattait en tous sens. Celle-ci se retourna, lui griffa le visage de ses longs ongles manucurés et lui donna de violents coups de genou dans les côtes.

— Arrêtez ! répéta-t-elle en lui repoussant le visage. Christina, calmez-vous !

Son frère arriva enfin pour l'aider. Il attrapa les jambes de Batista, qui se débattit de plus belle.

À force de secousses, un de ses pieds échappa à Ariel, et frappa le menton de Manon, qui perdit l'équilibre. Tous trois s'effondrèrent les uns sur les autres. Mais cette fois, Manon, avec un râle de rage pure, parvint à saisir la nuque de la jeune femme.

Elle lui précipita le visage contre le pied de la table.

Le choc fut violent. La femme hoqueta.

Manon tira la nuque vers elle, et poussa de nouveau, de toutes ses forces.

La tête de Christina Batista heurta une deuxième fois le pied en bois.

Du sang éclaboussa le carrelage.

L'instant suivant – une fraction de seconde trop tard – Manon réalisa ce qu'elle était en train de faire. L'adrénaline qui avait déferlé en cascade la quitta, ne laissant place qu'à une panique glacée.

Tu aurais pu la tuer. Qu'est-ce qui te prend ?

Sous elle, la jeune femme se recroquevilla, agitée de sanglots.

— Je suis désolée, dit Manon en s'écartant. C'est... c'est vous qui m'avez obligée à faire ça !

Son frère, quant à lui, tenait la paire de menottes qu'il avait trouvée dans la chambre. D'un geste rapide, il boucla un des bracelets de métal autour du poignet de Batista, puis il passa l'autre autour du pied de la table. La femme tira sur le lien en gémissant de douleur.

— Vous êtes contente de vous ? lui cria-t-il en plein visage. Maintenant, ce n'est plus la peine de vous agiter ! On vous avait dit de ne pas paniquer comme ça !

— D'accord... d'accord... murmura Batista.

Elle ressemblait pourtant à un animal terrifié. La collision contre le pied de la table avait fendu son arcade droite. Sa lèvre avait également éclaté et saignait en abondance sur son menton. Mais ses blessures n'étaient pas graves. *Dieu merci*, songea Manon.

— Tout le monde se calme, d'accord ? La situation est déjà assez regrettable comme ça.

Traversée par une crainte subite, elle jeta un œil à la fenêtre. Les deux enfants jouaient toujours au fond du jardin. Le garçon poussait la fille sur la balançoire, ils semblaient absorbés dans une vive discussion qui faisait pouffer de rire la petite. Ils n'avaient rien entendu de leur vacarme, ce qui rassura Manon. En partie du moins. À présent, il fallait éviter qu'ils voient leur mère dans cet état.

— Mes enfants... fit Batista.

— On va les laisser en dehors de tout ça, lui promit Manon. Je vous répète que nous ne sommes pas là pour vous faire du mal.

Le regard tétanisé que lui jeta la femme attestait qu'elle n'en croyait pas un mot.

Manon s'agenouilla à côté d'elle. Elle aussi avait du mal à reprendre sa respiration après leur bagarre au milieu du salon.

— Écoutez-moi bien, Christina. Tout ce que nous voulons, c'est la boîte à secrets. Le cadeau que vous a fait Nicolas samedi dernier.

Batista secoua mollement la tête. Le sang collait ses cheveux à son menton.

— Oui... Prenez tout ce que vous voulez. Je ne dirai rien...

— Merde, tu as entendu ce que te dit ma sœur ? s'emporta Ariel. La boîte !

Des larmes emplirent les yeux de la femme.

— Le cadeau de Nicolas, répéta Manon. Il est très important que vous nous le donniez, Christina.

— Oui, oui.

— Où est-il ?

— Dans mon sac...

Elle désigna la porte d'entrée.

— Il est resté dans la voiture.

Ariel passa sa main bandée sur son front pour éponger sa sueur.

— Eh ben voilà ! Ne la quitte pas des yeux, j'y vais !

Il avait traversé la moitié du salon quand un carillon se fit entendre, le figeant sur place.

Manon eut l'impression que le sol se dérobait sous ses pieds.

— La porte ! s'exclama-t-elle.

Son frère se posta à la fenêtre et y colla son front.

— Il n'y a personne devant la maison.

Le carillon retentit de nouveau.

— C'est la sonnette de dehors, murmura Batista. Le portail...

Manon l'abandonna au sol et rejoignit son frère à la fenêtre. Tous deux scrutèrent le grand panneau vert du portail, au bout de l'allée.

Ils ne tardèrent pas à voir deux mains apparaître au sommet.

Puis une tête se hissa.

Un homme au crâne rasé. Il regardait dans leur direction.

— Lui, fit Ariel, la voix décomposée. C'est lui qui était avec la fille.
— Celle du club ? demanda Manon.
Ariel déglutit.
— D'après toi ? Quand cette pute m'a coupé le doigt, c'est lui qui me tenait ! Putain de merde, ils sont là ! Qu'est-ce qu'on fait, maintenant ?

Il s'écarta de la fenêtre et colla son dos au mur.

Manon, elle, ne broncha pas. Elle savait que l'homme ne pouvait les voir de là où il se trouvait.

Pas encore.

Mais ce qu'elle redoutait ne tarda pas à se produire. La tête glabre de l'individu s'éleva davantage au-dessus du portail, tandis que ses coudes passaient par-dessus. L'homme se hissa, comme Ariel l'avait fait un peu plus tôt, sans le moindre problème. Il ne lui fallut qu'un instant pour se laisser glisser sur les dalles, et il se tint droit dans son costume gris. Parfaitement décontracté.

Son regard braqué vers l'arrière du jardin où jouaient les enfants.

70

Attachée à la table du salon, Christina Batista regardait Manon et Ariel à tour de rôle. La panique et le désespoir déformaient ses traits.

— Laissez-moi tranquille. Par pitié.

Manon s'accroupit à côté d'elle.

— C'est ce que nous allons faire, Christina. Mais j'ai besoin de votre téléphone. Tout de suite.

— Quoi ?

— Nous devons appeler les secours. Les gens qui sont à votre portail sont très dangereux, croyez-moi.

Les yeux de la jeune femme étaient rétrécis, ses pupilles dilatées par la peur. Qu'elle la croie ou non, elle avait décidé de ne pas résister. Elle baissa la tête, prostrée contre la table et tremblant de tout son corps. Des gouttes de sang continuaient de suinter de sa lèvre ouverte.

— Mon téléphone est dans mon sac...

— Votre sac. Dans la voiture ?

Batista hocha la tête et renifla.

Au centre de la pièce, Ariel se prit le visage à deux mains.

— Ça n'en finira jamais ! Jamais !

Il fit un geste de capitulation.

— Et si on va les voir et qu'on leur donne leur foutu cube ?

— Ils se débarrassent de tous les témoins, rétorqua Manon en se redressant. Et maintenant plus que jamais, nous sommes le seul lien avec eux.

Elle se posta de nouveau à la fenêtre.

Elle vit l'homme en train d'ouvrir le portail.

Puis elle vit une femme vêtue de noir qui pénétrait dans la propriété. Elle avait les cheveux attachés en deux longues tresses.

Dans sa main droite, la femme tenait un pistolet.

— Ils sont armés, Ariel. Ils sont venus pour tuer.

Christina Batista eut un hoquet de panique.

— Vous n'êtes pas... sérieux...

— Il ne nous reste plus qu'à nous tirer, et vite fait ! s'exclama Ariel en jetant des regards à chaque fenêtre bloquée par les barreaux. On n'a qu'à passer par le mur de derrière. Ils reprendront ce qui leur appartient tout seuls !

Manon sentit un nœud douloureux se former dans son ventre. Les sanglots saccadés de Batista avaient repris, l'empêchant de penser. Elle se força à respirer. *Réfléchir.*

— Hors de question de fuir comme ça. Il y a Christina, et les enfants dans le jardin. On ne peut pas risquer que ces gens s'en prennent à eux...

— Mais je m'en branle, de ces gosses ! Je veux rester en vie !

Le lâche. L'égoïste. Encore et toujours. Manon refréna la bouffée de colère que son frère lui inspirait et se rua dans la cuisine, cherchant des yeux un ustensile qui lui permettrait de se défendre. Elle trouva un couteau à viande enfoncé dans un bloc en mousse et le retira avec précipitation. La lame était pointue, affûtée, assez courte pour être dissimulée. Manon la glissa sous sa ceinture, dans son dos.

— On ne va pas les laisser faire du mal à ces gens, tu entends ?

Ariel jura et se massa le front.

— OK ! OK !

Il revint à côté de Batista, souleva la table et fit glisser la boucle de la menotte hors du pied.

— Qu'allez-vous me faire ? geignit-elle.

— On remonte à l'étage. Je vais vous mettre à l'abri. Allez, venez !

— Enfermez-vous quelque part, suggéra Manon.

Un coup d'œil par la fenêtre. L'homme et la femme étaient presque arrivés devant la maison.

— Mon Dieu, fit Christina alors qu'Ariel la poussait vers l'escalier. Si c'est un cauchemar, faites que je me réveille...

Manon les regarda monter les marches. Ce n'était pas un cauchemar, malheureusement. Elle se demanda comment éviter la catastrophe. En vain.

Par la fenêtre donnant sur l'arrière du jardin, elle aperçut les enfants, toujours sur la balançoire. Insouciants. Vulnérables.

Elle ne pouvait plus reculer. Forcée de faire face. Comme elle n'avait jamais fait face de toute sa vie.

Maintenant.

Elle se tourna vers la porte.

L'homme au crâne rasé ouvrit et entra.

Il était plus jeune qu'elle ne l'aurait cru, le visage lisse, aux traits nets et étrangement beaux. Il ne prononça pas un mot, mais la fixa d'un regard bleu intense.

Manon inspira profondément. Son attitude ne trahissait aucune peur, bien que son cœur batte à tout rompre. Elle n'avait pas le droit à l'erreur.

— Ce n'est pas ce qui était convenu, déclara-t-elle d'un ton qu'elle espérait autoritaire.

La femme pénétra à son tour dans la maison. Elle sourit, d'un sourire qui rayonnait de joie perverse. Ses yeux étincelèrent en se posant sur Manon, et elle braqua le pistolet sur elle.

— Détrompe-toi. J'ai fait une promesse à ton frère. Il ne t'a pas mise au courant ? Cela ne m'étonne pas de lui...

Manon tressaillit. Pourtant, elle refusait de se laisser intimider par cette folle. Elle l'observa d'un air de défi. La jeune femme avait une silhouette filiforme, mais ses bras étaient toniques, et ses cuisses bien galbées, enfermées dans des collants opaques sous sa jupe noire. Une personne adepte de la course, ou de l'escalade. Ses longues tresses soyeuses retombaient de part et d'autre de ses épaules.

— Ariel n'est pas là.
— Tu mens mal. Pourquoi ?

Elle s'approcha, la tenant en joue avec le pistolet, et Manon recula vers le fond de la pièce, aussi lentement que possible.

— Laissez-nous tranquilles. Vous aurez votre cube ce soir comme convenu.

— Nous n'avons plus le temps d'attendre, répliqua la femme.

Manon fronça les sourcils.

— Mais comment avez-vous su que nous étions ici ?

Un rictus sardonique se dessina au coin de la bouche trop maquillée.

— Parce que nous sommes les légions d'Hadès. Rien ne nous échappe jamais. Et personne ne peut rien contre nous. Comme tu peux le constater.

Manon recula plus vite, se heurta à un meuble, poursuivit dos au mur.

— D'accord. Vous êtes maligne. Mais l'objet que vous cherchez n'est pas ici. Vous perdez votre temps.

— Vraiment ? dit la femme en avançant d'une démarche féline, contournant la table en la caressant du plat de la main. Et où est-il, alors ?

— Si vous vous en prenez à moi, vous ne le saurez jamais, répliqua Manon en repartant en sens inverse le long du mur.

Le comparse au crâne rasé fit le tour de la table de l'autre côté, lui bloquant le chemin. Il sortit un objet noir de sa poche. Un mouvement de poignet, et l'objet s'allongea d'un coup. Une matraque télescopique. L'homme la fit tournoyer un instant entre ses doigts étonnamment délicats.

— Très bien, fit la femme en baissant son arme. Dans ce cas, nous allons voir ce que tu en dis les os brisés.

— Attendez... commença Manon.

Elle n'eut pas le temps de finir sa phrase, ni de se protéger. L'homme la frappa en plein ventre. Elle se plia en deux, la respiration coupée.

Son agresseur se pencha et lui donna un autre coup de matraque, sur ses côtes exposées. Manon eut l'impression d'être perforée de part en part.

Un troisième coup. Sur ses hanches. Une douleur encore plus vive.

— Il y a des enfants, dehors ! s'écria-t-elle en haletant. Par pitié, réfléchissez à ce que vous faites !

— Tu t'adresses aux mauvaises personnes, s'amusa la femme. D'ailleurs, où est leur mère ? Et ton abruti de frère ?

Manon garda le silence. La femme se retourna et suivit du regard les gouttelettes de sang qui maculaient le carrelage. Elles menaient aux marches de bois.

— Je crois que j'ai ma réponse...

Elle se dirigea vers l'escalier sans se presser, ses hanches se balançant au rythme de ses pas, comme si elle prenait un véritable plaisir à tout cela. Sans se retourner, elle lança à son acolyte :

— Fais dire à cette cruche où est la boîte. Si elle refuse, achève-la.

71

Alors que la femme gravissait les marches, Manon recula sur ses fesses et ses coudes, cherchant tant bien que mal à s'éloigner de l'homme chauve.

Celui-ci lui balança un coup de pied qui la cueillit en plein ventre. Manon gémit et se plia en deux, prostrée sur elle-même, peinant à reprendre sa respiration. Elle se rendit compte qu'elle avait craché du sang. Son goût métallique et salé emplissait sa bouche.

— Ne pense même pas à t'échapper. Tu vois bien que tu n'es pas à la hauteur.

La voix de l'homme était suave, contrôlée.

Pourtant, son regard bleu ne cessait de se reporter vers la fenêtre, un sourire appréciateur et dégoûtant se dessinant au coin de ses lèvres.

Manon regarda à son tour dans cette direction. Elle constata que les enfants avaient cessé de jouer à la balançoire. Le garçon avait agrippé une branche du frêne et se laissait pendre.

— Il est mignon, tu ne trouves pas ? lui dit l'individu.

— Espèce de malade ! Laissez ces enfants en dehors de ça !

Sa réaction le fit éclater de rire.

— Je crois que tu n'es pas en position de dicter tes conditions, Virgo. Et que tu ne comprends toujours pas à qui tu as affaire. Mais je vais te montrer...

Il plongea une main dans sa poche et en ressortit une chose molle et colorée. Du latex. Des couettes rouges.

Manon reconnut le masque.

Le visage de poupée gonflable.

Un frisson la traversa. Ainsi, c'était cet homme qui leur avait tiré dessus, l'autre soir, à Delpierre.

Cet homme qui enfilait de nouveau le visage de femme aux cheveux rouges, aux yeux de manga, naïfs et dix fois trop grands. Subitement, revêtir ce visage grotesque par-dessus le sien le changea, le transforma en une créature inhumaine, un monstre terrifiant. Le latex plissait, semblable à une mue mal achevée. La bouche, un trou rond et béant, cerclé d'un boudin épais, comme un gouffre suppliant et affamé.

L'homme pencha la tête, et les couettes rouge vif glissèrent sur le côté.

— Les enfants adorent mon masque, dit-il d'une voix changée elle aussi, une voix surgie des cauchemars les plus inavouables. Tu me dis où est la boîte tout de suite, ou tu veux que j'aille les chercher pour le leur demander ?

72

L'étage n'était pas très vaste.

Guère d'endroits où se cacher.

Ariel s'était empressé de pousser Christina Batista dans la salle de bains, et elle s'y était enfermée comme il le lui avait ordonné.

Il espérait qu'elle resterait là sans faire de bêtises.

Lui aussi devait se mettre à l'abri.

Il choisit de se glisser dans le placard encastré dans le mur. Du bout des doigts, il referma les portes de bois ajourées. Juste à temps. Un son de talons résonna dans l'escalier.

Ariel se tendit. Souffle suspendu. Les fins interstices de la porte lui permettaient de distinguer le mur opposé. Il entendait les pleurs hachés de Batista, au bout du couloir.

Au moins, ceux-ci occupaient l'attention de la femme aux tresses noires.

Il la devinait, à présent, qui approchait. En plissant les yeux, il discerna également l'arme qu'elle tenait à la main. Et il pria pour qu'elle ne le repère pas, tapi dans cet étroit réduit au milieu des manteaux et des cartons.

Elle passa devant lui sans s'arrêter, guidée par le bruit des sanglots.

Un instant, il la perdit de vue, et sentit la panique l'envahir. Il inclina la tête, le plus discrètement possible, un œil collé aux stries horizontales. Il l'aperçut de nouveau. Elle se trouvait au bout du couloir, à présent, approchant de la porte de la salle de bains.

Si seulement il disposait de quelque chose pour se défendre ! Il tâtonna au hasard. Ses mains écartèrent une poupée en plastique puis se refermèrent sur les contours durs d'un fer à repasser.

Ce n'était pas grand-chose, mais c'était mieux que rien.

Retenant sa respiration, il se pencha tout doucement pour regarder dans l'interstice.

La femme était arrivée devant la porte de la salle de bains. Elle avait saisi la poignée et tirait dessus.

De l'autre côté, Batista poussa des cris apeurés.

73

Il fallait réagir.
Vite.
Manon parvint à se relever, plaqua son dos contre le mur. Chacun de ses membres la faisait souffrir. Sa hanche lui faisait même *très* mal. Mais elle tenait debout, elle espérait n'avoir rien de cassé. Elle posa une main sur ses reins, et sentit la présence rassurante du couteau maintenu par sa ceinture. Son cerveau fonctionnait à toute vitesse. Attendant le bon moment...

— C'est pour franchir le Styx que tu mets ton masque de tapette ? lança-t-elle, espérant déstabiliser le monstre qui se tenait devant elle.

— Tu es au courant ? souffla l'homme à tête de poupée. C'est amusant.

— Tu crois que ça te cache au regard de Dieu ? poursuivit Manon. Ça m'étonnerait.

L'homme avança en faisant tourner la matraque entre ses doigts. Les couettes rouges dansaient sur ses épaules au moindre de ses mouvements.

— Dieu n'existe pas, ricana-t-il. Mais ne te fatigue pas. Tu ne pourrais pas comprendre qui nous sommes.

Il se pencha et sa langue jaillit par l'orifice béant du masque, s'agitant de manière obscène, comme s'il léchait le vide. Puis il leva la matraque. Manon se raidit.

— Tu te trompes, poursuivit-elle, cherchant à s'éloigner. Je sais très bien qui vous êtes, toi et tes petits copains de jeux. Les légions d'Hadès, a dit ta copine ? Une minable copie du Hellfire Club, oui. Sans même avoir votre propre château pour héberger vos petites sauteries.

L'homme s'arrêta un instant, le temps d'un rire chevrotant. Les couettes s'agitèrent de plus belle. Les immenses yeux peints sur le latex, inhumains et dérangeants, la dévisageaient.

— C'est toi qui as tout faux, petite. Le Paradis d'Hadès peut tous nous accueillir sans le moindre problème. Les autres lieux sont de simples amusements.

— Le Paradis ? C'est une blague ?

— Assez discuté !

Il se jeta sur elle. Manon essaya d'esquiver, mais l'individu la frappa à l'épaule, la faisant chanceler. Puis il l'agrippa d'une main ferme et lui donna un nouveau coup de matraque. En pleine tempe. Explosion de lumière, de douleur vive. Manon laissa échapper un gémissement. L'homme la fit se retourner et se plaça derrière elle. Il la plaqua contre lui, les cheveux synthétiques écrasés contre sa joue, passa la matraque télescopique sous sa gorge. L'étranglement fut immédiat, insoutenable. Manon hoqueta.

— Tu vas voir si nous sommes minables, se réjouit son agresseur, qui exhalait une odeur de latex et de transpiration grandissante.

Maintenant ou jamais.

Elle passa la main dans son dos et attrapa le couteau.

Frappant au hasard, elle le planta vers l'arrière. La lame s'enfonça dans la cuisse de l'individu, qui hurla.

— Sale pute !

Il essaya de se dégager, mais Manon resta collée contre lui. Elle retira la lame, la replongea. Lui perforant l'aine. Du sang chaud s'écoula sur ses mains.

L'homme la repoussa et lui assena un coup de matraque au visage. Le choc lui fit momentanément perdre l'équilibre. Aveuglée par la douleur, elle continua néanmoins de donner des coups furieux devant elle, tranchant dans les avant-bras de cet adversaire masqué, faisant couler davantage de son sang, tandis qu'il reculait en ahanant.

Ils entendirent alors un cri aigu.

Tous deux s'immobilisèrent, pliés en deux par la souffrance, et regardèrent vers la porte d'entrée.

Les enfants de Christina Batista se trouvaient sur le seuil de la maison, les fixant avec des yeux exorbités.

La petite fille hurla de nouveau, à pleins poumons.

74

Nyx lâcha la poignée quand elle entendit le cri de la fillette.

Son hurlement terrifié remontait par l'escalier, amplifié par le couloir. À croire qu'on égorgeait la stupide gamine.

Dans la salle de bains, la femme avait cessé de pleurer. Un bruit sourd indiqua qu'elle donnait un coup de pied contre la porte. Puis un deuxième.

Nyx comprit ce qui allait se produire, et sourit.
Elle recula d'un pas.
Elle n'eut pas à patienter bien longtemps.
La femme finit par déverrouiller la porte et se tint devant elle.

— Pitié...

Le visage meurtri, maculé de sang, les yeux rougis d'avoir pleuré, Christina Batista avait piteuse allure. Elle joignit les mains et balbutia :

— Ne faites pas de mal à mes enfants. Je vous en supplie... Je n'ai rien à voir avec vos histoires...

Nyx hocha lentement la tête.

— Je le sais. Ce n'est pas du tout de ta faute.
Elle leva son arme et la mit en joue.

— Tout ce que nous voulons, c'est la boîte.
— Dans ma voiture ! s'exclama la jeune femme.
— Votre voiture ?
— Garée devant la maison ! Mon sac est sur le siège ! Prenez tout ce que vous voulez !

Un pli dur comme l'acier souleva les lèvres de Nyx.
— Ce n'était pourtant pas compliqué.
— Merci, dit Batista, des larmes recommençant à couler sur ses joues.
— De rien.

Elle pressa la détente.

Le coup de feu résonna dans le couloir, tonnerre et mort, en même temps que le crâne de Batista se transformait en une épaisse brume grise et rouge d'os, de cervelle et de sang, aspergeant de grumeaux le mur derrière elle.

— Fuyez ! ordonna Manon aux enfants en leur faisant de grands gestes. Courez prévenir la police ! Allez !

Il fallut encore une fraction de seconde aux deux gamins pour s'arracher à la stupeur, cesser de crier et détaler enfin vers le portail.

L'homme au masque de poupée s'était relevé. Du coin de l'œil, Manon entrevit la matraque qui fonçait vers elle. Trop tard pour esquiver le coup. Elle fut touchée dans le dos.

Elle tomba à genoux, la respiration coupée. Le couteau lui échappa, glissa sur le sol.
— Merde !

Elle roula sur le côté, évitant de justesse un nouveau coup. La matraque fractura une dalle du carrelage.

Le couteau. Vite.

L'attraper. Se retourner.

Frapper.

Manon tendit le bras à l'aveuglette.

La lame déchira la manche du costume, tailladant l'avant-bras. L'homme lâcha enfin son arme. À présent, il saignait de multiples plaies. Même l'orifice obscène de sa bouche était ourlé d'un suintement écarlate. Il se plia en deux, tandis qu'un halètement guttural s'échappait de son masque.

Manon sentit un regain d'euphorie l'envahir.

Tout s'accélérait. Tout se mélangeait. Elle se concentra sur le couteau serré dans sa main. Elle continua de frapper, poussant l'homme à reculer. Il essaya de se protéger en renversant une chaise devant elle. Puis il lui lança un cendrier, un vase en verre. Manon para les projectiles sans céder de terrain, taillant dans les chairs en retour. Elle entendit des cris essoufflés, des cris de folle ou de damnée, et elle comprit qu'ils jaillissaient de sa propre gorge à chaque coup qu'elle portait.

— Ariel ! appela-t-elle, de toutes ses forces.

Les bruits confus de lutte, de bris de verre, d'objets qui s'écrasaient à terre, s'élevaient d'en bas, mêlés aux cris stridents de Manon.

— ... bouge-toi ! s'égosillait-elle. Ariel !

La femme en noir se détourna du cadavre de Christina Batista et remonta le couloir vers l'escalier.

Ariel attendit qu'elle dépasse le placard pour pousser la porte et se jeter derrière elle en hurlant de rage.

Il avait visé sa nuque, mais elle fut assez rapide pour esquiver. Le fer à repasser la heurta tout de même à l'épaule, la faisant chanceler.

— Prends ça, salope ! beugla-t-il en la frappant de nouveau.

Elle recula. Elle voulut lever son arme, mais Ariel lui assenait coup après coup, avec l'énergie du désespoir. Il lui fallait rester aussi près d'elle que possible. Ne pas lui laisser l'occasion de tirer.

La réplique ne tarda pas pour autant. La femme lui expédia un coup de genou dans l'entrejambe. Ce fut comme si on l'avait électrocuté. Ariel vacilla. Il lutta pour conserver son équilibre. Son adversaire se servit alors de son pistolet comme d'une matraque, le frappa d'un revers de la crosse en plein menton. Douleur intense. Ariel fut projeté en arrière, défonçant la fine porte du placard. Il se vautra dans les piles de cartons. Des cintres et des jouets en plastique tombèrent en cascade sur ses épaules.

La femme leva son arme.

— Tout s'arrête là.

Ariel se recroquevilla au milieu des affaires. Il avait les yeux exorbités, panique et fureur mêlées.

— Espèce de monstre, bredouilla-t-il en se tournant vers le cadavre ensanglanté de Batista à l'autre bout du couloir.

La femme sourit. Un prédateur, vicieux, implacable.

— Moi ? se moqua-t-elle en avançant vers lui. Mais non, idiot, c'est *toi* qui as fait ça. Ces horreurs. Ta sœur et toi, vous avez massacré tous ces gens. Ce n'est pas évident ?

— Arrêtez votre délire. Personne ne croira ça !
— Tu as une vision bien naïve de la justice de ton pays. Je peux t'assurer que c'est tout ce que la police retiendra. Les Virgo étaient si perturbés qu'ils sont allés jusqu'à s'entre-tuer. Tout est bien qui finit bien, en somme...

Mû par son instinct de survie, Ariel se jeta hors du placard au moment où elle se mit à tirer. La première balle le frôla. La deuxième érafla son épaule, allumant un feu intense dans sa chair. Ariel dérapa sur le parquet. Il se réfugia derrière un guéridon, le saisit à pleines mains et le projeta sur la femme. Celle-ci se protégea avec ses avant-bras, repoussée par l'impact. Elle poussa un rugissement de colère.

Une porte, juste derrière lui. Ariel s'engouffra dans l'ouverture sans réfléchir, des fragments de verre crissant sous ses semelles. Il reconnut avec une joie désespérée la pièce par laquelle ils étaient entrés. Il claqua la porte. La clé était dans la serrure. Il la tourna.

Le répit fut bref. La poignée se mit à monter et descendre, par saccades furieuses.

— Allez chercher votre putain de bibelot et laissez-nous ! s'égosilla Ariel en se précipitant vers le balcon.

Il sursauta quand les détonations claquèrent. Des balles transpercèrent la porte.

Il enjamba la balustrade et se jeta sur les branches du frêne.

La douleur dans son épaule blessée le fit tressaillir. Sa main bandée était également un foyer de souffrance. Une fois au pied de l'arbre, il constata d'ailleurs que celle-ci s'était remise à saigner.

Qu'importe. Il était encore en vie. Il tenait à le rester. Coûte que coûte.

De nouvelles détonations retentirent.

Au bout de l'allée, il aperçut les enfants qui se faufilaient par le portail, fuyant le cauchemar, et lui-même se raidit.

Sa sœur était encore à l'intérieur.

Il devait lui porter secours.

Mais *comment* ?

Ces gens étaient armés. Une mort certaine l'attendait s'il remettait les pieds dans cette maison.

Un instant, il se tourna vers la fenêtre. Sans parvenir à distinguer quoi que ce soit à l'intérieur.

Il se retourna vers le mur, au fond du jardin. De ce côté, la vie.

Le dilemme le crucifia.

Il était affreusement lâche. Depuis toujours. Il n'y pouvait rien. Sa sœur avait raison. Sa sœur avait toujours *eu* raison le concernant, cela ne servait à rien de se voiler la face.

— Pardon... murmura-t-il.

Il s'élança vers le mur.

75

Les déflagrations traversèrent les tympans de Manon, et ce fut comme si les coups de feu avaient résonné en elle, comme si les balles avaient physiquement transpercé sa chair et ses os.

Elle cria de nouveau le nom de son frère, avant de l'apercevoir, par la fenêtre, qui s'éloignait ventre à terre.

Ariel s'enfuyait.

Comme toujours.

Ariel l'abandonnait.

Comme toujours.

Manon ne parvenait même pas à éprouver de la surprise.

Elle eut simplement l'impression d'étouffer. La rage l'emplissait. La rage, et la peur de ce qui l'attendait maintenant.

Face à elle, l'homme masqué venait de s'effondrer à genoux.

Il haletait, un souffle rauque de bête à l'agonie. Le sang ruisselait de son costume lacéré de toutes parts.

Un ricanement s'échappa des lèvres de latex.

— Viens m'achever, salope. Tu aimes ça, n'est-ce pas ?

Manon déglutit. Éprouvait-elle du plaisir à se battre ainsi, comme une barbare ? Aurait-elle du plaisir à mettre à mort ce monstre, de sa propre main ?

Elle n'en fit rien.

Elle recula.

Tous ses sens en alerte.

Elle savait que la comparse de ce fou n'allait pas tarder à redescendre.

Armée de son pistolet.

Et alors elle n'aurait aucune chance.

Elle lâcha le couteau et se mit à courir vers la porte.

Elle n'avait pas parcouru la moitié de la pièce qu'en effet la femme en noir jaillissait dans l'escalier.

Une déflagration retentit.

Une vitre, à sa droite, éclata.

Manon accéléra.

Elle franchit en dérapant la porte de la maison alors que claquait un deuxième coup de feu, et qu'une autre vitre se brisait. Elle constata que les enfants n'étaient plus en vue. Sans doute déjà chez un voisin. *Dieu merci.*

Elle courut jusqu'à la voiture. Un sac en cuir beige à franges se trouvait sur le siège passager. Elle le saisit prestement par la vitre baissée.

Pas le temps de vérifier ce qu'il contenait.

S'éloigner.

Vite.

Alors qu'elle se tournait vers le portail ouvert, elle aperçut une voiture qui remontait la rue à vive allure.

Elle reconnut le break gris qui se trouvait au château de Delpierre l'autre soir.

D'autres membres de la secte.

Ils venaient prêter main-forte à leurs deux acolytes.

Dans un instant, ils seraient là.

Manon ne réfléchit pas.

Elle fit volte-face et se jeta sur le mur de clôture le plus proche, au moment où la femme sortait de la maison.

Hors de question qu'ils la rattrapent.

Elle pénétra dans la propriété voisine, franchissant tant bien que mal une haie compacte de troènes.

Derrière se trouvait une pelouse, très mal entretenue. Une maison aux volets fermés. D'autres haies tout autour. Menant aux autres maisons du voisinage.

Serrant contre elle le sac et son précieux contenu, elle s'enfonça dans les buissons.

76

Des draps blancs séchaient sur des fils tendus, sur toute la longueur du terrain.

Ariel fonça au travers, se prenant dans les écrans successifs du linge, les souillant au passage du sang qui coulait de ses blessures.

Il fuyait sans se retourner, enjambant des murets et traversant les jardins des propriétés mitoyennes.

Déterminé à mettre autant de distance que possible entre lui et le danger.

Il entendit des éclats de voix, des gens qui parlaient des coups de feu qu'ils avaient entendus. Il ne put s'empêcher de se demander comment sa sœur allait s'en sortir. Il *voulait* qu'elle s'en sorte. À tout prix. Il savait qu'il ne se pardonnerait jamais de l'avoir abandonnée ainsi.

Mais il ne pouvait rien y changer. À présent, il ignorait quoi faire. Vers qui se tourner. Il se sentit subitement vidé de ses forces.

Il s'arrêta un instant, hors d'haleine.

Sa main saignait. La douleur pulsait au rythme des battements de son cœur.

Il leva les yeux. Le sol sablonneux de cette résidence était traversé par un chemin de planches en tek. Un jacuzzi extérieur se trouvait au bout, accolé à une palissade qui lui sembla plus difficile à escalader que les précédentes.

Il devait pourtant continuer. Ne pas s'arrêter.

Il risqua un regard anxieux en arrière. Personne ne semblait l'avoir suivi jusqu'ici.

Une fenêtre s'ouvrit subitement, un homme âgé en débardeur se mit à vociférer :

— Hé, vous ! Qu'est-ce que vous fichez là ? Dégagez de chez moi !

Ariel ne chercha pas à répondre. Il se précipita vers le jacuzzi et monta sur le rebord. Il agrippa le haut de la palissade. Traits déformés par l'effort autant que par la douleur.

— Je vais appeler les flics ! continuait de crier l'homme derrière lui. Vous allez voir !

— Fais donc ça, connard, maugréa Ariel en se hissant non sans peine.

Il glissa sur la pelouse de l'autre côté. Un peu plus loin, un portail.

Ariel l'enjamba.

Il se retrouva dans une rue qu'il ne connaissait pas. Pas de trottoir, bitume grumeleux et véhicules garés le long de hauts platanes. Il supposa que ce chemin ramenait à l'avenue du Père-Soulas. Ou à n'importe quelle autre artère passante.

Il avança en titubant dans cette direction.

Derrière lui, une voiture tourna à l'angle et remonta l'allée.

Ariel n'y prêta d'abord pas attention. Il marchait le plus vite possible en dépit de la souffrance, à la limite de l'évanouissement.

Quand la voiture arriva à son niveau et stoppa net, une vague de terreur le submergea.

Une Laguna. Celle-là même qu'il avait volée.

Un homme en blouson de cuir rouge en jaillit. Des bras puissants le ceinturèrent.

— Non... souffla-t-il. Bande... de...

Il n'avait même plus la force de se défendre. L'homme le poussa à l'intérieur du véhicule et s'installa à côté de lui. Ariel sentit une lame posée contre son cou. L'odeur métallique de son propre sang lui monta aux narines et le fit suffoquer.

— Tu bouges, t'es mort. C'est assez clair ?

— Parce que vous n'allez pas me tuer de toute façon ? répliqua-t-il d'une voix éraillée.

L'individu eut un rire gras.

Le conducteur, un homme corpulent aux cheveux frisés, redémarra. Tout en conduisant, il plaqua un téléphone contre son oreille et annonça sobrement :

— Colis récupéré.

Il écouta son interlocuteur pendant quelques instants, avant de lui répondre :

— On est juste à côté. Je t'attends dans le virage.

Il raccrocha, roula le long de la rue pendant deux cents mètres et s'engagea dans un petit chemin entre un champ et une allée de platanes, en retrait des habitations.

Une autre voiture ne tarda pas à déboucher du sens opposé. Elle se gara de biais à côté de la Laguna.

Un homme en chemise et pantalon à pinces en sortit et vint ouvrir la portière du côté d'Ariel.

L'individu qui appuyait le couteau contre sa gorge salua le nouveau venu.

— Le voilà, Baphomet. On dirait que notre amie Nyx l'a un peu amoché.

— Je vois ça, dit l'homme tout en transperçant Ariel de son regard pâle et autoritaire.

Ariel le dévisagea en retour, accablé de désespoir.

Il ne pouvait plus se faire d'illusions.

Tout était perdu.

Pour lui comme pour sa sœur. À présent tout était définitivement perdu.

— Hadès le veut en vie, dit l'homme qui se faisait appeler Baphomet.

Sa voix était chaude et calme. Horriblement rassurante. Un masque sur un masque.

Il se moquait de lui. Tout en rayonnant de son air supérieur, le coin de sa bouche pincé.

Ariel lui cracha au visage.

— Espèce de malade ! Vous ne vous en tirerez pas...

Baphomet lui envoya un violent coup de poing dans le ventre, qui le plia en deux sur la banquette.

— Emmenez-le au Paradis, ajouta-t-il simplement en époussetant sa chemise.

— Entendu, dit celui qui tenait Ariel.

Ariel articula une insulte étouffée. Mais le couteau se pressa de nouveau contre son cou. Cette fois, la lame mordit dans sa chair.

Il ne dit plus rien.

Baphomet claqua la portière.

77

Elle avait semé sa poursuivante.
Pour combien de temps ?
Pliée en deux, avançant avec prudence à l'abri des buissons, Manon suivit la façade d'un pavillon tout en se retournant au moindre froissement de feuilles dans les arbres.

Elle se heurta à un mur d'enceinte crépi. Un peu plus loin, une porte de métal. Manon essaya la poignée. La porte s'ouvrit. Elle se précipita dans la rue. Alignement de portails, toits des maisons émergeant des arbres. L'air ondulait imperceptiblement sous la chaleur.

Personne en vue.

Elle reprit son souffle tant bien que mal. Les coups de matraque avaient imprimé des marques violettes sur ses bras, elle n'osait imaginer l'état de son visage. Tout son corps résonnait d'une douleur lancinante. Sa hanche, en particulier, la faisait souffrir à chaque pas, comme si elle était fêlée.

Pourtant elle ne pouvait rester là.

Elle continua d'avancer en boitant.

Le sac de Batista battant contre elle au rythme de ses pas.

Ne pas s'arrêter.
Elle sursautait au moindre bruit de moteur. Elle ne tenait pas à croiser de véhicule dans un de ces chemins tortueux. La menace du break gris ne quittait pas ses pensées. Cela signifiait que les sbires du club des masques étaient présents en nombre. Très probablement dispersés dans le quartier. Ils pouvaient se trouver n'importe où, à l'affût. S'ils la repéraient maintenant, elle serait incapable de se défendre. Elle n'en avait plus la force.

Pour ajouter à son désarroi, il lui était impossible de s'échapper avec la voiture de Hind. Elle n'avait pas la clé, c'était son frère qui avait conduit pour venir ici.

Ne restait que la marche.

Se diriger au hasard des petites rues.

S'éloigner de l'axe principal.

Dès qu'elle apercevait des passants, elle changeait de direction, ou rebroussait chemin avec précipitation.

Elle repensa au sourire pervers de cette femme quand elle lui avait demandé comment ils avaient eu l'adresse de Batista.

Parce que nous sommes les légions d'Hadès.
Rien ne nous échappe jamais.

Que sous-entendait-elle ? Jusqu'où s'étendait donc l'influence de leur société de désaxés ?

Manon préférait éviter d'y songer.

Devant elle, un pont surplombait une épaisse végétation. Elle enjamba le grillage et descendit vers le ruisseau, un maigre filet d'eau limoneux. Les rives étaient craquelées, parsemées d'herbes hautes, d'orties et de tas de détritus. Mais, au moins, les feuillages offraient un dôme d'ombre verte, à l'abri des regards. Manon colla son dos contre un mur de béton rugueux, entièrement couvert de tags. Le clapotis de l'eau s'élevait autour d'elle, ponctué par des chants d'oiseaux. L'odeur de la vase macérant au soleil l'enveloppa. Se penchant alors vers la surface de l'eau, elle fut choquée par son reflet. Avec ses vêtements déchirés et son visage maculé de sang, ses yeux enfoncés dans leurs orbites, elle ressemblait à une possédée de film d'horreur.

Elle songea à ce qu'elle venait de vivre.

Pour la toute première fois de sa vie, elle s'était battue.

Elle avait affronté un homme, une brute de deux fois son poids. Elle ne s'était pas laissé faire. Elle avait même réussi à le blesser ! *Peut-être mortellement,* se dit-elle, sans vraiment s'expliquer ce que cette idée suscitait au fond d'elle. Pourquoi elle ne ressentait aucun regret. Seulement un soulagement étrange et malsain, dont elle ne voulait pas, mais qui l'emplissait néanmoins.

Elle comprit qu'elle avait franchi une limite. Son *corps* avait franchi une limite. Elle s'était métamorphosée, du plus profond d'elle et de tout ce qu'elle était, c'était indéniable.

Désormais, rien ne serait plus pareil. À supposer qu'elle parvienne à se sortir des griffes de ces gens. Et de celles de la justice.

Mais, pour cela, il faudrait apporter des preuves concrètes.

Dans le sac.

Elle inspira lentement.

Ses mains étaient blanches et endolories à force de serrer la bretelle de cuir.

Elle dézippa le sac et vida son contenu devant elle. Des objets tombèrent en vrac sur le béton humide. Boîtier de lunettes. Bouteille d'eau. Portefeuille. Trousse de maquillage. Mouchoirs. Flacon de savon en gel. Chargeur de mobile encore relié au téléphone.

Elle conserva ce téléphone à portée de main.

Tout ce qu'elle voulait voir, dans l'immédiat, était le casse-tête.

Il se trouvait bien dans le sac.

Elle le prit dans ses mains. L'objet était exactement tel que son frère l'avait évoqué.

Un cube de couleur bleue. Lisse et luisant, d'une dizaine de centimètres de côté. Rien de plus.

Manon le fit tourner entre ses doigts, fascinée par sa beauté minimaliste.

L'objet de convoitise.

Mais pour quelle raison ?

Une chose était certaine, il avait bien l'air précieux. Et il était étonnamment léger. Ses facettes laquées chatoyaient, un miroir bleu. Des clous d'un bleu plus sombre étaient enfoncés dans les six faces, selon un agencement asymétrique dont la logique échappait à Manon.

Elle pensait découvrir un casse-tête classique. Cette boîte ressemblait davantage à celle de ce film, *Mulholland Drive*, qu'elle avait vu des années auparavant. Elle avait tout oublié de l'histoire, un récit tordu sur l'amour et les rêves brisés, mais elle se rappelait très bien la boîte. Et pour cause, celle-ci renfermait les souvenirs réprimés d'une jeune actrice, elle avait de quoi marquer durablement l'imagination.

Toutefois, le cube bleu du film possédait une ouverture destinée à l'insertion d'une clé. Manon ne vit rien de tel sur celui qu'elle tenait en main. Il n'y avait que ces clous comme indices. Des touches pour une combinaison, comme sur un coffre ?

Elle passa ses doigts sur les têtes de métal sans sentir la moindre aspérité. Aucun élément ne semblait pouvoir bouger.

Un casse-tête différent, mais un casse-tête tout de même.

Dont elle ignorait le fonctionnement.

Elle secoua la boîte pour déterminer si elle contenait quelque chose. Aucun bruit. Rien ne semblait bouger à l'intérieur.

Elle n'était pas plus avancée.

Elle se saisit du téléphone de Batista.

L'écran s'illumina. Il lui demandait un code pour déverrouiller l'appareil.

— Et merde. Bien sûr.

Manon se mordit la lèvre. Le mobile ne permettait que les appels d'urgence.

Elle hésita à contacter Police secours...

... sans savoir sur qui elle tomberait ?

Hors de question. Ils sont partout.

D'un geste brusque, à bout de nerfs, elle lança le téléphone dans le ruisseau, ne comprenant que trop tard la bêtise qu'elle venait de faire.

Elle jura, et se recroquevilla sur elle-même tandis que plusieurs piétons empruntaient une passerelle, un peu plus loin, entre les branches des arbres.

Ils s'éloignèrent.

Manon souffla.

Elle avait échappé à ses poursuivants. Dans l'immédiat au moins, elle était hors de danger.

Les hommes du club des masques ne resteraient pas éternellement dans le coin. Il lui suffisait d'attendre. De réfléchir. Peut-être même de trouver la combinaison qui ouvrait cette boîte, si elle avait un peu de chance.

Reprenant confiance, elle s'approcha du ruisseau et commença à nettoyer le sang qui lui couvrait le visage et les bras.

Elle se sentait mieux.

Un tout petit peu.

VIII

Le puzzle

78

18 h 30.

La lumière rasante du soleil filtrait par les stores, dans la petite salle de repos au premier étage de l'hôtel de police, située à l'écart des autres bureaux. Le procureur de la République Emmanuel Salomon discutait avec le commissaire divisionnaire Lapagesse lorsqu'on toqua à la porte.

— Entrez, capitaine. Et refermez derrière vous.

Raynal se planta devant eux et attendit sans un mot. Il avait rarement croisé le procureur. Salomon avait une réputation de tyran, et tout le monde connaissait ses coups de sang. La cinquantaine passée, cheveux gris plaqués en arrière avec du gel, costume sobre et paire de lunettes dernier cri, il ressemblait à la plupart de ses confrères. À l'inverse, le supérieur de Raynal, le commissaire Jean-Edgar Lapagesse, était encore bien jeune pour la haute fonction qu'il occupait. Visage carré, au bronzage impeccable. Coupe de cheveux militaire de cinq millimètres entretenue à la tondeuse. Regard brûlant qui ne demandait qu'à en découdre. Lapagesse était le genre d'homme qui devait passer ses soirées en salle de sport, à frapper sur des sacs et soulever de la fonte, si on en jugeait par sa silhouette découpée et nerveuse. Quand il croisa les bras, ses biceps et ses pectoraux tendirent le tissu de sa chemise couleur crème.

— Nous devons parler, mon ami.

— Depuis quand sommes-nous amis ? ironisa Raynal.

Le commissaire lui jeta un regard hostile.

— Toujours besoin de mettre votre grain de sel, hein ? Pas étonnant que vous accumuliez les casseroles.

Le procureur Salomon leva une main autoritaire.

— Moins de cinéma, je vous prie. Ne pensez-vous pas que vous avez quelque chose à nous dire, capitaine ?

Le policier prit une longue inspiration, ses yeux réduits à deux fentes. Il jeta un bref coup d'œil aux deux affiches de films qui occupaient chacune un mur de la pièce. *La Mort aux trousses* d'un côté, *Labyrinthe* de l'autre. Malgré lui, un léger sourire se dessina au coin de ses lèvres.

— Qu'est-ce qui vous amuse ? grogna Salomon.

— Rien du tout, monsieur le procureur. Je ne pensais pas que Robert mettrait ses menaces à exécution. Ni qu'elles aboutiraient. Je ne suis pour rien dans le fiasco de son opération au jardin des plantes. Il n'avait pas pris la peine de m'en informer.

Salomon se tamponna le front avec un mouchoir.

— Selon lui, vous êtes responsable de la fuite de nos seuls suspects.

— Je me suis interposé parce que le lieutenant Achour a menacé une personne désarmée. Voilà ce qui s'est passé.

— Il avait seulement mis en joue Ariel Virgo qui se montrait menaçant, dit Salomon.
— Et il lui aurait tiré dessus si je n'étais pas intervenu.
— Affabulation, dit Lapagesse.
— Il suffit de demander à l'équipe de Landis. Je suis sûr que plusieurs hommes confirmeront avoir été témoins de la scène.
— Je ne me risquerais pas à attendre leur appui, si j'étais vous, commenta le procureur.
Il marqua un temps avant de reprendre la parole avec gravité :
— Mais ce n'est pas uniquement pour cela que nous vous avons convoqué.
— Dans ce cas, dit Raynal en fronçant les sourcils, de quoi s'agit-il ?
— Laissez-moi vous aiguiller, poursuivit son interlocuteur en remontant ses lunettes de l'index. Nous avons constaté qu'il manque des feuillets dans la procédure qui a été remise au groupe des Stupéfiants. Cela soulève certaines questions embarrassantes.
— La procédure ?
— Celle de l'assassinat du garagiste, intervint Lapagesse d'un ton excédé. Ne faites pas comme si vous l'ignoriez.
Raynal considéra tour à tour les deux hommes.
— Je vois de quoi il s'agit, toutefois je ne saisis pas l'accusation, puisque cela doit en être une.
— C'en est une.
Venue de qui ?
Le commissaire se leva et contourna le bureau.
— Franck, j'ai personnellement vérifié, c'est moi-même qui ai constaté le problème. Il manque plusieurs

documents. Or, le commandant Combe nous a avoué que vous aviez emprunté le dossier hier matin.

Raynal soutint le regard de l'athlète. Roc contre roc.

— Je ne dis pas le contraire. J'ai eu les documents entre les mains. Cela ne signifie pas que je suis responsable de la disparition de quelque document que ce soit.

— Mais vous êtes le seul à avoir consulté ceux-là, insista Lapagesse. Sans aucune raison valable. Je vous rappelle que ce n'est pas votre enquête. Pourquoi faites-vous de la rétention d'information ?

Raynal leva les yeux au ciel.

— Quelqu'un essaie de me piéger. De manière assez grossière, en plus. Voilà ce qui se passe.

— Mais bien sûr ! Et pour quelle raison vous piégerait-on ?

Le ton était polaire. De nouveau, les deux hommes se toisèrent.

— Écoutez, temporisa Raynal, si vous voulez vraiment savoir, j'ai moi-même eu une effraction dans mon bureau. Quelqu'un a fouillé dans mes dossiers et m'a dérobé un document à moi aussi.

— Arrêtez votre cinéma, lâcha Lapagesse. Ça devient pitoyable.

Le procureur, quant à lui, fronça les sourcils.

— Quel document, au juste ?

Le moment était venu de jouer le tout pour le tout.

— Une réquisition de coordonnées téléphoniques concernant une dénommée Christina Batista, dit Raynal.

Il vit une lueur s'allumer dans le regard des deux hommes.

— Ne faites pas semblant d'être surpris. Je me suis permis de passer par un des hommes de Landis. Tout ça figure dans la procédure, et je parie que vous êtes déjà au courant, commissaire. Je me trompe ?

Lapagesse fit une grimace.

— Admettons. Et vous dites avoir perdu ce document ?

— Non, je dis qu'on me l'a volé. Je l'avais rangé dans mon tiroir. Il n'y est plus.

— Pourquoi n'avez-vous pas signalé ce vol ?

— Parce que je n'étais pas dans mon bureau de l'après-midi. Je viens tout juste de m'en rendre compte.

— C'est trop facile, mon gars.

Lapagesse pivota et se plaça devant le store. Mains dans le dos, il observa le parking, où régnait une certaine agitation. Les gyrophares de plusieurs véhicules se mirent à briller.

— Maintenant, vous allez encore expliquer qu'on essaie de vous piéger. C'est bien tenté. Dommage que ça ne marche pas.

— De quoi voulez-vous parler ? fit Raynal.

Le commissaire désigna les voitures en train de manœuvrer.

— Vous voyez les collègues, en bas ? On a été appelés pour un meurtre. Une femme assassinée à son domicile dans des circonstances sordides. Passée à tabac avant d'être achevée d'une balle en pleine tête. On pense que ses enfants ont assisté à la scène.

— Je ne comprends toujours pas...

Bien sûr, Franck Raynal comprenait *très bien*. Les événements se bousculaient désormais, et ce n'était que le début. Un tourbillon commençait à emporter les pièces du jeu. Les éléments les plus faibles allaient se coucher, l'un après l'autre. Il contracta instinctivement les muscles et attendit.

— La femme en question s'appelle Christina Batista, finit par déclarer Lapagesse en se retournant vers lui. C'est la personne dont vous avez demandé les coordonnées. On peut dire que votre histoire de vol tombe à pic.

Raynal demeura silencieux quelques instants. Puis il répondit très calmement :

— Suis-je suspect de ce meurtre aussi ?

Salomon éclata de rire et posa une main sur son épaule.

— On ne vous accuse encore de rien, mon vieux, et surtout pas de meurtre. Mais je tenais à vous informer que vos protégés ont été aperçus sur les lieux du crime. Selon un premier témoignage des enfants, ce sont les Virgo qui ont agressé leur mère. Des « méchants pleins de sang qui se battaient ». Il ne nous reste plus qu'à attendre les résultats des analyses. Que pensez-vous qu'elles vont nous révéler ?

D'un brusque haussement d'épaule, Raynal écarta la main du procureur.

— Les Virgo ne sont pas des meurtriers.

— C'est vous qui le dites.

— Et c'est vous qui insistez pour tout leur mettre sur le dos depuis le début, monsieur le procureur. Pourquoi cet acharnement ?

— Parce que tout les incrimine, soupira Salomon en ajustant ses lunettes. En outre, je vous rappelle que c'est grâce à vous qu'ils ont pu se soustraire à une interpellation. Ce qui vous place dans une situation gênante, vous aussi...

Raynal se tendit.

Il devait choisir ses mots avec précision.

— Vous souhaitez que j'appuie votre théorie, c'est ça ? Vous voulez un dossier à charge contre les Virgo car ce sont vos seuls suspects ? Des boucs émissaires pour calmer les esprits ?

En retrait, le commissaire Lapagesse afficha un sourire entendu.

— Vous êtes un homme beaucoup plus fin que vous ne le laissez paraître, dit Salomon.

Se retournant, il prit une pomme dans le panier posé à côté de la machine à café. Il croqua dedans tout en contemplant le ballet des gyrophares par la fenêtre, puis il ajouta sans regarder Raynal :

— J'ai une conférence de presse dans une heure et demie. Les médias ont commencé à s'emparer de l'affaire et ils vont vite raconter n'importe quoi. Vous comprenez que je ne peux pas laisser s'installer la psychose. Ni tolérer la présence d'un élément perturbateur dans nos rangs.

79

Loin. Bien loin de la ville. Au milieu des vignes et des pins parasols.

La Laguna parcourait une route sinueuse.

Au panneau *Villa Paradis*, le conducteur s'engagea sur une allée bien entretenue et longea un mur surmonté de tessons de verre. Il fit une halte devant les grilles équipées de deux caméras. Le portail s'ouvrit presque aussitôt.

Le véhicule pénétra alors dans une vaste pinède. Des arbres, des buissons à perte de vue.

Ariel, prostré et perclus de douleur, observait par la vitre avec une surprise constante. Les troncs des pins défilaient. Sous les frondaisons, tout était plus sombre.

Un petit pont apparut devant eux. Alors qu'ils le franchissaient, Ariel aperçut deux colonnes, de part et d'autre du chemin, évoquant un portail ancien. Des motifs cunéiformes gravés sur la pierre. Il se remémora la discussion avec le journaliste. Tout ce que leur avait dit Lachaud prenait un sens, aussi évident que terrifiant. Au sujet des clubs de l'Enfer. De leurs sacrifices rituels. Des chiens décapités représentant la figure de Cerbère…

L'homme qui l'avait enlevé conservait le couteau à la main, afin de bien lui rappeler de ne pas s'agiter. Non pas qu'Ariel en ait la moindre intention. Au cours du trajet, son kidnappeur avait pressé cette lame sur son cou plus d'une fois, lui entaillant la peau. Mais il ressentait à peine la douleur. Sa blessure à l'épaule, là où la balle avait creusé un sillon dans son muscle, le faisait bien davantage souffrir. Il se rendit compte qu'il grelottait, et il songea avec une certaine panique qu'il commençait à avoir de la fièvre. Il lui aurait fallu des soins. Au plus vite.

Un espoir qui ne risquait guère de se concrétiser.

Ils sortirent tout à coup du couvert des pins et roulèrent au milieu de pelouses aérées de massifs et d'arbres en fleurs, que la lumière du soir magnifiait en rehaussant chaque couleur.

Un pavillon aussi vaste que somptueux se dressait là. Colonnes, façades ajourées de grandes baies vitrées. Des plantes grasses et des fleurs débordaient de pots suspendus sous les avancées du toit.

Un homme et une femme, tous deux en costume sobre, chemise blanche, les attendaient sur la terrasse. L'homme avait la peau noir d'ébène. La femme, au contraire, était très blanche, ses cheveux blonds attachés en arrière et ses pommettes parsemées de taches de rousseur. Dès que la voiture fut arrêtée, ils vinrent ouvrir la portière d'Ariel et lui intimèrent de sortir.

— Bienvenue au Paradis, lui dit la femme.

— Toi, tu as de l'humour, ne put s'empêcher de grogner Ariel.

En guise de réplique, elle lui assena un coup de matraque sur la nuque. Ariel s'effondra à genoux, ravalant un cri de douleur.

Tout compte fait, cette salope n'avait pas le moindre humour.

— J'ai besoin d'un médecin... supplia-t-il tandis que les quatre personnes se regroupaient autour de lui.

L'homme qui avait tenu le couteau dans la voiture lui décocha un coup de pied dans les côtes. Ariel roula entre les individus en gémissant de plus belle.

— Tu m'as l'air en parfaite santé, petite merde.

Tous les quatre se mirent à ricaner.

Jusqu'au moment où un deuxième véhicule, un break gris, apparut à la lisière des pins et remonta l'allée jusqu'à eux.

— Ils ramènent Moloch, dit celui qui avait conduit la voiture. Voilà une vraie urgence.

La femme resta auprès d'Ariel tandis que les trois hommes se dirigeaient vers la voiture et en sortaient l'individu au crâne rasé qui les avait attaqués dans la maison de Batista. À présent, il était couvert de sang, son costume en lambeaux. Et inanimé, de surcroît.

Les individus portèrent son corps inerte à l'intérieur du pavillon.

— C'est ma sœur qui lui a fait ça ? s'étonna Ariel.

— On dirait que vous n'avez pas le même tempérament, susurra la femme au creux de son oreille.

Il fit mine de se redresser.

Il reçut un nouveau coup de matraque sur les reins, et fut projeté à plat ventre.

Sa bouche heurta le sol de la terrasse. Sa lèvre se fendit. Le goût salé du sang envahit sa gorge.

— Ce n'est pas grave, ajouta la femme en posant un pied sur son dos pour le maintenir à terre. C'est toi qui vas payer pour elle.

80

Personne dans la rue.

Du vieux rock s'échappait d'un balcon. Des odeurs épicées de cuisine exotique flottaient dans l'air. L'estomac de Manon se réveilla, lui rappelant qu'elle n'avait rien avalé de la journée.

Dans l'immédiat, la faim était le cadet de ses soucis.

Elle gravit les marches jusqu'à l'étage de Hind, se répétant que le club ne pouvait l'avoir pistée. Même en ayant des yeux partout, ils ne pouvaient deviner que sa collègue l'hébergeait.

Pour une grande partie du chemin, elle avait suivi le parcours des quais du Verdanson, sous le couvert des arbres et de hauts murs de béton. Elle n'y avait croisé que quelques graffeurs en pleine création, ainsi qu'à deux ou trois reprises des groupes de paumés et leurs chiens, qui écoutaient de la musique tout en consommant de la drogue au bord de l'eau. Ceux-là avaient à peine levé les yeux à son passage – mis à part un garçon en treillis qui lui avait proposé une trace de coke – et elle s'était paradoxalement sentie en sécurité dans cet entre-deux-mondes marginal et improbable.

— Hind ? Tu es là ?

Sa collègue n'était pas encore rentrée du travail.

Manon s'enferma dans l'appartement et passa de fenêtre en fenêtre pour baisser les stores avant de se sentir un peu rassurée.

Elle se précipita ensuite sur le meublé télé, saisit le téléphone de Hind et composa le numéro de Franck.

Elle avait besoin de lui. Maintenant plus que jamais.

Le téléphone vibrait avec insistance.

— Excusez-moi…

Raynal glissa sa main dans sa poche et refusa l'appel.

Cet entretien dans cette salle exiguë avait déjà tout de la garde à vue. Il était acculé. Poussé à la défensive. À moins qu'il n'avance correctement ses pièces. Salomon et Lapagesse le toisaient. Cherchant à percer son armure.

Ils n'y parviendraient pas.

— Je tiens une piste dans cette affaire, leur annonça-t-il calmement.

— On vous écoute, dit Lapagesse.

— Je ne porterai aucune accusation sans être certain de pouvoir prouver ce que j'affirme. Il ne me manque qu'un dernier élément capital. On ne peut plus se fier à personne, de nos jours.

— Encore une esquive facile. Vous me décevez de plus en plus, Franck. Qu'envisagez-vous de faire ? Accuser tous vos collègues, un par un ? Comme vous l'avez fait à Paris ? Vous voulez qu'on parle de ça, aussi ?

Nouveau grincement de dents.

Raynal s'y était préparé.

Contrairement à ce que ses interlocuteurs s'imaginaient, il avait prévu que les choses se passeraient ainsi.

Cette situation s'était déjà produite dans le passé. Il avait appris de ses erreurs.

Il gonfla la poitrine et redressa la tête.

— Je crois, messieurs, qu'il faut en effet que nous discutions.

— De ce qui s'est passé à Paris ? fit le procureur avec un rictus entendu.

— Si cela vous fait plaisir...

La vibration reprit dans sa poche.

Raynal saisit son mobile et, cette fois, l'éteignit.

— *Vous êtes bien sur le répondeur de Franck Raynal, laissez un message et je vous rappellerai dès que possible...*

Manon serra le combiné. Encore injoignable. Elle eut soudain envie de pleurer.

— Franck, c'est moi, hésita-t-elle, cherchant ses mots. Je... Il s'est passé... les masques nous ont retrouvés...

Les images de cet homme au visage de femme en latex ne voulaient pas la quitter. Son sang giclant sur elle. L'euphorie coupable alors qu'elle le poignardait. Et ces pauvres enfants pétrifiés devant eux, la panique dans leurs yeux innocents...

— Rappelle-moi dès que tu peux... C'est très urgent. J'ai leur cube avec moi. Tu es la seule personne vers qui je puisse me tourner...

C'était tout ce qu'elle parvint à lui dire.

Après cela, elle s'effondra sur le canapé.

Priant pour que le policier écoute ses messages au plus vite.

81

— Franck Raynal contre le reste du monde, déclara le procureur Salomon en jetant le trognon de pomme dans le panier, avant de s'essuyer les lèvres avec un mouchoir en papier. C'est ainsi que tous les flics de Seine-Saint-Denis parlent de vous, à présent. Cela ne doit pas vous étonner. Après tout, vous avez fait plonger vos propres collègues. Ah, oui, ils vous appellent le traître, également.

Raynal conserva un visage indéchiffrable. Mais son timbre devint feulement.

— Mes anciens collègues ont été écroués parce qu'ils étaient mêlés à une affaire de proxénétisme et de viols répétés sur des migrants. Ils ont causé leur propre perte, je n'y suis pour rien.

— Vous êtes trop modeste, mon cher. Cette perte, vous les y avez poussés. Une dénonciation. Ce n'est pas joli joli, si vous voulez mon avis.

Une pause. Raynal inspira.

— C'est vrai, monsieur. Mais il le fallait. J'en avais assez de retrouver des filles tabassées, prostrées au fond d'un bureau, et que tout le monde se comporte comme si c'était normal. Cela durait depuis longtemps.

Ses yeux se plissèrent. Il poursuivit :

— Bien trop longtemps, croyez-moi. Si j'avais su, je n'aurais pas attendu autant avant de prendre les choses en main.

— Ils soutiennent que vos accusations sont fausses et les preuves fabriquées, fit remarquer le procureur. Heureusement pour vous, le dossier contre eux est accablant.

— Il l'est. Je n'aurais jamais porté une telle accusation à la légère.

— Et cela vous a permis d'obtenir votre mutation. Intéressante opération pour vous, n'est-ce pas ?

Raynal ne put réprimer un rictus ironique.

— On peut voir cela comme ça. Ma hiérarchie n'a plus souhaité m'avoir dans ses pattes.

— Comme c'est étonnant, railla Lapagesse. Sauf que ce n'est pas la première fois, n'est-ce pas ?

— Que voulez-vous dire ?

Le commissaire leva son index, tel un enseignant face à un étudiant indiscipliné.

— Vous savez très bien ce que je veux dire. J'en ai appris de bonnes, en me renseignant un peu plus sur votre cas, Franck. Votre binôme dans le 93 a perdu la vie dans des circonstances plutôt louches. Vous vous êtes bien gardé de vous en vanter.

Ses phalanges craquèrent tandis qu'il serrait les poings. Puis il répondit :

— J'apprécie le fait que vous vous renseigniez sur *mon cas*, commissaire...

Il bascula la tête en arrière et observa le plafond. Rester calme.

— ... mais oui, mon collègue est décédé en service. Christian était un excellent flic. Et aussi un ami. Il a été pris dans une fusillade sans que personne ne voie rien venir.

Le commissaire ne se départit pas de son air accusateur.

Ce fut au tour du procureur de reprendre l'offensive.

— Personnellement, j'ai entendu une autre version. Le toxico qui a abattu Christian Rappolt avait été libéré le matin même à la place d'un autre détenu. Erreur de paperasse. On a blâmé une pauvre greffière pour la forme, mais on ne saura jamais qui a commis la bourde. Et tout le monde s'en moque, puisque le criminel est mort lui aussi lors de l'échange de tirs. C'est fou ces bavures, de nos jours, n'est-ce pas ?

Raynal le regarda. L'orage en lui grandissait.

— Qu'insinuez-vous par là ?

— Que les gens meurent facilement autour de vous, capitaine. Et que vous vous en sortez toujours très bien. Trop bien, même. Ce ne sera peut-être pas toujours le cas.

Il inspira par les narines, lentement.

Faire attention.

Très attention.

— J'ai le cuir épais, finit-il par répondre sans quitter le procureur du regard, comme s'ils étaient deux animaux en train de se jauger avant l'assaut.

Il désigna un dossier, posé sur le bureau, où figurait la procédure du massacre de la nuit précédente, et poursuivit :

— Une question me taraude, monsieur le procureur. Pourquoi n'avez-vous pas reçu les flics chargés d'inspecter la Maison des arts ? Je ne pense pas vous apprendre que ces types couchaient avec les filles et, en échange, laissaient courir. Obtention de faveurs sexuelles. Complicité de trafic de stupéfiants. Je ne vois pas leur nom sur la liste des personnes inquiétées dans cette affaire.

Le procureur s'empourpra.

— Décidément, Franck, vous êtes un sacré trublion ! Cela vous amuse tant de jouer le grain de sable dans les rouages ?

— Disons que je ne sais pas m'y prendre autrement pour arriver à mes fins, concéda Raynal avec un sourire en coin.

Salomon s'assit au bord du bureau et le dévisagea.

— Dans ce cas, si nous arrêtions de tourner autour du pot et que nous en venions aux faits ? Que savez-vous de cette affaire exactement ? Et depuis combien de temps travaillez-vous dessus ?

82

Pourquoi Franck ne la rappelait-il pas ?

Manon s'installa à la table de la cuisine. Elle avait pris une douche, l'eau brûlante chassant enfin le sang, la saleté et la confusion incrustés sur sa peau, dans chacun de ses pores. Son corps était marbré d'hématomes qui s'assombrissaient à vue d'œil. Des douleurs l'élançaient dès qu'elle bougeait, et psychologiquement elle se sentait toujours remuée. Cependant, elle se savait en sécurité dans l'appartement. C'était un début.

À présent, elle avait besoin de prendre du recul. Et de trouver un moyen d'agir au plus vite.

Ses cheveux étaient encore mouillés, et des gouttes perlaient sur ses épaules. Pour remplacer ses vêtements souillés, elle avait passé une des robes de Hind – dans laquelle elle flottait un peu, n'ayant pas les rondeurs de sa collègue. Elle espérait que celle-ci ne lui en voudrait pas.

Elle s'était également fait chauffer un bol de nouilles chinoises au micro-ondes, qu'elle mangea lentement, tout en réfléchissant.

Le cube bleu était posé devant elle.

Son mystère entier.

Agir, oui. Mais comment s'y prendre ?

Elle passa les mains sur la boîte. Si seulement elle parvenait à comprendre son fonctionnement ! Les six faces laquées, en dépit des clous qui les décoraient, semblaient identiques. Des miroirs profonds qui reflétaient la pièce autour d'elle.

Aucune trace d'un mécanisme d'ouverture.

Il y en avait pourtant un. Savamment dissimulé. Actionné par une combinaison de gestes, de pressions.

Manon passa de longues minutes à manipuler l'objet avec la plus grande concentration. Un jeu de patience et de précision. Elle avait toujours été douée pour ce genre de choses. D'ailleurs, à force de caresser les panneaux en tous sens, son pouce se cala sur un clou qui s'enfonça très légèrement. Il y eut un *clic*. Suivi de trois notes cristallines, émises par une boîte à musique cachée sous le bois.

Son pouls s'accéléra d'un coup. Elle y était. Elle venait de libérer le premier verrou de la combinaison.

Et maintenant ? *Ne pas se déconcentrer.* Elle garda son pouce en position et fit glisser ses autres doigts sur les surfaces polies.

Plusieurs autres, longues minutes.

De la transpiration commença à se former sur son front. Elle n'aurait lâché la boîte pour rien au monde.

Elle ne sut si cela venait du placement de ses mains, ou de la pression lente qu'elle exerçait sur le cube, mais une des faces pivota enfin. Ce fut très léger. Comme un couvercle qui commençait à se dévisser. Il y eut un autre *clic*. Et une nouvelle mélodie s'éleva. Là encore, à peine trois notes saccadées.

Puis plus rien.

Pire, Manon perdit le contact de son pouce sur le point initial. Elle entendit les notes se jouer à l'envers, tandis que le mécanisme reprenait sa position originelle. La face qui s'était un peu décollée des autres s'emboîta de nouveau.

— Non ! s'écria-t-elle. C'est pas vrai !

Le puzzle s'était de nouveau verrouillé. Ses faces hermétiques. Retour au point de départ.

Manon jura tout bas. Tout recommencer ? Le code était trop complexe. De plus, elle ignorait le nombre d'étapes de sa résolution.

Ce cube se moquait d'elle. Il ne faisait que refléter la situation insoutenable dans laquelle elle était plongée depuis plusieurs jours. Pour un pas en avant, il lui semblait en faire plusieurs en arrière.

Elle abandonna et se leva, bouillonnant à l'intérieur.

Hind n'était toujours pas rentrée. Cela n'avait rien de surprenant, elle avait prévu qu'elle travaillerait tard. Manon espérait toutefois qu'elle arriverait bientôt. Peut-être pourrait-elle l'aider.

À moins, songea-t-elle tout à coup, qu'elle ne trouve un tutoriel pour ce genre d'objet sur le Net ?

Elle regagna la chambre d'amis et s'installa devant l'ordinateur de sa collègue, décidée à chercher ce modèle de boîte sur la Toile et à vérifier si personne n'en dévoilait la combinaison sur un forum, ou sur une chaîne YouTube.

Les bandes d'actualités apparurent sur le navigateur et lui sautèrent aux yeux.

Montpellier. La vague d'horreur continue.

Une femme assassinée à son domicile devant ses enfants de 6 et 7 ans. Deux suspects sont activement recherchés.

Un frisson la parcourut tandis qu'elle cliquait pour faire défiler l'article.

Un nouveau meurtre barbare, dont les motivations demeurent encore inconnues, est survenu en fin d'après-midi dans le quartier nord de Montpellier (Hérault).
La victime, une femme de 28 ans, venait de rentrer à son domicile quand plusieurs individus s'en sont pris à elle. Elle a été abattue d'une balle dans la tête, probablement sous les yeux de ses enfants de 6 et 7 ans. Les assassins ont laissé fuir les enfants qui se sont présentés chez leurs voisins, en état de choc...

Manon parcourut la suite. Tout y était déjà. *Vitre brisée... signes de lutte... sang répandu... individus dangereux...* Comme elle le craignait, sa photo ainsi que celle de son frère figuraient dans l'article.

... Deux principaux suspects ont été identifiés et sont activement recherchés : Ariel Virgo (26 ans) et Manon Virgo (27 ans), frère et sœur. Tous deux possèdent des antécédents judiciaires. La police les suspecte d'avoir pris part aux meurtres qui ensanglantent la ville héraultaise depuis le début de semaine. Une source proche de l'enquête nous a confié que ce bain de sang pourrait être lié au milieu mafieux et au trafic de drogue.

Manon était pétrifiée.
Elle n'avait jamais eu le moindre problème avec la justice. Seul son frère avait ce genre de passif. Mais alors, que croire dans cet article ? Selon ce qu'elle

lisait, les enfants auraient témoigné qu'ils l'avaient vue, *elle*, menacer leur mère, peut-être même la mettre à mort...

Principaux suspects...

Impossible.

Insoluble.

Elle qui avait cru pouvoir prendre du recul... Mais quelle idiote !

La situation dans laquelle elle se trouvait ne faisait qu'empirer, à chaque instant !

Et Ariel ?

Elle se rappela soudain que son frère n'avait pas réapparu. Elle s'était pourtant attendue à le retrouver ici.

Où pouvait-il être, à présent ? Caché dans quel squat ? Fourré dans quels nouveaux ennuis ?

Elle s'agita sur la chaise. Ses côtes meurtries par les coups de matraque se rappelèrent à son souvenir. Les gouttes tombant de ses cheveux humides lui donnèrent des frissons dans le bas du dos.

Était-il possible que la police ait déjà mis la main sur Ariel ?

Elle supposa que non. Les médias en parleraient, si c'était le cas. À l'âge du numérique, plus aucune information ne leur échappait. Le moindre développement d'une affaire criminelle était aussitôt mis en ligne et partagé sur tous les réseaux.

Mue par un réflexe soudain, elle se connecta à sa messagerie électronique.

Un e-mail de Maxime Lachaud se trouvait justement dans sa boîte de réception, intitulé : *Recherches sur Titanium Immobilier.*

Elle cliqua sur le message, se demandant quelle nouvelle surprise l'attendait.

83

Chère Mademoiselle Virgo,

Suite à votre message, tout d'abord, sachez qu'en poussant mes recherches aux archives du journal j'ai trouvé la trace d'une autre dégradation à attribuer au club des masques, puisque vous appelez ce groupe ainsi. Le fait divers s'est produit à côté de Frontignan, il y a trois ans, on mentionne le dessin de l'acéphale sur le mur d'une ancienne chapelle privée. Je vous confirme que vous avez vu juste. Tous ces événements ont eu lieu dans des propriétés appartenant à Titanium Immobilier.

Que faut-il en déduire ? Je ne sais pas encore. Mais cette société compte quatre agences et a bénéficié d'un coup de pouce financier de la région lors de sa création, il y a cinq ans. Je n'ai pas pu avoir le détail de cette subvention, mais elle aurait été octroyée en retour de la création d'une fondation d'utilité publique liée à Titanium, et qui œuvrerait dans la protection animale. Les masques de ces individus sont peut-être plus nombreux que nous l'imaginions…

Les yeux de Manon brillèrent.
Elle fit défiler le texte et poursuivit la lecture.

Je suis donc passé à l'agence Titanium de Saint-Guilhem pour m'entretenir avec le personnel. Je connais un peu les commerciales qui se trouvaient sur place. Elles m'ont appris un fait troublant.

Caroline Leclercq avait posé sa démission l'an dernier, quelques jours avant son mystérieux accident.

Et ce n'est pas tout ! Cette démission est survenue à la suite d'une violente altercation avec leur chef d'agence, Nicole Massena (que je n'ai encore jamais rencontrée pour ma part). Ses collègues ignorent la raison de cette dispute entre les deux femmes, selon elles il devait s'agir d'une affaire sentimentale. Mlle Massena n'a, à aucun moment, abordé l'incident devant elles. Je peux me tromper, mais j'ai cru comprendre qu'il s'agit d'une personne autoritaire, voire caractérielle.

J'aurais bien aimé lui parler pour éclaircir tout cela. Malheureusement, Mlle Massena est peu présente à son bureau ces temps-ci. Je vais la contacter dès que je vous aurai envoyé ce message.

Enfin, j'ai repris mes recherches sur les clubs du Feu de l'Enfer, et je suis tombé sur un texte, de nature complotiste certes, et par conséquent à prendre avec des pincettes, mais troublant tout de même. Je l'ai scanné et attaché à cet e-mail. À sa lecture, vous comprendrez par vous-même pourquoi il m'a interpellé à ce point...

Un document PDF était joint à ce message du journaliste. Manon cliqua dessus et patienta le temps que les pages s'affichent sur l'écran.

Il s'agissait d'un extrait d'un ouvrage intitulé : *Occultisme et néosatanisme : la France en danger de mort.*

De la prose complotiste en effet, comme il y en avait tant, et qui prenait plaisir à voir le mal partout.

Manon fronça les sourcils, intriguée. Outre le titre racoleur, le document s'ouvrait sur deux illustrations, tout aussi hautes en couleur. D'un côté, un diable grimaçant, assis sur un trône. C'était un démon dans la tradition des gravures médiévales, pourvu de deux têtes, l'une d'oiseau et l'autre de bouc. Il tenait une troisième tête, humaine, à la main droite. Dans la gauche, il brandissait une épée enflammée.

L'autre illustration représentait trois chiens décapités, leurs têtes disposées en spirale, et en posant ses yeux dessus Manon sentit le malaise revenir d'un coup.

Il ne pouvait y avoir d'erreur : c'était ce dessin qui avait inspiré la peinture sur le mur de Delpierre.

Un texte suivait, intitulé :

Chapitre XII – De nouveaux Clubs de l'Enfer en France ?

Elle lut attentivement.

Les Hellfire Clubs étaient des clubs privés établis au XVIIIe siècle en Irlande et en Angleterre. Aux exhalaisons de soufre, ils étaient avant tout dédiés à la luxure, au blasphème et plus généralement à l'adoration du démon. Tous sont officiellement dissous depuis des siècles, si on excepte les établissements fétichistes et autres soirées libertines ayant utilisé le nom pour son aura scandaleuse, et qui n'apportent que de menus frissons à leurs adeptes en recherche de nouveaux horizons sexuels. Ces lieux de débauche, s'ils constituent un reflet parmi tant d'autres des bas-fonds où est tombée la morale de notre société actuelle, demeurent toutefois « inoffensifs » si on les compare aux véritables sociétés secrètes qui, elles, continuent *de proliférer sous la surface. Théorie du complot, direz-vous ? Fable romanesque ? Malheureusement, les faits indiquent qu'il n'en est rien. Au cours des dernières décennies, de tels groupes sectaires et criminels se sont multipliés, en France et en Belgique, fondés par des désaxés, le plus souvent fortunés, et pour qui l'adoration du diable et de l'enfer est généralement une affaire « de famille », et toujours un culte bien réel. De nos jours, sous nos yeux, de tels groupuscules agissent dans nos crèches et dans les couloirs de nos institutions sans être inquiétés, leur menace plus que jamais présente. On gardera en mémoire les réseaux pédophiles et sataniques en Belgique, où la secte Anubis passait commande de « cadeaux pour la grande prêtresse » au criminel Marc Dutroux, et dont les implications supposées n'ont pas fini d'alimenter les spéculations : en effet, tous les témoins potentiels, plus d'une trentaine au fil des années, ayant fait part de leur souhait de faire des révélations sur l'affaire, ont été victimes d'accidents mortels ou de « suicides » énigmatiques. « Des morts opportunes », selon les termes du procureur du roi honoraire de Tournai, lui-même décédé depuis...*

Manon parcourut le reste du texte, sidérée. Elle avait déjà entendu parler de toutes ces affaires. Elle les avait toujours prises pour de l'exagération. Des délires de paranoïaques. Elle n'avait en revanche jamais fait le lien avec la proximité de certains de ces faits divers. *Disparitions de jeunes filles à Perpignan, dont certaines seulement ont été retrouvées, tête et mains sectionnées... Découverte de crânes d'enfants en 2005 dans un jardin de cette même ville...* Le résultat des enquêtes était toujours le même : *mort brutale du témoin*. Qu'il soit assassiné en pleine rue, se suicide en se tirant une balle dans la tête à son domicile, se fasse renverser par un camion, ou encore meure empoisonné par une fuite de gaz dans son quartier...

Des morts opportunes, oui.

Des fins de non-recevoir pour les enquêteurs.

Plus bas, Maxime Lachaud avait encadré un passage, lequel l'ébranla le plus :

Parmi ces groupes néosataniques récents et des plus inquiétants, citons celui portant le nom d'Akephalos, évoqué lors de la découverte de plusieurs corps d'enfants décapités, dans la région parisienne. Une certaine ironie quand on sait qu'Akephalos signifie « sans tête » en grec. Cette découverte ne serait qu'une « simple rumeur », au dire des autorités, version officielle aussitôt relayée par tous les médias par le biais d'une dépêche AFP consensuelle. Pourtant, l'existence de ce charnier a été attestée par un témoin, et non des moindres : un officier de police judiciaire ayant enquêté sur le sujet. Cela va sans dire, cet homme a été rapidement déplacé et l'affaire étouffée par sa hiérarchie. Mais le capitaine R*** a prétendu avoir mis au jour, de manière indiscutable, une association de personnes issues de milieux aisés, au-dessus de tout soupçon, vénérant les forces de l'enfer. Selon ses propres mots, ces individus « se réunissent masqués pour ne pas divulguer leur identité. Habits rouges et masques dorés, la secte Akephalos revêt les couleurs de l'or et du sang : la richesse et le sacrifice. (...) Ils vénèrent Hadès et Cerbère, et pratiquent des rituels allant du *sacrifice animal à l'homicide pur et simple. (...) La mortification de la chair et la vénération de la mort constituent leur credo, et la décapitation la conclusion quasi sexuelle de tout leur cérémonial ».*

Ainsi c'étaient eux.
C'étaient exactement ceux à qui elle était confrontée. Et Akephalos était leur nom.
Mais il y avait plus perturbant.
Capitaine R*** ?
— Franck était au courant depuis le début ? murmura-t-elle, perdue dans ses pensées.
Il enquêtait. En solitaire. Depuis Paris.
Subitement, elle comprit la raison de ses manières et de ses réserves. Sa façon hors norme de mener son investigation. Sans aucune possibilité d'en parler à qui que ce soit. Écarté par sa hiérarchie dès qu'il s'approchait des révélations.
Alors qu'elle contemplait de nouveau l'image de diable à deux têtes, elle fut reprise d'un espoir fou que tout puisse s'arranger finalement.
La vérité n'avait jamais été aussi proche.
À présent, Franck ne serait plus seul.
Et elle non plus.

84

Raynal posa le pendentif argenté sur le bureau. L'objet n'avait pas quitté sa poche depuis qu'il l'avait ramassé à Delpierre, après le nettoyage en règle des lieux.

À présent, les trois gueules acérées se mirent à luire dans la lumière rasante. Un cercle sans fin de destruction.

— Reconnaissez-vous ceci ?

— Nous devrions ? grommela Salomon en se penchant pour l'observer. Trois têtes de chien. J'en déduis qu'il s'agit de Cerbère ?

— Le gardien de l'Hadès, les Enfers classiques, acquiesça Raynal. Cela ne vous dit vraiment rien ? Il y a six ans, le crâne d'un enfant a été retrouvé à Melun. Ce symbole était gravé dans l'os, sur le front. Si je ne me trompe pas, vous travailliez au parquet de Melun à cette époque. En tant que substitut. Vous aviez saisi la PJ de Versailles de cette affaire.

Le procureur hocha lentement la tête. Son regard s'emplit d'une vive curiosité.

— Vous avez bien fait vos devoirs, Franck. Je me souviens des faits, maintenant que vous les mentionnez. On n'a jamais retrouvé le reste du corps de l'enfant. Aucun élément, aucun coupable. Juste un vague témoin qui s'est noyé lors d'une sortie en kayak.

Il baissa ses lunettes et planta son regard dans celui du policier.

— D'où sortez-vous cet objet ? Et pourquoi n'est-il pas sous scellés et dûment enregistré, si vous pensez qu'il est lié à l'affaire ?

— Parce que, comme plusieurs autres indices en ma possession, il ne s'agit pas d'une preuve recevable, monsieur. Et que je ne tiens pas à ce qu'il disparaisse des salles de scellés comme tant d'autres avant lui...

Il replaça le pendentif dans sa poche.

— Ce que je peux vous dire, en revanche, c'est qu'il provient d'un endroit où des individus ont torturé des animaux. Et peut-être blessé des êtres humains.

Le procureur eut une mimique blasée.

— J'ai déjà entendu ces histoires. Des légendes. Comme vous venez de le dire, vous n'avez rien. Aucune preuve.

Raynal grimaça.

— Laissez-moi juste quelques heures, monsieur. Et vous aurez des preuves.

— Nous n'avons pas ce temps, Franck. Je vous l'ai dit, la conférence de presse approche. Je dois jeter un os aux journalistes. Sinon, c'est l'image de la police qui va encore se ternir dans l'opinion publique.

Lapagesse fit craquer sa nuque en inclinant la tête d'un côté, puis de l'autre.

— Quant à moi, j'aimerais saisir le fond de votre pensée, Franck. Que pensez-vous de la crucifixion du garagiste ? Vous avez déjà vu quelque chose de semblable ?

Raynal se tourna vers lui.

— Pour des gens qui jouissent d'un tel sentiment de supériorité ? Dans l'Antiquité, la crucifixion était le châtiment destiné aux plébéiens, aux moins que rien. Les Romains l'infligeaient aux barbares et aux esclaves. Exactement ce qu'était Nicolas Majax aux yeux de nos assassins. Il trempait dans des combines minables. Il s'est simplement trouvé au mauvais endroit, au mauvais moment, il s'est frotté aux mauvaises personnes. Qui lui ont bien fait payer sa bêtise.

— Les narcos espagnols, décréta Salomon. Landis a relancé une recherche de leurs contacts.

Raynal se passa une main sur la bouche. Malgré lui, il transpirait.

— Non. Les narcos n'ont strictement rien à voir avec cette affaire, monsieur. Vous avez vu le pedigree du bonhomme ? Majax n'avait rien d'un trafiquant. La drogue qu'on a saisie a été placée sur les lieux intentionnellement. Tout comme celle trouvée à la Maison des arts. Je suis prêt à parier qu'elle vient de nos propres scellés. D'où l'origine identique, et la pureté.

— Encore des accusations sans fondement, s'impatienta Lapagesse. Nos salles de scellés ne sont pas des moulins, comme vous semblez vous l'imaginer.

Raynal balaya le vide devant lui.

— Si vous le dites. Quoi qu'il en soit, les individus qui ont torturé et assassiné Majax ont ensuite rendu visite à Bruno Lamarque, au centre-ville. C'était le voisin de Manon Virgo. Et c'est précisément elle qui nous a appelés lundi matin pour signaler son décès. Veines tranchées. Toutes les apparences du suicide.

— Un sillage de mort, hein ? fit Lapagesse. Mais c'est bien les Virgo qu'il suit, vous ne pouvez pas dire le contraire.

— Parce qu'ils ont croisé le chemin des mauvaises personnes, eux aussi. Des tueurs qui éliminent tous les témoins pouvant compromettre leur anonymat.

— Ou parce que les Virgo sont directement impliqués dans les tueries, martela Salomon. Parfois les apparences sont simplement ce qu'elles semblent être, capitaine !

Du bout du pouce, le policier essuya une goutte de sueur au coin de son œil.

— Et parfois, monsieur, les gens portent des masques. Florian Chili, la victime de la deuxième crucifixion, aurait pu identifier les coupables. Je me suis rendu à la Maison des arts pour lui parler, et croyez-moi, il était prêt à balancer ce qu'il savait. Mais, comme par hasard, il a été supprimé le soir même...

Il fit un geste dramatique, désignant l'affiche du film de Hitchcock punaisée au mur.

— Jusqu'ici, quelqu'un suit mes faits et gestes et s'occupe de faire le ménage derrière moi. Pourquoi n'interrogez-vous pas le lieutenant Achour sur ses allées et venues de ces derniers jours ? Lui seul était au courant de ma discussion avec le témoin. Et il m'a vu ranger la réquisition aux télécoms indiquant l'adresse de Batista. Je ne pense pas être entré dans les détails, mais je lui ai dit de quoi il s'agissait.

— Nous y avons réfléchi, dit le procureur. Et nous l'avons convoqué pour qu'il s'explique lui aussi. Mais depuis quelques heures, le lieutenant Achour est introuvable.

Raynal croisa les bras et se rembrunit.

— Et cela ne vous étonne pas ?

85

Manon délaissa l'ordinateur et revint dans la cuisine pour reprendre la boîte à secrets.

S'il existait un tutoriel sur le Net pour ce genre d'objet, elle ne l'avait pas trouvé.

Elle venait de laisser un nouveau message à Raynal. Elle voulait des explications, tout autant qu'elle avait besoin d'aide. Mais le téléphone du policier était toujours éteint.

Son frère n'était toujours pas revenu non plus. Une autre source d'inquiétude. Malgré toute la colère qu'elle éprouvait encore envers lui.

Que faire alors ?

Vers qui se tourner ?

Hors de question de se rendre à la police sans savoir ce qu'elle avait à leur remettre. L'enjeu était trop important.

Tout comme il était hors de question d'aller au rendez-vous donné sur les terres de la secte. Le sort que lui réserveraient ces individus était évident.

La mort.

Comme pour tous les témoins.

Ne laisser que des cendres.

Elle fit tourner le cube bleu dans sa main, réfléchissant.

Ces individus étaient très dangereux. Mme Leclercq avait eu raison. Ils étaient le diable. Le diable à plusieurs. Une entité invisible et fourbe, qui ne respectait aucune règle.

Une question de perspective.

Elle posa le cube sur la table et maintint son index dessus. Elle songea à tous les discours que Hind lui avait toujours faits sur son incapacité à prendre des initiatives.

Elle avait leur objet en sa possession après tout.

Pourquoi continuait-elle à s'embarrasser de règles ?

Elle n'hésita plus et se dirigea vers la porte de l'appartement. L'escalier était plongé dans le silence – la musique qui s'élevait en début de soirée s'était tue maintenant – et à vrai dire tout l'immeuble paraissait désert.

Le garage de Hind était un compartiment fermé en sous-sol. Plus grand que le sien, avec des étagères le long d'un mur et un sol de béton taché de flaques d'huile. Comme chez elle, une armoire en métal contenait les produits dont sa collègue se servait au quotidien. Formol. Bidons en plastique. Pinces chromées. Manon inspecta les bistouris qu'elle trouva dans un tiroir, saisit une petite scie et finalement la remit à sa place.

C'était d'un outil beaucoup plus direct qu'elle avait besoin.

Elle découvrit le matériel de bricolage installé sur une étagère, et empoigna un petit marteau au manche de bois blanc.

Voilà *exactement* ce qu'il lui fallait.

Elle remonta à l'étage sans perdre de temps.

Cette fois, elle savait qu'elle allait prendre un risque.

Mais elle n'avait plus le temps de s'interroger.

Elle posa le cube sur le plan de travail de la cuisine. Elle le contempla attentivement, espérant encore être traversée par une illumination de dernière minute.

Aucune ne vint.

— Le sort en est jeté, dit-elle alors, le regard rivé sur la petite boîte bleue.

Elle abattit le marteau.

Le cube se fendit en émettant une note dissonante.

Manon le fit pivoter pour exposer une autre face, et le frappa de nouveau.

Au troisième coup de marteau, l'objet éclata et se scinda en plusieurs parties. Des ressorts et de minuscules éléments de boîte à musique s'éparpillèrent sur le plan de travail.

Manon retint sa respiration. Elle pria pour ne pas avoir commis une erreur irrattrapable.

Du bout des doigts, elle écarta les morceaux de bois et les petites lamelles métalliques qui constituaient l'armature du cube.

Il y avait bien un petit compartiment à l'intérieur du puzzle. Et dans ce compartiment, un unique objet.

Elle le prit entre le pouce et l'index.

Un petit rectangle de plastique noir et bleu. Elle avait sous les yeux la récompense pour celui qui ouvrirait la boîte.

Une carte micro SD.

86

De retour devant l'ordinateur. L'esprit en ébullition.

Manon glissa la petite carte dans la fente. Les enceintes du PC émirent un carillon, et une fenêtre apparut sur l'écran.

Il n'y avait qu'un seul document. Un fichier compressé, intitulé B-X-IV.RAR.

Elle songea aux chiffres. 10 et 4. Probablement pour le 10 avril, ce qui coïncidait à la date de l'accident de Caroline Leclercq, et qui en soi lui inspirait un profond malaise. Quant à la lettre B, elle n'avait aucune idée de sa signification.

Pas le temps de se poser des questions. Manon cliqua sur le document pour le décompresser.

Une nouvelle fenêtre s'ouvrit, réclamant un mot de passe. Sans lui, impossible d'accéder au contenu.

Manon se mordit la lèvre. Elle arrivait au bout de sa résistance nerveuse. Toutefois, il était hors de question d'abandonner. Il ne lui restait qu'à essayer les mots les plus évidents.

Elle s'empressa de taper :
HELLFIRE
Ce n'était pas le bon code.

Elle recommença l'opération et tenta :

ACEPHALE

Non.

AKEPHALOS

Toujours sans succès.

Elle se leva un instant, incapable de supporter l'accumulation de stress. Cela ne servait à rien ! Elle n'avait aucun moyen de trouver ce foutu mot de passe !

Elle tourna dans la pièce, cherchant à se calmer.

Elle n'avait rien à perdre. *Cesse de paniquer*.

Elle se rassit. Perdue dans ses pensées.

Concentre-toi.

TITANIUM

Toujours le même message d'erreur. *Fichier corrompu ou mot de passe erroné*.

Elle persévéra.

LECLERCQ

Toujours pas le bon mot de passe.

— C'est pas vrai !

Elle resta un moment face à l'écran. Elle se mit à taper des mots au hasard. CERBERE. STYX. DELPIERRE. SAVENES. Tout ce qui lui passait par la tête. Elle essaya même FAISCEQUEVOUDRAS, la devise rabelaisienne prisée des satanistes. Mais à chaque fois, même résultat. Le fichier indiquait que le mot de passe était erroné, elle devait fermer la fenêtre et cliquer de nouveau sur le document.

Elle repensa alors à ce que lui avait dit cette femme, dans la maison de Batista.

Nous sommes les légions d'Hadès. Rien ne nous échappe jamais.

Un nom également mentionné dans l'article que lui avait envoyé Lachaud.

Ils vénèrent Hadès et Cerbère...

Elle avança ses doigts au-dessus des touches et pianota HADES. LEGIONS. CERBERE. LEGIONSDHADES. Toutes les combinaisons qui lui venaient à l'esprit.

Aucun de ces termes n'était le bon mot de passe.

En désespoir de cause, elle tapa :

HADESCERBERE

Cette fois, la barre de progression s'afficha alors que le fichier se décompressait.

— Oui ! cria-t-elle tout en se prenant le visage à deux mains. Oui !

Nouveau carillon. Le fichier était prêt à être lu.

Il s'agissait d'une vidéo.

Elle cliqua dessus pour la lancer. Elle voulait savoir. Elle *allait* savoir. Enfin. Elle ne pouvait plus attendre.

87

Quand son téléphone se mit à sonner, Sélim Achour traversait un village à plusieurs kilomètres de Montpellier.

Le jeune homme jeta un regard à l'écran multimédia de son véhicule. Numéro masqué.

— Certainement pas, les amis.

D'une pression de l'index sur le volant, il refusa l'appel.

Puis il éteignit son téléphone professionnel. Il inventerait une excuse pour se justifier. Panne de réseau. Impératif familial. Il commençait à devenir bon à ce jeu.

Il sortit ensuite son autre appareil, qui lui servait à passer ses appels spéciaux, et le posa sur la banquette du passager.

Songeur.

Il prenait de plus en plus de risques.

Il en avait conscience.

Mais il savait ce qu'il faisait.

Oui.

Il n'en avait jamais été aussi certain.

Ni aussi près du but.

Une vague d'intense satisfaction le traversa.

— Maintenant, son téléphone est carrément éteint, constata Lapagesse.

De l'autre côté de la pièce, le procureur avait, pour la première fois, un air gêné. Il passa une main dans sa chevelure gominée.

— Ma conférence de presse approche...

— Ne donnez pas de noms, le supplia Raynal. Même si cela vous démange. C'est la seule faveur que je vous demande. Laissez-moi d'abord retrouver Sélim. Vous aurez de mes nouvelles dans la soirée. Et je vous ramènerai en main propre toutes les preuves dont vous rêvez. Vous pourrez convoquer les médias et leur annoncer une belle découverte. Tous les honneurs vous reviendront.

Le procureur tiqua, mais conserva le silence.

Lapagesse, lui, consulta l'heure à sa montre.

— Imaginons qu'on vous accorde quatre heures. Est-ce que ça suffira ?

Raynal se frotta le visage. Il avait cru ne jamais y arriver. Mais il ne fallait pas crier victoire trop tôt.

— Oui.

Le procureur toussa dans son poing, visiblement contrarié.

— Quatre heures, soit. Je peux faire patienter les médias jusque-là. Mais c'est l'unique chance que je vous donne, capitaine. Si vous n'apportez pas vos prétendues preuves à ce moment-là, je vous promets de vous mettre en examen pour obstruction et de réclamer une sanction disciplinaire exemplaire.

Il fit une pause, le regard implacable.

— Une de plus. Vous devez être habitué.
— Je vous l'ai dit, monsieur, j'ai le cuir épais.

Raynal quitta le bureau avec la sensation d'être passé très près du couperet. Il se doutait que les deux hommes continuaient de l'observer par la porte tandis qu'il s'éloignait lentement vers l'escalier.

Ils n'oseraient rien tenter contre lui tout de suite.

Ils ne pouvaient pas savoir où il comptait se rendre. Ni ce qu'il s'apprêtait à y faire. Et cela les intimidait, malgré leur rang hiérarchique.

Le policier devait en tirer parti.

Il ne lui restait qu'une dernière carte à jouer.

Celle qui conclurait le jeu dangereux dans lequel il s'était engagé.

Mais pour cela, il avait besoin de Manon.

Il traversa le hall sous les mines accusatrices de plusieurs de ses collègues. Les ragots sur son intervention au jardin des plantes devaient déjà avoir circulé. Il pouvait remercier Landis. Celui-ci chercherait par tous les moyens à prouver que c'était lui qui avait agressé son homme.

Un problème après l'autre.

Dans l'immédiat, il devait en régler un bien plus important que sa popularité au sein de la PJ.

Le parking.

Il monta dans sa voiture et quitta l'hôtel de police, tout en regardant régulièrement dans le rétroviseur.

Il fit un détour dans le quartier, tourna autour d'une barre d'immeubles et finit par s'arrêter à une place de parking, à l'abri derrière une camionnette aux vitres colmatées. Il observa les véhicules qui passaient.

Aucune voiture suspecte en vue.

Jusqu'ici, il ne semblait pas être suivi.

Mais on ne pouvait jamais être trop prudent.

Il décrocha son téléphone et consulta sa messagerie.

Le premier appel émanait de Manon.

— *Franck, c'est moi... Je... Il s'est passé... les masques nous ont retrouvés...*

Mais il ne put l'écouter jusqu'au bout car le téléphone émit un bref signal avant que le son ne soit coupé.

— Que...

Il contempla l'écran du mobile. Entièrement noir.

Fin de batterie.

— C'est une blague ? grogna-t-il en fouillant dans la boîte à gants à la recherche d'un câble. Merde. MERDE !

Il dénicha enfin le fil blanc entre un revolver d'appoint, une matraque et des feuillets de PV. Puis jeta un coup d'œil anxieux par la vitre.

Personne de louche en vue.

Calme-toi.

Ne panique pas.

Il recommença à chercher au sein de son capharnaüm en quête de la prise allume-cigare.

Il avait *absolument* besoin de retrouver Manon.

88

Le lecteur s'afficha. L'écran devint noir.
Au début, il n'y eut que la musique : une mélodie de flûte, des percussions, des vocalises lascives, psalmodiées.
Puis, progressivement, une image apparut.
Manon se pencha vers l'ordinateur. Au premier abord, elle eut du mal à discerner quoi que ce soit.
L'intérieur d'une maison ? C'était ça. Une lumière tamisée, rougeoyante et changeante, baignait un sol en damier. Manon songea qu'il ne s'agissait pas d'une propriété à l'abandon gérée par Titanium. Cette demeure était habitée. Il y avait des tableaux sur les murs. D'ailleurs, tandis que la caméra passait devant ces toiles, Manon put entrevoir leurs motifs : des dieux antiques, des animaux, des naïades dénudées... tous emmêlés les uns aux autres, en train de copuler... ou de s'entre-dévorer ? L'image allait trop vite pour le dire.
La personne qui filmait avançait dans un vaste couloir.
Il fallut encore quelques instants à Manon, yeux plissés, pour comprendre pourquoi tout était si flou :

de la brume flottait dans cette maison. Mouvante, omniprésente. De la fumée ?

— Qu'est-ce que c'est que ce délire ? murmura-t-elle, tandis que le son des percussions se faisait plus fort.

La caméra avança encore. Manon se raidit. *Ils étaient là*. Le club des masques. Ou la secte Akephalos, quel que soit leur véritable nom. Leurs silhouettes vêtues de rouge formaient un cercle en se tenant la main. Manon aperçut les figures dorées, inhumaines, sous les amples capuches. *Des démons*, songea-t-elle. Voilà ce qu'ils étaient vraiment. *Des démons sans visage.*

Réunis maintenant, et comme en transe, vibrant au rythme du chant hypnotique.

La caméra pivota. Une personne était assise sur un trône doré, en retrait. Homme, femme ? Manon constata que son masque était différent. Entièrement noir. Ses cornes bien plus longues que celles des autres, torsadées et rugueuses. Leur maître de cérémonie ?

L'individu frappa dans les mains, et aussitôt le rythme de la musique changea. Les tambourins accélèrent leur cadence. Les vocalises se firent gémissements, chevauchant le son des pipeaux et des flûtes. Une mélopée fiévreuse, euphorique et rageuse à la fois.

Manon enfonça son dos contre le dossier de la chaise, fascinée. Elle avait cru trouver un objet lié à leur culte. Mais en réalité, c'était une preuve de leur existence qu'elle tenait entre ses mains. *Une de leurs messes noires. Immortalisée en vidéo.*

Elle comprenait maintenant l'insistance de ces gens à récupérer cette clé !

Mais ce n'était pas tout.

Loin de là.

Alors que la caméra s'approchait de ces gens immobiles et se glissait entre eux, Manon aperçut deux personnes allongées sur le sol en damier. Nues toutes les deux.

Une sorte de rituel ?

La première de ces personnes était un homme, le visage masqué par une tête de bouc, démesurée, grotesque. Il avait les jambes et les bras écartés, et sa poitrine musculeuse se soulevait et s'affaissait de plus en plus vite, en cadence avec le crescendo de la musique. La chaleur devait régner dans cet endroit, car Manon voyait les gouttes de transpiration luire sur le corps de cet homme. À mesure que les percussions s'emballaient, ses hanches commencèrent à se soulever elles aussi, au rythme tribal et frénétique, en parodie d'acte sexuel, et son membre se mit à grossir et se dresser un peu plus à chaque coup de reins dans le vide.

Manon en resta bouche bée.

Cette scène était obscène. Tous ces gens immobiles, et cet homme qui se cambrait comme un arc sur le sol et ahanait sous son masque, sous cette musique païenne et frénétique.

La caméra se déplaça vers l'autre personne allongée.

Une jeune femme. Qui, elle, se débattait et hurlait. Des individus masqués maintenaient ses poignets et ses chevilles tandis qu'elle agitait la tête en vain. Son corps était déjà marqué d'hématomes, et ses joues ruisselaient de larmes.

Manon reconnut Caroline Leclercq. Son sang se solidifia dans ses veines.

Il fallait que la police voie cette vidéo.
À tout prix.
Elle continua de regarder, médusée, à mesure que les convives quittaient le cercle et s'accroupissaient quelques instants aux côtés de leur captive. À tour de rôle, elle fut touchée par les mains gantées, qui pinçaient sa poitrine, s'attardaient au creux de ses cuisses ou s'immisçaient entre ses fesses. Parfois l'un d'eux enfonçait violemment des doigts dans sa bouche, ou tirait sur ses cheveux jusqu'à en arracher une mèche, et la jeune femme ne pouvait que reprendre ses sanglots, à la merci de ces pervers.

Quand le dernier fut passé, l'individu assis sur le trône se leva et vint se poster entre les corps de l'homme-bouc et de la jeune femme. Il leva les mains, paumes vers le haut, et déclara d'une voix puissante, un timbre d'homme :

— Akephalos !

— AKEPHALOS ! répéta l'assemblée en chœur.

— Brille à travers moi ! Éteins toutes les étoiles !

— BRILLE À TRAVERS MOI ! ÉTEINS TOUTES LES ÉTOILES !

— Que la chasse de Baphomet commence !

— QUE LA CHASSE DE BAPHOMET COMMENCE ! s'écrièrent les silhouettes masquées.

Manon sentit l'horreur monter en elle, tandis que ces gens se mettaient à siffler et à rire, leurs voix se muant en braillements extatiques et se confondant avec la cacophonie de flûtes :

— AKEPHALOS ! hurlait cette foule masquée et démente. VIENS EN PAIX, APPORTE-NOUS LA MORT ! QUE LA CHASSE COMMENCE ! MAINTENANT !

Incapable de détourner les yeux de l'écran, Manon regarda ces hommes porter leur captive qui se débattait en gémissant. Ils l'emmenèrent jusqu'à la porte de la demeure, et la déposèrent sur une terrasse. Sitôt libérée, la jeune femme s'enfuit. La caméra filma sa silhouette nue traversant des pelouses éclairées de projecteurs, en direction d'une forêt, dans le lointain, plongée dans les ténèbres de la nuit.

Images de l'intérieur à nouveau. L'homme à tête de bouc se tenait désormais debout, et brandissait une longue machette à la lame luisante et affûtée. Il se mit à tourner sur lui-même, bras écartés, au milieu du cercle des individus en transe qui continuaient de l'acclamer et de vociférer des choses sur Akephalos, les eaux du Styx et d'autres noms mythologiques que Manon ne comprit pas. La musique était désormais un brouhaha de cris d'orgasme et de hurlements, de sons de flûte dissonants et de chaos de percussions inaudible, qui se mêlait aux cris et aux rires surexcités de ces gens.

— Quelle horreur, murmura-t-elle entre ses dents, tentée de couper le son.

Elle n'eut pas à le faire. L'instant suivant, la musique cessa net. Comme s'il s'agissait d'un signal, l'homme se lança au-dehors et courut à la poursuite de la jeune femme, suivi par toute la procession de ses collègues costumés. La caméra filma les silhouettes qui se répandaient à présent dans les jardins, une meute silencieuse.

Manon se passa une main sur le visage.

Ce qu'elle venait de voir dépassait l'entendement.

Pourtant, la vidéo n'était pas terminée.

L'image passa subitement en vision nocturne : du vert, du bleu, un sol d'aiguilles de pins, des buissons qu'on écartait à la hâte. Tout tressautait, les troncs d'arbres défilaient en saccades.

Soudain, Manon reconnut des corps pendus. *Les chiens*. Bien sûr. Ils avaient subi le même sort que ceux qu'elle avait découverts à Delpierre. Dépecés. Décapités. D'ailleurs, la caméra fit une brève halte devant leurs têtes suspendues un peu plus loin et formant une spirale.

Puis la course reprit. Un chemin en sous-bois. Un cours d'eau apparut entre les pins. Les pas de la personne tenant la caméra claquèrent sur le pont tandis qu'elle le traversait.

La rivière Styx, se dit Manon. Exactement tel que l'avait déduit Maxime Lachaud. Leur imaginaire barbare était orchestré autour de cette étape. *De la vie vers la mort*.

Au travers de l'écran, elle venait donc de passer dans l'autre monde, elle aussi. Comme ces gens. Ces malades. Ils avaient pénétré symboliquement sur les terres de leur au-delà personnel. Où tous leurs fantasmes pouvaient se réaliser.

L'autre rive était délimitée par deux colonnes de pierres. L'image s'attarda un instant sur l'une d'elles. En voyant les symboles gravés, Manon ne put s'empêcher de presser la barre d'espace du clavier, mettant la vidéo en pause.

Elle s'approcha de l'écran. Elle ne rêvait pas.

La série de symboles sur cette colonne. Des pictogrammes évoquant des fourches. Elle les reconnaissait.

Elle avait déjà vu ces mêmes signes et s'était justement interrogée sur leur signification.

Sur une photo. Dans le bureau de Raynal. Une des affaires sur lesquelles il enquêtait. Ces symboles avaient été gravés dans la peau d'une victime.

Elle appuya de nouveau sur la barre d'espace, relançant le fil de la vidéo.

À présent, le cameraman avait rejoint l'homme au masque de bouc.

Qui, lui, avait rattrapé la fille.

Celle-ci était allongée sur le sol devant lui, au pied d'un portail. Elle était blessée et saignait abondamment.

Manon écrasa son poing devant la bouche quand elle vit la machette frapper le corps agonisant.

L'arme se releva.

Frappa de nouveau.

Manon sentit qu'elle allait vomir. C'en était trop. Elle avait l'habitude de voir des cadavres, mais une telle cruauté sur un être humain sans défense, une telle volonté de destruction gratuite, la déchirait au plus profond de son être.

Pourtant, tout aussi révulsée qu'elle soit, elle ne pouvait s'arrêter de regarder. Les images insoutenables continuèrent. La lame tranchant dans la chair. Butant sur les os. Le sang coulant à gros bouillons sur la silhouette pâle, rehaussé par le bleu et le vert de la vision nocturne qui n'épargnait aucun détail.

L'homme tira sur les cheveux de la jeune femme et frappa, entailla, encore et encore, la colonne vertébrale.

Sectionnant enfin la tête de la fille.

Manon se mordit l'intérieur de la bouche.

Une sonnerie subite la fit bondir.

Le téléphone de Hind.

Elle décrocha vivement.
— Franck, enfin !
— *Où es-tu ?* fit le policier au bout du fil.
— Chez une collègue, Hind.
— *L'adresse ?*
Elle la lui donna d'une voix blanche, toujours absorbée par les images sur l'écran. La tête de la pauvre femme agitée dans les airs sous les applaudissements.
— Franck...
— *J'arrive.*
— Ils tuent des gens... Ils les tuent vraiment au cours de leurs soirées. Comme dans l'histoire du Hellfire Club...
— *Je sais*, dit-il.

L'homme-bouc continuait de brandir la tête tranchée tout en gonflant la poitrine. Ses muscles étaient tendus. Comme son sexe victorieux. Sa peau couverte de sang. Tout autour, les individus masqués s'approchaient désormais. Et la caméra s'avançait avec eux pour ne rien perdre du spectacle.
— Tu étais au courant de ce qu'ils font ?
— *Oui. Je ne voulais pas t'exposer à tout ça.*
— Il y avait... une carte micro SD dans la boîte.
— *De quoi parles-tu ?*
— Ils ont tout filmé, Franck. Ils enregistrent leurs meurtres !
— *Tu es en train de regarder ça maintenant ?*

Manon toussa. Un goût de pourriture dans la gorge. Les cris bestiaux de l'homme pénétraient dans sa tête. Elle sentit le vertige l'emplir. Comme si c'était elle, la victime. Trompée. Torturée. Humiliée.

— Je viens de voir un de leurs meurtres en direct. Un homme avec un masque de bouc. Ils l'appellent Baphomet.

— *Arrête tout de suite. Ne t'impose pas ces horreurs. Je serai là dans cinq minutes.*

— Je veux voir, dit Manon. Je veux comprendre.

À présent, les membres de la secte se réunissaient autour de l'homme-bouc, comme ils l'avaient fait autour de la victime avant la chasse. Leurs mains gantées touchaient l'homme, glissaient sur lui, sur son sexe tendu, étalaient le sang sur sa peau. Certains caressaient la lame gluante de la machette. D'autres effleuraient de leurs doigts la tête tranchée.

— Ce sont des malades, souffla Manon. Si tu voyais ce que je suis en train de regarder...

— *Arrête la vidéo et attends-moi*, insista Raynal.

Les individus finirent par saisir la tête grotesque de bouc.

Ils la tirèrent vers le haut, la détachant des épaules de l'homme.

Manon se pencha sur l'écran.

— Ils lui enlèvent son masque !

Elle entendit Franck grogner quelque chose au bout du fil. Elle était obnubilée par ce qu'elle voyait et ne l'écoutait plus.

Le visage de l'homme apparut.

Il fixa la caméra, les traits tordus par une grimace de joie ardente.

Son regard pâle braqué sur elle à travers l'écran de l'ordinateur.

— Oh mon Dieu...

Elle écarquilla les yeux. La bouche ouverte bloquée sur un cri douloureux qui ne voulait pas sortir, mais qui la brûlait de l'intérieur, réduisait sa gorge en charpie.

Elle ne croyait pas ce qu'elle voyait.

Elle ne voulait pas.

Mais l'image ne mentait pas.

L'homme sous le masque.

C'était Franck.

Son visage extatique et couvert de transpiration. Le policier était transformé, rayonnant d'un plaisir sauvage et immonde, tandis qu'il élevait la tête de sa victime à bout de bras.

— Baphomet ! crièrent les silhouettes massées autour de lui tout en continuant de le toucher de leurs mains gantées. Baphomet !

Et Franck Raynal basculait la tête en arrière et poussait un cri de jouissance, un cri rauque de bête, sous les acclamations et les caresses.

Manon était collée dos au mur. Elle ne respirait plus. La douleur au fond d'elle, au plus profond de ses tripes, était la pire qu'elle eût jamais ressentie de sa vie.

Au bout du fil, le policier s'était tu.

Ses doigts ne parvinrent plus à tenir le téléphone, qui chuta au sol.

L'instant suivant, ce furent ses jambes qui la lâchèrent, et elle s'écroula à son tour.

Sur l'écran de l'ordinateur, la vidéo s'était achevée.

L'image restait figée sur le visage de Franck Raynal. Identique, et pourtant étranger et monstrueux. Un masque sous un masque. Son regard, un feu perçant et avide.

Manon poussa un sanglot profond.

89

Elle ne comprenait pas.

Elle se sentait trahie, son cœur poignardé encore et encore.

Des larmes se mirent à couler sur ses joues.

Franck ne pouvait pas être ce monstre assoiffé de sang. C'était inacceptable. Comment l'homme qui avait su lui donner autant d'espoir, l'homme avec qui elle avait partagé le baiser le plus intense de toute sa vie, l'homme dans les bras de qui elle se serait abandonnée corps et âme, sans un instant de doute, pouvait-il dissimuler un être aussi abject ?

Mais surtout, comment avait-elle pu être aussi naïve ?

L'évidence était d'une violence et d'une cruauté auxquelles elle ne s'était pas préparée. Pourtant tout prenait sens maintenant. C'était à Franck qu'Ariel avait parlé de Chili, lui indiquant un témoin potentiel. À Franck également qu'elle avait demandé l'adresse de Christina Batista.

Depuis le début, les fous d'Akephalos avaient une longueur d'avance sur eux parce que Franck était au courant de leurs moindres faits et gestes.

Ce tueur dépourvu de toute humanité…

Le pire, songea-t-elle, c'est qu'elle avait déjà *vu* ce visage. Cette face cachée et abominable de Franck Raynal. Cela lui revint d'un coup, une gifle douloureuse. Au jardin des plantes. Quand il avait assommé l'autre flic. L'espace d'un instant, son masque impénétrable s'était effacé, et Manon avait posé les yeux sur cet homme tel qu'il était. La violence froide et calculée dans son regard. La brutalité qui palpitait sous sa peau. Elle avait vu tout cela, oui, et elle n'avait rien compris. Elle n'avait cru qu'à de la peur pour sa sécurité.

Alors que c'était du *plaisir*.

Le téléphone se mit à sonner et elle sursauta.

Elle ramassa le combiné.

Franck la rappelait.

Il essaie de te faire perdre du temps.

Le policier savait où elle se trouvait. Il lui avait dit *cinq minutes*. Combien s'étaient déjà écoulées ? Il serait là d'un moment à l'autre.

Elle devait se ressaisir. Se sauver d'ici. *Avant qu'il ne soit trop tard.*

Dans sa main, le téléphone cessa de sonner. Manon s'approcha de l'ordinateur, les jambes toujours chancelantes.

Elle éjecta la carte micro SD. Au moins, elle avait cette vidéo. Une preuve de leur existence.

Tout n'était peut-être pas perdu.

Revenant dans le salon pour se chausser, elle ne lâcha pas le téléphone. Elle savait qu'elle aurait dû appeler la police...

... mais pour tomber sur qui ?

L'affolement contractait sa poitrine, l'empêchant de réfléchir de manière lucide. Le doute, odieux, la rongeait. Si Franck était impliqué, combien d'autres flics l'étaient aussi ? Elle ne pouvait plus se fier à quiconque, voilà la vérité. Les masques étaient partout.

Hind.

Elle composa le numéro de sa collègue.

Répondeur. Hind avait éteint son mobile, comme toujours quand elle travaillait et ne souhaitait pas être dérangée.

— Hind, c'est Manon… Par pitié, ne rentre pas chez toi. Nous sommes en danger toutes les deux. Les flics sont dans le coup… Je…

Elle tourna sur elle-même, cherchant un point de rendez-vous, hésita à en donner un qui risquerait d'être intercepté…

— … Je prends ton ordinateur ! s'exclama-t-elle en revenant dans la chambre. Appelle-moi sur Skype. Ne te laisse pas approcher par le capitaine Franck Raynal. C'est l'un d'entre eux. Ne lui fais surtout pas confiance !

Elle raccrocha. C'était tout ce qu'elle pouvait faire pour l'instant.

Elle fourra l'ordinateur dans un sac.

Elle se posta à la fenêtre au moment où une voiture se garait sur le trottoir d'en face.

Franck en descendit.

Sous l'éclairage des réverbères, il apparut tel qu'elle le connaissait. Rayonnant, même à distance, de cette aura indescriptible. Cette force naturelle qui l'avait instantanément séduite.

Mais elle apercevait aussi, sur le visage du policier, cette expression nouvelle et hiératique. Les lèvres de Franck étaient retroussées sur un sourire qui n'avait rien d'amical. Comme dans la vidéo – un changement subtil et épouvantable. Irréversible.

Il leva les yeux vers elle et son rictus s'accentua.

Il sortit lentement son pistolet de son holster.

Manon s'écarta de la fenêtre et fonça dans l'entrée. Elle s'empara du double des clés de l'Audi sur le guéridon. La voiture de Hind était toujours garée à l'autre bout de la ville, elle devait y retourner.

Mais pour cela, il fallait d'abord quitter l'immeuble.

Elle sortit sur le palier et observa les marches de l'escalier.

La sonnerie des interphones se fit entendre dans plusieurs appartements, dont celui de Hind.

Tu ne peux pas fuir par là.

Réfléchis.

Elle verrouilla la porte. Si Raynal croyait qu'elle se trouvait encore à l'intérieur, ce serait autant de temps de gagné.

Puis elle monta, le plus silencieusement possible, vers l'étage du dessus.

Les pas du policier, quant à eux, retentirent sans ménagement dans l'escalier. Quelqu'un lui avait ouvert. Plus que quelques instants et il serait là.

Manon continua de gravir les marches en retenant sa respiration.

Elle l'entendit frapper à la porte de Hind.

— Manon ? résonna sa voix rauque. Ouvre-moi. Tout de suite.

Encore quelques marches. Dernier étage de l'immeuble. Elle longea le couloir. Si elle frappait à l'une des portes pour demander de l'aide, elle prendrait le risque d'attirer son attention.

Qu'allait-il faire ? Défoncer sa porte ? Inspecter les autres étages ?

Manon atteignit l'ascenseur. Elle pressa le bouton.

Le carillon émit deux notes aiguës. Manon se tendit. Le policier l'avait-il entendu ?

Un instant plus tard, la porte de l'ascenseur coulissa. Manon s'engouffra à l'intérieur.

Elle donna de furieux coups sur le bouton du -1.

— Allez, allez, gémit-elle, priant pour que le policier ne surgisse pas dans le couloir.

La cabine entama sa descente.

Manon ne souffla pas pour autant.

Elle attendit. À chaque étage, elle craignit d'être stoppée.

L'ascenseur arriva enfin au sous-sol.

Elle se précipita vers l'entrée du parking, appliqua la carte magnétique de Hind et batailla durant d'interminables secondes pour que la porte s'ouvre.

L'endroit était désert. Les voitures alignées entre les colonnes de béton. Pas un bruit.

La sortie se trouvait de l'autre côté du bâtiment. Raynal ne pourrait la voir quitter les lieux par là.

Manon se mit à courir.

90

Raynal enfonça sa clé de crochetage dans la serrure de la porte. Il donna une secousse. L'engin pénétra en entier.

C'était un verrou ordinaire. Autrement dit, un jeu d'enfant. Raynal sortit une pince de sa sacoche. Il serra la partie métallique de l'outil, contre la serrure, tout en tenant le manche d'une main ferme.

Ensuite, forçant avec la pince, il tourna dans le sens des aiguilles d'une montre.

Un craquement sec indiqua que le barillet cédait, entraînant le mécanisme.

Le verrou s'ouvrit.

Au même instant, un carillon tinta, quelque part dans l'immeuble.

Le policier se retourna, aux aguets. Un ascenseur ? À quel étage ?

Il jura dans sa barbe.

Impossible de vérifier tous les paliers à la fois.

Ravalant sa frustration, il poussa la porte de l'appartement.

— Manon ? grogna-t-il, d'une voix maintenant gutturale, la voix de Baphomet.

Il fit quelques pas dans un salon désert avant de renverser les bambous d'un revers de main. Il attrapa un pot contenant une orchidée et le lança à travers la pièce, faisant éclater le miroir sur le mur.

— Petite pute ! Où te caches-tu ?

Il dégaina son pistolet et inspecta chaque pièce avec minutie. Son souffle se fit de plus en plus rapide. Son grognement sourd s'éleva dans le silence. Le désir furieux et violent qui montait en lui, à chaque instant davantage, plissait les traits de son visage. Une envie folle de sang. De refermer ses mains sur le cou de la petite idiote et de voir la terreur et les larmes scintiller dans ses yeux de petite poupée. C'était une énergie noire et intense, qui bouillonnait sous sa peau et lui donnait l'impression de brûler de l'intérieur. Il devait la libérer. Il *voulait* la libérer, maintenant.

Mais sa proie n'était nulle part.

Il vérifia sous les lits des deux chambres que la jeune femme ne s'y cachait pas. Puis il inspecta la salle de bains. Encore couverte de buée. Les serviettes humides.

Elle était partie. Il l'avait manquée de si peu ! Le désir se changea en colère, comme chaque fois qu'il n'obtenait pas ce qu'il souhaitait. Et cette colère monta en lui jusqu'à le submerger.

D'un coup de pied, il défonça la porte du placard, qui répandit des tubes et des pots de cosmétiques.

— Sale pute ! beugla-t-il de nouveau. Tu ne m'échapperas pas !

Il croisa son reflet dans le miroir. Son visage hâlé aux traits carrés, cheveux soigneusement peignés en arrière. Dans son regard pâle, il lut le doute. Impensable. Intolérable. Il n'avait pas droit à la faiblesse. Il leva son pistolet et donna un violent coup de crosse. Son reflet explosa en mille morceaux tandis que le miroir brisé tombait en pluie d'éclats dans le lavabo.

La mélodie d'un téléphone l'arrêta net.

Il tourna lentement la tête. Localisa le combiné, posé sur un meuble du salon.

Il s'approcha alors que le téléphone continuait de sonner.

Il décrocha, sans rien dire. Seule sa respiration profonde se répercuta dans le micro.

— *Manon ?* demanda une voix de femme à peine audible sous un crépitement de parasites. *C'est Hind. J'ai vu que tu as essayé de m'appeler. Je capte très mal là où je suis, ton message était incompréhensible. Tout va bien ?*

Le policier gonfla la poitrine.

— Hind, dit-il d'un ton posé, protecteur. Je vous entends très mal, moi aussi. Je suis un ami de Manon et d'Ariel. Je suis policier.

— *Ah, oui ! Manon m'a parlé de vous. Elle voulait me dire quelque chose ?*

— Rien de bien grave, rassurez-vous. Les choses commencent enfin à s'arranger. Nous vous attendons, tous les trois. Vous êtes bien en chemin ?

Il y eut une série de grésillements, puis la voix de Hind revint :

— *… Retenue plus longtemps que prévu au travail. Mais je serai là dans une vingtaine de minutes.*

— Parfait, alors, dit le policier. À tout de suite.

— *À tout de suite.*

Le rictus bestial réapparut au coin de sa bouche. Vingt minutes. C'était acceptable.

Il prit place sur une chaise, posa son arme de service puis sa sacoche sur la table devant lui.

L'agressivité avait reflué, ne laissant qu'un grand calme blanc en lui. Son visage redevint impénétrable. Son pouls se stabilisa.

Il ouvrit sa sacoche et en sortit son couteau tactique, qu'il fit rouler entre ses doigts pendant quelques instants.

Puis il le posa à côté de son pistolet. Il l'observa, se délectant des courbes droites du couteau. Lame en acier Crovan 10950 à la pointe acérée. Manche en Kraton. Un outil aussi beau que fiable. Fait pour pénétrer dans la chair et briser les os.

Raynal ferma les yeux et s'arma de patience.

91

La nuit s'installait sur la ville quand Manon retrouva l'Audi de Hind. À cette heure-ci, l'avenue du Père-Soulas était peu fréquentée. Des jeunes ivres, bouteilles de bière à la main, la dépassèrent en chantant à tue-tête. Elle s'empressa de monter dans la voiture et verrouilla les portières.

Elle se força à souffler.

Elle disposait d'un répit.

Plusieurs véhicules passèrent à vive allure. Manon observa un instant les fenêtres illuminées des appartements, dans les résidences qui bordaient l'avenue. Elle songea à tous ces gens chanceux, en train de dîner, de regarder la télévision, de jouer avec leurs enfants, de faire l'amour. Aucun d'eux ne se doutait des horreurs qui se tramaient sous la surface, juste devant leur nez. Tout comme elle, encore quelques jours auparavant, n'aurait jamais pu l'imaginer.

Mais tout avait changé.

Toute sa vie s'était effondrée.

Dos bien calé contre le siège, elle prit une grande inspiration, essayant d'ignorer les élancements dans ses côtes et sa hanche, qui revenaient la tarauder par intermittence.

Ne baisse pas les bras.

Au pire, elle avait encore la solution de quitter la ville et rouler le plus loin possible. Fuir physiquement le danger. Une fois en sécurité, elle pourrait appeler à l'aide.

Mais d'abord, expliquer la situation à Hind.

Elle sortit l'ordinateur du sac, priant pour que son amie ait écouté ses messages avant de rentrer chez elle. En bas de l'écran, l'icône Wi-Fi indiquait plusieurs points d'accès à proximité. Parfait ! Elle lança Skype, tout en vérifiant sa messagerie. Il y avait un e-mail non lu dans sa boîte.

Manon fit glisser son index sur le pavé de souris. Le message avait été envoyé par Maxime Lachaud quarante minutes auparavant. Sujet : *Recherches sur Titanium Immobilier (suite)*.

Chère Manon,

J'ai donc contacté Nicole Massena, la responsable de l'agence Titanium de Saint-Guilhem. Elle m'a proposé de passer la voir à son domicile, je vais m'y rendre tout de suite. Avant cela, je tiens à partager avec vous un élément étonnant que je viens de découvrir en m'intéressant au financement de Titanium. Le fondateur n'est autre qu'Octave Massena, le père de Nicole. C'est lui qui a bénéficié de l'aide de la région pour créer sa boîte. La subvention a servi à l'achat d'un terrain pour fonder un refuge animal, « La Clé des Champs ».

Celui-ci accueillant de nombreux chiens, vous comprendrez aisément où me mènent mes spéculations. J'attends donc avec impatience de m'entretenir avec Mlle Massena. Pour finir, j'ajoute que, en vérifiant l'adresse sur le Web, j'ai découvert que le père et la fille habitent dans la même propriété, Villa Paradis, à une trentaine de kilomètres de Montpellier !

J'espère pouvoir vous en dire plus dans la soirée.

Bien cordialement,

Max

Manon passa une main dans ses cheveux. La lecture de ce message – et l'évocation de l'agence immobilière – ne faisait qu'aggraver ses inquiétudes. Un refuge animal, maintenant ? La société Titanium était au centre de toute cette histoire. Elle en était convaincue. Mais elle ne réussissait pas à mettre le doigt sur le détail qui la perturbait tant.

Était-ce ce nom ? Octave Massena ? L'avait-elle déjà entendu quelque part ?

Perdue dans les méandres de ses pensées, elle posa ses doigts sur le pavé tactile, revint à la fenêtre de Skype et entra ses identifiants pour se connecter. La liste de ses contacts s'afficha. Aucun appel manqué dans l'historique.

Hind n'avait pas encore essayé de la joindre.

Étrange.

Manon cliqua pour appeler son amie.

Hind ne décrocha pas.

Au bout de plusieurs sonneries, Manon tomba sur la messagerie.

Indécise, elle resta un moment le visage baigné par la lumière bleue de l'écran. Elle devait parler à Hind. À tout prix.

Des voitures passaient de temps à autre.

À chaque bruit de moteur, le cœur de Manon était traversé par une pointe de glace, et elle scrutait l'avenue avec anxiété.

Elle tapota l'angle de l'ordinateur du bout de ses ongles.

Et subitement, cela lui revint. Elle fit enfin le lien.

C'était ce que lui avait dit l'homme au masque de poupée gonflable.

Le Paradis d'Hadès peut tous nous accueillir sans le moindre problème.

Elle avait cru qu'il plaisantait en parlant de paradis. Elle n'imaginait pas que ce genre de personnes puisse rêver d'un monde de béatitude éternelle.

Le Paradis d'Hadès.

Mais il ne s'agissait peut-être pas d'une métaphore.

Elle relut l'e-mail du journaliste. *Villa Paradis.* La demeure du P-DG de Titanium ?

Ne t'emballe pas.

Plus facile à dire qu'à faire. Elle effectua une recherche sur le Net. En jonglant une minute avec les termes Massena, Paradis et Hérault, elle découvrit l'adresse de la propriété en question.

Les coordonnées étaient celles d'un dénommé Octave Massena.

Manon trouva même une photo de lui publiée dans la presse à l'occasion de l'inauguration du refuge La Clé des Champs.

Un homme plutôt beau. Traits découpés. Chevelure argentée. Il souriait sur le cliché, en compagnie du maire, du conseiller régional et d'un député.

IX

Le Paradis d'Hadès

92

Le sang coulait, en gouttes épaisses et gluantes, de la pointe du couteau.

Installé à califourchon sur la dépouille de Hind Miller, Raynal sourit.

Celle-ci désormais n'avait plus de visage.

Plus qu'une masse poisseuse et violacée.

Tout avait été très rapide. Il l'avait plaquée au sol, et égorgée d'un seul geste précis. Le couteau avait coupé dans la trachée et dans l'œsophage. Une belle entaille, nette et profonde. D'une telle force que la lame avait rayé les vertèbres. Puis il avait lacéré le visage de cette femme, lentement. Il avait retiré chaque lambeau de sa peau. Il avait découpé le cuir chevelu et arraché une bonne partie de son abondante chevelure frisée. Jusqu'à ce qu'elle soit entièrement défigurée. Réduite à néant. Et la satisfaction qu'il en retirait était proche de l'extase.

Il se leva pour contempler son œuvre de haut.

Bien sûr, il brûlait d'envie de continuer. Frapper cette poitrine opulente jusqu'à ce qu'elle se couvre de marbrures sombres. Sentir les côtes se briser l'une après l'autre. Ouvrir le ventre de cette femme d'un coup de lame. Enfoncer ses poings jusqu'aux poignets dans ses entrailles chaudes. La profaner encore davantage, pour mieux se délecter de ce pouvoir intense qui était le sien, à chaque instant.

Mais il ne ferait rien de tout cela. Oh, non.

Il ne laisserait pas d'indices.

Pas d'*autres* indices que ceux qu'il avait choisi de placer intentionnellement sur la scène de crime.

C'était si facile. Si évident. Comme le mur de liège, dans son bureau, où il conservait les témoignages de ses actes passés. Toutes ses victoires invisibles, exposées à la vue de tous. Personne ne s'était jamais posé la moindre question. Cette fois ne serait pas différente.

Il s'essuya les mains avant de reprendre son téléphone.

Il effleura l'icône de contact. Son supérieur.

— *Lapagesse*, grogna celui-ci avant même la première sonnerie.

— C'est Franck, murmura-t-il, imperturbable. Je vous avais dit que j'aurais quelque chose.

— *Étonnez-moi.*

Il marcha dans le salon en s'étirant. Il avait déjà sorti les affaires ensanglantées que Manon avait fourrées dans la poubelle. Il avait récupéré le tee-shirt gorgé de la sueur de la jeune femme et du sang de Moloch.

— Je suis chez une collègue de la fille Virgo. Elle m'a appelé à l'aide. Je viens de la trouver morte. Assassinée comme les autres.

Il y eut un silence. Au bout du fil, Lapagesse toussa.

— *Dites-moi que c'est une plaisanterie…*

Raynal laissa tomber le tee-shirt souillé. Du pied, il le poussa sous le meuble télé. Il avait pris soin de saupoudrer le vêtement d'un peu de la cocaïne qu'il avait dérobée dans la salle des scellés et déjà placée sur les lieux de chaque meurtre. Des preuves à en perdre la tête. Les gars du labo allaient se branler jusqu'au sang.

— J'ai le corps sous les yeux. Hind Miller. Je n'ose pas y toucher, c'est une vraie boucherie. Elle m'a appelé tout à l'heure pour me dire que les Virgo la menaçaient. J'avoue que je ne l'ai pas prise au sérieux. Je ne me doutais pas une seconde que ça irait si loin...

— *Nom de Dieu. J'espère que vous êtes fier de vos petits protégés ? Vous voyez le résultat de vos conneries, maintenant ?*

Sourire en coin.

Il écarta un pan de store. La rue était déserte.

— Il n'y a que les imbéciles qui n'admettent pas leurs erreurs. Là, je ne peux plus ignorer les faits. Je me suis fait rouler comme un putain de bleu. Manon Virgo... Elle m'a séduit, je le reconnais. Mais je vous jure que ce n'est pas moi qui ai fait disparaître des feuillets de la procédure. Quelqu'un de la maison travaille avec eux. Quelqu'un qui a pioché dans nos saisies de cocaïne, et qui s'est associé aux Virgo. Peut-être pour monter des escroqueries auprès de petites frappes. Quoi qu'il en soit, le frère et la sœur sont partis en vrille, ce sont eux qui tuent depuis le début. Vous aviez tous raison à ce sujet et j'ai été le dernier des idiots.

— *Vous ne pouvez pas savoir à quel point je suis heureux de vous l'entendre dire. On va enfin pouvoir travailler normalement. Attendez-nous sur place. Je contacte Salomon.*

— J'ai encore autre chose à vérifier. Vous trouverez la porte ouverte. Elle a été forcée.
— *Franck ! Ne vous avisez pas de...*
Il raccrocha.
Il baissa le regard sur le corps de la thanatopractrice sans visage et sourit de plus belle.

93

Manon, le regard rivé sur la photo de l'homme aux cheveux gris, était perdue dans ses pensées.

Octave Massena, se répéta-t-elle. *C'est donc lui le propriétaire de Titanium Immobilier.*

Il s'agit également du père de Nicole Massena, la chef d'agence de Saint-Guilhem.

Difficile de ne pas voir tous les ponts que cela suggérait. Impossible de ne pas s'imaginer mille choses.

Toutes les soirées d'Akephalos ont eu lieu sur des sites gérés par Titanium.

Elle songeait aussi aux chiens torturés. Personne n'avait jamais compris d'où ils venaient...

Un refuge animal. Subventionné par la région qui plus est !

Quoi de plus pratique pour se procurer des animaux sans qu'ils ne manquent à personne ?

Des frissons couraient sous sa peau. Ses pensées s'égaraient, suivant des sentiers de plus en plus sinueux. Mais elle avait tout sous les yeux à présent. Comment ne pas se poser de questions ? L'altercation entre Caroline Leclercq et la fille Massena, par exemple. S'était-il agi d'un simple problème entre elles, comme le supposaient les autres commerciales ? Ou bien Leclercq avait-elle voulu lui parler de son père ? Selon ce que Lachaud lui avait dit, cette fille militait pour la cause animale. S'était-elle intéressée à la gestion du refuge ? Avait-elle découvert des irrégularités ? Ou, pire, aurait-elle eu des soupçons concernant des disparitions d'animaux ?

Manon se mordit la lèvre. Tout cela n'était que conjectures. Paranoïa ? Simples coïncidences ?

À ce stade, beaucoup trop de gens étaient morts pour croire à une coïncidence.

Alors, qu'en était-il vraiment ? Le Paradis d'Hadès, qu'avait évoqué l'homme au masque en latex, était-il la villa des Massena ? Était-ce aussi simple ?

Elle afficha la fenêtre de Skype. Après quelques instants de tergiversation, elle entra le numéro de Maxime Lachaud.

La sonnerie grésilla dans les enceintes de l'ordinateur.

— *Allô ?*

— Maxime ! s'exclama-t-elle. C'est Manon Virgo. Est-ce que tout va bien ?

— *Oh, Manon. Mais oui, tout se passe très bien, pourquoi ? Je suis en compagnie de Mlle Massena, comme je vous l'ai dit par e-mail.*

— Vous êtes chez elle ? À la Villa Paradis ?

— *Tout à fait. Mais...* (Il y eut un bruit de discussion en fond, puis un souffle qui fit saturer les enceintes de l'ordinateur.) *Mais bien sûr...* (La voix maniérée du journaliste redevint nette.) *Nicole voudrait justement vous parler. J'ignorais que vous la connaissiez. Je vous la passe...*

— Non, Maxime ! s'écria Manon. Vous devriez partir tout de suite de cet endroit ! Vous n'êtes pas en sécurité ! Vous m'entendez ?

Mais il avait déjà donné le téléphone. Un rire de femme s'éleva.

— *Bonjour, Manon. Quel plaisir.*

Manon balbutia.

— Que...

— *Nous parlions de toi à l'instant*, poursuivit son interlocutrice d'un ton mielleux. *J'étais en train d'expliquer à Maxime que nous nous sommes rencontrées chez une amie et que nous avons sympathisé. Le monde est petit, n'est-ce pas ?*

Manon s'étouffa.

— Qui... êtes-vous ?

Il y eut des bruits parasites. Une porte se refermant. Puis le rire de la femme reprit. Cette fois, Manon le reconnut. Sans équivoque.

Le rire froid et dédaigneux qu'avait eu la femme dans la maison, quand elle s'était avancée avec son pistolet...

— Chez Batista... La femme en noir... ?

— *Quel admirable esprit de déduction*, railla Massena. *Je suis bien ennuyée, tu vois. Ton ami Maxime a commencé à me poser des questions sur mon ancienne commerciale. Elle aussi voulait mettre son vilain petit nez dans ce qui ne la regardait pas. C'est pour cette raison que j'ai décidé de l'inclure dans nos jeux... un peu particuliers.*

— MAXIME ! hurla Manon. SORTEZ DE CETTE MAISON ! VITE ! VOUS ÊTES EN DANGER !

— *Ne te fatigue pas. J'ai changé de pièce. Il déguste un excellent whisky, trente ans d'âge. J'ai toujours pensé que le dernier verre du condamné était une tradition de bon goût.*

— Ne lui fais pas de mal, espèce de tarée !

— *Le recours à la vulgarité n'empêchera pas qu'il lui arrive malheur, Manon. Ramène-nous plutôt ce qui nous appartient. Tout peut encore s'arranger, comme nous l'avions prévu. Chacun y gagne.*

— Arrête de te moquer de moi. Ta petite bande ne laisse personne en vie.

— *Tu joues avec les mots. Mais moi, je vais t'expliquer ce qui va se passer. Si tu ne te pointes pas avec la boîte tout de suite, le journaleux va servir d'engrais pour les vignobles. Il sera dispersé en tellement de petits morceaux que personne ne le retrouvera jamais.*

Manon refusa de se laisser intimider. Elle avait un atout de taille, désormais. Elle devait l'utiliser.

— C'est la petite vidéo-souvenir qui te manque ? C'est ça, Nicole ? Tu as envie de te repasser les derniers moments de ta commerciale ? Ou simplement de te tripoter en revoyant Raynal la décapiter ?

Cette fois, il y eut un silence au bout du fil. Les enceintes diffusèrent des parasites, marquant le souffle de Nicole Massena.

— *Tu as ouvert la boîte ?*

Manon se pencha vers le micro de l'ordinateur et murmura :

— Tu vois, toi aussi tu peux être perspicace si tu y mets un peu du tien...

Le rythme du souffle s'accéléra sensiblement. Manon prenait un risque énorme en jouant la provocation. Elle le savait. Mais les mots lui avaient échappé. Et au fond d'elle, ils lui procurèrent un plaisir inavouable.

— Tiens, je ne t'entends plus glousser comme une pintade ?

— *Apporte-nous cette carte*, se contenta de répondre Massena, en détachant chaque syllabe. *Ou j'égorge ton ami immédiatement et je te fais écouter son dernier souffle en direct.*

Manon contre-attaqua :

— Tu bluffes.

— *Tu prends le pari ?*

— Écoute-moi bien. Si tu ne laisses pas partir cet homme tout de suite, si tu es assez conne pour le tuer, cela ne changera pas grand-chose à ma situation. Mais je te jure que j'apporte la vidéo au commissariat tout de suite. Vous tomberez tous jusqu'au dernier. Maintenant je me demande qui a le plus à perdre.

Silence.

— Tu as entendu, salope ? Laisse repartir Lachaud.

Une tension insoutenable monta en Manon alors qu'elle attendait la réaction de son interlocutrice.

Celle-ci répliqua enfin :

— *Je comptais te faire une surprise, Manon, mais tu m'obliges à t'avouer un détail embarrassant...*

Manon s'humecta les lèvres.

— Quoi donc ?

— *Tu ne te demandes pas où est passé ton frère ? Je te croyais plus attentionnée que ça. La famille, c'est sacré, tu sais.*

Comme un coup de poing en plein estomac.

De la bile acide remonta dans sa gorge.

— Qu'avez-vous fait à Ariel ?

— *Il est en mauvais état, je te l'accorde. Si cela ne tenait qu'à moi, sa tête et sa queue seraient déjà sur un plateau. Mais Hadès a décidé de le garder en vie pour que tu puisses le voir une dernière fois. Quelque part, je trouve ça touchant.*

Manon se prit le visage dans les mains.

— Hadès ? Qui est-ce ? Votre gourou ?

— *Rejoins-nous et tu le rencontreras. Tout ce que nous voulons, c'est la carte micro SD. Ce n'est pas bien compliqué.*

— Hors de question. Tu vas libérer mon frère ou je donne la vidéo à la police.

— *Tu ne donneras rien à la police. Tu vas sagement venir nous retrouver au Paradis et nous allons faire un échange.*

Manon ferma les yeux.

— La carte contre mon frère ?

— *La carte contre ton frère, oui. Un marché équitable.*

— Un piège, tu veux dire ?

— *Si tu n'es pas ici dans une demi-heure, ton frère est mort.*

— Qui me dit qu'il ne l'est pas déjà ?

— *Juste un instant.*

Un bruit de talons, tandis que son interlocutrice se déplaçait. Des portes s'ouvrirent et furent refermées. Puis un gémissement lui parvint.

— Oh mon Dieu, souffla-t-elle. Ariel...

— *Convaincue ?* lui demanda Nicole Massena.

Ce fut au tour de Manon de garder le silence. Elle était prise au piège.

— *Je suppose que tu as déjà l'adresse de la villa ?*

— Oui.

— *Alors nous t'attendons. Je retourne m'occuper de mon invité. Il doit se demander ce que je fais.*

— Laisse Lachaud partir !

— *Ne rêve pas. Je t'ai promis de te rendre ton frère, c'est déjà assez cher payé. Je te donne une demi-heure. Si j'étais toi, je me mettrais en route tout de suite.*

La communication fut coupée.

Manon resta quelques instants enfoncée dans le siège.

Elle se sentait vide.

Désespérée.

Elle fouilla dans sa poche et en sortit la carte micro SD.

La preuve de l'existence de ces monstres.

Contre la vie de son frère.

La femme en noir avait raison.

Elle devait lui obéir.

Aucune échappatoire.

Mais, songea-t-elle, il y avait *quelque chose* qu'elle pouvait faire.

Elle prit la carte et l'inséra dans le port de l'ordinateur.

Elle fit glisser le fichier dans un dossier et contempla la barre de progression à mesure que la copie s'effectuait.

Elle n'avait besoin que de quelques minutes.

Elle se connecta à son compte YouTube.

Une dernière assurance avant de jouer le tout pour le tout.

94

Revenant au salon, Nicole Massena passa devant le miroir du hall. Elle ajusta sa petite robe noire satinée. Elle ne put s'empêcher d'effleurer le pansement sur sa pommette en serrant les dents.

Elle serait vengée.

Très bientôt.

Le journaliste l'attendait toujours dans le fauteuil. Il ne se doutait de rien. Il en avait même profité pour se resservir un verre de Macallan et dégustait le nectar doré avec un sourire ravi de connaisseur.

— Vous en aviez des choses à vous dire ! s'étonna-t-il. En tout cas merci pour le whisky. Il est incroyable.

— Avec plaisir, dit-elle en refermant la porte. Pour tout vous dire, j'ai invité Manon à se joindre à nous. Cela ne vous dérange pas ?

Lachaud avala une gorgée d'alcool soyeux.

— Moi ? Bien sûr que non.

Il faillit ajouter autre chose, mais se reprit et fronça simplement les sourcils, avant de se masser la nuque.

— Tout va bien ? demanda son hôtesse.

— Un gros coup de fatigue, je crois.

Des bruits de moteurs attirèrent son attention et il tourna la tête vers la baie vitrée. Les phares de plusieurs véhicules remontaient l'allée.

— Vous avez d'autres visiteurs...

Nicole Massena attrapa la bouteille de whisky qu'elle caressa distraitement.

— Oui, c'est vrai. Excusez-moi de ne pas vous avoir prévenu. Nous avons décidé d'organiser une petite fête. Tout cela est un peu improvisé, mais mon père a toujours dit qu'il fallait saisir l'instant.

— Votre père ? murmura le journaliste au terme d'un certain effort. Il est là ?

— Bien sûr. Vous êtes chez lui, vous savez. Dans son Paradis. D'ailleurs, il ne va pas tarder. Il m'a confié qu'il se faisait une joie de vous rencontrer.

— Oh ? Vraiment ?

À présent, les syllabes avaient du mal à sortir de sa bouche. Il tendit le bras pour poser son verre, mais celui-ci lui échappa. Le whisky se répandit sur le tapis.

— Mince. Je suis désolé...

Il se leva. Et se mit aussitôt à vaciller.

— Je crois que j'ai... un problème...

Il tomba à genoux, voulut se raccrocher au fauteuil, mais son corps tout entier cessa de le soutenir. Il s'écroula, se retrouva couché sur le flanc. Ses lunettes s'échappèrent de son nez.

— Qu'est... ce... que...

— Ne vous inquiétez pas, ceci est tout à fait normal, s'amusa la jeune femme en tournant autour de lui. Vous avez un peu abusé de mon Macallan.

Les traits déformés par une grimace de douleur, il essaya de récupérer ses lunettes. Même ce simple geste lui fut impossible.

— Ce n'est... pas... l'alcool...

Massena rangea soigneusement la bouteille dans le placard, avant de le refermer à clé.

— Le Rohypnol contenu dedans, en tout cas, c'est certain. Je l'ai particulièrement dosé. Un ami de mon père nous en fait livrer. C'est aussi efficace sur les chiens que sur les êtres humains.

Lachaud roula sur le dos. Il se mit à tousser. Il fut pris de spasmes.

— Au... secours...

La jeune femme s'approcha. Elle posa son talon sur la joue du journaliste, le forçant à tourner la tête vers elle.

— Tu voulais te renseigner sur Akephalos ?

Il balbutia, s'étrangla. Son visage devint très pâle, et ses yeux s'agitaient en vain.

— Ne fais pas cette tête. Tu devrais te réjouir, au contraire. Tu vas avoir les réponses à toutes les questions que tu te posais.

Elle le contempla tandis qu'il essayait, en vain, de reprendre sa respiration, se tortillant comme un poisson hors de l'eau. Quand elle commença à se lasser de ce jeu, elle s'accroupit à côté de lui. Elle reprit la parole en détachant chacun de ses mots, comme si elle s'adressait à un enfant :

— Tu sais ce qui différencie les hommes des dieux ?

— Laissez... moi... parvint-il à formuler entre deux soubresauts.

Son rire éclata, froid et cruel. Elle cogna à petits coups répétés sur le front du journaliste, jusqu'à y laisser les marques rouges de ses phalanges.

— Ta tête, Maxime. C'est la différence. Ta tête est une prison. Elle t'empêche d'être libre. Elle t'interdit de profiter de la force primordiale et sauvage de l'univers. Les dieux, eux, n'ont pas de visage. Pas de murs pour les enfermer. Ils sont invisibles et tout-puissants. Comme le feu de l'Enfer.

Au terme d'un effort considérable, le journaliste réussit à se retourner. Il commença à ramper vers la porte la plus proche.

Elle marcha à côté de lui.

— Ce n'est pas ce que tu voulais savoir ? poursuivit-elle avec un profond plaisir sadique. Je peux te montrer le secret de l'univers, tu sais. Il n'est révélé qu'au moment de la mort, si elle est assez brutale. Il ne dure qu'une fraction de seconde. Il faut être très attentif.

La porte devant eux s'ouvrit et Hadès entra dans la pièce. Beau et serein, comme toujours. Comme le dieu qu'il était devenu.

Elle posa un pied sur les omoplates du journaliste, le plaquant au sol.

— Tu insistais pour rencontrer mon père. Tu vois bien que tous tes souhaits sont exaucés ? Maxime, je te présente Hadès. Le souverain des visages.

L'homme aux cheveux argentés s'avança vers Lachaud, qui gigota, sous le talon de la jeune femme.

— Bien. Je vois que tu t'es occupée de ce problème.

— J'ai fait plus que ça. Virgo va bientôt arriver.

Une flamme de contentement traversa le regard d'Hadès, et sa fille sentit une bouffée de fierté gonfler sa poitrine.

— Elle a le cube avec elle ? demanda-t-il.

— Elle a trouvé la vidéo. Elle espère un échange contre son frère.

L'homme eut un sourire distant.

— Je suis sûr que nous aurons mieux que ça à lui offrir. Nous ne serons pas au complet, mais suffisamment pour une belle cérémonie. Akephalos va briller encore plus fort, ce soir. Il va briller à travers nous tous.

Il s'approcha et posa ses lèvres chaudes et humides sur les siennes. La jeune femme frissonna du plus profond de son être.

— Je suis toujours ta préférée ? murmura-t-elle, le souffle presque coupé.

— Tu l'as toujours été, Nyx. Comment as-tu pu en douter ?

95

Manon roulait sur l'étroite route en lacet depuis une dizaine de minutes déjà.

Hors du rayon de ses phares, où défilaient les buissons et les rochers, la nuit était totale. Comme l'ombre qui se répandait en elle. Noire et profonde. C'était une énergie douloureuse qui l'emplissait, la poussait vers l'avant et lui donnait envie de vomir en même temps.

Une force destructrice.

Mais une force tout de même.

Mains crispées sur le volant, Manon avait toutefois du mal à conserver une respiration régulière. Son cœur l'élançait, comme s'il menaçait d'exploser dans sa poitrine.

Elle allait peut-être mourir cette nuit. Ou bien elle allait réussir à affronter ces gens, comme elle avait affronté cet homme au masque de femme, et Ariel et elle seraient sauvés. Ce serait tout ou rien.

Elle essaya d'inspirer plus profondément.

La Villa Paradis se trouvait loin de toute autre habitation, en pleine garrigue. Encore une vingtaine de kilomètres.

Elle traversa la commune d'Argelliers. Puis une série de minuscules villages. À la sortie du dernier, là où commençait le désert de pierres et de vignes, elle dépassa une construction aux murs de bois, devant laquelle elle était passée des dizaines de fois, au fil des années et de ses déplacements professionnels. Elle avait toujours lu l'inscription sur la grande plaque, du coin de l'œil, sans y prêter attention ni se demander un seul instant ce que pouvait abriter le bâtiment.

LA CLÉ DES CHAMPS.

C'était donc ça, la fondation créée par Octave Massena ? Cette bâtisse qui semblait inoccupée la plupart du temps ? Le projet qui avait valu l'aide de la région, et qui était censé œuvrer pour la protection animale. *Quelle ironie morbide.*

N'y tenant plus, elle ralentit et s'engagea dans la contre-allée qui longeait la façade. Des réverbères fins et courbés comme des arcs étaient alignés devant le bâtiment, jetant des cônes de lueur bleutée sur le trottoir, mais l'ampoule de l'un d'eux donnait des signes de fatigue, s'éteignant et se rallumant par intermittence. Il n'y avait qu'une voiture stationnée là, sans doute celle de l'agent de sécurité. Manon se gara derrière et coupa le moteur.

Elle avait besoin de souffler. Ne serait-ce qu'un bref instant. Elle tremblait de tout son corps et son estomac était noué de crampes tenaces.

Calme-toi.

Sois forte.

Elle observa l'édifice qui abritait le refuge pour animaux. Une construction flambant neuve, toute de bois et de panneaux solaires photovoltaïques, comme une publicité pour les nouvelles normes écologiques. Derrière,

Manon aperçut un parc, mais en l'absence d'éclairage à cet endroit il était difficile de distinguer quoi que ce soit.

Elle baissa sa vitre pour respirer un peu d'air frais.

Elle perçut un mouvement soudain. La portière de la voiture garée devant elle venait de s'ouvrir. Il y avait quelqu'un. Et ce n'était sans doute pas un gardien, finalement.

Elle se tendit, prête à redémarrer.

Un individu sortit du véhicule.

Un instant, l'ampoule du réverbère s'éteignit de nouveau. L'homme ne fut plus qu'une silhouette qui se dirigeait vers elle.

— Manon Virgo ? appela-t-il.

La lumière revint. Manon reconnut Sélim Achour, le coéquipier de Franck.

La panique la submergea.

Le policier dut voir sa réaction et leva les mains vers elle.

— Attendez...

Elle enclencha la marche arrière.

— Ne partez pas ! s'écria le policier. Écoutez-moi !

Hors de question. Manon écrasa l'accélérateur. L'Audi recula de plusieurs mètres, avant d'emboutir brutalement un container de récupération de verre.

— Manon ! Ce n'est pas ce que vous croyez ! Vous êtes en danger !

Ignorant sa mise en garde, elle avança, manœuvra comme elle put, et repartit en marche arrière pour remonter le reste de la contre-allée.

Le flic n'essaya pas de la rattraper. Il ne sortit pas d'arme, comme elle le craignait. Il resta simplement là, les mains levées et ouvertes, comme suppliant, tandis qu'elle s'éloignait.

Une fois arrivée à distance prudente, elle s'arrêta, perplexe.

La silhouette du policier était découpée dans le halo clignotant du réverbère.

— Je suis de votre côté ! cria-t-il d'une voix aiguë.

Elle serra le volant.

Elle ne pouvait plus se fier à personne.

Mais elle songea aussi qu'elle s'apprêtait à se jeter dans la gueule du loup. Avec un vague plan qui ne fonctionnerait peut-être pas.

Qu'avait-elle à perdre ?

Elle hésita encore, se remémorant ce qui s'était produit au jardin des plantes. Ce type avait braqué son arme sur son frère.

Elle se rappela également que Franck et lui étaient en conflit, à ce moment-là. L'un voulait qu'elle soit prise en charge par la police, l'autre souhaitant la garder pour lui...

Comment faire confiance à cet homme ?

Au bout de l'allée, Achour recommença à avancer.

— Je ne vous veux aucun mal ! Je suis le seul qui puisse vous aider !

Manon s'attendait toujours à ce qu'il dégaine son SIG-Sauer d'un instant à l'autre – et alors, elle était prête à repartir pied au plancher.

— Vous n'êtes vraiment pas avec eux ? cria-t-elle.

— Je vous jure que non ! Je ne fais pas partie de leur secte !

— Qu'est-ce que vous fichez là, alors ?

— J'enquête sur mon collègue, Franck Raynal. Il est mêlé à cette folie meurtrière. Et je crois que les chiens massacrés viennent de ce refuge...

Il désigna la façade de bois de La Clé des Champs, tout en continuant de marcher lentement vers elle.

— Arrêtez-vous !

Il fit ce qu'elle lui demandait. Il se trouvait à trois mètres du véhicule. Elle constata que son visage était bien abîmé par le coup de tête d'Ariel. Son nez gonflé et violacé.

— Vous devez me croire !

— Comment l'avez-vous découvert ?

Achour s'agita.

— Cela fait plusieurs jours que j'épluche leurs listes d'animaux et que j'étudie leur fonctionnement. La fondation Massena est organisée en dépit du bon sens. Elle utilise deux bases de données non compatibles entre elles, ce qui multiplie le risque d'erreurs... ou permet d'en faire sans attirer l'attention...

— Arrêtez de bouger et montrez-moi vos mains ! insista Manon. Je ne comprends rien à ce que vous dites !

Il écarta les bras. Ses yeux braqués sur elle ne cillaient pas.

— Les fiches d'identification des animaux, expliqua-t-il. Celles des grands chiens qui entrent ici ont tendance à disparaître de leur système informatique. C'est comme si les bêtes n'avaient jamais existé. De cette manière, ils peuvent en faire ce qu'ils veulent.

La gorge de Manon était sèche. Le croire ? Elle ne pouvait s'empêcher de douter. Tout cela était trop beau pour être vrai.

— Vous saviez que Franck est un assassin ? attaqua-t-elle.

— J'ai mis du temps à l'accepter. Mais j'en suis convaincu maintenant. Et je vais trouver des preuves...

— *Moi*, j'ai une preuve en ma possession. De quoi l'envoyer en prison à vie.

La surprise se peignit sur le visage du policier.

— Quel genre de preuve ?

— Une vidéo. Prise par les masques eux-mêmes. On le voit en train de tuer une jeune femme, Mlle Leclercq, lors d'une de leurs soirées.

— Bon sang, mais c'est inespéré ! On le tient pour de bon !

Du revers du poignet, il essuya la sueur de son front, et ajouta :

— Akephalos. C'est le nom qu'ils ont donné à leur groupe. Comme les démons sans tête de l'Antiquité.

Ce fut au tour de Manon de le scruter avec étonnement.

— Comment savez-vous ça ?

Achour baissa tout doucement les mains. Sous son air juvénile se lisait une force de caractère que Manon n'avait pas remarquée chez lui jusqu'à cet instant.

— Dès que Franck est arrivé chez nous, je me suis posé des questions sur son passé en région parisienne. Il y avait eu trop de bavures. De dossiers classés parce que ça arrangeait tout le monde. J'ai essayé d'obtenir des documents, tous mystérieusement égarés. Peu à peu, j'ai commencé à comprendre l'étendue des choses...

— Je vous écoute...

Il renifla, avant de poursuivre son récit :

— Il y a quelques années, un de ses collègues, en Seine-Saint-Denis, a commencé à enquêter sur un groupe sectaire. Le même qui sévit ici. C'était une investigation personnelle, hors des clous. Une obsession. Tout le monde l'a pris pour un doux dingue.

Manon se rappela ce qu'elle avait lu sur le Web.
— Attendez. Je croyais que c'était Raynal, le capitaine de police qui enquêtait sur Akephalos ?
Achour éclata d'un rire amer.
— Franck ? Absolument pas ! D'ailleurs, il n'était que lieutenant, là-bas. Vous avez confondu avec son collègue, le capitaine Christian Rappolt. C'est Rappolt qui remontait leur piste. Il parlait d'au moins deux charniers, en banlieue. Tous ses témoins potentiels ont disparu. Malgré ça, il s'apprêtait à faire des révélations. Des gens haut placés allaient plonger, sans l'ombre d'un doute.
— Et quelque chose lui est arrivé à lui aussi, c'est ça ?
— Tué dans une fusillade, par un toxicomane qui aurait dû se trouver en institution psy si la justice avait fait son boulot. Des circonstances plus que suspectes. On n'a jamais mis la main sur le dossier que Rappolt avait monté sur Akephalos.
Il fit un pas vers elle. Manon posa la main sur le levier de vitesse et cala son pied sur la pédale de l'accélérateur.
— Pas trop près, le prévint-elle.
Il s'arrêta à un mètre de la voiture.
— Comme ça ?
— Continuez votre histoire. Quel lien avec Franck ?
— Je suis convaincu que c'est lui qui s'est arrangé pour faire disparaître son capitaine, et toutes les preuves que celui-ci avait pu réunir. Franck a obtenu sa mutation immédiatement après le décès de Rappolt. Il a même pris du grade sans raison. Hors quotas, hors calendrier.
— C'est si anormal que ça ?

Achour fit une moue désabusée.

— Un sacré coup de piston, en tout cas. Les syndicats s'arrangent avec l'administration. *Donnant-donnant*, comme on dit. Ils lui ont offert ce qu'il voulait en claquant des doigts. Une nouvelle vie. Un meilleur grade. Et sans aucun doute un rapprochement avec les gens à qui il a prêté allégeance.

— Nicole Massena ?

— Je pensais à Octave, son père. C'est lui qui a fondé ce refuge pour animaux, sur des fonds financés en grande partie par les contribuables. Un homme au-dessus de tout soupçon...

Manon resta silencieuse, tandis que ses pensées vagabondaient.

Sa main s'écarta du levier de vitesse.

Mais elle n'oubliait pas que le temps était compté.

— Les Massena ont kidnappé mon frère, dit-elle, la gorge nouée. Ils veulent que je leur rapporte ça...

Elle sortit la carte micro SD de sa poche et la tint entre le pouce et l'index.

— ... La vidéo dont je vous parlais. La preuve irréfutable de la culpabilité de Franck. C'est la raison pour laquelle ils ont tué tous ces gens. Pour récupérer ce fichier.

— Alors il faut que je la donne à mes supérieurs ! s'exclama Achour. Nous pouvons déclencher un énorme coup de filet dès cette nuit !

Manon se rembrunit.

— Malheureusement, nous n'avons pas le temps. Si je ne suis pas chez eux d'ici quinze minutes, mon frère est mort. Vous savez que ces gens ne plaisantent pas.

Achour fit un pas de plus et posa sa main sur la portière de l'Audi.

— N'y allez surtout pas. Je vous en supplie. Vous n'avez aucune chance de vous en sortir !

— Je le sais ! cria-t-elle en frappant le volant. Merde ! Je le sais très bien !

Elle lutta contre une montée de larmes.

— Je suis perdue, Sélim ! Nous avons besoin d'aide ! Qui d'autre à part vous est au courant de ce qui se passe ?

— Une collègue, dans le neuf-trois, expliqua-t-il tout en sortant son téléphone de sa poche. Elle suit la progression de mon enquête, à distance. Elle faisait partie du groupe de Franck. C'est elle qui m'a renseigné sur son comportement, les affaires classées sans suite...

Il fit défiler la liste de ses contacts.

— Mais tout de suite, je vais appeler un collègue qui dirige un groupe des Stups. Il enquête sur les massacres des derniers jours. Il a déjà Raynal dans le nez, je vous promets qu'il m'écoutera. Même si vous devez savoir qu'Octave Massena est dans les petits papiers du conseiller régional. J'imagine que ce sera difficile de demander une commission rogatoire pour intervenir à la Villa Paradis...

— Alors tout est déjà perdu ? grinça-t-elle.

— Pas du tout ! J'ai dit que ce serait difficile, pas impossible. Je ne lâcherai rien, et je compte bien exposer tous ces enfoirés au grand jour !

Ses yeux scintillèrent d'un éclat fiévreux.

— Je rêvais de débuter ma carrière en élucidant une affaire hors norme. Mais là... c'est encore plus démentiel que tout ce que j'aurais pu imaginer.

Il sélectionna un numéro et colla le téléphone à son oreille.

— Faites vite, murmura Manon, qui reprenait néanmoins espoir.

— Juste un instant, lui assura le policier. Rien ne vous arrivera, maintenant...

Une détonation le coupa en plein milieu de sa phrase. Du sang jaillit de sa chemise et éclaboussa Manon.

Elle hurla.

Le jeune homme s'effondra.

Et, derrière lui, Franck Raynal apparut. Il enjamba la petite clôture du parc, son arme brandie.

Alors que son jeune collègue essayait de ramper pour se mettre à l'abri, il tira de nouveau.

96

La deuxième balle traversa le dos d'Achour, qui cessa de bouger, tandis qu'une large flaque de sang s'écoulait sur le béton autour de lui.

Raynal s'approcha, son arme pointée sur Manon.

— Tu m'auras fait courir. Mais tu vois, cela ne servait à rien.

Pour toute réponse, elle écrasa l'accélérateur.

Le moteur rugit, la voiture fit un bond en arrière.

Au même moment, un autre véhicule déboucha sur la route. Manon chercha à l'éviter, mais le conducteur braqua et fonça droit sur elle, percutant l'Audi par-derrière.

Elle n'eut pas le temps de crier ni de se protéger. Elle fut brutalement plaquée contre son siège, puis projetée en avant, poignets brisés sur le volant, poitrine écrasée par la ceinture de sécurité.

Le monde devint noir, puis blanc, puis réapparut autour d'elle. Elle comprit qu'elle avait eu une absence de quelques secondes. Elle cligna des yeux, s'efforçant de reprendre ses esprits au plus vite. Le moteur avait calé. Elle vit Raynal qui se précipitait vers elle.

— Non, non, non, murmura-t-elle en essayant de redémarrer.

Trop tard. La main du policier passa par la vitre et lui saisit la gorge, lui coupant net la respiration.

— C'est tout ? ricana-t-il en se penchant sur elle.

Manon émit un gémissement étranglé. Des individus bondirent du break qui l'avait percutée et s'approchèrent à leur tour. Raynal ouvrit la portière, ne lâchant sa gorge que pour la forcer à sortir du véhicule.

Il la plaqua contre le capot.

Puis, sans la laisser reprendre son souffle, il enfonça le canon brûlant du pistolet dans sa bouche.

Elle suffoqua.

Le policier éclata d'un rire de fou, et des perles de transpiration apparurent sur son front.

— C'est ce que tu voulais depuis le début, hein ? Il suffisait de le demander.

Manon essaya de déglutir. En vain. Le canon glissé entre ses lèvres lui rayait le palais, emplissant sa gorge du goût puissant du métal et de la poudre, elle avait peur que ses dents se brisent à chaque mouvement brusque du policier. Si un coup partait... elle ne voulait même pas se l'imaginer. Derrière elle, les deux individus entamèrent la fouille du véhicule, tandis qu'un troisième surgissait du parc et enjambait la clôture.

— Elle est là ? leur lança Raynal. Vous la trouvez ?

— Il y a un ordinateur, répondit l'un de ses acolytes. Et un sac. Mais je ne la vois pas dedans.

Conservant le pistolet enfoncé dans sa bouche, Raynal fit courir son autre main sur le corps de Manon. Il palpa les replis de sa tunique, remonta le long de ses côtes, écrasa ses seins au passage, avec une joie perverse évidente. Il finit par localiser la petite poche, sur le côté, et fourra des doigts dedans. Il ne tarda pas à ressortir la carte micro SD.

— Vous pouvez arrêter de chercher. Je l'ai.

Un sourire terrifiant déforma son visage. Une mimique d'ogre s'apprêtant à dévorer un enfant. Il enfonça le canon au fond de la gorge de Manon, qui s'étrangla de plus belle. Un filet de sang suinta de ses lèvres.

— Ne t'avise pas de la tuer, hein, s'inquiéta un des hommes. Nyx a été catégorique. Elle la veut vivante.

— Nyx est une belle cruche, gronda Raynal.

— Tu sais très bien de qui viennent les ordres.

— Ouais. Bien sûr que je le sais.

Il approcha ses lèvres de Manon, susurrant :

— Sauvée par Hadès. Mais vu ce qui t'attend, tu regretteras que je ne me sois pas occupé de toi tout de suite.

Il retira l'arme de sa bouche. Manon trouva la force de lui cracher au visage.

En retour, elle reçut une gifle qui alluma de nouvelles étoiles dans ses rétines.

Elle sentit qu'elle chancelait, mais la poigne solide du policier la rattrapa. Il lui assena une deuxième gifle, encore plus forte, qui la mit presque K-O.

La soulevant d'un bras sans le moindre effort, il contourna le véhicule.

Manon gémit, mais ne chercha pas à se débattre. Sa tête n'était plus qu'une spirale folle. Des spasmes ou des sanglots, elle ne le savait même plus, agitaient sa poitrine.

Raynal ouvrit le coffre et déposa la jeune femme dans l'espace exigu.

— Arrête de pleurer. Tu vas au Paradis.

Un bruit de moteur s'éleva du village tout proche, et des phares apparurent au bout de la rue.

Raynal s'adossa à l'Audi, le plus naturellement du monde, comme s'il discutait avec des amis.

Ils patientèrent le temps que l'automobiliste soit passé et disparaisse dans la nuit.

Puis le policier tapa dans ses mains.

— Bien ! Je la ramène à la villa. De votre côté, occupez-vous de déplacer l'autre idiot. Quelqu'un va finir par le remarquer sur le trottoir...

Il jeta un regard empli de mépris à la silhouette inerte d'Achour qui continuait de se vider de son sang sous le réverbère.

— Dans l'immédiat, on n'a qu'à le mettre dans le coffre de sa voiture, décida l'un des hommes. Et on va chercher les chiens, Hadès les veut tout de suite. On aura toute la nuit pour revenir et faire le ménage.

C'était le plus âgé des trois qui avait parlé. Grand et blond, la peau burinée par une vie d'exposition au soleil. Sa tête coiffée d'une casquette souple de l'armée.

Raynal s'installa au volant de l'Audi et alluma le contact.

— Tu t'occupes de tout ça, Samaël. À tout à l'heure.

Alors qu'il s'éloignait, les hommes ne perdirent pas un seul instant. Celui qui portait le surnom de

Samaël ouvrit le coffre du véhicule et les deux autres transportèrent le corps inerte du lieutenant Achour.

Ils balancèrent le cadavre à l'intérieur et refermèrent.

Pendant qu'un des hommes débouchait un bidon industriel de Javel et en aspergeait les flaques de sang, Samaël alluma le tuyau de service. Il dirigea le jet sur le trottoir et arrosa soigneusement jusqu'à ce que toute trace suspecte eût disparu dans le caniveau.

— Maintenant, on arrête de perdre du temps ! Les chiens nous attendent dans le garage. Je vais vous ouvrir. Faites le tour avec le break, et vite.

L'homme à la casquette repartit dans le parc, laissant les autres regagner le break et le rejoindre de l'autre côté du bâtiment.

Peu après leur départ, le réverbère fatigué clignota une ultime fois avant de s'éteindre définitivement.

Un gémissement filtra de ses lèvres tremblantes.

Achour avait retenu sa respiration tout le temps que ces types le portaient, une éternité pendant laquelle il s'était cru mort à chaque seconde. Mais son corps s'avérait bien plus résistant qu'il se l'était imaginé. Il n'était pas encore mort.

Pas encore. Mais pas loin du compte.

Il toussa. S'étouffa. Sa gorge était pleine de sang, ce qui n'augurait rien de bon. Il s'interdit pourtant de geindre et essaya de palper ses blessures. Une balle lui avait traversé le corps. L'autre était encore logée dans son dos. La douleur à chaque inspiration devenait atroce, sans parler de cette sensation de vertige nauséeux qui s'accentuait à chaque instant. Il suffirait qu'il ferme les yeux. Tout irait tellement mieux...

L'espace d'une seconde, il se sentit bel et bien glisser vers l'inconscience.

Il lutta pour revenir à lui.

Sa toux reprit. La douleur se raviva. Très bien. La douleur indiquait qu'il était en vie. Il tâta les contours du coffre. Il n'y avait pas de manette à l'intérieur, comme sur certains modèles.

Mais la paroi des sièges n'était pas blindée.

Il donna un coup pour tenter de la repousser.

Celle-ci ne bougea pas.

Il tâtonna le long de la rainure des sièges, cherchant à passer la main entre eux. Impossible. Seuls deux de ses doigts parvenaient à se faufiler, dans un angle. Et c'était trop loin de la poignée qui lui aurait permis de les abaisser et de passer dans l'habitacle.

Ses forces déclinaient trop vite.

Il fouilla dans sa poche et sortit le téléphone qu'il avait réussi à y glisser, quand il était tombé.

Il pressa compulsivement l'icône d'appel.

— *Allô ?* fit le commandant des Stups.

— Robert... hoqueta Achour d'une voix à peine audible. Au... secours...

97

Des couloirs de parquet précieux. Des tableaux aux thèmes antiques et mythologiques sur les murs.

Des silhouettes vêtues de rouge entraperçues derrière les portes entrebâillées.

Manon y était, finalement.

Dans l'antre de la bête, tel qu'elle l'avait découvert dans la vidéo. Le repaire d'Akephalos.

Quand Raynal l'avait sortie du coffre, elle avait vu un certain nombre de voitures garées sur le terrain. Des berlines luxueuses. La secte se réunissait cette nuit. *Pour elle ?* Elle supposa qu'elle le découvrirait bien assez vite. Tandis que le policier la portait de pièce en pièce, sans qu'elle trouve la force de se défendre, elle put se rendre compte de l'étendue de la maison.

Un petit palais personnel. Probablement financé par les fonds publics, comme le pensait Achour. Un défi supplémentaire à la société aveugle.

À l'extrémité de la villa, Raynal la jeta sur un lit, et lui assena une paire de gifles sonores quand elle voulut se relever.

— Mon frère... demanda-t-elle, la bouche gonflée par les coups, une douleur lancinante dans tout son corps. Où est-il ?
— Juste à côté. Tu vas bientôt le retrouver, ne t'en fais surtout pas pour ça.

Et souriant, comme si tout ceci lui apportait un plaisir intense, il lui attacha les poignets et les chevilles. Le lit était déjà pourvu de sangles à cet effet. Manon comprit que de nombreuses autres étaient passées à cet endroit avant elle. Les soirées de la secte dans les propriétés inoccupées de Titanium n'étaient, en effet, que de simples amusements.

C'était ici qu'ils tuaient.

Dans leur domaine.

En toute impunité.

Elle essaya de reprendre sa respiration, sans y parvenir. La terreur la paralysait. Mais elle ne devait pas la montrer. Ne surtout pas agir en victime.

— J'ai pris une assurance...
— Tu m'en diras tant.
— La vidéo... S'il m'arrive quelque chose... elle sera diffusée en ligne...

Le policier se pencha à ses côtés. Elle sentit son parfum violent et musqué. Son souffle chaud contre son cou. Puis le contact de ses lèvres, de ses dents. Elle frissonna de dégoût. Les dents de Raynal serrèrent sa peau, jusqu'au sang. Cette nouvelle douleur la fit gémir.

— Tu bluffes, dit-il en respirant fort au creux de son oreille.
— Je t'assure que non... Ton visage est déjà sur Internet, pauvre connard... J'ai programmé une publication... pour demain matin... La vidéo sera visible

par le monde entier... à moins que tu ne me laisses repartir avec mon frère... tout de suite...

Le visage du policier se plissa. Il se redressa et déboutonna lentement sa chemise, dévoilant son torse aux muscles noueux. Sa peau était couverte de cicatrices. Des marques de flagellation, devina Manon.

— Ne cherche pas à jouer avec moi. Tu n'as pas eu le temps de faire tout ça. Et demain, tu ne seras plus là pour raconter ce que tu sais.

Jetant sa chemise dans un panier, il sortit un couteau militaire, à la lame noire, courte et épaisse, le manche en brise-glace. Manon se tendit.

— Tes collègues... finiront par t'avoir ! haleta-t-elle. Cette folie ne peut pas continuer sans être remarquée...

— Tu crois ça ? Personne ne m'a jamais eu, jusqu'ici. Personne n'a même jamais pu coincer le moindre d'entre nous !

Il passa la lame du couteau sous la tunique que portait Manon et la fit glisser entre ses jambes. Elle se cambra. La lame était si affûtée que son seul contact entailla l'intérieur de ses cuisses. Elle sentit une goutte de sang rouler sur sa peau.

— Les faits sont très clairs, susurra-t-il en commençant à couper le tissu. Toi et ton frère avez tué tous ces gens. Vous aviez même un allié. Ce bon vieux Sélim à qui on aurait donné le bon Dieu sans confession. Moi-même, je lui faisais tellement confiance ! Tout le monde pourra témoigner de ma naïveté, y compris de celle de t'avoir défendue jusqu'au bout...

La pointe du couteau passa sur le ventre de Manon. Puis ses seins. Soutien-gorge découpé sans le moindre mal. La lame continuait de lui entailler douloureusement la peau. Mais elle serra les dents autant qu'elle le pouvait. Ne pas lui offrir ce qu'il voulait. Résister.

— Mais il y a des tas de preuves...

— Il n'y a de preuves que celles que je donne aux experts, poursuivit l'homme penché au-dessus d'elle. Et les conclusions qu'on en tire. Vous avez disparu tous les trois ce soir. Sélim, ton frère, toi. L'enquête se rapprochait trop de vous. Peut-être avez-vous fui en Espagne, où vous avez des contacts avec les narcos ? Va savoir ! Interpol sera mis sur le coup. Davantage de services, davantage d'incompétents ne partageant pas leurs informations au nom de règles absurdes, j'adore ce système ! Et pendant ce temps, personne n'ira chercher là où pourriront vos carcasses...

Il lui arracha sa culotte et contempla le corps de Manon, désormais nu et offert. Elle se sentit plus exposée qu'elle ne l'avait été de sa vie.

— Monstre... souffla-t-elle, en essayant de tirer sur ses liens.

Il rit. Puis, portant la culotte à ses narines pour la renifler, il répliqua :

— Oh, oui ! Je suis un monstre ! Je suis le dieu Baphomet ! Et toi, tu es l'offrande pour le dieu. De la viande pour la bête.

Elle déglutit, cessant de s'agiter. Impossible de se libérer. Sa peau se couvrit de chair de poule. Honte, humiliation et terreur.

Elle lui adressa un regard de défi désespéré.

— Des dieux ? C'est pour ça... que votre gourou fait filmer vos meurtres ? Ou est-ce seulement... pour avoir un moyen de pression sur ses fidèles adeptes ?

Il vous soutire de l'argent ? Si l'un de vous cesse de payer... il est exposé...

Raynal fit une boule de la culotte dans sa main.

Puis il lui donna un coup de poing en plein visage, si fort que sa lèvre éclata pour de bon. Du sang, chaud et salé, suinta dans sa bouche.

— Tu ne comprends rien ! tonna l'homme, les traits subitement enlaidis par une rage intense. C'est pour cela que tu es une offrande !

Il lui fourra la culotte dans la bouche. Les yeux de Manon roulèrent dans leurs orbites.

— Nous avons tous une bête prisonnière en nous, gronda-t-il en la regardant fixement dans les yeux. Hadès nous permet d'ouvrir la porte. Il libère la bête. Cette liberté, cette *libération*, cela n'a pas de prix.

Manon ne chercha plus à parler, avec le tissu entre les dents. Sa respiration devint difficile.

Raynal pencha la tête sur le côté, rayonnant de joie perverse. Ses pectoraux se contractèrent, faisant onduler les stries de ses muscles.

— Je vais me préparer. Tu vas bientôt rencontrer la bête. Tu aimeras ça, tu verras.

L'attente.
Insupportable.
Manon écoutait l'agitation qui régnait dans la villa. Les couloirs bruissaient de pas pressés, de portes poussées, de rires lascifs. Il y avait des bruits à l'extérieur également. Des moteurs de voitures, des éclats de voix. À un moment, elle entendit des hurlements de chiens à l'agonie, qui la glacèrent d'effroi.

Elle tira de plus belle sur ses liens. *Inutile.*

Son corps nu était couvert de sueur, et pourtant elle grelottait, de douleur, de panique.

Sa lèvre inférieure, fendue par le coup de poing, avait doublé de volume. Une souffrance supplémentaire.

Elle rejeta la tentation des pleurs et tourna la tête, observant la pièce dans laquelle elle se trouvait.

L'éclairage était tamisé, de petites lampes placées de part et d'autre du lit. Il y avait deux tableaux sur les murs.

Sur sa gauche, tout d'abord, à côté de la porte, une huile représentait le dieu Pan, cornes torsadées et pieds de bouc. Il était accroupi au-dessus d'une bergère, lui retroussait ses jupons et la prenait par-derrière avec fougue, tout en adressant au spectateur un sourire vicieux.

Manon frissonna.

Mais ce tableau n'était pas le pire. Loin de là.

L'autre toile, sur le mur opposé, était bien plus perturbante.

Beaucoup plus grande, celle-ci montait jusqu'au plafond, et son réalisme était saisissant. Elle dépeignait, à taille réelle, trois femmes nues, leurs jambes plongées dans une rivière jusqu'à mi-cuisse. Des cornes jaillissaient de leurs jolis fronts, leurs longues chevelures se mêlaient en boucles folles, et chacune de ces femmes tenait un cadavre humain dans ses bras : celui d'un enfant, d'un homme et d'un vieillard quasi momifié.

Manon déglutit. Sa salive avait le goût du sang.

La peinture l'oppressait sans qu'elle comprenne pourquoi.

Elle cligna des yeux.

Plus elle contemplait cette représentation des trois Grâces, des Nornes, ou quoi que soient ces créatures affreuses, plus le malaise l'envahissait. C'était comme si les femmes du tableau braquaient leurs regards malicieux sur elle. *Une illusion.* Forcément. *Et pourtant.* Elle aurait juré que leurs sourires voluptueux se dessinaient imperceptiblement. Affamés.

Chaque fois qu'elle détournait le regard, les têtes de ces divinités ne se tournaient-elles pas *réellement* dans sa direction ?

Absurde.

Tu te mets à délirer.

Reprends-toi.

Elle s'efforça de respirer lentement. Peut-être avait-elle été droguée à son insu ? Cela expliquerait-il ces frissons qui la parcouraient ? Elle avait besoin d'eau. Elle avait besoin de soins. Elle se doutait qu'elle n'aurait ni l'un, ni l'autre.

Un son de tambour s'éleva.

Au début, elle se demanda si elle l'imaginait, lui aussi, mais les battements continuèrent. Quelqu'un, quelque part, frappait sur la peau d'une percussion, envoyant un rythme lent et sinueux dans les couloirs de la villa. Un appel. Primitif et sinistre. Qui montait peu à peu en volume.

La porte s'ouvrit alors, et un homme et une femme entrèrent dans la pièce. Manon reconnut Octave Massena, tel qu'elle l'avait vu sur la photo de journal, avec ses cheveux gris et son visage de vieux séducteur. Ses traits étaient marqués de petites rides d'expression. Son regard dégageait un charisme naturel et pénétrant.

À ses côtés se trouvait la femme brune qui avait assassiné Batista. Nicole Massena. Ses yeux étaient maquillés encore plus outrageusement que lors de leur première confrontation, et ses tresses à présent nouées en chignon.

Tous deux portaient les mêmes robes rouges, pourvues de capes et de larges capuches. Dans une main, Octave Massena tenait le masque noir que Manon avait vu sur l'enregistrement. C'était lui le maître de cérémonie. Le chef d'orchestre de cette folie meurtrière.

Nicole transportait un masque, elle aussi. Ce n'était pas celui, doré, auquel Manon s'attendait, mais un masque à gaz, intégral, en caoutchouc luisant. Elle baissa la tête et l'enfila. Même les deux hublots, au niveau des yeux, étaient opaques. Un visage sans plus aucune humanité. Noir et lisse, la cartouche du respirateur comme une gueule monstrueuse.

Manon frissonna, honteuse d'être ainsi exposée à ces gens, bras et jambes écartés, sa peau moite de sueur. Elle rassembla pourtant ses forces pour murmurer, d'une voix tremblante :

— Si vous me faites du mal, votre vidéo sera rendue publique...

L'homme aux cheveux argentés s'approcha.

— En effet, dit-il. Baphomet m'a fait part de ce problème. J'ai donc demandé à un ingénieur informatique de vérifier sur l'ordinateur que tu avais en ta possession. Il a bien trouvé le fichier sur le disque dur, ainsi que l'historique du chargement vers YouTube.

Manon haleta.

— Vous voyez ? Vous devez... nous laisser repartir...

Hadès se pencha au-dessus d'elle, et lui adressa un grand sourire.

— Mon ingénieur a également retrouvé tes codes de connexion. Il a supprimé la vidéo.

Il fit claquer ses doigts.

— Effacée par le vent du sud-ouest !

Un spasme douloureux traversa la poitrine de Manon.

Tout était perdu, alors.

Et soudain, la peur en elle fut balayée par la fureur, ardente, démesurée. Cette même énergie intense qui la faisait tenir debout depuis son affrontement dans la maison de Batista, et même avant cela dans le garage de Majax, quand elle avait éprouvé cette joie ambiguë à frapper un homme à terre. Elle la sentit de nouveau bouillir dans ses veines.

— Je te tuerai, articula-t-elle, fixant l'homme à travers un regard embué de larmes. Je t'arracherai... le cœur...

— Oh, je ne doute pas une seconde que tu aimerais. Et même que tu saurais comment t'y prendre, connaissant ta profession.

Il se tourna vers le tableau et observa les trois femmes portant les cadavres. Du coin de l'œil, Manon eut de nouveau la sensation que la peinture frémissait d'anticipation.

— Tu es surprenante, ajouta-t-il. Cette soirée sera bien plus riche en surprises que nous l'imaginions. As-tu envie de jouer avec nous ?

— Que... quoi ?

Posément, l'homme revêtit son masque à son tour, avant de se retourner. Son visage était désormais remplacé par la face noire et luisante de démon, aux longues cornes torsadées.

Sa voix s'éleva, déformée par l'absence de bouche.

— Tu sais, Manon, il y a une musique secrète au centre de la terre, où l'arbre de la mort étend ses racines putrides. Cette mélodie, c'est l'appel merveilleux du meurtre. Mais je suis certain que tu l'as déjà entendue. Et que tu as déjà fredonné son air...

Un rire spectral s'échappa du masque.

— La vie, la mort, la volonté. Nous allons nous amuser !

Il tapa dans ses mains et sa fille ouvrit la porte. Deux individus en habits rouges, visages masqués d'or, entrèrent. Ils détachèrent les liens de Manon, mais lui saisirent fermement les bras pour l'empêcher de se débattre.

— Ton frère t'attend.

Le rythme du tambour commença à s'accélérer, rejoint par des sons de tambourin et de clochettes.

99

— Il est là ! s'écria Robert Landis en ouvrant le coffre. Bon sang, Sélim !

Le jeune homme était recroquevillé en position fœtale dans l'espace exigu, sa chemise poisseuse de sang. Les yeux clos.

Landis se pencha et lui toucha le visage, sans susciter la moindre réaction.

— On arrive trop tard...

Il posa la paume de sa main sur les lèvres du garçon. *Un souffle.*

Ténu. Mais bien présent.

— Il est encore en vie ! s'exclama-t-il. Dépêchez-vous ! Blessures par balle ! Il est inconscient !

Le camion du SAMU et la voiture du médecin remontèrent la contre-allée pour se garer au plus près. Le médecin se précipita la première. Derrière elle, trois hommes descendirent le brancard de l'ambulance.

— Écartez-vous ! lui ordonna-t-elle avant de se pencher à son tour sur le garçon. On a une hémorragie massive. Il ventile mal. Perforations au niveau du dos. Passez-moi le collier cervical. On l'extrait de là et on l'intube, vite.

Landis ne put qu'observer, anxieux, le personnel médical en action. Installation d'Achour sur le brancard. Insertion du tube à oxygène dans sa gorge. Ventilation à l'insufflateur manuel. Cathéter veineux injectant le soluté isotonique. Un infirmier découpa la chemise du jeune homme pour déterminer les points d'entrée et de sortie des projectiles. Les blessures étaient laides. Le médecin s'adressa au blessé d'une voix rassurante mais ferme :

— Monsieur, est-ce que vous m'entendez ? Si vous m'entendez, je veux que vous cligniez des yeux.

Aucune réaction.

— La tension artérielle est critique, décréta un des infirmiers. On va le perdre si on ne fait pas repartir le cœur tout de suite.

— Seringues d'adrénaline et de morphine. Continuez de ventiler en augmentant la concentration. On passe au massage cardiaque.

— C'est pas vrai, murmura Landis.

Il se passa une main sur le visage et fit quelques pas le long de l'édifice en bois, observant le béton humide et notant l'odeur piquante de la Javel répandue. Il songea au filet de voix du garçon, quand il l'avait appelé au secours. Sélim n'avait pas eu la force d'aller jusqu'au bout de ses explications, mais ce qu'il avait suggéré suffisait à donner des sueurs froides. *Une secte... Franck Raynal... Octave Massena...*

— Merde ! beugla-t-il, avant de donner un coup de pied sur la clôture. Merde et merde !

Son équipe arrivait en renfort. Deux voitures, gyrophares pulsant, se rangèrent en double file. Quelques instants plus tard, ce fut le commissaire Lapagesse qui se gara et jaillit de son véhicule. Il était accompagné de Combe.

— Sélim est... ? s'alarma la policière.

— Ils essaient de le stabiliser. Il a perdu beaucoup de sang.

— Et c'est Raynal qui aurait fait ça ? renchérit le commissaire. C'est du délire !

Landis se tourna vers lui, blême mais déterminé.

— C'est pourtant lui que Sélim accuse. Franck aurait participé aux meurtres de ces derniers jours, falsifié les preuves, la procédure...

— Je ne peux pas le croire, marmonna Combe. Il doit y avoir une explication...

Landis observa les policiers qui s'attroupaient autour de lui. Sur tous leurs visages, il voyait la même stupéfaction. Il devinait les mots de déni qui se dessinaient en silence sur leurs lèvres. En retrait, le personnel médical bataillait toujours pour réanimer leur jeune collègue.

— Je sais que c'est dément, reprit-il une fois que tous les hommes furent rassemblés autour de lui. Sélim pouvait à peine parler, j'ai eu du mal à comprendre la moitié de ce qu'il m'a raconté. Mais il a aussi accusé Octave Massena d'être mêlé aux meurtres.

— Massena ? tiqua Lapagesse. L'ami du conseiller régional ?

— Selon Sélim, Manon Virgo serait chez lui en ce moment.

Lapagesse croisa les bras, sourcils froncés.

— La fille Virgo ? On a des tas de preuves qui l'accusent, elle, au contraire ! Elle vient de massacrer une de ses collègues de travail !

— Des preuves apportées par Franck ? grinça Landis.

— Tout juste, admit Lapagesse. C'est d'ailleurs lui qui a signalé ce dernier meurtre. Il était sur place...

Landis écarta les mains.

— Vous ne trouvez pas ça louche ? Sincèrement ? Les Virgo sont des témoins gênants, depuis le début. Ils ont le profil de toutes les victimes de ces derniers jours. Je ne vous fais pas un dessin sur le destin qui les attend si on ne les retrouve pas à temps...

— La propriété de Massena, soupira Lapagesse. Mieux vaut que ce soit moi qui avise Salomon.

100

Le son du tambour était plus proche. Plus fort.

De la fumée ondoyait dans les couloirs de la maison, montant d'encensoirs suspendus à des anneaux au plafond. Dès qu'elle la respira, Manon eut envie de tousser, et sa tête se mit à tourner. Le mélange d'odeurs était violent. Cannelle, rose, et des relents de… *soufre* ?

Elle retint son souffle alors qu'on la faisait avancer dans ce brouillard d'encens, incapable de cacher sa nudité, plus perdue que jamais.

Ils traversèrent une succession d'arches. De pièce en pièce. Sur les murs, les tableaux dépeignaient des scènes orgiaques, des prêtresses aux habits déchirés et aux corps cambrés recouverts de serpents, des personnages brandissant des têtes tranchées sous des cieux chargés d'éclairs. Les encensoirs vomissaient des vapeurs soufrées et brûlantes dans une pénombre moite. Même l'éclairage était rougeâtre ici, comme l'écho d'un foyer lointain.

Manon chancelait. Des mains la poussaient sans ménagement dès qu'elle faisait mine de ralentir.

Tel un labyrinthe, des petites chambres, reliées entre elles, entouraient la salle principale : probablement l'épicentre de la maison, son point névralgique. Mais Manon ne comprenait pas tout ce qu'elle voyait dans les voiles d'encens. Pourquoi transpirait-elle autant ? Elle se mit à tousser, la gorge en feu, les yeux de plus en plus irrités. Étaient-ce des tables chargées de nourriture et de boissons ? Des lits à baldaquin aux proportions gargantuesques ? Et là, allongée, une femme masquée, nue, en train de se caresser ? Dans la dernière de ces chambres, elle eut la brève vision des musiciens : des silhouettes en robes et capuches, anonymes, l'une assise en tailleur devant ce qui ressemblait à des percussions d'orchestre, deux autres debout et agitant des tambourins sur un rythme lascif.

Les mains pressèrent ses épaules pour qu'elle avance plus vite.

Ils pénétrèrent dans la pièce centrale. Quinze, peut-être vingt personnes costumées l'attendaient, sur un carrelage noir et blanc. Le grand trône doré brillait, illuminé par des lueurs rougeoyantes. Les masques se tournèrent vers elle. Elle entendit des murmures de contentement.

Les individus s'écartèrent.

Manon découvrit Ariel.

Il était nu, comme elle, à quatre pattes sur les dalles. Le visage tuméfié. Le corps couvert de bleus, de sang, de crasse.

— Manon, murmura-t-il entre ses lèvres gonflées.

On le frappa à la tête pour qu'il se taise.

— Laissez-le ! s'écria-t-elle.

Ce fut à son tour de recevoir une gifle. On la poussa au sol, et elle aussi se retrouva à quatre pattes. L'assemblée se resserra autour d'eux dans un froissement de robes soyeuses et de chuchotements avides.

Elle voulut s'approcher de son frère, mais l'individu derrière elle présenta la lame d'un couteau pour l'en dissuader.

Ariel articula dans le vide : « Je suis désolé. »

Manon sentit sa vision se brouiller et le sol tanguer comme si elle se trouvait sur un bateau.

Résiste.

Elle scruta les silhouettes vêtues d'écarlate autour d'elle. Certaines se tenaient la main. L'une d'elles, dont la poitrine féminine opulente tendait le tissu de sa robe, se caressait lentement les seins d'une main gantée. Pour les autres, hommes ou femmes, impossible à deviner. Les visages dorés, identiques, n'avaient pas plus de genre qu'ils n'avaient de bouche. Les yeux brillants de malice la dévoraient à distance avec la même impatience.

En retrait, l'une des personnes filmait la scène. Contrairement à ses acolytes, celle-ci ne portait pas de gants, sans doute pour mieux manipuler la petite caméra numérique. Deux bagues brillaient, à son index et son annulaire : l'une en or et l'autre ornée d'une grosse pierre verte.

Cette personne s'approcha un peu, puis détourna lentement son objectif vers le trône, devant lequel se tenait l'homme au masque noir.

Au-dessus du siège doré, comme moulée dans le mur, Manon vit la silhouette du dieu acéphale. Bras et jambes écartés. Une flamme dans une main. Une épée dans l'autre. Mais ici, le crâne devant son sexe était différent. Cette version n'avait pas de bouche, et était pourvue de petites cornes de part et d'autre de son front. Une réplique fidèle des masques que portaient ces gens.

Octave Massena, ou Hadès comme il se faisait appeler par ses disciples, leva ses mains gantées de blanc, paumes vers l'avant.

Le tambour s'arrêta.

— Soyez les bienvenus, mes amis ! Fils du feu et filles de la lune noire ! Enfants choisis des serpents ! Akephalos, brille à travers nous !

— AKEPHALOS, BRILLE À TRAVERS NOUS ! répondirent les masques en un chœur parfait.

Deux individus apportèrent un plateau et le lui présentèrent cérémonieusement.

Il caressa tour à tour les têtes tranchées des trois chiens baignant dans leur sang. Puis, le plateau au macabre contenu déposé à ses pieds, il leva les mains à nouveau, exhibant les taches rouges sur ses gants.

— Le grand Cerbère est vaincu et ressuscité ! Réjouissons-nous, car les portes de l'Enfer sont ouvertes !

— CERBÈRE EST VAINCU ET RESSUSCITÉ ! appuyèrent les voix. HADÈS ! HADÈS !

Les percussions reprirent.

Un battement lent, syncopé, se mêla à leurs cris d'enthousiasme, à l'odeur entêtante de soufre et de rose, un tourbillon engloutissant Manon. Elle recommença à tousser. Sa vision se troubla davantage. Ses poumons la brûlaient comme si elle respirait du poison.

— Au-delà du Styx, les flammes noires réclament leur offrande ! annonça Hadès à son assistance vibrante. Comme vous le voyez, ce soir, nous avons deux invités pour nos jeux ! J'appelle donc deux chasseurs ! Venez à moi, mes amis !

Manon se contracta tandis que deux visions d'horreur s'avançaient entre les robes rouges.

Nicole Massena, la première. Elle marcha jusqu'au trône d'une démarche féline et se tint à la droite d'Hadès. Débarrassée de ses habits rouges, elle était nue à présent, son visage gainé par le masque à gaz, noir et luisant. Sous ses petits seins ronds, au niveau du plexus, un tatouage de croix gammée pourvue d'ailes déployées. Plus bas, tatouées autour de ses hanches, plusieurs lignes de barbelés, comme une ceinture improbable.

Puis, à la gauche d'Hadès, Manon vit Baphomet s'approcher lui aussi. Lui n'avait aucun tatouage sur son corps aux muscles découpés, seulement des cicatrices, certaines anciennes et estompées, d'autres très récentes. Sa peau scintillant de diamants de sueur. Sa tête était recouverte par le masque de bouc, disproportionné, aux cornes en spirale, au poil gras et au regard vide. Sa respiration rauque s'accélérait déjà, en rythme avec les percussions. Il n'avait plus rien de Franck Raynal. Plus rien de l'homme en qui elle avait eu une confiance aveugle.

— Que les chasseurs soient salués ! s'écria leur hôte. Nyx ! Baphomet !

— NYX ! répéta l'assemblée avec un enthousiasme accru. BAPHOMET !

Sur un geste d'Hadès, les deux chasseurs se mirent à genoux de part et d'autre de son trône, une main effleurant son pied, l'autre à plat sur le sol dallé. Serviles. Comme des chiens à l'arrêt. Leurs masques horribles braqués sur Manon et son frère.

Manon s'agita. Elle sentit une main sur son épaule, lui interdisant tout geste.

Ariel, lui, ne gémissait même plus. Il était couché au sol. Résigné.

— Nous voilà à la croisée des chemins ! harangua le maître de cérémonie en écartant les bras. Avançons sans peur sur les rivages du crépuscule et de la métamorphose, où les voix du maître et de l'esclave ne font plus qu'une !

Au sein des voiles de fumée, les cornes de son masque semblaient frémir, s'allonger imperceptiblement, par saccades, avant de revenir à leur place. Manon lutta contre la panique quasi hystérique qui montait en elle. Il ne s'agissait que d'illusions. D'hallucinations. Quelque chose, une drogue dans l'encens, la mettait dans cet état. À chaque instant davantage. Les volutes mouvantes de brume dessinaient des visages éthérés, menaçants, avançant vers elle comme pour la mordre. Le sol sous sa peau lui parut vibrer, respirer.

Ce n'est pas réel.

À son tour, son frère fut saisi d'une quinte de toux. Elle se demanda s'il avait des hallucinations, lui aussi.

Hadès poursuivait son sermon :

— Car là-haut comme ici-bas, le meurtre est le privilège des dieux ! Et nous sommes des dieux ! Imprégnant le sol du sang d'Abel, à chacun de nos pas !

Sa fille plongea la main au milieu des têtes tranchées des chiens, et sortit un long couteau à la lame torsadée. Elle le lui tendit.

De nouveau, Manon crut voir les cornes changer, se déplacer.

L'homme au masque noir leva le poignard à bout de bras, l'autre main dirigée, paume ouverte, vers le sol.

— Entendez-vous cet appel ? Ce pouls affamé des Titans qui monte du centre de la terre ?

Le son d'une cloche rejoignit celui du tambour. Un glas morbide, dissonant, entêtant.

— C'est l'appel du meurtre ! tonna Hadès. Le feu de l'Enfer demande sa moisson d'âmes ! Ne vous ai-je pas promis une surprise ?

Il s'avança entre les silhouettes et marcha droit vers Manon, poignard dirigé vers elle.

— Faisons couler le sang, mes amis !

101

Des mains saisirent Manon tandis que le maître de cérémonie approchait.

Son masque devint encore plus terrifiant. Le front noir, trop grand, se marqua d'un pli furieux, qui n'était pas là auparavant, elle l'aurait juré. Dans les orifices des yeux, les pupilles fiévreuses dégageaient une force magnétique.

Des illusions. Le fruit de sa panique et de son imagination. Manon fit de son mieux pour repousser la torpeur qui la paralysait. Elle devait fuir. S'éloigner de ce monstre.

Son mouvement lui valut aussitôt un coup sur la nuque. Une nuée lumineuse traversa sa vision. Elle entendit son frère gémir de terreur.

Mais c'était devant elle qu'Hadès se tenait. Vers son corps que les gants tachés de sang s'avançaient. Les sons de la cloche et du tambour mêlés, insupportables, continuaient de se croiser et se répondre, leur rythme changeant et irrégulier, un cœur au bord de la rupture. Un appel avide, oui, ou un halètement. Une promesse de sacrifice et de mort.

L'homme caressa la joue de Manon, y laissant une tache poisseuse.

— Regardez bien cette fille, mes amis ! Mais ne vous fiez pas aux apparences ! Car même nue devant nous, et aussi fragile qu'elle vous paraisse, elle aussi porte un masque ! Cette fille a défié les légions invisibles aujourd'hui. Elle a affronté notre ami Moloch et lui a pris la vie. Celui-ci a été emporté par ses blessures, tout à l'heure. Nous n'avons rien pu faire pour le sauver !

Murmures. Froissements. Bruits de talons sur les dalles. Les silhouettes s'approchèrent d'eux, resserrant le cercle. Hadès leva la lame serpentine. De nouveau, Manon essaya de reculer, de protéger son insupportable nudité. Les mains sur elle raffermirent leur étreinte. On lui fit même écarter les jambes, l'exposant tout entière, l'humiliant encore davantage.

— Les dieux m'ont donné leur voix et leurs yeux ! exulta Hadès en se penchant sur elle. En ce moment même, je vois le feu noir brûler sous cette peau, dans ce corps innocent. N'est-ce pas ironique ? Notre offrande est elle-même une messagère de la mort, une dévoreuse d'étoiles !

Manon arrivait à peine à respirer. La peur la consumait, comprimait sa poitrine. Elle tenta de refermer ses cuisses, en vain.

— Regardez-la bien, mes amis ! Chaque jour, cette fille détruit la chair des décédés. Chaque jour, elle envoie de nouvelles âmes aux flammes éternelles ! Ne la confondez pas avec une simple brebis égarée, car sa lumière est plus noire que la nuit ! La mort rampe sous sa peau, aussi sûrement que le soleil brûle dans le cœur d'Akephalos !

Elle ne comprenait rien à ces inepties. Du délire de secte. La lumière rougeoyante avait diminué, ou alors sa vision était encore plus troublée, car elle avait désormais beaucoup de mal à distinguer les silhouettes autour d'elle, dans les vapeurs dansantes de la fumée toxique.

— Qu'elle se lève, ordonna Hadès.

Les mains lâchèrent enfin ses cuisses, ses bras. À genoux sur les dalles, le corps couvert de sueur, Manon grelotta.

— J'ai dit debout ! aboya l'homme.

Elle fut bien forcée d'obéir et se redressa. Lentement. Péniblement. Ses jambes vacillaient. Le sol tanguait. Le masque noir continuait d'ondoyer, de se déformer en tressautant, devant elle, soudain tout proche et l'instant suivant à distance prudente d'elle. *Pas réel.* Cligner des yeux ne fit pas revenir les détails de sa vision. Les murs, les robes, les masques brillaient de reflets de braises. Les yeux affamés étaient braqués sur elle.

— Finissez... en... haleta-t-elle. Tuez... nous...

— Pour gâcher ce supplice délicieux ? Nous sommes ici pour en jouir, au contraire. Les dieux aiment le spectacle. Veux-tu nous offrir un beau spectacle, Manon ?

— La police... vous aura...

Le masque se pencha vers elle. Elle vit le poignard s'approcher, sans pouvoir reculer ni se protéger. La pointe acérée effleura sa gorge. Elle n'osa même plus respirer.

Un rire puissant la cingla. Les yeux de l'homme semblaient grandir, doubler de volume, l'aspirer dans leur noirceur profonde. Si les mains ne l'avaient pas soutenue, elle se serait effondrée.

— Il n'y a pas de police pour nous, susurra Hadès. Nous n'avons plus de visage, aucun d'entre nous. On n'arrête pas un être invisible. Tu devrais le savoir. Tu n'es pas si différente. Ne veux-tu donc pas jouer avec nous ? Cela nous ferait tellement plaisir...

Tandis qu'il parlait, les pulsations du tambour louvoyaient entre eux, accentuant ses mots, pénétrant dans l'esprit de Manon comme un venin insidieux, lui faisant douter à chaque instant un peu plus de ce qu'elle voyait, de ce qu'elle ressentait au plus profond d'elle. Elle étouffait, physiquement, mentalement.

— Toi qui connais les rivages du Styx et le parfum des chairs en décomposition, continua le masque noir de sa voix suave et vicieuse. Toi qui fréquentes la mort au quotidien. Toi qui as joui, en secret, du plaisir de prendre une vie de tes propres mains...

La pointe de métal appuya contre sa peau, tout près de la veine jugulaire. Manon sentit qu'elle allait s'évanouir pour de bon.

— Sous ta mue mal ajustée de créature fragile, je vois la bête affamée qui cherche à sortir. Cette perspective m'emplit d'une joie curieuse et immense, Manon. Fais-le donc ! Laisse-la jaillir, cette force vive et primordiale ! Tu peux achever la transformation ! Si seulement tu acceptes de vivre avec nous une fête et une renaissance. Tu en as envie, n'est-ce pas ? Tu as attendu si longtemps cette libération !

De nouveau, son gant effleura la joue de Manon, puis se posa sur ses lèvres. Elle sentit le goût âcre du sang des chiens, et ferma les yeux. Tremblante. Une nuée d'images sordides traversa son esprit. Des hommes, des femmes, atrocement mutilés, dépecés, leurs têtes tranchées. Avait-elle déjà vu tout cela, et l'avait-elle oublié ? Ou n'était-ce que davantage d'hallucinations, suggérées par les paroles de cet homme, accentuées par la drogue qui faisait battre son cœur de plus en plus vite ? Elle ne comprenait plus rien à ce qu'elle ressentait, à ce que son inconscient essayait de lui montrer. Car les défunts auxquels elle avait prodigué des soins déferlaient eux aussi. Les visages et les corps de chacun très distincts. Les vieillards, les enfants, les autopsiés. Ses mains plongeant les aiguilles dans leurs chairs inertes. Les cotons imprégnés de maquillage qu'elle appliquait sur leurs visages apaisés. Elle les revit tous, dans un flash qui dura une seconde ou mille ans, jusqu'à ce tout premier, cet homme mort dans la grange, tant d'années auparavant. Ce pendu qui la regardait de ses yeux crevés tout en murmurant son nom, comme s'il avait su que ce jour arriverait. Elle essaya de chasser ces pensées avant de s'y noyer, de perdre définitivement l'esprit.

Ne pas écouter cet homme. Il ne faisait que jouer avec elle, comme il le lui avait dit. Ces monstres pervers se délectaient des supplices, qu'ils soient physiques ou psychologiques.

— Je sens ton dilemme. Ces peurs que tu affrontes depuis si longtemps. Ton crâne est une prison cruelle. Tu ignores la force qu'il renferme. Cette bête sauvage et sublime que tu réprimes. Tu l'as déjà laissée sortir pourtant. Face à Moloch, tu l'as libérée, et tu as aimé cela. Je suis sûr qu'il n'est pas trop tard pour la retrouver définitivement, pour te fondre en elle, ne plus jamais être une victime. Il te suffit de casser les barreaux, Manon ! Passe le seuil des flammes de ton plein gré ! Ce sera ta dernière épreuve. Ta plus grande victoire. Nous avons tous très envie d'assister à cela.

Un gémissement d'anticipation s'éleva de l'assemblée, comme pour confirmer ses propos. Manon sentit les regards avides posés sur elle. Elle sentit leur attente et leur excitation.

Un frisson coupable descendit dans sa colonne.

Ce charabia n'avait aucun sens. Des absurdités. Des mensonges.

Hadès avait décidé de la torturer jusqu'au bout.

— Regarde ton frère. Allez. Cette chair pour la bête. Cette brebis qui attend la lame du sacrifice.

Les individus en robes rouges avaient saisi Ariel, et le maintenaient immobile. Il haletait, les yeux exorbités.

— Laissez-le... Par pitié... laissez-le !

— Tu en es sûre ? N'est-ce pas à cause de lui que tout a commencé ? N'est-ce pas lui, le responsable de tous tes tourments ? Toi qui n'as rien demandé... Tu sais bien que rien de tout ceci ne serait arrivé sans lui !

Manon gémit. Elle ne comprenait pas où ce malade souhaitait en venir. Elle ne *voulait pas* le comprendre.

— Tu t'es occupée de cet ingrat toute ta vie, tu t'es toujours dévouée pour lui, martela l'homme masqué. Toujours à ton détriment ! Mais lui ? Lui, Manon ? Il ne s'est jamais soucié de toi ! C'est à cause de lui, et de lui seul, que tu as été embarquée dans le cauchemar où tu te trouves. C'est toi que la police recherche pour assassinat. C'est toi qu'ils vont abattre comme un chien.

— Non, hoqueta-t-elle.

— Mais si, Manon ! C'est toi qu'ils vont trouver, pas nous. Tout t'accusera. Même morte, tout te désignera. À cause des actes de ton frère. À cause de son égoïsme puéril. Il t'a aspirée avec lui dans ce supplice. Comment peux-tu accepter une telle injustice ? Comment peux-tu seulement le considérer encore comme ton frère ?

Des larmes ruisselèrent sur ses joues. Elle maudissait son frère, oui. Elle ne pouvait pas s'en empêcher. Elle avait toujours fait ce qu'elle croyait être juste. Elle avait toujours voulu réparer les choses. Alors qu'Ariel n'avait jamais su que l'entraîner dans ses ennuis. Toujours. Toujours à cause de *lui*.

— À moins que nous ne choisissions de t'aider à effacer tes péchés. Nous en avons le pouvoir.

Manon crut ne pas avoir compris.

La pointe s'écarta de sa gorge.

Hadès retourna le poignard et le lui tendit, le regard brillant de joie mauvaise.

— Accepte cette lame, Manon. Et arrache la vie de ton frère, comme tu l'as fait avec Moloch. Fais-le devant nous. Divertis-nous, donne-nous du plaisir. Et tu seras sauvée.

Elle haleta.

— … Quoi ?

— Montre-nous de quoi tu es faite. Voilà le choix que je te propose. Tue ton frère maintenant. Tu en meurs d'envie. Il suffit de céder à tes pulsions. Deviens celle que tu es réellement, celle que tu aurais toujours dû être s'il n'avait pas été là pour t'en empêcher…

Manon était paralysée. Perdue dans les affres du doute, de la peur, de la colère. Ariel, fermement maintenu au sol par plusieurs individus, ne put que pousser un gémissement craintif.

L'assemblée autour d'eux ne perdait pas une miette de l'échange. Leurs visages dorés semblaient être pris de convulsions, eux aussi. Les yeux flamboyaient de vive curiosité, et d'une excitation encore plus vive.

— Tue-le, répéta Hadès. C'est la seule solution.

102

— C'est bon ! s'écria le médecin. On a retrouvé un pouls et le cœur est stable ! On le transporte en chirurgie tout de suite.

— Attendez ! cria Combe.

Elle courut jusqu'au brancard. Achour avait le visage à moitié couvert par le masque à oxygène, des tubulures jaillissant partout autour de la couverture de survie. Ses paupières papillotèrent quand il reconnut le commandant.

— Il n'est pas en état de parler, avertit la femme en posant sa main sur la poitrine de la policière.

— Je sais. Ne vous inquiétez pas.

Elle prit la main d'Achour, et elle sentit les doigts du jeune homme se refermer doucement sur les siens. Elle le fixa droit dans les yeux.

— Tout va bien se passer, mon petit gars. Tu es un as. Tu as intérêt à t'accrocher. On va les avoir. D'accord ?

De minuscules rides se formèrent autour des yeux du jeune homme. Le plus proche d'un sourire que son état de faiblesse lui permettait.

Combe le regarda s'éloigner. Elle observa l'équipe médicale qui faisait passer le brancard dans l'ambulance.

Puis, comme tous les autres, elle se tourna vers Lapagesse.

Celui-ci parlait au téléphone de manière animée, tout en faisant de grands gestes de son autre main.

— Je sais... mais... comprenez que... Bien, monsieur le procureur.

Il raccrocha et revint. Regard soucieux. Tête rentrée dans ses épaules massives. De nouveau, tous les hommes formèrent un cercle autour de lui.

— Il doit me rappeler, annonça-t-il. Il ordonne de ne rien faire tant qu'on n'a pas son feu vert.

— C'est quoi ces conneries ? s'insurgea Combe.

— Il y a danger de mort, dit Landis. On s'en tape, de son aval !

Le commissaire leva une main.

— Est-ce qu'on en est certains ? On n'a pas de témoignage fiable. Vous l'avez dit vous-même, Achour n'était pas cohérent quand il vous a parlé...

— Il s'est pris plusieurs balles ! fit Combe.

— Et il a clairement désigné Massena ! ajouta Landis. On doit intervenir !

— Je n'ai pas dit qu'on ne le ferait pas. Salomon veut juste un tout petit peu de temps. Quelques minutes.

— Pour se couvrir auprès de qui ? reprit Combe. Le conseiller régional ? Ou est-ce qu'il va directement prévenir Massena ? Comme ça il pourra lui annoncer qu'on s'apprête à débarquer chez lui ?

— Ça suffit avec la parano ! la coupa le commissaire. Je doute que Salomon fréquente ces types ! En

fait, je comprends très bien qu'il craigne l'incident diplomatique. Si on débarque et qu'on ne trouve rien sur place, tout le monde va en prendre pour son grade. Tous autant qu'on est.
— Alors on fait quoi ?
— Alors on a un cas de conscience, commandant…

103

Les mains l'avaient lâchée.
Manon vacilla.
La panique et le dégoût continuaient de tourbillonner dans sa tête. Cette situation ne pouvait *pas* être en train de se produire. Elle qui, dans ses pires cauchemars, avait toujours cru que ce serait son frère qui finirait par l'abandonner, qu'il accepterait de la sacrifier pour sauver sa peau !
Mais les rôles étaient inversés.
C'était à elle, pas à Ariel, que l'homme au masque noir tendait le poignard.
Le choix était le sien.
Et elle comprit qu'il n'était pas aussi simple qu'elle l'avait toujours imaginé.
Non ! voulut-elle hurler. *Jamais.*
Oui ! criaient son corps, ses terreurs profondes, son besoin de vivre, plus fort encore.
Elle résista, de toutes ses forces, à cette envie monstrueuse, inacceptable, de saisir le poignard. De donner à ces démons ce qu'ils attendaient. Elle refusa de renier tout ce qu'elle avait d'humanité en elle. Tout ce qui constituait son âme.

Elle tremblait, et malgré elle ses mains avançaient vers le manche offert. Une promesse de libération, oui. Son unique espoir de survie. Comment ne pas succomber ?

Face à sa détresse, Hadès éclata de rire.

— Tu ne veux pas te venger ? Ne dis pas que tu n'es pas tentée ! Les flammes noires grandissent en toi, je peux les voir. L'appel du meurtre commence à se répandre. Dans ton cœur, d'abord. Puis il monte vers ta tête. Tu en as tellement envie, Manon. Tout ton être brûle d'être délivré de ce fardeau !

— Non, gémit-elle. *Non.*

— Fais-le donc. Passe la porte. Jette-toi sans crainte dans les flots du Styx et laisse le feu de l'Enfer te réchauffer. Tu en seras à jamais transformée. Tu comprendras ce que c'est que la vraie force. Celle de la volonté. Celle des dieux invisibles qui régissent le monde ! Tu ne peux pas refuser. Il est trop tard pour revenir en arrière.

Elle hoqueta.

Elle contempla Ariel. Les silhouettes masquées firent basculer la tête de son frère, exposant son cou. Un animal à l'abattoir.

Ils allaient les torturer, quoi qu'elle fasse. Elle pouvait au moins éviter à Ariel ce supplice. Ce ne serait que miséricorde.

Vraiment ?

Elle finissait par douter de tout ce qu'elle avait toujours cru.

Elle ne pouvait pas sacrifier son propre frère. C'était impossible. C'était atroce.

Mais elle ne voulait pas mourir.

Elle s'imagina ce que ce serait de prendre cette lame.

De la plonger dans la gorge d'Ariel. Elle utilisait des scalpels chaque jour, elle savait où couper pour abréger ses souffrances sans douleur.

Ce ne sera même pas ta faute. On t'oblige à le faire.

L'envie toxique, mortifère, continua de monter en elle, qu'elle le veuille ou non, exactement comme l'avait dit Hadès.

Si elle devenait bourreau, elle ne serait plus victime. Plus jamais victime. Cela ne valait-il pas une miette de son âme ?

Elle tendit la main.

Saisit le manche du poignard.

— Bien, murmura Hadès. Très bien !

Manon leva l'arme devant ses yeux, encouragée par les regards de toute l'assemblée.

— Fais-le maintenant, l'exhorta Hadès. Oui ?

— Oui, souffla-t-elle.

C'était sa dernière chance.

Elle se jeta, non pas sur son frère, mais sur le maître de cérémonie. Décidée à enfoncer la lame au travers de la gorge, sous le masque noir. Résignée à emporter l'un d'entre eux, au moins, puisque tout était perdu d'avance.

Hadès esquiva.

Les mains se refermèrent sur elle, agrippant son corps nu, l'étreignant jusqu'à la marquer de bleus. Le poignard lui échappa, tinta sur les dalles, loin d'elle.

Elle fut brutalement mise à genoux. On poussa sa tête, et son front heurta le sol.

— Quelle déception, murmura Hadès.

Il ramassa le poignard et le fit rouler dans sa main, la lame torsadée évoquant les mouvements d'un serpent.

— Tu préfères donc gaspiller deux vies, alors qu'une seule suffirait à apaiser les flammes.

— Finissez... en... implora-t-elle. Par... pitié...

Ariel, de son côté, essaya de bouger. Il fut frappé, maintenu à terre. Mais il parla tout de même :

— Attendez.

Manon tourna les yeux vers lui. Ariel était couvert d'hématomes, de croûtes et de sang séché. Son arcade gauche, probablement cassée, était tellement enflée qu'elle l'empêchait d'ouvrir cet œil.

— Est-ce que vous êtes sérieux ? articula-t-il non sans difficulté.

Hadès s'approcha lentement de lui, le poignard dansant entre ses doigts.

— Je suis toujours sérieux, mon enfant. Un de vous deux aurait pu mourir pour que l'autre soit sauvé. Mais ta sœur n'a pas envie de vivre. Quel dommage. Maintenant, vous n'êtes plus que de la viande. Pour le plus grand bonheur des chasseurs.

De part et d'autre du trône, toujours servilement accroupis, Nyx et Baphomet attendaient en frémissant d'impatience.

Des larmes roulèrent sur les joues d'Ariel.

Il tendit une main implorante.

— Moi, je le ferai.

Hadès pencha la tête sur le côté. Ses cornes frémirent, s'allongèrent et dessinèrent des sourires pervers au sein des volutes d'encens.

— Toi ? Tu tuerais ta sœur ?

— Nous n'avons pas à mourir tous deux.

— C'est ce que j'ai promis, en effet.

Manon, stupéfaite, essaya de se relever, et fut plaquée plus durement encore.

— Ariel... Ils ne nous... laisseront pas... vivre... quoi qu'on fasse !

— C'est possible, répliqua Ariel. Mais je tente ma chance. Donnez-moi ce putain de couteau... Je le ferai...

— Accordé.

— Ariel... hoqueta Manon. Tu ne peux...

Les mains tordirent ses bras dans son dos. On la redressa pour exposer sa gorge.

Les individus qui tenaient Ariel le lâchèrent.

Le son des tambourins accompagnait celui du tambour. La cloche tintait comme une folle, un pouls proche de l'orgasme, dans la lumière entièrement rouge désormais.

— Donne-nous notre meurtre, dit Hadès. Divertis donc les dieux.

Il tendit la lame à Ariel.

Dans son état de faiblesse, le jeune homme avait du mal à se tenir debout. Il tituba, le poignard brandi devant lui, comme s'il y croyait à peine.

Il tourna vers sa sœur un visage empreint de tristesse et de résignation.

— Manon…

— Ariel… je t'en supplie !

Il n'approcha pas d'elle.

Il n'avait aucune intention de la sacrifier, comme elle se l'était imaginé.

Au lieu de cela, Ariel retourna le poignard vers lui-même.

Il appuya la lame contre son estomac.

Murmures de stupéfaction.

Tout son corps tremblait. Ses mains blanchissaient autour du manche, et la pointe pressée contre sa peau faisait déjà couler une ligne de sang.

Les membres de la secte poussèrent des lamations de joie. Ils lancèrent des encourag nts. La silhouette qui plus tôt se caressait les s'avança pour ne rien perdre du spectacle, et sent c'était sous sa robe que ses mains s'agi

— Ariel… implora Manon.

Il la regarda, résigné, vacillant.

— Je n'ai pas le choix… Si c'est ta seule chance de survivre…

Manon sentit les mains qui la tenaient se relâcher. Elle rampa vers son frère.

— Ne fais pas ça, s'étrangla-t-elle.

Ariel ferma les yeux et enfonça la lame d'une secousse.

Ses tremblements étaient trop forts. Il n'avait réussi qu'à entailler son flanc. Méchamment. Le sang se répandit sur sa hanche. Il fléchit, et gémit, mais resta debout. Il replaça la lame contre son plexus.

— Ariel… murmura Manon. Non…

Du fond de la salle, une voix cria soudain :

— Hadès !

La musique cessa. Tous se retournèrent. Un homme en costume et chemise blanche, qui ne portait aucun masque, accourut jusqu'au maître de cérémonie et se mit à genoux devant lui.

— La police est au portail ! Ils sont en train de l'enfoncer pour entrer !

Des exclamations fusèrent.

L'agitation se propagea instantanément chez tous les individus. Ils se tournèrent les uns vers les autres. L'un d'eux ôta son masque, dévoilant un visage ridé de vieillard à l'air terrifié.

— Ils n'oseront pas, dit Hadès. Que personne ne panique.

— Je vous assure qu'ils seront là dans quelques minutes, dit le serviteur, le teint livide.

Le maître de cérémonie écarta les bras et s'écria :

— Très bien ! Écoutez-moi, mes amis ! Nous allons ouvrir le chemin de derrière. Vous traverserez les champs et rejoindrez la rivière. Personne ne vous arrêtera de ce côté, je vous le promets !

Manon vit alors Ariel, à qui plus personne ne prêtait attention depuis quelques instants, lever le poignard à bout de bras. Son visage avait changé d'expression, mais sa détermination n'était que plus forte.

Le maître de cérémonie lui tournait le dos.

Manon comprit ce que son frère allait faire. Cette occasion ne se reproduirait pas.

Ariel se jeta sur lui.

Au milieu des cris et des mouvements confus qui agitaient les adeptes de la secte, Hadès ne sentit le danger qu'au dernier moment.

Il fit l'erreur de se retourner.

La lame s'abattit. Ariel la plongea dans la poitrine d'Hadès avec une déconcertante facilité, la retira et l'enfonça une deuxième fois, puis une troisième, jusqu'à la garde.

Il y eut des hurlements, de tous côtés. Plusieurs personnes fondirent sur Ariel.

Manon hurla à son tour tandis que ces gens empoignaient son frère, l'écartant d'Hadès. Deux d'entre eux avaient des couteaux à la main. Ils poignardèrent Ariel, à la poitrine, et dans le dos.

Ariel s'effondra, pris de spasmes. Le sang coulait de ses plaies et de sa bouche. Il fut repoussé sans ménagement, à coups de pied.

Il tourna la tête vers sa sœur et, lui adressant un doux et dernier sourire, cessa de bouger.

Ariel.

Non.

L'adrénaline envahit Manon. Plus forte que la drogue. Plus forte que la peur.

NON.

Le temps lui parut suspendu. Presque figé. Les volutes d'encens cessèrent de tourbillonner. Plus aucun cri ne parvint à ses oreilles.

Elle contempla, dans une torpeur quasi hypnotique, la poignée d'individus agenouillés autour d'Hadès. Ils lui avaient ôté son masque. Ces idiots s'imaginaient peut-être sauver leur gourou ? *Pas après de telles perforations*, songea Manon avec une terrible satisfaction. Ce monstre se vidait de son sang. Si ce n'était pas déjà le cas, il serait mort dans quelques instants.

Tous les autres membres de la secte se bousculaient en quittant la pièce.

Manon cligna des yeux, toujours plongée dans cet étrange ralenti, ses sens s'imprégnant de tout ce qui se passait autour d'elle, gorgeant son cerveau d'informations.

Combien de temps avait duré cette attaque ? Et la mort d'Ariel ? Quelques secondes ?

Chaque battement de son cœur durait à présent une éternité.

Elle s'approcha de la dépouille de son frère et le prit dans ses bras, sans se soucier du sang qui se déversait contre elle, ignorant le déchaînement autour d'eux, ne pensant plus, ne respirant même plus.

Quelqu'un, en passant, lui assena un violent coup à la tête. Manon sentit le choc. Pas la moindre douleur. Elle n'avait plus ni larmes ni souffrance à éprouver.

Elle serra simplement Ariel, tandis que l'individu qui l'avait frappée fuyait avec les autres.

Elle pressa son visage contre celui d'Ariel.

Mort.

Elle ne pouvait plus rien pour lui.

Toi, tu es en vie.

Elle hoqueta.

Réagis ! lui hurla son esprit.

Tu peux encore t'en sortir.

Pour que le sacrifice d'Ariel ne soit pas vain.

Elle reposa la tête de son frère par terre, délicatement. Elle effleura son visage de ses doigts une dernière fois.

Une seconde de plus. Ou peut-être moins.

Elle leva les yeux au sein du chaos.

Elle vit Nyx. La jeune femme, débarrassée de son masque à gaz, s'était jetée aux pieds de son père agonisant.

Puis elle vit Baphomet. Debout à côté du trône, de l'autre côté de la pièce. Sous la représentation du dieu acéphale. Lui n'avait pas ôté son masque de bouc. Il s'était simplement tourné dans la direction de Manon. Ses mains s'ouvraient et se refermaient, contractant ses muscles par sursauts rageurs.

Il se baissa pour prendre un fourreau derrière le trône.

Du fourreau, il sortit la longue lame luisante d'une machette.

Une seconde supplémentaire s'écoula.

Un millier de battements au cœur affolé de Manon.

D'un coup, le temps reprit son cours.

L'odeur du soufre, le bruit des portes qu'on ouvrait, la chaleur moite des colonnes de fumée et la douleur de son corps meurtri, tout lui revint en plein visage.

Manon prit conscience du peu de temps dont elle disposait pour se sortir de là.

Le monstre à tête de bouc s'élança vers elle avec un long cri inhumain.

105

Manon recula.

Baphomet avait déjà traversé la moitié de la salle. Il repoussa sans ménagement une silhouette vêtue de rouge se trouvant sur son chemin, et continua de courir droit vers elle.

Elle tendit les bras vers un encensoir suspendu à des chaînes.

Elle sentit que quelqu'un, une personne qu'elle n'avait pas vue s'approcher, essayait de la retenir.

Elle se contorsionna.

Les gants glissèrent sur sa peau humide de sang.

Alors que l'individu lui agrippait les cheveux, elle parvint à s'accrocher à l'encensoir. Elle tira aussi fort qu'elle le pouvait. La sphère de métal s'ouvrit, renversant son contenu incandescent : une pluie rougeoyante se déversa sur son agresseur, qui la lâcha enfin et recula avec des cris de douleur.

Comme elle l'espérait, la chute des cendres souleva un énorme nuage opaque.

Elle profita de cet écran momentané pour zigzaguer au hasard dans les pièces.

Elle contourna un lit, bouscula des silhouettes paniquées, passa sous une arche, se retrouva dans un corridor, où les vapeurs d'encens s'estompaient un peu.

Baphomet était toujours à ses trousses.

Elle fonça tout droit, les jambes chancelantes. Tout n'était qu'une question de rapidité. Il fallait trouver une sortie. Aller au-devant de la police.

Vite.

Entre les tableaux, les murs du couloir étaient décorés de vieux fusils et de dagues ouvragées à l'air précieux.

Elle se jeta sur l'un de ces poignards, et l'arracha à son socle de velours. L'arme était lourde et glacée dans sa main. Elle la serra et reprit sa course.

Baphomet s'était dangereusement rapproché.

Elle entendait ses pas, juste derrière elle.

Elle entendait son souffle rauque.

Elle savait que la dague qu'elle tenait ne lui serait d'aucune aide dans un affrontement contre cet homme. Mais elle était bien décidée à l'utiliser. Tant qu'il lui restait un souffle de vie, elle refusait de baisser les bras.

Au bout du couloir, plusieurs portes. L'une d'elles s'ouvrit, et un homme obèse au crâne chauve apparut, des affaires de ville pressées contre son costume de cérémonie.

Il eut à peine le temps d'émettre un cri de surprise en la voyant foncer sur lui.

Manon lui assena un coup de dague en plein visage. Elle sentit la joue du type se déchirer, l'os du nez se briser sous la lame.

L'homme s'effondra avec un hurlement strident.

Manon l'enjamba, s'engouffra dans la pièce qu'il venait de quitter et claqua la porte.

Elle tourna la clé dans la serrure, une fraction de seconde avant que la porte ne soit ébranlée par un puissant coup d'épaule.

Le choc la repoussa. Elle fit deux pas en arrière, trébucha sur une table basse encombrée d'affaires et s'écroula dessus. Le plateau en verre explosa. Manon lâcha la dague pour se protéger le visage et roula dans les éclats tranchants.

Nouveau choc contre la porte. Cette fois, la machette la perfora.

La longue lame jaillit à travers le bois, fut agitée, de gauche à droite, puis retirée d'un coup.

Manon gémit sous la morsure des morceaux de verre, qui découpaient sans pitié sa peau nue. Elle parvint à s'agenouiller. Le sang suintait de ses épaules et de ses bras. Sensation de minuscules aiguilles enfoncées partout en elle, dans chacun de ses pores.

La machette revint à l'assaut, fendant de nouveau la porte sur cinquante centimètres.

Il va entrer.

La porte ne tiendra pas.

Puisant dans ses dernières forces, Manon réussit à se relever, et s'appuya au mur pour ne pas s'écrouler. Par la fenêtre, elle apercevait les feux des véhicules, en file indienne. Toutes ces voitures des membres de la secte étaient en train de s'éloigner sur les pelouses, vers le fond de la propriété. Le chemin à travers champs qu'avait mentionné Hadès.

Manon tourna le regard dans la direction opposée : la forêt de pins.

De ce côté, encore aucun signe de véhicules de police.

Elle comprit que ces pervers, ces monstres assoiffés de sang, risquaient bien de s'en sortir, finalement. Et ce sentiment d'injustice la transperça, plus profondément et plus douloureusement que tous les coups qu'elle avait reçus.

Et *elle* ? S'en sortirait-elle ?

Devrait-elle fuir ? Dans les bois ? Dans l'espoir que la police arriverait à temps ?

Si seulement elle était encore capable de courir...

La porte trembla et craqua tandis que Baphomet la frappait sans relâche.

Manon chercha désespérément du regard l'endroit où la dague pouvait être tombée. Elle la vit. Et remarqua également les objets et les vêtements épars autour d'elle. Ceux-ci s'étaient trouvés sur la table qu'elle avait renversée.

Il y avait un pantalon. Une chemise grise aux épaulettes brodées et au revers rouge. Une veste en cuir souple. Une sacoche ventrue.

Elle reconnaissait ces affaires.

Celles de Franck.

C'était dans cette pièce qu'il était allé se déshabiller tout à l'heure, et mettre son affreux masque.

Nouveau cri rauque.

Nouveau coup de boutoir contre la porte.

La partie supérieure se fendit.

Le monstre allait entrer. D'un instant à l'autre maintenant.

Manon ouvrit la sacoche. Dedans, elle trouva le couteau militaire avec lequel Raynal avait découpé ses vêtements.

Ainsi que son arme de service.

Manon sortit le SIG-Sauer de son holster avec un cri de joie sauvage.

Elle se redressa et tendit l'arme à bout de bras.

La porte céda sous les coups. Elle s'arracha littéralement de ses gonds. L'homme-bouc fit irruption dans la pièce, couvert de sueur, muscles saillants.

Manon pressa la détente du pistolet.

Rien ne se produisit. Pas de coup de feu.

Non non non.

Baphomet s'arrêta un instant, machette pointée droit sur elle. Il la dévisageait en train de brandir sa propre arme de service.

— De la chair pour la bête, fit la voix, rocailleuse, déformée par le masque. Pauvre idiote.

Alors Manon attrapa la culasse du pistolet et la tira en arrière, comme elle l'avait vu faire au cinéma. Il y eut un déclic tandis qu'une balle était engagée.

Maintenant.

Elle pressa la détente.

Détonation.

Le recul emporta son bras, tandis que face à elle le monstrueux homme masqué était projeté en arrière sous la force de l'impact. Une fleur rouge apparut sur son torse bombé. Des lignes de sang coulèrent sur ses abdominaux.

— Crève ! s'écria Manon, des frissons de plaisir parcourant tout son corps.

Baphomet avait calé son dos contre le mur du couloir.

Il ne s'écroula pas pour autant.

Il ne lâcha pas sa machette.

D'un coup de reins, il s'arracha au mur et se précipita vers elle.

L'euphorie se changea en terreur.

Manon fit feu de nouveau.

Avec moins de chance. Cette fois, le recul dévia son tir. La balle fit éclater un cadre sur le mur.

Elle tira encore.

La balle le frappa à l'aine, le stoppant net dans son élan. L'homme-bouc se plia en deux, recula de plusieurs pas, et se retint au chambranle de la porte. Sa poitrine, rouge et gluante, se soulevait et s'affaissait convulsivement.

Seul le masque restait impassible, ses poils frémissant à peine sous le souffle de l'homme en dessous, son regard mort braqué sur elle. Il n'y avait plus rien d'humain chez cet être. Un démon. Enragé. Et encore debout.

Manon recommença à tirer. Ses mains tremblaient. Chaque détonation perçait ses tympans. Le recul était difficile à gérer, et une grande partie des balles se perdirent dans le mur. Les autres firent mouche. L'une pénétrant dans le bras. Une autre dans le torse. Une autre encore à la cuisse, cette dernière faisant jaillir un geyser de sang.

Le percuteur frappa à vide. Elle avait utilisé tout le chargeur.

Baphomet tomba à genoux dans le couloir.

Sa poitrine continuait de se soulever. Ses muscles restaient tendus. Manon vit son sexe toujours en érection, lui aussi pulsant au rythme de sa respiration, et des jets de son sang qui fuyait de son artère fémorale sectionnée.

— Tu ne... gagnes pas... grogna-t-il. Tu es... de la chair... de la chair...

Il cessa enfin de parler et s'effondra, face contre terre, dans une grande éclaboussure poisseuse.

Manon lâcha le pistolet et poussa un cri de délivrance.

L'instant suivant, une silhouette féminine s'avança dans le couloir.

Manon plaqua son dos contre le mur. Figée par la peur.

Nicole Massena.

La jeune femme avait remis son masque. Une face noire et luisante, respirateur proéminent. Son corps athlétique était gluant de sang. Sans doute celui de son père. Sa peau nue tressautait sous la contraction de ses muscles, creusant ses abdominaux sous le tatouage de croix gammée.

Elle leva un pistolet et la mit soigneusement en joue.

— Non... ne put s'empêcher de murmurer Manon, comme s'il était possible de nier l'issue fatale, de la refuser en bloc.

— Oh, si ! siffla le masque à gaz dans un affreux grésillement. C'est *toi*, qui crèves !

Nyx pressa la détente.

Tonnerre. Perforation brutale, et douleur plus brutale encore. Manon sentit très distinctement la balle entrer dans sa clavicule, pulvérisant l'os, et la repoussant une nouvelle fois sur le dos, au milieu des débris de verre.

Sa vision se brouilla. La femme s'approcha. Manon distingua vaguement sa silhouette au-dessus d'elle Le canon de son arme braqué droit sur sa tête.

— Tout est à cause de TOI ! Nous étions les maîtres de ce monde !

Manon ferma les paupières sur cette épitathe.

La déflagration retentit.

Une grande gueule de feu et de mort se jetant sur elle pour l'avaler définitivement.

106

Les détonations se poursuivirent, comme surgies de partout à la fois. Une succession de coups de tonnerre assourdissants, mêlés de bris de verre, le sol trembla.

Pourtant, la mort ne vint pas.

Une masse humaine s'écroula lourdement sur elle.

Le respirateur du masque à gaz heurta le sol avec un bruit mat.

Manon sentit un liquide chaud couler sur elle, et le goût salé du sang se déversant dans sa gorge. Elle s'étrangla, cracha, toussa.

Ses yeux se révulsèrent, agressés par des lumières violentes de torches braquées sur elle.

Pas morte.

Elle ne comprenait toujours pas ce qui se produisait.

Cette agitation autour d'elle.

Des voix s'élevaient. Des silhouettes indistinctes entraient par la fenêtre. On écarta le corps de Nyx, la libérant de son poids. Plusieurs personnes s'accroupirent autour d'elle. Elle ne distinguait pas les visages, seulement les brassards rouges. L'odeur piquante de la poudre emplit ses narines. Elle toussa encore. Regain de douleur dans sa poitrine et son cou.

— Mademoiselle, c'est la police, lui dit une voix sans visage au-dessus d'elle. Nous allons vous sortir de là. Tenez bon.

Tenir bon...

Le pourrait-elle ?

Elle ne parvint pas à émettre le moindre mot. Seules des bulles de sang se formaient entre ses lèvres. Elle n'arrivait plus à respirer. La personne penchée au-dessus d'elle pressa son poing sur sa plaie à la clavicule, avivant des tourbillons de rasoirs dans sa chair. Manon savait ce que l'homme faisait. Un point de compression pour stopper l'hémorragie. La sauver, peut-être.

Elle lutta pour ne pas s'évanouir. Son corps commençait pourtant à la lâcher. La douleur était trop intense. Sa clavicule brisée par le passage de la balle lui donnait l'impression qu'on avait allumé un foyer dans sa chair et que celui-ci la grignotait, fibre après fibre, elle ne pouvait plus supporter un tel supplice.

Le sol recommença à tanguer. Un océan déchaîné. Par saccades, comme par éclats, Manon percevait un maelström de sons, des fracas de portes brisées, des ordres criés, des coups de feu. Une nouvelle odeur finit par lui parvenir, forte et reconnaissable entre mille. L'odeur d'un incendie.

Ainsi, les flammes arrivaient.

Les flammes arrivaient toujours, à la fin. Il n'y avait jamais de victoire face à elles.

Des mains se saisissaient d'elle. On lui répéta de tenir le coup.

Elle glissa lentement dans l'obscurité.

Elle reprit connaissance dans l'ambulance, pour quelques minutes, ou quelques secondes. Ce fut comme percer la surface d'une eau très profonde, et pourtant regarder le monde d'en haut, alors qu'elle avait conscience d'être allongée, immobilisée dans une coquille. Un tube dans sa gorge envoyait de l'oxygène dans ses poumons. Une poche de plasma se balançait sous ses yeux. Plusieurs personnes étaient présentes, penchées sur elle, mais leurs visages demeuraient flous.

Elle entendit des fragments de discussions, et ces phrases qui allaient et venaient de part et d'autre n'étaient guère plus précises que ce qu'elle voyait ou ressentait. « Clavicule cassée... », « Concentration d'oxygène... », « La balle l'a traversée et est ressortie en fracturant l'omoplate... », « On doit s'attendre à une lésion du poumon... », « Tension dégringole... ».

Au cours du voyage vers l'hôpital, elle plongea, et revint, et replongea dans les flots noirs de l'inconscience, à de multiples reprises.

Son seul vrai souvenir des discussions autour d'elle fut un bref échange, dont elle ne savait à quel moment il avait pris place, entre deux voix attristées, celle d'un homme et celle d'une femme.

— Il paraît qu'il y avait du monde dans la maison avant que les flics donnent l'assaut, chuchotait la femme. Mais ils ont réussi à se faire la malle. On n'a pas fini d'en entendre parler, de cette histoire !

— Tu parles, renchérissait l'homme. Avec l'incendie de la baraque, je te parie qu'ils ne trouveront rien. Tu ne m'ôteras pas de l'idée que ces pourris sont intouchables.

Alors qu'elle replongeait encore dans l'inconscience, ces mots tournèrent en boucle dans l'esprit de Manon. Ils étaient plus terribles que la perspective d'une clavicule brisée. Que son poumon déchiré.

Presque tous...

réussi à se faire la malle...

intouchables...

Épilogue

Epilogue

Les médias s'emparèrent du scandale.

Forcément.

Une première chaîne d'info s'empressa d'évoquer un « Titanium Gate », avant que le consensus de « Villa de l'Horreur » ne rattrape ce titre et ne s'impose dans les propos des journalistes dès qu'ils évoquaient l'affaire.

Tous.

Partout.

Tout le temps.

Il n'était plus question que de cette histoire incroyable.

De ses détails croustillants, cauchemardesques.

À l'extérieur de la maison, on avait retrouvé les trois chiens décapités. D'autres d'ossements ne tardèrent pas à être exhumés dans un coin du parc. Une centaine d'animaux au moins, abattus de la même manière, les côtes fracturées, les têtes séparées des corps.

À l'intérieur, les choses étaient plus complexes. Lors de l'assaut des forces de l'ordre, une bombe incendiaire avait été déclenchée dans le bureau d'Octave Massena. Les flammes avaient ravagé l'édifice, détruisant la quasi-totalité des indices que la police aurait pu relever sur les lieux.

Les corps de plusieurs victimes se trouvaient dans les décombres. Parmi eux figuraient les personnes que Manon connaissait : son frère, Octave Massena, sa fille, et bien sûr Franck Raynal. Sans oublier Maxime Lachaud. La dépouille du journaliste avait déjà été découpée en morceaux et ces morceaux répartis dans plusieurs malles. Une image qui se passait de commentaire et que Manon ne souhaitait pas conserver à l'esprit de manière trop présente. Surtout que le compte macabre ne s'arrêtait pas là. Deux membres de la secte avaient été abattus durant l'assaut, et quatre autres avaient choisi de se suicider avant d'être interpellés par les policiers. Le maire d'un village du Minervois ainsi qu'un médecin légiste de Montpellier étaient du nombre.

Très vite, l'ironie s'invita dans les titres de la presse. Plus personne ne mentionnait une « intervention d'envergure ». Les couvertures des magazines évoquaient plutôt un « maigre butin pour la police », une « investigation difficile » et les nombreuses « questions embarrassantes toujours sans réponse ». Les plus virulents n'hésitèrent pas à faire état d'un « fiasco total », et même d'un « possible étouffement de l'affaire ».

Le procureur de la République s'exprima lui aussi, lors d'une conférence de presse des plus tendues. « La police, l'Institut de recherche criminelle et les médecins légistes continuent leurs opérations sans relâche aucune », assura-t-il devant la foule de micros et de caméras. « La nature, les activités et les crimes présumés de cette communauté font l'objet d'une information judiciaire que j'ai ouverte. Tous les efforts sont conjugués pour que, au plus vite, la lumière soit faite sur cette tragédie, tout particulièrement sur l'identité des personnes impliquées dans cette secte. »

Secte. Le mot était lâché. Avec son corollaire de termes fascinants et imagés. On parla de société secrète. De culte du diable. De sacrifices humains. Pourtant, après les découvertes initiales et les promesses de ramifications sans précédent, les révélations tant attendues tardèrent à être dévoilées. On ne savait toujours rien de ce groupe occulte, de ses pratiques, et surtout, de ses adeptes en fuite.

Au fil des jours, le procureur, de moins en moins communicatif sur le sujet, se contenta de rappeler que l'enquête « suivait son cours ». La gravité des faits ne lui permettait pas d'en dire plus. Désormais il ne répondrait plus aux questions.

Les médias continuèrent d'en parler, bien sûr.

Ils en firent leurs choux gras, en abreuvèrent leurs éditions spéciales, affichèrent des bandeaux sur leurs écrans. Toutes sortes d'hypothèses fleurirent dans la bouche des spécialistes du jour. Propos alarmistes ou réservés, il y en eut pour tous les goûts. Même les politiques s'empressèrent de se fendre, chacun à leur tour, de leur petite phrase sur les réseaux sociaux, dans leurs discours et leurs interventions télévisées.

Une cacophonie.

Jusqu'à la nausée.

Pendant deux semaines à peu près.

Ensuite, ils s'en désintéressèrent.

Tous et toutes. Tous les supports. Ils s'emparèrent d'autres scandales et d'autres tragédies. Il y avait bien

assez de malheurs au quotidien pour nourrir leur temps
d'antenne.

(*Je te parie qu'ils ne trouveront rien...*)

Manon essayait de ne pas trop y penser.
Pas trop.
Elle restait blottie dans les bras de sa mère et de
son père qui venaient la voir à l'hôpital. Tous les
jours. Pendant des heures. Elle n'était pas seule. Elle
avait au moins ça. Après la trahison. Après la perte.
Elle avait toujours sa famille à laquelle se raccrocher.

Ils évoquaient son frère à voix basse, les yeux
humides. Les funérailles s'étaient bien passées. Son
père avait un voile douloureux dans la voix quand il
prononçait le nom de son fils. Et Manon le serrait
plus fort à ces moments-là.

Son patron et ses collègues aussi passèrent lui
rendre visite. Pour discuter de banalités rassurantes.
Du travail qui ne manquait pas. De Hind qui, elle,
manquait à tout le monde. Et de l'impayable Michael
Pietra, qui venait finalement de se faire épingler pour
fraude. Il s'apprêtait à passer quelques semaines houleuses de procès, tous ses « amis » infirmiers l'avaient
lâché comme un seul homme et les pompes funèbres
se défendaient d'avoir eu connaissance de ses pratiques non conformes aux facturations. Manon rit avec
ses collègues. Elle pleura avec eux. Elle absorba cette

chaleur humaine dont elle avait tant besoin, et essaya de la rendre autant que possible.

Ses journées étaient faites de ça. De bras serrés autour d'elle. De marques d'affection et de discussions légères. D'encouragements. De douloureuse rééducation.

Et des visites des policiers. Avec leurs questions polies. Leur écoute qui se voulait attentionnée. Leur incompréhension totale de la situation crevait les yeux. Crevait le cœur de Manon.

Elle resta aussi polie qu'eux. Docile, appliquée. Elle répondit à toutes leurs questions du mieux qu'elle put. Elle ne savait rien. C'était la triste vérité. Elle avait été naïve. Elle s'était laissé berner par Franck Raynal, elle s'était jetée dans la gueule du loup comme une idiote.

Le capitaine avait bien roulé son monde, depuis des années. La liste de ses crimes probables défiait l'imagination.

Sans qu'on soit sûr de rien.

Sans qu'on puisse rien prouver encore.

Sans que personne ne sache réellement où commencer à chercher.

Manon comprenait très bien ce que ces policiers lui expliquaient à demi-mot.

Ils se résignaient à ne rien trouver. À ne rien comprendre à tout ce qui était arrivé.

Ils savaient déjà tous, avant même de se lancer, que leurs investigations ne mèneraient à rien. Ils ne trouveraient que des impasses, des fausses pistes. Des crimes enterrés peut-être. Et au final beaucoup de questions embarrassantes pour tout le monde.

La discussion que Manon avait entendue dans l'ambulance se vérifiait.

Tout était vrai.
Tout ce qu'avaient dit les ambulanciers.
Les autres s'étaient fait la malle.
Tous les autres.
Et l'angoisse qui tenaillait Manon ne demeura que plus vive. Ses nuits sans sommeil plus longues. Elle ne cessait d'y repenser, immobilisée en unité de soins continus, s'imaginant le pire, s'attendant à tout moment à ce que la porte s'ouvre. Qu'une silhouette sans visage s'approche d'elle pour la réduire au silence, l'empêcher de leur nuire, définitivement.

Ils s'en étaient sortis.
Tous ces gens masqués.
Anonymes.
Diaboliques.

Ils avaient tous eu le temps de fuir la Villa Paradis. Le chemin qu'ils avaient emprunté longeait une rivière et ne croisait aucune route sur plusieurs kilomètres. On supposait que vingt personnes au moins s'étaient soustraites à l'intervention policière, sans que les éléments en possession des enquêteurs ne permettent de les identifier.

On n'avait *rien du tout* à leur sujet.

Que des peurs, des fantasmes. À l'image des théories du complot qui proliféraient sur les sites Internet. Du vide, et davantage de cauchemars.

L'enquête suivait son cours, répétaient servilement les agents de police. Mais où menait ce cours ? À quels deltas et profonds marécages ?

L'incendie avait accompli sa tâche. Tous les indices étaient perdus. Le matériel informatique irrécupérable. Des secrets des légions d'Hadès, il ne restait plus que des cendres. Des mystères à peine imaginés.

Et les cauchemars.

Manon savait qu'on n'arrêtait pas les cauchemars. Ni maintenant, ni jamais.

Essayer de les affronter ne faisait que les rendre plus forts. Essayer de remonter leur piste ne pouvait que ramener aux territoires insaisissables de l'âme et à la nuit absolue, insondable, dont ils étaient issus.

Insidieux.

Instoppables.

(*Intouchables...*)

— Ça y est alors ? Vous quittez l'hôpital ?

— Ce soir, confirma Manon. Je retourne chez mes parents dans un premier temps.

— Vous avez eu beaucoup de chance.

Elle eut un sourire timide. Sa rééducation se passait au mieux. Les éclats de ses os n'avaient pas atteint le cœur ni aucune artère vitale. Son poumon était sorti d'affaire et elle pouvait respirer toute seule. Elle pouvait remarcher sans aide également, même si elle devrait conserver le harnais qui lui comprimait la cage thoracique pendant encore plusieurs semaines. La consolidation de sa clavicule était à ce prix.

Le lieutenant Achour avait raison. Elle devait s'estimer chanceuse.

Lui, en revanche, ne pouvait en dire autant.

Il restait assis dans le fauteuil de sa chambre. Bardé de pansements, enchaîné par les tuyaux des drains et des perfusions. Les fragments d'une de ses côtes, dispersés en nuée de petits éclats au passage de la balle, avaient endommagé plusieurs organes et son état demeurait préoccupant. Il aurait à subir encore une intervention – au moins – au bloc opératoire.

Mais le pire était son bras gauche, qu'Achour conservait ballant, sa main ouverte contre sa cuisse, telle une serre figée. Paralysie nerveuse, avaient diagnostiqué les médecins. Ils étaient incapables de déterminer si le jeune homme retrouverait l'usage de sa main un jour.

— Ils vont vous retaper en moins de deux, ne put s'empêcher de lui assurer Manon en guise de réconfort.

Elle se sentit aussitôt maladroite.

Achour fit une grimace.

— C'est ce qu'ils me promettent. On va attendre et voir.

On lui avait rasé la barbe lors de ses opérations, ce qui le vieillissait d'au moins dix ans. Le policier avait perdu beaucoup de poids également. Son regard était devenu plus terne. Plus distant. Beaucoup trop.

Il toussa. Les plis d'expression sous ses yeux se creusèrent sous la douleur. Il ne se plaignit pas.

— Je fais pitié à voir, hein ?

Manon chercha ses mots, mal à l'aise. N'osant regarder le jeune homme dans les yeux, elle s'absorba dans la contemplation des livres posés sur sa table de nuit. Il y en avait une belle pile, aux couvertures multicolores. Des romans d'aventures et des thrillers.

— Ce n'est pas ça du tout... commença-t-elle.

— Vous mentez mal.

— D'accord, vous avez une tête épouvantable, Sélim.

Il toussa de nouveau, mais cette fois avec un sourire au coin de ses lèvres fines.

— Bien. Maintenant, dites-moi pourquoi vous vous attardez ici, au lieu d'aller retrouver votre famille. Ne me dites pas que vous vous êtes attachée à moi ?

Elle hésita encore, le regard toujours rivé à la pile de romans, se disant qu'elle ne connaissait aucun des auteurs dont elle apercevait les noms sur les tranches. Elle supposa qu'Achour avait du temps pour lire. Et pour réfléchir aux fantômes tapis dans les profondeurs de la nuit.

— Vous m'avez sauvé la vie, dit-elle.

— Je n'ai fait que mon métier.

Il marqua une pause, la respiration sifflante, avant d'ajouter :

— Et je l'ai sacrément mal fait. Tous ces morts pour rien !

— On finira par retrouver ces monstres, dit-elle sans grande conviction.

— J'ai cru que je les tenais. Je l'ai vraiment cru. J'étais si fier de moi, ouais. Personne n'avait jamais été si près de les démasquer ! Et pour quel résultat ? Ils courent toujours. Ils ont brûlé les ponts. On n'a rien de concret qui les relie à leurs crimes, ni même à cette foutue fondation Massena ! Nous ne sommes pas de taille face à eux.

— Ne dites pas ça...

Achour se gratta le bras, à côté de la bande adhésive qui maintenait une perfusion.

— Mes collègues continuent d'enquêter sur Franck, admit-il. On a supposé qu'on pourrait mieux cerner le fonctionnement du groupe en comprenant le parcours de ce type. Concrètement, on a pu retracer à peu près toute sa vie jusqu'à son arrivée à Paris, ses premières années de service, son problème avec l'autorité... Il a dû croiser le chemin d'Akephalos alors que son supérieur enquêtait sur eux... et ensuite...

Il s'affaissa un peu plus dans son fauteuil. Les tuyaux flexibles des perfusions se balancèrent au-dessus de lui.

— Ensuite, poursuivit-il, tout est faux dans sa vie. Ses lieux de résidence, sa famille supposée. Tout ce qu'il a pu raconter, à tout le monde. Des mensonges. Des trompe-l'œil. Même ses évaluations psychologiques, elles ont été délivrées par des médecins qui n'existent pas ! Jusqu'où pourra-t-on réellement pousser les investigations ? Sincèrement, je ne sais pas...

Manon conserva le silence.

Elle croisa les bras. La climatisation était trop forte à son goût. Elle lui donnait la chair de poule.

— Alors quoi ? C'est un conseil que vous voulez ? fit le policier en la dévisageant. C'est ça ?

Elle hocha la tête.

— Peut-être bien...

— Vous croyez que je suis en mesure de vous en donner un ? ricana-t-il. Écoutez-moi bien. Dépêchez-vous de partir d'ici. Oubliez-moi, oubliez toute cette histoire. Changez de ville. Faites profil bas. Je sais que cette tragédie vous a touchée de plein fouet, et que vos proches vont vouloir vous garder à leurs côtés, mais il n'y a rien que vous puissiez faire. Vous m'entendez ? *Rien*. Contentez-vous de ne plus regarder dans l'abysse. Restez loin de leurs affaires. C'est la seule manière de vous sauver des représailles. Restez cachée. Priez pour qu'ils vous oublient...

Manon frissonna.

Elle ne savait pas si c'était ce qu'elle attendait. Ou l'inverse absolument. Elle secoua la tête avec nervosité.

— Selon vous, je dois abandonner tout espoir de faire triompher la justice ?

— C'est ce que vous devriez faire si vous avez un peu de jugeote. Et je sais que vous en avez, Manon. La justice est un bel idéal, mais terriblement fragile. Vous êtes en vie. Vos proches sont en vie. Savourez cette chance. Ne la gâchez pas.

Elle resta silencieuse encore quelques instants. Puis elle lui demanda :

— Et vous, Sélim ?

— Moi ?

— Une fois que vous serez remis sur pied... Vous allez bien reprendre votre métier, non ? Vous ne comptez pas essayer de les retrouver ? De faire tomber leurs masques ? Après ce qu'ils vous ont fait ?

Le policier regarda sa main paralysée pendant de longues secondes, comme s'il observait un objet étranger à lui-même, peut-être même dangereux. Et au fond de ses yeux fatigués, Manon vit ce qu'elle n'avait encore jamais perçu chez lui. La peur. Profonde. Tout aussi insidieuse et insaisissable que les cauchemars qui l'avaient enfantée.

Il s'humecta les lèvres. Hésita. Finit par prononcer d'une voix éteinte, sans lever les yeux vers elle :

— Restez en vie, Manon. Voilà tout ce que j'ai à vous dire.

Aux informations, la semaine suivante, elle apprit que deux policiers de la région, récemment mis en cause dans une affaire de détournement de mineur, s'étaient suicidés pendant leur garde à vue.

Cette nouvelle, qui relançait des débats passionnés, éclipsa presque entièrement celle du décès de Sélim Achour à l'hôpital. Sa troisième opération avait eu des complications inattendues et son cœur avait lâché. Les médecins n'avaient rien pu faire.

Ce qui était sans doute la vérité.

Cela n'empêcha pas Manon de se poser des questions.

De s'imaginer mille choses.

Elle ne cessait de repenser à cet éclat au fond des yeux du policier.

Cette peur profonde, incoercible.

Nous ne sommes pas de taille.

Lui aussi avait dû passer ses nuits dans l'attente que la porte s'ouvre en silence. Dans la crainte qu'une ombre sans visage s'approche de son lit...

Non pas que son décès soit suspect. Le lieutenant Achour était gravement blessé. Son pronostic vital demeurait fragile depuis le début.

Mais Manon savait que le poison du doute resterait à jamais dans son cœur. Tel un acide lent et vicieux, rongeant en secret.

Tels ses cauchemars.

Elle assista aux funérailles du policier, n'ayant pu le faire pour celles de son frère.

Ensuite, elle écouta le dernier conseil qu'il lui avait prodigué.

Elle quitta la ville.

Elle quitta la région.

Elle s'en alla le plus loin possible, dans le Nord, où une grosse entreprise de thanatopraxie recrutait. Le salaire qu'on lui proposait était intéressant. Les conditions de travail excellentes, à tout point de vue. Un nouveau départ pour elle. Une nouvelle vie, peut-être.

Une chose était sûre, le quotidien changeait de celui de l'Hérault – la rudesse du climat surtout –, mais elle s'adapta vite à ce nouvel environnement. La chaleur des gens qu'elle rencontrait la fit se sentir tout de suite à l'aise, sans compter qu'elle passait plusieurs appels vidéo par semaine à ses parents. À sa grande surprise, elle trouva rapidement des amis qui la firent sortir tous les week-ends. Avec un collègue de travail, elle s'inscrivit même à des cours pour passer son permis moto.

Elle encaissait beaucoup mieux, beaucoup plus vite qu'elle ne l'aurait cru. Elle avait retrouvé la santé. Le moral aussi. Elle se sentait revivre. À présent, elle avait soif de liberté. Et de plaisir. Quand elle se plantait devant un miroir, elle prenait conscience de sa beauté, peut-être pour la première fois de sa vie. Son sourire ravissant. Ses yeux bleus pétillants qui battaient toujours un peu trop vite des cils. Ses mèches caramel, nouvellement ondulées et colorées, encadraient son visage à la perfection. Ses petits seins ronds et ses hanches dessinées attiraient irrésistiblement les regards des hommes qu'elle croisait dans la rue. Désormais, elle ne cherchait plus à cacher ses formes comme par le passé. Jupes, talons, elle prenait plaisir à choisir des vêtements qui la mettaient en valeur. La rééducation avait raffermi ses cuisses et redressé le port de ses épaules.

Une conséquence de ce qu'elle avait traversé, sans le moindre doute.
De cette énergie qu'elle avait découverte en elle.
Cette force qu'elle n'avait pas soupçonné posséder.
Elle se rendit compte qu'elle prenait modèle, finalement, sur sa regrettée amie Hind. Qu'elle gagnait, peu à peu, la confiance en elle qui lui avait toujours manqué. Elle eut une aventure, courte mais torride, avec un étudiant néerlandais jovial, insatiable, et cela aussi lui fit un bien fou au moral.
La perte de son frère la hantait moins. Un tout petit peu moins.
Même si dans ses rêves, de temps en temps, ils avaient toujours huit et neuf ans, elle continuait de suivre Ariel dans la grange du voisin, et de sentir le goût de la poussière et de la pourriture brûler au fond de sa gorge. La mort avait toujours été là. Au cœur de sa vie. Au plus profond de ses rêves. La mort et son frère. Ses deux plus vieux souvenirs.
Elle se réveillait en sursaut, ces fois-là, et le cœur toujours aussi brisé. Alors elle caressait la cicatrice à son bras, comme elle l'avait toujours fait, pour se rassurer. Et les autres. Toutes ses nouvelles cicatrices, portant chacune leurs souvenirs, leur odeur de soufre et leurs regrets. Et leurs talismans contre les terreurs de la nuit.
Ces fois-là, elle s'empressait de sécher ses yeux.
Elle s'efforçait de garder ces émotions tumultueuses cachées au fond d'elle. Tout au fond d'elle.
Un mécanisme de défense qui lui semblait essentiel.
(*Contentez-vous de ne plus regarder dans l'abysse...*)
Le travail lui permettait de ne plus y penser.
Elle aimait toujours autant son métier.

Elle s'y appliquait toujours autant.

Les gestes précis de son quotidien, qu'elle avait dû suspendre pendant des mois, lui avaient manqué. La préparation minutieuse de son équipement, le bourdonnement rassurant de la pompe à injection. Les salles carrelées qui sentaient le formol, les robinets en inox. Le claquement des gants en latex sur ses poignets. S'occuper des défunts. Refermer leurs bouches. Poser la dernière couche de maquillage sur leurs peaux froides, avec la plus grande des attentions. Leur dire au revoir d'une voix que nul autre qu'elle n'entendait. Elle était la dernière personne à pouvoir les aider, et elle faisait de son mieux pour accomplir cette tâche. L'idée que les proches des défunts seraient apaisés la faisait avancer. C'était un sentiment profond et essentiel qui lui permettait de fermer sereinement les yeux la nuit venue.

Son nouveau chef d'équipe était ravi de son travail, et ses collègues plus sympathiques et souriants que ceux qu'elle avait eus jusqu'ici.

Si elle exceptait Hind – qui resterait à jamais Hind, bien sûr.

Ce fut à la fin de l'année suivante, en novembre, alors qu'un vent glacial soufflait en trombe dans les rues de Valenciennes, que tout à coup Manon le vit à la télévision.

Elle s'immobilisa, télécommande levée, au moment d'éteindre le poste. Elle tenait son casque de moto dans l'autre main, prête à sortir.

Elle ne pressa pas le bouton.

Elle regarda fixement l'écran. Le plateau de l'émission. Cet homme. Elle reconnaissait le député Charles-Hubert Degrelle. Un ardent patriote, défenseur acharné des valeurs familiales. Blond, jeune, irrésistiblement beau. Il ne cessait de monter dans l'opinion. Elle l'avait déjà aperçu dans l'actualité au fil des mois précédents, sans y prêter réellement attention.

Jusqu'à cet instant.

Les mouvements de ses mains devant son visage tandis qu'il parlait.

— Nous traversons une période très difficile sur le plan identitaire, les Français sont en quête de sens, déclamait le politicien sur un ton convaincu et passionné. Pour cela nous devons, plus que jamais, renouer avec nos valeurs essentielles et remettre de la morale dans la politique de notre pays.

Manon resta interdite. Elle écoutait à peine son discours. Importance de la famille traditionnelle, du travail, de la patrie. Disparition de la morale et des valeurs. Élus au passé judiciaire systématique. Elle avait entendu ce genre de sermon mille fois, dans la bouche de nombreux autres chevaliers blancs.

Ses mains.

Elle ne pouvait détacher les yeux de ses mains.

De la gauche, très exactement.

Les deux bagues. Une chevalière en or, étincelante, passée à l'annulaire. Et puis à l'index : une autre bague dorée, ornée celle-ci d'une grosse pierre verte taillée en creux.

Les mêmes.

C'étaient vraiment les *mêmes*.

Celles de l'homme qui tenait la caméra, dans la villa d'Octave Massena.

Manon laissa tomber son casque de moto, qui roula à ses pieds.

Sa bouche s'entrouvrit, mais aucun son ne sortit.

Pendant quelques instants, le monde parut se figer, se solidifier autour d'elle, elle était prise dans un bloc de glace.

Elle ne pouvait que fixer cet homme. Sa coupe de cheveux impeccable. Son costume classique et décontracté. Sa rhétorique passionnée sur le retour à la vertu.

Ses deux bagues étincelantes.

Elle pouvait se dire que c'était une coïncidence.

Juste ça. Juste rien.

(*Restez loin de leurs affaires.*)

Elle pouvait fermer les yeux, certainement.

Comme le lui avait dit Achour. Son ultime conseil. La voix de la sagesse, après les coups, après les balles.

Elle se força à respirer. Péniblement. Reprendre le contrôle. La glace fondit enfin autour d'elle.

(*C'est la seule manière de vous sauver des représailles. Restez cachée. Priez pour qu'ils vous oublient...*)

Les paroles du lieutenant lui revenaient, avec autant de netteté qu'à l'instant où elle les avait entendues, dans la chambre d'hôpital. Avec la pile de romans sur la table de chevet et le jeune homme amaigri dans le fauteuil, le corps relié aux tubes des perfusions.

(*Restez en vie, Manon.*)

On sonna à l'interphone. Deux coups rapides.

C'était Yann qui venait la chercher pour leur promenade. Un garçon charmant. Ingénieur, et motard. Il rêvait de monter une boîte de services informatiques dans la région, et y parviendrait sûrement.

C'était quelqu'un de droit, aux goûts simples mais affirmés – les virées à moto, la musique metal, le cinéma de James Wan et les bières triples d'abbaye. Manon aimait beaucoup Yann. Elle n'était jamais autant sortie – et n'avait jamais autant apprécié cela – que depuis qu'elle le fréquentait. Dans ses bras, elle se sentait bien. Pas encore en sécurité, elle savait que *cela* n'était pas près d'arriver. Mais elle était heureuse en l'état des choses.

Elle prit une grande inspiration tout en observant l'écran de la télé, le visage de ce politicien propret qui parlait de probité et d'espoir tout en souriant de toutes ses belles dents artificielles.

C'était trop tôt.

Encore un peu trop tôt.

Elle ne commettrait pas d'erreur. Pas cette fois. Plus jamais.

Elle avait changé.

Elle s'était endurcie.

Elle savait qu'elle pouvait attendre. Le temps qu'il faudrait.

Elle se préparerait sans se presser. Sans que personne ne se doute de rien. Absolument personne.

Aux yeux de tous, elle donnerait l'illusion d'avoir tourné la page. D'avoir oublié ce qu'ils lui avaient fait. Ce qu'ils avaient fait à son frère.

Jusqu'à ce que ce soient *eux* qui l'aient oubliée.

Ce n'étaient que des hommes après tout. Pas des dieux. Pas des démons.

La police avait abandonné. La police avait d'autres problèmes plus visibles à régler.

Mais elle n'était pas la police.

Elle n'avait plus aucun autre problème. Elle n'en aurait jamais qui puisse éclipser ce besoin. Cette évidence.

Cette fois, elle ne se laisserait pas trahir. Elle n'en donnerait la possibilité à personne.

— Degrelle, se contenta-t-elle de souffler.

Sa voix était différente. Un murmure rauque. Une promesse impitoyable.

Elle étouffa toute trace d'impatience derrière son sourire innocent.

Elle ne devait pas faire attendre Yann.

Elle pressa le bouton de la télécommande et éteignit la télévision.

*Sans cesse la nuit m'appelle,
Regarde-moi bien dans les yeux
Tu y verras l'ombre des flammes
Du feu de l'Enfer.*

Marduk, *Of Hell's Fire*

Remerciements

Tout d'abord, et parce que les idées qui composent un roman naissent souvent au gré des rencontres et des discussions, un immense merci à Amélie.

Merci également à Olivier Norek et Frank Klarczyk, qui sont non seulement deux auteurs de talent, mais surtout des amis précieux. Ils ont toujours été là pour me dépanner, chaque fois que j'avais besoin de renseignements sur le milieu de la police et de ses procédures.

Pour toutes nos discussions et les lumières qu'ils m'ont apportées, un grand merci à Karine Giébel, Éric Giacometti, Jacques Ravenne, Vicky et RJ Ellory, Pascal Dessaint, Christophe Commères et Bosilka Simonovitch.

Un merci particulier à Bruno Lamarque, Jean-Marc Naeyaert, Céline Menting, Tania Fouquet, Stéphane et Nathalie Manfredo. Une partie de ce roman vous est dédiée, les amis.

Merci à toi, Orlanda, encore et toujours, au travers de la nuit et des marées.

Et merci à vous, enfin, lectrices et lecteurs. À la fin de tout – et dès le commencement –, c'est vous qui faites vivre, dans votre imagination, ces histoires affreuses que je continue d'inventer. Celle-ci, comme toutes les autres, vous appartient désormais.

POCKET N° 16699

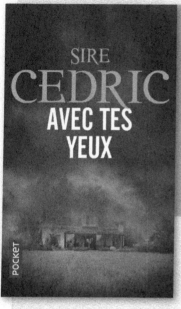

« *Si vous aimez trembler, ce livre est fait pour vous.* »

LiRE

SIRE CEDRIC
AVEC TES YEUX

Depuis quelque temps, Thomas n'arrive plus à dormir. D'épouvantables rêves le réveillent en sursaut et l'empêchent de se rendormir. Et si ce n'était que ça ! Après une séance d'hypnose destinée à régler ses problèmes d'insomnie, il devient la proie d'étranges visions. Par les yeux d'un autre, il se voit torturant une jeune femme... Persuadé qu'un meurtre est effectivement en train de se produire, il part à la recherche de la victime.

Le cauchemar de Thomas ne fait que commencer...

Retrouvez toute l'actualité de Pocket :
www.pocket.fr

POCKET N° 15959

« *Un thriller haletant et magistral.* »

France Dimanche

SIRE CEDRIC
LA MORT EN TÊTE

À Drancy, en Seine-Saint-Denis, dans une chambre d'enfant, une scène d'exorcisme tourne au drame... À Paris, au cours des jours qui suivent, la policière Eva Svärta se sent observée – impression désagréable ou mauvais pressentiment ? Elle sait que le danger rôde, même si les mois qui viennent de s'écouler ont été plus doux que d'habitude. Elle est amoureuse... et enceinte d'Alexandre Vauvert. Très vite, le fameux duo d'enquêteurs est de nouveau sur la brèche. Cette fois-ci, ils sont eux aussi les proies d'un tueur psychopathe...

Retrouvez toute l'actualité de Pocket :
www.pocket.fr

POCKET N° 15677

« *Un thriller solide, un polar fantastique, un rien "gothique" et particulièrement bien mené.* »

La Voix du Nord

SIRE CEDRIC
LE PREMIER SANG

Cité les Ruisseaux. Eva Svärta et Erwan Leroy espèrent enfin faire tomber Ismaël Constantin. Mais le feu ravage son appartement et le caïd meurt brûlé vif.
Neuilly-sur-Seine. L'argent, le pouvoir, la beauté… Madeleine Reich avait presque oublié qu'il y avait un prix à payer. Ce soir, les anciennes blessures se rouvrent, et l'heure est venue d'affronter sa peur.
Eva, la policière albinos, ne le sait que trop bien : le temps n'a pas de prise sur les liens tissés dans le sang. Surgis de l'ombre, les fantômes du passé réclament leur dû.

Retrouvez toute l'actualité de Pocket sur :
www.pocket.fr

Composition et mise en pages
Nord Compo à Villeneuve-d'Ascq

Imprimé en France par **CPI**
en août 2019
N° d'impression : 2045914

Dépôt légal : mars 2018
Suite du premier tirage : août 2019
S28434/03